Maurice G. Dantec

La sirène rouge

Gallimard

Dès son premier roman, *La sirène rouge,* Maurice G. Dantec s'affirme comme un maître dans l'art de combiner la science-fiction et le polar.

Malheur à qui bâtit une nation dans le sang et fonde une cité sur l'Injustice !

Malédictions contre l'Oppresseur
ANCIEN TESTAMENT, HABAQUQ, II

Comment savez-vous si la terre n'est pas l'enfer d'une autre planète ?

ALDOUS HUXLEY

Prologue

Le 17 avril 1993, quelques minutes avant que sa vie ne bascule tout à fait, Hugo Cornelius Toorop avait contemplé son visage dans la glace. Il y avait vu une longue tête un peu mélancolique, avec des sourcils en accents circonflexes. Ses yeux noirs brillaient comme deux billes laquées, sur des cernes qui mettraient sans doute un peu de temps à s'estomper. Deux rides faisaient leur apparition au coin de ses paupières. Elles s'étaient notablement accentuées, depuis peu.

Toute l'opération s'était pourtant déroulée à peu près comme convenu. Les armes avaient été livrées à ce qu'il restait de la République bosniaque. Cela n'avait pas été sans mal. Il avait même fallu éviter les navires de guerre occidentaux qui avaient établi un blocus militaire contre toute l'ex-Yougoslavie, depuis novembre précédent. Comme le disait Ari Moskiewicz, « les notions de bien et de mal ne font pas partie des subtilités enseignées à l'ÉNA ».

L'inertie autoproclamée de l'Europe démocratique allait une fois de plus mener le continent au désastre. C'est cela qui conduisit une poignée d'individus à bouleverser leurs destinées afin de créer les premières Colonnes Liberty-Bell. Persuadés d'être à la fois des fous désespérés et des agents de l'histoire, ils accostèrent par une nuit glaciale de décembre 1992 sur les côtes découpées de l'extrême sud croate, les cales de leurs vieux rafiots bourrées à craquer de tout ce qu'on pouvait trouver de mieux sur le marché mondial.

Hugo Cornelius Toorop en était.

Hugo Cornelius Toorop n'était ni un aventurier, ni un mercenaire, ni un activiste politique, ni un agent d'un quelconque service de renseignements. Comme il le disait parfois, il n'était qu'un type de trente-trois ans qui avait un jour cessé de supporter que des populations entières soient quotidiennement rayées de la carte à Sarajevo, Olovo, Prijedor, Alisic, Bosansky Brod, Gorazde, Srebrenica ou Bihac, Bosnie-Herzégovine, Enfer, Europe, *alors qu'on continuait à faire la fête* aux Halles, ou à Piccadilly.

Fin mars, la Bosnie orientale tomba presque entièrement aux mains des Serbes et Ari Moskiewicz décida de rapatrier tout le monde dans les zones sous contrôle bosniaque. Il n'y avait sans doute plus grand-chose à faire dans l'immédiat, sinon sauver ce qui pouvait encore l'être. Et prendre date pour un futur proche.

Le 8 avril 1993, Toorop quitta le terrain d'opérations, traversa la frontière croate dans l'autre sens et remonta vers le nord, jusqu'à la frontière slovène puis autrichienne. Il dormit dans une auberge du Tyrol et le lendemain pénétra en territoire allemand. Il grimpa jusqu'à Düsseldorf, chez

Vitali Guzmann, où il changea de véhicule, puis fonça d'une traite jusqu'à Amsterdam.

Il désirait simplement quelques jours de repos, avant de reprendre la route pour Paris et préparer la nouvelle opération.

Il avait aussi un roman en préparation, depuis des mois, un roman sur la fin du monde, et son voyage à Sarajevo lui avait permis d'en apprécier l'avant-goût. Il avait besoin d'un « sas », comme il disait, une petite parenthèse rythmée par le vol des mouettes et les odeurs exotiques provenant des coffee-shops marqués d'une feuille de marijuana. Un peu d'humanité.

Amsterdam était la ville où était né son père et Hugo était un habitué des lieux depuis sa plus tendre enfance. Pendant ses seize premières années, ils avaient fait presque mensuellement l'aller-retour, depuis Paris, en train, ses parents et lui. Son père lui avait ainsi appris le néerlandais en lui traduisant les affiches publicitaires et en lui faisant répéter le nom des villes traversées

Ce soir-là, donc, il boucla ses affaires et descendit régler sa note à Mme Rijkens.

Il ouvrait sa portière lorsqu'il se rendit compte qu'il avait oublié son dictaphone dans le tiroir de sa table de nuit.

Quand il grimpa les marches du perron, quatre à quatre, il discerna à peine un bruit de cavalcade, en provenance du sommet de l'allée. Il jeta un bref coup d'œil et perçut une vague silhouette qui courait sur le trottoir, dans sa direction En fait, son cerveau n'intégra pas vraiment l'information. Déjà sa main tournait le loquet et il s'enfonçait dans l'obscurité du couloir. Il reprit les clés sur la petite patère du vestibule puis monta à l'étage.

Il trouva le dictaphone dans la table de nuit,

ainsi que la boîte de Duracell qu'il avait achetée la veille. Il se souvint que ses piles étaient presque mortes. Afin de ne pas avoir à les changer sur la route il procéda immédiatement à l'opération, assis sur le lit.

Puis il se leva et alla jeter l'emballage éclaté dans la poubelle du petit bureau, en face de la fenêtre.

C'est à cet instant qu'il aperçut le véhicule qui passait au ralenti devant la maison d'à côté.

Moins de vingt kilomètres à l'heure.

Il eut le réflexe de se rejeter en arrière puis d'éteindre la petite lampe de chevet. Il revint se poster à un coin de la fenêtre et observa le gros van sombre passer lentement devant sa voiture puis poursuivre sa route, à sa vitesse régulière.

La plupart des maisons néerlandaises sont dotées d'un ingénieux système qui permet d'observer ce qui se passe dans la rue, sans être vu. Il s'agit d'un dispositif de miroirs-espions placés de chaque côté de la fenêtre. Toorop avait depuis le premier jour apprécié l'ingéniosité et le pragmatisme de ce peuple obligé de vivre sous le niveau de la mer.

Il aperçut le visage d'un homme qui fixait les trottoirs et les maigres espaces laissés entre les pare-chocs des voitures. Son coude dépassait de la vitre ouverte. Une grosse chemise à carreaux.

Le van portait des plaques néerlandaises.

Hugo vida ses poumons. Ce n'était rien. Inutile de se laisser aller aux tempêtes cérébrales de la parano.

Simplement un type qui avait perdu son chien en l'emmenant pisser...

Hugo allait se diriger vers la porte lorsque son attention fut attirée par la batterie de feux arrière qui s'illumina d'un rouge violent lorsque le van stoppa au bas de la côte.

Le van ne prit ni à gauche ni tout droit, se contentant d'illuminer la voie d'en face de ses faisceaux puissants. Le conducteur enclenchait les phares, projetant un double cercle lumineux à plus de trois cents mètres.

Il cherche vraiment quelque chose, pensa Hugo.

Au même instant le van redémarra rageusement et fit demi-tour dans l'allée en faisant crisser ses pneus.

Hugo vit la nuée lumineuse remonter la pente et il changea de coin de fenêtre.

Le van passa devant la maison et cette fois Hugo vit nettement un autre homme, sur le siège passager.

Un homme avec un blouson marron. Blond, avec de petites lunettes rondes. Lui aussi il matait les trottoirs. Il braquait une puissante torche par la vitre ouverte de la portière.

Bon sang, se dit Hugo, on n'entreprend quand même pas une telle expédition pour retrouver un vulgaire chien ou chat...

Et il fit la connexion avec ce vague souvenir, cette image fugitive de l'ombre qui courait.

Ils cherchent un mec. Des flics peut-être... ou un règlement de comptes entre truands.

Il réussit à noter le numéro du véhicule dans un coin de sa mémoire. Il attendit que le van ait basculé derrière le sommet de la côte, puis cinq bonnes minutes encore et sortit de l'appartement.

Sur le pas de la porte, il hésita puis fourra sa main sous son blouson. Il la ressortit armée d'un gros automatique noir et luisant dont il manœuvra instantanément la culasse pour engager une balle dans le canon. Il poussa le cran de sûreté et remit le 9 mm dans son holster.

Il descendit l'escalier, ouvrit la porte du perron et jeta un coup d'œil sur les deux côtés, tendant l'oreille pour détecter un éventuel bruit de moteur.

Rien.

Il s'avança jusqu'à la portière de la Volvo, mit la main sur la poignée froide et se figea. Il était absolument certain d'avoir placé le duvet et la couverture navajo sur la valise. Pas là. Pas par terre, étendus sur le plancher au pied de la banquette arrière.

Hugo retira doucement la main de la poignée et se déplaça de quelques centimètres pour mieux observer ce qu'il y avait sous le gros drap kaki.

Une forme.

Une forme humaine.

Il pouvait percevoir le soulèvement régulier d'une poitrine.

Hugo jeta un coup d'œil panoramique autour de lui, s'assura que la rue était déserte et que personne n'était à la fenêtre puis plaça la main sur la crosse sécurisante du Ruger.

Il l'extirpa doucement de son harnais de cuir, le colla à sa cuisse et posa l'autre main sur la poignée de la portière.

Il ouvrit brutalement la porte et dans le même mouvement plongea sa main vers le duvet qu'il empoigna et fit voler dans l'habitacle par-dessus les appuie-tête.

Il braqua le canon de l'automatique sur une petite tête blonde. Une petite tête âgée de douze ou treize ans, pas plus, et qui ouvrait deux yeux bleus, rougis par le sommeil, et aveuglés par la peur.

CHAPITRE I

Alice Kristensen

Le samedi 10 avril 1993, un peu après huit heures du matin, une jeune adolescente se présenta au commissariat central d'Amsterdam.

Personne n'aurait pu deviner qu'elle mettrait toutes les polices d'Europe en alerte, et qu'un peu plus tard son visage et son nom couvriraient les premières pages des journaux de tout le continent.

C'était une très jeune fille blonde, d'une douzaine d'années environ, aux yeux d'un bleu profond, rayonnant d'intelligence et d'une forme de gravité intense très particulière et assez indéfinissable au premier abord. Elle était vêtue d'un blouson matelassé bleu marine doté d'une capuche ruisselante de pluie, car dehors il tombait un crachin dru et imperturbable depuis deux jours.

La petite fille mouillée s'était approchée du bureau de l'agent de service Cogel et était venue planter ses deux yeux bleus en plein dans le regard du jeune flic.

L'agent stagiaire Cogel avait souri le plus gentiment possible devant cette apparition un peu incongrue. Il s'était penché par-dessus le comptoir qui clôturait le service d'accueil et n'avait pas attendu que la fillette ait ouvert la bouche pour lui demander :

— Dis-moi, tu as perdu tes parents, c'est ça ?

La petite fille tenait entre ses bras un petit sac de sport auquel elle s'agrippait comme à une bouée.

À la grande surprise de Cogel elle hocha négativement la tête, faillit articuler quelque chose puis se retint, se mordant les lèvres, comme pour s'empêcher au dernier instant de dévoiler un secret.

Le flic ne la vit pas détailler prestement l'organigramme affiché derrière lui. En moins de trois secondes, Alice avait assimilé le tableau et repéré ce dont elle avait besoin. BRIGADE CRIMINELLE. Deux mots en bâtonnets blancs qui lui avaient sauté au visage plus sûrement que s'ils avaient été des tubes de néon dans la nuit. Et une liste de noms juste dessous.

Elle ne sut pourquoi elle choisit d'emblée le prénom féminin, peut-être son initiale, mais une petite voix futée lui disait à l'intérieur d'elle-même que sa mère n'était sûrement pas étrangère au phénomène.

Pleine d'une assurance nouvelle elle lâcha crânement :

— Je désire voir l'inspecteur principal Anita Van Dyke. C'est très important.

Le jeune agent l'avait regardée d'un air amusé et lui avait lancé :

— L'inspecteur principal Van Dyke ? Et c'est à quel sujet, mademoiselle ?

Alice avait instantanément détesté le policier, trop mièvre, trop curieux et trop inerte. Elle avait alors pris une profonde inspiration, fermé les yeux un instant puis avait laissé tomber, d'une voix rauque, dure et froide, celle d'une petite fille riche et bien élevée et qui savait se faire respecter.

— Je vous prie de bien vouloir dire à l'inspecteur Van Dyke que c'est au sujet d'un meurtre...

Puis après un bref moment d'hésitation, profitant du silence qui plombait l'espace saturé de néon :

— Disons de plusieurs meurtres. Vous pouvez l'appeler, s'il vous plaît ?

La tonalité de sa voix venait de cingler l'air comme un petit fouet, punition bien méritée pour ce flic paresseux et qui ne voulait pas comprendre que c'était important.

L'agent se rua sur le téléphone et appela l'inspecteur dans son bureau.

Alice vit le jeune flic bafouiller des excuses et raccrocher le téléphone, le visage empourpré.

Il évita son regard et s'adressa à elle en faisant le tour du comptoir par le bureau vitré :

— Je vous conduis chez l'inspecteur Van Dyke, suivez-moi.

Alice avait savouré son succès, bien mérité.

Elle avait pourtant parfaitement conscience que les choses sérieuses ne faisaient que commencer.

Le flic la devança jusqu'à l'ascenseur et ils montèrent jusqu'au troisième étage.

Alice se détourna presque dédaigneusement de l'agent Cogel et ne lui adressa pas la parole de toute la montée dans le cube métallique.

La porte coulissa sur une lumière crue, du bruit (des voix, des pas et le cliquètement des machines à écrire) et un distributeur de boissons.

La femme en uniforme qui se servait un café se retourna à l'arrivée de l'ascenseur et jeta un regard intrigué dans leur direction.

Cogel prit à droite et Alice le suivit dans le couloir. De chaque côté, des bureaux vitrés se succédaient, avec des hommes au téléphone, ou qui en interrogeaient d'autres en tapant maladroitement sur des claviers d'ordinateurs. Elle croisa une foule de types qui apostrophaient vaguement Cogel au passage. Salut Erik, comment va ce matin ?

Le couloir était moite et chaud et elle rabattit sa capuche en arrière. Elle sentit ses cheveux humides se libérer lentement et retomber sur ses épaules. Les tubes de lumière qui couraient au plafond lui semblaient plus brûlants que des alignements de sèche-cheveux.

Finalement elle se retrouva devant une porte de verre dépoli avec une plaque de plastique où s'étalaient les mots entraperçus au rez-de-chaussée.

Le jeune flic toussota avant de frapper respectueusement trois coups brefs au montant de la porte.

Une voix féminine résonna derrière l'épaisse cloison translucide.

L'agent Cogel ouvrit précautionneusement la porte, y encadra sa silhouette et fit un bref salut réglementaire. Il indiqua de la main à Alice qu'elle pouvait entrer dans le bureau, petite pièce dont les fenêtres donnaient sur la Marnixstraat, embrumée par la pluie qui s'activait sur les vitres.

Alice s'approcha lentement du bureau aux lignes dures et sévères, derrière lequel trônait une femme d'une trentaine d'années. Ses cheveux tombaient sur ses épaules, en paquets fauves. Ses yeux étaient d'un bleu vif et ses traits rayonnaient d'une aura d'intelligence et de féminité.

Impressionnée par l'élégance et la force intérieure qui se dégageaient de la jeune femme, Alice glissa jusqu'au bureau comme dans un rêve, les jambes cotonneuses, la respiration suspendue. Elle prit à peine conscience que le jeune flic de service s'effaçait et que la porte se refermait derrière elle.

Elle fit face à l'inspecteur Anita Van Dyke qui la regardait d'une manière grave, mais pas méchante, ni sévère, ni fermée. Elle se détendit un peu et attendit que le jeune flic parle. Elle lui jeta un regard à la dérobée, tentant de se familiariser avec sa présence.

— Assieds-toi, ma petite.

La voix était légèrement voilée, chaude, amicale.

Elle indiqua une des chaises noires, aux lignes austères, qui faisaient face à son vieux fauteuil de cuir. Alice choisit celle de gauche et s'y tint, très droite, comme une élève modèle de collège privé. Elle se concentrait totalement sur la situation, tâchant de ne pas en perdre le contrôle. Ce qu'elle avait à faire était assez difficile comme ça.

Anita Van Dyke plongea ses yeux dans ceux d'Alice qui se sentit passer au scanner.

C'est normal, pensait-elle, en essayant de conserver son calme, elle veut juste savoir si je mens, si je raconte des histoi...

— Comment te nommes-tu, ma petite ?

Alice avait légèrement sursauté, juste parce qu'elle s'était laissée aller à rêvasser stupidement alors qu'il fallait rester vigilante...

— Alice Barcelona Kristensen.

Elle s'était parfaitement reprise et avait répondu presque aussitôt.

— Barcelona ?

La voix était toujours douce et sans intonations suspectes.

Alice comprit que la flic essayait de la mettre en confiance, tout en lui arrachant doucement quelques renseignements à droite, à gauche.

— C'est mon père qui a eu l'idée, il adorait Barcelone, mais vous savez, vous pouvez me questionner tout de suite pour les meurtres, je n'ai pas peur... C'est pour ça que je suis venue.

Elle sembla se détendre un peu plus et elle relâcha le sac de sport en émettant une sorte de soupir.

Anita Van Dyke observa attentivement la jeune adolescente.

Alice Kristensen regardait un point placé dans l'espace quelque part entre le bureau et elle.

— Bon d'accord, alors qu'est-ce que c'est que cette histoire de meurtres, dis-moi ?

Alice Kristensen ne répondit pas tout de suite. Elle tritura nerveusement la lanière de son sac de sport qui était retombée sur ses genoux. Puis en relevant légèrement la tête et en regardant l'inspecteur par en dessous, comme si elle avait honte de ce qu'elle avait à dire, elle se remordit la lèvre inférieure et lança d'une voix blanche :

— Ce sont mes parents.

Anita Van Dyke attendit la suite mais rien ne vint. Alice se perdait dans une profonde réflexion intérieure.

— Qu'est-ce que tu veux dire avec tes parents ? Ils ont vu un meurtre ? Quelque chose s'est passé chez toi ? Il faut que tu me dises vite de quoi il s'agit si tu veux que je puisse t'aider efficacement.

Alice tritura de nouveau la sangle du sac et sans même regarder le policier :

— Non... ce n'est pas ça. Heu... Les meurtres... Ce sont mes parents. Ce sont eux qui tuent des gens.

Anita Van Dyke retint son souffle dans le silence qui clouait la pièce comme un cercueil.

Après quelques instants de stupéfaction, Anita avait analysé la situation et avait aussitôt mis en place un premier plan d'opérations, qui assurerait ses arrières.

— Bien, maintenant si tu ne veux pas être venue pour rien, il faut que tu m'écoutes attentivement, d'accord ?

Alice avait acquiescé de la tête.

— Bon... tu vas d'abord me raconter les grandes lignes, de quoi il s'agit exactement. Ensuite nous ferons une première déposition que tu devras signer. Puis si tu le veux bien et si tu n'es pas trop fatiguée on reprendra les choses plus en détail, d'accord ?

Un nouveau signe de la tête. Il y avait comme un premier accord tacite, une sorte de premier étage de la confiance qui se scellait doucement et Anita comprit qu'elle suivait la bonne voie.

— Bien, reprit-elle d'un ton plus cool, franchement amical. Tu ne vois pas d'inconvénient à ce qu'on enregistre notre conversation ?

Elle ouvrait un tiroir d'où elle sortait un petit dictaphone japonais.

Alice réfléchit une demi-seconde avant de faire non de la tête.

Anita posa le magnétophone sur son bureau, appuya sur la touche record et alluma son ordinateur.

Alice contempla un instant, fascinée, le tube bleu de l'appareil jeter ses reflets spectraux sur le visage de la femme-policier.

— Bon, ensuite je dois te dire que tu as tout à fait le droit à un avocat, dès maintenant, et que je vais devoir prendre ta déposition sous la foi du serment, d'accord ?

— Oui, d'accord, émit-elle à l'attention du magnétophone... Je n'ai pas besoin d'avocat... Je... Je viens juste témoigner de quelque chose...

Sa voix se bloqua, étranglée.

Anita lui envoya un petit sourire complice de reconnaissance et enchaîna :

— Bon, tout d'abord tu vas me donner ton nom, ton adresse, le nom de tes parents et leur profession, d'accord.

— Oui, fit-elle d'une petite voix enrouée. Je m'appelle Alice Barcelona Kristensen. Je porte le nom de ma... maman, Eva Kristensen. J'ai douze ans et demi et je vis au 55 Rembrandt Straat avec mes parents, enfin c'est-à-dire avec... maman et mon nouveau père, mon beau-père, Wilheim Brunner... Mes parents dirigent des sociétés...

Le bruit mat des touches sur lesquelles volaient les doigts d'Anita Van Dyke emplit la pièce et Alice contempla, fascinée, la vélocité et l'agilité avec lesquelles la jeune femme aux cheveux cuivrés faisait courir ses index effilés sur le clavier de la machine.

— Parfait, dit-elle. Maintenant raconte-moi tout, depuis le début.

Elle pivota et lui fit face à nouveau. Elle se logea bien au fond du fauteuil rapiécé.

Son visage était calme et concentré, attentif, Alice le décela parfaitement.

— Voilà, commença la jeune adolescente qui semblait avoir répété son texte pendant des heures, voire des jours durant. Ça a vraiment commencé l'année dernière, enfin non à la fin de l'année d'avant. C'est là que je me suis rendu compte qu'il se passait des choses bizarres... Et puis, en fait un peu avant...

*

C'est pendant l'été de ses dix ans qu'Alice Kristensen entendit pour la première fois mamie s'engueuler avec maman.

Du haut de l'escalier, l'immense escalier qui menait de l'étage vers le vestibule de l'immense salon blanc Arts déco, elle avait entendu mamie ouvrir une porte en précédant maman. Puis mamie avait déclaré :

— Tu n'es qu'une traînée. Et ton Autrichien est un benêt...

— Mais enfin maman, avait répondu la jeune femme blonde, enveloppée dans la soie d'une splendide robe de soirée, il a de l'argent, son père est un industriel qui a réussi en Allemagne, il a hérité d'une grosse fortune et d'affaires très rentables...

— Non... ce type ne me plaît pas... Il me semble faux, hypocrite, il respire quelque chose que je n'aime pas...

— Voyons maman... Nous nous *entendons* bien pourtant lui et moi...

— C'est ce que je disais, tu n'es qu'une traînée, une traînée de luxe mais une traînée quand même, et le mot avait résonné longuement aux oreilles d'Alice.

— Crois-tu vraiment que ce type puisse s'occuper d'Alice, reprenait mamie. Il ne sait que conduire des voitures de sport et sortir dans des boîtes à la mode, avec des filles futiles... Il sera incapable d'élever l'enfant, crois-tu que c'est cela qu'aurait voulu ton père ? Bon sang Eva, comment ce type pourrait faire un père décent...

— Il vaudra bien le vrai, avait répondu sa mère

et Alice avait compris qu'elle parlait de l'homme de ses souvenirs et de la photo. Stephen Travis, son père. L'Anglais de Barcelone comme l'appelait sa mère, parfois.

— Ahh, avait rugi mamie, ses boucles d'oreilles dorées tintinnabulant dans l'immense pièce silencieuse. Tu compromets tout... Tu mériterais de finir dans le ruisseau...

— Ne me dis pas que tu as pensé à me rayer du testament de papa ?

Mamie haussa les épaules :

— Tu sais bien que ce ne serait pas légal, donc impossible... Notre cher disparu possédait plus des trois quarts de tout cela (elle embrassa la maison et tout ce qui s'étendait au-dehors, d'un seul geste). Son testament spécifiait bien qu'à ma mort tout ce qui lui appartenait devait te revenir... Mais...

Mamie fixait sa fille, toute droite sur le grand tapis :

— Mais, reprit-elle, de moi tu ne recevras qu'une part symbolique, le reste je l'aurai transféré à une fondation pour enfants leucémiques que tu connais...

Le sourire de mamie brillait comme une lampe.

Eva Kristensen, la mère de la petite Alice, eut une lueur étrange dans le regard à cet instant. Une lueur que personne n'aperçut, sauf Alice qui percevait sa silhouette et son visage dans l'immense miroir qui tenait lieu de mur, au fond de la pièce.

Alice fut frappée par sa froide et haineuse intensité.

C'est au cours du Noël suivant que mamie tomba malade. Alice était chez mamie lorsqu'il fallut appeler le médecin dans la nuit. Ce fut elle qui s'en chargea. Mamie fut hospitalisée et Alice rentra chez elle, un 27 décembre neigeux et froid, avec sa mère qui lui expliquait que c'étaient sûrement ses dernières vacances chez Mamie.

Mamie mourut au début du mois de février, quelques semaines plus tard.

Eva Kristensen, Alice Kristensen et Wilheim Brunner emménagèrent dans la grande maison d'Amsterdam, le 15 mai 1991, dans la matinée. Alice allait sur ses onze ans.

Désormais, lui avait dit sa mère, nous vivrons ici, dans la maison de mon père. Et tu passeras l'été en Suisse chez nos amis de Zurich.

Lorsqu'ils revinrent de leurs vacances d'été, les parents d'Alice semblaient en pleine forme, faisant allusion en riant à l'expérience qu'ils avaient connue lors de leur séjour sur la côte espagnole.

C'est à partir de cette rentrée que M. Koesler fit son apparition. Et ne quitta plus ses parents.

M. Koesler était l'assistant de Wilheim Brunner. Il l'assistait en tout, conduisant la nouvelle voiture, une grosse Mercedes gris métallisé, aux reflets ambre. S'occupant du jardin, passant la tondeuse et le désherbant.

M. Koesler était un grand homme blond, d'une quarantaine d'années, aux yeux gris-bleu, athlétique et silencieux. Alice l'avait froidement détesté, instinctivement. D'une certaine manière il lui faisait peur. Elle sentait confusément une aura de brutalité sous les traits trop symétriques.

En plus de conduire la voiture et de faire le jardin, il ramenait des trucs, des cartons fermés avec du Scotch, dans une grosse camionnette bleue, avec plein de phares devant.

Un jour qu'elle avait demandé à sa mère ce que contenaient les cartons, celle-ci avait négligemment répondu, observant la surface parfaite de ses ongles rougis par le petit pinceau : « Oh rien du tout, des trucs pour les grandes personnes, ma petite chérie. »

Alice réussit un jour à apercevoir le contenu d'un des cartons.

Et elle se demanda ce que les grandes personnes pouvaient faire avec autant de cassettes vidéo.

Les cartons furent entreposés dans une pièce blindée du sous-sol dont seuls ses parents et M. Koesler possédaient une clé qu'ils enfermaient dans un coffre protégé par des systèmes d'alarme sophistiqués. Durant la même période ses parents s'étaient mis à parler du Studio qu'ils achetaient à la campagne, une grande maison isolée qu'elle ne visita jamais mais dont elle aperçut quelques polaroïds, une fois, au moment de la transaction.

Sa mère finit par lui expliquer qu'elle et Wilheim, en plus de leurs affaires habituelles, réalisaient maintenant des programmes de télévision pour des chaînes étrangères. Sa mère lui avait fièrement montré une carte de visite tarabiscotée où les mots Directrice de Production s'affichaient en lettres sérieuses et élégantes sous son nom complet, Eva Astrid Kristensen.

Six mois plus tard environ Mlle Chatarjampa fut engagée par sa mère comme préceptrice afin de compléter l'éducation de sa fille. Mlle Chatarjampa devait travailler pour se payer ses études à l'université.

Alice aima d'emblée Sunya Chatarjampa, jeune et jolie étudiante srilankaise, qui finit par occuper l'espace et le temps vacants que laissait sa mère, souvent absente en compagnie de Wilheim. Celui-là, Alice le détestait plus fort chaque fois qu'elle devait supporter sa présence. Sa vanité et ses fausses manières bourgeoises et raffinées, celles d'un petit snob arriviste et manipulateur, tiré du ruisseau par la seule richesse de sa mère, le rendaient sans cesse plus antipathique. Un sentiment qu'Alice ne chercha plus à cacher, ce qui ne sembla même pas irriter sa mère, qui tenait visiblement Wilheim en piètre estime.

Alice avait fini par savoir se débrouiller seule. À partir le matin à l'école et à manger le soir avec Mlle Chatarjampa qui supervisait ses études. À la limite Alice voyait plus souvent M. Koesler qui passait régulièrement chercher ou amener des lots de cassettes vidéo dans la pièce blindée du sous-sol, ou le majordome de la propriété que sa propre mère et son beau-père.

Un jour, Alice avait entendu sa mère rétorquer sèchement à la jeune Sri Lankaise qui venait de la questionner au sujet de la pièce du sous-sol :

— Veuillez vous mêler de ce qui vous regarde mademoiselle Chatarjampa et sachez que si cette pièce est fermée c'est pour assurer la protection de nos droits. Nos droits d'artistes... Nous ne voulons pas être plagiés c'est tout.

Mlle Chatarjampa avait baissé la tête en signe d'excuse. Sa mère s'était faite plus douce, plus mielleuse, un ton qu'Alice n'aima pas du tout :

— Mademoiselle Chatarjampa, ne vous occupez plus de cela et tâchez d'apprendre correctement l'anglais à ma fille, qui pourrait encore améliorer ses résultats.

La seule passion que sa mère éprouvait à son égard résidait dans ses performances scolaires, qui se situaient largement au-dessus de la moyenne. Sa mère tenait cela comme une preuve de son génie et de la parfaite « compétitivité de son patrimoine génétique » comme elle l'avait entendu le dire plusieurs fois à Wilheim, qui ne comprenait pas un traître mot de ce qu'elle disait et sûrement pas celui de génétique. Alice détestait entendre sa mère parler d'elle comme cela. Alice comprenait tout, évidemment, et devant la mine ahurie de Wilheim qui sommeillait devant son consommé de saumon ou la nouvelle coiffure sophistiquée de sa mère, elle pensait à chaque fois plus fort que non, décidément, *elle* n'y était pour rien, que c'était même un miracle qu'aucun de ses traits de caractère n'ait déteint sur elle, sa fille. Que c'était un miracle qu'elle ait pu ainsi bénéficier de la sensibilité de cet Anglais qui, jusqu'à l'âge de ses neuf ans, avait été son père.

Ce n'est pas ton patrimoine génétique, maman, pensait-elle, bien nettement, c'est celui de papa. Celui que tu as fait partir et que je n'ai même plus le droit de voir.

Une nuit, elle entendit ses parents revenir et elle s'éveilla. Elle les entendit se servir des verres dans le salon. Alice sortit de sa chambre et alla jusqu'à la rampe d'escalier qui menait au rez-de-chaussée. Elle s'accroupit dans l'ombre et écouta attentivement la conversation.

— Je veux qu'Alice ait la meilleure éducation possible, disait sa mère déjà grisée de diverses vapeurs d'alcool. À la fin de son... cycle je veux qu'elle retourne dd-dddans une p-pension suisse. Une école d'élite. Pour les filles de ministres, de diplomates et de financiers, tu M'ÉCOUTES WILHEIM ?

— Hein ? Oui, oui je t'écoute chérie, avait marmonné l'Autrichien avec son accent épais, mais tu sais que les écoles suisses sont horriblement chères...

— Je veux que ma fille ait ce qu'il y a de meilleur… La voix de sa mère s'était durcie, intraitable. Mes parents ont été incapables de gérer correctement mon éducation… Ils m'ont fait suivre les cursus classiques, dans des établissements publics… pouah ! Alors qu'ils avaient largement de quoi me payer la meilleure école internationale de filles de Zurich… ce qui m'aurait permis de rencontrer des fils de banquiers, d'émirs, de pétroliers texans et de lords britanniques au lieu de… perdre mon temps avec… tu m'écoutes espèce de larve ?

Alice trembla à l'idée de devoir affronter une de ces écoles suisses haut de gamme où elle apprendrait à mettre le couvert, à placer les nonces apostoliques et les verres de Baccarat, à confectionner des cocktails et des mousses au chocolat alors qu'elle se destinait à des activités aussi diverses que la biologie, la préhistoire, l'espace, la vie sous-marine, la vulcanologie ou le violon, domaines qui l'attiraient bien plus que les futilités de sa mère.

Cela faisait un an déjà, à cette époque, que sa mère lui payait les cours de violon que dispensait Mme Yaacov, une vieille émigrée russe, qui était sortie première du conservatoire de Moscou, avait officié comme premier violon au Symphonique de Leningrad sous la direction de Chostakovitch (références que sa mère ne saisissait évidemment pas, se contentant d'énoncer stupidement « bien sûr, bien sûr »). Pour sa mère, ce qui comptait c'était qu'il fût très chic, dans la haute société européenne des stations d'hiver à la mode, que sa fille suivît des cours de violon avec une artiste d'élite. Le soir même, Wilheim, qui avait assisté à la première visite de la vieille dame russe, avait vaguement picoré son dîner préparé par le couple de cuisiniers tamouls, engagés peu de temps auparavant, et qui feraient venir plus tard Sunya Chatarjampa.

— Dis-moi, Eva, Yaacov, ça serait pas un peu juif des fois... Et puis m'a l'air un peu tapée la vieille, qu'est-ce qu'elle a bien pu vouloir dire avec son histoire de siège ?

Alice avait fixé sa mère qui faisait semblant de ne pas entendre et s'absorbait dans un magazine à sensation à grand tirage en grignotant son jambon de Parme.

Alice avait alors vu Wilheim qui plongeait son regard vide dans son assiette et elle avait froidement laissé tomber :

— Ce qu'elle voulait dire, c'est le siège de Leningrad. Entre 1941 et 1943. Leningrad a été coupé du monde par les nazis et toute la ville mourait de famine... Mais tous les jours l'orchestre jouait à la radio.

Wilheim avait sursauté et regardé Alice avec une lueur indicible, presque apeurée, au fond des yeux. Alice pouvait sentir le regard de sa mère qui la fixait, abasourdie, de l'autre côté de la table.

Le jeune Autrichien fit semblant de regarder les images de l'énorme et luxueux poste de télévision qui trônait à l'autre bout de la pièce miroitante.

Alice reposa doucement sa cuillère et sans presque desserrer les lèvres assena le coup de grâce :

— À cause du rationnement il fallait économiser le maximum d'énergie, faire le moins de mouvements possible, c'est pour ça que l'orchestre ne jouait que des andantes... C'est ça ce que Mme Yaacov a voulu dire quand elle vous a expliqué que les andantes étaient sa spécialité. C'est pour ça qu'elle souriait comme ça...

Alice savait que Wilheim ignorait sans doute le

sens exact du mot andante. Même l'explication de l'énigme lui resterait opaque, lui prouvant sa nullité, ce que Wilheim détestait.

— Mein Gott, marmonna Wilheim, putains de juifs... Tu es vraiment obligée de payer cette prof à ta fille, Eva ?

— Silence. Je te prierais de me laisser dorénavant régler seule les problèmes d'éducation de ma fille. C'est moi qui décide, vu ?

Wilheim se renfrogna et se rendit sans même livrer bataille.

Un autre jour, quelques semaines après la conversation qu'elle avait surprise dans l'obscurité de l'escalier, Alice entendit M. Koesler donner un étrange coup de téléphone.

Ce jour-là les cours de gymnastique de l'après-midi avaient été annulés à cause de l'absence de Mlle Lullen. Alice était plongée dans *Don Quichotte*, qu'elle lisait dans le texte original espagnol bien entendu, lorsqu'elle avait entendu du bruit. Elle jeta un coup d'œil par sa fenêtre et vit la voiture de M. Koesler, une japonaise blanche, s'arrêter dans l'allée de gravier devant le perron. Il entra dans la maison, l'air soucieux, avec un paquet brun sous le bras.

Les cuisiniers tamouls n'étaient pas encore là et c'était le jour de sortie de Mlle Chatarjampa. Alice alla doucement ouvrir la porte de sa chambre et écouta le silence de la maison, perturbé par le bruit des pas de M. Koesler au rez-de-chaussée. Elle se glissa dans le couloir et, frissonnante de peur, s'accroupit derrière la rambarde qui dominait l'escalier.

Elle sursauta lorsqu'elle l'entendit venir de la cuisine et se saisir du téléphone du vestibule, juste en bas de la volée de marches.

Elle l'entendit composer un numéro puis, d'une voix engluée par un morceau de nourriture quelconque, un truc qu'il avait dû prendre dans la cuisine, il demanda à parler à Johann.

Il y eut une pause puis :

— Johann ? C'est Karl. Tu imagines la raison de mon appel, je pense...

Koesler avait aussitôt repris, interrompant à coup sûr son interlocuteur :

— Je m'en fous. Il faut que tu te démerdes. Johann, il faut que tous les corps disparaissent, tu m'entends, et fissa...

Alice n'avait pas du tout aimé le ton de sa voix. Elle remercia la providence qui faisait que cet assistant grossier ne vivait pas dans la maison mais dans un appartement, pas très loin, cependant.

Les corps, se demanda-t-elle des jours entiers, que les corps disparaissent, qu'est-ce que ça pouvait bien vouloir dire ?

Le lendemain ou le surlendemain, elle avait surpris une autre conversation entre sa mère et Wilheim, dans le deuxième salon, celui du flipper et du billard américain, où ils s'isolaient parfois. Alice passait devant la porte entrouverte lorsqu'elle s'était arrêtée en reconnaissant les voix de ses parents.

— Je crois que ma fille n'a pas tout à fait tort quand elle pense que tu es complètement inculte, et grossier. Tu ne te rends même pas compte du fantastique développement psychique que cela procure... Le transfert d'énergie. Wilheim, le transfert d'énergie, je suis sûre que tu ne t'en rends même pas compte... Toi tu ne vois que l'aspect financier, c'est ce qui nous différenciera toujours,

Wilheim, l'abîme entre l'aristocratie et une nouvelle couche de bourgeoisie juste arrivée...

— Oh je t'en prie. Eva, je t'assure, je ressens aussi ce que tu dis, surtout avec le sang...

Il s'était coupé, comme s'il avait prononcé un mot interdit, et bien qu'elle ne pût le voir, Alice savait que ses yeux imploraient la clémence de sa mère.

— Pauvre crétin, avait fini par siffler sa mère, nous reparlerons de tout ça au Studio, lundi. En attendant veille à ce que Koesler contrôle mieux son personnel à l'avenir... je ne veux pas que l'incident de l'autre jour se reproduise...

Alice se demanda si ce dont parlait sa mère avait un rapport avec le coup de téléphone de Koesler.

Et elle se demanda ce que son beau-père avait voulu dire avec le sang.

Pendant l'été, sa mère et Wilheim partirent pour une croisière en Méditerranée et ils emmenèrent Alice au mois d'août. Elle passa le temps à se balader dans les rarissimes coins isolés qu'elle put trouver aux abords des lieux de villégiature de ses parents. Saint-Tropez, Juan-les-Pins, Monaco, Marbella. Elle dévora *Le loup des steppes* de Hermann Hesse, *Lolita* de Nabokov et un traité sur la civilisation étrusque.

À la rentrée, elle déclencha un jour, pour de bon, les hostilités en affrontant sa mère sur la question de l'astrologie.

Depuis le début de l'été, les relations entre Alice et sa mère traversaient une phase soudaine de détérioration. De nombreux accrochages émaillèrent leur séjour. Les résultats d'Alice à l'école étaient pourtant devenus spectaculaires et il s'avérait certain qu'elle allait sauter une classe et passer directement en quatrième.

Ce jour-là, une ou deux semaines après la rentrée (Alice était effectivement passée en quatrième), sa mère tentait de lui expliquer ce que la position de Saturne dans la maison de Mercure, à moins que ce ne fût l'inverse, pouvait entraîner comme conséquences sur un natif du lion, comme elle-même.

Alice avait juste souri et sa mère l'avait froidement toisée :

— Pourquoi souris-tu Alice ?

Alice n'avait rien répondu et sa mère avait insisté :

— Allons dis-moi ce qui te fait sourire...

— Ce n'est rien maman, avait-elle consenti à lâcher, ne désirant pas vraiment la blesser.

Mais sa mère avait persisté.

— Non je t'écoute, vraiment qu'est-ce qu'il y a de drôle là-dedans... Tu sais Alice, tu es peut-être trop petite pour comprendre mais l'Univers est fait de forces mystérieuses qui agissent profondément sur nous...

— Maman, l'avait coupée Alice, tu sais parfaitement que je ne suis pas trop petite pour comprendre. Simplement cette conception de l'Univers est complètement dépassée, c'est une conception erronée, ça ne correspond à rien, que ce soit dans la théorie du big-bang ou de la mécanique quantique...

Alice avait entendu Wilheim marmonner quelque chose, du divan où il était vautré devant la télé comme chaque après-midi qu'il passait à la maison. Puis plus clairement :

— Big Band... Mécanique cantique ? Nom de

dieu c'est pas possible, mais où t'as pêché une fille comme ça, Eva ?

Sa mère s'était retournée vers le canapé de cuir suédois et avait dardé un regard fulgurant sur la masse beige écroulée dans le cuir noir. Elle avait lancé d'un ton rêche et froid :

— Silence pauvre minable, ma fille est une... génie. Nous devons juste nous expliquer elle et moi... À l'avenir mêle-toi de ce qui te regarde et de ce que tu peux comprendre, d'accord ?

Le silence de la résignation s'abattait sur le canapé.

Sa mère l'avait de nouveau fixée dans les yeux.

— La science « moderne » est souvent incapable d'expliquer de nombreux mystères et le zodiaque en est un...

— Oh, maman, je t'en prie, Mlle Chatarjampa m'a bien expliqué l'histoire de la création de notre système solaire... les planètes et les constellations ça n'a rien à voir avec les horoscopes...

— Qu'est-ce que cette petite Hindoue connaît au système solaire, je la paye pour t'enseigner l'anglais et les mathématiques, pas pour te bourrer la tête de...

— Maman elle est étudiante en sciences physiques. Elle sait comment le Soleil est né, et la Lune, la Terre, les planètes... ça n'a rien à voir avec les horoscopes.

— Tais-toi maintenant, avait rétorqué sèchement sa mère.

Puis sur un ton plus doux, comme à son habitude :

— Ne parlons plus de cela. Je signalerai néanmoins à Mlle Chatarjampa de bien vouloir rester à sa place et de se borner à t'enseigner l'anglais et les maths. Pour le reste...

— Mais maman, c'est une spécialiste, et en plus ça m'intéresse, j'aimerais beaucoup aller au Musée astronomique avec elle le week-end prochain.

— Il n'en est pas question...

— Oh maman tu me l'avais promis. Que je puisse sortir et faire ce que je voulais un week-end sur deux.

— Hors de question et inutile d'en reparler.

— Oh maman s'il te plaît, sois gentille, c'est très important et Mlle Chatarjampa...

— Oh dis donc Mlle Chatarjampa par-ci, Mlle Chatarjampa par-là, tu commences à me chauffer les oreilles avec cette Chatarjampa. De toute façon tu n'iras pas et je crois que je vais devoir...

Sa mère n'acheva pas sa phrase et lui sourit en réajustant ses lunettes Cartier.

— Bon nous verrons tout cela plus tard ma chérie, en attendant il faut que tu ailles faire tes devoirs.

Sans un mot Alice était montée dans sa chambre. Elle savait qu'il n'y avait plus rien à dire.

Le 8 janvier 1993, quatre mois plus tard environ, Sunya Chatarjampa ne vint pas à la maison Kristensen.

Le lendemain non plus. À Alice qui s'inquiétait, sa mère répondit qu'il ne fallait pas, qu'elle était peut-être malade, ou avait eu un empêchement familial et qu'elle appellerait sûrement bientôt.

Une semaine s'écoula, Mlle Chatarjampa n'était toujours pas revenue.

Quelque temps plus tard, un officier de police vint prendre les déclarations de ses parents. Ceux-ci envoyèrent Alice dans sa chambre et elle dut se contenter de surprendre par sa porte entrouverte des bribes de conversation qu'elle n'aima pas tellement, lorsqu'elle les comprit, comme :

— La disparition de Mlle Chatarjampa reste incompréhensible, disait le policier. C'est un ami commun de vos cuisiniers qui s'est inquiété... Cela fait trois semaines qu'elle n'est pas réapparue et sa famille du Sri Lanka n'a aucune nouvelle d'elle...

Disparition, pensa Alice.

Disparaissent, que les corps disparaissent, avait dit un jour Koesler au téléphone.

À partir de cette date, elle décida de faire la lumière sur tous ces petits détails bizarres. Et en premier lieu sur cette pièce interdite du sous-sol.

Il lui fallut des mois pour mettre au point sa stratégie mais après des manœuvres complexes elle réussit un jour à se procurer la clé de sa mère et à ouvrir la pièce. La maison était vide. Elle avait jusqu'au soir devant elle.

Alice manœuvra la serrure blindée et découvrit une pièce carrée, pas très grande, obscure, couverte de rayonnages métalliques où s'entassaient des cassettes vidéo et des cartons empilés dessous.

Elle trouva un interrupteur et un tube de néon éclaira la salle d'une lumière crue et métallique.

Alice aperçut des étiquettes blanches sur certaines cassettes. Les étiquettes portaient des noms de femmes ou des titres comme *Trois françaises empalées*. La culture précise et encyclopédique d'Alice lui permit de comprendre de quoi il s'agissait et l'image de violence qui avait assailli son esprit la submergea d'une vague acide.

Mais cela restait abstrait néanmoins. Elle imagina cela comme un film d'horreur interdit aux enfants, le genre de films que les adultes regardaient et qui étaient sévèrement contrôlés comme les trucs pornos vendus sous cellophane dans les sex-shops des quartiers chauds.

Elle comprit qu'il y avait ici quelque chose de honteux qui devait être camouflé aux yeux du monde, tous ces gens bronzés et creux que Wilheim et sa mère invitaient de plus en plus souvent à la maison.

Sur une étagère les étiquettes avec des noms de femmes étaient en rouge.

Alice ne sut expliquer ce changement de couleur mais parcourut les noms.

Entre deux cassettes aux consonances nordiques, danoises ou suédoises. Alice s'arrêta, le souffle coupé. Un sentiment terrible l'envahit comme une lame de fond.

C'est en tremblant qu'elle se saisit de la cassette et la soupesa de la main, comme si elle voulait se pénétrer de sa réalité, de son poids.

La petite étiquette autocollante brillait sous le néon.

Et les mots écrits en rouge ne laissaient aucun doute.

SUNYA C.

C'est pleine d'une angoisse visqueuse qu'Alice remonta dans la maison déserte et alla s'asseoir devant la télévision après avoir enclenché la cassette dans le magnétoscope.

Elle l'arrêta au bout d'à peine une minute et se mit à pleurer, longuement, sur l'immense tapis chinois.

Elle décida de garder la cassette, descendit refermer la porte, et le soir même fit son tour de passe-passe avec les clés, comme prévu. Ses parents rentrèrent dans la nuit et elle les entendit monter se coucher, presque directement, à moitié saouls. Elle s'endormit avec la cassette cachée sous son lit, puis se réveilla le lendemain matin en ne sachant pas très bien ce qu'elle allait faire.

Elle n'alla pas au lycée, erra dans la ville avec la cassette dans le sac de sport et ne rentra pas pour dîner.

Vers minuit, elle comprit que l'irrémédiable avait été accompli et qu'elle ne pourrait plus rentrer à la maison. Elle passa la nuit dans un parking souterrain et, à l'aube, se traîna vers le centre-ville où elle s'offrit un petit déjeuner dans un café avant de se diriger vers le commissariat de la Marnixstraat.

Anita Van Dyke arrêta son petit magnétophone et regarda sans rien dire la fillette, toujours aussi droite sur sa chaise.

Alice la regarda intensément et fouilla dans son sac pour en extirper une grosse bobine VHS qu'elle tendit par-dessus le bureau.

— C'est là-dessus madame Van Dyke, oh mon dieu. C'est vraiment Mlle Chatarjampa.

Et la fillette se courba en deux en éclatant en sanglots.

Pendant plus d'une demi-heure elle avait patiemment débité toute son histoire, dans un flot continu et précis et Anita Van Dyke avait été interloquée par sa force de caractère et son sang-froid. Pas une fois une larme n'était apparue à l'évocation de sa mère. Mais celle de Mlle Chatarjampa et de la cassette venait de faire exploser le mince barrage dressé face à l'émotion.

Décontenancée, Anita ne sut d'abord que faire.

Elle se résigna à décrocher le combiné et à articuler d'une voix froidement professionnelle :

— Claesz ? Vous pouvez me monter le magnétoscope de la salle audiovisuelle ?

Puis à l'attention d'Alice, en reposant le combiné :

— Tu es sûre que ce sont tes parents, je veux dire... On les voit sur la cassette ?

La fillette hésita, puis acquiesça doucement.

Anita reposa la cassette sur la table, les paumes posées par-dessus en un geste protecteur.

La fillette planta ses yeux droit dans les siens.

— Ils portent des masques... Mais je suis sûre que c'est eux... Je reconnais leurs voix et leurs silhouettes...

Sa voix s'étrangla dans un petit sanglot qu'elle réussit à contrôler.

Étonnante jeune fille, pensait Van Dyke, alors que le jeune agent apportait l'appareil.

— Maintenant tu vas aller avec l'agent Claesz dans le bureau des détectives, on t'offrira un petit déjeuner et on reparlera de tout ça après, d'accord ?

Dans le regard de l'adolescente elle lut qu'elle avait parfaitement compris qu'elle voulait juste regarder la cassette toute seule, tranquillement.

Quelques minutes plus tard, l'inspecteur principal Anita Van Dyke fit monter une jeune femme agent de police qu'elle connaissait pour sa prévenance avec les enfants, la pria de rejoindre Alice dans le bureau des détectives et de l'emmener se restaurer et se reposer.

Puis elle enclencha la cassette dans la gueule noire du magnétoscope.

C'est ainsi qu'elle eut l'occasion de voir le premier assassinat filmé de sa carrière.

L'homme dansait autour de la fille qui suppliait qu'on la remette droite, et disait qu'elle ferait tout ce qu'on voudrait.

La femme tenait un gros tube d'acier et un couteau électrique qu'elle tendit à l'homme qui se masturbait doucement devant le visage de la fille. Tous deux portaient des masques noirs. Des masques vénitiens.

La fille se mit à hurler bien avant que l'homme ne lui coupe le premier mamelon. Puis il incisa les commissures des lèvres.

Le type dessinait des arabesque sur le ventre de la fille et commença à attaquer le sein gauche. La fille n'émit plus que des sons incompréhensibles. Tandis que l'homme se masturbait frénétiquement près de son visage mutilé, la femme tendit un miroir devant les yeux de la fille.

Puis lui montrant un moniteur de contrôle vidéo :

— Qu'est-ce que ça fait de se voir mourir à la télévision, hein dis-moi ?

La fille ne pouvait répondre à cet instant. L'homme venait juste de lui enfoncer un tube de métal dans la bouche, forçant entre les dents. La fille ne mourut vraiment qu'au bout de dix minutes, d'un sectionnement de la jugulaire et de la carotide.

Ils énucléèrent la fille et l'homme s'excita dans ses orbites, puis ils se barbouillèrent de son sang et commencèrent leurs étreintes sur le parquet.

Le couple se barbouillait régulièrement de sang en faisant l'amour près du cadavre.

Van Dyke stoppa la cassette. Ses jambes étaient pleines de coton. Ses mains étaient moites et sa respiration faible, à la limite de l'extinction. Une vague nausée l'envahissait doucement.

Elle but un verre d'eau, puis un autre, puis appela Peter Spaak.

La maison était parfaitement silencieuse et Anita insista longuement sur la sonnette.

Elle entendit un pas lent s'approcher derrière le lourd battant de chêne superbement sculpté. Puis la porte s'ouvrit et un homme assez âgé fit son apparition sur le seuil. L'homme portait une tenue de domestique impeccable et son port de tête courbé témoignait de toute une vie passée à obéir.

Anita sortit vivement sa carte et se présenta comme une simple représentante des services de police de la ville. Un petit mensonge par omission, qui lui valut un regard à peine appuyé de Peter. Elle ne savait exactement pourquoi elle avait fait cela mais une sorte d'instinct irrésistible le lui avait dicté.

Puis elle demanda à entrer et à parler à Mme Kristensen et M. Brunner et l'homme ne sembla même pas surpris. Il se présenta comme le majordome de la maison et expliqua que celle-ci était vide, et que ni M. Brunner ni Mme Kristensen n'y seraient avant longtemps.

— Vous voulez dire qu'ils sont partis en vacances ? demanda Anita alors que Peter se faufilait à sa suite dans la luxueuse entrée.

L'homme eut un très léger sourire.

— Non... La maison va être mise en vente... Tout le monde a déménagé... je dois rester jusqu'à la signature définitive de la transaction.

Anita improvisa un autre mensonge.

— Ah je vois... Écoutez... Nous sommes chargés par les services de police d'Amsterdam d'un nouveau programme de prévention contre les vols. Serait-il simplement possible de jeter un coup d'œil aux systèmes d'alarme et de prendre un peu la mesure de la maison...

Un des sourcils de l'homme se figea en un accent circonflexe d'un blond pâle, presque translucide.

— Mme Kristensen m'a prévenu que quelqu'un de la police passerait sûrement, elle m'a dit de vous ouvrir la maison et de montrer toute l'hospitalité possible, en son absence...

Anita et Peter se jetèrent un rapide coup d'œil étonné en suivant les pas du vieux majordome.

Ils jouèrent leur rôle avec minutie et authenticité, se mettant rapidement dans la peau de leurs personnages. À la fin, elle demanda à voir le sous-sol pour détecter d'éventuels points de faiblesse dans le système sophistiqué qui protégeait la maison.

L'homme ne trahit aucune émotion particulière et se contenta de les précéder dans le large escalier de granit rose qui descendait à la cave. Il y avait là une immense salle de sport personnelle, mais vidée de la plupart de ses instruments, un sauna, un jacuzzi à peine plus grand qu'un bassin olympique et, à l'extrémité du couloir, une grosse porte de métal jaune, visiblement blindée.

Anita demanda négligemment :

— Qu'est-ce qu'il y a ici ?

Le vieil homme sortit un petit trousseau de clés d'une des poches de son gilet et l'enfonça dans la serrure principale.

— Rien. Un simple débarras...

Il tira le lourd battant de métal vers eux.

Anita retint son souffle une fraction de seconde.

La pénombre suffisait pour lui montrer l'évidence.

La pièce était complètement vide.

On avait installé un lit de camp dans un bureau du premier étage et Alice avait pu y dormir quelques heures, d'un mauvais sommeil, lourd et ténébreux, sous la garde d'une jeune flic en uniforme. Le jour tombait et Alice venait de se réveiller, pleine d'un pressentiment sombre et menaçant.

L'inspecteur Van Dyke vint la rejoindre dans la petite pièce et s'accroupit au pied du lit de camp.

Alice vit tout de suite que quelque chose n'allait pas. Ses sourcils étaient froncés, son front était soucieux. La femme n'était pas vraiment là, comme à la recherche d'une lueur intime.

Alice décida de l'aider.

— Qu'y a-t-il, madame Van Dyke ?

La femme sembla revenir à elle et fournit l'ombre d'un sourire. Un sourire résigné, décela Alice.

— Nous avons un problème, Alice.

Alice tressaillit et réprima un tremblement.

Elle n'avait pas aimé le mot problème. Cela signifiait certainement pire que tout ce qu'elle avait imaginé. Elle lâcha un petit soupir et faillit plonger sa tête au creux de ses mains. Elle aurait tant voulu que rien de tout ça n'existe. Que cette pièce aux murs pisseux s'évanouisse et que cette femme qu'elle ne connaissait pas soit remplacée par l'homme qui savait prendre sa main sur la plage et lui raconter l'architecture corallienne des lagons du Pacifique ou la course des requins femelles lorsqu'elles mettent bas.

Mais le monde réel n'était pas aussi docile que les jeux d'enfants auxquels elle se livrait encore, dans la solitude de sa chambre ou du grenier. On n'y transformait pas aussi facilement quelques poupées et décors de papier en château de princesse florentine ou en navire magique de quelque fée marine d'inspiration celtique. Ici on était dans le monde dur et concret des adultes. Avec le bruit des fax et des machines à écrire. Avec l'éclairage du néon. Et avec des problèmes.

— Dites-moi, madame Van Dyke.

Sa voix était presque suppliante.

Cette femme respirait l'honnêteté et la force. Elle serait une alliée sûre pour la suite des événements, quelle que soit la nature du fameux problème.

— Voilà, tes parents ne sont pas dans la maison. Ils ont déménagé une grande partie des meubles et des objets...

Alice se tendait, toute droite sur le lit de toile, dans l'attente de la suite.

— Ils sont partis, reprit Van Dyke. Et toutes les cassettes du sous-sol aussi.

Alice ne pouvait faire le moindre mouvement, ni émettre le moindre son.

Mon dieu, pensait-elle. Papa, papa que dois-je faire, où es-tu, pourquoi n'es-tu pas là...

— Un homme nous a ouvert et nous a fait visiter la maison... Un vieil homme très blond, aux yeux bleu très clair...

— Oui, répondit Alice. C'est M. Lahut. Le majordome. Il s'occupe de la maison et des cuisiniers. Il vit dans une petite maison à l'autre bout du jardin...

La flic eut un sourire doux.

— Alice ? Tu te rappelles, ce matin dans ta déposition tu m'as parlé d'un Studio que tes parents avaient acheté à la campagne ? Tu sais où il se trouve ?

Non, fit Alice d'un signe de la tête.

— Dis-moi, quand tu m'en as parlé tu m'as décrit une grande maison, tu m'as dit avoir aperçu une photo c'est ça ?

Oui, opina Alice calmement.

— Dans ce cas pourquoi parlaient-ils d'un studio alors ? Tu crois qu'ils auraient aussi acheté un petit appartement, dans le même coin, ou ailleurs ? Tu penses qu'il pourrait s'agir d'un studio d'enregistrement, ou de tournage ?

Alice faillit répondre non, mais se retint au dernier moment. Après tout, pensa-t-elle, pourquoi pas en effet. Ses parents lui avaient caché beaucoup de choses, alors pourquoi pas ça ?

Elle haussa les épaules.

— Je ne sais pas, madame Van Dyke... Sincèrement je ne sais pas.

La femme flic leva la main en signe d'apaisement. Son sourire était franc.

— O.K., ça n'a pas d'importance pour l'instant. Écoute, maintenant il faut que tu te reposes et que nous veillions à ta sécurité. Le fait que rien n'ait été trouvé dans la maison n'arrange pas nos affaires, je suis sûre que tu es à même de le comprendre. Ta seule cassette ne suffira pas, je le crains, devant un tribunal.

Van Dyke se leva, en révélant deux longues jambes gainées d'un simple blue-jean.

— Ton témoignage devient un élément décisif, Alice. Après notre visite chez toi, j'ai entendu un type de la Justice dire qu'on n'avait rien pour lancer un mandat d'arrêt, que jamais on n'aurait dû faire cette perquisition, etc.

La femme flic plantait son regard en elle, intensément.

— Je sais que tu es remarquablement intelligente, autant qu'une adulte, et peut-être même plus. Je vais être franche et loyale avec toi. *On* va essayer de te faire revenir sur ta déposition. Tes parents sont des gens riches et puissants, le scandale risque d'être dérangeant et, tu dois le comprendre, à part toi, nous avons peu de choses.

— Et la cassette ? demanda Alice. Vous l'avez vue ce matin... Sa voix s'étrangla dans un hoquet de détresse.

La jeune flic se rapprocha du lit et s'accroupit, plus près cette fois.

Elle posa une main protectrice sur son poignet.

— Ta cassette ne tient qu'avec ton témoignage, Alice. Les masques, tu comprends ?

Alice déglutit péniblement.

Oui, répondit-elle doucement de la tête.

La femme flic se releva.

— Bien. Cette nuit tu dormiras dans une maison du Service, avec deux policiers pour veiller sur toi. Dès demain, une énorme mécanique va se mettre en branle et il faudra que tu sois en forme. Tu vas manger un bon repas, prendre une douche et dormir dans un vrai lit. Je passerai te prendre lundi matin pour aller dans les bureaux du procureur, au palais de Justice... D'accord ?

Alice émit un assentiment désespéré. Que faire d'autre en effet ?

La porte se referma sur la ruche d'uniformes bleus et de néon.

Alice avait alors siroté son Coca-Cola assise sur le lit. Dehors le ciel se débarrassait de l'arrière-garde des gros nuages de pluie et le crépuscule s'irisait d'une infinité d'éclats sur l'asphalte. Une lumière orange dansait à l'horizon et dans les gouttes de pluie parsemées sur les vitres de la fenêtre. Alice savait que cette journée qui s'achevait refermait un livre entier de son existence. Elle n'était que le premier mot sur une page solitaire, qu'une tempête s'apprêtait à balayer, comme une vulgaire feuille tombée de l'arbre.

C'était ça son pressentiment. L'intuition que le ciel s'éclaircissait pour donner un second souffle aux éléments. Elle en était sûre, quelque chose allait souffler sur la ville. Une tempête.

Et cette tempête, c'est cela qui la faisait trembler et frissonner, cette tempête prenait le visage de sa mère.

Sa mère qui devait certainement être en colère.

Très en colère.

CHAPITRE II

Le procureur Goortsen était un homme mince et sec, au visage étroit et sévère. Son costume noir et ses lunettes rondes accentuaient encore son apparence de pasteur luthérien. Il se tenait derrière un bureau majestueux, dans une pièce aux boiseries sombres qui témoignaient de siècles entiers passés à écouter les secrets et les crimes des humains. Les lambris et les meubles anciens luisaient sous la lumière blanche tombant du ciel gris acier, par de hautes fenêtres qui donnaient sur les jardins du palais.

Alice était impressionnée par l'atmosphère solennelle et pesante qui se dégageait du lieu et de l'imperturbable personnage qui trônait, à contre-jour dans la lumière.

La main de l'inspecteur se referma doucement sur son poignet et d'une petite pression la força à la suivre vers le magistrat.

Alice prit place sur la haute chaise rococo, en essayant de ne pas se tortiller maladroitement, de rester calme. Et vigilante.

Elle se cala contre le dossier et tout en se tenant

très droite regarda la pointe de ses chaussures, en attendant que cela vienne.

La voix du procureur était à son image. Froide et distante.

— Bien. Voilà donc la petite Alice Kristensen. Vous savez que vous êtes déjà une sorte de célébrité, mademoiselle ?

Gênée, Alice ne sut quoi répondre. Elle continua d'observer ses pieds en cherchant une issue, puis jeta un regard implorant vers Anita, qui comprit aussitôt et prit la parole :

— Monsieur le procureur, cette enfant a été très choquée par l'expérience qu'elle a vécue... J'attire votre attention sur l'extrême sensibilité de cette jeune fille. Ainsi que sur son intelligence hors du commun... Je vous ai amené une copie de ses dossiers scolaires... Vous allez être impressionné.

Alice vit la jeune femme extirper une chemise de carton de sa sacoche et la poser délicatement sur le bureau.

Le procureur regarda Anita puis Alice, avec la chaleur d'un oiseau de proie, et se saisit du dossier qu'il feuilleta en silence, émettant deux ou trois murmures d'étonnement authentique.

Lorsqu'il reposa le dossier son regard avait imperceptiblement changé, un peu moins glacé, vaguement plus humain. Ses yeux se posèrent sur Alice qu'il détailla posément puis sur Van Dyke.

— Bien, inspecteur Van Dyke, j'en conviens c'est spectaculaire. Voulez-vous par là me prouver que cette jeune fille dit assurément la vérité ?

Anita rassembla ses esprits et se lança :

— Monsieur le procureur, pensez-vous réellement qu'une enfant sensée et brillante puisse inventer un tel jeu tordu ? Accuser ses parents, sa mère, d'être des criminels sans en être complètement certaine, intimement convaincue...

— Écoutez-moi Van Dyke, vous savez aussi bien que moi que ce n'est pas le problème.

La voix du procureur était forgée dans un métal dur et coupant.

— Le problème, reprit-il, ce n'est pas de savoir si elle en est intimement convaincue, mais de savoir si cela correspond à une quelconque réalité...

L'homme jeta un coup d'œil rapide et gêné à Alice et reprit en feuilletant un épais dossier qu'il sortit d'un tiroir.

— Le seul élément tangible est cette cassette que Mlle Kristensen dit avoir trouvée chez elle, dans une pièce remplie de cassettes du même genre... Or ses parents ne sont pas là, les voisins ont dit les avoir vus déménager dans l'après-midi et la soirée du 9. Et il n'y a pas de cassettes dans la prétendue pièce...

Alice jeta un regard désespéré à Anita.

Elle se jeta à l'eau dans un état second, son cœur battant comme une machine folle.

— Madame Van Dyke, vous savez que je n'ai pas menti, il y avait plein de cassettes, je les ai vues et Mlle Chatarjampa a disparu depuis des mois.

Alice fit face au sévère magistrat. Ses yeux brillaient d'une intensité dont elle n'avait pas conscience lorsqu'elle martela :

— Je la reconnais. C'est elle qu'ils... assassinent. Et ce sont mes parents, je le sais, vous comprenez ça, que je puisse reconnaître ma mère, même masquée ?

Le procureur croisa les mains sous son menton et regarda la petite flamme blonde et pâle qui semblait vouloir exploser sur sa chaise.

Il se pencha sur son bureau :

— Je me dois d'être clair mademoiselle, nous n'avons, pour le moment, rien, et je dis bien rien, qui puisse nous autoriser à poursuivre vos parents. La cassette est en ce moment étudiée et analysée sous toutes ses coutures pour savoir s'il s'agit d'un meurtre véritable ou de trucages cinématographiques...

Alice s'était levée d'un bond hors de sa chaise.

Anita ne put rien faire pour l'en empêcher.

— Des... trucages cinématographiques ? Mon dieu, mais vous ne voyez pas ce qu'ils lui font, sur l'écran ? Vous ne voyez pas qu'ils la...

Elle s'effondra en sanglots.

Une véritable crise de larmes, qu'elle couvrit de ses mains agencées en livre de lamentations.

Le procureur, gêné, se tortilla sur son fauteuil et émit un vague murmure de réconfort.

Anita se leva et prit la jeune fille sous son bras, dans une attitude protectrice instinctive qui la surprit elle-même.

Elle regarda le procureur froidement et laissa tomber :

— Vous ne voyez pas d'objections à ce qu'elle reste sous notre protection jusqu'à ce que les experts en aient terminé avec la cassette... Ou que ses parents appellent... ?

Le procureur ne releva pas la légère insolence de la dernière proposition et émit d'un geste de la main que cela ne le gênait pas. Mais lorsque Anita fut arrivée près de la porte, il l'apostropha, d'une voix glacée :

— Inspecteur Van Dyke. Si les experts n'arrivent pas à déterminer qu'il s'agit formellement d'actes réels nous ne pourrons rien faire... Et dans le cas où ils y arriveraient, nous ne pourrons entamer de poursuites que pour recel de produit illégal, *snuff movies* ou quel que soit le nom qu'on leur donne. Mais ne vous attendez pas à un mandat d'arrêt continental, ou à Interpol...

Le message était clair. Anita prit Alice par le bras et l'emmena déjeuner près du commissariat.

Il fallait trouver une solution.

Et il n'y en avait strictement aucune à l'horizon.

Alice passa le reste de l'après-midi dans la petite maison de la banlieue sud d'Amsterdam, en compagnie de deux policiers antillais qui regardaient un match de foot à la télévision, dans le salon. Alice avait réussi à se procurer un peu de lecture, au retour, en passant dans une grande librairie du centre-ville. Dans la petite chambre de l'étage, elle dévora les trois revues scientifiques et commença *La guerre du feu*, de Rosny Aîné, un auteur français qui situait ses aventures pendant le paléolithique.

Vers dix-neuf heures Anita revint avec des pizzas, des bières, du Coca et des plats indonésiens. Ils mangèrent tous les quatre sur la table du salon, sans un mot, sinon quelques considérations sur le match, à la fin du repas. Un des flics antillais prépara du café et l'autre s'absorba dans un quotidien qu'Anita avait ramené.

Anita décida que le moment était venu.

— Des voisins ont vu deux grands camions venir déménager ta maison dans la soirée du 9. À ce moment-là, tu traînais dans la ville... Peut-être se sont-ils rendu compte très vite qu'il manquait une cassette. En tout cas quelqu'un a téléphoné à ton école pour savoir si tu y étais et le directeur a dû avouer que personne ne t'y avait vue, de toute la journée.

Alice digéra l'information en silence.

Anita reprit, posément.

— Bon. Deux grands camions. Des semi-remorques. Et six hommes bien équipés, des professionnels visiblement. Ils semblaient dirigés par cet homme dont tu parles, M. Koesler. Parmi eux un homme de type indonésien et un autre, chauve avec des moustaches et des lunettes noires. Celui-là semblait bien connaître Koesler... Tes parents étaient déjà partis, avec leur voiture... Ça te dit quelque chose ces camions et ces hommes ?

Elle commença à hocher négativement la tête lorsque quelque chose affleura de sa mémoire.

— Attendez... je crois que ce matin je vous ai raconté le coup de téléphone de Koesler à un certain Johann...

Le regard d'Anita s'éclaira.

— Bon sang, tu as raison. Johann... Peut-être ce type chauve aux moustaches...

Puis s'asseyant sur le lit à côté d'Alice :

— Ça ne va pas être du gâteau. Les experts s'engueulent au sujet de la réalité des images. Deux sur trois pensent qu'on pourrait tout à fait simuler de tels actes. L'autre affirme qu'il subsiste une petite probabilité pour que de tels actes ne soient pas simulés. Bref ils ne se mouillent pas... Le procureur hésite à montrer la cassette à la famille Chatarjampa afin qu'elle puisse la reconnaître formellement... Tu comprends, sa famille vit au Sri Lanka et tout cela est vraiment trop compliqué...

Anita lui fit comprendre d'un soupir à quel point les administrations pouvaient se révéler d'absurdes machines dévouées aux dieux de l'inertie. Alice l'aimait de plus en plus.

— Que va-t-il se passer, maintenant ? demanda Alice.

Sa voix était cassée par une émotion confuse, faite de sentiments contradictoires.

— Je lui ai suggéré de faire visionner un extrait très court de la cassette à un ami des cuisiniers de tes parents, un Tamoul qui connaissait Mlle Chatarjampa. Celui qui a alerté les autorités de sa disparition. Cela dit, sache que pour le moment la « disparition » de Mlle Chatarjampa n'est pas vraiment officielle. Ses parents ont reçu des cartes postales d'Italie puis de Turquie dans le courant du mois de février... Sa disparition n'a peut-être rien de suspect et peut-être a-t-elle quitté ses fonctions de préceptrice pour se lancer dans des activités plus lucratives, comme les films... pour adultes.

Anita lui sourit en ayant l'air de s'excuser :

— C'est ce que dit le procureur. Il trouve cette affaire de plus en plus invraisemblable et il en fera le moins possible, tant que tes parents n'auront pas donné signe de vie.

Alice trembla à ces mots.

Elle repensa à sa mère. Aux froides colères de sa mère et à sa force démoniaque. Elle n'avait pas eu le temps de raconter à Anita que le sous-sol était également équipé d'une vaste pièce de gymnastique dans laquelle sa mère s'entraînait régulièrement lors de ses séjours à Amsterdam, mais elle pensa qu'ils en avaient certainement retrouvé les vestiges.

Une fois, ce fut la seule, mais l'événement l'avait marquée, elle avait vu sa mère gifler un jeune garçon dans la cour d'entrée de la maison. Le jeune homme était un employé de M. Koesler et elle avait vu sa mère discuter intensément avec les deux hommes. À un moment donné, sans le moindre signe annonciateur, sa mère avait puissamment balancé son revers de la main en travers du visage du jeune type. Sa main droite, avec la grosse bague. La tête du type avait basculé en arrière et avait violemment heurté l'angle du toit de la Mercedes, son corps s'était affaissé et avait glissé à terre. Sa mère s'était alors approchée de lui et l'avait pris au collet en lui sifflant quelque chose entre les dents. Il hochait la tête dans un état d'hébétude. Malgré la distance, Alice put voir que du sang s'écoulait de sa bouche. Derrière sa mère, Koesler observait la scène avec un rictus de squale rieur.

Nul doute que sa colère finirait par s'abattre sur sa fille. Sa fille, chair de sa chair, sang de son sang, l'« accomplissement de ses qualités et de son potentiel génétique » et qui l'avait trahie.

Alice comprenait, tétanisée par une angoisse indicible, que non seulement elle avait échoué mais qu'elle s'était mise dans une situation périlleuse. Ses parents ne semblaient pouvoir être accusés de rien, sinon de quelques délits mineurs. Si ça se trouvait, dans quelques jours, ils pourraient contre-attaquer, avec leurs armées d'avocats et venir la reprendre.

Elle ne put réprimer un violent tremblement à cette pensée.

Anita joua un instant avec son stylo, ongles roses sur le carbone noir.

Puis le refermant dans un petit claquement sec :

— Pour le moment on est entre deux eaux. Il n'y a pas vraiment d'enquête active mais l'instruction est ouverte et tu restes sous notre protection. Une simple convocation pour témoignage est lancée, sur le territoire néerlandais, mais...

Elle marqua une petite pause puis fichant ses yeux dans ceux d'Alice :

— On peut faire du chemin avec des camions...

Crois-tu que le Studio de tes parents puisse se trouver hors des Pays-Bas ? Quelque part en Europe ?

Alice n'avait jamais vraiment réfléchi au problème aussi fouilla-t-elle systématiquement dans ses souvenirs avant de se prononcer :

— Je ne sais pas... peut-être. Mes parents voyagent beaucoup, dans toute l'Europe, et dans le monde entier. Je n'ai fait qu'apercevoir deux ou trois photos, on n'y voyait pas le paysage... Une grande maison... Quelques arbres. C'est tout.

Elle termina, dans un soupir glacé de résignation :

— Ça pourrait être n'importe où, en Allemagne ou au Portugal.

Et à ces mots la pensée d'une autre photo resurgit des profondeurs de sa mémoire, celle d'une maison de l'Algarve, la dernière photo que lui avait envoyée son père.

Anita ne disait rien. Elle se leva lentement et rangea son carnet à sa place, dans la large ouverture pectorale de son blouson.

— Je vais relancer une enquête sur la disparition de Mlle Chatarjampa. C'est la seule chose de solide que nous ayons. Toi, il faut que tu restes ici, en attendant je ne peux rien faire de plus.

Alice lui envoya un petit sourire crispé. Elle comprenait. Elle en faisait déjà beaucoup. C'était de sa faute. Elle avait été naïve. Naïve et impatiente. Elle n'avait pas assez de preuves. La justice ne pouvait rien faire. Elle avait commis une grave erreur.

Le poids de cette erreur s'abattait sur ses épaules alors qu'Anita Van Dyke redescendait l'escalier et croisait l'équipe de nuit, venue relayer les Antillais. Alice vit sa voiture s'éloigner et elle entendit les deux flics se servir des bières dans la cuisine.

Elle referma la porte et s'assit sur son lit.

La nuit était tombée. La lune jetait une lumière sépulcrale sur les murs blancs de la chambre. Elle alla se mettre à la fenêtre et regarda les étoiles dans le ciel et les lumières palpitantes du centre-ville, à quelques kilomètres devant elle.

Des nuages venaient de la mer dispersant un petit crachin qui vint fouetter son visage. Au nord, la ville était recouverte d'un nuage de pluie qui transformait ses lumières en un océan chatoyant et mouvant.

Oui. Une grave erreur. Il ne faudrait en commettre aucune autre dorénavant.

Aucune.

Le lendemain, Alice termina son livre cinq minutes avant l'apparition de l'inspecteur. Ce soir-là, elle arriva plus tard que d'habitude, avec l'équipe de nuit.

Dès qu'elle fit irruption dans sa chambre, Alice comprit qu'il y avait de nouveaux problèmes.

— Les choses se sont accélérées cet après-midi, souffla-t-elle.

Alice se blottit, ne répondant rien, dans l'attente de la catastrophe à venir.

Anita se dirigea vers la fenêtre et s'y planta, regardant la ville.

— Les avocats de ta mère ont contacté le ministère de la Justice. Ils vont poursuivre un journal qui a vaguement relaté l'affaire et parlé de tes parents comme d'éventuels *serial killers*. Ils vont intenter un procès à l'État pour une série de motifs aux noms compliqués, parce que nous sommes allés vérifier ce que tu nous disais. Ils nous suspectent également d'avoir organisé les fuites et d'avoir ainsi trahi le secret de l'instruction... Ça chauffe dur. D'après eux, tes parents ignorent l'origine de cette cassette. Ils admettent avoir déménagé de la maison d'Amsterdam pour tout entreposer dans une nouvelle propriété dont ils te réservaient la surprise. Ils ont d'ailleurs signalé ta disparition à un commissariat de quartier dans l'après midi du 10... par téléphone. Ils affirment, aussi, que les cassettes de la pièce du sous-sol n'étaient que des films pornographiques qu'ils détournent pour leurs vidéos artistiques...

Anita fit une pause. Les yeux d'Alice étaient écarquillés. Elle n'en croyait pas ses oreilles et elle attendait la suite avec anxiété.

La jeune femme lâcha un petit soupir.

— D'autre part...

Elle sembla hésiter.

Alice se tortilla sur son lit, la gorge trop serrée pour lui demander de continuer.

Anita reprit :

— D'autre part, les avocats de tes parents affirment que tu souffrais d'une dépression ces derniers mois. Ils disent qu'un psychiatre t'a suivie l'année dernière et au début de cette année...

Alice n'émit qu'un hoquet tragique, désespéré, avant d'exploser :

— Mais c'est faux, réussit-elle à hurler. Je... Je faisais juste des cauchemars, je... Mon dieu, ma mère va essayer de me faire passer pour folle... Vous comprenez ? *Elle va me faire passer pour folle !*

Et elle retomba sur le lit, lourdement.

Anita s'approcha de l'adolescente et tenta de la consoler du mieux qu'elle put. Mais ce qu'elle avait à lui dire était encore plus terrible et rien de plus ne pouvait sortir de sa bouche.

Alice ne disait rien, prostrée, vaincue, anéantie.

Elle la prit par l'épaule et approcha lentement son visage du sien :

— Écoute-moi attentivement Alice. Le procureur a demandé aux avocats de transmettre à tes parents qu'il désirait les entendre comme témoins sur l'éventuelle disparition de Mlle Chatarjampa. Et sur cette cassette. Un des experts semble affirmer maintenant qu'il s'agit à coup sûr d'actes réels, mais deux autres persistent à dire qu'il pourrait s'agir de mise en scène tout à fait réussie. À la fin de l'après-midi, le procureur m'a convoquée pour me dire qu'aucune autre investigation policière ne serait entreprise contre tes parents...

Alice lui jeta un regard désespéré.

— Les avocats ont dit qu'un dossier médical complet signé par un psychiatre, le Dr Vorster, serait transmis au bureau du procureur... Il semblerait que ta mère accuse ton père, un certain Stephen Travis, d'être à l'origine de ce complot, qu'il t'aurait manipulée en t'envoyant des courriers secrets cherchant à détruire son image de mère et qu'elle lui intenterait également un procès.

Alice se recroquevilla sur elle-même, littéralement épuisée, vidée de toute substance. Quelque chose d'indicible menaçait d'emporter sa vie et son destin comme une vulgaire branche arrachée par la furie d'un fleuve en crue.

L'élégante et fine silhouette s'imposa à sa vue lorsqu'elle se pencha vers elle :

— Alice... Moi je te crois. Je ne pense pas que tu aies inventé tout ça... Quelque chose me dit que tu es venue me raconter la vérité l'autre matin.

Alice lui envoya un pauvre sourire de reconnaissance. Elle le savait bien, mais cela n'empêcherait pas la roue implacable de venir la broyer, n'est-ce pas ?

La femme flic eut un sourire franc et plein de sérénité :

— Je continue mon enquête sur Mlle Chatarjampa quand même... Et j'ai obtenu que ta protection soit assurée jusqu'à la fin de cette semaine... Le procureur Goortsen voulait que tu sois prise en charge dès ce soir par les représentants légaux de ta mère à Amsterdam, le cabinet Huyslens et Hammer qui en a fait la demande...

Alice réalisa que l'inspecteur Van Dyke venait de lui obtenir un sursis de quelques jours.

Lorsqu'elle repartit, Alice comprit qu'elle avait là une chance inespérée. Une chance inespérée de reprendre l'initiative et de faire basculer la roue dans le bon sens. Elle avait quelques jours de sécurité assurée. Quelques jours pour mettre un nouveau plan en route.

Un plan qui la sauverait de sa mère.

Sa mère qui ferait tout pour la détruire, maintenant.

CHAPITRE III

Le vase explosa contre le mur dans un bruit de simple vaisselle brisée. « Bon dieu, pensa Wilheim Brunner, merde, un vase de plus de cinq mille marks. Cassé comme de la vulgaire vaisselle de station-service. » Mais déjà la voix froidement furieuse venait d'éclater dans la pièce, figeant tous ses occupants.

— BANDE D'INCAPABLES. FOUTUS CONNARDS DE BONS À RIEN...

Koesler lui-même faisait le dos rond lorsque Eva Kristensen était en colère et Wilheim le vit vouloir devenir transparent devant la femme blonde et menaçante, dont les yeux luisaient d'un éclat furieux derrière les élégantes lunettes aux verres fumés.

— Cela fait maintenant cinq jours qu'elle a disparu et vous n'êtes pas foutus de la... *repérer ?* Sa question avait la douceur de l'arsenic. Wilheim détestait sa voix lorsqu'elle se faisait ainsi mielleuse et dangereuse. Cela annonçait souvent, presque toujours, des actes d'une brutalité croissante.

Koesler ne disait rien, figé dans son attitude

militaire, au centre de la pièce, les yeux fixés vers un point situé derrière la tête d'Eva. Une attitude figée et mécanique apprise dans les camps de mercenaires sud-africains.

— Koesler, Koesler... la voix d'Eva avait la particularité d'être coupante comme du verre, pensa Wilheim, surpris par cet éclair de pensée intuitive. D'apparence tout à fait inoffensive, mais qui cachait un fil qui sectionnait aussi sûrement qu'un poignard d'acier suédois.

Eva murmurait presque :

— Koesler, pourquoi croyez-vous que je vous paye aussi largement ? Hein ? Dites-moi à votre avis ?

L'ex-mercenaire ne répondait rien, le rituel était devenu une sorte de seconde personnalité pour lui.

— Je vais vous le dire, moi, Koesler, pourquoi je vous paye le double de ce que vous pourriez trouver de mieux sur le marché actuellement...

Eva s'était rapprochée de l'homme et elle tournait autour de lui, dans une attitude étrangement menaçante, à la fois intime et prédatrice. Wilheim savait qu'Eva s'était inspirée du comportement des officiers de l'US Marines Corps, dont elle avait lu les méthodes dans une encyclopédie spécialisée. D'une certaine manière cela plaisait à Koesler, Wilheim le sentait confusément, il y avait dans ces rituels parfaitement programmés une forme aboutie des perversions d'Eva, de Koesler et de lui-même, bien entendu.

Sa bouche se colla presqu'à l'embouchure de son oreille :

— C'est parce que j'attends de vous des résultats, Koesler. Voilà pourquoi je vous paie si largement. J'attends de vous des résultats hors du commun... Quelque chose que j'espérais à votre hauteur, à la mesure de votre ambition, mais votre ambition ne semble pas dépasser celle d'un vulgaire nettoyeur de chiottes...

Koesler faillit réagir mais se retint au dernier moment. On n'interrompait pas Mme Kristensen dans ses crises. Il fallait juste attendre que ça passe, que le cycle soit terminé et qu'Eva se calme enfin, passant brutalement à un tout autre sujet.

— Dites-moi, Koesler, sincèrement vous croyez que j'ai raison ?

Le mercenaire ne cillait toujours pas.

Eva tournait autour de lui comme un oiseau de proie habillé par Cartier et Boucheron. Elle se planta à quelques centimètres du visage neutre et sans vie de l'ex-soldat de fortune :

— Hein ? dites-moi, vous croyez que j'ai raison d'attendre autant de vous ? Vous croyez que j'ai raison de penser que vous êtes un soldat d'élite ? Que vous faites partie des meilleurs. Vous croyez que j'ai raison, Koesler ?

Les postillons d'Eva pleuvaient sur sa figure et Koesler émit un vague murmure incompréhensible.

— Comment ? Qu'est-ce que vous dites ?

La voix d'Eva avait la couleur d'un percuteur qu'on relève.

Wilheim se décida à intervenir.

— Koesler attend des informations, Eva, des informations d'un type du ministère de la Justice...

Eva se figea, l'air littéralement stupéfait :

— Silence, siffla-t-elle. Je ne t'ai pas sonné toi, laisse-moi le soin de régler *nos* affaires.

Puis se retournant aussitôt vers l'athlète aux yeux gris :

— Alors quelles sont ces informations monsieur Koesler ?

Koesler se balança d'un pied sur l'autre et commença à bafouiller :

— Heu... Un homme de M. Van... heu de notre ami de La Haye. C'est heu... il travaille au ministère... demain nous saurons sûrement où se trouve votre fille, madame Kristensen.

Eva s'était figée devant Koesler dans une attitude théâtrale, dont elle voulait l'effet comique. Une fausse stupéfaction intéressée qui décontenança le Sud-Africain :

— Vous saurez sûrement ? Demain ? La voix d'Eva était méchamment rieuse. Vous saurez sûrement, sur un ton plus froid maintenant. Mais je vous conseille de savoir en toute certitude monsieur Koesler, vous me comprenez, j'espère ?

L'homme hocha la tête en silence. Le mince sourire d'Eva arquait les commissures de ses lèvres. Elle se désintéressa aussitôt de lui et passa les autres occupants en revue.

Wilheim, d'abord, à qui elle n'accorda qu'un bref regard, puis M. Oswald, l'expert-comptable anglais chargé de créer les comptes bancaires et les mécanismes financiers qui faisaient fructifier leurs bénéfices en provenance du studio.

— Monsieur Oswald, je crois qu'en fait rien ne vous retient plus ici, les petits problèmes de gestion financière attendront demain.

Puis sans même un sourire :

— Je vous remercie.

Le petit homme replet s'éclipsa sans demander son reste et Eva Kristensen se dirigea doucement vers Dieter Boorvalt, le jeune avocat qui supervisait les problèmes juridiques.

— Dieter ? J'aimerais que vous m'expliquiez une chose...

Dieter ne répondit rien, connaissant lui aussi les règles immuables du rituel.

— J'aimerais que vous m'expliquiez pourquoi notre cabinet n'a pu récupérer la tutelle de ma fille. Pourquoi ma fille peut se trouver sous la protection de la police alors qu'aucun crime ne m'est officiellement reproché…

Dieter épousseta négligemment son pantalon de flanelle et ajusta ses lunettes avant de posément ouvrir une chemise de carton placée à côté de lui, sur le divan.

Il en tendit une feuille à Eva en lui jetant un coup d'œil froid et professionnel :

— Voici une copie de la lettre que j'ai fait envoyer par notre cabinet. D'autre part nous avons clairement menacé le procureur de faire une injonction dans les trois jours…

— DANS LES TROIS JOURS ?

Eva avait explosé. Elle se tenait toute raide, tendue par une énergie de milliers de volts. Sa main tenait la feuille de papier comme Zeus empoignant une volée d'éclairs.

— Écoutez-moi attentivement Dieter, je ne tolérerai pas que s'écoule encore une semaine sans que ma fille ne soit récupérée, j'espère être assez claire ?

Dieter hocha la tête et lui tendit un autre document :

— Lisez ça aussi, c'est la lettre du ministère nous indiquant que la durée légale de mise sous protection du témoin se terminera samedi. Il vaudrait mieux ne pas faire de vagues et attendre tranquillement la fin du délai pour récupérer Alice…

Eva contempla silencieusement les deux feuilles, puis les rendant à Dieter :

— Vous pouvez m'affirmer que samedi il n'y aura pas de prolongation ?

Dieter prit son ton le plus professionnel pour répondre :

— Je vous l'affirme madame Kristensen. L'inspecteur qui a formulé la demande de protection ne pourra la réitérer... de toute façon, ils sont plus ou moins en train de classer l'affaire, la jeune flic sera dessaisie... Tout se passera en douceur...

— Dites-moi Dieter. On parle bien de cette femme qui s'est fait passer pour je ne sais quelle connerie de programme municipal... C'est cette femme qui a placé Alice sous protection spéciale, Dieter ?

Le jeune avocat opina silencieusement.

— Et c'est cette femme qui a pris la première déposition et vu la cassette en premier, c'est ça ?

— Oui, murmura Dieter, c'est la même personne, Anita Van Dyke.

— Mais bon sang, s'énerva alors Eva Kristensen, mais alors pourquoi personne n'a encore pensé à la suivre, hein dites-moi ?

Eva se retourna vers Koesler, dans le silence qui figeait la pièce comme la gangue d'un glacier :

— Koesler...

Elle s'avança doucement vers lui, mais resta à quelques mètres. Sans même le regarder, elle laissa tomber :

— Je suis sûre que vous vous rendez compte à quel point vous allez devoir améliorer vos performances... Une telle erreur est d'une gravité sans précédent... Mais...

Eva pivota sur elle-même, un large sourire aux lèvres.

Ça y est, pensa Wilheim, la crise est finie, maintenant nous allons avoir droit au champagne.

Eva fit claquer ses doigts et planta ses yeux dans ceux de Wilheim :

— Mon chou, je crois que nous allons ouvrir une bouteille de Roederer...

Puis à l'attention de tout le monde et de personne en particulier :

— Je veux qu'on suive cette fliquesse, je veux tout savoir sur elle et surtout où elle va. Elle doit sûrement rendre visite à Alice quotidiennement... REPÉREZ L'ENDROIT. Je veux parer à toute éventualité au cas où l'affaire se compliquerait d'ici à samedi et qu'on ne puisse récupérer ma fille légalement.

Elle regarda Wilheim.

— Je veux tout savoir sur elle, O.K. ?

Wilheim lui fit comprendre d'un geste imperceptible que ce serait fait.

Le samedi matin, Alice Kristensen boucla ses quelques affaires dans son sac de sport, vérifia que l'argent était bien en place, que son passeport y était aussi et elle attendit patiemment l'heure du déjeuner. Vers treize heures, comme convenu, Oskar, un des deux flics antillais, monta pour lui dire qu'on y allait.

Elle avait réussi à négocier avec Anita, la veille. « Madame Van Dyke... si c'est samedi que les avocats de ma mère vont me reprendre, vous me laisseriez faire une petite sortie en ville, l'après-midi », lui avait-elle demandé sur un ton presque suppliant. Cela avait marché. Ils déjeunèrent dans un petit restaurant nordique du centre-ville, puis Alice se décida pour aller voir un film de science-fiction au Cannon Tuschinsky. Les deux flics se tapèrent *Alien 3* dans un silence religieux de gosses fascinés, puis vers cinq heures et demie, Alice demanda à aller au grand supermarché de l'avenue.

Les flics garèrent la voiture à deux rues du centre commercial et ils encadrèrent Alice sur le trottoir, sans ostentation. Alice sentait battre le sac de sport dans son dos, et son cœur dans la prison de sa poitrine. Elle marchait toute droite vers son futur, vers les grandes galeries où elle pourrait mettre son plan à exécution.

Elle n'avait pas droit à l'erreur. Elle en avait assez commis comme cela.

Elle était pleine d'une détermination farouche lorsqu'elle poussa la porte de verre du magasin.

La chaleur lui explosa au visage. Il y avait du monde. Assez de monde pour faire une foule. Pas trop pour qu'elle ne fût pas compacte et infranchissable. Alice déambula au rez-de-chaussée, s'arrêtant pour regarder bijoux et parfums, foulards de soies et cravates, revenant sur ses pas pour s'offrir une petite bague, entraînant les deux flics antillais qui la suivaient séparément à quelques mètres, l'air de rien, dans une danse compliquée autour des rayonnages.

Puis elle monta au premier par l'escalator, les jeux vidéo, les ordinateurs et l'électroménager, puis au deuxième, aux rayons livres, disques et hifi.

Les deux flics s'arrêtèrent devant les murs de magnétoscopes et de platines laser. Alice dériva lentement vers le rayon livres. Oskar tourna la tête pour voir où elle était mais elle lui fit un petit signe amical, l'air de dire « tout va bien, je regarde juste quelques bouquins ».

Oskar et Julian se retrouvèrent rapidement au rayon des disques laser et elle put les voir comparer des disques de reggae et de salsa.

Les rayons de la librairie couraient jusqu'à l'escalier mécanique. Il y avait peu de monde dans cette partie du magasin, quelques personnes qui furetaient autour des ouvrages. Alice feuilleta négligemment quelques livres tout en glissant vers la rampe de couleur bleue. Lorsqu'elle ouvrit *Le grand sommeil* de Raymond Chandler, elle n'en était plus qu'à quelques mètres. Oskar et Julian étaient plongés dans l'intégrale de Bob Marley. Alice reposa le livre en suspendant sa respiration. Son cœur envoyait des paquets de sang et d'émotion à son cerveau. La chaleur du magasin devenait torride et elle sentit des gouttes de sueur perler à son front et le long de son cou.

Allez, un dernier effort.

Elle glissa jusqu'à l'extrémité du rayonnage, trouva Asimov et Aldiss, des collections de science-fiction de poche dont elle ne perçut que les couvertures colorées, dans un kaléidoscope violacé.

Elle jeta un ultime coup d'œil à Oskar et Julian dont les têtes dépassaient des bacs de disques, à deux ou trois rangées d'elle. Elle les voyait de profil et, lorsqu'ils se penchaient vers l'intérieur des bacs, le sommet de leur crâne disparaissait pour quelques instants. Julian lui jeta un coup d'œil et elle lui envoya un sourire forcé en reposant *Fondation foudroyée*. La tête noire du flic replongea à la rencontre de Jimmy Cliff.

Alice n'attendit qu'une fraction de seconde. Le temps que sa poitrine se remplisse et qu'elle envoie le message à ses jambes. Elle se retourna et, le plus calmement qu'elle put, fit le tour de la rampe agrippant sa main au caoutchouc noir. Elle se propulsa entre deux couples d'âge mûr qui s'avançaient sur les marches métalliques puis doubla la femme de devant et descendit l'escalator en se faufilant entre deux ménagères.

Premier étage. Alice empoigna la rampe de l'escalator et bondit sur la volée de marches qui descendait vers le rez-de-chaussée. Elle bouscula un vieillard et marmonna une excuse. Devant elle, la perspective scintillante de l'escalator plongeait vers les étalages vitrés de la parfumerie. Les marques françaises de parfums formaient une fresque d'arabesques lumineuses et les flacons luisaient de mille nuances d'ambre et de vert. Mais Alice n'avait d'yeux que pour la petite pancarte qui indiquait la sortie. Elle fonça entre deux rangées de cosmétiques qui miroitaient derrière leurs parois de verre. À l'autre bout du magasin elle discerna une vague lumière bleue derrière des portes battantes. Elle força la cadence et vit les étalages de parfums faire place aux montres et bijoux. Il y avait du monde ici et la foule devint plus dense. Alice se faufila difficilement entre les femmes vêtues de fourrures, aux lèvres outrageusement maquillées et aux coiffures sophistiquées. La foule était encore plus dense juste derrière, et Alice força le passage sans trop de ménagement.

Ralentie dans sa course, Alice discerna des détails dans la danse absurde qui la bloquait à quelques mètres de la liberté. Les énormes boucles d'oreille en or d'une jeune femme élégante, au visage fermé, devant un étalage de montres suisses aux prix faramineux. L'éclat du néon sur l'acier gris, l'or et le vermeil. La silhouette derrière la vitre, de l'autre côté. Le costume gris aux reflets soyeux.

Le visage de l'homme, luisant sous la lumière crue. Son crâne chauve, lisse et net comme une boule de billard. Ses épaisses moustaches, tombant à la turque. Les disques noirs qui masquaient son regard...

Seigneur, tressaillit Alice, croyant défaillir de terreur, plongeant dans la foule dans un sursaut instinctif... l'homme aux moustaches et aux lunettes noires, le chauve dont m'a parlé Anita...

Elle ne voulut même pas essayer de deviner si l'homme l'avait vue ou non.

Elle courut sans se retourner comme dans un décor de cauchemar vers les portes de verre de la sortie.

Elle aperçut une portion de ciel bleu électrique et la lumière de l'après-midi qui tombait sur les toits des voitures garées devant le magasin.

Au même instant, elle reconnut la voiture japonaise et la silhouette qui se tenait au volant juste devant le trottoir.

Koesler.

Le profil fixait le vide quelque part devant lui.

Alice dérapa sur le revêtement de plastique et elle sentit son corps basculer, perdre tout sens de l'équilibre. Elle atterrit de tout son long en poussant un petit cri étouffé. La douleur irradiait de ses genoux et de son bras droit.

Lorsqu'elle se redressa elle aperçut quelques silhouettes figées autour d'elle. Dans un voile cotonneux elle entendit une voix de femme : « Ça va mon enfant ? »

Mais ses yeux plongeaient déjà derrière la porte de verre, faisant abstraction du reste de l'univers. Et ce qu'elle y vit la trempa d'une terreur glacée.

Koesler. Le regard froid de Koesler qui la fixait. Il y avait comme de la stupéfaction dans ce regard. Ainsi qu'une détermination à toute épreuve.

Alice réagit instinctivement. Dans un hoquet affolé elle partit sur la droite, vers les foulards

Hermès et les cravates Gucci, vers une sortie latérale, dont elle apercevait les grooms cuivrés, là-bas.

Elle courut furieusement entre les étalages et elle entendit nettement le bruit de la chute d'un présentoir de cravates derrière elle.

En slalomant entre deux bacs remplis de pull-overs, elle put se retourner, un bref instant.

Là-bas, sous l'enseigne Benetton, le chauve aux lunettes noires courait vers elle, à petites foulées. Elle aperçut un homme à une bonne dizaine de mètres derrière lui, qui faisait volte-face. Son teint hâlé et ses yeux légèrement bridés suffirent à Alice pour l'identifier. L'Indonésien.

Elle se propulsa dans la rangée de bacs à tee-shirts.

Elle atteignait les portes. Elle bondit vers la paroi de verre et ses petites mains moites laissèrent une empreinte collante lorsqu'elles s'écrasèrent sur la vitre. L'air frais l'enveloppa instantanément.

Elle dérapa sur la droite, dans la direction opposée à la voiture de Koesler.

Au même instant, elle jeta un ultime coup d'œil à l'intérieur du magasin. Elle détalait déjà sur le trottoir. Mais elle avait eu le temps de discerner que quelque chose d'anormal était en train de se produire. Le chauve lui tournait le dos et il tenait un gros pistolet dans sa main...

C'est tout ce qu'elle vit nettement, mais alors qu'elle commençait sa course éperdue dans la foule du soir, elle entendit nettement le bruit des déflagrations.

Elle savait pertinemment que c'étaient des coups de feu qu'on tirait, là.

C'est Oskar qui se rendit compte le premier que la môme avait disparu.

Il venait de reposer un vinyl de Peter Tosh dans son bac lorsque, en relevant la tête vers les rayons de livres, il s'aperçut qu'Alice n'y était plus. Il lui fallut moins d'une seconde pour comprendre la globalité de la situation. Il empoigna Julian et plein d'une sourde angoisse l'entraîna vers le dernier endroit où il l'avait vue :

— Elle est plus là, Julian, merde...

Julian tourna la tête en tous sens comme un périscope cherchant à détecter la petite silhouette en bleu marine.

Ils fonçaient le long des rayonnages de bouquins.

— Où tu l'as vue en dernier Julian ?

— Là-bas au bout du rayon...

Oskar pressa encore le pas.

— Merde merde, Anita va nous tuer... Putain de merde.

Julian ne répondit rien.

Ils arrivèrent à l'extrémité du rayon et firent le tour de la cage d'escalier mécanique en dérapant sur le sol glissant.

— Tu la vois ?

— Non j'vois rien... elle est pas là...

Oskar fit volte-face et observa l'escalator qui déroulait ses marches mobiles vers les étages inférieurs. Son instinct lui fit comprendre ce qui s'était passé.

— Merde.

Il se précipita sur la volée de métal qui résonna lourdement.

— Julian, amène-toi, elle est descendue. Elle s'est barrée...

Il criait presque.

Julian bouscula un groupe de touristes et se précipita à sa suite.

Arrivé au bas des marches, Oskar envoya valser un couple de teenagers en pivotant d'un seul trait pour attraper la rampe qui menait au rez-de-chaussée.

Il était déjà en bas, entre les bacs vitrés de la parfumerie lorsque Julian déboula à son tour au sommet du dernier escalier.

Oskar cherchait de tous côtés, planté au croisement de deux allées. La foule était plus compacte qu'au deuxième, ici. Ça ne serait pas du gâteau. Julian le rejoignit et, du haut de son bon mètre quatre-vingt-dix, discerna quelque chose à l'autre bout du magasin.

— Y's'pass'quekchose là-bas.

Il prenait Oskar par le bras et lui montrait un mouvement et un attroupement plus loin, en direction d'une des sorties.

— Qu'est-ce que...

Oskar et Julian se dirigèrent à bonnes foulées vers les stands de montres Timex, Cartier, Rolex. Ils se séparèrent afin de couvrir un peu plus d'espace, dans deux rangées parallèles.

En fonçant vers la sortie principale ils rencontrèrent une foule de plus en plus dense et ils se cognèrent sans ménagement à de multiples personnes.

Au même instant, un bruit violent leur parvint. Des objets tombant par terre. Oskar menait la marche, par le hasard de la distribution des obstacles humains parsemés sur leur route.

C'est en débouchant sur une allée perpendiculaire qu'Oskar visualisa la situation dans son ensemble. Il n'y avait personne de blond, de sexe féminin et âgé de douze ans à la sortie principale.

En revanche, là-bas sur sa droite, vers une sortie latérale, dans un endroit presque désert une petite forme blonde bondissait entre les bacs.

Et devant lui, à quelques mètres tout au plus, un homme marchait à une cadence diablement vive vers la même sortie. Un homme vêtu de gris et dont le crâne chauve luisait sous la lumière.

Oskar avait eu l'occasion de lire les rapports d'Anita et la mention d'un homme chauve aux lunettes noires et portant moustache, sûrement prénommé Johann, lui revint en mémoire. Sans savoir qu'un autre événement se préparait dans son dos, il fonça à la poursuite de l'homme en mettant la main sur la crosse du 9 mm, sous sa veste.

Oskar vit Alice se précipiter vers la porte et l'homme devant lui presser le pas.

Il tenta le tout pour le tout :

— Johann ? cria-t-il dans l'espace saturé de néon. Johann arrête-toi !

Il vit l'homme se retourner, surpris, en ralentissant le pas.

Et les disques noirs ne trahirent aucune émotion lorsqu'il se figea et mit la main à l'intérieur de sa veste, avec une vélocité incroyable. Il écarta violemment une vieille et élégante dame qui partit à la renverse dans un bac de blue-jeans et sa main réapparaissait déjà, armée d'un solide automatique noir.

Oskar dérapa sur les dalles glissantes en se précipitant sur le côté. Sa main tenait fermement le pistolet mais sa perte d'équilibre lui coûta la précision.

Au moment où il fit feu, le chauve moustachu aux lunettes tirait lui aussi.

La balle d'Oskar passa à dix centimètres à droite

de la moustache, traversa une peluche publicitaire et alla se perdre vers le plafond.

Celles de Johann allèrent se loger dans sa jambe et son épaule droites, faisant exploser des geysers de sang qui éclaboussèrent le sol et les bacs de lingerie féminine.

Oskar s'effondra dans une masse de soutiens-gorge blancs et soyeux alors que des hurlements jaillissaient de tous côtés et que d'autres coups de feu éclataient de partout, vacarme de fusillade amplifié par l'écho naturel du magasin.

Sa tête heurta quelque chose de dur et la douleur le recouvrit quelques instants d'un voile éblouissant.

Lorsqu'il put prendre à nouveau pleinement conscience de la situation, il régnait un silence de mort dans tout le supermarché. Seule la musique d'ambiance égrenait sa rumba synthétique, imperturbable.

Sa jambe pissait le sang comme jamais il ne l'aurait cru possible et la souffrance lui injectait des spirales nauséeuses jusqu'au plus profond de lui-même. Son épaule était fracassée et trempée d'un liquide chaud et poisseux.

Il se rendit compte que sa jambe était transpercée de part en part en deux points. Deux fois une balle était entrée et ressortie. En deux endroits, un énorme orifice débordait d'un sang chaud et bouillonnant à l'arrière de sa cuisse. Il y avait un écart de plusieurs centimètres dans le sens de la hauteur à chaque fois entre les points d'impacts et les trous de sortie des balles. Et Oskar savait qu'entre les deux points, les balles avaient dû provoquer de sérieux dégâts, en zigzagant dans la chair et les os.

Le fer rouge qu'on lui enfonça dans la jambe à

cet instant précis le fit basculer dans le puits noir de l'inconscience.

Il ne savait pas encore qu'il n'était qu'à quelques mètres du cadavre de Julian.

Lorsque Julian avait vu Oskar changer de direction tout d'un coup, il avait eu un instant d'étonnement. Pourquoi n'allait-il pas vers la sortie, nom de dieu ?

Oskar courait à petites foulées à cinq ou six bons mètres devant lui, dans la rangée à sa droite.

Et là, au croisement avec une allée principale il venait de glisser et de foncer vers l'autre côté du magasin.

Julian se faufila difficilement dans la foule qui encombrait sa rangée à cet endroit.

Il allait déboucher sur l'allée, étonnamment déserte à cet instant, lorsqu'il vit passer un homme de type malais devant lui. L'homme courait presque et, abasourdi, Julian aperçut la masse instantanément reconnaissable d'un pistolet, dévoilée par le mouvement de la veste noire et ample qui s'écarta de la ceinture.

Julian plongea instinctivement sa main sous l'aisselle.

Au même moment, à douze mètres de là, Oskar fit un truc incompréhensible.

Julian avait les trois hommes en perspective devant lui lorsque l'événement survint.

La voix d'Oskar claqua dans le magasin :

— Johann, cria-t-il, Johann arrête-toi !

Aussitôt un type qui marchait à toute vitesse devant Oskar se retourna et... Nom de dieu.

Julian vit les trois mouvements dans un jet violent d'adrénaline.

Le chauve aux lunettes noires. Oskar. L'Indonésien. Tous trois portant presque simultanément la main à leur arme.

Il entra dans un rêve. Un rêve où il s'entendit jeter froidement au type en noir devant lui :

— Bouge pas connard, Police.

Au même instant, son Beretta jaillissait de son étui et se pointait devant lui, dans ses mains croisées sur la crosse, droit sur le dos du mec.

Mais les choses avaient accéléré plus loin. Le chauve pointait son arme sur Oskar qui dérapait sur les dalles, dans un bac de linge.

Un énorme double bang résonna dans le magasin.

Des éclairs et de la fumée.

Tout se déroula alors comme dans un ballet curieusement agencé.

Devant lui, l'homme en noir s'écartait brutalement sur le côté, tout en s'affaissant dans un geste pivotant qui le découvrit, armé d'un gros automatique étincelant.

Julian ne vit plus que la lueur de l'arme qui se pointait sur lui.

Son geste réflexe était déjà entamé.

Son Beretta se déplaçait sur le côté, comme une machine autonome dotée de perceptions propres. L'arme ennemie n'était pas encore sur lui, simple fantôme de métal en mouvement lorsque son viseur se stabilisa sur la poitrine de l'Indonésien.

L'arme tressauta dans sa main lorsqu'elle fit feu, deux fois, se relevant légèrement dans une corolle de fumée.

Deux étoiles vermeilles éclataient sur la chemise pastel de l'homme qui basculait contre un rayonnage de jeux de société. Sa tête fit s'effondrer une pile de Monopoly qui déversèrent leurs faux billets, leurs cartes de propriétés et les cubes rouges et verts des immeubles, dans un bruit qui lui parut lointain.

Déjà son regard se portait devant lui.

Il vit la silhouette vêtue de gris là-bas, à trois ou quatre mètres d'Oskar.

Oskar qui roulait dans un amas de linge et de plastique pulvérisé.

Devant la silhouette il y avait un nuage gris, au bout de son poing.

La balle qui le frappa en plein bassin arriva juste après le bruit de la détonation. Dans une nova de douleur.

Julian se sentit partir en arrière et ses jambes, surtout la droite, s'affaissèrent sous son poids.

Son corps tomba sur le côté et il fit l'effort de stabiliser son arme, qu'il tendait toujours devant lui, dans ses deux mains, soudées au plastique de la crosse.

Sa vision était oblique, comme une caméra renversée sur un côté et il tenta de fixer la silhouette grise qui déjà refluait en arrière.

Julian vit le tube noir de son arme trembler autour de l'ombre en mouvement et il appuya férocement sur la détente, plusieurs fois.

Presque aussitôt il aperçut un mouvement saccadé chez l'homme. Il l'avait touché, pensa Julian. Il entreprit de rouler sur le côté mais fut stoppé dans son élan par la vague de souffrance qui explosa de son bassin fracturé et le tétanisa sur place.

C'est à peine s'il entendit les détonations répondre à ses coups de feu. Un déluge de détonations.

Un terrible impact fit exploser un de ses genoux et, en fait, il n'eut pas le temps de se plier sous la douleur.

Une balle blindée de calibre 38 magnum pénétra dans sa cage thoracique, perforant un poumon et la trachée-artère. Un ultime projectile, quelques dixièmes de seconde plus tard, fit éclater le haut de son crâne, entamant un parcours dévastateur dans le cerveau droit.

Son corps s'affaissa lentement sur les dalles barbouillées de son sang.

Lorsque Alice dévala la rue, elle ignorait complètement ce qui se passait derrière elle. Des coups de feu, seigneur...

Son cœur battait à tout rompre et l'image de Koesler n'arrivait pas tout à fait à s'effacer. Elle courait dans une rue perpendiculaire à l'avenue où était garé l'homme au sourire cruel. Elle l'imagina démarrer et faire le tour du magasin à sa poursuite et elle accéléra sa course. Elle courait à corps perdu, sans même voir ce qui se passait autour d'elle. Elle sentait la menace de l'homme aux yeux gris et de sa voiture blanche, comme l'haleine fétide d'un fauve sur sa nuque.

Au bout d'un moment Alice réalisa qu'elle courait en ligne droite depuis deux ou trois cents mètres et qu'il convenait de quitter cette rue au plus vite. Elle s'engagea dans une petite allée sur sa droite et aperçut les lumières roses si particulières du quartier chaud, à quelques maisons de là. Elle ralentit sa course et se mit à marcher, à bonnes foulées. Elle se dirigea d'instinct vers le labyrinthe de rues tortueuses. Elle s'enfonça dans une jungle de lumières et de vitrines dans lesquelles s'exposaient les prostituées. Autour des vitrines et des sex-shops tournoyait une faune bizarre, aux comportements honteux.

Elle traversa le quartier de part en part et se retrouva sur les bords du canal.

Le jour tombait. Le ciel était d'un bleu roi profond, les couleurs de la ville étaient vives et quelques cirrus printaniers se teintaient de rose, très haut au-dessus des toits, là-bas vers Haarlem.

Alice soupira et aperçut un square devant elle. Elle alla s'effondrer sur un banc pour reprendre souffle. Elle avait soif. Une soif terrible. Son sang battait à ses tempes. Sa tête était vide de toute pensée.

Tout ce qu'elle savait c'est qu'elle venait de rencontrer une situation tout à fait imprévue.

Imprévue et dangereuse.

Au bout de quelques minutes elle se résigna à se lever. Elle retourna vers le canal et regarda un instant la lumière tombante du soleil jouer de ses reflets sur l'eau. Mais le cœur n'y était pas. Elle était seule. Seule et perdue dans la ville. Avec des flics et une bande de tueurs à ses trousses.

Elle alla s'acheter un Coca dans une baraque ambulante et décida d'entreprendre la suite de son plan. Elle se hâta sur le trottoir. Elle se doutait que quelque chose de grave s'était passé dans le magasin. Les coups de feu. L'homme chauve qui avait sorti un pistolet de sa poche. Sans doute l'homme chauve et son complice étaient-ils tombés sur Oskar et Julian. Elle se demanda avec angoisse si quelque chose était arrivé aux deux policiers puis elle se figea soudainement sur le trottoir.

Une pensée fulgurante venait de jaillir dans son esprit.

Sans doute les flics étaient-ils en train de boucler la gare et les stations d'autocars. Elle ne pourrait même pas atteindre le train de 19 heures, comme prévu, pour autant qu'elle puisse l'attraper à temps.

Bon sang, tout son plan s'effondrait. Elle ne pourrait jamais rejoindre le Portugal, ni son père.

Elle avait commis une erreur, une fois de plus. Une fois de trop.

Elle revint sur ses pas, désespérée.

Il fallait d'urgence trouver une solution. Inverser le cours fatal que le destin prenait.

Mais elle était fatiguée, épuisée. Le monde s'obstinait à résister à sa volonté, pourtant simple. Juste rejoindre le soleil et le sourire de papa. Un peu de silence et du sable.

Le bonheur.

Oui, le monde résistait plus sûrement que les digues devant l'Océan pourtant intraitable. Et en cet instant le monde eut une seule image. Il conduisait une voiture japonaise blanche, avait des yeux froids comme des billes d'acier et un sourire d'assassin.

CHAPITRE IV

Avec le soir, la fraîcheur tomba et Alice n'eut pas du tout envie de réitérer son expérience nocturne de la semaine précédente, dans un parking souterrain.

Il fallait qu'elle fuie Amsterdam, mais elle savait aussi qu'il devenait à chaque minute plus dangereux pour elle de traîner dans les rues. Les bars et les cafés n'étaient guère plus sûrs car une jeune fille de douze ans y serait vite repérée. Les gares et les autocars étaient hors de question et elle se demanda si les tramways aussi n'étaient pas surveillés.

Le hululement lointain d'une sirène de police envoya l'éclair bleu d'un gyrophare au centre de son cerveau.

À choisir, elle préférait encore tomber dans les mains des flics que dans celles de Koesler et de sa mère.

Oui, pensa-t-elle soudainement résignée, si la fuite s'avérait impossible, autant admettre sa défaite et se rendre à la police. Avec ce qui s'était passé dans le grand magasin peut-être commencerait-on à la croire maintenant ?

C'est ainsi qu'elle entra dans la première cabine téléphonique venue et y ouvrit le gros annuaire d'Amsterdam.

Elle ne sut pourquoi elle ne l'appela pas à son bureau. Sans doute l'imagina-t-elle un instant dans la solitude confortable d'une petite maison donnant sur une allée verdoyante, plutôt que dans la ruche de néon. Peut-être désirait-elle simplement lui parler, comme une amie appelée de très loin parce qu'on a besoin d'elle. Quoi qu'il en soit, elle chercha dans les Van Dyke et en trouva treize. Aucun ne s'appelait Anita.

Alice se doutait que cela ne voulait pas dire grand-chose. L'abonnement pouvait être au nom de quelqu'un d'autre.

Elle consulta néanmoins la partie réservée aux diverses banlieues de la ville, avec une patience qui l'étonna. Dans la ville de Buitenveldert elle ne trouva qu'un seul Van Dyke et elle s'appelait Anita.

Son cœur se mit à battre plus fort.

Alice décrocha le combiné et composa le numéro. Il y eut un petit bourdonnement, un silence, un bip régulier puis la première sonnerie.

Au bout de dix sonneries, Alice raccrocha, la gorge serrée.

Elle se tint debout, dans la cage vitrée, hésitant sur la marche à suivre.

Puis elle se hissa de nouveau jusqu'au combiné, qu'elle décrocha, enfila les pièces et ouvrit l'annuaire à la page des services.

Elle trouva le numéro du commissariat central et appuya sur les touches, pleine d'une angoisse fébrile.

Au bout d'à peine deux sonneries, une voix jeune retentit dans l'écouteur :

— Commissariat central, j'écoute.

Alice resta la bouche ouverte devant l'appareil. Aucun son audible ne voulait sortir de son larynx. Une bouffée d'air chaud l'enveloppait. L'asphyxiait.

— Allô ? Ici commissariat central, je vous écoute, parlez s'il vous plaît...

— Je... Je voudrais parler à l'inspecteur Van Dyke, s'il vous plaît.

Alice comprit tout de suite qu'elle avait fait une erreur en n'essayant pas de camoufler ou de travestir sa voix. C'était celle d'une petite fille apeurée qui avait résonné dans la cabine.

— L'inspecteur Van Dyke ? Qui la demande ?

Alice hésita à nouveau et se retint de bafouiller. Le silence était peuplé de parasites.

— Allô ? reprit la voix métallique, de l'autre bout du monde.

De qui donc pouvait-elle se réclamer ? Elle ne savait même pas si Anita avait une fille, ou une nièce...

Bon sang ça ne marcherait jamais.

Elle se jeta à l'eau :

— Je désire lui parler. C'est personnel, et important.

Sa voix était plus affirmée, plus tranchante.

— Je suis désolé, mais l'inspecteur Van Dyke n'est pas là pour le moment... Puis-je lui laisser un message ?

Alice reconnut le ton mièvre employé par l'agent Cogel, lors de sa toute première entrevue, et elle pria pour que le flic ne l'identifie pas en retour, mais avec sa voix de fillette en mue elle comprit que sans doute le flic savait déjà à qui il parlait...

Anita n'était pas là de toute façon.

Alice raccrocha le combiné d'un coup sec.

Elle contempla les trottoirs déserts de ce quartier périphérique qu'elle ne connaissait pas. Il y avait des lumières partout, dans les maisons, et à chaque étage des immeubles.

Alice se sentit plus seule que jamais, dans cette cabine téléphonique, avec strictement personne à appeler. Elle sortit lentement de la cabine et entama une marche sans but vers le sud.

À un moment donné elle se retrouva devant un des bras de l'Amstel Kanaal, qu'elle franchit par la Van Wou Straat avant de marcher sur le large trottoir de la Rijn Straat. La circulation était fluide mais encore importante autour des tramways. Elle ne savait pas trop où elle se trouvait sinon qu'elle approchait du Beatrix Park et de l'autoroute qui partait vers Utrecht, comme le lui indiquaient les panneaux du croisement devant elle. Le sud.

Droit vers le sud.

Un peu plus loin Alice distinguait les feux de signalisation d'autres croisements. Au-delà elle apercevait un bras du Kanaal. Ses jambes marquaient régulièrement la cadence, ses Reebok frappaient le sol, comme un tambour mécanique aux piles inusables. Les yeux fixés sur l'horizon, Alice marchait, rasant les murs. Elle avait faim. Elle aurait adoré dévorer des saucisses et des frites, un gâteau à la crème d'amande ou un Big Mac. Elle chassa ces pensées cruelles de son esprit et continua sa marche imperturbable vers l'autoroute, vers le sud. Là-bas elle ferait du stop, jusqu'à Utrecht, où elle prendrait un train.

Oui, elle s'en sortirait. Elle le pouvait. Elle avait la force et la volonté. Elle rejoindrait l'Atlantique, là-bas, sur la côte de l'Algarve. Papa, pensa-t-elle presque malgré elle, j'arrive.

Ces pensées revenaient comme des leitmotive, rythmant sa marche, insufflant l'énergie dans ses veines et ses muscles.

C'est ainsi qu'elle faillit ne pas voir le Chrysler Voyager bordeaux qui remontait l'avenue en sens inverse, de l'autre côté de la chaussée.

Elle faillit ne pas le voir. Mais ses occupants la virent, elle.

Et c'est à cause de cela qu'elle finit par les repérer. Là, venant face à elle. Ces deux hommes dans ce van sombre, qui la fixaient de leurs regards durs et... interloqués, comme s'ils n'arrivaient pas à croire ce qu'ils voyaient.

Le Chrysler roulait doucement dans la circulation, gêné par une grosse camionnette qui cherchait à se mettre en double file. Mais à mesure qu'ils se rapprochaient Alice voyait bien que les hommes ne pouvaient détacher leurs yeux de sa silhouette.

Un des hommes empoignait une sorte de micro dans lequel il parlait.

Alice fit volte-face et détala sur le trottoir.

Elle remonta à toutes jambes le long de la Rijn Straat jusqu'à l'Amstel Kanaal. Une nouvelle fois dans la journée son souffle pulsait comme une locomotive et son sang battait dans ses veines.

Alice ne vit pas le Chrysler stopper à un feu rouge, une vingtaine de secondes. Puis repartir dans le hurlement du V6, en collant une petite Mazda qui roulait sur la file de gauche, l'aspergeant de coups de phares à iode.

Arrivée au canal. Alice ne s'accorda pas le temps de réfléchir. Elle partit sur la gauche avant de comprendre qu'elle avait encore fait une erreur. Le canal empêchait en effet toute fuite sur son côté droit, sur plusieurs centaines de mètres. Sur la gauche néanmoins il y avait quelques rues un peu plus loin.

Alice émit un râle en forçant encore la cadence. Son instinct ne l'avait pas trompée. Un énorme rugissement mécanique retentissait derrière elle, avec le crissement des pneus.

Le Chrysler pila net au milieu du carrefour et glissa sur la chaussée en un spectaculaire dérapage contrôlé.

Instinctivement, Alice traversa la chaussée et s'enfonça dans une rue qui l'amena droit à une petite église. Elle n'y vit aucun signe particulier. Elle aperçut une autre rue étroite qui remontait vers le canal. Elle la prit sans réfléchir. Ses jambes étaient lourdes. Elle n'en pouvait plus. Elle ralentit sa marche et s'accroupit au milieu du trottoir pour reprendre son souffle.

Elle haletait comme une machine folle, les poumons endoloris, asphyxiés.

Elle avait à peine repris le contrôle d'elle-même que le rugissement du moteur tonnait près de l'église.

Alice reprit sa course. Un point de côté jaillissait, méchant aiguillon à la droite de son estomac. Elle ralentit sa course et jeta un coup d'œil derrière elle. Trop tard.

Déjà le Chrysler bordeaux abordait sa rue.

Alice lança un petit cri étouffé avant de repartir au galop.

Ces hommes la retrouvaient aussi sûrement que si elle leur lançait des signaux.

Elle tenta de les lâcher dans les ruelles de la Lutmastraat et de la Ceintuur Baan, au sud du parc Sapharti.

Elle finit par se retrouver dans une petite allée en pente, où elle se laissa glisser, presque résignée à la défaite inéluctable. L'allée était bordée de grands arbres et de maisons, dont toutes les fenêtres étaient allumées. De nombreuses voitures étaient garées le long des trottoirs.

Elle eut une pensée fugitive de bonheur, de maison, de repas du soir et d'émissions de télévision regardées dans la chaleur et le confort des divans de cuir profonds.

Derrière elle le moteur rugissait toujours. Ils aborderaient la pente dans une poignée d'instants.

Elle ne sut comment son cerveau épuisé réussit à analyser la situation. Il y avait un homme sur le trottoir devant elle. À moins de cent mètres. Oui, moins, à chaque seconde...

Un homme qui semblait remonter chez lui, précipitamment, ayant oublié quelque chose, et refermant mal sa portière arrière, d'un vague mouvement du poignet.

Alice vit l'homme grimper les marches du perron et s'enfoncer dans l'obscurité derrière une porte.

Une énergie désespérée lui fit accélérer sa course saccadée, alors qu'elle émettait un râle et que des larmes ruisselaient sur ses joues, sans qu'elle sache pourquoi.

Le son du gros moteur éclatait au sommet de l'allée lorsqu'elle arriva à hauteur de la voiture. Elle s'accroupit et ouvrit la portière. Elle s'enfourna directement au pied de la banquette arrière et referma doucement la porte sur elle.

Elle espéra que le mouvement ne serait pas perceptible de loin, masqué par l'alignement des véhicules et des grands arbres qui bordaient la chaussée. Elle s'aplatit le plus qu'elle put dans la pénombre.

Elle vit deux valises modernes, noires et presque

identiques, posées côte à côte sur la banquette, au-dessus d'elle. Sur une des mallettes elle aperçut une couverture aux motifs colorés surmontant un gros duvet kaki, matelassé.

Elle se saisit du tout et l'étala à toute vitesse sur elle. Elle se blottit dans l'obscurité. Le son du moteur se rapprochait.

Grondement puissant qui emplit l'univers.

Sous la couverture et le duvet Alice suspendait son souffle, malgré ses poumons qui recherchaient avidement l'oxygène.

Le véhicule semblait ralentir. Il passa à moins de deux mètres d'elle, pulsation dangereuse qui s'éloigna lentement vers le bas de la pente.

Ils ne l'avaient pas vue monter dans la voiture.

Alice reprit son souffle tandis que le bruit s'évanouissait dans la nuit. Elle resta une bonne minute à écouter le silence qui régnait dans l'habitacle.

Puis tétanisée par la peur, elle entendit le bruit du moteur, le même, oui, le même, revenir dans le spectre audible et emplir peu à peu l'univers à nouveau.

Le van remontait l'allée dans l'autre sens. À sa vitesse régulière et dangereuse.

Alice imagina les hommes scruter les trottoirs et les petits massifs bordant les maisons. Elle les imagina radiophoner à d'autres hommes, leur indiquant qu'ils avaient perdu sa trace dans telle rue, de tel quartier.

Elle se demanda ce qui se passerait si l'homme ressortait à cet instant de la maison. Peut-être cela attirerait-il l'attention de ses poursuivants. Peut-être le questionneraient-ils. Peut-être inspecteraient-ils la voiture. Peut-être allaient-ils la trouver, là, en retirant violemment le drap vert militaire.

Le bruit s'évanouit dans la nuit. Alice commença à se détendre.

Elle décida de rester cachée dans cette voiture, tant qu'elle n'aurait pas trouvé de solution plus efficace. Elle savait très bien qu'elle n'en avait aucune.

Elle voulait juste dormir. Et se réveiller au Portugal.

Elle se réveilla brutalement devant la gueule noire et terriblement effrayante d'un gros automatique.

CHAPITRE V

Quelques décisions dans la nuit

Toorop décela assez vite une certaine incongruité entre l'image du flingue et cette petite blondinette, transie de peur. Il abaissa le Ruger avant de le ranger doucement dans son étui, sans prononcer un seul mot. Ouvrant la main en avant, dans un geste de paix et de douceur il transmit d'une manière indicible qu'elle pouvait se lever et s'asseoir sur la banquette. Il saisit une des mallettes et la posa sur l'autre.

Il y eut une intense transformation dans le regard de la jeune fille, blottie sur le plancher. Il passa de l'effroi le plus pur à une forme de stupéfaction, puis à un éclair d'intelligence tout à fait exceptionnel.

Hugo réfléchissait lui aussi. Sur la suite des opérations. Il ferma doucement la portière arrière en s'asseyant au volant. Il posa son coude sur l'appuie-tête et se tourna vers la pré-adolescente. Elle s'installait maladroitement sur la banquette :

— Les types, dans le Chrysler bordeaux, ils te cherchent c'est ça ?

La jeune fille l'observait, un peu par-dessous, mais avec une acuité tout à fait exceptionnelle.

Elle opina de la tête.

Toorop réfléchissait à toute vitesse.

— Bon, soyons clairs, ce sont tes parents, de la famille ?

La jeune fille sembla passer à une vitesse supérieure dans l'analyse. Hugo aurait presque vu des circuits logiques s'animer dans sa cervelle adolescente.

Elle hocha un non ténu. Très ténu, pensa-t-il.

Une fugueuse sûrement. Il fallait jouer serré avec ce qu'il avait sur lui, et dans le coffre.

— Bon... Écoute, on ne peut pas rester là, tu risques de te faire... repérer. Tu serais d'accord pour qu'on bouge, là, tout de suite ?

— Oui, émit-elle faiblement du chef.

— O.K., tu aurais une préférence ?

Toorop perçut comme un voile prendre possession du regard bleu, un film de larmes ou quelque chose de profondément intérieur.

Oui, de la tête encore, faiblement.

— Tu veux bien me dire où ?

Il gardait un ton calme et attentionné.

— Oui... au Portugal, répondit-elle d'une voix faible mais étonnamment ferme.

Toorop fixa la môme avec un intérêt qu'il ne chercha même pas à cacher.

— Au Portugal, dit-il en sortant les clés de son blouson. Rien que ça.

Il enficha les clés dans le Neiman et mit en marche le moteur de la Volvo.

— Bon, écoute, je te propose, déjà, qu'on roule jusqu'au Beatrix Park, je t'offre un cornet de frites et on discute de tout cela calmement, d'accord ?

La jeune fille se blottit dans la banquette et plaça instinctivement la couverture navajo sur ses genoux.

— D'accord, dit-elle, puis tandis qu'il passait en première et manœuvrait pour partir :

— Je prendrai un Coca aussi...

Il jeta un coup d'œil au rétroviseur et leurs regards se croisèrent, l'espace d'un instant. Toorop vit un vague sourire éclairer ses traits. Une petite pointe d'humour.

— Dis-moi quel est ton nom au fait ? lança-t-il au rétroviseur.

— Alice, répondit la voix derrière lui.

— Enchanté, Alice.

Puis :

— Moi c'est Hugo.

Il prit à gauche et fonça vers l'ouest, vers le Beatrix Park.

Au bout d'un moment il mit la radio et la trompette de Miles Davis s'éleva dans l'habitacle.

Il alluma une cigarette. Il la sentait se détendre peu à peu, derrière lui. Il ne dit pas un mot pendant le voyage, Alice non plus. À côté de l'entrée du parc, l'arrière d'une camionnette blanche apparut dans le pare-brise. Sur le côté du véhicule, il repéra le comptoir caractéristique. Il décida de s'arrêter, là, tout de suite, afin qu'Alice reste hors de vue du marchand de frites. Il achevait de se garer le long des grilles lorsque la petite voix résonna derrière sa nuque.

— Dites-moi, monsieur, vous êtes policier ?

Il y avait une intonation d'attente particulière dans sa voix. Une attente critique, décela-t-il.

Pour une raison qui lui parut obscure sur le moment, il décida de dire la vérité tout de suite à l'enfant :

— Non... je ne suis pas flic...

Il fut surpris de la célérité avec laquelle elle enchaîna :

— Si vous n'êtes pas policier vous êtes quoi alors, avec votre pistolet ?

Il soupira. Évidemment. Ça, c'était quand même un détail dont elle se souviendrait inévitablement.

Il éteignit le moteur. Alluma une autre cigarette et réfléchit à sa réponse.

Dire une partie de la vérité, mais rester flou.

— Je travaille pour une organisation internationale...

Un silence, puis :

— Une organisation internationale ? L'ONU ? Quelque chose comme...

— Écoute Alice, l'interrompit Toorop sans vraiment percevoir l'intense intérêt qui étincelait dans le regard bleu... Maintenant c'est moi qui vais poser les questions, d'accord ?

Alice se tut. Et baissa les yeux. Il y avait un peu de rose sur ses joues pâles.

— Ne le prends pas mal, enchaîna-t-il, plus doucement, mais il faut que je sache ce qui t'arrive si tu veux que je puisse t'aider et en attendant...

Il ouvrit sa portière.

— On va aller s'offrir le cornet de frites dont on parlait tout à l'heure.

Il transmit un petit sourire complice à la jeune fugueuse.

Le visage encadré de blond s'éclaira à son tour et dans un souffle elle lança :

— Et un Coca.

Elle tenta de s'extirper du véhicule pour rejoindre ce grand type aux cheveux noirs, qui possédait un pistolet. Mais celui-ci lui barra le passage, bloquant la portière.

— Ouais, laissa-t-il tomber, et un Coca. Mais toi, tu restes dans la voiture.

Son ton était sans appel.

Lorsqu'il revint avec le sac brun rempli de boissons en canettes et de cornets de frites, Alice se jeta avidement sur la nourriture. Assis le dos à la portière, l'homme qui s'appelait Hugo et qui travaillait pour une mystérieuse organisation internationale, entama sans mot dire son repas, lui aussi.

— Bon, laissa-t-il tomber au bout d'un moment. Maintenant dis-moi la vérité... Les hommes dans le van rouge ce sont des gens de ta famille, n'est-ce pas ?

Alice déglutit difficilement.

— Oui, répondit-elle nerveusement, mais ma mère est très méchante... et... et je ne m'entends plus avec elle...

Puis dans le silence de l'habitacle :

— Je veux rejoindre mon père au Portugal... Mais si vous voulez bien simplement m'emmener jusqu'à la gare d'Utrecht, par exemple... ce serait fantastique, monsieur...

— Appelle-moi Hugo, je t'ai dit.

Sa voix avait été plus coupante qu'il ne l'aurait voulu.

Bon sang de bonsoir, dans quelle galère s'était-il encore fourré ? Pourquoi ne lui avait-il pas dit de descendre tout à l'heure, quand il l'avait trouvée ? Il soupira. Sans doute à cause du même genre de sentiment qui l'avait emmené au cœur des Balkans. Et merde, et maintenant, hein ? Que faire ? pensait-il, déjà résigné, en fait, aux risques fous et inutiles qu'il allait prendre.

Il termina son cornet de frites et sa Heineken, attendit qu'Alice ait terminé, mit le tout dans le sac de papier brun qu'il posa sur le siège passager et démarra la Volvo.

Il s'entendit couvrir le ronronnement du moteur :

— Utrecht n'est qu'à quarante kilomètres... Je t'y emmène.

Il n'eut que le concerto des cylindres comme réponse.

Toorop rejoignit l'Europa Plein puis l'autoroute A2, vers Utrecht et Arnhem.

Quelque chose commençait à le tenailler sournoisement. Il avait l'impression que la môme ne lui avait livré qu'une part de la vérité. Une part minime. Qui cachait autre chose. L'impression était plus tangible à chaque instant.

Au bout d'un petit quart d'heure, il se rendit compte qu'un léger ronflement rythmait le son du moteur, derrière lui. Il jeta un bref coup d'œil par-dessus son épaule pour se rendre compte que la fillette s'était endormie, sous la couverture colorée. Elle semblait détendue dans son sommeil et un petit sourire tout à fait enfantin arquait ses lèvres.

Merde, pensa Hugo en se retournant vers la bande noire de l'autoroute. Dire que j'ai survécu à tout ça pour faire une telle connerie...

Il se doutait déjà de ce qui allait arriver.

Alice n'aurait su dire ce qui l'avait finalement réveillée. Sans doute l'éclairage dur et froid qui tombait par la portière et qui l'éblouissait. Peut-être l'odeur d'essence aussi, et le bruit régulier, organique, qui rythmait doucement la voiture, comme une mystérieuse pompe, un cœur qui battait doucement, caché sous l'écran de l'univers.

Elle prit conscience qu'ils étaient à l'arrêt. Dans une station-service. En levant la tête elle put apercevoir une moitié de la silhouette, la main tendue vers le réservoir de la voiture. Le vieux blouson de teddy-boy noir et blanc, aux armes des Los Angeles Raiders.

Elle aperçut la danse orange des leds digitales qui basculaient sur leurs bandes noires. À la même seconde, la danse se figea sur le chiffre de trente-trois litres et quelques dixièmes et la pulsation régulière stoppa. Elle entendit un bruit métallique et vit le blouson bicolore s'approcher de la gueule rectangulaire de la pompe. Son bras était armé du tube brillant qu'il enclencha dans la machine, avec un claquement sec.

Alice le vit faire le tour de la voiture, par la lunette arrière, puis ouvrir la portière et se mettre au volant. Elle s'étira doucement sur la banquette.

Elle n'arrivait pas à saisir exactement pourquoi, mais une étrange sensation de sécurité l'envahissait. Une douce plénitude, qu'elle n'avait pas connue depuis très longtemps.

Stupéfaite devant cette révélation soudaine, elle comprit que l'homme... oui c'était ça, jouait le rôle de son père. Un rôle provisoire. Mais qui faisait du bien. Elle supposa que cela devait certainement faire partie des mystérieuses clés de cette science au nom prédestiné, psychanalyse, qu'il lui faudrait étudier au plus vite... un jour.

Il gara la voiture sur le parking, à moins de vingt mètres de la caisse. Il se retourna vers elle et se rendit compte qu'elle était réveillée.

— O.K., dit-il avec un léger sourire. Bien dormi ?

Alice émit un oui étouffé de sommeil et de cette nouvelle sensation de satisfaction.

— Bon, on va aller manger un morceau et boire une boisson chaude...

C'est à cet instant qu'Alice se réveilla tout à fait et prit pleinement conscience de la réalité.

Son regard percuta la petite horloge de bord. Seigneur, tressaillit-elle, 23 heures 01.

Bon sang, mais Utrecht n'était qu'à quarante kilomètres d'Amsterdam... Et ils avaient roulé deux heures.

Tendue comme un câble électrique elle tenta d'articuler calmement :

— Excusez-moi, mais... où sommes-nous ici ?

Le jeune type brun plantait ses yeux noirs sur elle.

— Nous sommes en Belgique. Juste au sud de Maastricht.

Le sourire de l'homme ne s'était pas accentué mais une lueur malicieuse s'était éveillée dans sa prunelle.

— Je vais t'expliquer, enchaîna-t-il. À Utrecht, je suis allé jusqu'à la gare, mais quand je t'ai vue dormir, je suis allé voir le tableau des trains au départ et il n'y avait qu'un train dans la bonne direction, le sud : un train pour Maastricht, à minuit et des poussières. Je me suis dis que Maastricht ne pouvait qu'être sur ma route et tant qu'à faire, il était inutile d'attendre minuit, de te réveiller et de te faire prendre un train de nuit toute seule...

Alice digéra sans peine le flot d'informations. Non, ce qu'elle avait vraiment de plus en plus de mal à percevoir clairement c'était cette mystérieuse aura qui se dégageait de l'homme. Sa franchise n'était même pas ostentatoire. Il lui exposait les faits, calmement, attendant qu'elle réfléchisse et prenne la parole à son tour. Son comportement semblait d'une logique cristalline.

Pourtant, une zone d'ombre subsistait. Pas une ombre menaçante. Rien d'aussi ténébreux que ce qu'elle ressentait à fleur de peau chez sa mère, ou Wilheim, ou Koesler...

Il fallait réagir, maintenant.

— Je veux bien boire un thé chaud, en fait, laissa-t-elle tomber, avec un aplomb qui la surprit au plus haut point...

— Parfait, répondit-il avec malice, ça changera du Coca.

Il s'extirpa de la voiture et avant qu'elle n'ait eu le temps de réagir, il ouvrait sa portière, délicatement, comme un portier en livrée l'aurait fait, mais encore une fois, sans aucune ostentation, rien de burlesque, ou de forcé, ridicule. Rien que la portière qui s'ouvrait dans un bruit confortable, velouté, sur la nuit froide, au ciel pur, noir, piqueté de milliers d'étoiles. Le béton luisant sous la lumière artificielle du parking. Le tube orange et bleu de l'autoroute, derrière les pelouses et les petites rambardes blanches, aux teintes lunaires.

Elle marchait déjà vers la caisse et la grande cafétéria, dans un travelling de cinéma. Ses sens lui paraissaient décuplés. Elle pouvait percevoir la radiation ultraviolette du béton, la vibration si particulière du néon jaune de la cafétéria, les composantes subtiles de la lumière et aussi l'éventail neuf des sonorités qui s'ouvrait dans ses oreilles. Le relief si particulier du vent froid qui soufflait de la mer du Nord. Le vrombissement des voitures lancées sur l'autoroute comme des fusées aux lumières rouges et jaunes.

Elle leva la tête et aperçut le visage d'Hugo à la périphérie de sa vision, sa peau blanche comme celle d'un poisson des profondeurs. Il marchait à ses côtés. Au-dessus d'elle le ciel était moucheté d'astres aux radiations violemment visibles. Au-delà de l'autoroute, au-dessus d'une lande noire et sans forme, rien que de vagues nuances de ténèbres, le disque pâle de la lune se levait.

Elle ressentit une brutale connexion avec l'astre lunaire. Sa lumière de vitrail baignait toute l'atmosphère et une sorte d'excitation nouvelle pulsait dans ses veines. Tout était net, sec, dur, lumineux, terriblement concret. Comme cet alliage d'acier qui barrait la porte de verre de la caisse, plongée dans une piscine de soufre.

Devant elle, la silhouette d'Hugo se retournait pour l'attendre sur le pas de la porte, la main sur la barre de métal parée à être poussée.

Alice se secoua et courut à petites enjambées vers l'homme qui l'attendait.

Elle entra dans la salle aux néons jaunes avec l'intime conviction qu'elle venait de subir une expérience très importante, quoiqu'elle n'eût pas vraiment su expliquer pourquoi. Elle se sentait changée. En accord avec ce monde blafard, l'éclairage froid sur le mobilier de plastique. L'acier poli des toilettes. L'air chaud qui soufflait de l'aérateur lorsqu'on se séchait les mains en se les frottant sous le jet.

Ils dînèrent de la très médiocre nourriture standard de l'autoroute avec une impression de sérénité qu'elle ressentait comme entachée de fatalisme chez le jeune homme.

Il ne la pressa pas et ne donna pas du tout l'impression d'être aux aguets, détaillant chaque visage et chaque recoin. Il n'éprouvait aucune nervosité particulière.

Alice ne pouvait savoir que c'était parce qu'il exerçait sur lui un féroce contrôle, de tous les instants.

Un putain de contrôle qu'il s'efforçait de maintenir, sans qu'il devienne visible. Une règle de sécurité qu'Ari Moskiewicz leur avait apprise et qu'il dévidait lentement dans son esprit, tout en englobant parfaitement la situation. Rester calme et toujours voir avant d'être vu, cette bonne vieille méthode des maffiosi italo-américains, systématiquement décrite par ce biochimiste de la rue qu'était William Burroughs Jr.

Il sentait la lourdeur désormais coutumière et amicale de l'arme, calée sous son aisselle.

Il ne but qu'une bière légère et se contenta d'un unique double hamburger, afin de ne pas être alourdi. Il prit son temps pour dévorer systématiquement la nourriture qu'il savait riche en graisse et sucres divers, pouvant provoquer des somnolences intempestives, à cent cinquante kilomètres à l'heure.

Il ne savait pourquoi il ressentait cette impression de menace diffuse, mais il hésitait à mettre ça sur le dos de l'habituelle parano. Une fois, vers Travnik, cette impression lui avait permis de rester en vie.

Non, c'était bien sûr lié à la présence si particulière d'Alice, à son intelligence si vive, à la mutation qu'elle traversait, et qu'il voyait s'épanouir, enfant sur le seuil de l'adolescence et pensant déjà en partie comme une adulte. Une adulte brillante, de surcroît. Cette présence se raccordait à ce van rouge sombre, conduit par des types dont il n'avait pas tellement aimé l'allure.

Aussi, dès qu'il eut pénétré dans la grande cafétéria illuminée, Toorop avait voulu rester calme, opérationnel, ouvert, attentif et mentalement actif, comme le leur répétait sans cesse Ari. Il avait instinctivement suivi les enseignements de cet ancien du Mossad, chasseur de nazis dans les années cinquante et soixante et dont l'enseignement s'était toujours révélé si étonnamment juste.

Tout d'abord ne pas engendrer de stress en questionnant Alice sur son expérience. Tenter d'aborder d'autres sujets de conversation, nécessitant moins de concentration et permettant malgré tout de la sonder.

Préalablement, bien sûr, il fallait ne pas s'être assis le dos à une porte, ou à une cloison de verre, incapable de résister au moindre projectile animé de quelques dizaines de mètres à la seconde. Du coup, évidemment, il fallait s'être placé à un endroit stratégique, permettant d'englober la salle et le maximum d'entrées tout en offrant, si possible, une voie de sortie. (Les autres secrets d'Ari ne peuvent être dévoilés dans aucun livre.)

Il questionna donc Alice sur divers sujets, dans une conversation menée à bâtons rompus, par associations d'idées, le plus souvent spontanées, parfois après de longs silences de réflexion. En moins d'une demi-heure il put se rendre compte que sa culture générale connaissait peu de limites, et était peut-être même supérieure à la sienne propre, sur certains sujets.

De cette discussion sur la Lune, l'espace, l'écosystème planétaire, la vie sous-marine et les premiers hominidés, Toorop dériva habilement sur ses résultats à l'école, en géographie, histoire, sciences naturelles...

Il ne fut pas vraiment stupéfait d'apprendre qu'elle lisait aussi de nombreux romans, en dehors de ceux demandés par les programmes scolaires de littérature.

Bon sang, pensait-il, quand même interloqué, peut-on réellement s'envoyer à la file Stephen

Hawking, Yves Coppens, Anthony Burgess et Bruce Chatwyn quand on a à peine treize ans ?

Il se promit de faire l'effort d'intégrer au plus vite cette donnée, essentielle : Alice Kristensen était un être hybride, une chrysalide complexe dans laquelle les états d'enfant, d'adolescent et d'adulte se conjuguaient avec une stupéfiante vivacité, mais sans doute aussi avec de puissantes contradictions internes.

Bon, fallait penser à bouger maintenant.

Toorop entreprit de terminer son café et considéra Alice qui achevait son gâteau au chocolat industriel. Ses yeux se portèrent machinalement sur le décor bétonné, à l'extérieur.

L'entrée principale qu'il avait en point de mire donnait sur le parking et les pompes. Une grosse berline bleue se gara. Il était certain de ne pas l'avoir vue s'arrêter aux pompes.

Il y avait trois hommes dans la voiture. Et seuls deux d'entre eux descendirent, laissant le conducteur au volant.

Il n'aima pas ça, instinctivement.

Il dégrafa calmement les boutons pressions supérieurs du blouson.

Rester cool. Continuer à vaguement sourire à Alice qui achevait son Coca dans le bruit de succion occasionné par la paille.

Les deux hommes grimpèrent la rampe qui menait à l'entrée et aux caisses.

Hugo détecta une mauvaise vibration en provenance des types et il les détailla rapidement et systématiquement, un grand en costume gris, avec un pull bleu, de vagues cheveux longs ondulés en une fine couche sur son crâne luisant et dégarni au sommet, des lunettes rondes, un nez d'aigle, des yeux sans couleur. Un autre, plus petit, plus râblé, méditerranéen, cheveux bruns vaguement frisés, yeux très noirs, vraisemblablement musclé, veste marron à chevrons, blue-jeans et chaussures de sport. Ils se plantèrent près des caisses et se mirent à sonder la salle du regard. Les deux types avaient des yeux qu'Hugo n'aima pas du tout.

Et surtout pas quand ils se posèrent sur Alice.

Celle-ci se tenait de profil pour eux et à la soudaine fixité de leurs traits, Hugo ne pouvait conclure qu'une seule chose : ils la connaissaient. Ils la reconnaissaient.

Et qui donc, hein, sinon des clones de l'équipage du Chrysler ?

D'autres types donc. Ce qui voulait dire au moins cinq hommes lancés à la poursuite de l'enfant. Des types qui émettaient des ondes d'une rare brutalité, dans un pays où purification ethnique et folie totalitaire n'étaient pas encore règle commune.

Il discerna les vagues bosses que faisaient leurs armes, planquées sous leurs aisselles.

Dangereux. Toorop n'eut besoin que d'un bref coup d'œil pour jauger l'ensemble de la situation. Il fit aussitôt semblant de poser son regard ailleurs, tout en les gardant à la périphérie de sa vision.

Il ne fit aucun geste pouvant être mal interprété, comme mettre sa main sous son blouson. Les types l'avaient vu avec Alice et à leur tour ils se mettaient en mouvement, à la recherche d'une place qui ne soit pas trop mauvaise.

Il sut très exactement quoi faire.

Il comptait sur son propre sang-froid, ce qui était risqué, et sur le fait que les types ne soient pas des dingos camés de violence, qu'ils hésiteraient sans doute à intervenir là, devant une vingtaine de personnes, ce qui était également risqué en cette année de grâce 1993...

Il était à côté de l'autre sortie, celle du fond, le dos à un large pilier de béton recouvert partiellement d'un vague lambris de faux bois en plastique. La sortie, c'était une porte de verre, là, à trois mètres sur sa gauche. Un jeune couple l'avait utilisée tout à l'heure et la porte s'ouvrait dans le bon sens, c'est-à-dire qu'il n'aurait qu'à pousser dessus.

Maintenant, il fallait aussi parier sur le sang-froid de la petite.

Mais la manière dont elle se conduisait depuis le départ traduisait une rare force de caractère. Sa planque sous la banquette de la Volvo, improvisée et géniale, le révélait parfaitement.

Il mit en jeu son existence et la sienne sur cette simple intuition. Il réussissait à capter les regards des deux mecs qui sirotaient leurs bières mécaniquement, à l'autre bout de la salle, sans jamais s'appesantir sur eux.

D'un air absolument détaché et naturel, il se tourna vers Alice.

— Dis-moi Alice, as-tu ce qu'on appelle du sang-froid ?

Alice le regarda sans comprendre.

Toujours calme et souriant et après avoir lampé une dernière goutte de Tuborg, Hugo lui souffla, bien nettement :

— Voilà, tu vas faire très exactement ce que je vais te dire, d'accord ?

Sa voix était d'une intensité magnétique et Alice opina du chef, hypnotisée.

Au signal convenu, Alice s'éjecta de sa chaise et rejoignit Hugo qui ouvrait la porte et la propulsait à l'air libre, en appliquant sa main sur une de ses épaules.

Elle était arrivée à dominer sa peur et à jeter un bref coup d'œil aux deux hommes qui déjà sortaient la monnaie de leurs poches et s'apprêtaient à les suivre, mais elle ne les avait pas reconnus.

Ils dévalèrent les quelques marches qui descendaient du petit quai de béton et Alice se rendit compte que la main d'Hugo ne relâchait pas son épaule. Ni crispée, ni moite, ni fébrile...

Il la força à une marche rapide pour ses petites jambes mais sa démarche à lui était tout à fait retenue.

Elle eut bien l'impression d'entendre le bruit de la porte, et un crescendo de la musique d'ambiance, mais elle avait bien trop peur pour se retourner.

Elle se blottit d'instinct contre le gros blouson de feutre et de cuir.

La voiture n'était pas loin. Il la poussa pourtant fermement sur les derniers mètres.

Arrivés près de l'arrière de la Volvo grise, il bippa sur une petite boîte noire et il lui souffla :

— Tu montes derrière et tu t'allonges sur la banquette.

Il la poussa vers la portière, la lui ouvrit au passage et s'engouffra derrière le volant.

Alice monta prestement à l'arrière.

Déjà la voiture faisait une marche arrière rapide et étonnamment silencieuse puis obliquait et avançait vers la sortie.

Toorop dut passer sur un côté de la cafétéria pour accéder à la bretelle d'accès à l'autoroute. Alice put voir le premier homme ouvrir sa portière avant que le mur du bâtiment ne les cache à sa vue.

Hugo faisait gronder le moteur de la voiture Une puissante accélération la colla au dossier.

— Allonge-toi sur la banquette, je t'ai dit.

La voix avait claqué sèchement, comme un simple ordre vital qu'il fallait suivre si l'on voulait survivre. On ne rigolait plus maintenant.

Elle se coucha sur un côté et contempla le paysage mécanique de l'autoroute défiler par la vitre de la portière.

— Il va falloir que je les sème, résonna la voix par-dessus le vrombissement du puissant moteur suédois... Ça secouera peut-être un peu...

Alice vit le paysage de lampadaires, de rambardes et de pelouses accélérer, de manière croissante, et finalement vertigineuse.

Elle préférait être couchée, tout compte fait. Elle aurait détesté voir quel chiffre pointait l'aiguille de l'indicateur de vitesse.

Toorop savait qu'il était risqué de faire une telle pointe de vitesse sur une autoroute si proche de la frontière, mais il n'avait pas le choix. Il n'avait pas du tout envie de se colleter avec deux ou trois types armés et sûrement dangereux.

Il alluma le détecteur de radar.

La Volvo, un véhicule amélioré par Vitali (ce qui signifiait des performances notables), vrombissait dans la furieuse cadence du six-cylindres gonflé, et Toorop se surprit à encore être capable de réfléchir, alors que dans le rétroviseur deux points blancs lumineux surgissaient à leur tour sur l'autoroute.

Cette fugue. Ce n'est pas une fugue normale. Ce ne sont pas des types normaux. Et cette fille n'est sans doute pas tout à fait normale.

Il pensa aussitôt à la mère de la môme. Ma mère

est une femme méchante avait dit Alice. Le mot « méchante » prenait un sens assez précis quand on envoyait un *hit-squad* à la recherche de son enfant. Il comprit aussitôt qu'il venait de s'embarquer dans une histoire obscure et inattendue, anormale et sans doute dangereuse.

Son pied écrasa l'accélérateur. Il venait de passer en cinquième. L'aiguille monta tranquillement vers la stratosphère. 200, 210, 220... Jamais il n'avait conduit si vite. Bien que les trains soient en alliages spéciaux et les suspensions renforcées, des vibrations commencèrent à faire trépider le volant entre ses mains.

L'aiguille avait largement dépassé le dernier chiffre, 220, et elle se perdait dans les limbes noir et violet du compteur, au-delà de l'ultime graduation du cercle blanc. Le tableau de bord brillait de ses lumières fluos, cockpit d'avion imaginaire, rose, pourpre et vert.

Le volant tapait contre ses doigts. La bande de l'autoroute défilait sous le capot, avalée par l'acier et les roues, comme un fleuve de lumière noire. Les lampadaires dessinaient leurs hautes silhouettes de sauterelles métalliques aux énormes yeux globuleux et lumineux. Les pelouses avaient la couleur d'un stade de nuit. Les tunnels devinrent les boyaux organiques d'un monstre aux sphincters colossaux. Les rambardes luisaient comme des barrières purement magnétiques. Le béton était lissé par la vitesse. L'acier gris du capot miroitait de mille reflets, éclats et irisations, comme une bulle de savon cinétique.

Il vit disparaître peu à peu les deux points blancs, ne les apercevant plus que par intermittence, puis les perdant tout à fait à la faveur d'une pente assez longue, rarissime dans ce coin de Belgique flamande. Une pente où le puissant turbo montra toutes ses capacités. La Volvo ne décéléra que de dix kilomètres à l'heure, en bout de course, au sommet de la butte. Il lança la voiture sur l'autre versant, comme un avion de chasse en piqué.

L'univers s'emplit du rugissement du moteur, on se serait cru dans une cabine Apollo au décollage.

Il entendit un choc sourd derrière lui et il prit conscience qu'Alice avait roulé à terre.

Il se concentra néanmoins sur la ligne droite qui se perdait vers l'horizon obscur, au bas de la côte.

Il venait de voir quelque chose qui tombait à pic.

Le plan se combina dans sa tête en une fraction de seconde. Il avait assez d'avance pour l'entreprendre.

Il les sèmerait.

Il arrivait au bas de la pente. L'auto rugit en abordant le plat.

Trois ou quatre cents mètres devant lui, une sortie s'échappait sur la droite puis s'enroulait vers un village flamand et des bois, plongés dans l'obscurité la plus totale.

Il commença à décélérer et hurla :

— Protège ta tête !

La voiture arriva à cent soixante-dix sur les marques d'un blanc violacé de la bretelle.

À l'approche du premier virage, deux cents mètres plus loin, il était encore à plus de cent vingt et il se résigna à écraser son pied sur la pédale de frein.

Dès le virage passé, Toorop éteignit les feux de croisement. Un deuxième lacet succédait au premier et il ralentit cette fois tout à fait, garant la voiture sur une petite voie de terre qui bordait la chaussée. Cent mètres plus loin, une allée boueuse s'enfonçait dans les arbres de la forêt. Il s'y dirigea instinctivement, tous feux éteints.

À quelques centaines de mètres, deux ou trois maisons isolées formaient les avant-postes du bourg.

Il coupa le moteur. Le silence emplit l'habitacle.

Toorop se retourna sur son siège et empoigna l'automatique.

Ses yeux fixaient la lunette arrière et la route qui s'enfonçait dans les ténèbres, jusqu'au ruban illuminé de l'autoroute, masqué en partie par une longue rangée de peupliers, ombres noires sur le ciel inondé de lumière lunaire.

Alice se rétablit sur la banquette et lui jeta un regard étincelant avant de se retourner, elle aussi.

Les minutes s'écoulèrent longuement dans le silence et l'odeur de cuir.

CHAPITRE VI

À cette heure tardive, la ruche de néon vibrait encore d'une activité frénétique dans le crépitement des fax et des imprimantes, le mitraillage des machines à écrire et des claviers d'ordinateurs, la course effrénée des uniformes et des costumes de ville, des blousons en jeans et des imperméables. Les sonneries de téléphone carillonnaient sur les bureaux, créant des canons aux sonorités agaçantes et métalliques. On se serait cru dans un palais présidentiel sud-américain, alors que l'état d'urgence vient d'être décrété.

Les visages étaient graves et fermés. Aucune blague de mauvais goût ne venait rompre l'ambiance électrique. Quiconque ignorant qu'un flic avait été descendu aurait pu se pénétrer de cette réalité, tant elle était palpable.

Au dernier étage de la ruche, loin du bruit et de la fureur, dans un bureau isolé et feutré, aux lambris sombres, le juge Van der Heed, le commissaire Hassle et un type du bureau du procureur, un jeune yuppie froid et moderne, observaient Anita.

Dehors la nuit était d'une noirceur d'encre. Le bureau était chichement éclairé par la lampe du bureau, et un halogène dans le fond.

Les visages des trois hommes avaient la dureté de statues de marbre.

Le commissaire Hassle avait été prévenu à vingt heures de ce qui s'était passé, alors qu'il rentrait chez lui d'une réunion de travail avec Interpol, à La Haye. Ensuite, le juge avait été obligé d'écourter sa soirée familiale et finalement, le procureur, joint par miracle à un dîner officiel, avait dépêché un de ses substituts. Les trois hommes s'étaient entretenus près d'une heure avant de recevoir Anita.

La première demi-heure fut assez éprouvante. Elle dut livrer tous les détails de la mécanique qui avait engendré le désastre. La terrible mécanique, qui révélait toute sa responsabilité.

Elle se tenait bien droite sur sa chaise, dans l'attente de la suite.

Celle-ci vint, sous la forme d'un grognement d'ours, qui s'échappa du fauteuil du commissaire.

— Qu'est-ce que nous savons au juste de la famille Kristensen ?

La voix de Hassle n'était pas tendre mais Anita savait que son supérieur lui tendait une perche, l'air de rien.

Elle se jeta sur l'occasion offerte, en lui envoyant un merci purement mental.

— Voici toutes les informations auxquelles j'ai pu accéder légalement, dit-elle en sortant un épais dossier de son sac. Elle avait à peine appuyé sur le dernier mot.

Elle se leva à moitié pour poser la chemise beige devant le commissaire, sur le bureau.

— Il y a aussi ce que nous savons de Johann Markens, l'homme du grand magasin, ajouta-t-elle aussitôt.

Puis elle enchaîna, dans un souffle :

— Nous n'avons rien encore sur l'Indonésien.

Elle se cala au plus profond de la chaise.

Le commissaire prit le dossier et le feuilleta. Le juge Van der Heed glissa de la fenêtre pour se placer derrière lui et jeter un coup d'œil aux pages que le gros flic tournait méticuleusement.

Le jeune yuppie fixait le ciel nocturne, par la fenêtre.

— Synthétisez-nous le tableau, laissa tomber Hassle en reposant le dossier ouvert sur son sous-main de cuir.

Anita comprit qu'elle allait pouvoir compenser le terrible foirage de l'après-midi, et la sévère réprimande que le commissaire avait été forcé de lui adresser devant les types du ministère, dès son entrée.

Elle comprenait que Hassle faisait tout pour qu'elle puisse s'en sortir en direct, devant les hauts représentants de l'institution judiciaire. Il lui donnait l'occasion de prouver, après cette erreur, qu'elle était une vraie professionnelle.

Elle rassembla ses esprits et se lança.

— Bon... Eva Astrid Kristensen, d'abord : trente-sept ans. Née à Zurich. Son père, Erik Kristensen, était un Danois établi en Suisse, puis aux Pays-Bas, où il s'est marié avec la riche fille d'un diamantaire hollandais établi à Anvers, Brigit Nolte. Erik Kristensen était un homme d'affaires protestant, assez austère, il a brillamment réussi dans le commerce international. Eva a hérité de la totalité de la fortune familiale il y a un peu plus de deux ans. Elle possède les affaires de son père plus d'autres, qu'elle a créées entre-temps, la liste est dans le dossier.

Elle se donna juste le temps de reprendre son souffle.

— Ensuite, Wilheim Karlheinz Brunner. Autrichien, né à Vienne il y a trente-trois ans. Fils unique d'une famille... disons un peu à part. Sa mère est morte dès son plus jeune âge. Il a donc été élevé par son père, Martin Brunner. Bon... son père a été poursuivi en 1945, pour collaboration avec l'administration nazie en Autriche. Mais dans les années soixante, grâce à la fortune héritée de sa femme, il a pu rapidement prospérer avec le boom économique allemand. D'après ce que je sais il serait devenu fou, à la fin des années quatre-vingts. Il serait interné en Suisse, maintenant. Wilheim Brunner a dilapidé une bonne partie de l'empire économique paternel avant de rencontrer Eva Kristensen. Casinos, Côte d'Azur, stations d'hiver, hôtels de luxe... Maintenant c'est elle qui contrôle de fait ce qu'il en reste...

Anita laissa quelques secondes au commissaire pour digérer les informations. Ou plus exactement, comme le disait implicitement toute l'attitude du gros flic, selon un code perceptible par eux seuls, pour laisser le temps aux autres de le faire.

À un petit signe de tête imperceptible elle sut qu'elle pouvait reprendre :

— Brunner n'est pas le père de la petite Alice. Son père est un Anglais, vivant sans doute au Portugal et dont nous ne savons presque rien... Je reviendrai là-dessus tout à l'heure.

Anita vit le sourire que le commissaire réprimait. Ne lui avait-il pas dit un jour : « Faites gaffe Anita, les gros requins des étages supérieurs détestent les gens intelligents et brillants comme vous... Ne leur donnez jamais l'impression que vous leur faites la leçon... » ?

Elle embraya aussitôt, lançant un regard complice à son supérieur :

— Johann Markens, maintenant : trente-six ans, né à Anvers, en Belgique. Condamné une seule fois, il y a une dizaine d'années, pour coups et blessures et port d'arme prohibée. Jugé deux fois pour trafic de drogue, mais jamais condamné. Il a également été interrogé pour le meurtre d'un dealer, ici à Amsterdam... Manque de preuves, à chaque fois...

Le commissaire leva un sourcil.

Anita comprit qu'il réclamait silencieusement un supplément d'informations, sur ce point précis.

— Pour le meurtre du dealer et pour la deuxième histoire de trafic d'héroïne, il a bénéficié de témoignages multiples et cohérents qui lui ont fourni des alibis absolument indéboulonnables... Il n'était pas aux Pays-Bas, à chaque fois.

Le commissaire pointa un regard intense sur elle.

Elle répondit à la question qu'elle avait lue dans ses yeux :

— Les noms de Kristensen ou de Brunner n'apparaissent pas parmi les témoins... Pourtant...

Le commissaire la pressait de continuer, du simple éclat métallique de la prunelle.

Elle prit son inspiration.

— Il est possible que certains de ces témoins aient pu être en relation avec les Kristensen. Mais nous n'avons pas encore eu le temps de vérifier...

Elle montrait par là qu'il ne s'était écoulé que quelques heures depuis la fusillade de cet après-midi et qu'elle avait néanmoins réuni les premiers éléments indispensables à une enquête digne de ce nom.

De plus, grâce à son travail d'investigation de toute la semaine passée, le couple Kristensen-

Brunner commençait à être sérieusement cartographié.

Il lui manquait cependant de trop nombreuses informations, en particulier sur le plan du montage financier des diverses sociétés emboîtées les unes dans les autres et, cet après-midi, juste avant la fusillade, Peter Spaak était venu la voir avec la réponse négative du ministère quant à l'opportunité d'une enquête financière en profondeur à l'intérieur de la « Kristensen Incorporated ».

Les hommes du ministère, qui ne l'ignoraient pas, s'agitaient sur leurs chaises, mal à l'aise.

Anita, Spaak, tous les autres inspecteurs de l'équipe, tous les autres flics de la criminelle, la plupart de ceux des stups ou des mœurs, et plus généralement une bonne majorité de tous ceux qui travaillaient dans la ruche étaient persuadés que les sociétés légales et officielles d'Eva Kristensen cachaient un réseau de compagnies-écrans dissimulant elles-mêmes de sombres activités, dont la cassette donnait une idée. Il s'agissait à coup sûr de la partie émergée de l'iceberg. De nombreuses compagnies fantômes devaient très certainement être éparpillées aux quatre coins de la planète, dans des paradis fiscaux, avec un système quelconque de prête-noms. Mais Anita n'avait pu obtenir les clés nécessaires à l'ouverture des comptes numérotés, en Suisse ou à la Barbade.

Elle comprit que le commissaire la laisserait se dépatouiller. À vous de pousser l'avantage, maintenant, lisait-elle dans son regard.

— La fusillade de tout à l'heure nous a coûté la vie d'un jeune inspecteur, brillant... Elle prouve que la connexion entre Johann Markens et les Kristensen est extrêmement suspecte...

Elle vit le nommé Van der Heed remuer sur sa chaise, préparant une question :

— Et le dénommé Koesler ? Que savez-vous de lui ?

Anita réprima le mouvement qui allait lui faire baisser la tête. Koesler demeurait une ombre. Citoyen néerlandais. Né à Groningue. Son enfance et son adolescence restaient impénétrables. Elle avait fini par douter qu'elles se fussent déroulées aux Pays-Bas. On perdait sa trace et celle de ses parents dès 1955, après un voyage en Afrique australe. Après plus rien, néant. Et on retrouvait Karl Koesler au service des Kristensen, à Amsterdam, en septembre 1991.

— Mademoiselle Van Dyke ?

La voix la fit revenir à la réalité du bureau, et du juge Van der Heed qui attendait sa réponse, un sourcil froncé, en signe de sévérité, l'autre levé, en signe de stupéfaction.

— Excusez-moi, souffla Anita. Nous savons peu de choses de Koesler. Il demeure un des points les plus obscurs de cette histoire...

— Bien, bien, coupa le jeune juge aux moustaches parfaitement lissées. Et que pouvez-vous nous dire de la petite Alice ?

Anita tenta de faire un portrait synthétique du mieux qu'elle put.

— C'est une enfant brillante, sensible, incroyablement intelligente, hors du commun. Nul doute que son témoignage apporterait un élément décisif dans cette affaire... Pour des raisons diverses je suis persuadée qu'elle se dirige vers le sud, au Portugal, où vit son père.

Elle entendit comme un soupir à sa gauche, en provenance du yuppie.

— Qu'attendez-vous exactement de nous, mademoiselle Van Dyke ?

La voix du juge Van der Heed était douce, mielleuse.

Elle répondit, du tac au tac.

— Qu'on fasse de cette enquête une enquête digne de ce nom. Que l'on ne se contente pas de poursuivre Johann Markens pour le meurtre de Julian. Il y a Koesler. Selon plusieurs témoignages, un homme blond conduisant une voiture blanche a récupéré Markens à la sortie du magasin. C'est la description de Koesler... Il faut aussi que l'on poursuive illico les Kristensen, enfin Kristensen et Brunner, pour tentative de rapt. Organisation d'assassinat et l'ensemble des délits qu'on pourra leur mettre sur le...

— Une minute, Van Dyke.

C'était le jeune yuppie bronzé au costume bleu pétrole qui venait de lever la main et de l'interrompre, tout en lui envoyant son éternel sourire, figé et désespérément carnassier.

Il se leva et alla se planter devant la fenêtre. Il attaqua avec un aplomb net et tranchant :

— Cela fait des jours et des jours que vous nous bassinez avec le couple Kristensen alors que vous n'avez strictement rien de concret contre eux et... NE M'INTERROMPEZ PAS, je vous prie... L'attentat de cet après-midi prouve juste que Johann Markens était dans le magasin alors que la petite y était aussi... ça pourrait être une simple coïncidence, peut-être était-il là pour un mauvais coup, braquer une caisse, je ne sais pas moi... Pour le moment quoi qu'il en soit les Kristensen me semblent bien loin de cette histoire... Le cabinet Huyslens et Hammer nous a prévenus qu'ils étaient quelque part en Suisse et qu'ils déclinaient toute responsabilité sur les activités illicites de Johann Markens qu'ils affirment avoir licencié il y a de nombreuses semaines...

— Vous plaisantez ? éclata Anita. Ils l'ont licencié, et le mec vient déménager leurs affaires le jour de la fugue d'Alice ?

— Le cabinet Huyslens et Hammer affirme qu'ils ont sévèrement réprimandé leur chef du personnel qui n'avait pas exécuté leurs ordres quant au renvoi ferme et définitif de l'individu...

Anita faillit se lever, aspirée par une trombe de rage. Elle se contrôla et jeta deux rayons lasers hautement destructeurs droit dans les yeux de l'ennemi.

— Écoutez-moi, monsieur Hans Machin-Chose (elle avait oublié son nom et elle vit le commissaire se figer sur son fauteuil) je vais vous demander une seule chose : Qui ne veut pas qu'une enquête soit ouverte sur les Kristensen ? Qui veut à tout prix écraser le coup ? Qu'est-ce qu'il se passe ici, enfin... Quoi, notre métier c'est de stopper les criminels oui ou non ? Qu'est-ce que vous attendez, hein ? *Un autre flic mort, une petite fille enlevée ou assassinée* ?

Sa voix venait de largement dépasser le seuil de décibels autorisé. Elle se retourna vers le commissaire qui lui fit comprendre qu'il ne pourrait pas grand-chose pour la tirer de là maintenant.

Le jeune yuppie avait un sourire vaguement apitoyé aux coins des lèvres.

Le juge Van der Heed semblait dubitatif. Le genre à se demander si elle n'avait pas besoin de vacances... Bon sang, mais qu'est-ce qui lui avait pris d'exploser comme ça, au moment crucial ?

En désespoir de cause elle se tourna vers le gros flic aux allures de viking empâté.

— Monsieur le commissaire, lança-t-elle sur un ton qu'elle voulait froid et professionnel, le seul qui marchait avec lui, nous devons arrêter de nous voiler la face. Markens était en relation avec les Kristensen. L'Indonésien aussi. Ces hommes ont ouvert le feu sur des policiers, en ont tué un, blessé un autre et l'un d'entre eux est mort... ne me dites pas que nous ne pouvons rien faire d'autre que la simple citation à comparaître pour témoignage que nous venons de lancer...

Le commissaire la fixa un bon moment, jeta un bref coup d'œil au yuppie et se tourna vers Van der Heed :

— Hendrick ? Je crois que nous devons considérer les choses intelligemment et objectivement. Je crois qu'il y a quelque chose de véritablement suspect là-dedans. Je comprends que l'on doive prendre des précautions avec le droit des citoyens, mais là, Hendrick, vraiment...

Alice comprit que Hassle exerçait une influence énorme sur Van der Heed, qu'il avait dû le conseiller maintes fois par le passé, et avec l'acuité d'une lame de rasoir.

Le juge se pencha en avant :

— Qu'est-ce que vous voulez, Will ? Je vous ai déjà posé la question, j'entends par là : qu'est-ce que vous voulez de *raisonnable* ?

Anita comprit que cela lui était destiné. Inutile de penser à une inculpation ou un mandat de recherche international pour organisation d'assassinat, kidnapping, ou autres délires qui avaient pu germer dans la cervelle d'une jeune idiote.

Le commissaire demanda que l'instruction couvre tous les domaines de l'affaire et que l'on puisse envoyer des inspecteurs hors des frontières pour interroger le couple Kristensen-Brunner.

D'autre part, et cela ne dépendait que de lui, dès demain, il demanderait qu'une recherche dans l'intérêt des familles soit envoyée sur tout le territoire européen, pour Alice Kristensen, et tout de suite, en priorité, pour l'Allemagne et la Belgique, voies de passage obligées vers le sud.

D'autre part, et pour terminer, il demanda qu'Anita continue d'avoir la charge de l'affaire.

Le juge la fixa un instant droit dans les yeux. Le jeune yuppie regardait la scène, sans donner l'impression que cela l'intéressait encore d'une manière quelconque.

Le juge consentit à délivrer une convocation pour le territoire de la Communauté. Pour la Suisse, il faudrait un petit délai...

À côté d'elle, elle put décrypter le sourire du yuppie blond. Ce n'est qu'un jeu, lisait-elle clairement dans son regard. Ce qui compte c'est de progresser dans les arcanes du pouvoir en assurant ses arrières...

Un jeune arriviste sorti d'une École de droit, pistonné dans les étages supérieurs du bureau du procureur, et qui ne lâcherait pas facilement prise, maintenant qu'il avait les crocs plantés dans le cuir et la ronce de noyer.

Anita lui aurait volontiers enfoncé le canon de son automatique dans la gorge.

Elle bouillonnait tellement et ses efforts étaient si intenses pour contrôler sa rage et son impatience qu'elle ne reprit vraiment conscience que plus tard, plantée dans l'ascenseur. Alors que le jeune yuppie appuyait sur le bouton du rez-de-chaussée, sans même lui demander où elle allait.

— Je m'arrête au premier, laissa-t-elle tomber, glaciale.

L'homme s'exécuta illico, l'air gêné, marmonnant une excuse inintelligible, pris en faute d'inélégance et de manque de savoir-vivre élémentaire.

Anita savoura sa victoire et sortit sans lui jeter le moindre regard, au premier étage de la ruche bourdonnante.

Elle fit tout pour l'oublier dans la seconde, le laissant seul dans sa cabine métallique. Elle l'avait déjà fait lorsqu'elle ouvrit la porte du bureau de Peter Spaak.

Elle conservait l'enquête, mais pour le reste, ce qu'elle ramenait n'était pas très brillant. Une forme de désespoir actif se répandait dans ses veines.

Qu'ils aillent se faire foutre ! Elle irait jusqu'au bout, maintenant. Elle fit face à Peter Spaak, qui la fixait, médusé, derrière son bureau, la canette de bière suspendue à mi-chemin des lèvres.

Elle comprit qu'elle était ébouriffée, magnétisée par la colère, ses yeux devaient lancer dans l'air des éclairs presque palpables.

Elle regarda le jeune flic et lui envoya un sourire désabusé. Elle se posta devant la fenêtre, observant la nuit derrière les vitres. Il fallait désormais reprendre la suite des opérations.

Quelque part, dans la nuit, il y avait Alice. Et vraisemblablement des hommes armés qui la pourchassaient.

Elle ne savait plus vraiment par où commencer.

Si. Elle savait une chose. Alice ferait tout pour rejoindre son père, quelque part à l'extrême sud de l'Europe.

Au Portugal.

Alice était là, dans le trou noir de la nuit, entre Amsterdam et l'Algarve.

Elle était seule. Et elle avait sûrement peur.

*

Alice n'était pas seule.

Et il fallait bien l'avouer elle n'avait plus vraiment peur.

Maintenant que l'homme (Hugo, corrigea-t-elle intérieurement) traversait le village et s'enfonçait dans la campagne flamande, maintenant qu'elle avait un peu le temps de le détailler et de s'habituer à sa présence, elle n'arrivait toujours pas à percer le mystère qui recouvrait sa personnalité. Elle n'osa cependant pas le questionner une nouvelle fois.

Elle s'aperçut qu'il cherchait son chemin sur une carte qu'il avait dépliée sur le siège du passager. Il semblait calme et roulait à la vitesse réglementaire. Il étudiait la carte régulièrement, à chaque carrefour, ou à chaque village traversé.

Elle finit par somnoler doucement, bercée par le bruit régulier et les vibrations ouatées de la voiture. Une fois de plus elle remonta la couverture aux tons rouge et orange jusqu'aux épaules.

Elle s'endormit, la joue collée au cuir de la banquette et, ayant atteint le sommeil paradoxal, elle fit un rêve.

Très vite, elle se retrouva au premier étage de la maison.

Elle marchait à l'extérieur de sa chambre et des voix lui parvenaient du salon, au rez-de-chaussée.

Sa mère fit brusquement irruption hors de sa salle de bains, emmitouflée dans un peignoir blanc. Sa chevelure blonde était pourtant parée comme lors d'une grande fête de fin d'année. Relevée en un chignon sophistiqué et vertigineux, recouvert d'ornement divers, scintillants et tintinnabulants. La maison n'était plus qu'un lointain décor blanc, la vague image de la volée de marches de marbre se trouvait partout à la fois, derrière et devant elle, sur les côtés également.

Sa mère avait les traits des mauvais jours. Son maquillage était excessif et ses yeux rougeoyaient d'une colère fauve, à peine rentrée. Ses ongles étaient peints d'un écarlate vif et lumineux.

Elle traversa les quelques mètres de nuée blanche qui la séparaient de sa fille et se planta droit devant elle.

Elle ajusta ses nouvelles lunettes aux verres fumés, offrant son profil aristocratique dans un geste maniéré, mais plein d'une sourde menace, d'une force secrète, brutale et terrible. Puis elle se retourna vers elle, dans un mouvement doré, les yeux étincelants. Son visage emplit l'univers.

Elle brandit une cassette à quelques centimètres du visage d'Alice.

Sa voix était terriblement métallique lorsqu'elle éclata à ses oreilles :

— POURQUOI AS-TU VOLÉ CETTE CASSETTE, HEIN, ALICE ? POURQUOI ?

Et Alice ne pouvait détacher son regard des traits de sa mère. Sa peau laiteuse, d'un blanc lunaire. Ses yeux bleus, brillants et durs comme des cristaux de glace sous la lumière. Sa chevelure qui retombait maintenant sur ses épaules en arabesques blondes, ornées d'étranges bijoux d'acier noir. Sa beauté dangereuse.

Terrifiée, Alice vit le visage de sa mère s'approcher du sien. Les bijoux d'acier ressemblaient à des serpents, lovés autour de têtes de morts ou de monstres aux apparences de lézards métalliques.

Elle se jeta en arrière et vit que le décor blanc se rétrécissait sur les côtés, éclairé d'une lueur sépulcrale maintenant, comme un boyau qui se contractait.

Sa mère se transformait elle aussi. Elle brandissait fermement la cassette sous son nez et Alice vit très nettement que la bobine noire était couverte de sang. Un sang vermeil qui tombait en énormes gouttes et flaques gluantes qui explosaient sur le marbre blanc. Ses pieds en étaient trempés.

Le visage de sa mère avait la raideur d'un masque mortuaire. Jamais auparavant il n'y avait eu un tel éclat diabolique dans son regard. C'était d'ailleurs aussi la première fois que ses cheveux brûlaient.

Sa mère lui hurla de nouveau :

— RÉPONDS ALICE, POURQUOI AS-TU VOLÉ CETTE CASSETTE, HEIN ? TU SAIS POURTANT QUE LA PIÈCE DU SOUS-SOL T'EST INTERDITE...

Et dans un geste de danseuse, parfait, athlétique, fluide et ralenti, elle lui envoya sa main armée de la cassette en plein visage.

L'éclair de la douleur.

Alice hurla dans son cauchemar mais tandis qu'elle se protégeait la figure et fuyait à reculons à travers le boyau laiteux, elle vit très nettement l'incroyable sourire déformer la bouche de sa mère.

Un sourire aux dents d'acier.

Sa mâchoire étincelante ruisselait d'un sang pourpre, de la couleur d'un vin très ancien...

Alice amplifia son mouvement de fuite mais sa mère marchait toujours vers elle, froidement déterminée, la cassette à la main, ruisselante de sang, elle aussi.

Elle se retourna et se mit à courir mais le boyau laiteux se transforma en un méchant mur décrépi ouvert d'une simple porte, blindée, qu'elle reconnut instantanément. Le mur lui barrait la route.

Dans la seconde qui suivit, son beau-père apparut sur le pas de la porte qu'il ouvrait de la main :

— Tu voulais voir les cassettes, eh bien tu vas en avoir l'occasion, ma petite chérie...

Et sa voix se mua en un rire sinistre qui éclata dans un écho d'église.

Derrière elle sa mère arrivait, auréolée de flammes blondes et tenant la cassette qui s'enroulait autour de son bras comme un serpent de carbone noir, à la gueule grande ouverte, ruisselante de sang, et aux sifflements terrifiants.

Tétanisée, Alice vit le visage de sa mère comme un dragon terriblement silencieux danser devant elle.

À ses côtés, Wilheim venait de porter un masque noir à son visage et en tendait un autre à sa mère, qui s'en emparait d'un geste outrageusement maniéré, tel un éventail tenu par une marquise du XVIIIe. Sa mâchoire métallique se détacha sous le loup de carton, comme une terrible réalité qui ne voulait absolument pas s'effacer. Le sang perlait à ses lèvres comme les restes d'un bon repas.

— L'énergie psychique, martelait-elle, l'énergie psychique Wilheim, l'énergie psychique et la fusion...

Quelque chose qu'Alice ne comprit pas.

La voix de Wilheim résonna, dans un espace de parking :

— Tu sais ma chérie, je ressens ça moi aussi, avec le sang...

Et Alice comprit que ses parents étaient en train de la repousser vers la pièce secrète, qu'ils refermeraient bientôt la porte sur elle...

Ça y était, elle entendait leurs rires et vit un ultime instant le sourire d'acier de sa mère alors que le battant se refermait :

— Tu dois être punie pour ce que tu as fait, ma petite Alice, je suis sûre que tu peux le comprendre.

Derrière la porte, elle pouvait entendre la voix de Wilheim transformée en une rengaine vieillotte, craquelée comme un antique vinyl d'avant-guerre :

— Moi aussi je ressens ça, avec le sang... Too-too-doo-doo... moi aussi je ressens ça, avec le sang...

L'obscurité qui l'engloutissait était peuplée de cassettes sanglantes et de cadavres, dont celui de Mlle Chatarjampa, elle le savait de tout son être, et elle hurla si fort qu'elle s'éveilla en sursaut avant même de les avoir vus dans son sommeil.

Au bout d'une quinzaine de kilomètres, Hugo avait dû se rendre à l'évidence : la route le menait droit vers l'est, vers l'Allemagne. Il n'aurait su dire s'il s'agissait d'un signe du destin, mais, bon, en allant vers l'est, il pouvait rapidement retrouver la route de Düsseldorf, et donc celle de Vitali Guzman.

Il modifia toutefois très rapidement ce plan initial en réalisant qu'il risquait de compromettre tout le système de sécurité du réseau, ce qui n'était vraiment pas une très bonne idée.

Il n'arrivait pas à deviner ce qu'aurait dit Ari sur ce cas bien précis. Depuis deux ou trois heures il gérait l'urgence, ne s'en sortant d'ailleurs pas trop mal. Mais aucun véritable plan d'ensemble n'était parvenu à se dessiner dans son esprit. Aucune des innombrables tactiques d'Ari ne semblait plus pouvoir éclairer sa situation. D'ailleurs, elles lui paraissaient de plus en plus floues et lointaines, abstraites. L'histoire s'était prodigieusement accélérée en quelques heures, d'une manière aussi brutale que lorsqu'il s'était retrouvé à Sarajevo, au plus fort de l'offensive serbe. Cette fois, cela se produisait sur un plan plus intime, plus indicible aussi, plus secret.

Vitali, sûrement, saurait le conseiller efficacement.

Il finit par retrouver une large nationale qui partait vers le sud mais dès la sortie du premier village abordé, il s'arrêta sur un terre-plein bordé d'arbres où il discernait la forme caractéristique d'une cabine de téléphone public.

L'horloge de bord indiquait minuit vingt et un. Vitali ne se couchait jamais avant deux heures du matin.

Il se retourna pour se rendre compte qu'Alice dormait à poings fermés. Il sortit sans bruit de la voiture et marcha dans la nuit froide jusqu'à la cabine.

Le numéro de Vitali ne se trouvait sur aucun carnet ou note de papier. Le seul carnet de téléphone du réseau c'est celui de votre mémoire disait Ari. Vous ne devez même plus savoir écrire les chiffres.

Il composa donc le numéro de mémoire et attendit la succession de bips qui le branchait jusqu'à Düsseldorf. Il fit le code convenu. Deux sonneries. Raccrocher. Trois sonneries. Rebelote. Recomposer. Attendre. Généralement, au bout de quelques sonneries, le système sophistiqué qui permettait à Vitali de pister les mouchards de toutes sortes l'autorisait à décrocher le combiné.

Sa voix rauque s'abattait alors dans l'écouteur.

— Vitali, j'écoute.

Hugo ne put réprimer un sourire en imaginant le jeune homme fragile, occupé à pondre un nouveau programme. Vitali s'était très vite révélé un rouage essentiel du réseau Liberty. Il avait été rapidement promu au rang de meilleur élève d'Ari et il avait joué un rôle essentiel dans la mise en place des programmes clandestins.

Le code envoyé par Hugo signifiait qu'il s'agissait d'un problème ne concernant pas directement les activités du réseau mais que cela était susceptible de changer dans l'avenir. D'autre part, qu'il convenait de prendre les mesures de sécurité les plus draconiennes concernant la sécurité de la communication.

Il répondit donc à la voix de son ami selon le code convenu :

— Bonjour Vitali, c'est Fox. Vous savez le Mozart Institute... Je vous appelle pour une modification d'ordinateur. Pour un client à Düsseldorf. Il faudrait que cela soit fait très vite, mais on pourrait se voir disons, demain à 16 heures ? Au trente-huit ?... Ah aussi pendant que j'y pense, vous pourriez penser à me ramener le livre de Voltaire que je vous ai prêté ?

Hugo avait débité ça du ton le plus détaché qu'il pouvait. Dans le langage diaboliquement précis d'Ari tout cela signifiait, dans l'ordre : qu'il s'identifiait clairement en tant que membre du réseau. Qu'il était engagé personnellement dans une histoire qui pouvait compromettre rapidement le fragile édifice qu'ils avaient bâti. Puis qu'il demandait une entrevue au point numéro onze pour le lendemain matin à huit heures, cela grâce au code de décryptage Voltaire, qui était celui qu'il connaissait le mieux de mémoire.

Hugo entendit distinctement un stylo coucher de l'encre sur le papier et un vague murmure accompagner le rythme de l'instrument.

— Pas de problème. Vous viendrez seul ou avec votre client ?

Ça, ça signifiait que Vitali lui demandait si on allait modifier ou non l'heure prévue par le premier message. Ultime mesure de sécurité.

Si oui, on ajouterait autant d'heures que le nombre de clients annoncés.

Si on voulait soustraire les heures, il suffisait de placer un « ce sont des clients très importants », ou « qu'il faut choyer », une phrase quelconque et ronflante à leur sujet. Le langage d'Ari était d'apparence tout à fait innocent et transparent, toute son ingéniosité résidait sur ce point.

Leur conversation était aussi banale que celle de n'importe quels types traitant des affaires, d'un bout à l'autre du monde.

— Je viendrai seul, laissa tomber Hugo.

C'était déjà assez compliqué comme ça.

Les adieux furent brefs, comme toujours, et Hugo sortit sous la voûte noire étoilée.

L'univers était particulièrement colossal ce soir, il fallait bien en convenir.

Lorsqu'il rejoignit la voiture, il se rendit compte qu'Alice dormait toujours. Il fit demi-tour sur la nationale et repartit vers le nord, à la recherche de la nationale qui fonçait vers le Rhin.

Il la trouva, belle route noire à quatre voies, à un carrefour qui lui indiqua la direction du grand fleuve et des principales villes de la Ruhr.

Il s'engagea sur la piste de béton, à la vitesse réglementaire, conduisant de manière décontractée. Il mettrait trois heures, au maximum, pour atteindre Düsseldorf. Il trouverait un petit coin tranquille, dans la banlieue, sur les quais, et pourrait dormir deux ou trois heures. Puis ils iraient prendre un petit déjeuner, avec la petite, avant d'aller au rendez-vous.

Le hurlement qui retentit derrière déchira brutalement l'image bienheureuse de chocolat et de petit matin. D'un mouvement de la tête il put voir le visage d'Alice qui se redressait sur la banquette, les traits défigurés par une terreur absolument indicible, comme si elle venait de passer une nuit avec le diable lui-même.

Sa peau était si blanche que le réseau de ses veines créait de délicates nuées capillaires sur ses joues et sous les yeux. D'autre part, Hugo discernait pour la première fois quelques taches de rousseur, très pâles, disséminées sur les pommettes. Sans doute un effet de la lumière orange des projecteurs au sodium.

Son regard était brouillé par une peur intense, une angoisse si pure qu'elle submergea l'habitacle, comme si un fumigène puissant venait d'être lancé sur la banquette.

Hugo n'hésita pas très longtemps. Il gara la voiture sur la bande d'arrêt d'urgence, mit les *warnings* en position et sortit ouvrir le coffre, d'où il extirpa une flasque de métal d'un sac brun qu'il avait entreposé avec les valises.

Un bon Jameson de neuf ans d'âge.

À lui aussi, au demeurant, ça ferait du bien.

Lorsque la chaleur du vieil alcool irlandais eut fini de colorer ses joues, Alice se mura dans un mutisme absolu, saoulée par les vapeurs, sonnée comme un boxeur sur le ring.

Hugo la vit osciller sur la banquette et sa tempe alla se presser contre la vitre.

Hugo l'observa attentivement. Il comprit que ce n'était pas tout à fait l'heure de l'abreuver de questions, aussi redémarra-t-il dans la seconde pour reprendre la route du Rhin.

Afin de détendre l'atmosphère, il enclencha une cassette dans le lecteur. Un truc doux, pas trop triste et absolument détendu, s'était-il dit en farfouillant dans le boîtier de cassettes.

Il avait opté pour le plus léger et le plus délicat des albums de Prince, *Around the World in a Day* et il espérait que les mélodies sucrées de cette pop-music aux sonorités orientalisantes rendraient la bande noire de l'autoroute un peu moins mécanique et monotone.

Au bout d'un quart d'heure, il l'avait vaguement entendue s'ébrouer derrière lui et sa petite voix rauque s'était élevée sur les dernières mesures de *Raspberry Beret* :

— Nous allons où maintenant, Hugo ?

Hugo réprima un sourire. Son visage venait d'apparaître dans le rétroviseur et elle le voyait aussi bien que lui pouvait la voir. L'étincelle d'intelligence semblait reprendre vie dans les prunelles cristallines.

— À Düsseldorf, répondit Hugo, nous faisons un petit crochet stratégique.

Il l'entendit bizarrement soupirer derrière lui puis se replacer contre la vitre de la portière.

Au bout de quelques secondes elle laissa tomber, froidement :

— Je ne pense pas que ce soit une très bonne idée... Ça m'éloigne de ma destination...

Hugo ne sut quoi répondre sur le moment. Évidemment. Ce n'était pas tout à fait la route du Portugal, mais il lui était absolument impossible de lui révéler quoi que ce soit au sujet du réseau, ou de Vitali Guzman.

Aussi se décida-t-il à improviser, en misant sur le bon vieux coup de la confiance, qui pouvait tout à fait ne s'avérer qu'une impasse, avec une gosse de cette trempe.

— Tu as confiance en moi, Alice ?

Il se retourna à peine. Il discerna l'ombre d'un mouvement parcourir la silhouette.

— Bon... Je vais voir quelqu'un qui va pouvoir nous aider. Il s'appelle Vitali. Tu comprendras sur place... O.K. ?

Puis tandis qu'elle se replaçait au centre du rétro, leurs regards se croisaient à nouveau sur le petit rectangle de glace.

Il baissa un peu le volume du radiocassette.

— D'ici-là, si tu n'y vois pas d'inconvénient, j'aimerais que tu me dises réellement de quoi il s'agit. Qui es-tu ? Qui sont ces types armés qui te pourchassent ? Qui est ta mère... Quel foutu secret toute cette affaire recouvre-t-elle, d'accord ?

Il avait tout fait pour conserver l'inévitable ton froid et détaché. Et cela fonctionna plus facilement que prévu.

La voix cassée par l'émotion et l'épuisement Alice déroula à nouveau l'étrange canevas de son existence à quelqu'un qu'elle connaissait à peine.

Pour une raison qu'elle ne put s'expliquer, elle délivra à l'inconnu de la nuit des informations capitales qu'elle n'avait pas cru bon de raconter à la jeune policière.

Cela faisait déjà un bout de temps, en effet, qu'Alice faisait des rêves.

C'était ça, évidemment, qui avait en fait tout déclenché.

CHAPITRE VII

La soirée était irrémédiablement foutue, pensait Wilheim Brunner. Alors ça en plus ou en moins, au point où on en était.

Le point où on en était, c'était qu'Eva allait exploser. C'était l'évidence la plus primaire. Elle allait exploser et les conséquences en seraient désastreuses sur le voisinage immédiat. Les personnes faibles, vieilles, ou souffrantes n'avaient pas intérêt à se trouver sur sa route quand elle arrivait à de tels états de surchauffe. Comme cet imbécile de petit domestique géorgien qui se prit la règle en pleine poire, à son passage, alors qu'elle lui hurlait de déguerpir au plus vite.

Il faut dire que tout avait irrésistiblement foiré.

L'opération de surveillance de Koesler s'était muée en une véritable catastrophe. Le Sud-Africain n'y couperait pas. Dès son retour, il aurait droit au châtiment corporel.

Alice en avait profité pour prendre la fuite, évidemment, et plus la nuit avançait, plus la tension montait dans le salon qu'Eva avait transformé en cabinet de crise, faisant placarder des cartes de l'Europe sur les murs et demandant à tout le monde, y compris Oswald, de se tenir prêt à y passer une nuit blanche.

Un des gardes du corps d'Eva monta le central radio sur la table, qu'un jeune type brun à lunettes manœuvra.

Elle demanda à Sorvan de prendre la tête des opérations de recherche et de lancer plusieurs patrouilles au sud des Pays-Bas, sur toutes les grandes voies de communication. France, Belgique. Ces équipes devaient se coordonner à celles de Koesler en route depuis Amsterdam et traquer Alice sans répit, sur les routes, dans les gares, les stations d'autocars, et les stations-service. Alice allait certainement droit vers le sud. Les équipes de Sorvan lui couperaient la route. Eva commença à placer des pastilles colorées sur l'immense carte de l'Europe occidentale accrochée près de la porte.

Les pastilles vertes des voitures de Koesler se ramifièrent vers le sud, à partir d'Amsterdam.

Les pastilles rouges de Sorvan quittèrent la frontière germano-suisse pour remonter vers Strasbourg, Metz et Nancy.

À un moment donné, plus tard dans la soirée, elle gifla Oswald qui n'avait pas montré assez de diligence dans le rapatriement des capitaux immobilisés aux Pays-Bas. Elle toisa Dieter Boorvalt et lui fit comprendre que son tour viendrait aussi.

Selon les dernières informations en provenance du ministère, le cabinet Huyslens et Hammer s'était vu dans l'obligation de fournir leur nouvelle adresse aux autorités. Un flic viendrait d'Amsterdam pour les interroger.

Ensuite elle s'en prit à l'homme qu'elle avait nommé responsable de l'opération Caravan, le déménagement express du Studio et l'acheminement de toutes les cassettes vers la Suisse, ici, puis dans un second temps, vers l'endroit secret qu'Eva avait planifié. Ça prenait dix fois trop de temps, lui hurla-t-elle, alors qu'il réussissait pourtant à réunir une équipe de huit hommes et deux semi-remorques prêts à partir dans la nuit.

Mais le truc qui allait la faire exploser pour de bon c'était cette communication radio qui venait d'arriver en provenance d'une des patrouilles de Koesler. L'équipe numéro trois avait repéré Alice quelque part à la frontière belge, dans une station-service avec un inconnu conduisant une Volvo grise.

L'excitation initiale avait rapidement fait place à une tension grandissante, puis à son visage dur et fermé qui n'augurait jamais rien de bon. Le dernier message, indiquant que la Volvo avait semé l'équipe de Koesler, occasionna la perte d'une statuette d'ivoire et du miroir français Louis XV, situé sur la cheminée, derrière le central radio.

L'opérateur eut de la chance. La statuette ne lui était pas vraiment destinée mais elle passa à dix centimètres au-dessus de sa tête. Eva n'aurait sûrement vu aucun inconvénient à ce que le colporteur de mauvaises nouvelles soit puni, lui aussi, comme sous la haute antiquité.

Eva se tenait toute droite devant la carte où s'échelonnaient les points colorés, dans l'attente que de ce schéma étrange surgisse la position d'Alice, par un procédé quelconque de géomancie.

Elle n'explosa pas, curieusement. Elle se tourna juste vers Wilheim et lui jeta d'un ton glacial :

— Il faut que je te parle.

Elle prit le chemin du corridor qui menait à leur salon personnel. Elle n'ouvrit pas la bouche jusqu'à ce qu'il ait refermé la porte sur lui. Elle se planta devant lui, le fixant d'un œil étonnamment neutre, comme si elle se contentait d'observer un objet de la maison, vu mille fois.

— Koesler ne fait pas le poids, laissa-t-elle tomber au bout d'un moment. Nous ne pouvons compter sur lui pour des opérations vraiment délicates, j'espère que tu t'en rends compte ?

La question ne lui était pas vraiment destinée en fait, aussi ne répondit-il rien.

Elle marcha jusqu'au splendide bureau Philippe Starck et observa la nuit qui plombait le paysage, les hautes chaînes alpines, dont les neiges éternelles luisaient faiblement sous la lune, comme des bulbes suspendus dans l'espace.

Elle se retourna vers lui et Wilheim détecta immédiatement la nouvelle tension qui émanait d'elle.

— Nous allons être obligés de quitter l'Europe. Donc de mettre en branle le plan d'urgence et d'évacuation. Alors que nous ne sommes pas encore prêts...

Sa voix s'était mise à siffler, plus dangereuse que celle d'un crotale sur lequel on vient de poser le pied.

— La bavure de Koesler rend tout beaucoup plus compliqué... Qu'Alice échappe aux flics n'aurait pas posé de problème, sans la monstrueuse connerie du magasin... Maintenant nous devons jouer contre la montre. Les flics vont lancer des avis de recherche, dans toute l'Europe... Sans doute vont-ils lancer des hommes à sa poursuite pour qu'elle témoigne de ce qu'elle a vu lors de ce stupide cafouillage... Tout devient... critique. Urgent. Alors que nous aurions pu la récupérer en douceur... Et nous évanouir dans la nature, comme prévu.

Wilheim vit une lueur s'allumer dans son regard. Une lueur vive et dure.

— Bon, lâcha-t-elle plus glaciale que jamais, il faut convoquer Koesler au plus vite.

Wilheim s'aventura à pas de loup dans une première observation.

— Koesler ? Mais il est à son camp de base et il doit certainement s'occuper de Johann...

— Écoute-moi bien, Wilheim.

Eva enfichait son regard de glace dans le sien. Son ongle écarlate se pointait vers lui.

— Je me fiche complètement de ce qui va arriver à ce bon à rien de Johann. Au contraire... Mais cela je te l'expliquerai plus tard, en attendant tu vas appeler ton Sud-Africain de mes couilles et lui dire de rappliquer ici au plus vite par le taxi habituel, camouflage complet.

— Mais... Et qui va diriger les équipes d'Amsterdam ? Et qu'est-ce qu'on fait du chauve, il est blessé et recherché par tous les flics de Hollande...

Eva se donna la peine de faire semblant de réfléchir une seconde. Sa réponse était déjà toute prête, il le savait.

— Nous allons régler les deux problèmes avec une seule solution.

Wilheim réprima un soupir.

— Quelle solution ?

— Je vais envoyer Sorvan aux Pays-Bas... Il s'occupera du chauve, il est devenu trop gênant. Ensuite il descendra diriger les recherches. Il se coordonnera avec les équipes de Koesler en France et ils descendront de partout vers le sud.

Wilheim ne répondit rien et réfléchit.

Eva s'installa derrière le bureau Starck et posa ses escarpins rouges sur le bord noir et mat.

Elle alluma un de ses petits cigarillos préférés et déroula de longs rubans de fumée grise.

— D'autre part je vais lancer une seconde opération.

Il acheva son second verre de bourbon et marmonna, d'une voix ravagée par l'alcool :

— Quel genre d'opération ?

Une longue volute de fumée cubaine.

— Une opération commando, mon chou.

— Une opération commando ?

— Disons un joker, un petit coup de poker. Un gambit qui assure la partie.

Volute. Et l'excitation de la jeune femme en robe rouge.

— Game-bit ? marmonna-t-il.

— Je vais envoyer un détective au Portugal. Dès demain matin. Un homme sûr. Dévoué. Et extrêmement efficace pour retrouver les gens. Je sais où ma fille se dirige, Wilheim. Tu comprends ? Je sais qu'elle va chez son père, Stephen Travis. En Algarve ou peut-être en Andalousie, quelque part, là-bas. Un Anglais et une petite fille. Mon détective les trouvera, très rapidement, si jamais elle passe avant que la nasse de Sorvan ne se referme sur elle. C'est ça l'opération commando.

Wilheim se servit un troisième verre.

— Quand il les aura trouvés on prendra les équipes les plus sûres et on ira sur place... Nous récupérerons Alice avec un papier légal du cabinet Huyslens et Hammer, faux évidemment et nous nous tirerons avec la gosse, vers notre nouvel univers... D'autre part...

Elle s'adossa contre l'arête de la table et son regard semblait calculer la trajectoire fatale d'une lame patiemment aiguisée.

— D'autre part, reprit-elle, le signalement du

type à la Volvo ne semble pas correspondre au signalement de Travis, mais il nous faut envisager le pire, tout de suite...

— Le pire ? marmonna Wilheim.

— Oui. Il a certainement envoyé un de ses amis à sa place. Lui il doit tout diriger depuis son coin perdu du Portugal... Tout ça pue le plan parfaitement préparé... C'est pour cela que nous allons partir là-bas, quand mon type l'aura détecté.

Elle s'assit brutalement sur sa chaise, éjectant d'un geste vif ses jambes de la surface du bureau.

Elle ouvrit un des tiroirs et en sortit un rouleau de papier coloré. Elle déploya une carte devant elle.

— Approche, émit-elle d'une voix rauque.

Il obéit, instinctivement, hypnotisé, littéralement mis sous contrôle, telle une marionnette, cette sensation qu'il aimait tant...

L'ongle rouge se ficha sur un endroit du vaste puzzle multicolore. La Suisse, reconnut-il.

Le grattement de l'ongle sur le papier. Le Sud de l'Espagne maintenant.

L'ovale rouge traversa le détroit de Gibraltar et franchit la frontière du Maroc espagnol. Stoppa un instant au sud-ouest de Marrakech, sur la côte.

Ensuite une longue ligne droite plein sud jusqu'à un point à l'ouest de l'Afrique. Dakar, lut-il à l'extrême pointe du continent, et de l'ongle.

L'Océan maintenant. Vernis écarlate sur le bleu roi de l'Atlantique. De petites taches jaunes et orange. Les Caraïbes, les Antilles. La Jamaïque. Panama. Le Venezuela. Le paradis. Le paradis sur terre.

Il fut irrésistiblement attiré par l'éclat cobalt qui vibrait dans la prunelle d'Eva.

Un éclat qui envoyait toute la formidable plénitude du monde qu'ils allaient bientôt rencontrer.

Ils seraient comme de jeunes loups lâchés dans la bergerie.

La robe rouge d'Eva prit soudainement cette couleur qu'il aimait tant.

Oh, putain oui, le paradis sur terre.

CHAPITRE VIII

Un soleil froid illuminait le Rhin et les quais de béton déserts. L'air était chargé d'odeurs diverses, un peu âcres, et les entrepôts désaffectés rouillaient doucement de part et d'autre du fleuve. Les vieilles industries, aciéries, sidérurgie, pétrochimie, qui avaient marqué la région s'effaçaient progressivement devant de nouveaux arrivants, une vague de tours de verre et de bâtiments à l'architecture basse, et parfois délicate. Au-dessus d'eux le ciel était d'un bleu monochrome. Il arrive qu'il fasse beau dans la Ruhr.

Toorop observait l'eau poisseuse et mordorée de divers carburants s'iriser sous la lumière jaune de la matinée.

À côté de lui, un grand type à lunettes, maigre, au dos voûté et aux cheveux vaguement blonds tombant par paquets sur la nuque s'agita dans l'immense duffle-coat, dans lequel il flottait. Vitali Guzman avait pour l'apparence vestimentaire autant d'intérêt qu'un cosmonaute en tenue de sortie pour une pince à sucre.

— Tu ne trimballes aucun document compromettant pour le réseau ?

— Non, répondit Toorop, bien sûr que non.

Ils parlaient en français, la langue maternelle d'Hugo. Une astuce de Vitali, au cas où un micro-espion serait tendu vers eux. Le français était aussi la langue de Mallarmé et de Voltaire, chose à laquelle Vitali était loin d'être indifférent.

Celui-ci s'absorba dans une intense réflexion.

— Tu es absolument certain que les types sur l'autoroute étaient armés ? finit-il par lâcher, avec son accent prononcé, jurant avec la parfaite syntaxe.

Hugo ne lui en voulut pas. Il était normal qu'il envisage toutes les possibilités.

— Oui. Le genre de type que je détecte à des kilomètres maintenant, Vit.

Certains d'entre eux s'étaient retrouvés dans l'emblème gradué de son collimateur, à Bihac ou à Sarajevo. Des types qui venaient de Belgrade pour faire le coup de feu, amenés par autocars, comme pour un safari. Week-ends tchetniks, comme ils les appelaient. Pour une dizaine d'entre eux, au moins, le week-end s'était terminé plus rapidement et plus définitivement que prévu.

Vitali hocha la tête en marmonnant quelque chose.

Hugo comprit instantanément que le jeune ex-Berlinois de l'Est n'appréciait pas trop la situation. Et Hugo s'en voulut, terriblement, de le solliciter ainsi inopportunément alors que les choses se complexifiaient, que l'histoire s'accélérait, encore et toujours. Que le réseau Liberty se développait dans toute l'Europe. Que partout des types et des femmes prenaient contact avec le réseau et se mettaient à travailler. La mise en fiche de tous les criminels de guerre. Des gens. Hommes, femmes. Des étudiants, des chômeurs, des ouvriers, des ingénieurs, quelques fonctionnaires de l'État, des scientifiques, des musiciens de rock, quelques flics, une poignée de militaires. Des écrivains.

En un certain sens, Vitali pouvait désormais se délivrer de certaines tâches, mais la gestion de cette phase d'expansion rapide s'avérait sans doute plus délicate que prévue.

Et maintenant il y avait Hugo Toorop qui rappliquait avec un problème imprévu sur les bras.

— Tout ce que je te demande c'est un conseil, reprit Hugo. Des hommes armés poursuivent cette gosse. Sa mère est vraisemblablement assez dangereuse... Et il y a deux trucs : un, je n'ai pas vraiment envie de voir le Réseau croiser la route de la maffia, ou toute autre organisation criminelle, sinon pour un approvisionnement en armes. Deux, je n'ai pas du tout envie de laisser cette fillette dans la nature, avec un gang de psychopathes armés jusqu'aux dents à ses trousses... Pas après *tout ça*, tu comprends ?

Hugo enficha ses yeux dans les prunelles sans couleur du germano-russe :

— Elle est avec moi, maintenant... Tu m'en aurais voulu à mort de ne pas t'en avoir parlé.

Il comprit que le message avait été reçu.

Vitali se retourna vers le fleuve, puis vers la Volvo, à cinquante mètres de là, où se tenait une vague silhouette sur la banquette arrière. Puis il s'adossa à la rambarde à laquelle Hugo se tenait accoudé.

— Il va falloir être extrêmement prudent. Nous allons devoir mettre sur pied un plan d'action efficace... Et pour commencer tu vas aller à la maison numéro quatre.

Vitali lui tendait un trousseau de clés, Hugo s'en empara prestement et l'enfouit dans sa poche.

— Ensuite, reprit Vitali, tu prends une douche et tu dors. Dans l'après-midi je repasserai... Avec ce qu'il faut.

— Quel est ton plan ? demanda abruptement Hugo.

Le sourire glacé de Vitali lui transmettait clairement que ce n'était pas tout à fait le genre de questions à poser. Mais il sembla changer d'attitude et une sorte de lueur vint éclairer son visage.

— Il faut que tu changes d'identité. Ensuite, il faut que tu fonces d'une seule traite jusqu'au Portugal te débarrasser de cette fille, la remettre à qui dieu voudra, et que tu remontes illico sur Paris sous une seconde identité. Aucun lien avec le réseau. Jamais.

Le jeune Allemand se détachait de la rambarde, indiquant que le rendez-vous touchait à sa fin. Son sourire avait une légère teinte malicieuse, narquoise.

— Quand tu partiras, je te donnerai de quoi rester éveillé pendant deux ou trois jours. Tu auras à peine droit aux arrêts-pipi.

Il fit un pas en arrière.

— D'autre part tu ne m'as pas vu aujourd'hui. Y compris vis-à-vis de quiconque dans le réseau. Nous sommes obligés de faire comme ça, d'accord ?

Oui, émit silencieusement Hugo de la tête. Il comprenait parfaitement la nécessité d'une telle obscurité.

Alors que le jeune Est-Allemand disparaissait au coin d'un quai, Hugo se surprit à penser qu'ils atteignaient là sans doute des records en matière de clandestinité.

Vitali avait pour tâche de contrôler une bonne partie des opérations clandestines, les « black programs » du réseau Liberty. Réseau lui-même semi-légal, quoique couvert par une association tout à fait officiellement déclarée. Or Hugo était un des rouages essentiels d'un de ces programmes.

Ainsi, Vitali allait lui apporter la logistique de l'organisation, sans que celle-ci ne soit mise au courant. Clandestins, dans la partie la plus clandestine d'un réseau clandestin.

Merci Vit, pensa Hugo, avec un sourire.

Le jeune informaticien de génie ferait le maximum pour dénouer le piège dans lequel il s'était malencontreusement fourvoyé.

Hugo marcha d'un pas assuré vers la voiture.

Il fallait faire ce qu'avait dit Vitali : aller à la maison de la Beethoven Strasse, se reposer et attendre son retour.

Vitali était un as.

Il s'endormit très vite, en fait. Il lui avait semblé que le sommeil ne viendrait pas, mais après une bonne douche, confortablement installé dans le divan de cuir, il s'enroula sous son duvet et se laissa béatement terrasser par la sirène des rêves.

La sonnerie du téléphone le réveilla brutalement, quelques heures plus tard. Le soleil était haut dans le ciel. Un ciel gris argent, comme une coupole d'acier recouvrant la ville, toute cette mégalopole qui se ramifiait du nord au sud de la Ruhr...

Il laissa sonner les trois sonneries. Puis les quatre. Il décrocha après la troisième sonnerie de la troisième salve. Il attendit que Vitali se présente.

Cette fois, il parla en allemand.

— Monsieur Schulze ? Ici Bauer.

— Bonjour Bauer, répondit Hugo selon le code convenu. Que puis-je pour votre service ?

— C'est pour le dépannage, vous savez. La télé en panne et le meuble portugais...

Hugo ne répondit rien, comme convenu.

— Si je passais vous voir demain vers 17 heures ?

— O.K., parfait, Bauer, demain à 17 heures, merci infiniment.

— Il n'y a pas de quoi, monsieur Schulze, à demain.

Ari avait insisté sur le fait que des gens qui se disent poliment au revoir pour clore un coup de fil ne peuvent pas être soupçonnés d'appartenir à une bande de gangsters ou de terroristes, encore moins à une organisation de volontaires occidentaux désireux d'en finir au plus vite avec les résidus du communisme.

Selon le code convenu Vitali arriverait aujourd'hui à six heures de l'après-midi.

Bon dieu de merde, mais quelle heure pouvait-il bien être ?

Quatre heures moins le quart, lut-il sur l'horloge murale de l'entrée.

Hugo était dans une forme moyenne. Il s'étira et s'assouplit les jambes avant d'entrer dans la cuisine pour se préparer du thé et une petite collation.

Il entendit du bruit en provenance du premier.

Alice devait s'être levée elle aussi.

Il l'entendit descendre le petit escalier raide et venir directement vers la cuisine d'où s'échappait le bruit de l'eau qui chauffait sur le brûleur de la cuisinière.

Elle s'encadra dans l'embrasure de la porte.

— Hugo, laissa-t-elle tomber. Je dois partir. Il faut que je retrouve très vite mon père. Je... je sens quelque chose... Quelque chose va arriver.

Son visage était grave. Intense. Ses yeux bleus étaient pleins d'une vivacité magnétique.

Hugo ne répondit rien. Il versa l'eau frémissante sur le thé et reposa la casserole dans l'évier. Puis il ouvrit le frigo, s'empara du beurre, de quelques fromages français et installa le tout sur la petite nappe blanche.

— Tu as faim ? se contenta-t-il de lâcher.

Elle hocha négativement la tête. Puis hésita sur le pas de la porte.

Elle laissa tomber un « Je devrais déjà être à Lisbonne » sec comme un coup de trique et finalement remonta dans sa chambre, sans dire un mot, le visage fermé, déçu, et boudeur.

Oh... et merde, pensa Hugo, en poussant un soupir. Évidemment, il n'était pas tombé sur une magnifique jeune femme, à la beauté fatale et mystérieuse. Non, il fallait qu'il se tape une petite peste adolescente, le genre de truc qui pouvait transformer un membre de la société protectrice des enfants martyrs en spécialiste du coup de fer à repasser...

Il esquissa un sourire et entama son déjeuner-goûter-petit déjeuner, il ne savait plus trop.

Il n'arriva pas à stopper la spirale de questions qui se déroulait dans son esprit.

Que veut-elle dire par « il va arriver quelque chose », comme si rien ne s'était encore produit, nom de dieu...

Je sens quelque chose avait-elle dit, rectifia-t-il. Je sens quelque chose.

Il repensa aux divers rêves que la jeune fille lui avait dévoilés la nuit précédente. Comme celui qui l'avait réveillée, hurlante de terreur, alors qu'il fonçait vers Düsseldorf.

Sa mère, la bouche trempée de sang. Une

mâchoire d'acier. L'enfermant dans une pièce noire.

Elle lui avait dit que depuis plus de deux ans, maintenant, des rêves analogues hantaient de plus en plus souvent ses nuits. À chaque fois que sa mère revenait d'un de ses voyages, en pleine forme. À chaque fois elle faisait un de ces cauchemars dans lesquels sa mère se transformait en un monstre cruel, diabolique, assisté par son beau-père, efficace majordome.

Elle lui avait raconté sa fugue, persuadée que ses parents étaient en fait des criminels, et sans doute des assassins. Sa fuite, avant que les avocats de sa mère ne la reprennent. Le supermarché à Amsterdam.

Hugo n'arrivait pas à comprendre pourquoi mais il ressentait une menace confuse et effectivement grandissante. Comme lorsque l'obus serbe s'était rapproché, avec son sifflement caractéristique, avant de pulvériser le premier étage de leur abri.

Les rêves d'Alice représentaient une clé, il en était persuadé, mais l'origine de cette conviction lui parut tout aussi obscure.

Il rangea les victuailles, fit la vaisselle et alla s'effondrer dans le grand divan. Il alluma la télé et comata devant un feuilleton policier ennuyeux en attendant l'arrivée de Vitali.

Quelque chose va arriver, quelque chose va arriver, mais pourquoi donc a-t-elle dit ça ? Et quoi, bon dieu, quoi ?

Ce fut Vitali qui arriva. Avec des nouvelles.

Nom de dieu, se disait Hugo devant les deux journaux étalés sur la table du salon. Carrément. Sur le journal néerlandais, la photo d'Alice était en première page. L'article du journal allemand, sur une page centrale, était également accompagné d'une photo, avec cette légende : « Avez-vous vu cette petite fille ? » Un numéro spécial de la police.

— Merde, laissa-t-il échapper entre ses dents.

Il leva les yeux vers Vitali, qui ne semblait même pas spécialement préoccupé.

Son regard distordu par le verre optique restait parfaitement impénétrable.

— Il n'y a rien sur toi, ni sur la Volvo... Dis-moi, tu savais pour le grand magasin ? Pour le flic ?

Hugo lui jeta un regard interrogateur. Pour le flic ?

Vitali montra d'un geste les articles de presse.

— À Amsterdam. Quand la môme s'est tirée. Il y a eu une petite fusillade assez sympa. Deux morts, deux blessés. Parmi les morts, un flic chargé de la protection d'Alice, un dénommé Julian je sais plus quoi.

Hugo enregistra l'information. Alice ne lui avait pas tout dit, soit elle avait omis de lui en parler, soit elle ignorait ce qui s'était produit dans son dos...

À cet instant il ressentit une vibration parcourir sa moelle épinière. Il ne sut pourquoi mais il identifia la nature du phénomène et fut à peine étonné de découvrir Alice à l'entrée du salon, alors qu'il se retournait vers la double porte vitrée.

L'adolescente se tenait toute droite sur le grand tapis.

Il discerna immédiatement un éclat violent et contrasté dans le regard de la jeune fille. Un mélange de tristesse et de rage.

Elle venait d'apprendre, tout comme lui, réalisa-t-il.

Sans dire un mot elle s'approcha de la table où se déployaient les grands feuillets de papier journal.

Hugo fut surpris par son sang-froid.

Elle émit un vague signe de tête à Vitali qui ne bougea pas puis fit face à sa proche image, déployée par deux fois sur les pages. La grosse trame pointilliste semblait l'impressionner. Elle toucha du doigt le papier gris et rugueux, paraissant s'emplir de la réalité fugitive de cette duplication miraculeuse.

Elle leva ensuite les yeux vers Hugo, puis vers Vitali. Puis vers Hugo, à nouveau.

— Ils ont tué Julian...

Elle jeta un ultime coup d'œil aux portraits de cette petite fille blonde, en différents niveaux de gris, puis se retira de la table.

Elle fit face aux deux hommes, résignée.

— Je vous pose énormément de problèmes, je crois bien...

Son allemand avait été irréprochable.

Hugo tourna légèrement la tête pour observer la réaction de Vitali.

Celui-ci leva la main d'un geste dédaigneux.

— Très chère mademoiselle Kristensen, sachez que tout ceci n'a finalement que peu d'importance. Nous avons désormais un plan d'opération efficace et de quoi faire en sorte que vous atteigniez sans encombre le Portugal.

Il jeta un bref coup d'œil à Hugo pour s'assurer que son approche était crédible. Vitali n'était pas très à l'aise dans ses relations humaines, surtout avec les plus jeunes, et surtout avec les filles.

Hugo ne voulut pas le désespérer aussi lui lança-t-il un léger clin d'œil complice, signifiant qu'il était parfait.

Vitali repoussa d'un geste les journaux étalés sur la table et sortit un rouleau coloré d'on ne sait où. Il étala une vaste carte de l'Europe occidentale et la fixa à la table avec de petit cartons pré-scotchés. Il extirpa un marqueur de son duffle-coat crasseux et commença à tracer une route jaune fluo le long du Rhin, puis jusqu'à Nancy, avant de descendre droit vers le Rhône, Lyon, la Provence ensuite, contournant le golfe du Lion vers Perpignan et l'Espagne. Fonçant ensuite en diagonale à travers la péninsule Ibérique. Vers le sud du Portugal.

— Route numéro un. Rapide. Grands axes autoroutiers.

Il extirpa un second marqueur de sa poche. Il traça une nouvelle route, en rouge.

Celle-ci quitta Dijon pour descendre en oblique à travers la France. Massif central, Toulouse, Pays basque, avant de descendre presque droit vers le nord du Portugal, puis encore plus droit vers les eaux mélangées de l'Atlantique et de la Méditerranée.

— Route numéro deux. Plus lente. Mais plus discrète aussi... Routes nationales, voire secondaires. Traversée des Pyrénées.

Hugo observait Alice, qui observait la carte, puis Vitali, puis la carte à nouveau.

Vitali envoya un nouvel appel silencieux à Hugo, qui renvoya la même réponse.

Le Germano-Russe reprit :

— Je pense que Mlle Kristensen doit être impliquée dans l'opération.

Il la fixa, de ses yeux d'oiseau nocturne, derrière ses épaisses lunettes.

— Elle doit se considérer comme une partie active de l'opération chargée de lui sauver la vie... C'est ce que dirait... *Bilbo*, je pense, tu ne crois pas Hugo ?

Bilbo était le nom de code d'Ari.

Hugo approuva, silencieusement.

Alice ne pouvait détacher ses yeux des lunettes derrière lesquelles tremblotait le regard du chef des opérations clandestines pour l'Europe de l'Ouest. C'était désormais ainsi que Hugo le percevait, et il ne doutait pas que c'était voulu, car il voyait bien que la môme aussi se figeait devant cette nouvelle autorité, mystérieuse.

Vitali sortit un second rouleau de papier qu'il déplia sur le premier.

Une nouvelle carte.

Chaque route, jaune ou rouge, se ramifia en de multiples solutions, adaptées au réseau local. La route rouge suivit trois canaux différents pour traverser le Portugal du nord au sud. La route jaune se divisa en deux tronçons, puis un des tronçons en deux branches distinctes pour atteindre l'Algarve.

Il avait six points d'entrées différents dans cette province méridionale.

Vitali avait fait du bon boulot.

Celui-ci fixait Hugo, puis l'adolescente, à nouveau.

— Vous allez rouler de nuit comme de jour. Tout en restant prudent, évidemment. Votre rôle, mademoiselle Kristensen, sera de dormir, d'être discrète et d'assurer la navigation, en suivant les cartes.

Alice émit un étrange assentiment, d'une ondulation du corps et de la tête.

Le regard de Vitali se fit encore plus obscur puis il s'échappa, comme un oiseau rapace, et s'en alla se poser sur Hugo.

— Bon, avant le départ nous avons quelques détails à régler tous les deux.

Alice comprit que la phrase lui était en fait destinée et elle commença à reculer pour s'éclipser. Elle stoppa, regarda Hugo, puis Vitali.

— Je vous remercie pour tout ce que vous faites, monsieur.

Elle s'enfuyait déjà comme un feu follet blond, derrière les portes aux vitres de verre cathédrale.

Hugo observa Vitali et vit que celui-ci lui envoyait toujours la même question voilée.

Super. Tu as été super, transmit-il d'un geste de la main droite, refermant pouce et index en cercle et maintenant les autres doigts en battoir rigide.

— Bon, laissa tomber Vitali. Voyons ce que la petite doit continuer à ignorer.

Il sortit une deuxième carte du Portugal. Il extirpa un autre feutre, vert celui-là.

— On va voir ton itinéraire de retour, maintenant.

Le feutre vert quitta lentement le Portugal et remonta vers la France, laissant une odeur d'essence et un sillage vaguement turquoise derrière lui.

— Maintenant voici ton passeport. Établi au nom de M. Zukor, citoyen allemand.

Vitali lui rendit aussi ses papiers d'origine.

— Détruis celui-là avant ton départ. Tu es Berthold Zukor, producteur musical... C'est un véritable « vrai-faux » passeport. Irréprochable.

Hugo s'empara du nouveau passeport.

Vitali sortait un emballage coloré de sa poche. Sous une bulle de cellophane il y avait un petit flacon noir.

— Il faudra teindre les cheveux de la petite. Un beau noir bien foncé. Ensuite faire des photomatons. Ce soir j'aurai son passeport. Tu partiras dans la nuit, dès que j'aurai ses papiers. Ils seront etablis au nom d'Ulrike Zukor, ta fille.

Enfin, Vitali déposa un petit cube gris sur la carte du Portugal.

Hugo ouvrit la petite boîte et aperçut deux lentilles colorées dans l'écrin. Il leva la tête vers Vitali.

— De nouvelles lentilles Minolta, laissa tomber celui-ci. Des lentilles noisette. Pour Alice.

Hugo n'en croyait pas ses yeux.

Vitali se ramenait avec le nec plus ultra du camouflage. Juste pour protéger une petite fugueuse ramenée par un agent inconscient.

Ça va être du gâteau, pensa-t-il.

Qui que ce fût qui pourchassait Alice, il ne faisait pas le poids face à l'intelligence de Vitali, à la force et l'efficacité du réseau.

Dans deux jours, ils seraient au Portugal. Dans trois jours, au pire, Alice aurait retrouvé son père. Dans quatre ou cinq, il serait de retour à Paris.

Tout irait bien. Oui, ce serait du gâteau.

Il ne savait pas pourquoi mais il n'arrivait pas à s'en persuader vraiment.

CHAPITRE IX

L'homme qui leur ouvrit la porte était jeune, blond, portait un costume bleu à fines rayures ton sur ton et une cravate de soie valant un bon mois de salaire d'inspecteur de base. Son visage était avenant et armé d'un sourire valant vingt fois, au moins, le prix de la cravate.

Anita le trouva bien trop sympathique pour être totalement net. À ses côtés Peter dansait d'une jambe sur l'autre et elle arrêta de détailler l'individu.

— Guten morgen, laissa-t-elle tomber dans son allemand approximatif, nous sommes les inspecteurs de la police néerlandaise, Peter Spaak et Anita Van Dyke... pouvons-nous entrer ?

Au même instant elle tendait sa carte plastifiée droit devant elle et Peter Spaak fit de même.

Le sourire de l'homme s'accentua, ce qui n'était certes pas normal.

— Oui, oui, bien sûr, les inspecteurs d'Amsterdam, entrez, je vous en prie. Bienvenu à Braunwald.

Son néerlandais avait été impeccable.

Il s'effaça légèrement et découvrit un splendide

couloir au sol couvert de marbre d'Italie, pour le moins. Le couloir allait percuter une immense double porte de chêne, tout au fond, et distribuait des pièces dont toutes les portes, aux délicates teintes ivoire, étaient fermées.

— Nous vous attendions, évidemment... reprit-il en refermant délicatement la porte derrière eux.

Puis :

— Je suis Dieter Boorvalt. Je suis le conseiller juridique personnel de Mme Kristensen.

Il aurait tout aussi bien pu dire « de la reine des Pays-Bas en personne ».

Il leur tendait la main. Anita s'en saisit rapidement et se débarrassa de l'usage formel comme d'un papier Kleenex. Peter ne daigna même pas répondre aux phalanges manucurées. L'homme rangea sa main dans une poche de pantalon et les précéda dans le couloir. Il poussa l'énorme double battant de chêne doré.

Le vif soleil printanier se déversa dans l'espace, inondant le couloir d'un gaz parfait.

La lumière tombait par de hautes fenêtres qui dominaient toute la vallée. Le salon était d'un marbre blanc, immaculé et aveuglant. En face d'elle, les neiges éternelles chapeautaient les colosses gris-bleu qui semblaient vouloir dévorer le ciel. Anita pénétra dans le salon, à peine plus grand qu'une nef d'église, avec le sentiment d'être chaussée de sabots crottés, revenant de l'étable avec un seau à lait, ou quelque chose dans ce goût-là.

Boorvalt se dirigea calmement à l'autre bout de l'immense pièce, jusqu'à un bureau de style Empire qui trônait sur le marbre, devant une baie vitrée dont la taille aurait pu figurer dans le Guiness des records.

Il y avait un divan de cuir qui serpentait selon une courbe sophistiquée à quelques mètres du bureau. Dans le divan, un costume gris perle aux coudes empiècés de cuir fauve. Dans le costume, un homme d'un certain âge, portant des lunettes rondes, leur jeta un vague coup d'œil. L'homme feuilletait négligemment un dossier en se ressourçant périodiquement au spectacle des chaînes alpines, de l'autre côté de l'azur lumineux.

Dieter Boorvalt fit le tour du bureau avec une certaine ostentation et ouvrit d'un geste élégant un coffret d'ébène délicatement sculptée qu'il inclina légèrement vers eux, à leur approche.

— De véritables havanes... Venus droit de Cuba... Vous appréciez ? En ce qui me concerne c'est ma drogue préférée...

Il détacha un tube fauve de son écrin et le fit craquer entre son pouce et son index avant d'empoigner une rose des sables, qui s'avéra un briquet tout à fait opérationnel, quoique lourd et volumineux.

— Pas pour moi merci, pour ma part je ne fume que de l'opium pur, pouvez-vous nous annoncer à Mme Kristensen ?

Anita avait l'intention de mettre les pendules à l'heure d'entrée de jeu.

Boorvalt sembla surpris par cette déclaration imprévue et il se figea un instant, alors qu'il allumait l'épais rouleau de tabac. Puis il éclata d'un rire sonore, qui dura un peu trop longtemps au goût d'Anita.

— Opium pur... Excellent, finit-il par lâcher alors que son rire s'éteignait aussi brusquement qu'il était apparu. Je vois qu'on garde encore encore des traces d'humour dans la police...

Il recracha une volute sinueuse, en connaisseur expérimenté.

— D'humour et de patience. Je répète ma question : pouvez-vous nous annoncer à Mme Kristensen ?

Boorvalt ne répondit pas tout de suite, se contentant de fixer Anita, d'un regard beaucoup trop neutre. Puis, montrant d'un geste de la main l'homme assis dans le divan de cuir noir :

— Mme Kristensen n'est malheureusement pas disponible pour l'instant... Mais justement, voici le Dr Vorster. Le Dr Vorster est le médecin personnel de Mme Kristensen et il a des informations tout à fait importantes à vous communiquer au sujet de l'affaire qui vous amène...

— Attendez un peu.

La main d'Anita venait de se lever devant elle et sa voix semblait sortir d'un congélateur.

— Dois-je répéter ma question une troisième fois ou dois-je pour de bon sortir le mandat que j'ai dans ma poche ?

Le sourire de Boorvalt se crispa tout à fait. Anita décela immédiatement une lueur d'intelligence calculatrice se mettre à l'œuvre derrière la surface bleu givre du regard.

Elle attendit patiemment de voir comment l'autre réagirait.

Il bafouilla à peine.

— Hmm... écoutez, heu... madame Van Dyke, voyez-vous, ce n'est que ce matin, un *dimanche*, que notre cabinet à Amsterdam a été averti officiellement. Or, Mme Kristensen et M. Brunner étaient déjà partis, hier matin... Nous essayons de les joindre par tous les moyens, mais pour le moment...

Anita empêcha un sourire d'arquer ses commissures.

— Dites-moi, où sont-ils donc partis, sur la Lune ? en Antarctique ? à *Genève* ?

Boorvalt ne souriait plus du tout, lui.

— Écoutez madame Van Dyke, je comprends mal cet humour qui me semble assez déplacé pour la circonstance (le langage ampoulé d'un avocaillon de service). Dois-je vous rappeler que c'est en partie de votre faute si Alice a pu ainsi s'échap... Fuguer. Mme Kristensen est en ce moment même en train de mobiliser toute son énergie, son argent et ses relations pour que l'on retrouve sa fille au plus vite... Voyez-vous. Mme Kristensen est extrêmement préoccupée par le sort d'Alice, toute seule sur les routes, ou dans des villes qui ne sont plus tout à fait sûres pour des jeunes filles de treize ans, blondes et jolies...

— Arrêtez votre numéro, voulez-vous ? (La voix d'Anita passait du givre au silex.) Si Alice s'est sauvée c'est parce qu'elle a vu des hommes à sa poursuite... Des hommes armés, qui ont tué un flic et qui sont désormais recherchés par la police... un dénommé Johann Markens et un autre, Koesler...

L'homme poussa un soupir.

— Madame l'inspecteur... Notre cabinet vous a plusieurs fois signifié que ce dénommé Markens n'est plus au service des Kristensen depuis plus de deux mois maintenant. Il a d'ailleurs été engagé accidentellement par M. Koesler, qui lui se trouve avec Mme Kristensen et s'y trouvait à l'heure de ce regrettable incident... Et cela peut être garanti par de nombreux témoins dont deux au moins sont dans cette pièce.

Anita dut admettre que le jeune avocaillon de

service aux manières raffinées possédait des ressources cachées.

— Bien. Où se trouvent-ils donc tous exactement ?

L'homme fit lentement gonfler un nuage aux senteurs âcres autour de lui.

— Ils se trouvent en Afrique. Dans le Sud marocain. Une affaire très importante et qui requiert un haut niveau de confidentialité.

— Voulez-vous me dire par là, en langage compréhensible, que vous ne pouvez me communiquer leur adresse précise ?

— J'en suis désolé, croyez-le bien, mais nous-mêmes sommes sans nouvelles...

Anita sut qu'il mentait bien sûr, mais ne pouvait rien faire pour contrer cet obstacle.

Elle improvisa, du mieux qu'elle put.

— Dans ce cas, puis-je vous conseiller de faire parvenir au plus vite l'acte de justice auprès des Kristensen, où qu'ils soient ?

Elle avait susurré ça d'un ton presque languide.

— Croyez que je ferai tout ce qui est en mon pouvoir...

Anita ne le crut pas plus et décida de dévier l'assaut.

— Dites-moi monsieur Boorvalt, si on abordait maintenant ce que M. Vorster avait de si capital à nous communiquer...

Boorvalt eut un sourire tout à fait instinctif secrétant un venin d'absolue fierté et de sûreté de soi, qui empoisonna l'atmosphère plus sûrement que le gros cigare cubain. Anita en eut presque la nausée.

— Je vous en prie, docteur Vorster.

Un raclement de gorge leur parvint du divan de cuir.

— Oui, Dieter... Bien, tout d'abord, comme vous l'a dit Dieter, *M. Boorvalt*, je suis le médecin-psychologue personnel de Mme Kristensen...

Il se racla une nouvelle fois la gorge, semblant s'accorder, comme un piano incertain.

Tiens, pensa Anita, il n'a pas prononcé le mot psychiatre, pourtant c'est ce que nous a affirmé le cabinet Huyslens... Cela pouvait signifier que l'homme n'était pas un vrai docteur. Il n'avait d'ailleurs cité aucun titre.

— Ce que j'ai à dire est assez délicat... Certains points vont à l'encontre du secret professionnel, aussi me permettrez-vous de rester flou, concernant certains détails.

Il observa un instant le dossier qui reposait sur ses genoux, puis il le prit sous son bras et se leva, péniblement, en faisant grincer quelques vieilles mécaniques arthritiques.

Il alla se poster devant l'horizon barré par les montagnes, spectacle dans lequel il sembla puiser le courage nécessaire pour continuer.

Anita décela quelque chose d'ambigu chez le vieil homme un peu voûté qui se retournait lentement vers eux en ouvrant son dossier et en ajustant ses lunettes.

— Voyez-vous, madame Van Dyke, je traite principalement Mme Kristensen, lors de séances de sophrologie et de méditation surtout, mais il m'est arrivé d'avoir à m'occuper d'Alice, la fille de Mme Kristensen.

Anita ne le questionna surtout pas. Qu'il dise tout ce qu'il avait à dire. Elle se cala plus profondément dans l'élégant fauteuil français et invita du regard Peter à en faire autant. Voyons voir ce que ce cher « Dr » Vorster avait à leur raconter.

— Il y a de cela un certain temps, environ trois

ans, la petite Alice a commencé à faire des cauchemars.

Il se racla à nouveau la gorge en parcourant un passage de son rapport.

— Des rêves récurrents. Très angoissants. À de multiples reprises et à un rythme croissant qui culmina à la fin de l'année 1991, début 1992... Mon traitement a commencé à être vraiment efficace dans le courant de l'année 1992 et cet hiver les cauchemars ont cessé... Néanmoins...

Anita était vraiment impatiente de connaître la suite.

— Néanmoins, je pense pouvoir affirmer raisonnablement que cette présumée « pièce aux cassettes vidéo » dont vous faites état relève elle aussi d'un processus onirique.

Il se racla à nouveau la gorge.

— Qu'est-ce que vous entendez par là, exactement ? lâcha froidement Anita.

Le vieil homme sembla chercher une formulation satisfaisante.

— Hé bien... Je veux dire par là que cette « pièce aux vidéos » est un phantasme que la personnalité troublée de cette jeune enfant a projeté sur la réalité.

— Vous êtes sérieux ? Et la cassette que nous avons visionnée, c'était un phantasme aussi ?

Le vieil homme eut un geste apaisant.

— Calmez-vous, je vous en prie. Non. Bien sûr. Je ne dis pas cela. Je parle de la « pièce aux vidéos ». Ce que je dis, c'est que cette cassette s'est retrouvée accidentellement chez les Kristensen qui entreposaient effectivement des films pornographiques, qu'ils détournaient ensuite pour des projections de vidéos expérimentales et que...

Anita ouvrit la bouche pour tenter de répondre

quelque chose mais se ravisa. C'est Peter qui s'en chargea, en coupant, d'un ton parfaitement détaché :

— Vidéos expérimentales ? Vous parlez des trucs où une fille se fait défoncer l'anus avec un couteau électrique, c'est ça ?

Il y eut une lueur indicible dans le regard que l'homme jeta furtivement à Peter. Une lueur faite d'une angoisse sourde mêlée à un étrange mélange de compassion, de dégoût et de fatalisme. Il se racla la gorge et reprit, comme si rien ne s'était passé.

— J'ai peur de m'être mal fait comprendre. Il y a effectivement un élément d'importance que je n'avais pas osé vous livrer... Le secret professionnel...

Anita le laissa se débrouiller avec sa conscience.

— Ce que je suis en mesure de vous dire c'est qu'il s'agit bien d'une projection phantasmatique, élaborée à partir de quelques éléments concrets qui s'emboîtent parfaitement dans le scénario préétabli. La pièce remplie de vidéos représente le phantasme, la cassette est l'élément de réalité.

Anita n'en croyait pas ses oreilles.

— Voyez-vous ce que je ne vous avais pas dit c'est que tous les rêves traduisent incontestablement une très mauvaise résolution du complexe d'Œdipe, qui dans le cas d'Alice a pris, ou prend, des proportions hors norme...

Voyons jusqu'à quel point les proportions vont gonfler, pensa-t-elle, légèrement ébranlée.

L'homme feuilleta quelques pages, à la recherche d'un passage qu'il entreprit de lire :

— Tous les rêves possèdent la même structure, fondée autour d'une image destructrice de la Mère, dans un schéma terrifiant de lutte et de poursuite, voire de cannibalisme incestueux. Le père apparaît toujours comme un personnage lointain et mystérieux, porteur d'une cape de lumière et d'un habit de toréador, ou de marin, vers lequel Alice court désespérément, alors que sa mère la poursuit, un couteau ou une arme quelconque à la main...

Une sorte de plissement malicieux apparaissait aux coins de ses lèvres, et un éclair, presque enfantin, dans les yeux au bleu insondable.

Anita était paralysée par la diabolique précision de la mécanique analytique que le vieil homme dévoilait. Elle devinait déjà ce qui allait suivre.

Le vieil homme referma son dossier.

— Aussi, me permettrez-vous de dire ceci ? Ne peut-on sérieusement se demander si cette jeune pré-adolescente fugueuse ne fait pas ce que des millions d'autres, comme elle, ont fait avant elle : transformer le rêve en réalité. Le Grand Jeu. Échapper à la Mère compétitrice et rejoindre Papa. En transformant pour de bon le phantasme en réel, la Mère en mante religieuse, à cause de cette malencontreuse cassette, qui a inopportunément réduit à néant des mois et des mois d'effort et de travail patient.

Il y avait là une dose de sincérité à laquelle Anita ne fut pas insensible. Se pourrait-il que ce vieux « docteur » en psycho machin-chose dise la vérité ?

— C'est ce que vous affirmeriez sous la foi du serment, dans un tribunal, docteur Vorster ?

Le titre médical envoyait un message clair.

L'homme eut un léger frémissement d'épaules, comme s'il se débarrassait d'un poids vraiment pénible à porter.

— Je dirai que c'est une théorie probable, qui

explique de nombreuses choses, et que ce phénomène se retrouve plus souvent qu'on ne veut bien se l'avouer... chez de jeunes personnes de son âge, quand les parents viennent de subir un divorce. Délires névrotiques. Fugues... Et maintenant qui sait, peut-être drogues, prostitution...

— C'est ce que vous diriez, donc ? Qu'il s'agit d'une élaboration névrotique due à un complexe d'Œdipe très mal résolu ?

— Je dirai que c'est hautement probable, au vu des dizaines de consultations que j'ai effectuées en deux ans et demi et de la bonne trentaine de rêves que j'ai consignés, oui.

Son ton était sans appel.

Dieter Boorvalt souriait à peine, savourant son plantureux cigare.

Le vieil homme se retourna en direction des montagnes, géants d'ardoise, d'azur et de lumière.

— Bien, laissa tomber Anita, et maintenant l'un d'entre vous peut-il m'expliquer ce que Mlle Chatarjampa faisait sur cette cassette ?

Le vieil homme ne broncha pas à l'évocation de la victime.

Une petite toux grinça dans la gorge de l'avocat.

— Nous connaissions très mal cette jeune femme, le Dr Vorster et moi. Nous avions rarement l'occasion d'aller à la maison Kristensen, sauf pour des fêtes...

— Avez-vous été surpris par sa disparition ? Que pensez-vous réellement de tout cela, c'est ce que j'aimerais que vous me disiez maintenant... Comment expliquez-vous qu'une petite étudiante sri-lankaise disparaisse et qu'on retrouve sa mort filmée chez ses anciens employeurs ? Qui sont aussi les vôtres, au demeurant.

Elle perçut le même vague frémissement parcourir les épaules du docteur qui continuait de fixer la crête des montagnes. Elle décida d'appuyer sur le bon bouton.

— Qu'en dites-vous, docteur, sincèrement ? Au-delà de toute psychanalyse. Pourquoi et comment cette jeune étudiante se retrouve dans un *snuffmovie* où quelqu'un lui découpe les seins au couteau électrique ? Qui a bien pu faire ça ?

L'homme se retourna presque rageusement et la fixa, l'œil chargé d'éclairs. Il se contrôla, mais c'est d'une voix vibrante d'émotion retenue qu'il lui lança :

— Je ne sais pas, madame l'inspecteur, mais il me semblait que c'était justement le travail de la police que de le découvrir !

— C'est très exactement ce que je fais...

— Je n'ai vu Sunya qu'une ou deux fois, aux réceptions d'Eva Kristensen... Elle avait la charge d'Alice.

Il l'avait appelée Sunya. Sa voix n'avait cependant pas trahi plus d'émotion à l'évocation du prénom. Son chevrotement rageur s'évanouissait progressivement.

— D'autre part, vous savez aussi bien que moi que les jeunes étrangères, loin de toute famille, sont les cibles privilégiées de ce genre d'industries...

— Oui, répondit-elle, et c'est ce qui les rend d'autant plus odieuses, vous ne trouvez pas ?

L'homme eut un voile étrange dans les yeux. Il s'apprêtait à dire quelque chose lorsque la voix de Dieter Boorvalt s'éleva sèchement :

— Soyons clairs, madame l'inspecteur. Que désirez-vous savoir exactement ? Dois-je vous rappeler que votre acte ne concerne que Mme Kristensen et M. Wilheim Brunner et que le Dr Vorster et moi-même nous prêtons à cet interrogatoire dans le seul but d'aider la justice de notre pays...

Anita n'osa pas lui dire ce qu'elle pensait vraiment.

— Je cherche des informations. J'essaie de comprendre. Je fais mon boulot, si vous préférez.

— J'ai peur que vous ne puissiez pas apprendre grand-chose de plus de nous, maintenant.

Anita opina tout à fait franchement à la première pure vérité de la journée.

Elle quitta la maison et se laissa conduire par Peter, sans dire un mot, jusqu'à l'aéroport de Zurich, le goût aigre de la défaite sur la langue.

Plus tard, la tempe collée au hublot du 737, alors qu'elle tentait vainement de s'absorber dans le spectacle des nuages vus du dessus, elle entendit vaguement Peter remuer sur son siège.

— Dis-moi, t'y crois, toi, à tous ces trucs psychanalytiques ?

— Je ne sais pas, marmonna-t-elle, mais ça pourrait faire son effet devant une cour de justice.

L'océan blanc et or des cumulus ne put venir à bout de son anxiété, et c'est le cerveau surchargé d'adrénaline qu'elle mit le pied sur l'aéroport d'Amsterdam battu par une averse printanière. Le soleil de l'après-midi jouait avec les ondées, comme sur une harpe liquide.

L'humeur d'Anita ne s'accordait pas du tout avec la beauté de la ville piégée par la pluie et la lumière.

CHAPITRE X

Autobahn City

Düsseldorf était la patrie actuelle de Vitali. Mais elle était aussi celle de Kraftwerk, ce groupe allemand qui avait inventé la techno-pop dans le courant des années 70. Toorop enclencha la cassette de *Computer World* dans l'appareil.

La musique semblait faite pour l'univers de l'autoroute, ici dans la Ruhr. Le tableau de bord, pure radiation. Compte-tours et tachymètre, comme des codex fluos. Les tours de verre derrière la nuée orange du sodium, alors que les échangeurs se succédaient, vers Bonn et vers Cologne.

La nuit, dôme noir et parfait, carbonique. Métronome des réverbères.

Urbanisme cyberpunk, déjà, fin de vingtième siècle tout simplement... Rodéo luminescent et métallique des voitures, comme des créatures sauvages lancées sur les pistes de béton, territoires noir et jaune, à la signification mystérieuse.

Lettres blanches frappées de plein fouet par les phares.

Sur la banquette arrière, Alice ne dormait pas. Elle se tenait sur le côté opposé au conducteur, la tête posée contre la vitre.

Hugo fit pivoter le rétroviseur pour saisir un instant son image. Elle semblait calme. Ses cheveux tombaient en une cascade brune sur ses épaules. Son regard, perdu dans la nuit, avait changé. Comme tout le reste.

Les lentilles noisette et la teinture ébène faisaient d'elle une parfaite étrangère. Une créature artificielle, une petite fille bionique, assise à l'arrière d'une voiture qui traversait la nuit européenne. Elle aurait pu poser son astronef, là-bas dans la campagne rhénane, et faire du stop sur la première autoroute venue. Il aurait pu la prendre, après l'avoir saisie dans le faisceau blanc des phares.

Alice n'était plus Alice et c'était bien là le but de la manœuvre.

Son camouflage était saisissant. Les quelques vêtements ramenés par Vitali concluaient l'opération avec la touche de perfection dont il était coutumier.

Hugo ramena le rétroviseur vers le centre de la lunette et se détendit complètement.

Lui aussi avait changé d'allure. Il avait troqué son blouson et son jean noir contre d'autres vêtements, choisis dans une des valises. Un flight de cuir élimé et un autre jean, bleu délavé. Vitali lui avait également teint les cheveux, après les lui avoir coupés et oxygénés. Blond miel foncé, une teinte fauve, presque châtain. Par malchance, il ne lui restait plus de lentilles de contact bleues. Hugo n'aurait qu'à porter des lunettes de soleil.

En revanche, ils avaient changé de véhicule. Une BMW noire, celle-là. Un des membres du Réseau possédait une concession de la marque à Düsseldorf.

Hugo se cala confortablement au fond du siège.

Son pied enfonça légèrement la pédale d'accélérateur.

Vitali était une pure merveille. Ce n'était pas pour rien qu'Ari en avait fait son bras droit, avant de le laisser diriger la partie la plus clandestine du Réseau.

Sous des abords insoupçonnables, il cachait un type qui aurait pu allègrement faire la pige à des analystes de données de la CIA ou du FBI. Sa forme de génie pratique, concret, immédiat lui permettait de prévoir à l'avance de nombreuses solutions à divers problèmes, considérés au départ comme de simples hypothèses de travail. Son sens de l'adaptation et son imagination pragmatique faisaient le reste.

Il y avait sûrement dans ses cartons un problème proche de celui posé par cette petite Néerlandaise, nul doute que Vitali l'avait déjà en grande partie décortiqué, avant même que le phénomène ne survienne. Comme le disait Ari, un problème prévu est un problème en moins.

Vitali avait fait de cette règle de sécurité, somme toute banale, une forme d'art véritablement accomplie. Non exempte d'un certain maniérisme, il fallait bien en convenir. La métamorphose de cette adolescente nordique en une fille des faubourgs de Florence ou de Barcelone, par exemple, pouvait sans aucun doute être considérée comme un de ses chefs-d'œuvre.

NANCY-METZ.

L'échangeur divisait l'autoroute en deux fourches dont l'une descendait droit vers le sud. Les Ardennes, la Lorraine, qu'il traverserait au cœur de la nuit, paysage désolé, centres sidérurgiques abandonnés, rouillant au milieu des jachères, le tout traversé en un éclair, le moteur vrombissant comme un avion de combat nocturne. Terre en friche, *post*-industrielle, c'était le moins que l'on pouvait dire.

À une vingtaine de kilomètres de la frontière, il observa le plan de Vitali, déplié sur le siège à côté de lui. Il trouva facilement la petite départementale qui suivait le cours du Rhin.

Il s'engagea dans la campagne boisée, légèrement vallonnée.

Soixante, soixante-dix, pas plus... Il releva le pied de la pédale.

Une petite demi-heure plus tard, suivant toujours les annotations d'un Post-it joint à la carte, il retrouva l'autoroute.

Tout cela n'avait d'autre but que d'éviter d'être repéré à un péage frontalier.

Il jeta un coup d'œil dans le rétroviseur. La bretelle disparaissait, se fondant dans l'horizon orange et bleu électrique. Il avait quitté l'Allemagne sans même sans rendre compte.

Bienvenue en Europe, pensa-t-il.

Welcome to Autobahn City, rectifia-t-il aussitôt.

Il reprenait déjà la vitesse de croisière réglementaire.

Alors qu'il engloutissait les kilomètres Hugo tenta de faire le point, à nouveau.

Si la mère de cette fille était effectivement une criminelle, et qu'elle puisse disposer d'au moins deux véhicules remplis d'hommes armés, cela signifiait sans doute qu'il y en avait d'autres, beaucoup d'autres, lancés à leur poursuite.

Si on y rajoutait les flics, ça commençait à faire vraiment trop.

Il finissait pourtant par admettre l'ordre formel que lui avait intimé Vitali. L'ordre concernait ce qu'il trimballait, planqué dans le double fond d'une énorme mallette à outils Facom.

Ce qu'il trimballait dans le coffre, avait-il alors répondu à Vitali, ce n'était qu'un souvenir. Et de surcroît ce souvenir était démonté, et non chargé. Légalement, avait-il osé ajouter. La mimique de Vitali fut claire et sans détour.

À Sarajevo, les équipes de snipers travaillaient souvent par trois. Hugo ne se considérait pas vraiment prédisposé à entrer dans une telle équipe, mais il avait été surpris de constater, comme l'officier bosniaque qui avait assuré leur entraînement, qu'il pouvait toucher une cible même mobile, à quatre cents mètres, avec un bon viseur télescopique. Tirée par une carabine d'assaut AR18, la balle de 5,5 provoque à cette distance des dégâts vraiment spectaculaires. Tirées en rafales de trois, vous êtes à peu près certain qu'elles occasionneront des lésions mortelles. L'AR18 s'avéra une arme d'une précision tout à fait satisfaisante pour le type de combat qu'il eut à mener. L'autre tireur d'élite de son équipe possédait un fusil de précision allemand et s'occupait principalement des distances situées au-delà de quatre cents mètres. Toute équipe était également accompagnée d'un *automaticien*, un type muni d'une mitraillette, type Uzi, ou d'un Kalachnikov à crosse repliable et qui protégeait le commando à courte distance. L'AR18 avait plusieurs fois démontré qu'elle se prêtait elle aussi parfaitement à des situations dans lesquelles, pour survivre dans la seconde, il fallait tirer à moins de trente mètres, sur un groupe de types décidés à en finir une bonne fois pour toutes avec vous.

Le spectacle de l'arme démontée, pièces noires

et luisantes sur le chiffon blanc déployé au centre de la table, lui avait saisi le cœur.

Vitali avait accepté qu'il planque le Ruger 9 mm dans une cachette spéciale, à l'intérieur du siège conducteur. Le fusil d'assaut, avait-il expliqué, ne résisterait pas à un canon à rayon X ou à un des nouveaux scanners des douanes, les systèmes à accélérateurs de particules qui pouvaient radioscoper un conteneur rempli de pellicules photo sans laisser la moindre trace sur les films. Si pour une raison ou une autre on voulait vérifier le contenu de son coffre et qu'on passe la mallette aux rayons, ou à une fouille en règle, il serait arrêté, la fille interrogée, remise à ses parents, la voiture fouillée, donc l'automatique trouvé lui aussi, son identité dévoilée, le Réseau compromis.

En revanche, avait-il admis, on pouvait cacher seul le pistolet à l'intérieur de la voiture, en pariant qu'elle ne serait pas d'office passée au scanner ou à la fouille, si rien de compromettant n'était trouvé dans le coffre.

Hugo dut avaler la pilule et voir son souvenir disparaître dans une malle, que Vitali s'empresserait de rapatrier à l'extérieur de la planque. Vitali était la clé de voûte de leur sécurité. Tout devait être légal, au maximum. Même les amphétamines étaient prescrites par un médecin du Réseau.

Juste avant leur départ, Vitali l'avait attiré dans un coin.

— Si tu tiens vraiment à un truc comme ça, on pourrait arranger le coup, lui avait-il soufflé.

Le Réseau disposait d'une boîte aux lettres « endormie », au Portugal. Une boîte non encore utilisée. On pourrait y laisser une arme identique, ou analogue, après on fermerait la boîte à tout jamais, lui avait proposé Vitali. Il ne devrait s'en approcher qu'en cas limite. En cas d'extrême urgence, avait-il insisté.

Au Portugal. À Évora. C'était toujours mieux que rien du tout.

Néanmoins, l'absence du poids réconfortant sous son aisselle droite et l'image d'un fusil d'assaut démonté sur une table de cuisine, ou bien alors distant de plusieurs milliers de kilomètres, finit par rendre Hugo mal à l'aise.

Il dut procéder à un effort mental assez consistant pour contrôler son souffle et ses pensées et réussir à se décontracter vraiment.

Puis il s'absorba dans le bruit du moteur et du vent qui soufflait par un petit interstice de la vitre. Il se rendit compte que la cassette s'était arrêtée.

Il partageait quelque chose d'essentiel avec cette fillette camouflée, finit-il par réaliser, alors qu'il quittait l'autoroute à l'approche de la frontière française. Cela faisait près d'une heure qu'aucun mot n'avait été échangé.

Oui, le même goût du silence, le même désir impassible de ne pas briser l'harmonie du temps qui s'écoule, cette plénitude du mouvement, si définitive sur la route. Si purement cinétique.

Il fit attention à ne pas faire d'excès de vitesse sur la petite nationale. Il aurait été stupide de tenter le diable, en l'occurrence les flics, ou pire la douane volante, alors que les frontières intérieures de l'Europe étaient légalement grandes ouvertes.

Tu es un riche producteur musical en route vers la France avec ta fille. Les vacances scolaires ont commencé mercredi en Allemagne, vous allez sur la Côte d'Azur, ou sur la Côte basque, à Biarritz.

Quelques kilomètres plus loin, il reprit :

Non. Ne pas dévoiler l'Espagne...

Tu es un riche producteur musical, tu viens passer tes vacances dans le Sud de la France avec ta fille. Rester flou, tout en donnant une information.

« *Rappelez-vous : la finalité de toute information, c'est d'en camoufler une autre, bien plus importante.* »

Merci, Ari.

Il changea la cassette. Opta pour un autre album de Prince, *Sign of the Times*, Alice avait l'air d'apprécier le petit magicien de Minneapolis.

Il choisit la route rapide. Descendre le Rhône, jusqu'en Provence, puis obliquer vers la côte, vers Nîmes et Montpellier, ensuite Perpignan avant d'entrer en Espagne par Barcelone, foncer sur Tarragone et Valence, puis Ubeda, Cordoue, Séville, et enfin Faro, sur la côte sud du Portugal.

Trente heures, s'était-il données. Une journée et demie au maximum. Sans dormir. Sans stopper une minute, sinon pour bouffer et évacuer.

Alice dormirait sur la banquette. Elle ferait une toilette sommaire dans les lavabos d'une station-service.

La partie importante du tracé se trouvait sur des autoroutes mais les abords des grandes villes étaient évités par des détours sur des routes secondaires. Sur le Post-it de Vitali, une phrase était soulignée : aux heures de pointe, dévier selon les indications.

La perfection, tout simplement.

L'autoroute dévidait sa bande interminable, et Hugo se concentra sur la conduite.

Lorsque Alice lui avait raconté son aventure, la veille, elle lui avait dit qu'elle voulait rejoindre son père au Portugal. Mais l'urgence de la situation et l'incroyable récit, entrecoupé de visions oniriques plus terrifiantes les unes que les autres, avaient fini par occulter ce détail. Bon sang, se demanda-t-il, mais pourquoi ne cherche-t-elle pas à l'appeler au téléphone ?

Peut-être l'avait-elle déjà fait ?

À moins que cela puisse cacher quelque chose d'autre ?

Hugo s'éclaircit la gorge.

Il allait rompre le silence d'une seconde à l'autre et il se demandait comment il allait procéder exactement.

Il fit le vide en lui et se lança :

— Tu ne souhaites appeler personne au Portugal ?

Seule la mélodie pointilliste de *Sign of the Times* lui répondit.

Alice s'était finalement endormie.

CHAPITRE XI

L'aube se glissait dans le ciel lorsque Peter Spaak lui proposa d'arrêter là et de rentrer dormir.

Cela faisait maintenant près de soixante-douze heures qu'elle n'avait pas fermé l'œil et ce n'était assurément pas raisonnable, et de toute façon incompatible avec la vigilance nécessaire à une telle enquête.

Anita s'était vue contrainte d'acquiescer. Peter avait raison. Elle ne voyait même plus clairement les mots tapés à la machine sur les feuillets des rapports, éparpillés sur la table.

Dès leur retour de Suisse, ils avaient passé toute la journée à tenter de localiser Markens et Koesler, puis toute la nuit à lire et relire les maigres dossiers qu'ils possédaient. Les hommes du magasin semblaient s'être volatilisés. On ne trouvait pas la moindre trace du chauve blessé, de l'homme blond et de la voiture blanche.

Sunya Chatarjampa, ensuite. La fille avait quitté la maison Kristensen, s'était rendue dans son petit appartement et personne ne l'en avait vue ressortir. Sa voisine avait affirmé qu'elle passait souvent plusieurs jours de suite ainsi enfermée chez elle lors des périodes de vacances scolaires. Elle étudiait alors sans discontinuer.

La fille réapparaissait ensuite, quelques mois plus tard, sous la forme d'images vidéo retrouvées chez les Kristensen.

Images de mort.

Les Kristensen, évanouis dans la nature. En Afrique.

Tout ce qu'on avait rapporté de l'appartement de Johann Markens n'avait que peu d'intérêt. La liste habituelle des objets personnels, quotidiens. On n'y trouvait même pas de carnet de téléphone, avec le numéro de Koesler, ou des Kristensen. Rien. Sinon un flingue, détenu illégalement. L'Indonésien avait été identifié. Un immigré de fraîche date. Qui dealait un peu (on avait retrouvé une vingtaine de doses d'un gramme d'héroïne dans son minuscule studio). L'homme avait appartenu aux forces armées indonésiennes pendant cinq ans. Aucune connexion directe avec les Kristensen, sinon par Johann Markens. Quant à Koesler, on ne trouvait trace de lui ni sur les listes d'hôtels, ni auprès des agences de location ou des organismes de crédit immobilier, et ses homonymes de l'annuaire téléphonique ne conduisaient visiblement nulle part.

Koesler. Toujours lui.

Oui, Koesler était la clé, le point de transmission entre les Kristensen et la pègre. Koesler, un ancien soldat, comme l'Indonésien. Se sont sans doute rencontrés, comme *soldats de fortune*, quelque part en Afrique, ou en Orient... marmonna-t-elle dans son demi-sommeil. Koesler qui n'était peut-être pas en Afrique comme le prétendaient Boorvalt et le docteur. Oui, Koesler, sans doute muni d'une fausse identité, afin de brouiller les cartes...

Oh tout cela puait, puait...

Anita referma son dossier. Elle bascula la tête en arrière et se détendit de tout son long.

Comme des vampires, invisibles... pensa-t-elle sans le vouloir. L'image de vampires froids et corrects prit forme dans son esprit. Des créatures implacables, aux sourires ripolinés et aux comptes en banque bien fournis. Possédant des relations haut placées, comme elle avait pu le constater en parcourant la liste de toutes les personnalités de la finance, de l'industrie, du commerce, de la mode et du spectacle que les Kristensen fréquentaient. Pendant toute la semaine passée, Peter s'était amusé à collecter des dizaines de coupures de presse dans les chroniques mondaines, sur plusieurs années.

Dès qu'ils eurent commencé à se mettre au boulot, il était arrivé avec son dossier complet et Anita avait poussé un sifflement admiratif devant les photos et les colonnes. Les Kristensen à Monaco, lors d'une réception donnée par la famille princière. Les Kristensen à Saint-Moritz. À Aspen, Colorado. Les Kristensen au large de Saint-Tropez, sur leur yacht, où une fête battait son plein. Les Kristensen au Festival de Cannes, à l'opéra de la Bastille, à une immense garden-party dans les jardins du Palais-Royal, à La Haye. Les Kristensen dans diverses parties branchées à New York, avec les Trump, ou dans des galeries d'art contemporain...

Elle se souvint à peine du trajet de retour, dans la lumière blanc-bleu qui faisait scintiller l'eau du canal comme une coulée de vif-argent. Peter prit sa voiture, elle la sienne et seul une sorte de pilotage automatique de la conscience lui permit d'arriver jusqu'à chez elle.

Elle se déshabilla comme un automate, l'esprit déjà au creux du lit, où elle s'effondra comme une masse.

Elle coula immédiatement au fond d'une fosse noire et sans fond.

Le cri de la baleine blessée se mua en bulles de cristal vibrant puis en un carillon métallique qui déchira le mince voile du rêve. Elle prit conscience que le téléphone sonnait au pied du lit et elle roula dans la couette pour se saisir de l'objet inopportun.

Elle ouvrait les yeux sur le tas de vêtements jetés à même le sol.

— Ouais, Anita Van Dyke, qui est à l'appareil ?

Ça, ça voulait dire « qui fait bien de se planquer à quelques kilomètres de là ? » et il y eut un faible soupir dans le grésillement électrique de la ligne.

— C'est Peter. Salut. Bon, comme tu le supposes, je t'appelle pour un truc important... Tu es réveillée ?

— Vas-y... Oui, je suis réveillée.

Sa voix avait l'amabilité d'une brosse en paille de fer.

— Je suis tombé sur un rapport tout à l'heure... Un rapport arrivé ce matin d'Interpol. Il s'est passé un truc aux Antilles néerlandaises...

Anita soupira, presque trop ostensiblement.

— Je t'écoute. Peter...

— Tu ne vas pas le croire... Écoute bien : il y a deux nuits donc, une patrouille de garde-côtes de la Barbade a arraisonné un bateau en provenance de Saint-Vincent. Ils ont serré le voilier sur une plage, alors qu'il accostait pour décharger. Ça s'est pas trop bien passé. Un flic grièvement blessé, les deux hommes du navire morts, deux types venus les attendre blessés. Une vraie bataille rangée...

Il y eut une pause de silence électrique et chuintant.

Elle se retint pour ne pas allumer une cigarette.

— Bon, reprit Peter, dans les soutes du bateau, y avait de la marijuana et de la cocaïne, plusieurs dizaines de kilos de poudre...

Elle n'eut pas le temps de lui demander ce qu'ils pouvaient bien avoir à foutre d'une saisie de coke et d'herbe assez banale, malgré tout, au cœur des Caraïbes.

Peter reprenait déjà :

— Évidemment y avait autre chose dans le bateau. Une chose qui nous intéresse, sans quoi je ne t'aurais pas appelée après à peine six heures de sommeil.

Le salaud, pensa-t-elle. Voilà une façon élégante de me donner l'heure.

— Bon, en plus de la poudre y avait des cassettes dans le bateau.

Il laissa le silence suspendre le temps. Puis :

— Une vingtaine de cassettes.

Anita se rendit compte que sa main était toute blanche autour de l'appareil, crispée, comme agrippée à une branche. Sa mâchoire semblait pleine de ciment.

Peter enchaîna, désappointé par ce silence plombé de parasites.

— La même cassette, en fait... vingt copies. Il y a une description assez fidèle des images dans le rapport... j'ai quand même demandé qu'on nous en envoie une copie, par simple précaution, mais ce que j'ai lu m'a largement suffi... Tu vois ce dont je veux parler Anita ?

Anita ne put émettre qu'un vague murmure. Ses yeux fixaient le plafond blanc et bleu.

— Tu es sûr que c'est ça ? émit-elle finalement d'une voix rauque, comme si ses cordes vocales se réveillaient d'un sommeil de mille ans. Je veux dire : tu es sûr que c'est *elle* dont il s'agit ? Vingt fois la même cassette ? Vingt fois...

— Sunya Chatarjampa. Oui.

Anita poussa un long soupir. D'une certaine manière elle était presque soulagée. C'était juste la preuve qu'elle attendait. D'un autre côté, évidemment, il aurait mieux valu que rien de cela ne fût vrai.

— Bon, je suis *complètement* réveillée maintenant... Tu es au bureau ?

— Oui.

— Alors, dans trois quarts d'heure.

— Oui, répondit Peter, dans trois quarts d'heure.

Elle raccrocha et se précipita sous la douche.

— Qu'est-ce que tu crois ? Qu'il pourrait s'agir de cassettes pirates ?

Anita regardait par la fenêtre en remuant son café.

Peter était assis à son bureau et feuilletait machinalement quelques pages agrafées.

— En Amérique du Sud ça n'aurait rien d'étonnant... Mais, pirates ou pas, ces cassettes démontrent bien qu'il y a commercialisation. Je me suis mis en contact avec les flics de la Barbade et de Saint-Vincent, ils vont interroger les types blessés et tenter de remonter la filière. Mais le propriétaire du bateau est mort, ça mettra du temps.

Anita avala une gorgée de café brûlant.

— Tu crois que ça vaudrait le coup d'aller voir sur place ?

Il fallait qu'elle sache.

— Je ne sais pas... Nous avons des problèmes urgents à régler ici.

— Merci Peter. Bien. Nous allons nous partager le boulot.

Elle se retournait vers lui. Il levait sur elle un regard plein de curiosité.

— Toi tu t'occupes de centraliser les informations de l'enquête sur Markens et Koesler. Tu mets quelqu'un pour continuer sur Chatarjampa. Elle est forcément sortie de son appartement, ou quelqu'un y est entré... Il faut réinterroger le voisinage en profondeur, quelqu'un a peut-être vu quelque chose malgré tout... Ensuite j'aimerais que tu trouves tout ce que tu peux sur Vorster...

Oui, disait le regard lumineux de Peter Spaak, et toi tu fais quoi exactement ?

— Moi, je vais aller me promener au Portugal. Le privilège de la hiérarchie.

Elle sirota le café à petites gorgées.

— Je te rappelle que nous ne savons toujours pas où crèche ce Travis...

La voix de Peter était d'une neutralité glacée.

— Je sais, mais je ne vais pas attendre que les flics espagnols ou portugais se réveillent. Je vais aller voir sur place et le trouver moi-même.

Une lueur métallique apparaissait dans le regard de Peter.

— Oui, lui lança-t-elle avec un vague sourire, Alice va là-bas, j'en suis certaine...

Elle avala une gorgée de café. Elle ne savait pas trop comment lui dire ça.

— Je suis persuadée que sa mère va la poursuivre et essayer de la récupérer, chez son père.

Peut-être est-elle dans la même situation que nous, ignorant où habite Stephen Travis exactement. Avec l'aide des flics locaux j'aurai sans doute une petite longueur d'avance et je pourrai préparer quelque chose...

— Tu penses à quoi ? Un flagrant délit ?

— Oui, s'entendit-elle répondre du tac au tac, mue par un instinct neuf et brutal. Je suis sûre qu'elle commettra une erreur, un délit quelconque, qui nous permettra de la coincer le temps nécessaire à réunir toutes les preuves. Ici en Europe.

Elle acheva lentement sa tasse de café.

— Ça semble pas mal en fait, murmura Peter. Pas mal du tout.

— Ouais, c'est pas mal du tout.

Elle avait un petit sourire au coin des lèvres, tout à fait involontaire.

— Tu vois, reprit-elle, il y a certainement un lien très spécial entre Alice et sa mère. Je n'arrive pas à le définir, mais le Dr Vorster dit peut-être une partie de la vérité. Il doit y avoir un violent mélange de fascination et de répulsion dans les deux sens peut-être... Eva Kristensen ne laissera jamais sa fille la quitter ainsi, et la menacer. Ses réactions seront sûrement imprévisibles, y compris pour elle-même, mais je suis sûre d'une chose : elle ne laissera pas sa fille derrière elle... Pas vivante, je veux dire.

Peter ne répondit rien.

Il la fixait d'un regard brillant dans lequel elle put déceler l'admiration pour la flic et le désir sexuel pour la jeune femme. Elle s'efforça de ne pas montrer qu'elle décodait aussi nettement ces pensées si désespérément masculines.

— Elle fera tout pour l'emmener, bien sûr,

reprit-elle. Mais dans ce cas elle sera sans doute obligée de commettre des actions illégales. C'est ça que j'attends et je veux être sur place lorsque ça arrivera.

Un sourire énigmatique s'ouvrait sur la bouche de Peter.

— Dis-moi, tu sais quoi ? laissa-t-il tomber, je me demande si mon enquête ne va pas m'emmener jusqu'à Bridgetown, en définitive, ça doit pas être mal à cette période de l'année...

Il lui jeta un petit clin d'œil complice.

—... certainement aussi chouette que les environs de Faro, non ?

Anita lui rendit un maigre sourire.

Elle se demandait déjà comment elle allait faire pour demander au commissaire un billet d'avion jusqu'à l'extrême sud de l'Europe.

— Au Portugal ? Alors que vous ne savez même pas où se trouve exactement le père de la petite ?

La voix du commissaire Hassle était exempte d'émotion particulière. Il lui demandait juste une explication rationnelle. Ce qui était son rôle, évidemment.

Anita prit une profonde inspiration et se lança.

— Le temps que nous recevions des informations en provenance du Portugal, j'aurai amplement le temps de partir et de m'occuper de ça sur place. Ça nous fera gagner du temps. Je dois impérativement interroger le père de cette gosse pour éclairer sous un autre angle ce que m'a dit le psychologue d'Eva Kristensen. D'autre part...

Allez, le gros morceau.

— D'autre part, je suis persuadée qu'Eva Kristensen s'y rendra elle aussi... pour récupérer sa fille.

Il y eut un léger éclair dans le regard de Will Hassle.

— Une forme d'intuition féminine ?

— Oui.

Elle précisa, aussitôt :

— Une forme d'instinct maternel que partagent toutes les femmes, même Eva Kristensen.

Le flic émit un vague bougonnement. Il réfléchissait déjà, pesant sa décision.

— Quel est votre plan ?

La question importante.

Elle n'en avait aucun. Sinon les vagues contours qu'elle avait esquissés à Peter. Il ne fallait pas donner l'impression d'hésiter. Jouer franc-jeu. Avec Hassle de toute manière ça ne servait à rien de tourner autour du pot.

— Pour le moment descendre à Faro. Me brancher avec les flics locaux, piloter les opérations de recherche, retrouver Travis avant Eva Kristensen.

Ça pouvait tenir. Ça *devait* tenir.

— Vous savez, Anita, ça grince un peu en haut lieu. On ne cesse de me répéter partout que le dossier est vide... Vous allez avoir peu de temps pour réunir quelque chose qui tienne la route.

— Je sais, c'est pour cela qu'il faut que je parte le plus vite possible.

Hassle releva les yeux avec un plissement malicieux.

— Bien, dit-il, j'imagine que vous connaissez aussi l'heure de votre prochain avion ?

Anita faillit pousser un gloussement de plaisir.

— Oui, lança-t-elle. Dans trois heures je peux prendre un vol pour Faro, j'y serai en fin d'après-midi...

Ça, ça voulait dire : je pourrai attaquer dès aujourd'hui. Au pire demain matin.

Hassle eut un petit sourire au coin des lèvres.

— Parfait. Dites-moi alors pourquoi vous n'êtes pas encore en route ?

Anita émit un large sourire de reconnaissance à destination de son supérieur hiérarchique.

Elle allait le remercier lorsqu'il lui fit comprendre, d'un geste de la main, qu'elle aurait déjà dû se trouver sur le palier en train de refermer la porte.

Ce qu elle entreprit de faire, dans la seconde.

CHAPITRE XII

Au petit matin, lorsqu'ils passèrent Dijon, Alice s'était réveillée, et s'était relevée sur la banquette. Son visage était apparu, embué de sommeil, dans le rétroviseur.

Hugo lui avait demandé à nouveau si elle ne désirait pas appeler son père au téléphone et Alice lui avait répondu qu'elle n'avait pas de numéro où le joindre. Hugo avait conduit quelques kilomètres avant de lui demander, soucieux :

— Tu as une adresse au moins ?

— Oui... J'ai une adresse... heu... sa dernière adresse...

— Elle est où cette adresse ?

Alice se pencha en avant pour qu'il la voie poser sa main sur le front, lui montrant où se trouvait l'adresse.

Hugo se tourna vers elle et lui envoya d'instinct un sourire complice. Décidément cette gosse aurait pu être une des meilleures élèves d'Ari.

— J'ai aussi une photo. Une photo de la maison.

Elle tendit un polaroïd par-dessus l'épaule d'Hugo et celui-ci jeta un bref coup d'œil au cliché.

— À quand elles remontent cette adresse, cette photo ?

— Un an et demi, environ.

Pas mal, pensa Hugo, ça devrait aller.

Vers neuf heures, ils s'étaient arrêtés sur une vaste aire de repos, au sud de Lyon, station-service, cafétéria, toilettes, supermarché et ils avaient avalé une solide collation, au goût tout à fait détestable, avant de reprendre la route. Alice avait fait un brin de toilette dans les lavabos de la station.

Pendant toute la matinée, il avait donc tracé comme une fusée le long des autoroutes qui suivaient le cours du Rhône.

À un moment donné, il n'aurait su expliquer la brutalité de ce mécanisme, il ne put résister à la tentation. Il tendit la main vers la boîte à gants, qu'il ouvrit d'un coup sec. Il se saisit du dictaphone. Il vérifia d'un coup d'œil qu'une cassette était engagée dans l'appareil et il se tourna légèrement vers Alice qui observait le paysage, la tempe collée à la glace. Des peupliers barraient le bas-côté de la route, simples figures cinétiques, fugitives, à l'extérieur.

Hugo posa la grille devant ses lèvres et débita lentement :

— *De la nécessité d'une littérature-en-direct. Là tout de suite. Maintenant. Simplement la traversée de la grande civilisation conurbaine, alors que la fin du monde, ou quelque chose qui y ressemble, approche inexorablement. La pensée est un virus. Il continuera de se répandre, ou bien s'endormira momentanément, attendant qu'on veuille bien, un jour, l'éveiller pour de bon.*

Les livres sont peut-être de redoutables bombes à retardement... Ainsi, en ce beau jour de l'an de grâce 1993, en France, une voiture roule sur l'autoroute.

Par le jeu incroyable de la vie et du chaos, deux individus traversent le continent de part en part, simples fantômes dans le crépuscule de l'Europe. Et de cette collision, miraculeusement, naît un peu de désordre, de bouleversement. Il n'y a donc plus qu'à raconter la vie, telle qu'elle se déroule, et appréhender l'expérience comme une incessante transformation...

Or, indubitablement cette traversée d'un monde crépusculaire se faisait à deux, maintenant. Alice devait être intégrée au scénario. Mieux, elle devenait certainement un des moteurs de cette fiction puisée dans l'énergie de la vie elle-même. Il reprit :

— Peut-être pourrait-on commencer ainsi : *Le samedi 10 avril 1993, un peu après huit heures du matin, une jeune adolescente se présenta au commissariat central d'Amsterdam... Nul n'aurait pu se douter qu'elle mettrait bientôt toute les polices d'Europe en alerte...*

Il coupa l'enregistrement et offrit son profil à la jeune fille :

— Tu as faim ?

Elle hocha négativement la tête.

Mais sa voix couvrit le bruit du moteur, alors qu'il se retournait vers la route.

— Vous êtes écrivain ? Vous écrivez quoi comme livres ?

Hugo hésita une fraction de seconde. Il jugea qu'elle pourrait suivre aisément.

— Je ne sais pas vraiment... C'est mon premier... Un roman sur la fin du monde... maintenant je le vois comme un *road movie*, sur la route, avec une petite fille poursuivie par les flics et par sa mère, et un type qui revient du noyau actif de l'enfer... Il réprima un petit rire.

— Mais... c'est notre histoire, dites ?

Il répondit par un vague hochement de tête. Puis, brisant enfin le silence relatif de la voiture :

— Je savais, en revenant de *là-bas*, que mon projet de roman et ce que je vivais allaient se télescoper. Mais très franchement, je ne t'imaginais pas dans le scénario de départ...

Un petit rire, à nouveau.

— Or c'est ça que je veux expérimenter, l'irruption de la vie dans la fiction, et sans doute réciproquement.

Alice ne répondit rien pendant un bon moment. Il comprit qu'elle analysait le tout en profondeur.

— Hugo ? finit-elle par lâcher timidement, vous m'avez dit que vous travailliez pour une organisation internationale... Et puis il y a les armes... Vous avez parlé d'enfer tout à l'heure... Vous voulez bien m'expliquer ?

— Expliquer quoi ? Sa voix s'était faite nettement plus rude.

— Ben... vous êtes écrivain, mais vous avez une mitraillette et un pistolet, vous travaillez pour une organisation qui peut nous faire changer de voiture, de papiers et...

Elle se montra du regard et d'un geste des deux mains ouvertes.

Et d'identité, au sens strict, oui, compléta-t-il pour lui-même.

— Qu'est-ce que tu veux savoir ?

Bruit du moteur.

— Alors ?

— D'où venez-vous ? C'était quoi l'*enfer* ?

Bravo, pensa-t-il, par où commencer, hein, Hugo ?

*

L'avion décrivit un large cercle au-dessus de l'Océan, avant d'entamer sa descente sur Faro. Le ciel était dégagé au-dessus de la côte, il faisait un temps magnifique sur toute la péninsule Ibérique.

À côté d'elle, le jeune garçon portugais avec qui elle avait échangé deux-trois mots durant le voyage rangea son bouquin dans un petit sac de sport.

Elle mit le nez au hublot et observa avec attention la terre venir à leur rencontre.

Ocre lumineuse, blancheur ensoleillée des maisons, bleu-vert irisé de vif-argent, jusqu'à l'autre bout de l'horizon. Elle ne connaissait pas Faro et elle ne sut pourquoi le souvenir de Lisbonne remonta à la surface de son esprit.

Lisbonne, pensa-t-elle en se remémorant le vieux quartier historique qui avait flambé juste avant son arrivée, pendant l'été... 1988, oui, c'était ça. Les ruelles tortueuses, parsemées de porches ombragés et de petites places encastrées entre des façades aux balcons couverts de linge, avaient apporté une aide précieuse à l'incendie et les maisons, quand elles n'étaient pas entièrement démolies, offraient au visiteur de larges fresques noircies à la fumée.

Elle ne ferait pas de tourisme ici, pas de promenade nocturne dans la chaleur qui tombait des murs, bercée par les accents de fado soupirant des fenêtres ouvertes.

Le choc des pneumatiques sur le béton, le bruit des roues sur la piste, l'odeur de kérosène à la sortie, sur la passerelle, les formalités expédiées au transit, tout s'enchaîna très vite. Un inspecteur du commissariat central de Faro vint la chercher et moins de vingt minutes après son arrivée elle en franchissait les portes.

Le capitaine Joachim Da Costa était un petit homme grassouillet, aux moustaches épaisses et aux manières assez rudes pour un Portugais. Après les formalités d'usage qu'il avait rapidement expédiées, il l'avait fait entrer dans son bureau et lui avait présenté une chaise dure et un peu bancale.

Il s'était assis dans son fauteuil de l'autre côté du bureau et avait poussé un soupir vibrant d'une résignation millénaire.

— Vous parlez un peu notre langue, je crois ?

— Quelques rudiments, tout au plus.

Le capitaine Da Costa la dévisagea un instant.

— Bien. Nous avons fait des recherches sur cet Anglais, Stephen Travis.

Il compulsait vaguement les feuillets dispersés sur son bureau.

Anita ne répondit rien.

— Sa dernière adresse connue est habitée par un couple d'Allemands, maintenant. Il aurait déménagé il y a trois mois environ. Nous ne savons pas encore où.

Anita digéra l'information.

— Vous auriez cette adresse ?

Le flic la dévisagea à nouveau.

— Vous n'y apprendrez rien. Notre inspecteur a questionné les Allemands et le personnel de l'agence immobilière. Stephen Travis avait déjà entièrement vidé la maison lorsque la transaction a été conclue. Les Allemands sont arrivés une semaine plus tard. L'agence n'a jamais plus entendu parler de l'Anglais.

Anita tentait d'analyser le tout en quelques micro-secondes.

— Ils n'ont vraiment aucune idée de l'endroit où il serait parti ?

Le flic eut comme une esquisse de geste fataliste de la main, qui signifiait au moins une chose : l'homme pouvait être n'importe où. Et sans doute hors de l'Algarve, et même du Portugal.

Anita s'accrocha.

— Écoutez, Capitaine, donnez-moi cette adresse. C'est la seule chose solide que j'aie pour démarrer...

L'homme poussa un autre soupir, qui exprimait à quel point il ne comprenait pas pourquoi la police néerlandaise pouvait avoir tant besoin de l'adresse d'un ancien marin anglais vivant au Portugal. Il griffonna quelque chose sur un morceau de papier.

— D'autre part, sans vous y obliger...

Anita suspendit sa phrase pour attirer son attention.

L'homme levait un sourcil.

—... serait-il possible de parler à l'inspecteur qui a interrogé les nouveaux locataires et l'agence ?

L'homme réprima un bougonnement.

— L'inspecteur Oliveira ? Vous le trouverez à la quatrième section, au premier.

Anita comprit que l'entretien touchait à sa fin. Déjà le regard du gros flic se perdait dans l'azur lumineux qui surplombait la mer.

— Bien. Je vous remercie pour tout le mal que vous vous donnez, Capitaine.

Elle ne s'attarda pas une seconde de plus.

En franchissant le seuil du restaurant, Anita remercia le culot qui avait poussé l'inspecteur à l'inviter à dîner.

À la quatrième section, Antonio Oliveira s'était révélé un jeune flic serviable et visiblement efficace. Il lui avait patiemment raconté ses entrevues avec l'agent immobilier et le couple de locataires allemands. L'homme lui avait ensuite expliqué que des affaires plus urgentes avaient retenu son attention. Son sourire exprimait la dure réalité que tous les flics connaissent, que ce soit à Amsterdam ou à Faro et Anita avait saisi le message.

— Oui, j'imagine que le travail ne manque pas, même ici...

— Non, avait répondu le jeune flic, et encore ce n'est pas la grande saison.

La discussion avait ensuite dérivé sur le raz de marée de pickpockets, voleurs de voitures, dealers et autres arsouilles qui déboulaient ici chaque été, avec le flot de touristes, et Anita s'était contentée de hocher la tête en silence, à plusieurs reprises.

Elle avait à son tour expliqué les éléments de l'affaire et donné en deux ou trois détails révélateurs une idée du travail que les flics avaient à assumer à Amsterdam.

Elle perçut une note d'intérêt authentique dans l'œil du jeune flic et elle se rendait compte également que son charme flamand ne le laissait pas tout à fait insensible.

Elle avait peu de temps. Elle devait retrouver l'Anglais en quelques jours. Elle décida de jouer le grand jeu. Il serait tout à fait capital d'avoir un allié sûr dans cette course contre la montre. Un type qui connaîtrait le terrain, son boulot, et serait, disons, légèrement plus motivé que la normale.

Elle allait se jeter à l'eau lorsque le flic l'avait devancée, laissant tomber :

— Vous pensez que nous pourrions prendre le

temps de dîner et de parler de tout ça devant quelques filets d'espadon ?

Et maintenant un jeune garçon les emmenait à leur table, recouverte d'une petite nappe blanche, près d'une fenêtre donnant directement sur une crique escarpée.

Oui, pensait-elle en s'asseyant à sa place, il faut également que je comprenne rapidement comment agirait un flic du coin.

Elle laissa le repas commencer avant d'attaquer sérieusement.

— Vous ne m'avez pas dit ce que faisait ce Travis...

Oliveira fit une petite grimace.

— Hmm, pas très clair visiblement.

Anita accentua son attention.

— Vous pouvez m'en dire plus ?

Elle avala une bouchée d'espadon.

— Oui. J'ai eu le temps de réunir quelques informations, en fait.

Un sourire frisait ses commissures et ses yeux pétillaient de malice.

Anita ne put s'empêcher de rire.

— Ah ça, vous alors... Bon sang, mais quand est-ce que vous vous seriez décidé à me le dire ?

Le jeune flic esquissa un geste dans l'espace, dont Anita perçut le sens. À un moment ou à un autre. Mais c'était tellement mieux ici, non ?

Anita masqua son rire d'une main retournée. Quelques cheveux cuivrés balayèrent ses yeux et elle replaça d'un geste la mèche rebelle. Elle se rendit compte immédiatement que son mouvement avait déclenché quelque chose chez le jeune flic.

Elle n'était certes pas un de ces canons plastiformes de couvertures de magazine ou de vidéoclip. Son visage triangulaire était trop mince, ses pommettes trop saillantes, son corps un peu trop longiligne à son goût, et elle avait toujours rêvé de posséder des formes, disons, plus sensuelles. Mais, elle savait que ses yeux provoquaient souvent quelques montées d'adrénaline et il arrivait même qu'elle puisse lire des formes variées de désir sexuel chez des individus du sexe mâle.

Ça semblait bien être le cas.

Tout doux, pensa-t-elle. Ce n'est pas non plus tout à fait le moment de t'embarquer dans une affaire sentimentale, pour autant qu'il s'agisse une seconde de ça.

Elle rétablit un masque un peu plus austère.

— Bon, dites-moi de quoi il s'agit, qu'est-ce qu'il faisait ce Travis ?

Oliveira détacha ses yeux d'elle et réfléchit un instant avant de se lancer :

— J'y vais dans l'ordre chronologique. Enseigne de vaisseau dans la Royal Navy. Opère en Extrême-Orient, d'abord, puis à Gibraltar. Après sept années de bons et loyaux services pour celui de Sa Majesté, il s'installe à Barcelone, puis en Andalousie, puis en Algarve. Entre-temps il a fait connaissance de cette femme hollandaise, Eva Kristensen. L'homme pratique de multiples activités. Il peint quelques toiles qu'il expose au Portugal et en Espagne et promène des touristes l'été, soit sur un voilier, soit sur un cabin-cruiser. La femme voyage beaucoup, à l'étranger, diverses affaires, très fructueuses. Peu après la naissance de leur fille, la famille déménage à Barcelone et là je n'ai plus rien... Mais pendant les mois qui ont précédé le départ, il semblerait que Travis ait été en contact avec divers individus louches, à Lisbonne, et en Espagne... Des types du milieu, plus ou moins apparentés à diverses branches de la maffia italienne. Pas net. Après, je ne sais pas grand-chose, sauf qu'après le divorce, il y a cinq ans environ, il est revenu vivre par ici, en Algarve... Il ne sortait presque plus, peignait toute la journée et exposait très irrégulièrement.

Anita ne masqua pas son admiration. Pour un type qui avait vaguement expédié l'enquête...

L'homme avait sorti ça sur un rythme fluide et chantant, qu'elle était arrivée à suivre sans peine.

Oui, ça marchait. Elle commençait à se sentir presque chez elle. Elle commençait à penser portugais.

— Bien, comment est-ce que vous procéderiez, vous, à ma place ?

Elle avala une autre bouchée d'espadon.

L'homme eut un petit rire, à peine esquissé.

— Qu'est-ce qui vous fait croire qu'il vit toujours par ici ?

— Rien. Mais pourquoi pas commencer par ici ?

Oliveira lui jeta un coup d'œil furtif, mais où perçait l'amusement, et un peu d'étonnement.

— Commencez à l'extérieur de Faro.

— Pourquoi ?

— Parce que j'ai déjà interrogé toutes les agences immobilières de la ville. Ainsi que la capitainerie du port.

Anita faillit avaler de travers sa gorgée de vin espagnol.

— Vous avez fait quoi ?

— Ce matin, quand on nous a appelés d'Amsterdam pour nous prévenir de votre arrivée, j'ai interrogé les agences de la ville et les autorités du port. Il ne vit pas à Faro même.

Anita l'observait avec une attention soutenue.

Oliveira tint à l'inviter et ne céda pas d'un pouce.

Anita savait que les Latins ne supportent pas l'idée qu'une femme puisse payer la note et elle n'insista que par pure forme.

Il la raccompagna jusqu'au commissariat central et lui expliqua qu'il devait partir le lendemain matin pour Lisbonne, ou peut-être plus loin, jusqu'à Porto, à l'autre bout du Portugal, pour un mandat d'amener. Il lui conseilla de commencer à l'est de la ville, vers la frontière espagnole. Peut-être était-il passé en Espagne, dans l'extrême Sud andalou. En commençant de ce côté on avait une petite chance de l'apprendre plus vite.

Anita perçut tout le fatalisme qu'il y avait dans cette explication et ne répondit rien. Elle n'ouvrit d'ailleurs pas la bouche de tout le trajet.

Elle reprit place dans la petite Corsa et finalement opta pour la méthode Oliveira. Elle n'était franchement pas pire qu'une autre.

Vers midi, la discussion s'était enfin éteinte et Hugo avait détecté un signal bien connu prendre possession de sa vessie.

Au fil des heures, Alice avait montré une curiosité boulimique et il s'était vu obligé de mettre en ordre ses connaissances historiques, là, en direct, les yeux fixés sur l'autoroute, tentant de lui expliquer clairement la genèse du conflit, en remontant méthodiquement jusqu'au début du siècle et en dérivant sur les multiples visages qu'avait pris le communisme totalitaire, en Europe et dans le monde.

Il en était à l'éclatement du premier conflit mondial à Sarajevo, en ce beau mois de juin 14, lorsque l'envie de pisser s'était clairement déclarée. De toute façon, pensait-il, il avait bouclé la boucle. Le XXe siècle, comme une immense parenthèse délirante, bornée par la même ville, au cœur des Balkans. Allez, pensa-t-il avec un fatalisme désormais coutumier. En route pour le futur. Il enclencha une vieille cassette des Stones dans l'appareil, pour patienter jusqu'à la prochaine station-service, 15 kilomètres.

Sur le terre-plein bétonné de l'immense station Esso, les voitures étaient nombreuses, garées en file indienne devant les pompes et plusieurs gros poids-lourds étaient à l'arrêt sur le parking qui longeait l'autoroute. La cafétéria était remplie de voyageurs de commerce et de routiers, de quelques touristes et de deux ou trois auto-stoppeurs semblant sortir d'une encyclopédie du baba-freak fin de siècle. De l'entrée, Hugo jeta un long regard circulaire sur toute l'étendue de la salle, tâchant de remarquer un détail bizarre, une tronche ou des regards suspects, des bosses sous les vestes. Il avait pris instinctivement Alice par la main en l'amenant devant le long bar où étaient entreposés à la chaîne les assiettes et les plats de nourriture. Il ne détecta rien de suspect et décida de s'offrir une petite pause de détente mentale, en relâchant vraiment la pression.

— Prends-moi une part de tarte au citron et une bière... Choisis ce que tu veux. Va t'asseoir à la petite table isolée, là-bas, je te rejoins dans deux minutes.

Et il partit d'un pas ferme et rapide en direction des toilettes.

Dans le cabinet, alors qu'il sentait toute sa structure biologique se détendre, le jet d'urine jaune fusant dans la cuvette dans un vacarme de Niagara, il s'offrit même un petit râle de satisfaction. Il se lava les mains et s'aspergea le visage, aux lavabos, en compagnie d'une demi-douzaine d'hommes, costumes marron de VRP ou chemises à carreaux et tee-shirts graisseux de routiers.

Il rejoignit Alice à sa table en ayant l'impression d'être gonflé à l'hélium.

— Bon, dit-il en s'asseyant sur la chaise de plastique orange, maintenant j'aimerais que tu m'en dises un peu plus sur ton père. L'homme du Portugal.

Il attaqua sa tarte au citron. Goût parfaitement industriel.

Alice le regardait par-dessous. En mâchonnant un bâtonnet de crabe.

— Je ne l'ai pas vu depuis quatre ans, maintenant...

— Qu'est-ce qui s'est passé entre lui et ta mère pour qu'il n'ait plus le droit de te voir...

Il réfléchit une seconde, puis :

—... et que tu ne portes plus son nom ?

Alice baissa les yeux sur son assiette.

Il n'y était pas allé avec le dos de la cuillère, mais bon, il fallait juste qu'il sache.

— Je ne sais pas exactement. J'étais petite à l'époque. Ma mère a divorcé, puis il s'est passé quelque chose. Avec ses avocats. Une sorte de procès. Que mon père a perdu. Un an après le divorce, il est venu me voir pour la dernière fois... Puis ma mère m'a dit que pour l'état civil je n'étais plus Alice Barcelona Travis Kristensen, mais Alice Barcelona Kristensen tout court.

Hugo sourit. Tout court.

— Tu n'en connais vraiment pas la raison ? Je veux dire, ce qui s'est passé exactement.

Alice hocha négativement la tête en silence. Puis sembla se raviser, ouvrit la bouche pour dire quelque chose, puis changea à nouveau d'avis et engloutit un autre bâtonnet de crabe.

Hugo n'avait pas manqué une seconde du manège.

— Pourquoi ne peux-tu rien me dire ?

Alice leva une paire d'yeux vaguement inquiets vers lui. Elle le fixa un instant, avala une autre bouchée de surimi puis reposa sa fourchette et laissa tomber :

— Ce n'est pas très bon, ces trucs au crabe.

Hugo ferma doucement les yeux.

— O.K... si tu penses que c'est mieux ainsi.

Il termina sa tarte, acheva sa bière d'un coup sec et réunit ses couverts dispersés dans un des plateaux.

— Tu ne veux rien d'autre ?

— Non, je n'ai pas très faim, en fait.

— Bien, alors allons-y.

Il se leva de table et se dirigea vers la caisse.

Alice le suivit, sans mot dire et en gardant un bon mètre de distance.

Ils n'échangèrent pas une parole pendant les deux cents kilomètres suivants. À la sortie de Narbonne, il eut à faire face à un obstacle imprévu. Un carambolage sur l'autoroute était en train de provoquer un bouchon de plusieurs kilomètres. Il consulta la carte de Vitali et réfléchit intensément. C'était l'occasion de quitter ce grand axe menant à la frontière, au sud de Perpignan. En rejoignant la route des Pyrénées centrales, il éviterait le grand poste de douane menant à Barcelone. Il entrerait en Espagne par les routes montagneuses du Pays basque et de Navarre : Pampelune, puis Burgos. De là il descendrait à fond sur Salamanque et entrerait au Portugal par le nord, là où « on » ne l'attendrait vraisemblablement pas. Dix minutes plus tard, il roulait droit vers l'ouest, vers Carcassonne, Toulouse et Tarbes d'où il obliquerait vers la frontière. Il avait bien tracé toute la journée. Il pouvait échanger quelques heures de route supplémentaires contre l'assurance d'une totale discrétion.

À un moment donné, Alice s'ébroua sur la banquette. Elle posa ses coudes sur le haut du dossier et c'est d'une petite voix qu'elle lui demanda :

— Vous êtes fâché Hugo ?

Hugo ne sut trop quoi répondre.

— Vous auriez voulu que je vous dise le truc tout à l'heure...

C'était plus un constat qu'une question, mais il entreprit de dissiper ses doutes :

— Non, ne t'en fais pas, j'imagine que tu as de bonnes raisons pour agir ainsi.

Lui-même n'avait certes pas dit toute la vérité, tout à l'heure, quand il s'était agi de préciser l'enfer. Il n'avait cité aucun nom, évidemment, et surtout pas la véritable identité de Vitali, ni d'aucun membre du Réseau. Il avait inventé une sorte d'organisation humanitaire un peu spéciale, travaillant pour le gouvernement bosniaque et s'était présenté comme chargé de la sécurité de son personnel, ce qui expliquait les armes. Il avait suffisamment mêlé d'éléments de réalité à sa fiction pour que tout paraisse plausible. Il n'avait pas raconté la livraison d'armes, les combats à Cerska et à Sarajevo, ni leur entrée dans le village de montagne, et les centaines de cadavres qu'ils y avaient trouvés. Il n'avait surtout pas raconté les jeunes femmes violées et égorgées, baignant dans leur sang sur le carrelage des cuisines ou dans les chambrettes aux lits couverts de déjections. Il n'avait certes pas décrit l'adolescente éventrée et crucifiée sur une porte de cave, qu'il avait éclairée de sa torche à la lumière si crue, avec Béchir Assinevic, Marko Ludjovic et les deux autres Français. Cette image qui pouvait mettre des heures à refluer tout à fait de sa mémoire, une fois qu'elle y était apparue. Il avait également passé sous silence les dizaines de petites filles entassées dans la grande salle d'école, comme de vulgaires poupées aux membres disloqués que lui présenta un groupe d'officiers bosniaques, dont certains ne pouvaient empêcher les larmes de suinter de leurs regards vidés, troublés à jamais.

— En fait, c'est mon père...

Hugo eut du mal à enregistrer l'information. Son esprit ne pouvait totalement réintégrer ce corps qui conduisait une BMW noire sur une autoroute de France. D'une certaine manière, c'était vrai, une partie de sa mémoire et de son identité était sans doute restée bloquée à jamais, devant cette porte de cave sinistre et poussiéreuse, devant toute cette chair meurtrie, cette vie détruite.

— Ton père ? laissa-t-il tomber dans un souffle rauque.

— Oui... c'est lui qui me l'a demandé... je lui ai promis... Ne pas dévoiler ce qu'il me disait dans ses lettres...

Hugo se renfrogna.

Tant pis, de toute façon Alice Kristensen serait sortie de sa vie dans vingt-quatre heures. Qu'elle garde donc ses fichus secrets !

Il avait la bande de l'autoroute, une cassette de Jimi Hendrix, et la guitare pyrotechnique de Purple Haze finit par tout remettre en place.

Il réussit même à faire disparaître cette putain d'image de son cerveau. Cette putain de porte clouée de chair humaine.

Elle se retrouva sur la route de l'est qui suivait la côte. Se fondre dans le décor. Épouser la terre, le pays, dompter les odeurs et la langue, apprivoiser quelques visages ou paysages...

Il faudrait compter pas mal sur l'instinct et la chance, si l'on voulait *aussi* aller vite.

Sur la radio, une station locale déversait sa disco internationale et impersonnelle. À sa gauche, elle pouvait apercevoir les plages bordées de pinèdes et de grands cyprès. Elle se mit à battre la mesure sur le volant, un truc de Whitney Houston, sûrement.

Passé Olhão, la large nationale 125 trace droit vers l'ouest, au milieu des pinèdes. La voiture dévora la double bande grise, à une vitesse élevée, et parfaitement constante.

Le soleil avait depuis longtemps disparu sous l'horizon, tombant de l'autre côté de l'Atlantique comme un signal plus sûr que l'horloge et le compteur kilométrique du tableau de bord.

Les arbres avaient l'allure de grands fantômes végétaux piégés, une fraction de seconde, dans la lumière des phares.

Elle décida de s'arrêter à une petite auberge, qui semblait tombée du ciel, là, sur une avancée dans la mer, très en retrait de la route déserte. Elle gara la voiture sur un vague parking de terre battue et pénétra dans la douce chaleur des murs blanchis à la chaux, recouverts de filets de pêche et d'espadons naturalisés.

À l'intérieur, deux vieux pêcheurs dînaient à une table près des fenêtres donnant sur l'Océan et quatre hommes, un peu moins âgés, jouaient aux cartes, à une table du fond. Un des joueurs semblait être le patron, car il se leva et, avec l'hospitalité humble et effacée si caractéristique de cette région du monde, l'accueillit d'un sourire simple et de quelques mots, aux consonances chuintantes.

Elle répondit par quelques bribes et prit place à une table près de la fenêtre, juste derrière celle des deux vieux pêcheurs.

Elle commanda un grand verre de *cervesa* et elle grignota quelques olives.

Par la fenêtre, elle pouvait apercevoir une petite rambarde blanche dominant une pinède en pente, qui descendait jusqu'aux plages. La mer était parcourue de frémissements aux formes infinies, cristallines, sous l'emprise d'une lune épanouie, sûre d'elle-même au-dessus des flots.

Un vieux disque jouait en sourdine. Un air léger, mais d'où perçait l'inévitable accent de complainte des chansons portugaises. Une mélodie de marins-pêcheurs, peut-être, comme ces deux vieux bonshommes, dévorant leur bacalhau sans prononcer un seul mot.

Un quart d'heure plus tard, les vieux pêcheurs se levèrent et quittèrent les lieux après avoir lancé des adieux à la dérobée, et l'avoir saluée, avec respect, et sans ostentation.

Alors qu'elle commandait un petit café, Anita extirpa la photo de Stephen Travis de son sac :

— Je cherche cet homme, un ami. Un Anglais, un ancien marin. On m'a dit qu'il vivait aux alentours de Faro.

L'homme détailla poliment et attentivement le cliché et le lui retendit en hochant la tête.

— No, no... je ne connais pas cet homme... Hé Joachim, viens voir, tu connais ce type ?

Il venait de s'adresser à la table des joueurs de cartes et un homme vêtu d'une chemise rouge leva les yeux vers lui.

— Qu'est-ce qu'il y a Antonio ? Quel type ?

— Celui-là, martela le patron en brandissant le cliché, celui sur la photo, viens voir, c'est un ami de la petite demoiselle étrangère.

L'homme posa ses cartes, se leva et vint rejoindre le patron.

Il détailla lui aussi le cliché avant de hocher négativement la tête.

— Héou, les gars, vous le connaissez ?

Joachim apportait la photo aux deux autres joueurs, qui finirent leur verre en se repassant le cliché avant de dire doucement :

— No, no...

Joachim repassa le cliché au patron qui le retendit à Anita :

— Désolé mademoiselle, nous ne savons pas qui c'est. Il ne doit pas vivre par ici... Vous êtes d'où ?

— De Hollande, les Pays-Bas, précisa-t-elle en néerlandais, stupidement.

Elle rangea la photo dans son sac.

— Vous connaissez ici ? lui demanda le patron dans un hollandais à touristes.

— Non. C'est la première fois, reprit-elle en portugais. Vous auriez une chambre à louer ? Pour la nuit ?

— Oui, bien sûr, lui répondit l'homme, visiblement ravi que son auberge ait pu ainsi stopper la course d'une jeune étrangère venue du nord. Une chambre très jolie. Donnant sur la mer. Juste là, au premier.

Et ses yeux se levaient vers le plafond, tendu lui aussi d'un vaste filet aux teintes d'algues marines.

— Parfait, s'entendit-elle répondre. Je peux avoir un peu de cognac avec mon café ?

— Cognac ? demanda l'homme.

Oui, acquiesça-t-elle en silence.

Il revint trois minutes plus tard, avec son café et un verre rempli d'un liquide ambré.

Il posa le tout sur la table comme s'il s'était agi d'un précieux élixir, ambroisie, voire un peu de sang du Saint-Graal lui-même.

Anita lui envoya un sourire de reconnaissance et lâcha un petit *obrigado* avant de plonger ses lèvres dans le café brûlant, puis dans le cognac français.

L'homme repartait s'asseoir à sa table de jeu, reprenant la partie comme si elle ne s'était jamais interrompue.

Sur l'Océan, la lune jouait avec les vagues et l'écume.

Elle se laissa griser par le spectacle de la mer et du ciel. Sirotant le café et l'alcool. Elle n'aurait su dire quand exactement elle se leva, prit possession de ses clés, se fit accompagner par le patron, qui avait tenu à porter sa minuscule valise jusqu'au premier, avant de la laisser devant la porte grande ouverte par laquelle elle pénétra dans la petite chambre.

Elle se jeta sur le lit, fit valser ses vêtements jusqu'à la chaise près de la fenêtre et se glissa dans les draps frais, avec une impression de bonheur et de félicité qu'elle n'avait pas connue depuis bien longtemps. Elle dormit près de dix heures d'affilée.

*

Le soleil descendait sur l'horizon, boule orange, nette et aveuglante, presque en face d'eux. Le ciel était pur de tout nuage. Il n'y avait que cette densité de bleu alchimique, et la boule en fusion qui repeignait l'univers d'une lumière chaude.

L'aiguille de la jauge flirtait avec le zéro.

— Bon, arrêt pipi et plein de carburant au prochain arrêt, laissa-t-il tomber.

Dix kilomètres plus loin, une grosse enseigne Texaco perça le clair-obscur chatoyant qui tombait sur la chaussée. Il s'arrêta aux pompes, fit un plein de super et reprit le volant aussitôt.

Dès qu'il fut engagé sur la route qui menait à Pampelune, il ouvrit le tube de Désoxyne et avala deux nouveaux comprimés, toujours à sec. Moins de deux minutes plus tard, il sentit son pied enfoncer de lui-même la pédale d'accélérateur mais il réussit à garder le contrôle et le sens des mesures. Il rebrancha le détecteur de radar.

Il roula dans l'hypnose désormais coutumière de la conduite, les nerfs aiguisés par le speed, un goût acide sur la langue, les lèvres desséchées et gercées par une bise mystérieuse, purement chimique.

Il n'alluma pas la radio et n'écouta aucune cassette. Il se contenta du ronflement constant du moteur, en contrepoint sur le défilement du monde nocturne autour de la route.

À un moment donné, un peu avant Torrès del Rio, il perçut un mouvement à la périphérie de sa vision. Au prix d'une étrange gymnastique, Alice roula par-dessus le siège passager et vint se placer à ses côtés. Il tourna la tête vers elle en haussant un sourcil.

Elle lui transmit un faible sourire.

Le genre de grimace qui voulait dire « Nous sommes bien embarqués dans la même galère, non ? » et Hugo ne put rien répondre qui contredise le fait.

C'est elle qui rompit la glace, quelques heures plus tard. À peine passé Burgos, vers Quintana del Puente, la nuit était déjà bien entamée, il la vit brusquement se tendre, se crisper sur son siège. Il ne sut en expliquer la raison. Elle semblait jusqu'alors tout entière absorbée par de profondes réflexions.

Il alluma l'auto-radio pour détendre l'atmosphère. La station qu'il capta était vraiment trop nulle aussi en chercha-t-il une autre sur la bande FM. Du disco, de la musique folklorique, du disco, du disco, de la variétoche locale, du disco, ah, du classique, oh non, mon dieu, Offenbach, du disco, de la musique folklorique, un discours ennuyeux, du disco et merde... Ah...

Une guitare de blues qui sinuait dans l'espace comme un virus chaleureux.

Il ne reconnut pas le morceau mais opta pour Albert King.

— En fait, j'aimerais dormir... dans un vrai lit... Hugo ?

Hugo regardait fixement la route. Il laissa échapper un « quoi ? » informe et distendu par les amphétamines.

— J'aimerais qu'on s'arrête Hugo. J'en ai assez de rouler dans cette voiture.

La gosse boudeuse, à nouveau.

Il réprima difficilement un soupir. Qu'est-ce qu'elle voulait, putain, un wagon-lit-pullman ?

Mais il perçut la tension extrême qui traversait la voix blanchie par la fatigue et les émotions contradictoires.

Merde, sois un peu humain, ce n'est qu'une gosse. Une gosse plongée dans un cauchemar.

Il tourna la tête vers elle et lui offrit son sourire le plus engageant, dans la situation présente.

— O.K., O.K... lâcha-t-il de sa voix empoisonnée de speed. On va s'arrêter...

Un panneau surgissait d'ailleurs devant eux,

comme une oriflamme de métal piégée dans les phares.

Un *parador* qui tombait à point nommé.

Un chemin obscur menait à la bâtisse, partant d'un petit terre-plein bordant la route.

Il se rangea sur le vaste parking de terre et de gravier qui bordait la haute maison à tourelles, éclairée de quelques projecteurs harmonieusement disposés. La pierre rose semblait revivre sous la lumière électrique, effaçant la patine des siècles et du soleil.

Il coupa la radio, puis le moteur.

À ses côtés, Alice était perdue dans un labyrinthe de pensées, plus sombres les unes que les autres. La situation n'allait visiblement pas en s'arrangeant. Il souhaita qu'elle ne pique pas de dépression nerveuse, là tout de suite, mais il savait au fond de lui-même qu'il ne pourrait lui en vouloir, si tel était le cas.

Un soupir s'échappa de ses lèvres alors qu'il mettait la main sur la poignée de sa portière.

— Hugo ? Vous savez... Je vous remercie vraiment pour tout ce que vous faites...

Hugo ouvrit la portière.

Il posait un pied à l'extérieur.

— Hugo ? Il faut que vous m'écoutiez... s'il vous plaît.

Il stoppa son mouvement et se retourna vers elle. Il lui transmit le même genre de sourire que dans la voiture. Elle le regardait fixement de ses yeux artificiels et une nuance de désespoir peu commune envahissait ses traits. Elle l'agrippa par le bras.

— Hugo ? Promettez-moi une chose...

Il lui fit comprendre d'une mimique de poursuivre.

— Il ne faut pas que ma mère vous retrouve. Vous comprenez ?

Il ne détacha pas ses yeux des siens.

Vous retrouve ? Pourquoi ne s'adressait-elle qu'à lui ? La question était clairement écrite dans son regard. Et Alice la décrypta parfaitement, bien sûr.

Ses yeux noisette auraient pu être vrais tant son émotion était intense et perceptible.

— Promettez-moi de ne pas chercher à la... combattre si vous la voyez... sauvez-vous.

Hugo retint un sourire ironique et sûr de lui.

— Écoute Alice, on va être clairs tous les deux... Tu es montée dans ma voiture et j'ai accepté de te conduire jusqu'au Portugal. J'ai sollicité de l'aide auprès de certains amis et maintenant je vais jusqu'à Faro où je te remettrai à ton père. Ne me demande surtout pas pourquoi je le fais et si un jour on te le demande, tu répondras que tu n'en savais rien, voilà, c'est tout, d'accord ?

Il la regardait presque durement. Il fallait qu'elle revienne à la réalité, bon dieu. Il y avait des mecs armés lancés à ses trousses, commandés par une mère criminelle et sans doute à moitié dingue, alors ce n'était pas exactement le moment de vouloir faire machine arrière...

— On est lancés... Comme une fusée, on peut pas s'arrêter au décollage. Tu comprends ?

Elle en savait assez sur les vols orbitaux pour parfaitement comprendre.

Elle hocha la tête mais elle n'en avait pas fini.

— Ce n'est pas ça... C'est ma mère, Hugo...

— Quoi, ta mère ? souffla-t-il.

— Il ne faut pas qu'elle vous retrouve Hugo...

— Oh, bon dieu, Alice...

— Vous ne comprenez pas : je ne sais pas trop ce

qu'elle va faire de moi mais je sais ce qu'elle fera si elle vous retrouve.

Elle semblait absolument sûre de son fait.

Hugo remit la main sur la poignée de la portière.

— Si elle vous retrouve, elle vous tuera, Hugo, vous comprenez, elle vous tuera !

Il s'éjecta du siège, claqua sa portière et fit le tour de la voiture.

Le visage d'Alice était totalement déstructuré par un mélange virulent d'angoisse et de désespoir. Il attendit patiemment qu'elle veuille bien sortir à son tour puis il lui tendit la main, gentiment, juste pour lui donner un peu de chaleur humaine, et de confiance.

Il n'avait pas du tout l'intention de se faire tuer par qui que ce soit.

CHAPITRE XIII

Elle s'éveilla dans une senteur de pins et de sel, amenée de la plage par un vent frais, qui avait ouvert en grand la fenêtre. Les petits rideaux translucides battaient contre le carreau comme des voiles miniatures.

Anita s'étira voluptueusement dans le lit, en savourant la belle lumière blanche qui tombait sur les draps. Puis elle se leva, se doucha et s'habilla en contemplant les rochers et les criques de sable clair, battues par les vagues. Elle regarda sa montre et vit qu'il n'était pas encore huit heures. Il n'y avait pas de téléphone dans la chambre aussi descendit-elle au rez-de-chaussée pour prendre son petit déjeuner.

Ce fut une femme corpulente entre deux âges qui lui servit le café et les tartines, dans un silence poli, un simple sourire aux lèvres. La femme lui avait juste lancé un petit « Bom dia » enjoué, et tout aussi ensoleillé que l'univers extérieur, en la croisant près du bar. Puis elle avait amené le plateau, à peine cinq minutes plus tard.

Anita se jeta sur le petit déjeuner avec un entrain qui la surprit. L'air de l'océan, le dépaysement, le soleil, la gentillesse tranquille des gens, tout cela devait concourir à ce soudain appétit.

Elle avala deux grands bols de café, dévora l'ensemble des tartines et se sentit prête à affronter une armée d'avocats.

Elle régla sa note sur le coin du bar, au patron qui venait de faire son apparition.

Elle retenta le coup, pour Travis.

— Est-ce que vous pourriez m'indiquer un endroit où on loue des bateaux, avec un skipper... Par ici, dans le coin...

L'homme réfléchit posément en murmurant, bateau, location puis en la regardant franchement dans les yeux et en arquant la bouche d'un large sourire :

— Oui je connais quelque chose comme ça. À la sortie de Tavira, près de la plage, je sais qu'il y a une sorte de bureau, une agence de location de bateaux pour les touristes, eux ils font ça...

— Je vous remercie, vraiment... Vous connaîtriez le nom de l'agence ?

— Ah, attendez ça, il faut que j'aille voir...

L'homme se retourna et, avant qu'elle ait pu dire quelque chose (elle pouvait très bien s'en sortir, en fait, avec la simple indication géographique), il était déjà en route pour son arrière-cuisine, de son pas bonhomme, mais étonnamment vif.

Il revint avec une sorte de carte postale publicitaire, sur laquelle s'étalait un montage de photos de différents bateaux.

— C'est leur publicité : De Souza e Corlao, c'est la plus grosse société de la région maintenant... ils ont racheté beaucoup de petites entreprises et tous les skippers du coin travaillent pour eux... Vous savez ils viennent manger parfois ici, le soir...

Anita lui envoya un petit sourire en mémorisant

le nom et l'image d'une bâtisse moderne et impersonnelle, toute blanche, basse et sans attrait.

— Obrigada senhor, lâcha-t-elle doucement en empoignant son sac. Elle ouvrait déjà la porte de l'auberge.

Elle marcha d'une traite jusqu'à l'Opel, jeta son sac sur la banquette arrière et démarra en moins d'une seconde.

Direction Tavira.

Elle ne vit pas la Seat blanche, garée sur le bas-côté de la route, à quatre cents mètres de là, démarrer à sa suite.

Cela faisait maintenant plus de trois jours que Koesler n'avait pas dormi, sinon vaguement dans l'avion qui l'avait mené de Genève au Maroc, puis dans celui qui l'avait presque aussitôt conduit à Faro. Putain, cette salope de Kristensen voulait vraiment lui en faire baver...

Il n'avait donc pas fermé l'œil depuis la veille du foirage dans le grand magasin d'Amsterdam et évidemment, dans la nuit, à court d'amphétamines, il avait piqué du nez.

Ce fut un miracle qu'il ne la perdît pas, ce matin-là. Il se réveilla accidentellement, embrumé d'un sommeil lourd, en s'agitant sur le siège pour trouver une position confortable et il avait vu la petite Opel noir démarrer à bonne vitesse sur la nationale.

Il s'ébroua en poussant une sorte de râle sourd et tourna à fond la clé dans le démarreur.

Il s'accrocha à quatre cents bons mètres de la voiture et suivit précisément le plan d'Eva Kristensen.

Le plan était simple, lui avait-elle dit, sur l'immense plage de la côte sud-marocaine, où elle avait établi son nouveau quartier général.

« Si cette fliquesse va à Faro c'est qu'elle va essayer de retrouver mon cher mari. J'ai un homme sur place qui entreprend des recherches de son côté et qui sera votre responsable exécutif. Écoutez-moi attentivement, Gustav (elle adorait ça, parler à ses subordonnés en leur collant le pseudo qui leur était attribué), vous, ce que je veux que vous fassiez c'est suivre cette petite salope de flic, nuit et jour, où qu'elle aille et de me faire quotidiennement un rapport, jusqu'à ce qu'elle trouve Travis... Et que vous m'appeliez aussitôt, évidemment. »

Elle l'avait regardé comme un enfant débile à qui il faut absolument tout préciser.

La petite Corsa filait devant lui et Koesler rumina longuement la terrible entrevue. Le rétroviseur lui renvoyait continuellement le souvenir qu'il en avait ramené. Une bonne cicatrice sur la joue droite, l'empreinte durable de la règle de fer d'Eva Kristensen.

Koesler comprit qu'une rage froide l'envahissait aussi sûrement que la voie d'eau dans les cales du *Titanic* et qu'il ne ferait rien pour la colmater. Un jour ou l'autre, toute cette putain de famille de dégénérés payerait. Il ne savait pas trop par qui il commencerait, par la reine mère elle-même ou sa petite première-de-la-classe, sa salope de fille, par ce connard prétentieux de Wilheim Brunner, beau et creux comme la couverture d'un mauvais magazine italien, ou par le père lui-même, sorte d'artiste-aventurier raté qui ne valait pas mieux que les autres. Mais putain ça c'était une certitude, il se régalerait quand il presserait la détente du fusil à pompe calibre 12.

La flic roula sans s'arrêter jusqu'à Tavira et traversa la ville dans le même mouvement. Trois ou quatre kilomètres plus loin, elle prit une petite route mal goudronnée sur la droite. Une route qui menait droit aux plages. Koesler décéléra et observa plus précisément la scène. Il était impératif de ne pas se faire repérer. Il laissa la Corsa disparaître dans un virage avant de s'engager à son tour.

À l'issue du second virage il aperçut les plages, une petite rade et plusieurs bateaux rangés le long du quai. Surplombant la mer, un grand bâtiment plat étirait sa surface d'un blanc-jaune durci par le soleil. La petite Opel noire se garait sur le parking, une simple étendue de terre ocre-rouge jetée devant l'entrée du bâtiment.

Il stoppa et décida de l'observer de loin, avec les jumelles. La fille claqua sa portière et monta les quelques marches qui menaient à une large porte derrière laquelle elle s'engouffra. Il aperçut de grandes lettres peintes sur un hangar derrière le bâtiment. De Souza e Corlao Material nautica. Des lettres qui disparaissaient doucement, attaquées par l'iode et le temps. Il se rappela soudainement quelque chose. Un vieux souvenir. Il avait entendu ça il ne savait plus où, ni dans la bouche de qui, mais le détail venait de surgir des profondeurs de sa mémoire : c'était par l'intermédiaire de cette société qu'Eva Kristensen avait vendu les bateaux de Travis à de riches touristes, quand ils étaient partis du Portugal... Ouais c'était ça... C'était Dieter Boorvalt qui avait parlé de ça lors d'une conversation, un jour, « la société de matériel nautique portugaise qui a vendu les bateaux de Travis... ». Et le nom de Tavira avait été cité lors de cette discussion.

La fliquesse était loin d'être nulle. Si Travis était

dans les parages, sans doute saurait-on la renseigner ici.

La route s'arrêtait à 50 mètres du bâtiment, droit sur un escarpement rocheux qui surplombait la mer. Il décida de faire demi-tour et de l'attendre un peu plus loin sur la nationale.

Anita demanda à parler au responsable du personnel qui embauchait les équipages. Elle s'était présentée comme inspecteur de la police d'Amsterdam, mais sans dire pourquoi elle était là.

La jeune fille de l'accueil appela le responsable sur son poste et Anita comprit qu'elle essayait d'expliquer discrètement que non, elle ne savait pas pourquoi et que la prochaine fois elle y penserait, oui.

La jeune secrétaire lui indiqua un bureau, au fond d'un long couloir qui s'enfonçait dans l'aile principale du bâtiment.

L'homme se leva de son bureau à son entrée. Il l'invita respectueusement à prendre place et se rassit, légèrement nerveux, visiblement mal à l'aise.

Anita détecta la chose instantanément.

L'homme la regarda et laissa tomber, tout à trac :

— Bien. Parlez-vous suffisamment notre langue ou désirez-vous que nous fassions cette conversation en anglais ?

Anita se détendit légèrement. L'homme témoignait d'une authentique attention.

Elle le détailla un instant. Quarante ans. Un peu plus. Un visage ovale, doux et tendre mais sans aucune ambiguïté. Un teint mat délavé par les années passées derrière le bureau, des mains qui paraissaient encore solides, noueuses et burinées par le sel et le soleil, il y avait longtemps de cela. Un ancien marin, certainement.

— Eh bien... Sincèrement je vous remercie... Mon portugais est loin d'être parfait mais je pense pouvoir m'en sortir, monsieur... ?

— Pinto. Joachim Pinto... Que puis-je pour vous, madame...

— Inspecteur Van Dyke, de la Brigade criminelle d'Amsterdam.

L'homme sembla s'imprégner de ces mots.

— Et que puis-je pour vous être utile, inspecteur Van Dyke ?

Il cherchait une position confortable dans son fauteuil, mais ne semblait pas la trouver.

— Je cherche un homme. Un étranger, lui aussi. Un homme avec qui votre société a peut-être été en contact il y a quelques années...

— Un étranger ?

— Un Anglais, oui...

Léger tic au coin de la bouche.

— Un nommé Stephen Travis.

À peine plus prononcé, le tic.

Joachim Pinto réprima un soupir. Jeta un coup d'œil à Anita. Puis regarda fixement l'Océan par la fenêtre de son bureau exigu.

Anita attendit patiemment la réponse.

L'homme finit par pousser un véritable soupir qui se termina par une phrase lâchée comme un fardeau trop lourd :

— Qu'est-ce qu'il a encore fait Travis ?

Il la regardait fixement, mais sans ostentation. D'une certaine manière il venait de mettre les cartes sur la table.

— Vous le connaissez ?

Soupir. Puis :

— Oui, bien sûr, je le connais.

— Employé ou ami ?

Il esquissa un sourire.

— Les deux.

— Je vous écoute.

— Qu'est-ce que vous voulez savoir ?

— Où vit-il ? Vous connaissez son adresse actuelle ?

Nouveau soupir.

— Vous pourriez me dire ce qu'il a fait, avant ?

Cette fois ce fut Anita qui réprima un soupir.

— Il n'a rien fait de répréhensible. Nous souhaiterions simplement l'entendre, comme témoin, au sujet de certains événements et personnes, aux Pays-Bas.

L'homme la regardait toujours droit dans les yeux.

— Je ne sais pas où il vit actuellement, il a plus ou moins disparu de la circulation depuis près de six mois maintenant. Je sais qu'il a vendu sa baraque d'Albufeira et depuis il m'a juste donné un coup de fil, pour me dire que tout allait bien. C'est tout Travis, ça...

— Albufeira ?

— Ouais... C'est là qu'il s'est installé après son divorce. Enfin... pas tout de suite. Il a un peu navigué puis a loué quelques maisons avant de s'acheter sa bicoque, à Albufeira. Mais là, je ne sais pas où il est, sincèrement.

Anita sentit que Pinto ne disait pas tout à fait la vérité mais elle n'avait aucun moyen de pression sur lui. Elle continua comme si de rien n'était.

— Savez-vous pourquoi il a déménagé si brusquement ?

Un silence.

— Non... Travis a toujours été comme ça. Il pouvait décider de partir pour les Comores et dans la soirée il était déjà en route... Si ça se trouve il est à Bornéo, ou au Brésil... Ou sur la planète Mars.

Je vois, marmonna-t-elle à sa propre intention.

— Si vous deviez le retrouver comment est-ce que vous procéderiez ?

Pinto eut du mal à réprimer un rire presque désespéré.

— Travis ? Mon dieu... sincèrement avec lui je ne vois qu'une seule solution...

— Laquelle ?

— Attendre qu'il veuille bien frapper à ma porte et me dire bonjour comme si on s'était quittés la veille... C'est toujours ainsi que j'ai procédé et ça a toujours fonctionné...

Anita se laissa aller à un petit sourire.

— Travis n'est pas quelqu'un de prévisible. Il ne sait pas lui-même ce qu'il fera le lendemain... Je suis désolé...

— Ce n'est pas grave... Vous avez été extrêmement coopératif, je vous en remercie... Monsieur Pinto, vous m'avez dit tout à l'heure que M. Travis était à la fois votre employé et votre ami... vous pourriez m'en dire un peu plus à ce sujet ?

— Quoi, par exemple ?

— Eh bien... Comment vous êtes-vous rencontrés, *par exemple*... ce qu'il faisait exactement... Tout ce qui pourrait me révéler quelques détails significatifs... Vous n'êtes absolument pas tenu de le faire, évidemment...

— Non, non, je n'y vois aucun inconvénient, simplement c'est un peu long et compliqué tout ça, je ne sais pas trop par où commencer...

— Commencez par le début, vous verrez c'est une méthode qui ne marche pas trop mal.

Leurs deux éclats de rire, presque simultanés, allégèrent définitivement l'atmosphère.

— Ah ! oui, vous avez raison... Bien voilà. En fait, je suis brésilien, de mère portugaise, mais né à Rio, de père brésilien... Il y a... oh, maintenant presque quinze ans, déjà, j'ai rencontré Travis ici, en Algarve, il venait juste de s'installer et moi aussi. C'était en 78, septembre 78... J'étais skipper à l'époque et une croisière pour des Canadiens m'avait laissé à Faro. Travis venait de Barcelone. On a partagé une bicoque pendant deux-trois mois, le temps de s'installer un peu plus confortablement. Il avait été un excellent marin pour la marine britannique. Il était un des meilleurs skippers que j'aie jamais connus.

Anita tilta aussitôt à l'évocation faite au passé.

— Était ?

Un long silence appesantit l'atmosphère puis un nouveau soupir, bizarrement accompagné d'un sourire mystérieux et nostalgique, tandis que le regard semblait se perdre dans quelque lointain film intérieur.

— Oui... Un sacré bon skipper... Mais après, ça a pas trop bien tourné...

Anita intensifia son attention. Sans rien dire.

L'homme lui jeta un coup d'œil, soupira et se leva pour se poster à la fenêtre.

— Je crois qu'il connaissait déjà cette femme quand il est arrivé ici, il m'en a parlé assez vite... Il l'avait rencontrée à Barcelone...

— Quelle femme ? Eva Kristensen ?

— Oui... c'est ça. Une Néerlandaise... comme vous... Je me suis douté que c'était en rapport avec elle votre venue, c'est ça ? C'est à cause de ce putain de divorce, non ? Travis a fait une connerie ? Il a enlevé la petite Alice, c'est ça ?

Pinto s'était retourné et son visage était grave maintenant.

L'homme semblait en connaître long sur Travis. Plus long qu'elle, aucun doute.

Anita leva la main en signe de dénégation.

— Non, non, ne vous inquiétez pas, je vous assure que Travis n'a rien fait... Vous voulez bien reprendre où vous en étiez ? Vous avez rencontré Travis ici à Faro puis la femme...

— Oui. Eva Kristensen n'est pas venue tout de suite. Je crois que la première fois qu'elle est passée c'était... oh oui, trois ou quatre mois après l'arrivée de Travis. Elle est restée une petite semaine. Et ils sont rarement sortis de leur chambre...

Une lueur avait étincelé dans le regard de Joachim Pinto.

Anita ne dit rien et le laissa poursuivre.

— Ses venues se sont rapprochées et... en 79, c'est ça, en septembre, elle s'est installée définitivement. Elle a acheté deux bateaux pour Travis et très vite, pendant l'été 80, la petite Alice est née, en Suisse je crois... Puis elles sont revenues, elle et l'enfant...

Le tic nerveux venait à nouveau d'actionner mécaniquement la commissure de ses lèvres.

Un petit soupir.

— Eva Kristensen avait changé. Imperceptiblement. Travis était devenu un ami et j'allais souvent chez eux, dans une magnifique demeure qu'elle avait achetée entre-temps à l'ouest de Lagos...

— Où ça ?

Anita s'apprêtait à noter l'adresse sur son carnet.

— La Casa Azul. Maintenant c'est un centre de thalassothérapie... Vous trouverez sans peine.

Casa Azul. Lagos, nota-t-elle vivement.

— Allez-y, je vous écoute...

— À peine deux ans s'étaient écoulés après la naissance d'Alice quand les relations entre Eva

Kristensen et Travis ont commencé à se détériorer... Quelque chose n'allait plus... Quand Alice a eu deux ans, je m'en souviens, une fête d'anniversaire colossale avait lieu à la Casa Azul, j'ai vu que Travis n'allait pas bien. J'ai essayé de lui parler mais il est resté de marbre... Mais pas comme avant. Pas juste laconique, vous voyez... Il était fuyant, mal dans sa peau, je ne l'avais jamais vu comme ça... à peine un an plus tard ils sont tous partis pour Barcelone... Puis la grande maison a été vendue, les bateaux aussi, par mon intermédiaire et j'ai compris qu'ils coupaient les ponts, que je ne reverrais jamais Travis...

L'homme retourna s'asseoir pour s'offrir une pause. Il semblait affronter maintenant des souvenirs qu'il avait profondément enfouis au cœur de sa mémoire.

— Et Travis est revenu ? C'est ça ?

— Oui.

La voix était nimbée d'un voile rauque, aisément perceptible.

— Allez-y, dites-moi ce qui s'est passé.

— En fait, je m'en étais douté un peu avant leur départ, mais quand il est revenu... six ans plus tard, j'ai compris que je ne m'étais pas trompé... Bon dieu... Si c'est pas à cause de la môme ça doit être pour ça, hein ? Bon dieu...

Anita regardait l'homme sans comprendre...

— Excusez-moi monsieur Pinto, mais je ne vois...

— J'aurais dû m'en douter tout de suite quand vous m'avez dit police d'Amsterdam... merde.

— Qu'est-ce que vous voulez dire, monsieur Pinto ?

Il planta son regard droit dans le sien.

— Vous pouvez me le dire vous savez, je savais bien que tôt ou tard ça finirait par arriver.

Anita faillit perdre momentanément son calme. C'est d'une voix délicatement posée et durement contrôlée qu'elle laissa tomber, doucement.

— Vous voulez bien me dire de quoi vous parlez, je vous assure ne pas vous suivre du tout.

— Vraiment ?

— Écoutez, vous en avez maintenant trop dit ou pas assez. De quoi s'agit-il ?

L'homme réprima un rictus. Il semblait à la fois surpris et désespéré.

— Oh, merde, j'espère que je ne suis pas en train de le foutre dans la merde, vous comprenez ?

— Ce que je peux vous dire c'est que vous vous foutrez dans la merde si vous me cachez une donnée importante pour la suite de l'enquête.

Cette fois on ne rigolait plus.

— Je pensais que c'était à cause de ça... Amsterdam...

Anita leva un sourcil.

— À cause de la drogue, vous comprenez ?

Anita digéra l'information en tâchant de ne rien laisser transparaître de son émotion. Ce fut d'un ton froid et parfaitement détaché qu'elle laissa tomber :

— De la drogue ? Travis se droguait ? Vous en êtes sûr ?

— Ben oui, évidemment. Je m'en suis aperçu un jour chez eux. Il était vraiment dans le cirage. Et puis une autre fois, juste avant leur départ, donc, j'ai vu des traces de piqûres sur ses bras... Et puis ça faisait un bon mois qu'il n'avait pas pris de bateau. Et ça chez Travis c'était un signe de catastrophe imminente... D'habitude, il était malheureux quand il ne faisait pas sa petite virée quotidienne le long de la côte... Mais je n'ai rien pu faire, je n'ai pas eu le temps de réagir... je ne sais pas... Il est parti et quand il est revenu... Mon dieu... Ce n'était plus le même homme, vous comprenez ?

Anita perçut une rage ardente dans le regard de l'homme. Une rage nettement teintée de haine.

— Il était complètement accro ?

— Complètement. Il était anéanti. Le divorce l'avait privé de tous ses droits paternels, en échange d'une pension alimentaire sur laquelle Eva Kristensen tirait un trait.

La lueur de haine froide s'était rallumée.

— Je vois, dit-elle d'une voix presque feutrée.

Il y avait un masque d'attente tout à fait authentique sur le visage de l'homme.

Elle mit près de dix secondes avant de comprendre ce qu'il signifiait.

— Je vous rassure tout de suite monsieur Pinto... je ne peux pas vous livrer d'informations, évidemment, mais je peux vous dire que nous ne suspectons pas M. Travis de trafic de drogue, si c'est cela qui vous inquiète.

Mais ce que lui avait rapporté l'inspecteur Oliveira revenait maintenant sans cesse tournoyer au centre de son esprit, occultant presque l'image de l'ancien marin qui se murait dans le silence. Travis avait été en contact avec des individus louches, appartenant à des bandes maquées avec des branches de la maffia italienne. Ouais, sans doute des dealers.

Mais cela ne signifiait pas que Travis en fût un, pour autant. On a besoin de dealers quand on a besoin de poudre.

— Vous l'avez revu souvent après son retour ?

Elle essayait de savoir si Pinto avait aperçu un de ces dealers, une fois.

— Ben... en fait, je ne l'ai pas revu tout de suite. C'est en allant à Vila Real, à la frontière, pour affaires, que je suis tombé sur lui par hasard... ça faisait un an, ou presque, qu'il était revenu. Il était dans un état lamentable. Comme il m'avait aidé dans le passé... c'est lui qui m'a trouvé la place ici quand j'ai arrêté de naviguer (un souvenir douloureux tenta de s'accrocher à la surface mais fut impitoyablement rejeté dans les oubliettes de sa conscience)... Alors je me suis occupé de lui. J'ai essayé de le faire décrocher et je lui ai trouvé du boulot dans une petite société de réparation de matériel nautique que notre société avait rachetée à Lagos.

— Ça a marché ?

Une hésitation.

— Non. Pas vraiment... Il a décroché une première fois pendant un an environ puis il a replongé. Il a démissionné de son poste à la société de Lagos. Il a disparu pendant au moins trois mois puis un jour il m'a rappelé pour me dire qu'il avait acheté une baraque près d'Albufeira... J'ai tout de suite pensé qu'il avait fait un truc pas clair pour disposer si vite d'une telle somme d'argent mais j'ai fait avec. On s'est revus de temps à autre... Je me suis aperçu qu'il n'avait pas vraiment décroché mais qu'il ralentissait les doses et qu'il reprenait du poids... Puis il a de nouveau disparu... c'est ce que je vous disais tout à l'heure... Puis il est revenu, avec un petit paquet de fric encore, et à nouveau parti, etc., et ça a duré ainsi jusqu'en... décembre dernier. Là, il a de nouveau disparu, a vendu sa baraque, m'a donné un bref coup de fil pour le jour de l'an et depuis je n'ai plus de nouvelles...

Ça commençait à être sérieusement louche, ces petits voyages lucratifs, pensa Anita.

— Je vais être franche avec vous : avez-vous, ne serait-ce qu'une fois, vu un des types qui lui livraient la poudre ?

— Très honnêtement, non. C'était un pacte tacite entre nous. S'il savait qu'il devait recevoir la visite d'un de ses fournisseurs il me le faisait comprendre et je ne passais pas le voir ce jour-là.

— C'est tout ce qu'il faisait pour vivre ? Ses petits voyages ?

— Non... heu, enfin je ne sais pas exactement... c'était pas tout à fait notre genre de se poser tout plein de questions vous voyez ?

Un vague sourire, un peu triste et nostalgique sur une amitié difficile mais certainement intense.

— Travis s'est remis sérieusement à la peinture... C'est ça qui l'a sauvé, peu à peu. Mais ça lui rapportait très peu... En tout cas, petit à petit il a ralenti les doses. À la fin, je sais qu'il ne se piquait plus... en revanche, c'est vrai... il continuait de sniffer et il fumait pas mal... des cigarettes de cocaïne et d'héroïne mélangées... nom de dieu de la vraie dynamite...

Anita comprit que le type avait dû y goûter au moins une fois à cette dynamite.

— Il s'est remis à naviguer l'année dernière. Doucement... Je crois qu'il est sur le point de s'en sortir...

— Je l'espère sincèrement, monsieur Pinto.

Anita se levait pour prendre congé. Elle en avait appris plus qu'elle ne l'aurait jamais imaginé.

— Je tiens à vous remercier pour votre coopération, sincèrement...

— De rien... j'espère juste que je ne vais pas le foutre dans la merde avec tout ce que je vous ai dit...

— Ne vous inquiétez pas... La police d'Amsterdam n'a aucun pouvoir pour arrêter un consommateur de drogue ici, en Algarve. Pas plus qu'à Amsterdam, vous voyez ?

Son sourire mélangeait astucieusement désespoir et sérénité.

Elle lui tendit la main par-dessus le bureau, « Au revoir et merci pour tout monsieur Pinto », et le laissa seul à ses réflexions sur la vie, les marins britanniques et les femmes néerlandaises.

*

La Désoxyne n'est pas vraiment la meilleure tisane somnifère qu'on puisse trouver. Alors qu'Alice tombait rapidement dans les replis du sommeil, Hugo était resté des heures durant allongé sur le lit, les yeux fixant le plafond ou la campagne obscure par la fenêtre. Les souvenirs récents qui le hantaient firent une fois de plus leur apparition et c'est dans une rêverie acérée par le speed, la bouche desséchée et les nerfs en flammes que les T72 serbes, crachant le feu de tous leurs canons, surgirent sur l'écran du mur. Vers cinq heures et demie du matin, le ciel d'encre vira bleu cristal et il finit par s'endormir d'un sommeil de plomb.

Il fut réveillé par la lumière. La haute et dure lumière du soleil, le frappant de plein fouet à travers les vitres.

Un silence parfait emplissait la chambre. Il se tourna doucement sur le côté et se réveilla tout à fait.

Le lit d'Alice était défait. Et elle n'y était plus.

La douche ne fonctionnait pas. La pièce était parfaitement vide. Son sac de sport avait disparu de la chaise près de l'armoire.

Oh, non, pensa-t-il instinctivement, s'attendant au pire.

Il se jeta sur ses vêtements puis, rapidement, sa tête sous le robinet, fit couler un puissant jet d'eau froide qui le recolla à la réalité de l'instant présent.

Il dévala les marches moyenâgeuses quatre à quatre et se précipita au bureau de la réception, les cheveux ébouriffés d'humidité. Un jeune garçon en costume bleu aux armes de l'hôtel rangeait le courrier dans les boîtes.

Hugo l'apostropha dans son espagnol rudimentaire :

— Vous savoir où est la petite fille ? Ma fille ?

L'homme le regarda un instant, tentant d'intégrer l'apparition aux cheveux dressés sur la tête.

— Vous êtes quelle chambre ? lui demanda-t-il en essayant de ne pas détailler la toison hérissée.

— Le 29. Chambre 29, ma fille est blonde... heu non... brune... avec un... pantalon... de sport noir et un... blouson, rouge sombre...

— Ah oui, monsieur Zukor (le type consultait sa fiche)... Elle est partie ce matin de l'hôtel... Elle nous a demandé le bourg le plus proche...

Nom de dieu, Hugo réfléchissait à toute vitesse.

— Elle ne vous a laissé aucun message ?

— Heu... non señor, elle nous a juste demandé de vous remettre cette carte...

L'homme sortait une petite enveloppe blanche et la tendit à Hugo.

L'enveloppe était dure. Il y avait une carte dedans. Sur l'enveloppe il était juste écrit : Berthold Zukor. Il envoya un regard venimeux au jeune employé, trop lent à son goût et déchira l'enveloppe.

Une carte achetée ici même. Avec une photo du Parador.

Il retourna la carte. Quelques mots écrits en néerlandais, d'une plume vive et sûre.

Très cher « Berthold »,

Vous avez fait, je crois, tout ce qu'il était possible de faire pour moi.

Mais vous n'êtes pour rien dans ce qui m'arrive. Il est donc inutile de vous faire courir des risques pour une histoire qui en comporte beaucoup, et dans laquelle je vous ai fait entrer par accident.

Ne m'en veuillez pas. Laissez-moi aller seule rejoindre mon père au Portugal. Je ne suis plus très loin, maintenant.

Puis en français, d'une main qui avait paru légèrement moins sûre :

Merci pour tout ce que vous avez fait.

Ne cherchez pas à me suivre, svp.

Il fut estomaqué par la maturité qui se dégageait de cette petite missive. Et surtout par le fait que pas une fois il n'avait mentionné ses véritables origines à Alice. Il ne se connaissait pas d'accent particulier, son père lui ayant très tôt enseigné les rudiments de la langue.

Alors, putain de nom de dieu... Comment avait-elle fait pour deviner qu'il était français ?

Il fourra la carte dans sa poche.

— Où est le bourg le plus proche ?

— Là-bas, à trois kilomètres, vers Torquemada...

Hugo sortit sa carte de crédit.

— Pour la nuit...

L'homme prit la carte entre ses doigts et le regard de Hugo percuta la petite horloge murale, derrière le bar.

Onze heures moins dix.

— Heu... À quelle heure ma fille partir ?

— Heu... tôt ce matin, Monsieur... Il y a trois heures environ...

L'homme actionna le sabot de la machine et revint vers lui avec la carte et le petit reçu.

Hugo signa le reçu et le détacha de sa copie carbone.

— Il y a une station d'autocars au village ?

— Une station d'autocars ? Oui il y en a une...

— Avec des autocars pour le Portugal ?

— Pour le Portugal ? Oui, oui il y a une ligne vers Guarda, à la frontière... On change de car à Salamanque...

— Merci...

Il se jetait déjà vers la sortie en laissant voler le petit carbone sur les marches inondées de soleil.

Il ne vit aucune fille brune ressemblant à Alice à la station d'autocars ou dans les parages, évidemment. Dans le petit office de la ligne un employé de la compagnie lui apprit que le car du matin pour Salamanque était parti à neuf heures. Bon dieu.

— Vous avoir vu une jeune fille brune... ma fille... douze ans, avec un blouson rouge... heu dans l'autocar de Salamanque ?

L'homme regarda Hugo, qui s'était vaguement arrangé entre-temps dans la voiture.

— Oui, consentit-il à lâcher précautionneusement... Elle a pris un billet... Une jeune fille qui parlait avec un accent et...

Hugo ne le laissa même pas finir. Il se propulsait déjà sur le trottoir où il avait garé la voiture.

Il prit la direction de Salamanque en faisant turbiner le moteur, un bon cent soixante-dix, sur la file de gauche. Il ne fit pas de quartier aux quelques conducteurs égarés là, sur la mauvaise voie, pour on ne sait quelle obscure raison. Ils furent copieusement arrosés à coups de phares à iode.

Pour combattre le sommeil, la nuit avait été courte, et le réveil outrageusement rapide, il avala un comprimé de Désoxyne, à sec.

Comme petit déjeuner, il avait connu mieux.

La traversée de Valladolid, sur la N501, fut pénible, terriblement longue, entrecoupée de multiples feux et de quelques ralentissements. Le seul souvenir qu'il conserverait de cette ville serait cerné par le rectangle de Plexiglas du pare-brise.

La route de Salamanque était une simple route à deux voies, dans un décor sec, plat, aux arbres rabougris, déjà assommés par le soleil. La route était encombrée de camions et de petits vans japonais, ainsi que de quelques autocars de touristes allemands.

Il exécuta plusieurs danses périlleuses entre les véhicules qui se croisaient sur la route mais il n'arriva pas à Salamanque avant midi et demi.

La station d'autocars se trouvait à l'entrée de la ville et il ne s'agissait que d'un vague panneau de métal planté dans le bitume défoncé, recouvert d'une poussière presque jaune.

Il entra dans le premier café et ne vit Alice nulle part dans la salle. Il demanda où il pourrait trouver un horaire d'autocars à une jolie brunette de vingt ans, qui servait au bar où il s'offrit un Coca glacé. Il ne voulut pas perdre de temps pour manger, aussi avala-t-il un autre comprimé, avec le Coca. Les amphétamines sont des armes de régime indépassables. Tant que vous en prenez la faim est effacée et elles peuvent ainsi vous faire maigrir à en mourir.

Il s'enfila la boisson en deux ou trois traits, en

détaillant l'horaire des cars que la belle fille brune en robe noire lui avait procuré avec un sourire ensorcelant, et qui aurait sans doute pu le faire succomber, en d'autres circonstances.

Alice était arrivée à onze heures moins le quart. Un quart d'heure avant le car de Guarda, parti il y avait juste une heure et demie...

Une heure et demie. Elle n'avait pas plus de cent bons kilomètres d'avance !

Putain.

Hugo jeta un billet qui valait le double du Coca et s'éjecta du bar sans un mot, accordant malgré tout un ultime coup d'œil à la beauté sombre et sauvage.

Cent bons kilomètres, disons cent trente, ça voulait dire que le car était presque arrivé à Guarda alors que lui sortait à peine de Salamanque, se dit-il en consultant sa carte, étalée sur le siège passager.

Il lui sembla mettre des siècles pour atteindre la frontière.

CHAPITRE XIV

Le soleil était haut et bombardait la plage d'une lumière aveuglante. Le sable était déjà chaud, bien qu'on ne fût qu'en avril. Le ressac continu de l'Océan résonnait comme des tambours de guerre, ici, sur cette côte sauvage du Sud marocain et Eva Kristensen se plaisait à sentir tout son être se mettre à l'écoute du rythme qui battait la plage. Le bronzage naturel, vestige des pistes de ski de Courchevel, se durcissait sous les rayons du ciel africain. Son corps svelte et musclé se nourrissait de toute cette énergie, comme doté à chaque pore d'une petite cellule photovoltaïque. Et le martèlement des vagues prenait des dimensions toutes wagnériennes, sur cette côte sauvage et déserte, rien du clapotis vulgaire qu'on entendait parfois entre deux beuglements de radios ou de jeunes cons braillards, à Saint-Trop' ou à Marbella...

Ici, ses dons naturels semblaient prendre toute leur ampleur, sa force et son intelligence lui paraissaient comme élevées à une puissance infiniment supérieure. Elle était fille des éléments, vestale solaire et sirène, son thème astral se faisait enfin voir sous son vrai jour, grâce à la maison de

Mars, qui entrait brillamment en correspondance avec le signe du lion... Rien ne pourrait l'arrêter, elle était à tous points de vue une créature hors du commun. La première femme, sans aucun doute, à atteindre de tels niveaux.

Elle repensa au sang et frémit, les lèvres retroussées dans un brusque accès de désir.

Le sang de Sunya avait été d'un rouge pur et vermeil, plein d'une chaleur vibrante, et elle se souvenait y avoir détecté un arôme particulier. Sans doute devenait-elle une spécialiste, pouvant apprécier la chose comme un œnologue réputé sait déterminer la provenance et l'année des crus qu'il goûte... Son rire éclata, solitaire, sur la plage déserte.

Le sang de Sunya avait été parfaitement clean, surtout. Dieu soit loué, elle lui avait fait régulièrement passer des tests de dépistage de toutes sortes, prétextant son contact quasi quotidien avec Alice, avant de s'offrir cette petite folie...

Mais elle n'aurait jamais dû céder aux demandes répétées de Wilheim. Wilheim était un homme. Il ne savait pas se contrôler. Il entretenait avec la chose le même genre de rapports que Travis avec les drogues dures. Un pauvre petit junkie, sans doute inapte au Grand Projet, lui aussi.

La vidéo de Sunya Chatarjampa aurait pu s'avérer dangereuse pour l'entreprise s'il avait subsisté la moindre chance de retrouver son corps. Sunya était la première victime qui pouvait être mise directement en relation avec les Kristensen. Une erreur qui avait failli gâcher des années de patients efforts. Ah, Wilheim, tu n'es qu'un stupide crétin ignare...

Elle se retourna sur le ventre, nerveusement, et offrit son dos aux rayons.

Bon sang... repensa-t-elle malgré elle... Oui, aussi inapte que ces connards de petits gangsters qui l'ont ratée *deux* fois.

Alice était accompagnée par un homme... Un homme de Travis, très certainement... Nom de dieu, elle avait hâte de s'entretenir en tête à tête avec son cher ex-mari...

Et sa fille n'y couperait pas, elle non plus. Elle recevrait la plus mémorable fouettée de toute son existence... Quant à ce type, elle hésitait encore, entre le donner à Sorvan et à ses sbires ou s'en occuper personnellement, peut-être au rasoir, oui, peut-être bien, en lui prélevant méthodiquement la peau, par carrés d'un ou deux centimètres, pas plus. Il lui faudrait une petite journée pour tout enlever, en comptant les pauses et les repas... Elle aurait sans doute le temps avant de disparaître...

Le son de pas précipités, étouffés dans le sable, lui fit lever les yeux vers la maison qui surplombait les dunes, juste en face d'elle.

Messaoud, l'homme de paille marocain à qui appartenait officiellement la villa venait à sa rencontre, un téléphone portatif à la main.

— It's Mister Vondt, Miss Kristensen... from Portugal...

Un accent à couper au couteau, pensa-t-elle en empoignant le téléphone.

Elle attendit, les traits durs et impénétrables, que Messaoud veuille bien comprendre qu'il n'avait plus rien à foutre ici avant de jeter dans le combiné :

— Allô, Vondt ? Ici Eva, vous pouvez parler...

— Bonjour madame Kristensen... bon, je viens de voir Koesler et je vous fais un premier point, comme convenu...

— Je vous écoute.

— Je commence par Koesler : « Bon hier soir, après son coup de fil, la fille a quitté le flic et s'est rendue sur la N125, elle a dormi dans une petite auberge... Il a donc suivi la fille toute la matinée et là, on est à Albufeira, elle est passée à Tavira, chez De Souza et Corlao, puis a essayé de voir les Allemands, ceux qui ont racheté la baraque de Travis mais ils sont pas là. Là, elle attend l'heure d'ouverture du notaire qui a fait signer la transaction... Il est presque deux heures trente mais ici, vous savez comment ça se passe... Voilà c'est ce que Koesler m'a dit de vous dire... Il la perd pas de vue un seul instant... »

Un bref éclat de rire, auquel elle se joignit deux petites secondes.

— Parfait, qu'il continue et qu'il me fasse son rapport comme convenu, ce soir, si rien ne se passe d'ici là...

— Il le fera, croyez-moi (bref éclat de rire, à nouveau)... Bon, sinon, j'ai vu un de mes contacts, à Séville, je crois que j'ai le début d'une piste.

— Allez-y, Vondt, je suis tout ouïe...

— Le type en question dirige pas mal de gros revendeurs du Sud espagnol et de l'Algarve, il m'a donné le contact de deux grossistes qui pourront sûrement me renseigner. J'ai rendez-vous avec le premier dans l'après-midi, avec l'autre ce soir... Mais déjà, au téléphone, l'un d'entre eux m'a fait comprendre qu'il était au courant de ce que je cherchais, par mon contact de Séville, et qu'il pourrait me balancer un tuyau...

— Lequel est-ce ?

— Celui de ce soir, à Faro.

— Vous ne pouvez vraiment pas le voir avant ?

Eva Kristensen pensait à sa fille, qui ne devait plus être très loin du Portugal, maintenant...

— Madame Kristensen, croyez bien que si j'avais pu je l'aurais fait.

Le grossiste avait sûrement un carnet de rendez-vous bien chargé.

— O.K., O.K... Sinon, dites-moi, les deux hommes de Sorvan sont bien à leur place ?

— Ouais... Ils sont en planque depuis hier, vous savez. Ils se relaient, l'un après l'autre...

— Écoutez Vondt — sa voix jouait sur un registre rauque qui possédait des effets dévastateurs — veillez à ce que tout se passe bien. Travis n'a peut-être pas eu le temps de communiquer sa nouvelle adresse à ma fille... Il reste une petite chance pour qu'elle vienne à Albufeira, vous comprenez ? Alors... qu'ils ne la gâchent pas. Qu'ils se contentent de vous prévenir, vous et Sorvan, d'accord ?

— Je crois savoir qu'ils ont reçu des consignes très strictes de votre bon Bulgare. Écoutez madame Kristensen, si mon tuyau s'avère exploitable je vous en ferai part aussitôt, vous avez ma parole... Ah Koesler me fait un signe, la fille s'en va de la plage, ça doit être l'heure de l'ouverture du notaire... Bon, de toute façon j'ai d'autres contacts dans le coin qui doivent me faire savoir s'ils entendent parler de quelque chose et j'ai quelques heures devant moi pour fouiner, je vous laisse, madame Kristensen... Au revoir et à ce soir, sans doute...

La communication fut coupée avant qu'elle ne puisse dire quelque chose mais elle n'en voulut pas à Vondt. L'ancien stup reconverti dans la police privée était un vrai professionnel. Ses services étaient les plus onéreux qu'elle ait jamais eu l'occasion de s'offrir, mais ils s'étaient révélés extrêmement efficaces à chaque fois, grâce à son don naturel pour l'espionnage et la fouille des poubelles intimes. Elle avait pu ainsi, à de multiples reprises, exercer un ascendant sans partage sur les personnes choisies.

Cet homme était vraiment le seul à qui elle pouvait faire à peu près confiance.

Eva Kristensen se releva de sa large serviette éponge, rangea le tube d'écran solaire et l'*Anthologie des tortures chinoises* dans son luxueux sac de cuir puis remonta la dune en direction de la maison.

Le lacet se resserrait sur Travis, irrépressiblement. Sur Travis et sur sa fille.

Il était temps de se préparer à un petit voyage.

*

Lorsqu'elle ressortit du cabinet Olvao et Olvao, Anita ne put réprimer un soupir de résignation. La journée avait bien commencé à Tavira, elle avait eu soudainement l'impression de taper dans le mille du premier coup et d'en apprendre plus sur Travis qu'elle n'avait espéré le faire en une semaine, au moins. Elle avait appris beaucoup, certes, mais sur sa vie passée. Pas sur ce qu'il faisait présentement ni où il le faisait...

Antonio Olvao n'avait rien pu lui apprendre. Il s'était occupé de la transaction à son stade final, avait reçu les deux parties et procédé aux signatures des contrats. Point. Anita avait demandé à voir les documents mais cela ne lui avait rien appris de plus. Stephen Howard Travis avait donné l'adresse de la maison en vente et depuis, personne n'en avait jamais plus entendu parler.

Les Allemands, que le notaire croisait de temps à autre à Albufeira, ne lui avaient jamais reparlé de l'ancien propriétaire, pas plus que les gens de l'agence immobilière, qu'il voyait souvent.

Anita marcha jusqu'à sa voiture et se décida malgré tout à faire une petite visite aux agents immobiliers qui avaient mis Travis en contact avec ses acheteurs.

L'office se trouvait à moins d'un kilomètre du cabinet du notaire, aux limites de la ville.

L'agence était ouverte et elle poussa la porte en priant les dieux des détectives pour qu'elle en revienne avec au moins le début d'un os à ronger...

Moins de dix minutes plus tard elle ressortait à nouveau à l'air libre, avec le sentiment croissant d'être dans une impasse.

Le jeune type qui l'avait reçue avait répété presque mot pour mot les paroles du notaire. Il n'avait jamais revu Stephen Travis depuis la vente de la maison et doutait que le couple d'Allemands pût en savoir plus à ce sujet. Il lui écrivit l'adresse sur un morceau de papier avant qu'Anita ait eu le temps de lui expliquer qu'elle l'avait déjà. Puis lui promit de la tenir au courant, par le commissariat de Faro. Il déployait des efforts colossaux pour se rendre utile. Il demanda exactement quelle filière suivre et Anita lui donna le nom de l'inspecteur Oliveira, qu'il nota scrupuleusement sur un volumineux agenda, surchargé de notes et de rendez-vous.

Oliveira, pensa-t-elle en prenant place dans l'Opel. Oliveira aurait sans doute pu l'aider, mais il était à Lisbonne ou à l'autre bout du pays, pour son mandat d'amener...

Elle roula doucement jusqu'à l'ancienne maison de Travis en n'espérant même plus que les Allemands soient de retour.

Mais elle vit une grosse Mercedes bleu sombre

devant la jolie maison aux délicates décorations d'azulejos, isolée face à la plage. La Mercedes portait encore des plaques allemandes. Bavière, Munich. Elle gara sa voiture à quelques mètres, se dirigea vers la petite muraille qui cernait la maison et poussa sur le battant du frêle portail de bois. Elle suivit une allée carrelée de brique rouge jusqu'à une petite véranda, qui ouvrait l'accès à la maison. Elle frappa à une antique porte peinte en bleu, au moyen du lourd battant de fer, un peu rouillé.

Elle aperçut une silhouette entrer dans la véranda et se diriger vers la porte.

Une femme. Ombre verte. La silhouette fut ensuite masquée par le couloir qu'elle emprunta pour venir ouvrir la porte.

Il y eut un léger grincement quand elle s'encadra dans l'ouverture.

Une femme blonde, aux cheveux teints platine, la cinquantaine, mais étonnamment bien conservée et non dénuée de charme, voire plus... Elle portait une élégante robe turquoise et un splendide collier de fines perles autour du cou.

Anita se présenta aussitôt, en allemand :

— Bonjour madame, veuillez m'excuser... Je m'appelle Anita Van Dyke et je suis de la police criminelle d'Amsterdam... (elle tendit sa carte). Serait-il possible que je m'entretienne avec vous quelques minutes ?

La femme détailla la carte, la dévisagea un instant d'un regard vaguement intrigué puis laissa passer un maigre sourire.

— Police criminelle... d'Amsterdam ? C'est à quel sujet, madame ?

— Eh bien... c'est au sujet de l'ancien propriétaire de cette maison, j'aimerais vous poser quelques questions, si vous n'y voyez pas d'inconvénients...

La femme continua de la dévisager, prenant sa décision, puis s'effaça avec grâce, optant pour la courtoisie :

— Je vous en prie... Entrez...

Elle la précéda vers l'autre face de la maison, qui donnait sur la mer. Un grand salon carrelé, ouvrant sur une terrasse qui dominait la plage. Elle offrit un fauteuil à Anita et s'assit en face d'elle, à l'extrémité d'une banquette de style Chippendale.

— Désirez-vous que j'appelle mon mari ? Il n'est sans doute pas très loin, en train de pêcher quelque part sur la plage...

Anita avait enclenché un sourire amical.

— Non, non, je vous en prie, je crois que ce ne sera pas utile...

La femme se détendit.

— Bien. Alors... Que puis-je à votre service, inspecteur ?

Le léger sourire ne l'avait pas quittée et témoignait autant d'une certaine sollicitude pour la femme que d'un froid respect pour l'insigne de flic.

— Voilà, attaqua Anita... Je suis à la recherche de l'homme qui vous a vendu la maison il y a quelques mois... Stephen Travis. Le notaire et l'agence n'ont pas pu me donner une seule information, aussi je tente ma chance avec vous.

La femme ne dit rien, puis doucement, en écartant ses longs doigts où brillaient deux splendides bagues d'or et de vermeil :

— Vous êtes néerlandaise... Préférez-vous que nous continuions dans cette langue ?

Un hollandais racé. Anita lui jeta un sourire

étonné. La femme passa une main dans ses cheveux.

— Je suis née à Groningue... J'ai déménagé en Allemagne quand j'ai rencontré mon mari.

Elle lança son regard vers la mer, où son mari avait certainement planté ses cannes.

— Eh bien ce n'est pas de refus, souffla Anita dans sa langue maternelle avec un éclair complice dans le regard. Je vous remercie madame Baumann... Qu'est-ce que vous pouvez me dire sur Travis ?

— Vous savez j'ai bien peur de ne rien pouvoir vous apprendre de plus... Nous n'avons jamais plus revu M. Travis... Il avait déjà pratiquement tout déménagé quand nous avons fait sa rencontre, une seule fois... Une seule fois avant le notaire, corrigea-t-elle. Quand nous avons visité la maison...

Puis, tandis qu'Anita cherchait un autre angle d'attaque :

— Désirez-vous boire quelque chose, madame Van Dyke ?

— Non je vous remercie... Bien... Il ne vous a jamais appelés ? Je ne sais pas, pour un objet qu'il aurait oublié, ou un autre renseignement quelconque ? Du courrier à faire suivre...

— Non, rien, jamais, je vous assure... Mais, c'est drôle votre question, ça me rappelle l'homme qui est passé avant-hier... Il m'a demandé la même chose...

— Un homme ? Quel homme ? demanda Anita. Un autre policier ?

— Non... non... Pas un policier, un inspecteur du Trésor... Il disait que M. Travis avait un crédit d'impôts important, parce qu'ils s'étaient trompés pendant plusieurs années et lui aussi il voulait le voir, pour lui remettre le chèque...

— Un inspecteur du Trésor ? Néerlandais ?

— Oui. Moi aussi je lui ai dit que M. Travis était anglais mais il m'a répondu qu'il était résident d'Amsterdam depuis très longtemps...

— Hmm, je vois... Vous pourriez me faire une description de cet homme ?

La femme eut un sourire fataliste.

— Ah, vous aussi, vous croyez que c'était du bidon ? Il m'inspirait quelque chose de pas... comment dire ? Vous savez... Il ressemblait à un inspecteur du Trésor, mais, bon, il ne s'exprimait pas tout à fait comme un fonctionnaire des Finances, malgré ses efforts...

Anita laissa éclater un petit rire cristallin et la femme se joignit volontiers à elle.

— Alors comment était-il ?

La femme réfléchit un instant, synthétisant une rapide photo mentale :

— Grand. Cheveux courts... Châtains. Yeux clairs. Quarante ans, à peine. Assez athlétique. Un visage carré, des mains puissantes, pas celles d'un fonctionnaire du Trésor, vous voyez...

Un rapide clin d'œil.

— Quel genre, les mains, à votre avis ?

La femme ne semblait pas dépourvue de perspicacité.

— Je ne sais pas... Pas un ouvrier non plus... Pas abîmées... Juste très puissantes... Un sportif. Actif... C'est drôle, j'ai pensé à des mains de militaire, mon mari est commandant dans les forces aériennes de l'OTAN... Quelque chose comme ça.

Anita intégra l'information en silence.

— Qu'est-ce qu'il vous a dit d'autre cet inspecteur du Trésor ?

— Rien, ça a duré à peine deux minutes. Je ne l'ai même pas fait entrer... Il m'a juste dit qu'il avait ce chèque pour M. Travis puis m'a posé les deux-trois questions dont je vous ai parlé... Je lui ai conseillé de s'adresser au notaire ou à l'agence, quoique je savais qu'ils ne pourraient rien lui dire de plus que moi. L'homme m'a remerciée, très poliment, et est reparti vers sa voiture...

Ni le notaire ni l'agence ne lui avaient parlé de cet agent du fisc. Et ils l'auraient à coup sûr signalé s'ils l'avaient vu. Le type n'était pas passé les voir...

— Éventuellement, vous souviendriez-vous du modèle de la voiture ? Sa couleur ?

Un instant de réflexion.

— Le modèle, je ne pourrais pas vous dire... La couleur, claire, il me semble, blanche, grise, crème, ou une teinte pastel...

Bon, pensa-t-elle, elle n'avait pas retrouvé Travis, mais il y avait du nouveau.

Quelqu'un d'autre cherchait Travis.

Et elle devinait qui manœuvrait en coulisse, derrière ce faux inspecteur du Trésor.

Quand elle quitta la maison des Baumann, un petit picotement se mit à lui parcourir la nuque. Il finit par s'installer durablement, fourmillement nerveux et désagréable, alors qu'elle roulait en direction de l'ouest, vers la Casa Azul, la dernière résidence du couple Travis-Kristensen.

*

Le piège se referma sur Alice à quatorze heures quinze exactement. Le car venait de franchir le Zêzere. Les cultures en terrasses et les lauriers-roses s'étageaient sur les versants abrupts de la vallée. L'homme assis devant elle demanda l'heure à son voisin alors que l'autocar s'arrêtait à la dernière station avant le passage de la Serra de Gardunha. Un simple panneau, planté sur le bord de la route.

C'est à cet instant qu'elle se retourna, sur la longue banquette qui fermait l'arrière du car et qu'elle vit la grosse voiture bleue, qui s'obstinait à ne pas vouloir doubler depuis la sortie de Guarda, s'arrêter à moins de cinquante mètres derrière eux.

Elle vit également, sans pouvoir faire le moindre geste, un des deux hommes descendre de la voiture et se précipiter vers le car.

L'homme avait le teint clair, des yeux bleus, était vêtu d'un costume gris passé de mode depuis une bonne décennie et ne fit aucun effort pour ne pas se faire voir d'elle. Son regard plongea dans le sien, alors qu'il avançait vers le car. Un regard dur, froid et qui traduisait clairement : ne faire aucun geste intempestif, surtout.

Alice détourna ses yeux de l'homme en gris, foudroyée par la peur et elle le vit passer à rapides enjambées le long du car, rejoignant un vieux couple portugais qui se hissait difficilement vers la cabine du conducteur.

L'homme paya son billet jusqu'à Évora et lui offrit un petit sourire alors qu'il venait implacablement à sa rencontre, entre les rangées de fauteuils.

Son sourire s'effaça brutalement lorsqu'il prit place sur un siège vacant, côté couloir, à cinq rangées devant elle. Il lui tourna le dos, ouvrit une petite revue touristique qu'il extirpa de sa poche, et ne lui jeta plus le moindre coup d'œil.

Le car redémarra, dans un violent cahot et un nuage de fumée, désormais habituels, et la voiture bleue épousa le mouvement, comme si elle était mue par un treuil invisible. L'homme tenait un de leurs sempiternels petits micros devant la bouche.

Alice ferma les yeux en se retournant dans le sens de la marche. Sa mâchoire se contractait d'elle-même, sous l'assaut d'une méchante décoction de terreur et de désespoir.

Elle s'était définitivement mise dans la gueule du monstre.

Il n'y avait pas de plus beau piège que cet autocar.

Il ne put faire mieux que d'arriver à Guarda près d'une heure après le départ du car.

Avant de passer la frontière il avait dû s'arrêter à une station Texaco, le réservoir à sec. Ce n'était vraiment pas le moment de tomber en rade. Il avait acheté une bouteille d'Évian et en avait vidé goulûment presque la moitié, vaguement assis sur le capot.

La station-service dominait Vilar Formoso, au sommet d'une côte qui descendait droit vers la ville-frontière, encaissée dans les contreforts de la Serra Estrela. C'est avec une impatience mal contenue qu'il attendit que l'employé ait fait le plein, les yeux fixés sur les toits qui luisaient sous le soleil, à peine cinq kilomètres plus bas.

Il reprit la route aussitôt.

À la station de car de Guarda on lui apprit que celui pour Évora était parti légèrement en retard, à treize heures vingt-cinq. Il y avait bien une petite fille étrangère, correspondant à la description, qui était arrivée par le car de Salamanque, et qui avait attendu à la terrasse du bar avant de partir.

Il sortit de la ville à quatorze heures vingt. La faim commençait à sérieusement lui tenailler l'estomac, aussi avala-t-il sur-le-champ un autre comprimé d'amphétamine. Il prit plein sud, vers Belmonte et le Puits de l'Enfer, au nom délicieusement choisi pour la circonstance.

La route suivait le cours du fleuve, dans la haute vallée du Zêzere. Derrière lui, et sur la droite, les moutonnements schisteux de la Serra Estrela et de la Serra Lousa se mouvaient doucement, de l'autre côté des vitres.

Quand la route attaqua pour de bon les pentes de la Serra Gardunha elle se transforma en une suite de lacets ou de côtes raides, dominant la vallée du Zêzere. Malgré la puissance du moteur il plafonnait à une moyenne de soixante. Profitant des moindres lignes droites pour écraser la pédale. Dieu soit loué, il attaquait directement son périple par la dernière *serra* d'importance.

À l'horloge du tableau de bord il était à peine quinze heures dix.

L'autocar mit plus d'une demi-heure pour atteindre le sommet de la serra. Il roulait très rarement à plus de trente à l'heure, soufflant et ahanant comme une vieille mule de montagne fatiguée par les ans.

Au début, cette vitesse digne d'un vulgaire modèle réduit accentua la terrible nervosité qui turbinait dans ses veines. Au sentiment d'être définitivement piégée, sans personne pour la sauver cette fois, venait se mêler une sorte d'impatience presque suicidaire. D'accord, avait-elle envie de hurler à l'homme en gris, vous avez gagné. Au prochain arrêt, je vous suivrai dans votre voiture...

Elle avait vraiment hâte que le car passe cette saloperie de montagne et descende vers Castelo Branco, prochain arrêt sur la ligne.

Pourtant, au fil des longues minutes passées la

tête posée contre la vitre, elle finit par sentir sa peur baisser d'intensité. Éberluée, elle finit même par se rendre compte qu'elle était en train de disparaître, sans rémission possible, comme une vulgaire volute de fumée dans l'air.

Un nouveau sentiment apparaissait sous l'érosion implacable qui dissolvait l'angoisse.

Oui, c'était comme si son cerveau cherchait tout seul la solution, sans se préoccuper de ses états d'âmes. Il poussait des boutons, du genre : « comment faire pour m'en sortir ? » et cela ouvrait des tiroirs, avec des morceaux de solutions.

Et sans qu'elle n'y puisse rien, son cerveau recolla les morceaux, emboîta patiemment les pièces du puzzle. Il lui présentait une solution. Un plan.

Quelque chose qui semblait pouvoir marcher, oui, de plus en plus, au fur et à mesure que les détails se formaient, tout seuls, sous le projecteur de son esprit. Quelque chose qui allait peut-être lui permettre de s'extirper du traquenard roulant.

Elle contrôla sa respiration. Maintenant c'était une autre forme d'impatience qu'il fallait maîtriser.

L'autocar entamait sa descente vers Castelo Branco. À peine plus rapidement que lors de la montée. La route était sinueuse et assez étroite, serpentant sur les flancs boisés de la montagne. À côté d'elle, ses yeux fixaient la porte arrière du car, en contre-bas quelques marches recouvertes d'un lino sans couleur. La volée de marches la séparait du type qui avait demandé l'heure tout à l'heure, quand l'homme en gris était sorti de la voiture.

Près de la porte à soufflets, il y avait ce petit bouton, rouge et écaillé, logé dans une petite anfractuosité, à hauteur d'homme. Une ouverture de secours.

Quand elle dévalerait les marches, en levant la main elle n'aurait aucun mal à l'atteindre et à appuyer dessus.

La route était déserte, heureusement, et mis à part un petit van Mitsubishi qu'il doubla à la faveur d'une côte toute droite il ne rencontra aucun autre obstacle roulant. Il croisa juste un semi-remorque espagnol, qui l'obligea à frôler le bas-côté dominant la vallée.

Moins de vingt-cinq minutes plus tard, Hugo aperçut la vallée du Tage à l'horizon, loin devant, dans un encaissement du plateau qui se déployait au-delà des pentes boisées de la serra.

Il franchissait le sommet.

Il appuya sur la pédale d'accélérateur et commença à avaler la succession de lacets qui menait à Castelo Branco, le prochain arrêt du car. Avec un peu de chance, il aurait juste le temps de la coincer. Sinon, au pire, il faudrait attendre Portalegre, après la Serra de Marvao, bien avant Évora, de toute façon.

Il maîtrisa l'instinct amphétaminé qui faillit lui faire écraser la pédale.

Ce n'était pas le moment de verser le long d'une de ces pentes escarpées, où des éboulis rocheux sillonnaient des forêts de pins, de cèdres et d'autres essences méridionales, plus nombreuses au fur et à mesure que l'on descendait sur ce versant sud.

Son cerveau se livra alors à un calcul complexe et tortueux, et très approximatif, en traçant difficilement la carte de leurs deux courses. Il ne devait plus lui rester que trois quarts d'heure d'avance au maximum. Trente minutes avec un peu de baraka.

Ce serait difficile pour Castelo Branco mais jouable pour Portalegre. Dans la vallée du Tage il pourrait mettre la gomme. Il pourrait même y être avant elle.

Il attaqua la descente les mains agrippées au volant, l'œil scotché au ruban sinueux qui défilait entre les roches et les arbres.

C'est au détour d'un virage qu'il faillit percuter la Ford bleue.

Il l'évita de justesse, braquant à gauche toute. La Ford n'était même pas rangée sur le bas-côté. On l'avait simplement laissée sur la route. Au bord d'une pente boisée qui s'enfonçait vers un pli de la montagne.

La voiture était vide et il eut nettement l'impression que la vitre était ouverte, côté conducteur.

Il n'y prêta pas plus d'attention. Il fallait coller au car et ne pas se laisser distraire. Il se concentra à nouveau sur la route, avalant les kilomètres.

C'est au détour d'un autre virage qu'il tomba sur l'autocar. Il comprit aussitôt que quelque chose d'anormal se passait. Il décéléra. Le car était arrêté. Garé sur un bas-côté de la route.

Le conducteur apparut sur la chaussée, devant le capot du gros bus vert, en faisant de larges signes de la main.

Il freina, brutalement. Quelque chose était arrivé.

Il était certain que cela avait un rapport avec Alice.

À un moment, elle n'aurait su dire pourquoi, son cerveau lui avait ordonné de se préparer. Quand le car attaqua un virage particulièrement serré, elle sentit tous ses muscles se tendre. Le conducteur rétrograda, le car ralentit encore sa vitesse de tortillard et elle sentit son corps se mouvoir.

Elle se leva et dans un geste étonnamment fluide, attrapa la barre, tourna autour de son axe, s'engagea sur l'escalier et envoya sa paume s'écraser sur le bouton.

La porte s'ouvrit dans un feulement pneumatique, un claquement sec, quand les soufflets se replièrent contre la paroi, et dans le brutal crescendo du moteur.

Elle mettait déjà le pied sur la dernière marche.

Elle se propulsa dans l'espace, vers la pente sablonneuse, en s'efforçant de ne pas stupidement fermer les yeux.

Son corps plana quelques instants...

Et le choc la transperça de part en part. Son corps ne put résister aux forces contradictoires qui l'animaient et il s'effondra en roulant aussitôt le long de la pente. Chocs, à nouveau. Griffures, morsures minérales, couteaux et matraques de roches et de feuillages. Elle s'entendit crier lorsqu'elle fut violemment stoppée par le tronc rugueux d'un gros pin.

Elle roula sur le côté, aveuglée par les contusions. Au-dessus d'elle, le car avait stoppé.

Le conducteur de la voiture avait arrêté celle-ci derrière l'autocar et l'homme se dirigeait vers les gens qui s'attroupaient au bord de la route. Du bas-côté l'homme en gris s'élançait à son tour sur la pente.

Alice se releva, s'essuya la figure d'un revers de sa manche déchirée et s'élança dans les profondeurs de la forêt.

Derrière elle, l'homme en gris glissait dans une ravine sablonneuse, en poussant un juron, dans une langue qu'elle ne connaissait pas.

Elle se mit à courir, sans se préoccuper des branches qui lui cinglaient le visage, ou du sang qui coulait devant ses yeux. Elle n'entendait plus que le ahanement régulier que sa gorge émettait, et le bruit énorme de ses pas contre la terre et la roche.

Elle aurait voulu se perdre à tout jamais au cœur de cette forêt.

Hugo ne comprit strictement rien aux explications affolées du conducteur.

Il était sorti de la voiture et n'avait pas vu Alice dans le car ni dans le groupe attroupé sur le bas-côté, groupe que le conducteur lui montrait régulièrement, en parlant à toute vitesse une langue qu'Hugo ne maîtrisait pas du tout.

Il le stoppa d'un geste de la main et lentement, en articulant distinctement afin que l'autre comprenne ce qu'il disait tout autant que la marche à suivre :

— Parlez doucement. Je suis étranger. Que s'est-il passé ?

Le conducteur gardait la bouche ouverte et semblait chercher le moyen de synthétiser ses pensées.

Hugo le devança avant qu'il n'ait pu prononcer un mot :

— Où être la petite fille brune ? Une petite fille étrangère, néerlandaise, avec un blouson *rojo* (une sorte d'hybride hispano-portugais)...

— C'est ça, senhor, c'est ça dont je vous parlais tout à l'heure... La petite fille, elle a sauté du car, mais ce n'est pas ce qu'il y a de plus grave.

Sauté du car ? Nom de...

L'homme l'attrapait par le bras et l'emmenait de force vers l'attroupement. Hugo discerna deux jambes à l'horizontale, deux jambes gainées de vieux bas noirs plissés.

Le conducteur repoussa la foule pour lui montrer une vieille femme portugaise allongée sur le bord de la route. Un homme tout aussi âgé, accroupi près d'elle, lui tapotait la main en lui murmurant des paroles de réconfort. La vieille femme ne semblait pas au mieux de sa forme.

Le conducteur ne voulait pas lâcher son bras.

— Cette femme a eu un malaise après ce qui s'est passé, senhor, il faut prévenir un médecin, à Castelo Branco.

Hugo se dégagea de l'étreinte et prit l'homme par le coude, à son tour. Il l'emmena à l'extérieur du cercle, le long de l'autocar.

— Écoutez. Je suis extrememento pressé, qu'est-ce qui s'est passé precisemento ? (du portugais-volapuk).

— Heu... eh bien... d'abord c'est cette fille. Elle a sauté en marche quelques kilomètres plus haut, O.K. ? Ensuite quand tout le monde s'est mis à crier un homme s'est levé et a sauté en marche lui aussi... heu... je me suis arrêté et je suis sorti voir et là, une voiture s'est arrêtée juste derrière moi. Vous me suivez senhor ?

Putain...

Hugo lui fit comprendre qu'il fallait continuer.

— Les gens sont sortis du car et j'ai vu le type commencer à descendre la pente. L'autre type est sorti de la voiture et nous a dit de partir... São Cristo ! Comme on bougeait pas et que je lui demandais qui il était, il m'a dit être un policier mais, j'ai bien vu que sa voiture était étrangère et que lui aussi alors il a sorti un énorme pistolet et a tiré une fois en l'air. Poum ! Juste à côté de cette pauvre femme... On est remontés dans le car et je pensais atteindre Castelo Branco mais la femme a tourné de l'œil par ici... Il faut aller chercher un docteur à Castelo Branco, vous comprenez senhor ? Et prévenir la police...

Les mimiques et les gestes donnaient toute sa dimension au tableau. Hugo avait presque tout compris. Et c'était plus que suffisant.

Une vieille Peugeot 504 surgissait du virage, fort à propos.

Il montra la voiture crème qui s'approchait, avec une plaque du coin.

— Bien, lâcha Hugo. Maintenant écoutez-moi bien, senhor : je ne pas aller à Castelo Branco... Lui, oui... Désolé, salut...

Et il remonta à toute vitesse dans la voiture. Fit un demi-tour nerveux et appuya méchamment sur l'accélérateur. Le crissement de ses pneus et le vrombissement du moteur couvrirent les jurons, fumiers de dutch et toute la série, que lui envoyait le conducteur.

À un moment donné elle se rendit compte qu'ils étaient deux maintenant à la poursuivre. Cette partie de la montagne était parsemée de petites ravines, et d'affleurements rocheux. Avec les arbres et les buissons, il lui arrivait sans doute de disparaître de temps à autre aux yeux de ses poursuivants, mais elle entendait nettement le vacarme que sa course produisait.

C'est pourquoi, à l'entrée d'une profonde ravine qui séparait deux buttes boisées, elle changea soudainement de tactique.

Elle fit le tour d'un gros rocher abrité par d'épais buissons épineux et se glissa dans une anfractuosité, entre la terre grise et le roc.

Elle suspendit sa respiration à l'approche des lourds pas précipités qui se rapprochaient.

Des voix qui criaient. La plus proche dans un néerlandais vite et mal appris, avec un accent bizarre.

— Théo ? Tu la voirr ?

Puis, encore plus proche :

— Je ne la voirr plus ? Théo ? TU LA VOIRR ?

Une voix, plus éloignée mais qui s'approchait elle aussi :

— Putain, qu'est-ce qui se passe, tu l'as perdue ?

Du néerlandais, pur et dur.

Un souffle rauque, le bruit d'une course qui s'arrête. Les hommes marchent maintenant, ils passent à quelques mètres du rocher.

— Putain, Boris, ne me dis pas que tu l'as perdue ?

— Je sais pas Théo, soudain, je ne la voirr plus...

— Ah, putain, tu ne la voirr plus, tu ne la voirr plus, mais fallait pas la lâcher connard... T'imagines la tronche de Sorvan si on lui dit qu'on est les troisièmes à s'être fait avoir ?

Le silence. Le bruit des pas, à nouveau, qui s'éloignent lentement...

Alice reprit espoir, tout doucement.

Le bruit de pas disparut.

Elle essaya de contrôler son souffle et elle aurait voulu ralentir les battements de son cœur ainsi que la course folle des rigoles de sueur qui ruisselaient dans son dos et le long de son cou.

Elle se glissa hors de sa cachette, dans le plus grand silence.

Elle releva précautionneusement la tête par-dessus les fourrés pour voir où les hommes étaient passés, lorsqu'une voix éclata dans son dos :

— Ah ça y est Boris, on la tient ! Je t'avais dit que la gosse était maligne !

Foudroyée par la peur Alice s'était retournée avec un petit cri.

Elle faisait face à un solide type à lunettes, qui se mit à rire en braquant sur elle un gros pistolet, presque négligemment.

Lorsqu'il arriva en vue de la Ford, il sentit toute sa structure se contracter.

La voiture n'était plus vide.

Un homme venait de s'installer côté passager et, à l'extérieur, le conducteur poussait Alice sur la banquette arrière. Son costume était maculé de terre et de poussière.

Hugo, qui avait élaboré de multiples plans pour les surprendre et pas un seul pour le cas où ils l'auraient retrouvée avant son retour, décida d'improviser du mieux qu'il put.

Sa main droite se détacha du volant et extirpa l'automatique de son étui avant de le glisser sous un pan du blouson, contre sa jambe.

Il décéléra progressivement et se rangea au milieu de la route en baissant la vitre. Il actionna le frein à main.

— Excusez-moi, lança-t-il en néerlandais, pourriez-vous me renseigner ? Je cherche la route de Monsanto, un nom qu'il avait aperçu sur un panneau, un peu auparavant.

Sa main reprenait contact avec la crosse du Ruger. Du coin de l'œil il vit Alice, bouche bée, qui le fixait sans pouvoir dire un mot, heureusement.

Le conducteur se retournait, surpris, en ouvrant sa portière.

Il contempla Hugo avec un regard peu amène derrière ses lunettes carrées.

Hugo ouvrait déjà sa portière et posait un pied sur le bitume.

Planquée sous le blouson, sa main tenait fermement la crosse du Ruger.

Mais au moment où il se relevait sur la chaussée, une fraction de seconde avant qu'il ne braque l'automatique devant lui, il vit que le conducteur, là, brutalement, le regardait avec un drôle d'air. Bon sang, il venait de repérer son arme. C'est lui qui fut la cause du désastre.

Hugo était déjà en train d'extirper le Ruger lorsque l'homme se mit à hurler :

— Putain, Boris, c'est le type, le type de Travis !

Hugo avait simplement prévu de les braquer et de leur confisquer Alice, mais les réflexes prodigieusement rapides du conducteur en décidèrent autrement.

La main de l'homme plongeait vers sa ceinture et, à l'intérieur de la Ford, Hugo discerna le mouvement que faisait le passager pour se saisir de son arme, lui aussi.

Son geste fut parfaitement machinal, fonctionnel, juste étonnamment vif. Le canon de l'automatique se retrouva parfaitement superposé avec le blouson marron de l'homme. Sa main gauche enserrait fermement son poignet droit.

Il hurla : COUCHE-TOI ! à destination d'Alice, et une énorme grimace distendit les muscles de son visage quand il commença à appuyer sur la détente.

Les impacts s'étoilèrent sur le blouson comme des lumières sanglantes, derrière la fumée et la poudre.

Il fit feu sur le conducteur et sur le passager. À une bonne cadence. En avançant continuellement. Arrosant la partie avant de la presque totalité du chargeur. Douze ou treize balles de 9 mm spécial. Les vitres et le pare-brise de la Ford explosèrent, dans une nova de givre. Le conducteur s'effondra en arrière, sur son siège, sa tête heurtant le volant, sa main projetant son arme sur le plancher, tandis qu'il glissait à terre. Chaque impact provoquait une violente convulsion de ses muscles. L'homme assis à la place du mort venait de trouver la sienne. Il ne tressauta même plus à partir de la dixième balle.

Sous le tonnerre des déflagrations Hugo perçut un hurlement prolongé.

C'était Alice qui hurlait, sous une pluie de givre artificiel, d'éclats de métal et de sang, qui explosait dans l'habitacle.

Son hurlement se transformait en une sorte de plainte prolongée tandis que le silence s'abattait sur la voiture détruite.

Toorop ouvrit la portière arrière et son bras s'engouffra à l'intérieur pour la saisir sans ménagement.

Il ne fallait plus traîner.

Elle réagit à peine, plus docile qu'un vulgaire automate et elle se laissa propulser sur la banquette de la BMW sans prononcer un seul mot. Sa plainte s'était tue et son visage livide était barbouillé de sang et de Plexiglas, constellant ses cheveux noirs. Ses vêtements étaient déchirés, de haut en bas. Du sang perlait à ses genoux, à ses coudes, dans le dos, partout. Elle semblait sortir d'un broyeur d'épaves.

Hugo rangea le flingue dans son étui et prit le cadavre encore chaud du conducteur par la ceinture.

Le thorax et l'abdomen dans leur entier étaient couverts de sang. Il réussit à l'asseoir au volant.

Mais le corps glissa sur le côté, sur les jambes de l'autre victime, un filet vermeil ruisselant de ses lèvres entrouvertes.

Hugo s'engagea par-dessus le cadavre et vit qu'il tenait encore les clés de contact dans sa main gauche, crispée autour du métal. Il les lui arracha, les engagea dans le démarreur pour débloquer le Neiman et fit tourner les roues en direction du ravin. Il n'eut qu'à produire deux violents efforts, deux bonnes poussées, pour que la Ford roule doucement sur le bas-côté sablonneux, oscille un instant au-dessus du vide puis finisse par basculer le long de la pente. Elle prit rapidement de la vitesse avant de percuter un arbre, tournant alors sur elle-même, puis sur son axe en commençant une longue série de tonneaux. Le fracas du métal résonnait dans l'espace.

Hugo ne perdit pas de temps à contempler l'ultime course de la Ford.

Il courut se remettre au volant de la BMW dont le moteur continuait de tourner.

Juste avant de démarrer, pourtant, il se retourna vers Alice.

Il planta son regard dans le sien et laissa tomber :

— Bon, je ne suis pas ton père, mais crois-moi, tout ce que tu mérites, c'est une bonne paire de claques.

De ses yeux déjà rougis perlèrent quelques larmes.

— Tu vas me promettre une chose, d'accord ?

Elle mit cinq bonnes secondes avant d'opiner faiblement.

— Ne refais plus jamais une telle connerie, d'accord ? Plus jamais...

Elle hocha la tête encore plus faiblement. Les

larmes coulaient en silence, à peine quelques reniflements. Il lui tendit un paquet de Kleenex puis passa la première et démarra, sur les chapeaux de roues.

Nom de dieu, le conducteur de la Peugeot ne devait plus être loin de Castelo Branco, maintenant. Les flics du coin n'allaient pas tarder à rappliquer. Il accéléra violemment, à l'assaut de la serra, vers le nord, dans le *mauvais sens*, par rapport à leur destination d'origine.

Les choses ne tournaient plus du tout à son avantage. On retrouverait rapidement les corps des deux mecs et on finirait sûrement par faire le rapprochement avec lui. Il n'allait pas tarder à avoir les flics au cul, et pour de bon, cette fois-ci.

De plus, alors qu'il avait juré de s'offrir une pause indéterminée dans ce genre d'activités, il venait de tuer deux hommes, là, froidement, sur le bord d'une petite route.

— Ne refais jamais une telle connerie, nom de dieu, lança-t-il par-dessus son épaule.

Puis dans un sursaut d'humour parfaitement désespéré :

— Tu m'as bien compris ? Ne saute plus jamais d'un autocar en marche.

Il ne cherchait même pas à la faire rire.

CHAPITRE XV

La Casa Azul dominait la mer, joyau bleu et blanc, aux couleurs du ciel et de l'océan, tombé sur cette terre jaune et orange tel un météorite précieux et délicat.

Il était dix-sept heures trente lorsqu'elle gara l'Opel au pied d'un grand et vénérable cèdre.

La Casa Azul était une merveille du style colonial portugais. Elle était formée d'une bâtisse centrale et de deux ailes, entièrement recouvertes d'azulejos. Un vaste parc de cyprès, de cèdres et de chênes-lièges cernait la maison et une terrasse de pierre dominait la plage. Un splendide escalier de granit descendait vers la mer, jusqu'au sable blanc qui recouvrait ses dernières marches.

Au loin, vers l'ouest, les falaises surplombaient un moutonnement d'écume.

Pour pénétrer dans le parc il avait fallu passer le mur d'enceinte, par une lourde grille de fer forgé et suivre une allée qui serpentait entre les arbres jusqu'au magnifique perron de la bâtisse. Une pancarte plantée dans le sol indiquait en lettres flamboyantes : CASA AZUL ISTITUTO TALASSO-TERA-

PEUTICO. Un soleil rouge et des vagues bleues très stylisées, comme logo.

La Casa Azul avait été construite dans les années 1860 par une riche famille d'armateurs anglo-portugais. Par la suite, après la chute de la dynastie Alveira-Anderson, au début du siècle, la demeure était restée inoccupée, sauf durant une brève période dans les années 30. Jusqu'à ce qu'un diamantaire hollandais entreprenne de la restaurer à la fin des années 60. En 1980, Eva Kristensen l'avait rachetée. Comme petit pied-à-terre dans la région...

La Casa Azul était une entreprise d'un genre un peu particulier. Durant la morte saison, quand le centre de thalasso fonctionnait au ralenti, on faisait visiter la maison, transformée, l'espace de votre venue, en musée où l'on pouvait prendre le thé dans le parc.

L'intérieur était d'un luxe tranquille et insolent.

La jeune femme de la réception leva vers elle un regard étonné lorsque Anita demanda à parler au directeur de l'établissement.

Anita répéta sa question :

— Puis-je parler au directeur de votre établissement ?

La jeune femme se reprit :

— Je... je suis désolée mais M. Van Eidercke n'est pas là... C'est à quel sujet exactement, madame...

Van Eidercke pensa Anita. Un Néerlandais.

— Anita Van Dyke. Police d'Amsterdam... Je recherche des informations sur les anciens propriétaires de la Casa Azul... M. Travis et Mme Kristensen... Quand pourrais-je voir M. Van Eidercke ?

— Oh pas avant plusieurs jours, madame. Il est en voyage d'affaires en Amérique du Sud... Désirez-vous que j'appelle M. Olbeido ? M. Olbeido est le nouveau sous-directeur... Peut-être pourra-t-il vous renseigner ?

Nouveau ?

Anita soupira, malgré elle.

— Depuis quand est-il là ?

— Depuis le départ à la retraite de M. Gonçalvès, madame, le mois dernier.

— Bon... non je vous remercie, ce ne sera pas la peine. Et ce monsieur Gonçalvès, éventuellement vous pourriez me dire où je pourrais le trouver ?

— J'ai peur que vous n'ayez vraiment pas de chance, il s'est offert une croisière avec sa femme. En Indonésie. Ça faisait des années qu'ils attendaient cela... Il y a bien M. De Vries, l'assistant de M. Van Eidercke mais il ne rentrera de Séville que demain...

Anita réprima difficilement une plainte de désespoir.

Dites-moi, avait-elle envie de hurler à en faire exploser le lustre de cristal au-dessus d'elle, et la femme de ménage, elle est partie en orbite autour de Saturne, hein ?

Elle prit sur elle, fermant les yeux et suspendant sa respiration un instant.

— Bon, laissa-t-elle tomber, une tasse de thé dans le parc c'est encore possible ?

Après sa pause dans le parc, sous la douce fraîcheur d'un eucalyptus, pause pendant laquelle elle entreprit une synthèse des informations recueillies dans la journée, Anita retourna dans le hall demander à la jeune femme où elle pourrait téléphoner à l'étranger.

La femme lui indiqua une cabine au bout de l'immense pièce au sol de marbre et lui dit en souriant qu'on pouvait y appeler n'importe quel endroit du globe, à condition d'avoir assez de pièces.

Anita vérifia qu'elle possédait la monnaie suffisante et appela Peter Spaak, à Amsterdam.

Au bout d'à peine deux sonneries, on décrocha le combiné.

— Spaak, j'écoute.

— Bonjour Peter, c'est Anita.

— Anita ! Alors comment est le temps à Faro ?

— Superbe, Peter, superbe... Bon on se fait un point rapide ?

Elle engagea une autre pièce.

— O.K... Qui commence ? demanda Peter.

— Vas-y, toi...

— Tu vas être déçue... Je n'ai rien de plus brillant qu'hier. Sinon qu'on a reçu les bandes de la Barbade et que c'est bien Chatarjampa, mais c'est tout. On n'a toujours aucun témoignage sur sa disparition. Le noir absolu, tout simplement.

— Et les mecs du magasin, Koesler, Markens ?

— Rien, nulle part. On n'a même pas retrouvé leur voiture. Pas un indice, que dalle.

— Putain...

— Tu l'as dit.

Une autre pièce.

— Bon, reprit Peter, j'ai quand même des informations, mais ne t'attends pas à un miracle...

— Vas-y.

— Notre cher Dr Vorster est un cas assez intéressant. Alors, Université d'Amsterdam, puis Essen, en Allemagne, enfin Columbia University de New York. Il a obtenu son doctorat et a exercé aux Pays-Bas, ensuite il s'est passé quelque chose dans les années 70, il n'a plus eu le droit d'exercer.

— Quel genre de truc ?

— Pas très clair. La faculté où il donnait des cours a rapidement étouffé l'affaire. Y a un vieux type des mœurs qui se rappelait vaguement du truc et qui m'a dit qu'il s'était fait pas mal de jeunes et jolies étudiantes, grâce à une forte personnalité et à des techniques de persuasion ultra-efficaces, genre séances de yoga tantrique avec boissons dopées à l'acide, tu vois le genre ?

Elle voyait tout à fait.

— Continue.

— Ben c'est tout. Il n'a pas été poursuivi, les parents ont retiré leurs plaintes et Vorster s'est barré à l'autre bout du monde, en Afrique du Sud.

Afrique du Sud ?

Koesler n'avait-il pas également vécu en Afrique australe ?

— Ouais je sais, enchaîna Spaak. Koesler aussi est passé par là... je t'entends réfléchir d'ici, tu sais...

— Creuse ça, s'entendit-elle lâcher, presque sèchement. Sinon ?

— Rien... Enfin, juste des informations... comment dirais-je ?...

Une autre pièce.

— ... Ça concerne la partie financière, tu vois ? Je me suis adjoint les services d'un vieux pote à la brigade fiscale et tout à l'heure on a eu une petite discussion intéressante... Bon... T'as quelques minutes, parce que c'est quand même un peu compliqué tout ça ?

Anita soupesa la lourde ferraille dans sa poche.

— Vas-y Peter.

— O.K. La galaxie Kristensen c'est pas de la rigolade... Pour commencer, tout ce qu'on savait déjà. Alors, la société de production de films publicitaires et de vidéo-clips, ici aux Pays-Bas, avec ses filiales en Allemagne, et en France. La compagnie financière, établie en Suisse. Une société de services spécialisée dans le commerce international, encore ici, à Rotterdam, mais dont le siège est au Luxembourg, en fait. Mais il y a aussi une société d'import-export de matériel électronique grand public, hi-fi, vidéo, etc., en Belgique... et une société-holding établie devine où, à la Barbade évidemment. À cela tu peux aussi ajouter une société d'investissements spécialisée dans le sud-est asiatique, domiciliée à Hongkong.

— Pas mal, pour commencer.

— Ouais... parce qu'en plus de ça, elle participe à trois ou quatre autres conseils d'administration. Alors : une compagnie d'investissements capital-risque en Allemagne, une société d'édition musicale à Londres. Plus ce qui reste des entreprises Brunner, évidemment... Et je n'aborde pas la jungle de ses dizaines de comptes bancaires disséminés dans le monde entier.

— Dis-moi, lâcha Anita, une idée venant de jaillir dans son esprit, elle posséderait pas des centres de soins ou de thalassothérapie, ici, au Portugal ?

— Des centres... ? attends je regarde ma liste... Non je ne vois rien de tel, mais attends justement, tu vas comprendre...

Une pause. Avec un bruit de papiers qu'on fouille. Anita en profita pour enfoncer une autre pièce.

— Anita ? Voilà... C'est ce que m'a expliqué Cuypers. Certaines de ces sociétés, surtout les compagnies financières, tu vois, peuvent prendre des parts dans d'autres entreprises. Elle peuvent aussi contrôler d'autres sociétés qui à leur tour contrôlent ces entreprises. Comme des poupées russes tu vois ? En plus de ça, elle peut tout à fait user de prête-noms qui gèrent les sociétés officiellement... C'est un véritable labyrinthe. Cuypers m'a montré que la société suisse possédait des participations dans de nombreuses entreprises du monde entier et je ne te parle pas des simples portefeuilles d'actions... Demain, Cuypers et moi on va encore plancher là-dessus... Dis-moi t'es sur un truc avec ton histoire de thalassothérapie au Portugal ?

— Je ne sais pas encore... Peter, tu pourrais voir si le nom de Van Eidercke apparaîtrait quelque part dans vos dossiers ?...

— Van Eidercke ? C'est un petit gars de chez nous, ça ?

— Oui. C'est le nouveau patron de la Casa Azul, l'ancienne maison des Kristensen, à Sagrès. C'est un centre de thalasso... je ne sais pas, Peter, c'est peut-être une fausse piste mais je n'ai pas grand-chose d'autre à me mettre sous la dent.

Une autre pièce.

— Van Eidercke. Caza Azul. Je chercherai. Tu as autre chose, sinon ?

Anita fit un rapide résumé de son investigation de la journée, usant deux autres pièces, lui souhaita bonne chance pour le lendemain puis raccrocha.

Elle était en train de s'embourber, elle le savait.

Il se rendit compte assez rapidement que la vallée du haut Zêzere était un piège. Entre Castelo Branco et Covilhã il y avait peu de voies de dégagement, sinon vers l'ouest et après c'était pire, dans la Serra Estrela, jusqu'à Guarda.

Il fallait qu'il se tire de cette route au plus vite. Et qu'il trouve un itinéraire bis potable, lui permettant de rejoindre Faro en toute sécurité. Disons, avec une marge raisonnable.

Il avala deux cachets d'amphé.

Il n'y avait pas trente-six solutions. Il fallait qu'il repasse en Espagne. Et par des chemins détournés. Son œil chercha des solutions sur la carte dépliée à ses côtés. Il voulait éviter Guarda, grosse ville frontière, où ils étaient tous deux passés dans la journée. À Belmonte, il ne trouva qu'une petite route départementale défoncée qui s'enfonçait vers Sabugal, dans un décor de collines arides, parsemées de ruines de postes de guets, datant des conflits hispano-portugais, Sabugal, c'était en direction de l'Espagne. C'était toujours mieux que rien.

Mais il y avait de nombreuses urgences à gérer. D'abord, et vite, rechanger les plaques.

Il s'arrêta sur un petit chemin caillouteux qui partait à droite de la route, pour serpenter entre des carrés de vignes et des oliviers. À l'abri d'un massif d'arbustes il procéda à l'opération, en se disant qu'il n'allait pas tarder à devenir un expert de la chose.

Ensuite tandis qu'il reprenait la petite route sinueuse, il jeta un coup d'œil à la deuxième urgence du moment. Il fallait rendre forme humaine à Alice, avant de passer en Espagne. La laver, lui changer ses fringues et virer sa teinture ainsi que les lentilles.

Sabugal est un petit village historique d'à peine deux mille âmes, situé sur une butte dominant la vallée du Côa. Il aperçut le château du XIIIe siècle, au sommet de la colline et un bras de la petite rivière, à ses pieds, presque simultanément.

Il réussit à trouver une route encore plus étroite avant d'arriver à l'ancienne cité, une vague piste de terre qui longeait la rivière. Il s'arrêta sur la berge, coupa le moteur et se retourna vers Alice.

— Bon, première chose, te laver et s'occuper de tes plaies...

Il s'extirpa de la voiture et alla chercher sa trousse à pharmacie dans le coffre.

Il sentit une certaine tension dans la posture d'Alice lorsqu'il ouvrit sa portière et sur le moment il mit cela sur le compte de l'émotion. Rien que deux morts violentes, à quelques centimètres d'elle.

— Il faut qu'on soigne tes blessures, et il faut que tu te laves... Sinon, on ne pourra pas continuer sans se faire repérer, tu comprends ?

Elle opina mais ne bougea pas d'un centimètre.

Il tendit la main vers elle.

— Allez, un dernier petit effort...

Mais elle refusa obstinément de bouger.

Putain, mais merde quelle mouche la pique...

La révélation le cloua sur place. Malgré l'urgence et ses raisonnements d'adulte il fallait qu'il intègre définitivement cette donnée. Alice Kristensen était une jeune fille de la bonne société hollandaise. Elle ne se déshabillerait sans doute pas aussi facilement devant un étranger. Même si celui-ci venait de lui sauver la vie.

Sûrement pas en fait, corrigea-t-il, au vu de la manière froidement brutale avec laquelle il avait bousillé les deux hommes. Il comprit, abasourdi, qu'en une poignée d'instants fatidiques son geste meurtrier avait dressé une barrière insurmontable entre lui et Alice. Il venait de passer de l'autre côté, comprenait-il, interloqué, incapable de réagir. Il venait de rejoindre sa mère dans le Livre de Sang. Il était un tueur, lui aussi.

Quelque chose se délita en lui, comme une vieille structure pourrie. Ses mâchoires se crispèrent pour chasser le flot d'émotions qui se déversait là, à l'intérieur, barrage cédant devant la crue.

Il laissa tomber la trousse à pharmacie sur la banquette et se rendit à nouveau à l'arrière de la voiture.

Il trouva une grande serviette de bain dans sa valise, dérobée à l'hôtel tyrolien. Il trouva aussi un pull noir à glissière et un large *battle-dress* de l'armée bosniaque.

Il posa le tout à côté d'Alice dans un parfait silence. Dans la serviette il y avait une savonnette neuve, dérobée à l'hôtel elle aussi. Il vérifia que son paquet de cigarettes était bien dans sa poche et décida d'aller en griller quelques-unes dans la campagne.

Lorsqu'ils étaient revenus à Split, dans l'arrière-pays croate, après Sarajevo et leur campagne en Bosnie centrale, ils s'étaient retrouvés quelques-uns dans un petit hôtel de la ville. L'hôtel était bondé de journalistes et il ne se trouvait pas très loin du grand machin touristique international où logeait le gros des équipes humanitaires, des journalistes, des responsables de l'ONU, militaires ou civils, et aussi un bon paquet de touristes en tous genres, dont pas mal de fonctionnaires d'ambassades ou de secrétariats d'État aux affaires européennes. Un soir, il s'était retrouvé invité à une sorte de party donnée par un quelconque bureaucrate du lieu. Ludjovic, le jeune bandit croate, était revenu avec quelques cartons. Sans doute dealés à un journaliste en échange de quelques photos, ou d'un témoignage quelconque. Ludjovic avait des foules d'histoires à raconter aux divers « correspondants » et « envoyés spéciaux », à condition qu'ils aient le répondant nécessaire.

Bref, vers neuf heures, ils étaient arrivés, eux trois, Béchir, Ludjo et lui au quinzième étage de l'hôtel où le bruit feutré des conversations se mêlait aux éclairs cristallins des coupes de champagne. Les cartons demandaient expressément de venir en « tenue-de-soirée-exigée » et Hugo n'avait pas été pris au dépourvu. Dans ses bagages, laissés à la consigne de l'hôtel avant son départ pour Sarajevo, il y avait un splendide smoking anglais et les chaussures adéquates. Il s'était juré de boire une coupe de champ en smoking, une nuit, à Dubrovnik, quand il serait temps de rentrer. Ensuite sans doute, aurait-il brûlé le smok sur la plage, dans un rituel dont le sens lui paraissait obscur.

Cela fut plus difficile pour Béchir et Ludjo mais les ressources du Croate semblaient sans limites, même si le costume de Béchir était visiblement d'une bonne taille trop court.

Le type à l'entrée du vaste salon de conférences les examina d'un œil neutre en prenant connaissance de leurs cartons. Il eut quand même un haussement de sourcil devant l'immense stature de Béchir, moulé dans son smok à deux sous, et qui lui souriait de toute sa splendide moustache.

Béchir avait été flic, dans le temps, à Sarajevo. Comme il le disait souvent, quand la guerre serait terminée lui et Ludjo se retrouveraient chacun l'un en face de l'autre, comme avant. Mais en attendant, putain, il fallait convenir qu'ils formaient un sacré tandem et qu'avec sa bande de gangsters plus les cinglés occidentaux genre Hugo Toorop ça commençait à faire une foutue équipe... Le général Ratko Mladic en savait quelque chose.

Les petits fours étaient excellents, pour un pays en guerre. Mais il faut savoir que les ambassades et les institutions internationales ont des ressources illimitées pour pouvoir acheminer du Roederer et des *delicatessen* en tous lieux du globe. Hugo commença à dévorer les petits fours et à s'envoyer sans complexe plusieurs flûtes de champagne à la file.

La soirée était ennuyeuse, évidemment, mais à un moment donné ils se retrouvèrent tous les trois près d'un groupe de personnes discutant à côté de la table.

Un jeune Anglais. Et des Français. Les Français étaient omniprésents à Split. Surtout ceux des organismes gouvernementaux qui « couvraient » la guerre. À Split il n'y avait pas de cave où l'on crucifiait des adolescentes...

Sa connaissance des deux langues lui permit de comprendre l'espèce d'esperanto franglais qui faisait office de langage dans le groupe.

Il comprit tout d'abord que la contre-offensive croate dans la Krajina représentait une menace pour le processus de paix entamé par la conférence de Genève. Les Croates ne jouaient pas le jeu...

Non, pensait Hugo, *ils ne jouent pas le jeu*, effectivement. Ils n'acceptent pas le découpage de leur nation et le gel des conquêtes serbes sous la haute bénédiction de la Forpronu.

La discussion dériva ensuite sur les pressions des peuples européens en faveur d'une intervention immédiate.

— You know, disait le jeune fonctionnaire britannique, en Angleterre aussi de nombreuses personnes plaident pour l'intervention occidentale, il n'y a pas qu'en France...

Du français de haute université. Accent presque irréprochable.

— Oui, bien sûr, répondait une jeune femme

blonde, sanglée dans un impeccable tailleur haute couture, mais c'est quand même chez nous que ça pose le plus de problèmes, tout ce pathos belliciste... Il y a tous ces intellectuels... Les éternels agités en chambre...

Seigneur, pensa Hugo, pathos belliciste...

— Vous savez c'est comme ça, enchaînait un autre Français, puis se mettant à l'anglais aussitôt, sans doute plus chic : We will have to face a lot of protestations, demonstrations, petitions in the aim to force us to plan an armed operation against the Serbians. We must be prepared, ready to let the dogs scream and continue our work, here, to reestablish the peace.

Nom de dieu, *laisser les chiens hurler*, pensa Hugo. Il en avait une bien bonne sur les chiens...

— Oui, bien sûr, répondait poliment l'Anglais en français. Mais vous admettrez comme moi que si les Serbes ne jouent pas le jeu non plus à Genève...

— Ils joueront le jeu, croyez-moi, intervint un troisième. Il n'y a plus qu'à tempérer les Bosniaques et leur faire accepter le concept de provincialisation...

— Vous savez comme moi que jamais ils n'accepteront cela, répondait l'Anglais, désespéré mais quand même conscient du fait.

EN EFFET, pensait Hugo, presque tout haut.

C'est la jeune femme qui mit le feu aux poudres.

— Ils finiront par se faire une raison. Vous verrez, le pays pansera ses blessures... la provincialisation, croyez-moi, ils finiront bien par l'accepter...

La voix même de la bonne conscience.

Une gorgée de champagne. Qui fit trembloter son collier de pierres.

— Excusez-moi, mais... dites-moi, intervint Hugo tout à trac, sur un ton parfaitement détaché (comme s'il demandait l'heure, ou une rue), « provincialisation » c'est bien la nouvelle terminologie officielle pour « apartheid », c'est ça ?

Il avait lâché ça en français, sans la moindre trace d'un quelconque accent, évidemment.

Cinq paires d'yeux ronds et parfaitement scandalisés l'avaient fixé.

— Qui êtes-vous ? avait alors lâché la jeune femme blonde, tandis que les autres se muraient dans un profond silence, plongeant le nez dans leur coupes de champagne.

Il avala d'une large rasade ce qui restait du sien. Puis plantant ses yeux dans ceux de la femme blonde :

— Moi ? Oh, je suis juste un de ces intellectuels pathologiquement bellicistes, vous savez, le genre qui ne supporte plus que les hurlements soient couverts par le bruit feutré des conférences.

La femme le regardait avec un regard froid, hautain et non exempt de colère rentrée.

— Je vois, murmura-t-elle.

Les quatre autres cherchaient désespérément le moyen de se concentrer sur les assiettes de petits fours. L'Anglais dansait sur un pied, buvant un verre vide.

Le regard de la femme se fixa sur le petit emblème que Hugo s'était senti obligé de porter à la boutonnière. Une couronne de lauriers et de roses, s'enroulant à sa base autour d'un globe terrestre, encerclait une tête de mort borgne et souriante, où se croisaient deux vieux peacemakers modèle guerre de sécession. L'insigne de la première Colonne Liberty-Bell, « Freedom Fighters Force ». Une petite centaine de gars comme lui, dont dix étaient déjà morts, et une bonne douzaine d'autres allongés dans un hôpital de fortune quelconque.

— Oui, reprit-elle, j'ai entendu parler de vous à l'ambassade, de jeunes désœuvrés en mal d'aventure, et qui compromettent toutes les chances de parvenir à une paix durable...

— Ouais, sortit Hugo, j'ai déjà entendu le mot paix quelque part, y a pas très longtemps, c'était à un enterrement d'une bonne trentaine d'écolières, dans la région de Travnik je crois... Durable, vous disiez ?

Puis aussitôt, nonchalamment, comme lors d'une petite conversation badine :

— Et vous sinon, vous êtes venus faire quoi par ici ?

La femme sirota son champagne en le toisant du même air froid. Mais la colère rentrée pétillait maintenant comme un gaz violent dans son regard.

— Nous, cher monsieur, elle montra ses trois compères, collés autour d'une bouteille de champagne, nous sommes venus pour le compte du gouvernement français... Une mission d'étude du secrétariat aux Affaires européennes. Et M. Davis fait la même chose pour le gouvernement britannique... Nous essayons de voir clair et de rendre compte fidèlement de la situation...

— Ce n'est pas ici que vous devriez être pour rendre compte *fidèlement* de la situation...

Elle ouvrit la bouche mais Hugo enchaîna presque aussitôt, en tendant son verre vers Béchir qui le lui remplit à ras bord. (Béchir connaissait des rudiments de français. Sans doute ne comprenait-il pas grand-chose mais suffisamment pour remettre du carburant dans la machine.)

— Et précisément votre terrain d'études ça va être quoi ?

La femme avala plus difficilement sa salive mais c'est d'une voix assurée qu'elle lui lâcha :

— Personnellement je m'occupe du problème des viols, je dois établir un rapport précis... sur l'usage systématique de la pratique dans les camps et les villages occupés...

— Systématique... laissa tomber rêveusement Hugo. Si le terme s'applique à ce qui est arrivé à Mediha Osmanovic alors oui, ça doit être ça, *systématique*.

— Mediha... ? Qu'est-ce que vous voulez dire ? Qui est Mediha Osmanovic ?

La femme s'était imperceptiblement tendue.

— Oh vous ne la connaissez pas, lâcha Hugo entre deux gorgées de champagne. Une gosse de quinze-seize ans. Je l'ai portée jusqu'à l'ambulance après la libération de son village. D'après les toubibs elle avait dû être violée tous les jours, pendant près d'un mois... Elle a survécu, étrangement. Ça doit quand même représenter environ cent bonshommes, ça... et à peu près autant de chiens.

Il observa du coin de l'œil la réaction qui défaisait le visage de l'élégante fonctionnaire. Il vit qu'il avait touché un point sensible. Lui-même, quand l'officier bosniaque avait fait allusion aux chiens...

Dans le regard de la jeune femme, la lueur de rage rentrée avait succombé à une déferlante d'émotions chaotiques, dégoût, pitié, haine sans doute... Elle le regarda avec une intensité électrique.

— Vous... vous n'êtes qu'un immonde salaud...

— Pire que ça... avait-il rétorqué.

— Je... je connais les gens de votre espèce, avait-elle continué, un ton plus haut, la voix bizarrement voilée.

Il pouvait percevoir comme une buée de larmes au coin des yeux.

Seigneur, pensait-il, c'est donc capable de s'émouvoir un fonctionnaire des « affaires » européennes ? On commençait à loucher vers eux, dans la salle.

— Oui, je vous connais... (Elle était presque sur le point de crier.) Vous ne pensez qu'à détruire... en fait... en fait, vous... vous *aimez* tuer, c'est tout.

Sa phrase tombait à peu près aussi à plat qu'une sole-limande renversée par mégarde sur la nappe immaculée d'un dîner diplomatique.

Hugo reposa son verre à côté de lui sur la table. Il était temps de prendre congé.

— Vous savez, je ne crois pas que j'aime ça autant qu'on pourrait le croire, en fait...

Il passa à côté d'elle, en la frôlant.

— Non, reprit-il, parce que sinon, je crois que ça m'aurait bien plu de le faire, là, à vous tous.

Il laissa sa phrase plomber le silence feutré et fit un pas vers la sortie. Béchir et Ludjo le devançaient légèrement.

Il observa le visage de la femme se décomposer tout à fait et les regards de ses quatre compères, qui auraient voulu pouvoir se poser à des kilomètres de là.

— Mais pour vous mettre tout à fait à l'aise, ajouta-t-il en prenant la direction de la porte, je dois vous dire que ça m'a effleuré l'esprit un bon moment, quand même.

Lorsqu'il pénétra dans l'ascenseur, il fut surpris de constater à quel point c'était parfaitement exact.

Lorsqu'il revint à la voiture, il vit qu'Alice s'était lavée et avait changé de vêtements. Les anciens gisaient en un tas informe à ses pieds. Son sac de sport, lacéré, une lanière déchirée, était posé sur la banquette à côté d'elle. Étalés dessus, un portefeuille, ses faux papiers et quelques objets divers. Comme si elle avait contrôlé l'étendue des dégâts. Elle avait revêtu les habits deux fois trop grands pour elle et achevait de ranger les compresses dans la trousse à pharmacie.

— J'ai perdu presque tout mon argent dans la chute...

Hugo jeta un coup d'œil aux objets éparpillés sur le sac. Elle n'avait pas paumé les papiers, c'était l'essentiel.

— Et j'ai perdu ma photo...

— Tu t'es soignée ?

Oui, opina-t-elle doucement, en silence.

— Bon... je viens de me rendre compte que j'ai oublié un détail. On va décolorer nos cheveux.

Et il se propulsa vers la boîte à gants d'où il extirpa le flacon de shampooing décolorant.

Elle accepta sans rechigner qu'il l'aide à tremper ses cheveux dans la rivière et qu'il renverse méthodiquement le liquide, qui délava rapidement la teinture, flaques bleu-noir tournoyant lentement à la surface de l'eau. La blondeur nordique et originale revenait à chaque brossage sous la mousse. Puis il fit de même avec les siens et un maigre sourire complice fit son apparition sur les lèvres d'Alice. Une sorte de pause amicale, dans la complicité de ces quelques gestes, banals et synchrones, effectués dans une situation complètement insolite.

Lorsqu'il se redressa, il jeta un coup d'œil à son reflet dans l'eau. Au-dessus de sa tête les cheveux oxygénés étaient d'un blanc acier, aux reflets platine, comme un casque de paille de fer.

Il lui tendit la serviette et elle s'essuya les cheveux sur le bord de la berge.

Il fut troublé par la sensualité toute féminine qui se dégageait de ces mouvements, prenant bien soin de ne pas abîmer les longs fils dorés. Bon sang... Les formes en éveil étaient cachées par les habits trop larges mais elle promettait d'être une jeune femme de toute beauté dans quelques années.

Oh non, pensa-t-il.

Il détourna son regard et jeta le plus loin qu'il put les vêtements déchirés au milieu de la rivière. Puis il remonta lentement sur la berge.

— Balance les lentilles dans la flotte, lâcha-t-il simplement.

Il commençait à se demander s'il n'était pas en train de basculer dans les ténèbres petit à petit, lui aussi...

Il refoula les mauvaises pensées qui l'assaillaient en s'asseyant au volant et en enclenchant une cassette. Il mit la voiture en route et attendit patiemment qu'elle vienne s'installer à sa place désormais coutumière, sur la banquette arrière.

Le soleil descendait sur l'ouest, à sa droite, et lorsqu'elle gravit la berge, la lumière jetait un halo doré tout autour d'elle. La portière claqua sur l'intro de *Walk on the Wild Side*, de Lou Reed. C'était exactement ce qui convenait, pour l'heure.

— Parfait, dit-il en exécutant son demi-tour sur une bande de terre poussiéreuse. Maintenant on va te trouver une tenue plus adéquate.

De Sabugal, une petite route partait vers la frontière espagnole. Mais il fallait tout d'abord acheter des fringues.

Il trouva difficilement une boutique de vêtements à l'autre bout du village, sous les murs du château, une boutique passée d'âge, tenue par une vieille femme, sèche comme un coup de trique. Il n'y avait pas grand-chose pour les enfants de douze-treize ans, mais il dégotta un blue-jean espagnol sans forme particulière, un sweat-shirt rose pâle et une sorte de parka gris et bleu, redoutablement moche, mais le seul modèle qui ne semblait pas sortir d'un catalogue datant de la prise du pouvoir par Salazar. Il se fit emballer le tout dans un sac de plastique, paya avec des travellers Berthold Zukor et marcha à bonnes foulées vers la voiture, garée à quelques mètres, à l'angle de la ruelle déserte.

Il prit aussitôt la route de la frontière.

— Habille-toi dans la voiture, lui jeta-t-il, à la sortie de la ville.

Il fit l'effort de ne jeter aucun coup d'œil dans le rétroviseur.

Deux heures plus tard environ, ils atteignirent la N630, en Espagne.

Le soleil tombait sur l'horizon, boule d'un rouge-orange insoutenable.

Il prit plein sud, vers Séville et Badajoz et avala un autre comprimé.

*

Elle avait repris la route de Faro après avoir appelé le commissariat central et appris que l'inspecteur Oliveira allait revenir aux alentours de dix-neuf heures trente. Elle avait demandé qu'il l'attende si c'était possible, qu'elle pourrait être là vers sept heures et demie, huit heures maximum.

Lorsqu'elle arriva, un peu avant huit heures, Oliveira l'attendait dans son bureau.

Il se leva prestement et lui tendit largement la main par-dessus le plan de travail encombré de dossiers surchargés. Anita la serra rapidement en s'approchant du fauteuil.

— Bom dia inspector, alors comment s'est passée votre journée ?

Son sourire était clair et avenant.

Anita ne put réprimer un rictus mi-figue mi-raisin.

— Prenez place, prenez place, reprit Oliveira en s'asseyant. Racontez-moi...

Anita se posa avec un vague soupir :

— Eh bien j'ai appris quelques petites choses intéressantes sur Travis, ses origines, son milieu, sa vie... Mais je n'ai pas avancé d'un pouce sur... sa localisation vous voyez...

Oliveira murmura un vague assentiment. Ses mains se croisaient sous son menton. Attentif et concentré.

— Qu'est-ce que vous avez appris exactement ?

— Déjà, visiblement, c'est un junkie, les mecs du milieu dont vous m'avez parlé hier soir c'était des dealers, non ?

— Pas tous. Certains oui. D'autres, juste des espèces d'espions ou d'agents de liaison de la maffia sicilienne... mais les contacts n'ont été qu'épisodiques, dans des boîtes de nuit, vous voyez... on n'a jamais rien pu trouver contre lui... Rien de concret. Je ne savais même pas qu'il était toxico...

— Ce n'est pas vraiment ici qu'il a plongé à fond... Il était à Barcelone avec sa femme et sa fille quand c'est arrivé. En revanche, quand il est revenu il y était plongé jusqu'au cou... Mais il a fini par s'en sortir, à peu près... Visiblement il a été d'une discrétion absolue. Parmi ces mecs du milieu vous pourriez me balancer ceux qui étaient vraiment impliqués dans le trafic de drogue ?

— Oui... Je dois avoir conservé des éléments du dossier...

Il se leva jusqu'à une grande armoire métallique verte, de la couleur de toutes les armoires métalliques d'un petit bureau de police. Ouvrit un des tiroirs, fouilla dans une rangée de chemises et en sortit un dossier marron qu'il feuilleta en retournant s'asseoir.

— Alors... Oui, c'est ça. Des vendeurs de poudre. Coke, héro. Beaucoup d'argent, des voitures de luxe... Eux et Travis fréquentaient les mêmes boîtes à la mode d'Espagne et du Portugal et comme il était skipper il a emmené certains en croisière, en Méditerranée. On avait enquêté pour voir s'il ne se servait pas de ses bateaux pour acheminer de la drogue mais on n'a jamais rien pu prouver. Quand la gosse est née, il a cessé peu à peu toutes ses fréquentations et ensuite il a quitté le pays avec toute sa famille... Voilà, les dealers ce sont : Franco Escobar, un Espagnol de Séville. Lui, je sais qu'il est mort il y a deux ans, dans un vulgaire accident de la route. À fond et bourré de coke évidemment... Ensuite on a Nuno Pereira, lui on l'a baisé, il est en taule pour une bonne demi-douzaine d'années. Reste Ricardo Alvarès, Julio « Junior » Picoa et Théo Andronopoulos, dit « le Grec ». Tous les trois sont encore en activité.

Il en parlait comme des incendies qu'il faut éteindre.

— Vous savez où on peut les coincer ?

— À cette heure-ci, non, évidemment, dit-il en jetant un coup d'œil à sa montre. Ils peuvent être dans une des centaines de restaurant, de casinos ou de boîtes branchées d'ici à Lisbonne dans un sens et d'ici à Barcelone, dans l'autre... Mais...

Anita dressa l'oreille.

Oliveira se mit à feuilleter un vieux calepin de cuir plus qu'élimé. Il lui transmit un petit sourire en empoignant le téléphone. Il composa un numéro, puis, couvrant de sa main le combiné :

— Un contact. Un dealer qui me sert d'indic...

Elle entendit un vague grésillement provenant de l'écouteur.

— Tonio, c'est moi, Vasco... Il faut qu'on se voie à l'endroit habituel.

Une pause. Un autre petit grésillement.

— Dans une demi-heure, ça va ?

Puis :

— D'accord, d'accord, dans une heure...

Il raccrocha et referma son carnet.

— Dans une heure. Vous m'attendrez dans la voiture... On va avoir le temps de casser une petite graine.

Elle accepta l'invitation comme un cadeau du ciel. D'une, elle avait faim. De deux, elle savait qu'avec Oliveira les choses allaient considérablement s'accélérer. Oliveira connaissait tout le monde par ici. C'était son territoire, sa ville, son pays. Il connaissait les plans et les contacts utiles, il avait de quoi remonter des pistes.

Ils dévorèrent des filets d'espadon dans un autre petit restaurant de la ville, où Oliveira connaissait tout le monde. Elle comprit qu'Oliveira la sortait et n'était pas peu fier d'entrer avec elle dans le petit troquet de quartier.

Elle accepta cela avec une tolérance qui la surprit. Ce n'était pas vraiment ostentatoire. Juste perceptible. Cela semblait naturel et exempt de toute agressivité compétitrice.

Juste, bonsoir les gars, soyez gentils avec la dame et pas « vous avez vu ce que je ramène ce soir ? » Cela dut avoir une incidence positive sur le goût du vin et du poisson, incontestablement.

Le repas fut assez bref. À neuf heures, Oliveira regarda sa montre et montra d'un haussement de sourcils qu'il fallait y aller.

Ils reprirent sa voiture et ils sortirent de la ville. Un quart d'heure plus tard, il s'arrêta près d'une grande plage parsemée de cabines de bain, peintes de blanc et de bleu et qui luisaient sous la lune.

Le ciel était du dernier bleu avant le noir.

Sur la route, à l'autre extrémité de la plage, une voiture se remit en route et avança d'une cinquantaine de mètres avant de stopper à nouveau. Les phares clignotèrent par trois fois, avant de s'éteindre pour de bon. Il fit de même avec ses feux et ouvrit la portière.

— J'en ai pour dix minutes, dit-il en sortant dans la fraîcheur de la nuit.

Il s'enfonça dans l'obscurité. Là-bas, à quatre ou cinq cents mètres, l'ultime halo d'un petit réverbère suintait sur le capot d'une voiture claire. Un homme ouvrait la portière et venait à la rencontre de Oliveira.

Elle les vit discuter le long de la rambarde de pierre qui dominait les dunes, en fumant des cigarettes, minuscules lucioles ardentes dans le clair-obscur lunaire. Puis d'un même mouvement ils jetèrent leurs cigarettes vers la plage, feux follets rougeoyants qui s'évanouirent dans le sable. Ils se quittèrent sans se serrer la main ni aucun geste amical. Oliveira revint à bonnes foulées vers la

Seat, ouvrit sa portière et s'assit dans un râle satisfait.

— Ricardo est en voyage sur la Côte d'Azur française, casinos, salons de massage, tout ce qu'il aime... Julio Junior il n'sait pas... mais le Grec, il est ici.

Il introduisit sa clé dans le démarreur et mit le moteur en marche.

— Enfin pas très loin, entre Faro et Évora.

La Seat partit en vrombissant vers la N2, plein nord.

Anita comprit tout de suite qu'on allait lui faire une petite visite, au Grec.

Le Grec et Travis s'étaient connus par la mer. À la différence des autres dealers, le Grec n'était pas outrageusement riche. Il n'était qu'un simple vendeur d'herbe et parfois de coke, à plus petite échelle.

Oliveira lui donnait méthodiquement tous les détails nécessaires.

D'autre part, il s'occupait de réparation de moteurs de hors-bord.

— Travis et lui se sont d'abord connus comme ça... Ensuite d'après ce qu'on sait, c'est Travis qui a emmené le Grec dans une boîte d'Espagne que fréquentaient les autres. Ça a visiblement permis au Grec de s'assurer des extras confortables, mais jamais rien qui puisse prétendre concurrencer un Ricardo Alvarès ou le Nuno Pereira d'avant la chute...

— Comment est-ce que nous procéderons ?

— Ne vous en faites pas. Le Grec me connaît .. Il répondra à mes questions... On lui dira la vérité, tout simplement, qu'on veut des informations sur

Travis et qu'il a intérêt à me dire tout ce qu'il sait... Il le fera.

— Où allons-nous exactement ?

— Dans les serras au sud de Beja, dans l'Alentejo. Le Grec y a une petite maison de campagne, qu'il a construite lui-même sur un terrain qu'il s'est acheté y a quelques années. Il y est pour quelques jours encore...

Anita comprit que l'indic d'Oliveira était un contact précieux.

Ils grimpaient sur les collines du nord de Faro, les contreforts de la Serra do Caldeirao. Il y avait pas loin de cent kilomètres à se taper.

Oliveira alluma une cigarette et tendit le paquet vers Anita, qui déclina l'offre gentiment.

Le bruit du moteur emplissait l'habitacle et les phares balayaient le décor aride.

La maison était parfaitement obscure lorsqu'ils se garèrent lentement sur le bas-côté. À deux cents mètres de là, en retrait de l'autre côté de la route, une petite bâtisse carrée et sans style était plantée sur un versant de la colline, bordée par un champ de lauriers-roses, d'oliviers et d'arbres fruitiers qu'Anita ne put identifier.

— L'hacienda de senhor Andronopoulos, laissa tomber Oliveira avec un rictus dédaigneux.

Il était presque onze heures moins le quart à la petite horloge de bord. En face d'eux les massifs volcaniques des serras de Beja découpaient leurs reliefs tourmentés.

Ils sortirent simultanément de la voiture.

La maison était cernée par un petit muret, d'un mètre trente de haut environ et Oliveira lui montra un endroit derrière la maison. On y apercevait l'arrière d'une grosse voiture verte.

— Il est là...

Oliveira sauta par-dessus le muret et Anita s'empressa de le suivre, lestement, avant qu'il ne se retourne pour l'aider à franchir l'obstacle. Elle atterrit sans un bruit à ses côtés.

Il la regarda avec un air à moitié surpris seulement.

Puis il se dirigea rapidement vers la porte d'entrée et sonna, fermement. Un long carillon se fit entendre dans toute la maison.

Anita se posta derrière l'inspecteur, la main sur la crosse du petit automatique, au cas où.

Oliveira avait simplement déboutonné sa veste.

Il sonna à nouveau. Plusieurs fois d'affilée. Un carillon interminable retentit à l'intérieur de la maison toujours obscure.

— Hé, le Grec ! cria Oliveira en direction de la façade, c'est moi, l'inspecteur Oliveira, de Faro... Police, OUVRE !

Et il resonna, encore. Mais un silence total baignait toute la maison.

Anita recula de quelques mètres pour voir si aucune lumière ne s'allumait à une des fenêtres de l'étage. Mais rien. Elle fit instinctivement le tour par l'arrière. Elle entendit une nouvelle fois le carillon.

La Nissan était garée, là, tout de suite, le long de la face arrière. Elle contourna la voiture et vit qu'une petite porte était ouverte, à quelques mètres. Une petite porte vitrée donnant sur une cuisine. Elle apercevait la tache blafarde d'un gros frigo derrière une fenêtre.

Elle se dirigea vers la porte et frappa trois coups en entrant dans un petit couloir.

La maison était plongée dans le noir et dans un silence de tombeau.

Elle fit deux-trois mètres dans le couloir, jusqu'à une porte entrouverte à sa gauche.

À l'autre extrémité du couloir, une large ouverture en forme d'arche donnait sur un salon et le couloir repartait ensuite, par une autre arche, vers la porte d'entrée vitrée de verre cathédrale, derrière laquelle se profilait l'ombre de Oliveira qui tentait de forcer la serrure.

Elle courut jusqu'à lui, traversant d'un trait le vaste salon et ouvrit la porte de l'intérieur.

— C'est moi, Anita, lança-t-elle à mi-voix en débloquant les verrous.

Oliveira lui jeta un sourire amusé entrant dans la maison.

— Alors ? chuchota-t-il ?

— Je sais pas, on dirait qu'il n'y a personne, répondit-elle. Ou bien c'est un gros dormeur... Ou il est complètement défoncé dans un recoin du grenier...

Ils marchèrent le long du couloir jusqu'à un escalier en colimaçon qui grimpait vers l'étage, juste avant d'entrer dans le salon.

— Faites le rez-de-chaussée, murmura Oliveira, moi je prends l'étage.

Son arme venait de faire son apparition, au bout du poing. Un revolver français, type Manhurin 357.

— O.K., chuchota-t-elle en retour.

Elle extirpa son petit 32 et pénétra doucement dans le salon.

Elle fit rapidement le tour de la pièce et se retrouva dans le couloir qui menait à la cuisine, sûrement la porte entrouverte à sa droite, cette fois-ci.

Elle s'avança silencieusement et poussa légèrement le battant du pied.

La porte découvrit graduellement l'espace de la pièce, éclairée par la pleine lune.

Une nuée d'angoisse irrésistible l'envahissait au fil des secondes. C'était l'enfer, ici.

Elle n'avait pu le voir en pénétrant dans l'entrée tout à l'heure, mais la pièce était littéralement dévastée.

Il y avait du sang partout, sur le sol et sur des pans de mur, sur le gros combiné frigo-congélateur, et, évidemment sur la table.

Le sang provenait d'un cadavre nu, allongé sur la lourde table paysanne. L'homme avait été ligoté aux quatre pieds de la table, en croix, et avait subi des mutilations diverses, en diverses parties du corps. D'une énorme entaille rouge, à la base du cou, suintait un liquide sombre, et gras. Elle vit aussi que les organes génitaux avaient été attaqués. Que l'ensemble du corps avait été martyrisé.

Des ordures étaient répandues dans toute la pièce, des assiettes sales, des bouteilles vides et des canettes de bière, des emballages déchirés. Les portes de l'armoire étaient ouvertes. Les paquets de riz et les boîtes de pâtes saccagés, éventrés. Et il y avait les restes d'un bon repas étalés sur le bord de l'évier.

Elle ne fit rien qui puisse bousculer le chaos figé dans la pièce. Elle ne mit pas le pied sur le sol souillé de la cuisine, et n'alluma surtout pas la lumière.

Elle repartit, d'abord lentement, puis à bonne allure vers l'escalier qui menait à l'étage et hurla, la tête tendue vers le haut :

— OLIVEIRA ?

Puis, à nouveau :

— OLIVEIRA, JE L'AI TROUVÉ... VOUS M'ENTENDEZ OLIVEIRA ? JE L'AI TROUVÉ, EN BAS...

Elle entendit une voix, étouffée par la distance et un bruit de pas qui s'approchait lourdement de la cage d'escalier.

Puis une voix puissante qui éclata dans l'espace.

— ANITA ? QU'EST-CE QUE VOUS DITES ? VOUS L'AVEZ TROUVÉ ?...

— OUI EN BAS... DANS LA CUISINE...

Les pas qui résonnent sur les marches.

Oliveira fit son apparition au détour de la première vrille.

— Venez, c'est là-bas.

Sa voix avait été plus blanche qu'elle ne l'aurait voulu.

Moins de cinq minutes plus tard, lorsque Oliveira arriva en courant à la portière de sa voiture, la cuisine luisait faiblement d'un halo jaune derrière la maison.

À l'intérieur les tubes de néon éclairaient d'une lumière crue le décor répugnant et odieux.

Le visage du Grec, ou ce qu'il en restait, dardait des yeux fous, fixés dans la mort, écarquillés vers un point situé bien au-delà du plafond jaunâtre.

Anita passa la pièce en revue, en veillant à ne rien toucher, ni déplacer malencontreusement.

Elle s'approcha avec précaution du cadavre lacéré de toutes parts. Une odeur terrible se dégageait du corps. Elle toucha le haut du bras, juste pour apprécier la température. Elle fut surprise de constater qu'il était loin d'être froid. Encore tiède, et sans rigidité cadavérique... Nom de dieu... Ils s'étaient croisés à une demi-heure près, avec les tueurs... au maximum.

Elle fit le tour de la table et détecta de nombreux

restes de joints écrasés à même le sol. Il y avait aussi des miettes de cocaïne, sur de nombreuses assiettes de verre qui n'avaient visiblement servi qu'à ça.

Dans un recoin, entre l'évier et le mur du fond, près d'une poubelle débordant d'ordures diverses, elle vit une sorte de caisse grande ouverte. La caisse reposait sur un carré de gros linge humide.

Anita se pencha au-dessus et vit des miettes d'herbes, quelques branches cassées, deux ou trois sachets de plastique vides, où brillaient des éclats blancs. Sa réserve de dope.

On l'avait torturé à mort pour qu'il livre sa planque. Anita referma la boîte du bout de l'ongle. Il y avait un anneau de fer rouillé attaché à la poignée. Le caisson semblait parfaitement étanche.

Oliveira appela les flics de Beja qui dépêchèrent immédiatement une patrouille et envoyèrent deux hommes des homicides, une ambulance et un médecin légiste.

Il contemplait la scène, debout contre l'encadrement de la porte.

— L'aura encore plus mal fini qu'les autres çui-là...

Anita ne resta pas à l'intérieur de la maison et elle sortit en griller une, une bonne Camel, sur le parvis.

Elle ne sut pourquoi ses yeux s'attardèrent sur le puits qui fermait un des angles du muret. La margelle était ouverte. La chaîne remontée. Elle se sentit partir vers lui comme une caméra hallucinée. Elle jeta un coup d'œil à l'intérieur, observa la margelle et la chaîne qui se terminait par un crochet de métal rouillé.

Oui, ça avait été cela la cachette du Grec. Un

caisson étanche, entouré de linge, accroché à la chaîne, et reposant au fond du puits.

Mais... non, non, pensait-elle. Ça ne tient pas. On n'endure pas des tortures aussi abominables pour protéger de la dope. Même plusieurs kilos... On ne meurt quand même pas comme ça, comme une bête...

Peut-être les types avaient-ils déraillé et voulu s'amuser un peu avec lui ? C'était plus que probable, de nos jours. Visiblement ils avaient festoyé, en même temps. Et avaient dû s'amuser à pisser partout et à y renverser des ordures...

NON. Ça non plus ça ne collait pas. Tout le reste de la maison était immaculé. Ordonné, bien rangé, propre et net, comme si on n'y avait même pas mis le pied. Ça ne collait pas avec une bande de junkies en manque ou de dealers concurrents s'adonnant à des plaisirs orange et mécaniques. Ils auraient saccagé TOUTE la maison...

C'était tout à fait étrange cet îlot de terreur et de violence au cœur de la maison inviolée.

La patrouille arrivait. Oliveira se montra sur le seuil. Les flics jetèrent un rapide coup d'œil dans la maison puis ressortirent fumer une cigarette, attendant patiemment les inspecteurs de Beja.

Vingt minutes plus tard, la voiture des deux flics des homicides se gara, gyro en action. Ils étaient suivis par une antique Fiat déglinguée, conduite par un sexagénaire qui se présenta comme le Dr Pinhero. Un des deux inspecteurs mitrailla la pièce sous tous les angles avec un petit autofocus japonais.

Après que le cadavre fut reparti dans l'ambulance suivie de près par le médecin légiste, une voiture amena deux vieux fonctionnaires fatigués qui relevèrent les empreintes dans toute la maison. Ils commencèrent par fouiller les diverses déjections de la cuisine, isolant rapidement les restes de joints ou de pailles à cocaïne dans des sachets de plastique. Ils prirent des clichés eux aussi, avec un vieux 6x9 est-allemand.

Dans le village voisin, à un petit kilomètre, on commençait à allumer quelques lumières. Les gyrophares vrillaient la nuit de leurs faisceaux bleu et pourpre. Les sirènes résonnaient dans la montagne comme des oiseaux de nuit électriques.

Oliveira la prit par le bras, l'extirpant de sa rêverie.

— Venez, dit-il, on n'a plus rien à faire ici...

— Je ne sais pas, lui répondit-elle franchement, je crois que j'aimerais jeter un coup d'œil à l'étage... En faisant très attention et après le passage du labo...

— Qu'est-ce que vous cherchez ? Je n'ai pas l'impression que ça ait un lien avec votre histoire... Le Grec s'est fait dévaliser sa cargaison de dope. On l'a torturé pour ça... C'est tout.

— Je sais, répondit-elle, c'est ce qu'on veut que l'on croie... mais moi je crois que c'est en rapport avec Travis...

Oliveira haussa un sourcil.

— Cet après-midi, j'ai appris que quelqu'un d'autre cherchait Travis. Et si ce que je soupçonne est vrai, alors croyez-moi c'est tout à fait dans leurs méthodes. Extrême brutalité et intelligence. On ne va pas découvrir beaucoup d'empreintes, je suis prête à le parier... Même dans la cuisine...

— Vous pensez que celui ou ceux qui cherchent l'Anglais ont appris quelque chose au sujet du Grec et de Travis ? Qu'ils se revoyaient, ou...

— Oui... le Grec était peut-être le dealer attitré de Travis et les types l'ont su, je ne sais comment...

— Attendez un peu, rien ne vous permet de dire ça, vous le savez bien... C'est peut-être tout simplement une bande de junks, qui se sont dit qu'y avait là une jolie maison isolée, un gros lard de Grec et plein de dope dans les placards, pour pas un rond...

— Ouais, enchaîna-t-elle, c'est vrai que c'est possible, mais alors expliquez-moi pourquoi tout le reste de la baraque est parfaitement net et astiqué, hein ?

Oliveira réprima une réponse spontanée et fit le tour de la question dans sa tête.

— C'est vrai que c'est un peu bizarre... Les types seraient pas sortis de la cuisine ?

— Non, ou juste pour ramener la caisse du puits... Ils n'avaient...

— La caisse du puits ? Comment savez-vous qu'elle était planquée dans l'puits ?

— Je ne sais pas... une présomption... Bon, donc ils ne sortent pas de la cuisine, sinon pour la caisse de dope. Quelqu'un a dû leur dire de ne pas le faire.

— Hein ? Quoi ? Quelqu'un... de ne pas le faire ?

— Ouais, c'était un truc organisé. Bien planifié par des professionnels. Pas des agités de la shooteuse... Vous avez remarqué, juste quelques joints, un peu de coke... Pour se mettre en forme... pas de seringues, de petites cuillères cramées et tout le délire toxico... Et puis y a autre chose...

— Quoi ?

— Je ne crois pas que le pire avare ait pu résister longtemps à ces traitements... Ils ont continué après...

— Ouais, bien sûr, fallait bien rigoler un peu, non ?

— Ja, ja... je sais... mais j'envisage aussi une

autre éventualité. Après lui avoir fait cracher sa planque de dope, ils reçoivent l'ordre de se mettre vraiment au boulot... de lui demander où est Travis.

— Mais pourquoi ? Pourquoi pas commencer par le plus important... Si c'est pour ça qu'ils sont venus ?

— Je ne sais pas trop... Sans doute pour brouiller les pistes. Dites-moi, vous n'avez rien vu de spécial dans les étages tout à l'heure ? Je ne sais pas moi, des objets pas à leur place, des meubles fouillés...

— Je n'ai pas eu le temps de tout regarder... Bon vous voulez y retourner c'est ça ?

— Écoutez, oui, si ça ne vous cause aucune gêne.

— Ne vous inquiétez pas, l'inspecteur La Paz est un vieux pote. Il nous laissera monter...

— Merci, lui répondit-elle simplement en le suivant dans la maison.

CHAPITRE XVI

Cent cinquante kilomètres plus bas environ, la N630 croisait la N5, en direction de Badajoz. Il avait le choix entre deux solutions pour atteindre Faro, maintenant. Obliquer tout de suite vers Badajoz puis rejoindre Évora et piquer sur l'Algarve. Ou continuer à suivre la N630 jusqu'à Séville puis prendre l'A49 en direction de Vila Real de Santo Antonio, à la frontière, avant de poursuivre plein ouest vers Faro.

Il se gara sur le bas-côté et réinstalla le Ruger dans sa cachette. Réfléchir. Dix secondes. Bien peser sa décision.

Il prit à droite toute. Vers Badajoz et Évora.

Pour la première fois depuis la fusillade, Hugo repensa aux implications de cette dernière. Il n'aurait pas que les flics au cul. Les petits copains des deux hommes aimeraient certainement pouvoir faire un brin de causette avec lui...

Il repensa à la mère d'Alice et se rendit compte qu'il n'avait qu'une image floue de cette femme, n'ayant jamais vu d'elle aucun cliché. La seule photo mentale qu'il arrivait à se faire tenait d'un puzzle contradictoire, où les quelques informations délivrées par Alice jouaient un rôle central mais parfaitement opaque. Des rêves... sa mère qui dirigerait une espèce de gang international. Tout en manageant d'une main experte des entreprises dans le monde entier.

Un peu avant Badajoz, la faim déferla en lui comme une lame de fond. Il fallait qu'il mange quelque chose, impérativement. Les amphés ne faisaient plus d'effets. Il fallait en profiter pour s'arrêter, nourrir la machine et ne reprendre de speed qu'après le repas, avec un bon café, pour combattre le sommeil.

Il y avait justement un restaurant de routier, là, à l'entrée d'une petite ville. Il se gara sur le terre-plein qui bordait la route et poussa un long râle de satisfaction en étirant ses muscles contractés par les amphés et la conduite.

Il était un peu plus de vingt et une heures trente à l'horloge de bord lorsqu'il coupa le moteur.

Pendant le repas, Hugo ne dit pas un mot. Et Alice non plus. Il dévora à pleines dents les plats épicés et le vin au goût âpre. Elle se contenta de grignoter une nourriture visiblement trop grasse pour elle.

Il commanda un café. Alluma une cigarette. Planta son regard dans le bleu étincelant des yeux d'Alice et laissa tomber :

— Bon... maintenant raconte-moi tout depuis le départ.

Alice l'observa par-dessous. Elle semblait réfléchir à toute vitesse.

— Je t'écoute, répéta Hugo... raconte-moi tout. Ta mère. Ton père. Tous ces types armés... J'ai besoin de tout savoir, maintenant.

Alice déglutit difficilement. Elle comprenait l'allusion au « maintenant ».

— Qu'est-ce que voulez savoir ?

— Ta mère, déjà. Que fait-elle exactement ? Pourquoi affirmes-tu qu'elle tue des gens ? Et je ne te parle pas de rêves ou de conversations entendues entre deux portes, je veux du concret cette fois...

Il sirota une gorgée de café et aspira une bonne bouffée. Ses yeux ne quittaient pas Alice une seconde.

— C'est un peu compliqué tout ça... Après les rêves et les bouts de conversation dont je vous ai parlé il s'est passé quelque chose... Mais je crois que je n'avais pas le droit d'en parler.

Hugo la fixait sans rien dire.

— La semaine dernière, j'ai trouvé une cassette chez moi... Et je me suis enfuie de la maison avec. Je suis allée à la Police et on m'a questionnée. Puis la police est allée à la maison mais mes parents étaient partis. Ils avaient tout déménagé... Surtout la pièce aux cassettes, évidemment. Ensuite comme la police ne pouvait plus me garder j'ai compris que ma mère allait me reprendre et là je me suis enfuie dans ce magasin où le policier est mort. Ensuite...

Ensuite il connaissait l'histoire. O.K...

— Qu'est-ce que c'était que cette cassette ?

Alice baissa les yeux vers son assiette à peine entamée.

— Sur la cassette, il y avait... Sunya Chatarjampa.

Hugo avala une autre gorgée de café.

— Qui ça ?

— Sunya Chatarjampa. C'était ma préceptrice.

— O.K. c'était ta préceptrice...

Un silence.

— Ils... Ils la tuaient sur la cassette, ils... oh mon dieu c'était horrible...

Hugo figea sa tasse à quelques centimètres de ses lèvres. Il ne dit rien et continua son geste, avalant une gorgée de café.

— On voyait ta mère sur la cassette, c'est ça ?

Oui, affirma-t-elle en silence, opinant fermement du chef.

— Je vois, se contenta-t-il de laisser tomber.

Il imaginait parfaitement le truc. Depuis la fin de l'hiver, on disait que certains commandants d'unités spéciales serbes avaient ramené des vidéos, filmées au camescope, de leurs exploits dans les villages musulmans occupés. À la fin de l'opération, début avril, quand Vitali lui avait ordonné de repartir pour la France, il avait surpris Béchir et une poignée d'officiers de renseignements bosniaques avec une cassette 8 mm. Ils l'avaient saisie sur un ex-sous-off de l'armée fédérale, cadre d'une milice tchetnik qu'ils avaient fait prisonnier. Le type n'était pas en très bon état quand Hugo l'avait aperçu dans une petite salle attenante au poste de commandement de la Colonne. Mais après avoir écouté attentivement Béchir raconter ce qu'ils avaient vu sur le film, son élan de compassion fut brisé net. Béchir et les hommes du service spécial bosniaque n'avaient pas voulu lui faire visionner la bande, prétextant que le seul magnétoscope 8 mm opérationnel était à plus de trente kilomètres de là. Mais Hugo s'était douté qu'ils cherchaient juste à lui épargner d'autres horreurs.

— Faites pas chier, les mecs, avait-il sorti d'un ton froid et agacé, vous croyez que je suis venu jusqu'ici pour me faire traiter en touriste ?

Béchir avait fini par céder, hochant gravement la tête.

— Si tu y tiens vraiment...

Les officiers de renseignements bosniaques tiquèrent mais ne dirent rien.

Hugo put ainsi voir une bonne demi-heure d'atrocités enchaînées comme un catalogue sanglant et malade. La cassette durait deux heures et elle était pleine, avait dit Béchir. On voyait parfois des vues de villages, avant l'attaque, puis après. Comme un vulgaire petit reportage de vacances. Entrecoupé de viols, de tortures et de massacres. De cadavres exhibés, comme des trophées de chasse.

Le pire, avait pensé Hugo pendant le film, c'était le son, indubitablement. Il n'oublierait jamais les cris, les plaintes et les suppliques. Et surtout, il n'oublierait jamais les rires.

Quand il avait stoppé la bande trente minutes plus tard, il avait juste jeté froidement :

— Ne me faites jamais croiser ce type.

Dès qu'il eut repris la route, Hugo avala un autre cachet. Il roula quelques kilomètres puis jeta un coup d'œil sur la carte dépliée sur le siège passager. Badajoz, Elvas. Estremoz, Évora. Environ cent trente kilomètres. Une heure et demie, deux heures, plus ou moins, selon l'état des routes locales.

Il était presque dix heures et demie.

— Bon, et ton père, quel rôle joue-t-il là dedans ? jeta-t-il par-dessus son épaule.

La trompette de Miles Davis sinuait dans l'habitacle, comme une arabesque aux boucles fugitives...

— Aucun. Je veux juste le retrouver. Il pourra m'aider… je ne sais même pas comment…

Sa voix se perdait dans un souffle.

— Je veux dire, comment a-t-il rencontré ta mère, comment se sont-ils séparés, tout ça… Fais-moi une petite synthèse.

Compter sur ses qualités innées. Il lui transmit un regard complice, dans le rétroviseur.

Elle se concentra et se pencha en avant, s'appuyant sur le dossier du siège passager.

— Eh bien ils se sont connus à Barcelone, puis ils ont vécu ensemble dans le sud du Portugal dans une grande maison… Mais j'étais toute petite… Ensuite on a déménagé à Barcelone, puis ma mère m'a mise dans une pension suisse, ensuite je suis revenue mais mon père et ma mère étaient sur le point de divorcer. Ma mère m'a envoyée à Amsterdam puis m'a rejointe. Mon père est venu me voir pour la dernière fois…

— Bon, hier tu n'as pas voulu me dire pourquoi tu ne portais plus son nom, tu m'as parlé d'un procès…

— Oui… Quand je suis revenue de Suisse mon père avait beaucoup changé. On aurait dit qu'il était malade… Pendant le divorce ma mère m'a dit qu'il avait fait des choses « mal » et qu'elle était obligée de se séparer de lui… Les choses étaient tellement « mal » qu'il aurait pu aller en prison, mais ma mère m'a dit qu'en fin de compte, on se contenterait de tirer un trait sur le passé, qu'on oublierait cet homme, et que je ne porterais plus son nom. Ensuite, après le divorce, il y a eu l'autre procès et je ne me suis plus appelée Travis-Kristensen…

Hugo réfléchissait à toute vitesse.

— Dis-moi… Comment ça se fait que t'es en possession de sa dernière adresse et d'une photo de sa maison si tu l'as plus vu depuis ?

Un long silence, motorisé, où rebondissait la trajectoire complexe de la trompette.

Il jeta un coup d'œil vers elle. Alice le fixait mais ne soutint pas son regard.

— Je t'écoute.

Bon sang, sa voix lui faisait peur.

— Je... Je... je n'ai pas le droit de vous le dire...

— Qui te l'a interdit ?

— Mon père.

— Pourquoi ?

— Il... Il m'a dit que je ne devrais jamais parler de ça.

— Quoi, ça ?

— Ce que je n'ai pas le droit de vous dire.

Elle s'enfonça au creux de la banquette, presque boudeuse.

Et merde.

Il laissa le moteur et la trompette plomber le silence.

*

Anita rôda dix minutes au rez-de-chaussée, visitant toutes les pièces une par une avant de monter à l'étage.

Les types du labo étaient en train d'achever leur boulot et l'un d'eux était même sorti discuter le coup avec Oliveira sur le perron.

Anita cherchait quelque chose de précis. Un bureau. Des carnets d'adresses. Des notes. N'importe quel support d'informations un peu cohérent.

Elle trouva une porte close à l'étage. Une porte qu'Oliveira n'avait pas poussée.

Elle enfila sa paire de gants avant de mettre la main sur le loquet.

Le bureau était là. Immaculé et net, comme toutes les autres pièces.

La lumière de la Lune tombait par une baie vitrée donnant sur la route, comme un rayonnement gracile qui effleurait chaque objet. Un secrétaire noir faisait face à une bibliothèque de type suédois. Il y avait un ordinateur éteint sur le bord du bureau. Un beau PC Compaq à base de 486, le modèle en tour. Ça n'allait décidément pas trop mal pour les affaires du Grec en ce moment. Mais aussi, qu'est-ce qui pouvait conduire un dealer de dope à s'offrir le nec plus ultra des ordinateurs personnels ?

Il y avait aussi un pot à crayons. Une petite ramette de feuilles blanches... Et...

Le détail se dévoilait plus nettement à chaque pas qu'elle faisait vers le secrétaire. Il finit par lui sauter aux yeux, dans le clair-obscur minéral qui jouait avec les reliefs du bureau de style contemporain branché années 80, à la sauce française, sans doute un Starck, ou une belle imitation.

Un des tiroirs était entrouvert. Un ou deux centimètres, au maximum, mais suffisamment pour briser l'harmonie austère et rigoureuse qui émanait du meuble.

Oui, pensait-elle, magnétisée par le tiroir. C'est ça...

Quelqu'un était monté pour fouiller dans les carnets et le courrier, comme elle. Quelqu'un d'un redoutable sang-froid, qui avait juste dit à ses gars de « préparer » le dealer au cas où il ne trouverait rien là-haut. À moins qu'ils l'aient d'abord cuisiné, puis que, devant la réticence du Grec à livrer des informations, l'homme n'ait décidé de faire une inspection en règle. Il aurait demandé à ses tueurs de ne pas sortir de la pièce et de faire cracher sa réserve de dope au dealer. Oui, comme ça. Histoire de s'offrir un petit extra en récompense, de quoi s'assurer une bonne rentrée de cash tout frais. Et de brouiller les pistes par-dessus le marché.

Oui. Ça clignotait comme un écho de sonar au milieu de son esprit. C'était ça.

Elle ouvrit le tiroir. Une ramette de papier-machine. Deux carnets. Un agenda. Un écrin de stylo Mont-Blanc. Vide.

Le premier carnet était volumineux et lourd. Elle l'ouvrit rapidement. Des dessins. Des notes. Des croquis, tiens, des esquisses de bateau. Des ébauches de calculs...

Oui, Oliveira lui avait dit que le Grec et Travis s'étaient connus grâce à leurs activités maritimes. Travis le skipper et le mécano grec.

Ça collait. Peut-être le Grec avait-il décidé de se lancer dans la conception de bateaux ? Les bénéfices tirés du trafic de poudre pouvaient lui permettre d'investir dans une entreprise rentable...

Bon, d'accord.

Le deuxième carnet était un carnet d'adresses. Elle l'ouvrit automatiquement à la lettre T.

Pas de Travis. Un Tejero. Un Toleida. Le Tropico American Bar...

Elle regarda aux S mais ne trouva aucun Stephen, ou quoi que ce soit d'approchant.

Elle décida de s'enfiler toutes les pages, une par une, en lecture globale mais ne trouva rien qui puisse identifier l'Anglais. Pas mal de Bar du Port. Des noms de bateaux aussi, visiblement.

Elle reposa le carnet à sa place et s'empara de l'agenda.

Pas mal de rendez-vous, mais entrecoupés de

périodes de retraite quasi totale. Des parenthèses de quelques jours, parfois plus d'une semaine. Nulle part de Travis, ou de Stephen, ou d'initiales correspondantes. Le Grec n'était pas né de la dernière pluie. Les adresses ou les numéros de ses clients, s'il y en avait quelque part, ne se trouvaient pas dans le premier calepin venu. Elle allait reposer l'agenda lorsqu'elle tomba sur une nouvelle semaine de retraite. Un petit détail qui l'avait frappée deux ou trois fois venait de refaire son apparition. Souvent au milieu de ces périodes calmes on trouvait un rendez-vous isolé. Un simple « Manta », accolé à un poisson grossièrement stylisé. C'était à la fois bizarre et anodin. En parfaite adéquation avec cet univers de marins à moitié dealers. Mystérieux et banal tout à la fois.

Manta ? La raie Manta ? Un poisson ? Une partie de pêche ? Non, il n'y a pas trop de raies mantas dans le coin... Manta... Elle enregistra le détail dans une petite case de sa mémoire.

Elle ouvrit tous les autres tiroirs mais ne trouva rien d'intéressant. Aucun courrier, si ce n'est un gros tas de factures dans le tiroir central. Elle se leva et décida de faire le tour de la pièce, en commençant par la bibliothèque. On cachait parfois des lettres au cœur des pages.

La bibliothèque était bien pourvue, ce qui l'étonna. Des livres sur la mer, principalement. Plongée sous-marine. Cartographie. Architecture navale. Des récits de voyageurs, les Grandes Découvertes du XVe siècle et les pionniers portugais, Vasco de Gama... Certains ouvrages assez pointus de mécanique hydrodynamique. Des trucs sur la marine à voile du XVIIIe siècle, les embarcations polynésiennes ou les trimarans contemporains. Des traités sur les polycarbonates ou les résines composites.

Ah, d'accord... Le Grec n'était pas tout à fait un obscur dealer de coke vaguement réparateur de moteur. Le portrait changeait quelque peu devant l'étalage de livres. Il y avait du talent et du professionnalisme là-dedans, sans aucun doute.

Il y avait de grands albums de photographies sur la faune et la flore sous-marines. Certains en anglais. L'un d'entre eux traitait exclusivement des raies mantas et le détail ne lui échappa pas. *THE ELECTRIC SHARK. The Prodigious Life of Mantas*.

Elle ouvrit le grand album à la page de garde. La dédicace lui sauta aux yeux. Rédigée en anglais.

From Skip to El Greco
This is the book of our dreams.
To use moderatly.
Your friend.
Stephen.

Son doigt vint instinctivement à la rencontre de l'encre desséchée par le temps.

Bonjour M. Travis eut-elle envie de lancer aux quelques mots griffonnés là il y avait bien longtemps...

Mais cela ne lui donnait pas la clé. Elle feuilleta le livre et ne trouva rien d'autre. Elle le reposa à sa place. Non, rien... Un faux espoir... Une fausse piste. Il n'y avait aucune lettre, ou message, planquée ailleurs dans les pages.

Elle se planta au centre de la pièce et contempla un instant le spectacle des mésas qui déroulaient leur graphisme volcanique sous la lune, à l'extérieur. La route ressemblait à une piste de cendre radioactive. Elle allait se décider à quitter la pièce lorsque ses yeux se posèrent sur la masse laiteuse du gros ordinateur.

Elle se dirigea d'instinct derrière le bureau. S'assit sur le siège de cuir confortable et spacieux. Alluma d'un coup la machine. Elle saurait se dépatouiller si le Grec utilisait Windows. Le message de bienvenue du logiciel de Microsoft fit son apparition. Version 3.1. Parfait. Elle ouvrit l'icône du disque dur et se retrouva face à un fichier colossal. Des dizaines de logiciels divers et de très nombreux fichiers d'applications. Les icônes symbolisaient des programmes pour la plupart inconnus d'elle. Des programmes de graphisme et de dessin industriel.

Parmi les divers fichiers d'applications elle finit par tomber sur ce qu'elle cherchait, sans trop le savoir. Un dossier nommé MANTA, dont l'icône, en forme de poisson noir et blanc, semblait avoir été conçue par l'utilisateur lui-même.

Elle cliqua et tomba sur une autre page-écran bourrée de fichiers. Des applications en tous sens. Des fichiers de traitement de texte, elle reconnaissait l'icône Word, des batteries de logiciels de graphisme et de CAO...

Manta/01, Manta/02, 03, 04... Manta/Voilure... Manta/Quille.

Elle cliqua au hasard sur une icône et un logiciel de CAO se chargea.

Quand la page-écran apparut elle comprit tout de suite ce qu'était « Manta ».

Un bateau. Les plans d'un bateau, *la Manta*, un voilier monocoque d'environ seize mètres selon les chiffres qu'elle pouvait lire.

C'était donc ça. Le Grec avait pour projet de construire un voilier. Un projet qui resterait en l'état, à tout jamais, simple catalogue de plans et de structures en mode filaire, octets d'informations virtuels pour toujours.

Ouais... Mais Manta ne lui apprenait rien sur Travis. Pourtant elle en était sûre, l'Anglais était impliqué d'une manière ou d'une autre dans le projet. La dédicace lui revenait en mémoire. Travis avait offert un livre exclusivement consacré aux raies mantas au Grec. Le livre de nos rêves disait-il. Cela indiquait sans doute le projet de bateau.

Elle quitta l'application de design industriel et se retrouva devant la page-écran du fichier Manta.

Rien n'indiquait la présence de Travis...

Attends une seconde, se dit-elle brutalement, son œil percutant une icône parmi les dizaines d'autres. Un autre logo personnalisé. Une ancre, une couronne... Nom d'un chien... L'emblème de la Royal Navy. Un fichier nommé Skip.

From Skip to El Greco...

Elle cliqua à toute vitesse, presque fébrile.

Du traitement de texte. Word 4.

Des notes. Du courrier. Des notes de Travis rédigées en portugais, parfois en anglais.

Des dizaines de lettres.

> September 15, 1990
> From Skip to El Greco.
>
> Je pense que tu devrais considérer les choses selon cet angle. Nous doterons le voilier d'un moteur pour pouvoir pratiquer aisément la navigation fluviale. Je sais que tu as des idées tout à fait performantes à ce sujet.
>
> En attendant,
>
> n'oublie pas que rien ne vaut un voilier en haute mer, surtout quand ça s'agite vraiment. Il faut donc simplement concevoir le meilleur

voilier possible et le doter de nos systèmes de motorisation.

Suivaient plusieurs ébauches réalisées avec un logiciel « TrucPaint » ou « Machin Draw ».

April 9, 1991

Nous devrions repenser ce spi. Je ne pense pas qu'il fasse l'affaire pour les vents que nous aurons à connaître dans l'océan Indien. D'autre part, je te rappelle qu'il faut penser à créer pour de bon la société si nous voulons pouvoir acheter ce foutu terrain. J'ai maintenant besoin de ta moitié de capital au plus vite.

Ah, d'autre part, fais définitivement un trait sur la couleur dorée. En prenant une couleur normale on gagnera du poids, celle-là contient des colorants nettement plus lourds. Je te rappelle également que notre job sera sérieux et nécessitera précision, discrétion et rapidité et que je ne vois pas vraiment *la Manta* comme un casino de Las Vegas flottant si tu veux vraiment mon avis. Pour terminer j'évoque à ton souvenir le fait que les raies mantas sont noir et blanc, Théo, pas dorées.

Suivait une interminable succession de détails techniques et de schémas exécutés à l'ordinateur. Sans doute communiquaient-ils par l'intermédiaire de disquettes.

Les premières lettres « informatiques » dataient de 1990. Elles concernaient toutes leur fichu bateau.

Et c'était quoi ce job nécessitant les trois vertus

cardinales du parfait espion ? Bon sang, l'énigme Travis ne cessait de s'épaissir plutôt que de s'éclairer. Plus elle en apprenait, moins elle en savait. Mais elle essaya de glaner quelques renseignements supplémentaires en parcourant le courrier.

Elle finit par tomber sur un truc intéressant, une lettre en portugais.

> 6 septembro 1992.
>
> Des détails techniques concernant les matériaux de la mâture et un nouveau nylon japonais. Puis :
>
> Bon. Sinon j'ai l'impression que les choses se compliquent et que je vais devoir « disparaître » plus vite que prévu, si tu vois ce dont je parle. Je vais devoir accélérer le Projet, en ce qui concerne ma partie. Je vais mettre la maison en vente, discrètement. Je compte disparaître des écrans radars à la fin de l'année. Ensuite silence radio jusqu'à ce que je t'appelle. J'espère être assez clair.
>
> Une dernière lettre dans un mois.

Bon sang, Travis avait programmé sa disparition, et il prenait un maximum de précautions. Elle ouvrit la dernière lettre, plus tendue qu'elle ne s'y attendait. Et qu'elle ne l'aurait souhaité.

> December 10, 1992.
>
> Bon, dernier message avant le black-out. Tout se passe à peu près comme prévu. J'évacue pendant la nuit du réveillon. Ensuite n'oublie pas. Ne cherche pas à me joindre pour quelque raison que ce soit. Ça durera peut-

> être plusieurs mois. Continue les finitions. Achève *la Manta* tranquillement. Rendez-vous, au pire, au printemps.

Bon sang, réalisait Anita, stupéfaite, Travis s'était-il mis en rapport avec le Grec depuis sa disparition programmée ? On était au printemps. Et... ils semblaient tout près d'achever le bateau. Ce qui signifiait... bien sûr, le terrain. Un terrain sur lequel leur société avait certainement implanté un hangar...

Le Grec n'avait pas eu le temps d'achever les finitions, pensa-t-elle.

Et il faudrait retrouver la trace de ce terrain que leur société avait visiblement acheté quelque part...

Elle nota cela dans une case de sa mémoire.

Le Grec savait-il où était Travis ?

En ce cas, aurait-il fini par lâcher le morceau aux hommes de la cuisine ? À livrer des informations permettant de localiser Travis ?

Bon dieu, il ne faisait aucun doute que c'était bien pour cela, pour pister l'Anglais, qu'on avait ainsi torturé le Grec à mort.

Peut-être, tout simplement, Travis ne s'était-il pas encore montré et le Grec n'avait-il pu que supplier en vain ses bourreaux qu'ils le croient, qu'il ne savait pas où se planquait Travis... Et les hommes ne l'avaient pas cru.

Oui. C'était ça. Et un type, sans doute le chef de l'expédition, tant la besogne était précautionneuse, était monté fouiller dans les pièces. Avait déniché le bureau. Puis fouillé dans les tiroirs. Bon sang, frémissait-elle, sans doute avait-il allumé l'ordi lui aussi. S'étant assis à la même place qu'elle exactement. Peut-être avait-il réussi à pister Travis sur les traces de la raie manta, et avait ouvert tout comme elle les mêmes fichiers, parcouru les mêmes lettres.

Elle détesta l'idée d'avoir les fesses posées sur la marque encore tiède d'un assassin froid et organisé. Aussi méthodique qu'elle.

Elle chercha dans le disque dur des références à une éventuelle société mais ne trouva rien de tel. Elle frémit en pensant que le type qui était passé avant elle avait peut-être découvert ces dossiers, en avait peut-être pris connaissance avant de les détruire... Rien de plus simple si on savait se servir d'un ordinateur, ce qui pouvait fort bien être le cas d'un homme froid et méthodique.

Mais... non, non, sans doute aurait-il TOUT effacé...

Néanmoins l'homme avait peut-être trouvé le fichier Manta et dans ce cas il possédait lui aussi des informations importantes pour la localisation de Travis.

Le hangar. Le terrain.

La seule chance qui subsistait c'est que l'homme n'ait pas décelé la piste « manta » dans l'agenda et la bibliothèque. Bon dieu. Et qu'il n'ait pas pris le temps de visiter tous les étages de la machine. Que les dizaines et dizaines de fichiers emboîtés les uns dans les autres, dont aucun ne mentionnait Travis, aient eu raison de sa patience et que pressé, malgré tout, par le temps il ait abandonné son investigation sans tomber sur le fichier important.

Une chance raisonnable, tout bien pesé. Sans doute ne pouvaient-ils pas s'appesantir des heures ici. Quelqu'un pouvait passer malgré l'heure tardive et l'homme n'était sûrement pas le genre à prendre des risques inutiles. Oui, elle imaginait parfaitement le scénario maintenant. S'il avait détecté l'histoire du terrain l'homme était peut-être redescendu pour demander qu'on « affine » l'interrogatoire. Que le Grec crache le morceau sur le terrain. Et là peut-être le Grec avait-il craqué, voyant dans la livraison de cette information une issue possible. Mais l'issue s'était révélée fatale, évidemment.

Sinon, peut-être que l'homme n'avait rien trouvé et était redescendu avec la ferme intention de faire cracher le morceau à ce foutu Grec. Ils avaient franchi l'ultime étape. L'avaient ficelé sur la table et... Mais le Grec ne savait pas où était Travis. Et ils l'avaient alors achevé en lui tranchant la gorge...

Elle contempla l'écran qui rayonnait comme un petit dieu carré et luminescent. Les yeux rougis par le tube cathodique, elle éteignit la machine. Le bruit des composants qui plongeaient dans leur coma de silicium...

— Alors, vous avez trouvé quelque chose ?

La voix de Oliveira avait brusquement résonné derrière elle et elle s'était retournée avec un vrai sursaut de surprise. Elle ne l'avait pas entendu monter. Elle entendit un bruit de moteur qu'on démarrait.

— Bon, reprit-il, va falloir penser à y aller. La maison va être mise sous scellés. Les hommes du labo s'en vont et La Paz nous attend... Vous avez trouvé quelque chose ?

Elle émit un vague borborygme avant de le précéder vers l'escalier.

La Paz et son adjoint posaient les scellés sur la petite porte de derrière par laquelle Anita était entrée. À l'extérieur, la nuit était froide maintenant et elle ne put empêcher un frisson de la parcourir tout entière.

Oliveira l'attendait au bas des quelques marches.

— La Paz m'a parlé de quelque chose pendant que vous étiez là-haut...

Anita attendit patiemment la suite.

— Il y a eu deux morts violentes pas très loin d'ici cet après-midi.

Oui ? envoyait-elle silencieusement dans l'air.

— Des morts par coups de feu. Dans un coin pas vraiment réputé pour les règlements de compte à OK Corral, vous voyez ?

— Vous trouvez que ça fait un peu trop de morts violentes dans le même coin le même jour ?

— Ouais, lâcha le flic en se dirigeant imperceptiblement vers la sortie du jardin. Et puis il y a aussi un détail qui ne vous échappera pas...

Il ouvrit la petite barrière de bois.

— Les deux morts roulaient dans une voiture allemande. Avec de faux papiers belges... On les a méchamment plombés. Une demi-douzaine d'impacts chacun. Du 9 mm spécial. On a retrouvé près de quinze douilles.

— Où cela s'est-il passé ?

— À deux cent cinquante kilomètres d'ici environ, dans la Beiria Baixa, au nord de Castelo Branco.

— Vous ne pensez pas sérieusement faire le trajet ce soir ?

— Non, mais un bout de la route, jusqu'à Évora, disons. Il y a là-bas un *pousada* accueillant dont le patron est un vieil ami. On faisait le reste demain matin. On pouvait voir les corps à Castelo Branco juste avant midi.

— Parfait pour se mettre en appétit avant le déjeuner, ça...

Ils laissèrent passer un bref éclat de rire, bref mais sincère, soulageant.

Ils marchèrent rapidement jusqu'à la voiture et s'engouffrèrent sans un mot dans l'habitacle.

Oliveira mit en route calmement et s'engagea sur la chaussée.

Anita tourna la tête pour voir disparaître la maison du Grec dans la lunette arrière. Elle s'effaça, progressivement avalée par la nuit minérale, tache engloutie dans une brume lunaire.

Le gyrophare de La Paz clignotait comme un lointain pulsar.

CHAPITRE XVII

Lucas Vondt alluma voluptueusement le joint aux senteurs parfumées. Un petit craquement sec se fit entendre lorsqu'il aspira la fumée. Devant lui, au-delà du pare-brise, la mer roulait des vagues irisées de vif-argent. Le sable de la Praia do Carvoeiro s'étendait de chaque côté de lui, à perte de vue. La lune dessinait un disque d'or pâle dans le ciel constellé d'étoiles.

Il essaya de se détendre le mieux qu'il put, s'étirant de tout son long sur le siège. La soirée avait été assez épouvantable il fallait bien en convenir. Putain, le Bulgare et sa bande de tueurs étaient les types les plus sanguinaires avec lesquels il avait jamais eu l'occasion de bosser. Eva Kristensen n'y allait plus par quatre chemins maintenant. Ce n'était certes pas la première fois qu'il voyait une mort violente et, bon, il connaissait au moins deux types qui devaient pointer au chômage tous les mois, avec une rotule artificielle, celle d'avant n'ayant pas résisté à la cartouche de chevrotine qu'il y avait tirée. Un troisième, dont le souvenir se perdait dans les limbes de sa vie de flic, avait paraît-il succombé à ses blessures. Mais là, seigneur, quand il était redescendu...

Lucas Vondt chassa le noir nuage de pensées. Mais celui-ci se recombina aussitôt, plus intense. L'image du type, hurlant, sous le bâillon et le sac de plastique avec lequel l'adjoint de Sorvan lui enveloppait la tête. Ce salopard de Dimitriescu, un ancien de la Securitate que Sorvan avait déniché sur les quais d'Istanbul, ne cachait pas son plaisir. Il apostrophait parfois Sorvan, qui mangeait tranquillement un demi-poulet entier dans une assiette en carton en se contenant d'encourager son élève d'un sourire froid et tranquille.

— Hey patron vous avez vu ? Il vient de pisser partout ce merdeux ! Si c'est pas des manières ça ?

Et il gueulait aux autres de continuer. Et de lui passer une bouteille à lui aussi.

Quand Vondt avait laissé le Grec, Sorvan lui assenait un swing terrible en pleine mâchoire, alors qu'il gueulait, ficelé sur la chaise, le visage tuméfié et ruisselant de sang. Sorvan avait juste dit, en se frottant le poignet : « Détachez-le et ficelez-le sur la table. »

Sorvan était inquiet pour son équipe de l'après-midi qui disait pister Alice depuis Guarda et qui ne donnait plus de nouvelles depuis des heures. Nul doute qu'il allait se défouler un peu lui aussi, pour se calmer les nerfs.

Vondt avait alors lâché :

— On fait comme prévu. Je fouille la baraque. Vous ne sortez pas de la cuisine... Et n'oubliez pas la réserve de dope...

Sorvan l'avait simplement maté, aussi glacial qu'un énorme et vénérable cobra, passé maître dans l'art de ces choses. Puis il avait gueulé à ses hommes :

— Allez ! prréparrez-moi le dindon de la farrce, ah ah ah... je fairre un pari avec vous, Vondt. Il aida deux de ses hommes à poser le corps nu et contusionné du Grec sur la table... Je parrie que ce gros plein-de-soupe crracherra le morrceau avant que vous... n'avoir trrouvé quelque chose... Combien temps vous nous donnez ?

Vondt poussa un soupir, sur le pas de la porte. Il regarda sa montre et fit un rapide calcul.

— Je ne veux prendre aucun risque. Une demiheure. Trois quarts d'heure au maximum. Après on se tire...

Et il avait refermé la porte pour s'engager dans le couloir plongé dans l'obscurité.

Il avait mis ses gants et avait fouillé la maison. Il savait parfaitement ce qu'il cherchait. Un bureau. Une bibliothèque. Un coffre, éventuellement. Il trouva rapidement le bureau de l'étage et prit garde de ne rien déranger en fouillant systématiquement le secrétaire. Il fallait qu'il trouve un Travis, un Stephen, un code anglais éventuellement. Quelque chose.

Il ne trouva rien de tel nulle part dans le secrétaire. Rien dans les stocks de factures et les quelques lettres entassées dans le tiroir central. Rien dans les carnets et dans l'agenda du Grec. Il avait ensuite passé en revue la bibliothèque. Il sortait les livres et les retournaient vers le sol en les feuilletant d'un geste vif, afin de faire tomber l'éventuel courrier planqué. Mais il ne trouva rien.

Il retourna s'asseoir derrière le secrétaire et fouilla dans les boîtes de disquettes posées à côté du PC. Il trouva une dizaine de disquettes marquées de la mention Manta et une bonne centaine d'autres, diverses, beaucoup de programmes graphiques de pointe. Il hésita un moment puis alluma l'ordi. Il enclencha une des disquettes Manta dans l'appareil.

Il ne trouva rien sur aucune des disquettes sinon des graphiques de navire sur des logiciels dont il ne comprenait pas les fonctions. Mais dans le disque dur, constellé de fichiers de toutes sortes, il repéra un autre dossier Manta. Il réussit à l'ouvrir et se retrouva face à un autre étage rempli à son tour de dizaines et de dizaines de fichiers. Il cherchait quelque chose ayant un lien avec Travis mais ne trouva rien. Il n'avait jamais vu un tel catalogue de programmes. Il y en avait partout, et ça s'entassait au-delà des limites de l'écran comme il pouvait le constater en actionnant les curseurs de déplacement avec la souris. Nom d'un chien... Il cliqua dans une des applications, au hasard. Après une minute de chargement, le logiciel de CAO lui montra le dessin d'une voile, avec des schémas techniques et des chiffres dans tous les sens.

Il ferma l'application.

La Manta n'avait peut-être aucun rapport avec Travis. Sans doute s'agissait-il d'une occupation solitaire du Grec. Il refouilla dans les carnets et l'agenda, et il repéra les indications Manta qu'il n'avait pas détectées la première fois. Il se dit qu'il n'était pas plus avancé, que rien ici ne permettait de retrouver Travis, que le Grec était un dealer prudent et consciencieux et qu'il fallait donc en venir aux dernières extrémités, ce dont s'occuperaient fort bien Sorvan et ses sbires.

Il sortit du bureau et trouva une chambre à l'étage, presque en face du bureau. Chambre qu'il fouilla soigneusement. Il ouvrit les tiroirs des commodes et de la table de nuit, chercha sous le lit et dans les vêtements accrochés dans la penderie. Ne trouva aucune carte de visite, pas même un simple numéro de téléphone, gribouillé sur un ticket avec deux initiales ST, ou Manta. Rien du tout.

Il commença à se demander si l'information de l'homme de Faro n'était pas un putain de tuyau crevé.

« Le Grec deale toujours à cet Anglais, avait-il dit. Je le sais c'est moi son grossiste. Il vient me voir fréquemment et je lui demande toujours des nouvelles des clients, surtout quand ce sont d'anciennes connaissances. Il me dit toujours que ça va. Mais qu'il ne le fréquente pas. C'est devenu tellement systématique que je me dis que ça pourrait justement être le contraire, vous voyez ? »

Mais il n'y avait rien dans cette maison qui témoignait d'un lien quelconque entre les deux hommes. Rien que quelques deals d'herbe ou de poudre... Ouais, ouais... Justement... ça ne faisait aucun doute, le Grec connaissait sûrement l'endroit où se planquait Travis. Ou tout au moins le moyen de le joindre...

À l'approche de l'escalier, un hurlement de bête éclata dans la maison et c'est avec une lourde boule dans l'estomac que Vondt s'était approché de la cuisine.

Quand il était entré dans la pièce il avait marqué un temps d'arrêt. Sorvan et son adjoint étaient passés à l'action, assistés de Lemme, le Hollandais. Les deux derniers, Carlo et Straub, faisaient une petite pause-repas, sur le bord de l'évier. L'un d'entre eux émit un rot profond en saupoudrant une énorme ligne de coke dans une assiette propre. Il fit deux gros rails, en sniffa un de deux bons coups dans les narines et passa l'assiette à son voisin avec un râle de satisfaction. Dimitriescu avait un gros joint aux lèvres et cela semblait exciter ses instincts. Le Grec émettait des sons incompréhensibles, son corps était lardé de coups de couteau ou de bouteilles cassées.

Dimitriescu alluma un des feux de la cuisinière et y posa un large couteau de cuisine. Il contemplait en souriant le Grec qui se tortillait sur la table, les yeux vissés à la lame qui chauffait sur la couronne de flammes.

— Alors ? demanda Vondt.

— Pas grand-chose encore, lui répondit Sorvan. Lui nous donner sa rréserrve et le nom d'un barr, près de la frrontièrre, à Vila Real. Mais c'est pas suffisant ça, hein, et il va tout nous dirre, hein, le Grrec ?

Il s'était adressé au dealer comme à un enfant chahuteur qu'il faut légèrement gronder.

Vondt avait réfléchi un court instant.

— Demandez-lui pour *la Manta*.

— Quoi ? avait jeté le Bulgare, la... manta ?

— Oui. C'est le nom d'un bateau. Peut-être que Travis est dans le coup... demandez-lui tout ce qu'il sait.

Le couteau était prêt et Dimitriescu le brandit comme un objet saint. Vondt ne s'attarda pas. Il sortit de la cuisine et remonta à l'étage. Les hurlements animaux l'accompagnèrent néanmoins jusqu'au bureau.

Il ralluma l'ordi et rouvrit le fichier Manta. Quelque chose. Il y avait sûrement quelque chose dans ce putain de fichier. Résigné, il poussa un soupir en regardant sa montre. Un quart d'heure, vingt minutes pas plus.

Il parcourut patiemment les étages de la machine et finit par tomber sur ce qu'il cherchait.

Là, oui, c'est ça. Un graphisme en forme de symbole de la Navy. Skip. Comme Skipper. Et Travis avait été enseigne dans la marine de Sa Majesté.

Il cliqua, fébrile.

Bon sang, marmonna-t-il entre ses dents en

tombant sur un nouvel étage de fichier. Il reconnut l'emblème de Word 4, un traitement de texte qu'il connaissait un peu. Il cliqua et vit apparaître du courrier. Une lettre.

La lettre parlait de trucs techniques incompréhensibles pour le profane donnant des chiffres, des mesures, des analyses de vents ou de courants... Il la parcourut à toute vitesse mais cela ne lui apprit rien de plus.

Dans la seconde lettre, il vit une allusion à de prochaines vacances mais rien ne semblait lever le voile d'opacité. Le type parlait d'une trop grande résistance de la quille et dissertait des paragraphes entiers sur la chose. Avec des équations mathématiques et des adjectifs de marin d'élite. Vondt était sûr que c'était Travis, ce Skip, mais ça ne lui apportait pas grand-chose. D'autre part le temps pressait. Il cliqua sur une autre lettre et tomba sur un courrier dans lequel Skip semblait programmer une sorte de disparition volontaire... la lettre datait de plusieurs mois. Après il n'y avait rien.

Oui, pensa Vondt, soudainement survolté. C'était ça. Sans doute le Grec disait-il la vérité en hurlant qu'il ne savait rien.

Bon sang. Travis se planquait pour de bon. Ce qu'avait pressenti Eva Kristensen en apprenant la vente de la maison se révélait donc exact. (Travis n'est pas un rigolo, lui avait-elle dit. Sans doute s'est-il trouvé un repaire bien camouflé pour mener à bien l'enlèvement de ma fille. Vous aurez fort à faire, monsieur Vondt, lui avait-elle précisé, mon ex-mari n'est pas exactement un amateur. C'est pour ça que je vous ai choisi. Et que je vous paie si cher...)

Il s'était levé et avait éteint l'ordi. Avait vérifié que tout était en place sur le bureau et s'était dirigé vers l'escalier. Il était inutile d'en faire endurer plus au Grec, dont il entendait la lointaine plainte étouffée, maintenant. Avec *la Manta* il pourrait sûrement pister Travis. Un code d'immatriculation. Un hangar. Une société. Peut-être même avaient-ils déjà effectué quelques sorties avec leur foutu bateau et quelque part, quelqu'un avait-il vu *la Manta* sur la coque.

Lorsqu'il refit son entrée dans la cuisine il comprit qu'il n'y avait plus rien à faire. Les types de Sorvan l'avaient si bien travaillé que le Grec était à demi mort. Ce serait désormais une bénédiction pour lui que de partir. Cela lui permit de n'éprouver aucun remords pour l'ordre qu'il aurait à donner.

— Alors ? jeta-t-il une seconde fois à Sorvan. Ses yeux ne s'attardèrent pas sur la plaie roussie qui s'étoilait au niveau du pubis.

— Ben il a gueulé Travis, Skip... Après y disait plus que *la Manta, la Manta*... Ensuite là je crois qu'il a appelé sa mère.

Vondt fronça les narines. Une odeur horrible commençait à se dégager du Grec, dont les sphincters avaient lâché.

— Bon je crois qu'on en apprendra pas plus. Mettez la dope dans une des bagnoles et extinction des feux.

Sorvan avait parfaitement saisi l'allusion.

Vondt n'avait pas attendu pour sortir et pour rejoindre la voiture planquée dans l'arrière-cour. Il avait tout de suite allumé la radio. Elle ne s'était pas arrêtée une seconde depuis.

Après que toute la scène eut fini de se dérouler dans son esprit comme un film bien trop net à son goût, il ressentit un bien-être nouveau doucement l'envahir. Le pare-brise créait un écran de *drive-in* sur lequel défilaient des images de plage, d'océan, de ciel étoilé et de reflets lunaires. Il n'avait pas pu faire autrement, c'était tout. Il avait un contrat à exécuter, 20 000 deutsche marks pour une semaine de boulot, à tout casser. Ce n'était pas personnel. Le Grec avait juste été la mauvaise personne, au mauvais endroit, au mauvais moment.

Il espéra que Sorvan ait fait ça vite et relative ment proprement. Si c'était à Dimitriescu que le Bulgare avait laissé le soin de l'extinction des feux, nul doute que l'ancien tortionnaire de Bucarest y aurait mis quelque sophistication ingénieuse.

Il aspira une énorme bouffée de *sensemilla*.

Bon, demain matin il se rendrait au Bar du Port, à Vila Real de Santo Antonio. Il demanderait pour un bateau nommé *la Manta* et chercherait un Travis, ou Skip. Sorvan et son escouade resteraient comme d'habitude enfermés dans la maison de Monchique, un peu au nord de cette plage.

Devant lui la lune se réfractait sur les vagues et l'écume ressemblait à une mousse de cristal. Il y avait un vague truc country à la radio, qui jouait en sourdine.

Le battement du ressac emplissait doucement l'atmosphère, par la fenêtre grande ouverte.

*

Il pénétra sur la Plaça do Giraldo, le centre-ville d'Évora, un peu avant minuit et quart. Il avait bien tracé. Évora est une superbe petite ville de l'Alentejo, de vingt mille âmes environ, cernée par des murailles datant de l'époque romaine, encore visibles aux entrées et sorties de la ville.

Vitali lui avait demandé de retenir de mémoire

le nom de cinq rues, toutes pas très loin de la cathédrale.

À chaque adresse, correspondait une journée, à partir de la nuit passée au Parador espagnol. Il suivit les consignes à la lettre et gara le véhicule sur le parvis de l'église, à l'austère façade de granit rose. Il jeta un dernier coup d'œil à son plan de la ville et se dirigea vers la Rua de Mouraria.

Devant le numéro 18, il trouva la voiture. Une petite Fiat bleue. Il ouvrit directement le coffre, comme convenu, dénicha les clés du véhicule sous la toile de lino et pénétra dans la voiture avec une impatience mal contenue. Dans la boîte à gants il trouva la lettre et il ne s'attarda pas. Il referma tout, remit les clés dans le coffre et retourna à bonnes foulées à la voiture où l'attendait Alice.

Il ouvrit le courrier, en prit rapidement connaissance et prit directement la route du sud.

Il y a deux routes qui mènent vers le sud à partir de la ville, la N254 et la N18, qui se rejoignent d'ailleurs quarante kilomètres plus bas, un peu avant Beja.

La planque de Vitali se trouvait à dix kilomètres au sud d'Évora, sur la N254, vers Viana do Alentejo.

Là, à la lisière d'un bois longeant la route droite et poussiéreuse, il y avait une vieille casemate désaffectée, ayant abrité auparavant un transformateur électrique. Il se gara juste devant, en éteignant ses feux.

Il sortit de la voiture et fit le tour du petit bâtiment jusqu'à l'ancienne porte métallique. Elle était rouillée de toutes parts et un vieil écriteau vissé s'oxydait lentement lui aussi. Un écriteau avec une tête de mort électrique, le signe international du danger haute tension. Il vit là un clin d'œil de Vitali pour l'emblème de la Colonne Liberty-Bell et ne douta plus un seul instant qu'il s'agisse de la planque. Il tira sur le battant, qui vint vers lui dans un grincement sonore, et pénétra dans le réduit obscur et poussiéreux.

Il alluma sa torche et promena le pinceau dans l'espace.

La pièce avait été vidée du gros matériel mais divers détritus et structures métalliques jonchaient la pièce, ou couraient sur les murs. Comme indiqué dans le message, le conduit d'aération se trouvait à trois mètres du sol, dans le coin nord-est supérieur du cube, lui avait spécifié Vitali. Mais on pouvait y accéder assez facilement en s'aidant des structures laissées contre le mur.

Le conduit était protégé par une grille d'aluminium, recouverte d'une crasse noire et grasse. Il tira la grille vers lui. Elle vint sans trop de résistance.

Il dirigea le faisceau de sa torche dans le boyau obscur et des reflets noir-violet chatoyèrent.

Du plastique. Un sac-poubelle enroulé de Chatterton. Un objet long. Il engouffra son bras dans le boyau et ramena précautionneusement l'objet. Pas vraiment lourd. Ce n'était pas une AR18. Il mit le truc sous son bras et replaça la grille, du mieux qu'il put, en équilibre moyennement stable sur le tube de métal. Puis il sauta à terre.

Il sortit son couteau suisse et déchira l'enveloppe et les liens de Chatterton. Une culasse noire et bien graissée apparut.

Il extirpa l'objet. Un pistolet-mitrailleur Steyr-Aug. Avec quatre magasins de quarante balles, scotchés ensemble sur l'imposante culasse moirée comme un étrange animal métallique. Des chargeurs légèrement courbes.

Mieux. La mitraillette était dotée d'un viseur avec système de vision nocturne.

Tout bonnement parfait. Avec une telle mitraillette on ne peut pas espérer une grande précision au-delà d'une centaine de mètres mais le système photo-optique lui donnerait un avantage certain dans le noir. Il faudrait tâcher de ne pas oublier ça, se dit-il.

Il y avait un petit bristol scotché avec les chargeurs.

Il ralluma sa torche pour déchiffrer le message.

Hello, Fox.

Je n'ai pas pu trouver mieux dans le laps de temps qui nous était imparti.

Pour montrer votre passage, prenez le tube rouillé qui se trouve à l'intérieur, dans le coin à droite de la porte et placez-le à l'extérieur, à terre, le long du mur parallèle à la route.

N'oubliez pas de brûler les messages (je n'avais pas de bande s'autodétruisant dans les trente secondes sous la main).

Soyez extrêmement prudent.

VITALI

Pas pu trouver mieux... Faux modeste ! pensa Hugo en retenant un sourire.

Il replaça l'engin et les magasins dans le sac entrouvert et sortit de la casemate avec le tuyau qu'il agença le long du mur.

Puis il jeta le gros fœtus de plastique dans le coffre, avant d'aller s'asseoir dans la voiture. Il ouvrit la boîte à gants et s'empara du courrier de Vitali, mit le bristol dans l'enveloppe et sortit une petite réserve d'essence à briquet de sa poche.

Alice ne disait rien. Observant avec une curiosité attentive cet étrange ballet.

Il ressortit de l'habitacle.

Il imbiba le papier d'essence et fit quelque pas vers la casemate. Son pouce appuya sur la molette du Zippo. La flamme tempête oscilla sans s'éteindre dans un bref souffle de vent. Il enflamma l'enveloppe et la jeta sur le sol près de la porte déglinguée.

Il attendit patiemment qu'elle se fût tout entière consumée puis il retourna à la voiture.

— Bon, dit-il en se retournant vers Alice, on est à Évora et il est presque une heure du matin, on sera pas à Faro avant deux ou trois bonnes heures... On a le choix. Ou on décolle direct. Ou on passe la nuit à Évora et on remet le reste pour demain matin. On pourrait y être pour le déjeuner. Comme ça on dérange pas ton père en pleine nuit.

Les effets du speed l'avaient quitté. Et le poids d'une nuit et de deux longues journées de conduite, à peine interrompues par un intermède de cinq heures, commençait à retomber sur ses épaules. Deux rudes journées, bien remplies. Il se serait volontiers coulé dans les draps, en fait.

Alice le regardait sans rien dire.

— Bon, laissa-t-il tomber, qu'est-ce que tu préfères ?

— Ben c'est comme vous voulez, Hugo, émit-elle timidement. Mais c'est vrai, on pourrait dormir tranquillement à l'hôtel et rouler demain matin.

Il comprit que le poids de la journée devait sembler encore plus lourd à Alice qu'à lui même.

Et surtout ça lui donnait une vague excuse.

Il mit en route le moteur.

— On parle d'un *pousada* sympa dans le guide

du routard, dit-il en effectuant son demi-tour. La pensao O Eborense. Installée dans un ancien *solar*...

Elle ne répondit rien. Elle avait l'air de parfaitement savoir ce qu'était un solar.

Lorsqu'il se gara devant la splendide demeure, plongée dans l'obscurité, il discerna une vague lueur au rez-de-chaussée près de l'entrée vitrée. Il y avait trois ou quatre voitures disséminées dans le parking. Deux bagnoles portugaises. Une espagnole et une allemande. Sans doute des touristes. Comme Berthold Zukor, le touriste qu'il était.

Il éteignit le moteur et sortit sans mot dire de la voiture. Alice fit de même et observa l'architecture harmonieuse du petit palais blanc.

— C'est joli ici, murmura-t-elle.

Hugo ouvrait le coffre.

Il s'empara du sac de sport vide et y fourra la mitraillette, enveloppée dans son étui de plastique. Puis il ouvrit la mallette de gauche et s'empara de quelques sous-vêtements, tee-shirt, chaussettes, slip, ainsi que de sa trousse de toilette. Enfin il ouvrit la trousse à outils où il récupéra un rouleau de Chatterton noir, qui rejoignit la mitraillette et le linge.

Puis il mit le sac sur son épaule et referma le coffre.

À l'accueil un homme bronzé au regard aimable et intelligent lui donna la chambre quatorze, en lui souhaitant la bienvenue et en lui montrant la chambre. Il détaillait la toison oxygénée d'Hugo avec une lueur amusée.

Une pièce assez vaste, mine de rien. Avec des fenêtres donnant sur un bouquet d'arbres. Une douche et des toilettes. Deux grands lits, visiblement confortables.

Hugo remercia l'hôte et prit possession de la chambre.

Alice alla se planter à la fenêtre.

— Prends une douche, et couche-toi, laissa-t-il tomber sans intention particulière.

Elle lui jeta un regard surpris avant de se diriger vers le petit cabinet de bains.

Hugo attendit qu'elle se soit enfermée pour ouvrir le sac. Il s'empara de la mitraillette et découpa le Chatterton qui retenait les chargeurs. Il en enclencha aussitôt un et arma la machine. Un claquement sec. Une balle était engagée dans le canon. Prête à l'emploi.

Puis il scotcha un chargeur sur celui qui était en place, tête-bêche, ce qui permettait de recharger à toute vitesse, en un tour de main.

Il en confectionna un double avec les deux magasins restants puis il replaça le tout dans le sac de sport, ouvert, à la tête de son lit, du côté gauche. Il avait toujours été un faux droitier, un gaucher manqué. Mais la vieille mémoire de ce double endormi ressortait parfois étrangement à la lumière. Il tirait comme un gaucher, en fermant l'œil droit et tenait un fusil ou un PM comme tel. Étrangement, pour les armes de poing, comme le Ruger, c'était sa main droite qui était la plus performante, parce que plus agile, mieux développée.

Il entendit le bruit de la douche qu'on actionnait.

Il alla vérifier que la porte de la chambre était bien fermée à clé. À double tour.

Il ôta son blouson et ses bottes et s'allongea sur le lit.

Alice ressortit de la cabine avec un long tee-shirt

blanc et une paire de petites chaussettes blanches. Elle se dirigea d'un trait vers son lit et se fourra sous les draps en éteignant sa lumière.

Hugo se leva et s'enferma à son tour dans la cabine de douche. Il se décrassa entièrement et revêtit ses sous-vêtements propres, puis il s'enroula à son tour dans les draps.

La lune projetait des stries pâles et dorées par les interstices des volets. Il ne vit pas le sommeil venir.

*

Ils arrivèrent en vue d'Évora un peu avant minuit et demi, par la N18. La N254 était plus jolie, mais la N18 était plus rapide lui avait dit Oliveira à l'intersection.

Le flic conduisit prudemment mais sûrement dans le dédale de vieilles rues. Il s'arrêta devant un porche qui donnait sur un terre-plein au bout duquel se dressait une bâtisse blanche. Il pénétra sur le terre-plein et se gara près d'une Mercedes aux plaques allemandes.

Ils suivirent le tenancier de l'hôtel dans l'escalier garni de plantes exotiques et purent jeter au passage un coup d'œil admiratif à la terrasse qui donnait sur un petit parc.

Ils prirent deux chambres séparées mais voisines et se donnèrent rendez-vous pour le petit déjeuner, à huit heures trente.

Anita posa son petit sac de sport sur le lit et fit le tour de la chambre.

Elle prit une douche rapide, puis une seconde, beaucoup plus longue, qui vida le ballon d'eau chaude, et réalisa qu'elle n'arrivait pas à se détendre. Malgré la fatigue, un virus énervé s'agitait dans son métabolisme. Elle tenta de faire le point, allongée, nue, sur le lit.

Elle entendit vaguement qu'on pénétrait sans trop de bruit dans une chambre, à l'étage. Des bruits furtifs.

Puis elle s'engouffra dans les draps. Elle se résigna à éteindre la lumière en sachant pertinemment que le sommeil ne viendrait pas tout de suite.

Mais rien de bien cohérent ne semblait surgir de ce *brainstorm* nocturne et involontaire. Les images du Grec tournoyaient régulièrement comme un diaporama malade et obscène. Le fichier Manta, se répétait-elle alors, comme un mantra hypnotique, le fichier Manta, tâchant de se concentrer sur ce qu'elle avait découvert d'important.

Travis. Skip. Un bateau. Une société. Un hangar sans doute quelque part. Un compte bancaire. Il faudrait s'occuper de cela dès demain, après avoir vu les cadavres à la morgue.

De faux citoyens belges. Roulant dans une voiture allemande. Des hommes d'Eva Kristensen ? Mais par qui se seraient-ils fait descendre ? Eva K. aurait-elle des concurrents ? Le milieu ? La maffia ?

Bon sang, Oliveira lui avait dit que Travis connaissait des dealers mais aussi des sortes d'agents d'influence ou de liaison de la maffia...

Nom de dieu... Travis aurait-il fait appel à des tueurs expérimentés du syndicat du crime sicilien pour contrer son ex-femme ?

Elle se retourna sur le dos, soudainement tendue, et concentrée.

Oui, pensait-elle alors, presque furieusement. La chose ne s'était jamais éclairée sous cet angle. Travis était peut-être plus qu'un simple marin toxico ? Peut-être n'était-ce qu'une couverture ? Peut-être travaillait-il en fait pour la maffia, ou une organisation approchante ?

En ce cas, pourquoi aurait-il fait exécuter ces hommes sur le bord d'une route portugaise ? Ben tiens, réagissait-elle. Parce qu'ils y étaient, évidemment. Ce qui voulait dire qu'Eva K. n'était pas loin et que l'étau se resserrait. Travis devait très certainement se méfier au plus haut point de son ex-femme. Il avait alors pris les devants et fait exécuter deux types un peu trop curieux... Peut-être Travis se planquait-il à un endroit peu éloigné du lieu de l'exécution... Oui, oui sans doute. Mais il y avait autre chose. Et cette autre chose, Anita le savait de tout son être, cette autre chose c'était Alice.

Elle ne savait d'où venait cette impression mais elle sentait comme l'aura immatérielle de la fillette dans cet « incident ». Elle s'agita dans les draps.

Une sorte de scénario tramait sa toile dans son esprit. Et si Travis avait en quelque sorte planifié la fugue d'Alice ? Oui mais... Comment ?

Pas de réponse.

Supposons qu'il travaille pour la maffia, il doit posséder des relations bien placées et un réseau efficace. Admettons qu'il ait réussi à communiquer avec Alice, malgré sa déchéance des droits paternels. Peut-être était-ce cela le projet dont Travis parlait dans son courrier au Grec. *Peut-être même était-ce pour cela qu'il avait programmé sa disparition ?*

Pour s'évanouir dans la nature des mois avant l'exécution. Histoire d'avoir le temps de bien brouiller les pistes. Sans doute le bateau aurait-il servi à filer aux antipodes, avec sa fille, dans une retraite bien préparée.

Oui, mais Alice s'était sauvée de chez elle après

avoir vu la cassette de Chatarjampa, il était difficile de voir une main extérieure à tout cela.

Oui mais c'est justement ça, le chaos, le désordre, le hasard. Alice était tombée sur la cassette avant que Travis n'ait eu le temps de tout mettre en place. Elle avait fui avant son ordre et sans doute ne savait-elle pas du tout où il se trouvait. Non, sans doute personne ne le savait. Pas même ses amis. Pinto, et le Grec. Ni elle, la flic embringuée dans cette histoire. Ni Eva Kristensen, ni sa fille. Personne.

À trois heures du matin passées, elle ne dormait toujours pas. Elle avait élaboré cent hypothèses, échafaudé mille scénarios. Elle pesta contre l'insomnie et se leva pour boire un verre d'eau. Elle tourna cinq minutes dans la chambre éclairée par le pâle rayonnement de la lune, puis résignée, alluma une cigarette et s'allongea sur le lit.

Elle finit par somnoler après avoir éteint sa cigarette. Elle tenta de faire le vide en elle, uniquement tendue vers le silence qui baignait l'ancien solar.

Elle commença à légèrement partir...

Un bruit de moteur apparut graduellement dans l'univers. Puis un deuxième, juste devant l'entrée. Les moteurs se turent. Puis des portières claquées discrètement, des bruits de pas, des voix étouffées.

Elle ne sut pourquoi, cela l'éveilla et la fit se lever. Elle aperçut deux capots avant, qui se faisaient face, devant l'entrée. Un groupe d'hommes se dirigeaient rapidement et furtivement vers l'entrée.

Elle se raidit et se jeta instinctivement en arrière. Elle se posta sur un côté de la fenêtre et vit que deux hommes semblaient monter la garde devant l'entrée. Qu'est-ce que cela voulait dire ? Des flics ?

Peut-être avait-on appris qu'elle et Oliveira étaient ici et les cherchait-on au sujet d'une des affaires dont ils s'occupaient (quoiqu'elle s'obstinât à penser qu'elles ne faisaient qu'une). Elle décida de s'habiller et commença à enfiler son jean lorsqu'elle entendit des bruits venant du rez-de-chaussée.

Des bruits sourds, comme... Bon sang, quelque chose qu'on casse et une voix qui s'élevait comme une plainte soudainement coupée.

Ce n'était certes pas normal... Elle acheva de s'habiller à toute vitesse et se précipita vers le holster suspendu au dossier de la chaise. Elle n'avait pas encore commencé de le fixer lorsqu'elle entendit une cavalcade dans l'escalier.

Un signal d'alarme retentit dans sa tête, bruyamment.

Danger. Immédiat.

*

Vondt remontait vers Monchique lorsqu'il avait reçu un appel radio tout excité de Koesler.

— Putain, assenait celui-ci d'une voix tendue et crispée, encore plus métallique que la normale dans le spectre radio... Vous allez pas le croire, là en vingt minutes ce qui vient de se passer...

— Qu'est-ce qu'y a Koess... Gustav ? C'est quoi ce raffût ?

— Écoutez, putain... Là je suis à Évora, la fliquesse a quitté la maison du Grec avec le flic portugais et ils sont montés vers le nord comme je vous l'ai dit tout à l'heure...

— O.K., O.K., coupa Vondt, agacé, et alors ?

— Y se sont arrêtés à Évora, dans un petit hôtel. Bon la rue était pas très pratique pour mater alors j'ai dû me garer plus haut. J'voulais attendre tranquillement le matin sans dormir et...

— O.K., putain, O.K...

— Bon ben vingt minutes plus tard devinez qui je vois rappliquer ?

— Putain, Koesler, vous le faites exprès, souffla Vondt, excédé, je ne suis pas d'humeur aux petites devinettes, alors crachez-moi le morceau...

— La fille...

La voix s'était faite moins forte, comme soufflée au micro.

— Hein ? gueula Vondt à l'émetteur.

— La fille, Vondt, la fille Kristensen. Elle a déboulé à peine une demi-heure plus tard dans une bagnole noire, une BMW, conduite par un type qui correspond pas à la description qu'on a... mais bon, Travis il a p'têt' plusieurs gars lui aussi, voyez ?

Nom de dieu, se dit Vondt. Koesler avait repéré la fille.

— Où ça vous dites ? Évora ? Le nom ne lui disait rien et il ouvrit la boîte à gants pour s'emparer de la carte routière.

— Ouais, résonnait la voix métallique de Koesler, ce n'est pas dans l'Algarve, c'est dans l'Alentejo, plus vers le centre du pays.

— Combien de bornes environ ?

— C'est compliqué, vous savez, le réseau routier portugais... Où vous êtes, là ?

— Où voulez-vous que je sois ? Je suis à Monchique évidemment !

Il y eut un silence à l'autre bout des ondes, puis une interférence annonciatrice.

— Pas simple de là où vous êtes. Les routes les plus directes sont des saloperies en mauvais état. Faut que vous rejoigniez Beja, pour cela rejoignez la N2 au plus vite par la N124, au sud de Monchique et remontez comme pour aller chez le...

Koesler s'interrompit à temps.

— Au nord de Beja, c'est ça ? gueula Vondt.

— Ouais c'est ça, qu'est-ce que je fais ?

— Rien. Surtout rien. Vous surveillez et vous me communiquez les informations importantes au fur et à mesure. Vous êtes absolument certain que c'est la fille Kristensen ?

— Écoutez, j'ai pu m'approcher de l'entrée et je les ai vus à l'accueil. J'la connais bien la môme... Ça vous va ?

— O.K., souffla Vondt, faites ce que je dis et tout se passera bien.

Il coupa la communication, réfléchit à peine une minute. Il fallait d'urgence contacter Eva Kristensen.

Ce qu'il fit dès son arrivée à la maison prêtée par cet ami d'Eva. Eva avait des amis partout.

Sorvan et ses types dormaient, ronflant dans le salon et les chambres, sauf deux qui montaient la garde dans la cuisine. Dans l'obscurité la plus totale.

Il réussit à avoir Messaoud, au Maroc, mais celui-ci lui annonça qu'Eva était partie pour le Maroc espagnol où elle avait embarqué dans la nuit et serait sur les côtes de l'Algarve dans la journée qui suivrait, qu'il avait prévenu Sorvan dans la soirée. Vondt le coupa et lui demanda s'il était possible de joindre Eva Kristensen, au plus vite.

Messaoud sembla réfléchir, puis laissa tomber :

— Pas cette nuit, votre téléphone n'est pas raccordé au système satellite qu'utilise madame Eva, malheureusement. Ce que j'ai déjà dit à Sorvan c'est qu'elle se mettrait en contact avec vous dès son arrivée, demain.

Merde, pensa Vondt. Il fallait absolument parler à Eva. C'était vital.

— Écoutez-moi bien, lâcha Vondt froidement. Je sais que vous, vous êtes raccordé avec la liaison satellite du bateau, alors vous allez faire très exactement ce que je vais vous dire de faire, O.K. ?

Vondt savait que Mme Kristensen avait dû être très claire au sujet de l'importance de ses ordres. Il entendit un vague borborygme d'assentiment.

— Appelez-la dans la minute. Dites-lui que la petite sirène est en vue, mais qu'il y a un problème. Que la petite sirène semble rejoindre la fliquesse d'Amsterdam. Et qu'elle est avec un homme de Travis. Dites-lui ça. Que la petite sirène est dans un hôtel avec ce type, la Hollandaise et un flic du coin. Dites-lui que quelle que soit sa décision nous partons tout de suite au cas où elle déciderait d'une intervention. On laissera un type ici qui recevra votre coup de fil. Vous aurez juste à lui dire OUI, ou NON. Si oui on agit, si non on revient. O.K. ?

Il aurait pu entendre l'homme se remémorer toute la séquence derrière le barrage de parasites.

— O.K., monsieur Vondt, je joins Mme Kristensen et je vous rappelle au plus vite.

— Rappelez-vous, si nous sommes partis, dites juste oui ou non à notre gars, compris ?

— Compris monsieur Vondt.

Il avait coupé la communication et avait réveillé la maisonnée. Un peu avant une heure sa voiture et deux de Sorvan s'enfonçaient dans la nuit en direction d'Évora.

Une dizaine de kilomètres plus loin, leur homme resté à Monchique les joignit avec la C.B.

— C'est oui, laissa-t-il tomber laconiquement.

Le Beretta 32 se retrouva bien en mains. Croisées sur la crosse, tendues vers la porte. Elle alla se coller au pan de mur qui serait recouvert si la porte s'ouvrait.

La course des pas s'était éteinte brutalement au sommet de l'escalier et une voix à demi étouffée avait tenté de rétablir le calme.

— Vos gueules. Silence. On doit juste trouver la chambre quatorze.

Puis un chuchotement inaudible pour elle.

Bon dieu se demanda-t-elle, qu'est-ce qu'il y a dans la chambre quatorze pour valoir une telle expédition ?

Elle se demanda si Oliveira dormait ou s'il avait entendu les bruits lui aussi.

Elle se traça de mémoire la disposition de l'étage. Elle était à la chambre dix-huit, et Oliveira à la dix-neuf, au fond du couloir. Si ses souvenirs étaient exacts la quatorze devait sûrement se trouver de l'autre côté de la cage d'escalier, son aile ayant commencé par le chiffre seize.

Il n'y avait aucun rai de lumière sous sa porte. Les types étaient restés dans le noir.

Peut-être des flics venus procéder à une arrestation...

Elle glissa de l'autre côté de la porte et bénit les dieux du hasard qui avaient voulu qu'elle ne l'ait pas fermée à clé.

Elle tourna très doucement le loquet et tira d'un petit centimètre vers elle.

Un groupe de silhouettes faisaient face à l'autre porte du fond, de l'autre côté de l'escalier. Il y avait un type près de la dernière marche qui semblait scruter l'obscurité vers elle. Un type d'une stature imposante et qui semblait diriger le groupe. L'homme se retourna vers la cage et chuchota quelque chose à quelqu'un qui faisait du bruit dans l'escalier.

Cinq hommes au moins. Trois devant la porte. Un au sommet des marches et un dans l'escalier. Ah oui et les deux types dehors. Et peut-être bien un ou deux mecs en bas pour tenir en joue le gardien. Bon dieu, une véritable armée. Qu'est-ce que...

C'est à cet instant qu'elle entrevit un mouvement brusque dans le groupe posté près de la porte et qu'une explosion déchira le silence. Un éclair avait jailli avec la détonation et elle vit la porte du fond s'ouvrir d'un coup de pied violent. On avait tiré dans la serrure et...

C'est à cet instant que l'enfer se déchaîna dans le couloir.

CHAPITRE XVIII

C'est Alice qui l'avait réveillé.

Dans son sommeil un mouvement de forte amplitude était venu bousculer les règles d'un rêve très ancien qui venait périodiquement assaillir sa conscience endormie. Puis une voix avait résonné à ses oreilles et ses yeux s'étaient ouverts. Il reprit pied difficilement. Le visage d'Alice là tout près. Ses lèvres qui chuchotaient quelque chose, son air grave. Sa main qui secouait son épaule. La chambre plongée dans le noir.

— Hugo, lui disait-elle, réveillez-vous... Hugo, il faut que vous vous réveilliez...

Il se réveilla.

— Qu'est-ce qu'y a ?

— Ils sont là, Hugo... Oh, plein d'hommes, des hommes de ma mère... ils sont dans l'hôtel.

Il prit conscience tout à fait, rejetant les draps et s'asseyant sur le lit.

— Oui, jeta-t-elle, plus terrifiée à chaque seconde, je les ai vus entrer et j'ai entendu du bruit en bas, je... je ne dormais pas très bien et j'ai entendu leurs voitures... OH !

Elle venait de sursauter alors que de lourdes foulées grimpaient l'étage et que des voix étouffées se faisaient entendre.

— Ce sont eux, mon dieu, faillit-elle hurler mais Hugo lui faisait signe de la boucler, puis lui montra d'un geste ferme le cabinet de toilettes. Sa main empoignait déjà le pistolet-mitrailleur.

Il se mit sur ses pieds, doucement, et s'accroupit en tendant l'oreille, derrière le lit. Alice refermait la porte des toilettes sur elle. Le silence était retombé. Il déclencha le cran de sûreté et mit le système photo-optique en route. Il s'installa confortablement le dos au mur, en repliant ses jambes sur le sol et en tenant l'arme dirigée vers la porte, bien calée sur l'oreiller.

Un long film vert commença. Dans le viseur une porte verdâtre s'encadrait sur un mur d'une autre nuance, légèrement plus claire. Aucune lumière dans le couloir. Les types voulaient profiter de l'obscurité. Ils allaient être servis.

Il attendit patiemment que la porte s'ouvre.

Une énorme détonation le fit sursauter, malgré l'habitude. Un violent éclair zébra l'image monochrome, là où la serrure explosa.

Et le rectangle vert intense découvrit un autre rectangle très dense, presque noir, mais où se détachaient nettement trois silhouettes, d'un beau vert, électrique et généreux. La croix graduée du collimateur se trouvait en plein sur la grosse silhouette du centre. Les hommes allaient se ruer dans la chambre dans une fraction de seconde.

Il appuyait déjà sur la détente. Un énorme jet de flammes orange troua la nuit, dans un bruit infernal. L'arme tressauta contre son épaule et il vit l'homme du centre et son voisin de droite partir à la renverse. Les flammes trouaient toujours la nuit et l'homme de gauche tenta de tirer avec son arme, en se jetant en avant, Hugo vit nettement l'éclair fluorescent zébrer la lentille mais le tir de l'homme ne fut pas assez précis. Les flammes orange tonnaient toujours et la croix chiffrée le pointait. L'homme s'écroula à son tour, dans une danse grotesque. On hurlait de partout. La porte et le mur étaient ravagés par une pluie de métal. Il y avait une autre ombre verte dans le couloir qui tirait vers lui à son tour. Des impacts s'étoilèrent sur le lit et l'armoire. La silhouette avait tiré accroupie et elle se releva prestement. Une solide baraque, qu'il arrosa au jugé. Mais l'homme se jeta à plat ventre dans le couloir, disparaissant momentanément à sa vue. Et un autre, non deux autres dans l'escalier, dont l'un avec un fusil, qui montaient en courant à l'étage. Les flammes trouaient la nuit. Le grand type remettait ça lui aussi. La vitre de la chambre explosa derrière lui. De grosses détonations que hurlait un énorme revolver, paraissant minuscule dans sa main de catcheur. Son tir était redoutablement précis et Hugo se colla contre le mur. L'homme avec le fusil était arrivé en haut de l'escalier et il épaula en direction de sa chambre. Le montant de la porte explosa et un autre impact vint plomber le pied du lit, déchiquetant le bois et le sommier de métal.

Le viseur se stabilisa sur l'homme dans l'escalier alors que les flammes trouaient la nuit. Il vit la silhouette s'aplatir contre le mur, ombre verte sur un simple décor gris verdâtre. Le bruit de son corps résonna lourdement sur les marches. L'homme qui l'accompagnait se jeta à plat ventre sur les marches alors que les impacts dévoraient le mur.

Son premier chargeur était vide. Il le dégagea vivement et le retourna d'un geste avant d'enclencher son double scotché dans un claquement sec.

Il arma la culasse.

C'est à ce moment-là qu'il se passa quelque chose d'étrange dans le couloir. Le grand type ne tirait plus vers lui, il tirait vers l'autre extrémité du couloir, d'ailleurs n'avait-il pas vu une porte s'ouvrir à la périphérie de sa vision alors qu'il plombait le type de l'escalier ? Oui, la porte du fond en face de la sienne s'était ouverte et une silhouette verte avait gueulé en brandissant quelque chose. Et là, le grand type venait de se retourner et de tirer vers cette silhouette qui se courba en deux puis s'effondra. Qui c'était ça, bon dieu ? Hugo dirigea le viseur vers la grande silhouette couchée, et les flammes trouèrent la nuit à nouveau mais l'ombre roulait vers le mur du couloir où elle s'aplatissait, disparaissant à sa vue. Un sérieux celui-là. Des coups de feu retentissaient déjà dans l'escalier. Et d'autres là, encore une fois au fond du couloir. Et merde, l'autre gars de l'escalier rappliquait à nouveau et vidait un chargeur plein en direction de sa chambre. Un automatique. Des balles fusèrent autour de lui. Très proches. L'homme avait dû repérer les flammes. Et un type apparaissait derrière lui avec un fusil à pompe. Il cala le viseur entre eux deux et arrosa la cage. Le type au fusil déboulait les marches en poussant une plainte étouffée. Le grand planqué contre le mur du couloir continuait de tirer, putain... Hugo roula sur le côté et passa sous le lit pour ramper jusqu'à la porte. Mais d'autres coups de feu retentissaient déjà du fond du couloir et Hugo entendit un juron dans une langue rugueuse qu'il ne connaissait pas. Des détonations encore. Il se retrouva près du chambranle de la porte à plat ventre. Il s'accroupit et ajusta le viseur sur le décor du couloir. Il vit que la grande silhouette semblait touchée et descendait l'escalier à reculons, en tirant au jugé dans sa chambre et un peu partout, plus généralement, protégé par le deuxième homme de l'escalier qui plombait l'espace avec deux flingues maintenant. La rambarde de l'étage semblait dévorée par une race particulièrement tonique de termites. Dans l'escalier, un autre homme arrivait avec un fusil lui aussi, et un autre encore avec un petit PM israélien à canon ultra-court, nom de dieu. Les types montèrent à l'assaut de l'escalier en ouvrant le feu. Des balles et de la grosse mitraille s'étoilèrent partout dans la chambre, sur les murs. Hugo stabilisa vaguement le viseur sur les silhouettes verdâtres. Les flammes trouèrent la nuit à nouveau et les impacts dévorèrent la cage d'escalier. Il vit qu'il avait fait mouche. Le type aux deux flingues avait morflé et l'homme au PM aussi, dévalant les marches. Le type au fusil se jeta très professionnellement au bas de l'escalier et empoigna au passage la lourde silhouette qui traînait la jambe, à l'entresol. Ils réussirent par miracle à échapper à l'essaim de balles qui pilonna la cage jusqu'à ce que son chargeur soit vide.

Le bruit du percuteur agaça son oreille.

Il reprit son souffle et essuya la sueur qui lui dégoulinait de partout sur le visage et dans le cou.

Il entendit leur course au rez-de-chaussée, la porte du hall s'ouvrir et des cris résonner dans l'espace. Des ordres brefs. Il les entendit sortir de l'hôtel, à toute vitesse, puis courir sur le gravier. Il entendit presque aussitôt les moteurs démarrer et des portières claquer. Puis le crissement des pneus.

Il fut surpris de constater qu'aucune sirène de police ne hululait dans la nuit.

Seigneur dieu. Cela faisait trois bonnes

semaines qu'il n'avait pas eu aussi peur. Il était couvert d'un film moite et glacé. Quand il avait compris qu'ils étaient une bonne dizaine il s'était dit que le siège serait plus difficile à tenir que prévu. Mais, bon, ça avait marché. Bon sang... Il n'aurait jamais cru pouvoir tuer six ou sept hommes aussi rapidement, là, en quoi ? Allez... deux ou trois minutes ?

Les silhouettes avachies en travers de la porte et le poids du PM dans le creux de sa main lui montraient toute la matérialité du phénomène.

Il ne fallait pas rester. Il courut jusqu'au cabinet et lança d'une voix étouffée :

— Alice c'est moi, Hugo. Tu peux sortir. C'est fini, maintenant.

Il entendit le verrou qu'on poussait puis le battant pivota, la découvrant, le visage anxieux et proprement défait.

Hugo tenait négligemment l'arme vers le sol, il gérait l'urgence et avait oublié momentanément le long terme. On avait tiré une deuxième fois du fond du couloir, après que l'homme de la chambre avait été abattu par la grande silhouette. C'était même sûrement ces coups de feu qui avaient atteint le chef des ombres.

Il était juste en train d'y penser lorsqu'il vit le visage d'Alice fixer un point derrière lui. Son visage exprimait une émotion indicible. Un mélange d'incompréhension, d'étonnement total et d'émerveillement. Bouche bée, le regard perdu par-dessus son épaule.

Il se retournait lorsque la voix avait éclaté, extrêmement sèchement.

— Policia. Polizei. Police, puis en portugais : ne faites aucun geste et laissez tomber votre jouet.

Du coin de l'œil Hugo vit une élégante silhouette s'encadrer dans l'ouverture. Des cheveux longs, fauves, presque roux, qui tombaient sur ses épaules. Un simple polo noir et un blue-jean. Oui, bien sûr, la voix avait été si totalement féminine.

Il fit doucement face à la silhouette qui avançait vers lui, une des ses mains braquant le flingue vers lui, tout à fait professionnellement.

L'autre pendait mollement le long de son corps. Malgré l'obscurité, il put discerner des reflets gras dans le haut du bras. Et des rigoles noires suintant sur son poignet blafard.

— Ne faites rien de regrettable, et laissez tomber votre jouet. Je suis droitière.

Elle voulait sûrement dire par là qu'elle tenait son petit automatique de la main la mieux entraînée, se dit Hugo. Son regard se portait maintenant sur Alice.

Celle-ci totalement paralysée lâcha péniblement, en hollandais :

— Ma... Madame Van Dyke...

La femme-flic fit un sourire à l'enfant tout en continuant de braquer son petit automatique sur la figure d'Hugo. Manières qu'il trouvait tout à fait détestables et manquant de courtoisie.

Van Dyke ? pensait-il, cette fille serait une flic hollandaise ?

— Posez ce machin, laissa-t-elle tomber, toujours en portugais, nullement résignée par son obstination. Et levez les mains.

Puis en néerlandais, ce que nota immédiatement Hugo :

— Viens ici Alice.

D'un geste rapide du pistolet, mais qui lui arracha une petite plainte, elle aplatit l'interrupteur à sa droite. La lumière du plafonnier se répandit dans la pièce.

Une assez jolie fille, nota Hugo, sans le vouloir.

Le flingue était déjà revenu à sa place initiale.

Hugo n'avait pas le choix. Il fit doucement glisser le PM le long de sa lanière et le posa délicatement à terre.

— Pas de problème, dit-il dans sa langue paternelle. Il est vide de toute façon.

— Levez les mains...

Puis en hollandais :

— Qui êtes-vous ?

La jeune femme le détaillait d'un œil soupçonneux et scrutateur.

Son visage était très pâle. Et un film de sueur perlait sur son front. Ses yeux semblaient troublés par un voile de fatigue.

Hugo ne savait pas trop comment se dépêtrer du piège. Il resta silencieux. Leva lentement les mains à hauteur des épaules.

C'est Alice qui lui sauva la mise.

— Madame Van Dyke... *Anita,* ne lui faites pas de mal. C'est Hugo, c'est un ami, il m'a aidée. Il m'a sauvée des hommes de ma mère...

La jeune fille s'interposait presque entre la fliquesse et lui.

La flic écarta gentiment l'enfant. Son mouvement faillit lui arracher un petit cri, réprimé en une plainte rentrée.

— C'est Travis qui vous emploie ? laissa-t-elle tomber après de longues secondes d'observation.

Hugo faillit éclater de rire. Travis, m'employer ? Il la fixa sans ciller, un mince sourire aux lèvres. Qu'est-ce que c'était que cette connerie ?

— Vous êtes sérieuse ?

La jeune femme le détailla sans trop d'aménité, cherchant à le situer. Alice fit un pas vers elle.

— Madame Van Dyke, Anita... S'il vous plaît, écoutez-moi... Je vous dis que c'est un ami.

Les yeux de la fillette ne pouvaient se détacher du crabe de sang qui s'étoilait sur l'épaule et le bras de la jeune femme.

— Qui êtes-vous ? reprit la jeune flic dans un rictus de douleur... Que faites-vous avec Alice ?

— Je l'accompagne.

— Vous l'accompagnez ? Où ça ?

— Chez son père.

Il repéra un éclair vif dans le regard de la jeune femme.

— Où ça chez son père ?

Hugo fit un geste vague en direction de la petite :

— Je ne sais pas exactement, vers Faro. La petite connaît l'adresse et a une photo de la maison.

La fliquesse se tourna légèrement vers Alice. Ce simple mouvement semblait lui demander toute son énergie.

— Tu connais l'adresse de ton père, Alice ?

Alice opina lentement du chef, sans dire un mot.

La fliquesse semblait la sonder du regard. Puis elle jeta un coup d'œil à Hugo, le flingue toujours tendu devant elle. Elle tourna à nouveau la tête vers Alice. Elle continuait de le surveiller attentivement du coin de l'œil.

— Dis-moi, Alice, demanda la jeune femme dans un souffle, cette adresse ce ne serait pas à Albufeira ?

Alice hocha positivement la tête, en silence.

— Je vois, laissa tomber la flic dans un souffle grave.

Hugo observa la jeune femme en détail. Celle-ci

semblait réfléchir intensément et un de ses sourcils se fronçait.

Oui, se disait-il. Elle pense sûrement à la même chose que moi.

Le silence plombait l'univers.

— Dites-moi, laissa-t-il tomber nonchalamment, vous ne trouvez pas qu'ils en mettent du temps, vos p'tits copains du coin ? On a pourtant tiré autant de balles qu'un régiment d'infanterie dans cet hôtel...

Il fixa clairement la tache rouge et grasse qui se déployait sous son épaule.

La fliquesse le regarda avec un regard froid et non exempt d'agressivité.

— Nous allons descendre, lâcha-t-elle froidement.

Hugo la fixa tout aussi froidement.

— Moi ? Très sincèrement, je ne crois pas du tout.

Il voulait juste gagner une ou deux minutes. Il fallait qu'il trouve une issue.

Il affronta son regard et le museau tubulaire du petit automatique pointé vers lui.

— Anita, gémit Alice, s'il vous plaît...

— Une seconde Alice.

La voix de la jeune femme était d'une fermeté absolue.

— Vous ne croyez pas quoi ? reprit-elle à son intention.

Elle réprima difficilement une grimace. Ses yeux se voilèrent un instant.

— Que je vais descendre avec vous.

— Vous pensez être en situation de discuter ?

Sa voix n'était plus qu'un souffle un peu rauque qu'Hugo trouva irrésistible, dans la seconde.

— Je suis d'un tempérament assez obstiné. Ma mère était bretonne et mon père était flamand.

La jeune femme eut un pâle sourire, mais le flingue ne bougeait toujours pas.

— Vous auriez tort de penser que j'hésiterais une seconde à faire usage de la force.

— Je n'ai pas dit ça.

La flic l'observait d'un regard où se mêlaient incompréhension et intérêt. Mais cette lueur fut rapidement occultée par un nuage qui voila le bleu intense de son iris.

Hugo la vit vaguement osciller, faire un pas en avant puis se courber sur le côté en émettant une plainte étouffée. Le bras armé du pistolet se replia malgré elle sur son bras blessé.

Hugo en profita aussitôt pour passer à l'action. Il ne fit rien de brutal, ce qui le surprit sur le coup.

Il l'avait déjà rejointe, d'une foulée lente, mais inexorable.

Le visage de la jeune femme se contractait sous la douleur. Le sang n'arrêtait pas de couler. Une sacrée bonne hémorragie, pensa Hugo en voyant s'étoiler d'énormes gouttes de sang sur le parquet, maintenant. Sur toute la longueur du bras gauche, le polo noir était imbibé d'un liquide rougeâtre et brillant.

Il entendit une plainte, réprimée à l'intérieur de la glotte. Des larmes perlaient au coin des paupières. La mâchoire semblait collée à l'Araldite. Les yeux se voilèrent.

Oh merde, entendit-il distinctement alors qu'elle s'affaissait sur elle-même, la tête tombant à la renverse, le regard perdu vers les limbes de l'inconscience.

Il la rattrapa de justesse. Sa tête pendait mollement en arrière. Sa main laissa tomber le flingue qui, par chance, ne tira pas au moment de son choc contre le plancher.

Il posa délicatement la jeune femme sur le sol.

— Alice ?

La fillette s'approcha de lui, déjà prête à faire ce qu'il lui dirait de faire, il le comprit instantanément et lui en sut gré.

Il courut jusqu'à son blouson, sauta dans ses vêtements et envoya les clés de la BMW à travers la pièce jusque dans les mains de la fillette qui les saisit adroitement au vol.

— On se tire. Tu ouvriras les portières.

Elle fonçait déjà vers l'escalier.

Il put se rendre compte qu'elle enjambait sans hésitation les cadavres allongés en travers de la porte, ou gisant dans l'escalier.

Lorsque la fliquesse s'éveilla, il atteignait le Beixa Alentejo. Il roulait sur une petite route qu'il suivait avec l'aide d'Alice, installée à côté de lui, sur le siège passager, la carte dépliée sur ses genoux. La jeune femme s'agita en gémissant, sur la banquette. Alice avait eu tout le temps de lui expliquer qui était Anita Van Dyke après qu'il l'eut portée dans la voiture. Au passage dans le hall de la réception il avait pu voir que le gardien de nuit avait été tué, une large entaille comme un deuxième sourire s'ouvrait autour de sa gorge, et qu'on avait arraché les fils du téléphone. Dans la voiture, il avait pratiqué un garrot et un pansement d'urgence, en moins d'une minute. À l'extérieur aucune bagnole de flics ne rôdait, nulle part dans les parages. Seules quelques lumières allumées dans les maisons du voisinage témoignaient qu'on avait bien entendu quelque chose, comme des coups de feu, là, dans l'hôtel. C'était à croire que le commissariat entier avait été soufflé.

À vingt kilomètres d'Évora, il s'était planqué dans la cambrousse et avait procédé à l'intervention.

Il avait installé la couverture sous la tête de la flic puis découpé la manche avec son couteau suisse. Il y avait une vilaine blessure, un trou noirâtre et rouge, énorme, au sommet du bras, à cinq centimètres au-dessous de l'épaule. Il coupa la manche à l'encolure et la jeta au loin.

Il avait soulevé délicatement le bras de la jeune femme et vu qu'un deuxième orifice s'étoilait en dessous, également. La balle avait traversé le bras de part en part. Du très gros calibre, un genre de balles blindées. Ça avait causé de gros dégâts à l'intérieur. En quelques auscultations il put déjà soupçonner une fracture.

Il avait entendu le ahanement d'Alice qui revenait avec la pharmacie, une caisse à peine moins grosse que la trousse à outils. Comme le disait Ari Moskiewicz, ça ne prend pas beaucoup plus de place d'avoir un équipement fiable. C'était vrai. Mais ça pesait nettement plus lourd.

Hugo avait ouvert prestement la grosse valise. Il y avait là de quoi soigner à peu près tous les types de blessures occasionnées par les armes à feu.

Il avait extirpé une petite bouteille d'oxygène. Un antiseptique puissant. Un anesthésique, des compresses, du fil, de quoi cautériser les plaies et une paire de ciseaux étincelants. Puis il avait procédé à l'opération.

Alice regardait le spectacle, d'un air médusé.

Ensuite il avait changé les plaques, dans ce chemin forestier en retrait de la route de Monsarraz.

Enfin il avait pris de petits axes routiers, un peu au hasard, vers l'est, puis le sud-est.

Il entendit la jeune femme bouger, puis demander :

— Où sommes-nous ?... Où... Où allons-nous ?

Il jeta un coup d'œil sur la carte et prit une minuscule voie communale serpentant entre des collines arides.

— Nous sommes dans le Bas Alentejo, vers l'Espagne.

Il trouva un chemin qui grimpait vers un escarpement rocheux, au sommet duquel se délabrait une ancienne tour de guet. Il était au sud-est de Moura, vers la frontière que les Portugais protégeaient des incursions castillanes depuis des siècles. Le chemin était caillouteux et la butte formée de roches où poussait une maigre végétation.

Il se gara près de l'ancienne tour et éteignit les phares, de là où il était il dominait une vallée aride entourée de petites mesas.

La jeune femme reprenait conscience, elle appuya son dos contre la portière où Hugo avait roulé la couverture navajo en oreiller. Son visage était pâle et couvert de sueur.

— Alice ? demanda Hugo, prends le tube bleu et blanc et le tube vert dans la trousse et passe-lui la bouteille d'eau minérale.

Alice s'exécuta et la jeune femme se saisit des objets en émettant un petit râle. Son bras gauche était maintenu par une attelle de carbone, dans un bandage tout à fait orthodoxe.

— Prenez deux comprimés contre la fièvre et un antibiotique. Et buvez cette bouteille entièrement ordonna Hugo.

La jeune femme eut un léger sourire lorsqu'elle

hocha la tête. Elle avala les pilules et reposa la bouteille contre elle.

— Et maintenant, qu'est-ce qu'on fait ? demanda-t-elle, tout à fait sérieusement.

— Pour le moment je réfléchis... Le mieux serait évidemment que vous alliez au plus vite dans un hôpital et que moi, je ramène cette môme chez son père...

La jeune femme exhala un petit soupir.

— Et où pensez-vous que ça se trouve, ça ?

— J'vous l'ai dit à l'hôtel, j'sais pas exactement, mais Alice le sait et vous-même vous avez parlé d'Albofera ou quelque chose comme ça, non ?

— Albufeira, corrigea-t-elle dans un souffle.

— C'est ça. Albufeira.

— Ce n'est pas là.

— Comment ça, ce n'est pas là ?

— Ce n'est pas à Albufeira. Cette adresse n'est plus la bonne. Stephen Travis a déménagé il y a quatre mois. Il n'habite plus cette maison... Personne ne sait où il est.

Oh, merde, pensa Hugo, si fort qu'il crut l'avoir prononcé à haute voix.

Il regardait Alice qui ne disait rien, la bouche entrouverte, proprement hébétée. Il comprit qu'Alice n'en savait pas plus. Qu'elle ignorait en fait où se trouvait son père.

On pouvait parler de série noire, en effet.

— Écoutez, reprit la jeune flic. Ça ne sert plus à rien ce que vous faites. Même si je ne sais pas ce qui s'est passé exactement à Évora ni pourquoi les flics ont mis tant de temps pour venir, vous pouvez être sûr que dans quelques heures à peine le pays tout entier sera à votre, à *notre* recherche...

Hugo réfléchissait, à toute vitesse, tel un ordinateur amphétaminé. Ari, qu'aurait dit Ari, nom de dieu ?

Pense par toi-même, lui gueulait alors une voix tonitruante, trouve une putain de solution.

— Hugo, reprit la jeune femme, d'un ton conciliant. Il faut me ramener à un centre de police, le plus vite possible. Ces hommes ont tué un policier, là-bas, l'homme de la porte du fond. C'était le policier qui m'aidait à retrouver Travis au Portugal. Il faut que vous me laissiez, avec Alice, à un commissariat quelconque. Ensuite si vous voulez je vous laisse une douzaine d'heures pour remonter à fond vers l'Espagne et la France...

Hugo se retourna vers elle avec un rictus plus sarcastique qu'il ne l'aurait vraiment voulu.

— Vous rigolez ou quoi ? Vous pensez être en situation de discuter ?

Sa voix était vraiment dure et il décida de calmer le jeu.

— Écoutez miss. Vous êtes blessée et moi je dois conduire cette môme jusqu'à son père.

— Je vous ai dit que ce n'était plus la bonne adresse.

— Je sais. J'ai entendu.

— Qu'est-ce que vous comptez faire, alors ?

Là, Hugo était bloqué.

— Je ne sais pas encore, justement je réfléchissais avant de me faire interrompre, me semble-t-il...

La jeune femme soupira.

— Écoutez, reprit Hugo, c'est sans doute vrai que je n'ai pas la bonne adresse, mais vous il y a quelque chose que vous devez impérativement savoir.

La flic releva une paire d'yeux étonnés vers lui.

— Et quoi donc ?

— Alice ne veut plus être mise sous le contrôle de la police. D'après elle, si jamais je fais ça sa mère la reprendra, presque illico. Son père n'a strictement aucun droit légal sur elle. Elle me l'a dit, texto, tout à l'heure pendant que vous dormiez. Elle peut vous le confirmer si vous le désirez.

Il fit signe à Alice de se lancer.

Elle se retourna vers la flic et se concentra deux petites secondes.

— Anita... c'est vrai. Si la police me reprend ma mère et ses avocats me récupéreront, vous le savez bien...

Hugo alluma une cigarette et tendit son paquet par-dessus la banquette. La jeune femme se saisit d'une Camel. Il lui tendit l'allume-cigares puis attendit sa réponse.

— Bon... Vous avez raison. Je ne suis pas en mesure de discuter... Quelle est votre décision ?

— Nous allons nous reposer un peu, déjà. Et je vais jeter à nouveau un coup d'œil au trou de gros calibre que vous avez dans le bras... Si vous n'y voyez pas d'inconvénient.

Après qu'il eut inspecté la blessure et vérifié que le bandage et les points de suture tenaient le choc, il l'avait regardée et lui avait jeté un maigre sourire.

— Ça pourra faire l'affaire un jour ou deux. Mais d'ici là, je vous aurai conduite à un hôpital...

— Qui êtes-vous ?

— Hugo est un surnom. Je m'appelle Berthold Zukor.

Il ne regarda même pas Alice pour lui transmettre un message invisible. La fliquesse ne paraissait pas avoir les yeux dans sa poche.

— Berthold Zukor, murmura-t-elle.

— Vous voulez voir mes papiers ?...

— Bon, non ça va. Comment avez-vous rencontré Alice ?

Hugo jeta un coup d'œil vers la petite.

— Vous n'avez qu'à le lui demander, elle vous donnera une version objective des faits...

La flic ne répondit rien.

Il se redressa hors de la voiture, et prit une profonde inspiration d'air pur et tonique.

— Raconte-moi, Alice, consentit-elle à lâcher devant Hugo muré dans son silence.

Alice s'agita puis réfléchit, prit son inspiration et se lança.

— Voilà. Quand j'ai fui du magasin, des hommes de ma mère m'ont poursuivie et je me suis cachée dans la voiture d'Hugo. Comme ça. Au hasard. Ensuite Hugo m'a emmenée avec lui et...

Il la vit hésiter devant l'épisode de Vitali et il faillit lui envoyer un clin d'œil complice lorsqu'elle reprit son récit, en omettant le crochet par Düsseldorf.

Il fit le tour de la voiture pour faire quelques pas. Dans son dos la môme continuait son récit.

— Ensuite... Nous sommes descendus jusqu'en Espagne, puis à la frontière des hommes de ma mère ont réussi à me prendre mais Hugo m'a délivrée, ensuite nous sommes venus... Jusqu'ici. À Évora...

Toorop sourit. Il retourna s'asseoir derrière le volant.

La jeune femme semblait réfléchir à toute vitesse. Mettant en place des bouts de solutions à un rébus compliqué.

— On a retrouvé deux hommes dans une voiture allemande, au nord de Castelo Branco. Plombés de balles. C'était vous ?

Il réfléchissait à toute vitesse, lui aussi. Il décida de jouer franc-jeu. De toute façon deux types de plus ou de moins, au point où il en était...

— Oui. Les types avaient attrapé Alice. Une histoire un peu compliquée. J'ai dû intervenir...

La fliquesse lui jetait un regard curieux, presque étonné.

— Qu'est-ce que vous faites dans la vie, monsieur Zukor ?

Il eut un petit rire bref, irrépressible. Ses yeux se plissèrent malicieusement, sans qu'il y puisse rien.

— Là très franchement j'ai peur que nous n'ayons pas assez de toute la nuit pour éclaircir ce mystère. C'est une question que je me pose sans arrêt...

Il vit un muscle se détendre au coin de la bouche joliment dessinée, mais fermée par la concentration. Une esquisse de sourire. Un petit éclat amical dans le regard. Fugitif mais tangible. Elle sembla détendre toute sa structure.

— À moi de poser des questions si vous le voulez bien...

La jeune femme hocha la tête en silence.

— Que savez-vous sur Travis ? Avez-vous une idée de l'endroit où il se trouve ?

— Je sais un certain nombre de choses sur Travis que je n'ai pas le droit de vous dire. Et je n'ai aucune idée de l'endroit où il se cache.

Hugo se ferma. Il retenta le coup.

— Écoutez, donnez-moi juste une piste. Un truc que vous savez. Plus vite j'aurai retrouvé son père, plus vite cette histoire finira, vous comprenez ?

Anita réfléchit quelques instants.

— Oui... On pourrait commencer par chercher un bateau nommé *la Manta*. Un hangar. Un terrain, en bord de mer. Le nom d'une société.

— C'est tout ce que vous avez ?

— Oui, mentit Anita en occultant la maffia et la drogue.

— *La Manta* murmura Hugo.

Il regarda la montre du tableau de bord. Dans une heure l'aube se lèverait.

— Bon, une ou deux heures de sommeil, d'accord ? et on reprend la route aux aurores.

— Par où comptez-vous commencer ?

Il se cala sur le siège, qu'il rabaissait vers la banquette en poussant un grognement de satisfaction. Il invita Alice à en faire autant. La BMW était suffisamment spacieuse pour que cela ne gêne pas Anita.

Il répondit à la question de la jeune femme en mettant un bras sur ses yeux.

— Je ne sais pas encore... On verra bien sur le moment. Maintenant dormez. Une ou deux heures...

Le PM était enfermé dans le coffre. Les clés étaient dans une poche du blouson retenues par une chaînette. Le Ruger était à sa place. La fille ne connaissait pas son existence. Le petit 32 était dans son étui, sous l'aisselle gauche, et sous le blouson fermé jusqu'au col.

Il plongea presque aussitôt dans un puits de béatitude sans fond.

*

Quand il avait entendu les détonations et les rafales, Vondt était sorti de la voiture. Il avait dit aux deux Français qui surveillaient l'entrée de prendre des fusils et d'aller se poster aux coins de la rue, d'ouvrir le feu sur tout ce qui bougerait et de se maintenir en contact talkie permanent avec lui.

Il alluma son propre poste et marcha jusqu'à l'entrée d'un pas vif.

À l'intérieur on se serait cru à fort Alamo. Dans le hall, il vit Rudolf, la main crispée sur son 38, faire un geste désespéré vers la cage d'escalier au bas de laquelle Koesler, armé d'un fusil à pompe, et un Indonésien, armé d'un petit Uzi, tentaient d'accéder à l'entresol. Ça pétaradait dans tous les sens et la cage était soumise à un véritable tir de barrage. Ils montaient prudemment les marches lorsqu'un corps déboula lourdement vers eux et que les rafales augmentèrent d'intensité. Ça canardait dans tout l'étage.

Il hurla à Koesler et à Jampur d'y aller, nom de dieu, alors qu'il armait son 45. Puis il gueula à Rudolf ce qu'il foutait encore ici alors qu'il y avait du travail à l'étage. Le gros Allemand courut jusqu'à l'escalier à la poursuite de Koesler.

Mais les détonations reprirent de plus belle et un autre corps déboula l'escalier, alors que Vondt atteignait le bas des marches. Les rafales et les coups de feu trouaient l'espace, dans un vacarme hallucinant. Un fusil à pompe glissait sur les marches à côté du corps, troué d'impacts. Il entendit des cris et le bruit d'une retraite précipitée. Il croisa Koesler qui redescendait à toute vitesse en tenant un Sorvan fulminant, blessé à la jambe en de multiples points. Son bras tombait mollement sur la poitrine de l'Afrikaner, la main un peu flasque autour de son énorme 44 magnum automatique.

Koesler fonça vers Vondt, en agrippant Sorvan par-dessous l'épaule. Le Bulgare traînait la jambe en faisant une horrible grimace.

— Comment ça se présente ? demanda Vondt en connaissant d'avance la réponse.

— Putain... Sont deux à tirer là-haut ! L'aut'salopard il a au moins une mitrailleuse dans sa chambre... On a perdu Straub et Carlo... et Dimitriescu... Lemme, Jampur, le Suisse... putain... Six hommes au moins... Y a pus qu'des cadavres dans c't'escalier...

Vondt le regarda froidement.

— Il faut prendre la fille. On a encore du temps devant nous.

Il consultait sa montre, nerveusement.

Mais il savait que c'était peine perdue. Sorvan pissait le sang comme une fontaine. Malgré sa force, la blessure le rendait moins opérationnel qu'un haltérophile bulgare sans anabolisant. Son visage était livide. Il n'était pas blessé qu'à la jambe. Une balle avait perforé la chair, sous les côtes. Et la cuisse montrait plusieurs impacts, bien alignés. Une rafale.

Koesler soutenait durement son regard. Il n'y avait qu'à faire les comptes, Vondt, disait ce regard. C'est toi qui as planifié l'opération et regarde où on en est.

Vondt faisait des calculs en effet. Restaient Rudolf et les deux Français, plus eux trois. En moins de cinq minutes les effectifs avaient été largement divisés par deux. Il comprit que l'homme de Travis était un professionnel qui avait choisi la chambre en fonction de la place stratégique qu'elle occupait. Le seul moyen aurait été de la prendre d'assaut à la grenade mais Mme Kristensen n'aurait sans doute pas apprécié qu'il lui ramène sa fille dans une demi-douzaine de sacs différents.

— Tirons-nous, se résigna-t-il à lâcher.

Ils marchèrent à toute vitesse vers les bagnoles alors qu'il rappelait les Français avec le talkie.

Putain, c'était ce type qui devait être également

responsable de la disparition de la patrouille de Guarda...

Ils prirent vers le nord, par la N114, la direction inverse vers laquelle leur faux appel avait envoyé la moitié du commissariat d'Évora. Sur leur route les flics avaient dû tomber dans le piège, des clous chevaliers disséminés dans un virage, et le temps qu'ils reviennent, ou joignent des renforts, le reste des effectifs en uniforme aurait continué d'appeler au secours, enfermés dans les coffres de leurs voitures, garées dans les boxes. Le téléphone avait été coupé, comme à la caserne des pompiers. Il leur restait encore une bonne heure d'avance environ sur la machine policière, le temps que les flics piégés rameutent les flics d'une commune voisine, qu'ils dépannent leurs caisses et reviennent au commissariat. Trouvent leurs mecs... rétablissent la ligne, reçoivent les premiers témoignages et se rendent à l'hôtel.

Ils s'étaient divisés dans les trois voitures. Vondt et Rudolf, les deux Français ensemble et Koesler avec Sorvan. À l'embouchure de la N4 qui menait vers l'ouest, il fit des appels de phares à Koesler pour qu'ils s'arrêtent dans la cambrousse. Il demanda qu'on remplace les plaques néerlandaises par les plaques portugaises que Sorvan avait dénichées ce matin, avec un lot de fausses cartes grises.

Il demanda que Koesler parte en premier, puis lui et Rudolf, et enfin les Français, à cinq ou six minutes d'intervalle. On ne devait pas les voir ensemble jusqu'à la maison de Monchique. Le but de cette fuite vers le nord-ouest était de faire croire à une retraite vers Lisbonne, si jamais on avait repéré leurs véhicules devant l'hôtel et à la sortie de la ville. Mais au croisement de la N4 avec la N10 qui menait vers Sétubal, il fallait prendre plein sud et attraper la N5 en direction de Grandolà. Un peu avant Grandolà, à l'intersection, ils prendraient vers le sud-ouest, en direction de Mirobriga, puis d'Odemira, où ils s'enfonceraient dans la Serra Monchique, par la 266. L'idéal était d'atteindre l'Algarve avant le plein jour. Il faudrait foncer, mais en restant décent vis-à-vis du code la route, avait-il martelé. Ils avaient trois cents-trois cent cinquante bornes à faire. Faudrait les faire en trois-quatre heures, au maximum, c'est tout.

Puis il avait patiemment attendu que Koesler et Sorvan s'enfoncent dans la nuit et il avait rallumé l'autoradio.

Eva K. ne serait pas contente du tout.

Dès leur arrivée à Monchique, il faudrait joindre le Dr Laas, à la Casa Azul. De la part de Mme Cristobal, pour une urgence. Sorvan était le tueur fétiche d'Eva K., il ne fallait pas qu'il meure.

Il était pile quatre heures à l'horloge de bord lorsqu'il ordonna à Rudolf de démarrer à son tour.

CHAPITRE XIX

Le soleil, dont la lumière se diffusait dans le pare-brise, finit par l'éveiller. Il reprit conscience avec la bouche complètement desséchée, une impérieuse envie de pisser et l'œil collé à la pendule du tableau de bord.

Nom de dieu, réalisait-il en essayant d'adhérer à la réalité. Pas loin de huit heures et demie !

De vastes nuages de brume se délitaient autour des mesas et la lumière solaire s'y perdait, dans un chatoiement irréel.

Alice dormait la tête contre la vitre, emmitouflée dans la couverture navajo, et la flic aussi, sous le duvet militaire. Il s'étira et ouvrit la portière.

Il alla pisser derrière l'ancienne tour de guet. Merde, se disait-il en gonflant ses poumons de l'air sec, où soufflait un léger vent tiède. Une heure de retard sur le programme.

Il tenta de faire le point, dans la solitude et le décor de la nature.

Si Travis avait un bateau au Portugal, nommé *la Manta*, on finirait bien par trouver un entrepôt, un hangar, ou une société, quelque chose. Il suffirait de téléphoner aux capitaineries des divers ports de l'Algarve pour voir si un bateau nommé *la Manta* n'était pas immatriculé quelque part. Ça, la fliquesse aux cheveux fauves pourrait fort bien s'en occuper. Pendant ce temps-là il pourrait commencer à se taper les bars sur les ports de la côte.

Ce qu'il fallait faire, donc, en premier lieu, c'était quitter l'Alentejo, et le Portugal puis descendre jusqu'à Vila Real de Santo Antonio, par l'Espagne. Un plan se dessinait dans sa tête. Ensuite on trouverait une planque où mettre Alice en sécurité et on chercherait Travis. On pouvait sûrement y arriver en quelques jours si on le voulait vraiment. Pour cela il faudrait que cette flic, Anita Van Dyke, accepte le deal qu'il allait devoir lui proposer.

Il retourna à la voiture et se saisit discrètement de la bouteille d'eau minérale qu'il veilla à ne pas finir. Puis il alla s'asseoir au volant et alluma doucement l'autoradio. Il enclencha la cassette d'un vieux Dylan, *Nashville Skyline*, qui lui remettait les compteurs à zéro, au petit matin.

Anita s'éveilla lentement, sans pousser la moindre plainte. Il entendit simplement un signe d'activité derrière lui. Une respiration plus affirmée. Des mouvements. Des ondes.

Alice reprenait ses esprits elle aussi, mais très vivement.

Elle s'éveilla presque instantanément, comme si on avait rebranché une machine puissamment active à l'intérieur d'elle-même. Elle ouvrit des yeux qui ne mirent pas deux secondes à s'accommoder. Elle se les frotta rapidement, puis observa le spectacle du soleil qui jouait avec les restes du brouillard matinal, au-dessus de la vallée.

Toorop prit ses lunettes noires dans la boîte à gants, les enfila sur son nez et mit la clé dans le Neiman.

— Bon lança-t-il presque joyeusement une demi-bouteille d'Évian comme petit déjeuner, ça me semble un peu restreint... Surtout au vu de la journée qu'on a devant nous.

Il sentit qu'il avait foiré. Que sa fausse nonchalance n'avait fait qu'irriter les deux femmes de la voiture et que, si le silence seul lui répondait, c'était entièrement de sa faute.

Il démarra sans faire le malin et demanda gentiment à Alice de déplier la carte à nouveau. Il fit une marche arrière puis demi-tour de l'autre côté de l'ancien donjon. Il observa le cheminement qu'il fallait pratiquer pour rejoindre l'Espagne par les axes discrets puis pour descendre vers le sud.

Il lança la voiture à bonne vitesse sur le chemin caillouteux.

Dans un petit village, quelques kilomètres plus loin, il dénicha quelques magasins et acheta de quoi se restaurer. Plus loin encore, il s'arrêta au bord de la route, et leur petit déjeuner de fortune fut englouti en une dizaine de minutes, sans même sortir de la voiture.

Puis il reprit la route sans dire un mot.

Il franchit la frontière par de petits axes secondaires et rattrapa la N 433, puis la 435, quinze kilomètres plus loin. Il veilla à ne faire aucun excès de vitesse et une heure et demie plus tard ils arrivèrent en vue des faubourgs de Huelva.

Seules les cassettes qu'il enfournait régulièrement dans le lecteur troublaient le silence.

Il y avait un drugstore, là, à l'entrée de la ville. Il s'arrêta sur le bord du vague trottoir défoncé. Il improvisait au fur et à mesure. Il descendit de la voiture et d'un pas vif entra dans le magasin. Il en ressortit moins de deux minutes plus tard, un petit sachet de papier à la main. Il s'engouffra dans l'habitacle et jeta le sachet dans la boîte à gants.

Il fonça droit vers l'ouest, vers Vila Real de Santo Antonio.

Passé Gibraléon, il demanda aux « filles » de bien vouloir repérer les gîtes en location, sur le bord de la route. Il était onze heures et des poussières et un plein soleil frappait le paysage. Elles trouvèrent près d'une dizaine de panneaux indiquant des locations, sur le bord de la nationale, mais il ne s'arrêta que dix kilomètres avant Ayamonte, la ville frontière du côté espagnol. Après Ayamonte il y avait le Rio Guadiana qui marque la limite entre les deux nations ibériques concurrentes, depuis des siècles. De l'autre côté on tombait aussitôt sur Vila Real de Santo Antonio, la rivale lusitanienne d'Ayamonte l'andalouse.

Alice repéra un panneau indiquant une petite route qui partait de la grande nationale, vers le nord.

Cinq cents mètres plus loin la même inscription se retrouva devant une petite maison à un étage.

Il jeta un regard interrogateur à Alice qui semblait connaître la langue locale.

— C'est à louer, et c'est libre.

— Bon, se contenta-t-il d'émettre.

Il y avait un numéro de téléphone écrit sur la pancarte. Il reprit la route jusqu'à Ayamonte où il trouva une cabine, à l'entrée de la ville.

Il gara la voiture juste à côté de la porte, le coffre à moins d'un mètre.

Il se concentra sur la méthode Burroughs-Moskiewiez et passa l'univers extérieur au scanner alors qu'il composait le numéro, appris de mémoire.

Il négocia la location de la villa dans un volapuk

touristique hispano-anglais et comprit que quelqu'un serait à la maison dans un peu plus d'une heure. Vers treize heures. Un señor Juanitez.

Parfait.

Il reprit la route en sens inverse et décida de trouver un coin discret dans la cambrousse environnante. Il se retrouva au bord d'une plage, à cinq-six bornes au sud-est de la villa à louer. Il gara la voiture près d'un chemin d'accès à la mer et se retourna à demi sur la banquette.

Il jeta un coup d'œil à Anita puis à Alice.

— On a une heure devant nous, lâcha-t-il. On peut se détendre un peu.

La flic hollandaise eut un petit sourire.

Il ouvrit la boîte à gants et s'empara du sachet qu'il tendit à Alice.

— Je crois que tu as l'habitude maintenant.

Alice ouvrit le sac et en retira un petit flacon de shampooing colorant. Un noir d'ébène. Elle lui offrit un rictus résigné, mais un éclair de malice jaillit dans sa prunelle lorsqu'elle ouvrit la portière.

Elle se dirigea d'un pas nonchalant vers la mer qui battait le sable, à cent mètres de là, en contrebas des dunes.

Il se retourna vers Anita.

— Bon, je crois qu'il faut que nous ayons une petite discussion, tous les deux.

Il lui offrit le visage le plus neutre qu'il pouvait puis sortit de la BMW et lui ouvrit la portière, le plus simplement du monde. Elle déclina son aide quand elle mit le pied sur le sol.

Il faisait assez chaud et un vent tiède soufflait du sud, de l'Afrique, mais elle s'emmitoufla dans son blouson, parcourue par un léger frisson.

— Vous avez pris vos comprimés, comme je

vous l'avais dit, à Ayamonte ? lui demanda-t-il, sur le ton neutre d'un médecin bienveillant.

Elle murmura un vague assentiment puis le regarda sans ciller.

— De quoi voulez-vous que nous discutions ?

Il mit ses idées en place, une ultime fois.

Il jeta un coup d'œil panoramique sur la plage, pointa Alice et ouvrit le coffre. Il s'empara presque machinalement du sac de sport, où pesait l'acier de la Steyr-Aug.

Il rejoignit Anita et descendit lentement vers la plage, l'invitant à en faire autant dans un geste à peine formulé.

— De notre future collaboration.

Il plongeait ses verres noirs dans les yeux de la jeune Hollandaise.

— Ce que vous me demandez est complètement dingue.

La flic et lui étaient assis au pied d'une dune, le dos contre le sable. Alice se teignait méthodiquement les cheveux, les pieds nus dans l'écume.

Il surveillait Alice et la voie d'accès à la plage tout en débitant méthodiquement les grandes lignes de son plan.

Il n'avait pu s'empêcher de sourire.

— Non. Je vous propose quelque chose de clair. Et de concret... En échange de quoi, comme je vous l'ai dit, je vous autoriserai à entrer en communication avec la police néerlandaise et les flics portugais.

— Ça frise l'illégalité la plus totale.

— Oui mais ça ne fait que la friser, justement. Croyez-moi je connais assez bien le problème, malgré les apparences.

Il esquissa un autre sourire.

Il tentait de légèrement détendre la situation. De manière décente.

Mais ça ne marcha pas.

— Non, vous me demandez de mentir à mes collègues et à mes supérieurs...

Elle plaça son bras bandé dans une position plus confortable.

— Je ne vous demande que de taire certains aspects de la situation, pour le bénéfice de votre enquête. Très momentanément...

Anita ne répondait rien. Elle semblait cogiter à toute vitesse. Très bon signe, ça.

— Écoutez, reprenait-il pour enfoncer le clou. J'ai besoin de vous et de la puissance d'investigation policière mais vous, vous avez besoin de moi si vous voulez qu'Alice soit vraiment en sécurité...

Ce qu'il voulait dire c'est qu'Alice courait le plus grand risque à se retrouver dans les mains de la police locale. Sa mère pourrait faire intervenir ses armées d'avocats et la récupérer dans la journée. Il n'existait aucun élément tangible permettant de relier l'attaque d'Évora avec Eva Kristensen. Ce qu'il fallait donc faire c'était plonger momentanément avec lui dans la clandestinité, tout en maintenant un contact régulier avec son équipe et les flics de Faro. Il suffirait de dire une moitié de la vérité. Dans l'attaque, Oliveira était mort. Alice avait fui avec un homme responsable de la déroute des assaillants. Anita avait été blessée. L'homme l'avait soignée puis laissée à un arrêt d'autocars, à un endroit fictif qu'on choisirait au Portugal, indiquant une direction opposée à cette frontière. Elle indiquerait que tout allait bien et qu'elle continuait l'enquête de son côté. Il faudrait dire aux flics de Faro de concentrer les recherches sur les hommes d'Évora. De leur côté, il fallait de toute urgence retrouver Travis et lui confier la petite. Ensuite Anita ferait ce qu'elle voudrait.

L'autre solution, lui dit-il, c'était qu'il laisse en plan la maison, Anita sur le bord de la route, et qu'ils partent avec la môme, seuls, à la recherche de son père.

Elle grimaça un rictus résigné.

Il alluma une cigarette et en tendit une vers la flic.

— Trois jours. Quatre, au plus. Le temps qu'on repère Travis...

Elle tendit les lèvres et la Camel vers la flamme tremblotante du Zippo.

— Non... Non, émit-elle en hochant la tête d'un air désespéré. Je ne crois pas que je puisse accepter cela... Cela serait considéré comme une faute grave.

— Vous croyez que ce ne serait pas une faute grave de laisser la môme retomber dans les griffes de sa mère ? Avant que vous ne trouviez quoi que soit de sérieux et qu'elle s'envole pour la Patagonie ?

Il sentit la fliquesse peser consciencieusement le poids de sa décision.

— D'accord, finit-elle par souffler. J'accepte. Jusqu'à mercredi soir. Ensuite je reconsidérerai ma position. Mais je veux autre chose en échange.

Toorop soupira.

— Dites toujours.

— Dites-moi ce que vous faites réellement. Je ne vous demande aucun nom, rien de précis... Juste qui vous êtes. Votre activité réelle.

— Je pourrais vous raconter n'importe quoi.

— C'est vrai.

Elle entendait par là qu'elle pensait qu'il n'en ferait rien.

— Je ne peux pratiquement rien vous dévoiler, malheureusement.

Elle le regarda avec une intensité électrique qui le troubla.

— Vous êtes de la maffia ? Un syndicat apparenté ?

— Bon sang, réagit-il instinctivement, qu'est-ce qui vous fait croire ça ?

Mais il regretta ne pas avoir mûri plus longuement sa réponse. C'était une excellente couverture, ça. Un type de la maffia. Qu'aurait employé Travis... Il devinait ce qui avait germé dans la tête d'Anita Van Dyke. Elle s'occupa d'ailleurs d'anéantir ses doutes dans la seconde.

— Travis vous emploie, c'est ça ? Mais quelque chose a foiré dans son plan et vous ne savez pas où il se planque, vos communications sont coupées...

Putain, pensa-t-il, presque fébrile, ça pouvait tenir la route ça, en effet.

— Quelque chose comme ça...

Une suspension d'un instant. Le temps d'une respiration.

— Vous savez, je préfère que vous ne me disiez rien plutôt qu'un tissu de mensonges mal improvisés.

Il n'avait pas mis assez de sincérité dans son rôle, elle avait flairé le truc bidon. Cette fille était une véritable télépathe, ça ne serait pas si facile.

— Mais je vous rappelle que je désire connaître la partie émergée de l'iceberg, tout du moins, reprit-elle, d'une voix glaciale. Je veux savoir avec qui je m'embarque.

Il réfléchit à toute vitesse en élaborant un tri entre les informations secondaires et importantes. Appliquer les règles stratégiques d'Ari. Toute information est un virus. À vous de savoir le coder pour qu'il effectue tel type de travail ou un autre. Évidemment ne pas mentionner le Réseau.

— O.K. Je vais essayer de vous faire un topo réaliste... Un, je ne connais pas Travis. Comme vous l'a dit la môme, c'est le hasard seul qui nous a réunis. Deux, je travaille pour mon compte. Une forme de mercenariat. Disons que je suis un agent privé qui offre ses services à droite à gauche...

Elle enregistra les données, en le sondant de son regard d'azur.

— Quel genre de services ? Et qui, à droite, à gauche ?

Il n'y couperait pas. Il faudrait aller jusqu'au bout, maintenant.

Quand vous livrez une information importante, disait Ari, veillez à ce qu'elle soit suffisamment dramatique pour éveiller l'intérêt et la survaloriser. De ce fait vous semblez offrir un renseignement capital alors que l'essentiel est resté dans l'ombre, occulté par la « magnitude » émotionnelle de votre information-virus.

Quand Ari aura le prix Nobel, l'humanité sera presque au bout de ses peines.

Il prit son inspiration et lâcha la couleuvre :

— Par exemple l'approvisionnement en armes du gouvernement bosniaque.

Elle avala l'information, en silence, en vraie pro.

Puis en faisant un geste machinal de l'index dans le sable :

— J'imagine que vous ne pouvez m'en dire plus ?

— Non, répondit-il du tac au tac. C'est déjà trop. C'est tout ce que je peux faire.

Elle acheva son dessin sur le sable, l'observa un instant puis l'effaça, du plat de la main.

— O.K., lâcha-t-elle. Nous passons un accord.

Et elle lui tendit un peu gauchement sa main valide en signe d'alliance.

Juste avant de partir, il se teignit les cheveux lui aussi, avec le shampooing colorant d'Alice. La toison blanchie par l'eau oxygénée n'était pas des plus discrètes. Même si le portier de l'hôtel, la seule personne qui aurait pu témoigner que M. Berthold Zukor avait les cheveux gris-blanc oxygénés, se trouvait dans l'incapacité de parler, maintenant.

Il décida aussi de ne pas montrer la présence d'Alice tout de suite. Un peu de temps de gagné. Si l'homme de la maison avait mis une heure pour venir, il ne devait pas habiter tout près et ne repasserait sans doute pas avant plusieurs jours. Il la laissa donc dans la voiture planquée derrière un bouquet d'arbres et visita la maison avec Anita, en la présentant comme sa femme. Ils étaient hollandais et passaient des vacances d'une douzaine de jours dans le coin. L'homme consentit à leur louer la maison pour deux semaines.

Il paya avec ce qu'il lui restait de cash espagnol. Il aurait le temps de tirer du fric sur le compte Zukor dans la journée, à Ayamonte.

Hugo était resté la plupart du temps à la fenêtre, l'œil fixé sur la route et les arbres derrière lesquels scintillait le métal noir de la BMW. Il fit comprendre à l'homme qu'ils étaient pressés, d'une simple vibration, son simple comportement, fermé, froid et précis, envoyant comme un signal invisible et inaudible, mais parfaitement sensible.

L'homme leur laissa les clés, leur fit quelques ultimes recommandations pour le gaz et repartit sur sa vieille motocyclette.

Hugo courut chercher la voiture, qu'il gara derrière la maison, empoigna les valises et demanda à

Alice de prendre possession des lieux le plus vite possible. Il fallait maintenant passer à un plan d'opérations cohérent et détaillé. Il demanda à Anita et à Alice de s'asseoir avec lui, dans le salon, plongé dans la pénombre, les volets à demi fermés.

Primo, annonça-t-il, Alice ne devrait sortir sous aucun prétexte. Secundo, Anita resterait ici avec elle la plupart du temps sauf pour les coups de fil qu'elle et Hugo passeraient aux flics, de la cabine d'Ayamonte.

Tertio, il lui faisait confiance, lui laisserait son arme et partirait chaque jour glaner des infos sur les docks des ports de l'Algarve. Il pourrait s'absenter jusqu'à vingt-quatre heures d'affilée, au maximum. En la joignant ici, toutes les cinq ou six heures. Il devrait sortir un message codé pour annoncer que tout allait bien. Il le trouverait tout à l'heure. Anita raconterait le scénario prévu aux flics de Faro et leur demanderait de pister cette dizaine d'hommes. Étrangers. Sans doute néerlandais, mais peut-être de nationalités différentes. D'autre part elle demanderait qu'un inspecteur vérifie auprès de toutes les capitaineries si un bateau nommé *la Manta* n'était pas enregistré quelque part.

Il vit la flic réfléchir puis émettre un pâle sourire.

— D'accord sur la trame d'ensemble mais je voudrais apporter quelques rectifications. D'une, je ne vois pas pourquoi on devrait se rendre à la cabine d'Ayamonte alors qu'il y a le téléphone dans la maison...

— Parce que les flics pourraient être tentés de détecter l'appel et que je ne veux prendre aucun risque.

— Est-ce que vous entendez par là que vous ne

me faites pas confiance et que vous voulez contrôler ce que je raconterai ?

Il hésita une fraction de seconde. Se concentra. Cette fille n'était pas née de la dernière pluie.

— Si je ne vous faisais pas confiance vous croyez que je vous laisserais toute seule ici, avec votre flingue ?

C'était pas mal paré, ça.

— Ça ne veut rien dire... D'autre part je ne vois pas pourquoi je vous laisserais mener seul l'enquête pendant que je passerais le temps ici, à attendre votre retour, comme Pénélope...

— Bon sang... Et qu'est-ce que vous faites d'Alice ?

Anita jeta un bref coup d'œil à la fillette, les fesses posées au bord de la banquette, à côté de ce curieux trafiquant d'armes.

— Je dis simplement qu'on pourrait faire ça à tour de rôle... Nous nous ferons repérer moins vite, d'ailleurs...

— Ne me faites pas rigoler, avec votre bras, vous ne risquez pas de pouvoir conduire plus loin que le premier virage...

— Je vais déjà beaucoup mieux... Vous avez parlé de quatre jours. Je vous propose de vous laisser aujourd'hui et demain et que, selon l'état de la blessure je fasse les deux suivants...

Il n'aimait pas tellement le risque qu'il allait prendre. Mais cette fille semblait remarquablement obstinée, dans le genre.

— D'accord, je fais aujourd'hui et demain et mercredi on avisera.

— Parfait, laissa-t-elle tomber, d'une belle voix grave.

— Bon, on va commencer tout de suite, on va descendre pour le premier coup de fil et on fera quelques courses. Ensuite je vous ramène et je file à Vila Real.

Les yeux de la jeune femme le pointaient d'une intensité électrique.

— Ça, on peut dire que vous êtes têtu, en effet.

Il laissa un rire franc éclater de l'intérieur.

— Oui, lâcha-t-il, et encore je me suis fait extrêmement conciliant ces derniers temps.

L'image des flammes trouant la nuit du corridor et fauchant les ombres vertes qui hurlaient ne pouvait tout à fait quitter sa mémoire.

*

Vondt atteignit les bords de la Serra de Monchique vers sept heures et demie. Il joignit Dorsen à la maison et lui demanda d'appeler le médecin Laas, à la Casa Azul, avec les mots de passe nécessaires. Koesler et Sorvan ne devaient plus être loin. Un peu avant huit heures il entrait dans la grande maison, isolée sur un flanc de la serra, et prenait des nouvelles du Bulgare.

Dorsen, l'homme qu'il avait laissé en réserve sur place, avait appelé la Casa Azul et le médecin ne devrait plus tarder à arriver, maintenant. Le tueur de Sofia gisait sur un divan du salon, la jambe gonflée sous le bandage de fortune, imbibé de sang, qui tachait d'un rouge intense le velours beige.

— Y a aut'chose, lâcha Dorsen.

Vondt lui fit face.

— Qu'est-ce qui y a ? Mme K. a appelé ?

— Non, c'est notre équipe de Marvao, les Portugais. Ils ont téléphoné y a pas dix minutes... Au sujet de notre patrouille de Guarda.

Vondt l'emmena un peu à l'écart, dans le couloir de l'entrée. Il y avait assez de mauvaises nouvelles comme ça. Il voulait contrôler la circulation de l'information.

— Je t'écoute.

— Ben y m'ont dit qu'ils avaient cherché partout, hier, mais qu'y avait trace nulle part de nos gars. Mais y m'ont dit que dans la nuit y z'avaient appris qu'y avait eu une fusillade au nord de Castelo Branco dans l'après-midi. Deux types dans une voiture étrangère, remplis de plomb...

Merde, pensa Vondt, le pire était effectivement arrivé. L'homme de Travis était un tueur patenté.

Dorsen reprenait.

— Quand y m'ont appelé tout à l'heure y'm'ont dit que c'était plus la peine qu'y cherchent. C'est dans les éditions locales du matin. Deux hommes porteurs de faux papiers belges. Abattus. Puis jetés dans leur caisse au fond d'un ravin.

Vondt avala difficilement sa salive. Le tableau qu'il aurait à présenter à Mme Eva serait des plus sombres.

Il fit le bilan et tenta d'adopter un plan de retraite. Sept hommes perdus à l'hôtel. Deux à Castelo Branco. Restaient les Portugais. L'équipe qui surveillait la baraque de Travis à Albufeira. L'équipe de Vila Real de Santo Antonio. Ceux de Badajoz. Les quelques hommes qu'il avait laissés aux frontières, après l'appel des hommes de Guarda, par simple mesure de prudence (il n'avait rapatrié vers Monchique que Jampur et Rudolf qui s'occupaient de la N 433, au sud-est de Moura).

La fille était au Portugal maintenant, c'était une certitude absolue. Il était inutile de garder toutes ces réserves aux frontières. Il laisserait la maison d'Albufeira sous surveillance et pourrait combler une partie des pertes avec ces six hommes.

Il demanderait à Dorsen de s'occuper de ça puis

dormirait le temps que Mme K. appelle, comme convenu.

Ensuite il irait au bar du port de Vila Real. Il fallait retrouver Travis. Coûte que coûte.

Il ne put même pas dormir trois heures, dans une des grandes chambres de l'étage.

Dorsen vint le réveiller pour lui dire que Mme Kristensen était au téléphone. Il était onze heures et des poussières. Lorsque Vondt empoigna le combiné dans le vestibule, il avait à peine eu le temps de reprendre ses esprits.

— Bonjour, madame K., lâcha-t-il de sa voix la plus neutre.

Une sorte de feulement rauque était sorti de son larynx, en fait.

— Bonjour, Lucas. Qu'est-ce qui se passe, qu'est-ce qui ne va pas ?

Eva Kristensen semblait posséder des antennes invisibles. Il fallait jouer net et carré, ne pas tourner autour du pot, elle détestait cela.

— Des problèmes. Graves. Où êtes-vous ?

— Où croyez-vous que je sois, nom de dieu... En cure de thalasso évidemment.

— Vous êtes dans la maison ? Écoutez... Il ne faut pas que vous sortiez de votre bateau, où que vous soyez.

Il tentait de la jouer pro. Lui faire comprendre qu'il contrôlait la situation, malgré le désastre.

Il y eut un bref soupir, hachuré de parasites.

— Qu'est-ce qu'il se passe encore ? On m'a dit à mon arrivée que le Dr Laas était passé vous voir, pour une urgence...

— Oui. L'intervention à Évora s'est très mal passée. Nous avons eu des morts et des blessés.

Un autre soupir.

— Seigneur... J'imagine qu'Alice s'est une fois de plus évanouie dans la nature ?

— Oui (il ne chercha pas à minimiser la chose, au contraire). Elle est protégée par un homme de Travis. Un spécialiste. De plus les flics de tout le Portugal vont être sur les dents après Évora... C'est pour cela qu'il faut que vous restiez à bord... C'est extrêmement important. Je passerai vous voir dans l'après-midi, pour mettre en place un plan cohérent...

Il commençait à connaître la psychologie d'Eva K.

— À quelle heure ? laissa-t-elle tomber, froidement.

Il avait réussi.

— Dans l'après-midi. Je dois d'abord passer à Vila Real de Santo Antonio, nous avons une piste sérieuse pour Travis... Sorvan a été blessé mais ce n'est pas très grave, il s'en sortira. Mais bon c'est vrai nous avons perdu sept hommes... et nous avons perdu aussi deux gars hier après-midi, au nord de Castelo Branco, vous verrez tout ça dans les journaux ou aux infos de midi.

— Putain, Lucas, ce type... Descendez-le dans la seconde, Vondt... Vous m'entendez ?

Elle en parlait comme si un serpent allait s'enrouler sous ses jupes.

— Passez quand vous aurez fini là-bas. Ce qui compte maintenant c'est Travis. Ma fille doit déjà être chez lui, nom de dieu...

— Ce n'est pas certain... je vous expliquerai cet après-midi. Il faut que je me mette en route.

— O.K., au revoir, Lucas.

Et elle avait déjà raccroché.

Vondt prit une douche, s'envoya un bon petit déjeuner et demanda à Koesler quelques amphés.

Puis il expliqua à Dorsen ce qu'il attendait de lui.

Il avait bien fait de le mettre en réserve celui-là. C'était de loin le plus intelligent de la bande. Et un excellent tireur de surcroît. Il était jeune mais montrait des aptitudes exceptionnelles. Il pourrait mener la barque ici, pendant son absence.

Il était très exactement midi lorsqu'il prit la route du sud.

CHAPITRE XX

Sur la route d'Ayamonte, il tenta de sonder un peu la flic. Lui aussi, il avait besoin d'informations.

— Qu'est-ce que vous pouvez me dire sur la mère d'Alice ?

Elle lui jeta un petit coup d'œil en coin.

— Si vous commenciez par me dire ce que vous savez ?

Il voyait où elle voulait en venir. Elle aussi connaissait la valeur d'une information.

— Alice m'a raconté une histoire un peu décousue. Je sais que sa mère est extrêmement riche. Et que visiblement elle a des méthodes assez expéditives. D'autre part elle a réussi à divorcer du père d'Alice en le privant de tous ses droits paternels... Alice m'a également raconté une histoire de cassette-vidéo, trouvée dans sa maison d'Amsterdam, et qui a déclenché sa fuite. Elle m'a raconté quelques rêves aussi.

Il décela un éclair d'intérêt dans le regard de la jeune femme mais celle-ci ne répondit rien.

Il aurait pu entendre le bourdonnement de son cerveau tant elle semblait réfléchir intensément.

— Qu'est-ce que vous savez de la cassette ?

Il réprima un sourire.

— Tout, je pense. Un *snuff-movie*, c'est ça ?

Elle hocha la tête, gravement, en silence.

Il flairait quelque chose de plus. Occulté par omission.

— Bon, parlons de Travis, maintenant. Vous sembliez penser qu'il puisse être en relation avec la maffia...

— L'histoire de cette famille est vraiment compliquée, vous savez... Il semblerait qu'il ait eu des contacts, dans le temps, avec des gangsters de Sicile... je pensais qu'il avait pu embaucher un type. Une ancienne connaissance, quelque chose comme ça...

— O.K. Et que fait-il exactement ? C'est un mec de la Cosa Nostra ?

— Non, je ne crois pas. C'est un ancien marin de la Navy. Ensuite il a rencontré la mère d'Alice, en Espagne. Puis ils sont venus s'installer en Algarve. Ce que je peux vous dire c'est que c'est un junkie, un toxico. Et qu'il fabriquait ce bateau, *la Manta*, avec un témoin de l'affaire...

Il tilta aussitôt.

— C'est qui ce témoin ?

Il vit Anita hésiter, puis prendre une décision.

— Vous l'auriez lu dans les journaux, de toute façon... Ce témoin était un dealer. Les hommes d'Évora l'avaient trouvé avant nous, hier soir... Mais j'ai réussi à dénicher quelques infos chez lui.

Il comprit qu'un homme était mort, sans doute salement, et que le *hit-squad* Kristensen était déjà sûrement aux trousses de Travis. Avec peut-être même une bonne longueur d'avance.

Quelque chose se mit à le tracasser.

— Dites-moi, lâcha-t-il un peu avant l'entrée de

la ville... Comment croyez-vous que les hommes d'Évora ont appris que nous étions à l'hôtel, moi et Alice ?

— Je n'en sais rien, répondit-elle. Peut-être ont-ils eux aussi des informateurs un peu partout, comme la maffia. Peut-être le patron de l'hôtel, je ne sais pas.

— Non, ils n'auraient pas tué un de leurs indics... Ça ne venait pas de l'hôtel.

Le silence emplit l'habitacle.

Il s'arrêta devant la cabine et fit un dernier point avec Anita.

Une discussion éclata au sujet d'un point crucial qu'il croyait réglé.

— Non, résistait-il vaillamment, je vais vous accompagner à la cabine. Je suis dans l'obligation de prendre cette précaution.

Elle fulminait intérieurement et son regard jetait des étincelles.

— Écoutez, reprit-il. Ensuite je vous ramène à la maison et si voulez changer de version auprès des flics ce sera votre affaire... Vous devrez juste leur expliquer le premier mensonge... Sans compter tous les risques pour Alice, que nous connaissons. Je veux assurer le coup... Alors on va à la cabine et vous déballez le scénario prévu, O.K. ?

Elle l'observait avec attention et l'orage intérieur semblait disparaître progressivement.

— D'accord, laissa-t-elle tomber, résignée.

Il lui ouvrit la porte de la cabine et s'installa à ses côtés.

Elle téléphona d'abord à Faro.

Il comprit que c'était la panique là-bas.

On ne savait plus où elle était depuis la fusillade de la nuit et elle débita patiemment la version fictive des faits en indiquant qu'elle se trouvait au sud de Setubal, comme prévu. Elle demanda ensuite qu'on recherche un bateau nommé *la Manta*. Elle expliqua pourquoi toutes les morts violentes des deux derniers jours avaient un lien avec Travis et Alice. Elle occulta les détails importants, en jetant son regard azur au plus profond de lui. Puis programma un rendez-vous téléphonique vers sept heures du soir avec le flic qui chapeauterait les recherches auprès des capitaineries d'Algarve.

Elle raccrochait et son regard étincelant lui demandait clairement : alors c'était comment, monsieur « je-n'ai-confiance-en-personne » ?

Hugo la regardait du coin de l'œil, branché sur l'observation des alentours. Un sourire plissa ses lèvres.

— Parfait... Appelez Amsterdam, maintenant.

Le regard étincelant le vrilla d'un rayon bleu, méchamment ardent.

Ils trouvèrent un distributeur pas loin de la cabine, où il tira du liquide avec la carte Zukor. Puis ils firent des courses dans un supermarché où Hugo remplit un plein Caddie de bouffe et de vêtements pour Alice. Il trouva également une librairie et il acheta un énorme paquet de journaux portugais et des bouquins en tous genres, en espagnol (il savait qu'Alice le comprenait parfaitement). Il prit également deux journaux français de l'avant-veille qui titraient sur le martyr de la ville assiégée de Srebrenica, y voyant un parallèle avec l'insurrection du ghetto de Varsovie, cinquante ans plus tôt très exactement. Ils n'avaient pas tort. Hugo retint difficilement la vague de rage froide qui l'envahissait devant la photo du Dr Karadjic. Le psychiatre reconverti dans la purification ethnique arborait un fier sourire, aux côtés de son chef d'état-major, le général Mladic. Tous deux semblaient défier le monde entier et surtout, envoyaient un message clair à tout l'Occident. Maintenant, messieurs, semblaient-ils dire, il est effectivement trop tard. Hugo se demanda s'il était possible d'envisager leur assassinat et se dit que les musulmans du monde entier seraient bien inspirés de lancer des « fatwas » contre ce genre de criminels de masse, plutôt que de condamner des écrivains « sacrilèges ».

Dans les journaux portugais et espagnols du jour il comprit qu'on démilitarisait la ville de Srebrenica, côté musulman, alors que les troupes serbo-tchetniks campaient aux faubourgs de la ville. Seigneur, pensa-t-il, voilà qui illustrait de manière parlante le désormais célèbre « il ne faut pas ajouter de la guerre à la guerre »...

Il y avait plus grave, plus obscur et plus désespérant en cette belle journée du 21 avril 1993. À cause du plan Vance-Owen, qui avalisait la politique de redécoupage ethnique de la nation bosniaque, Croates et Musulmans se battaient pour le contrôle de la Bosnie centrale, territoire censé revenir aux « Croates » de Bosnie. Seigneur... Peut-être Marko Ludjovic et Béchir Assinevic s'affrontaient-ils désormais, sur cette terre abandonnée de tous. Le désespoir qui pulsait dans ses veines prenait le visage lisse et souriant de la diplomatie européenne. Il se souvint de ce qui l'avait poussé à rejoindre Ari, Vitali et le premier noyau des Colonnes Liberty-Bell, un bel été de 1992. Ce jour-là, à la radio, la secrétaire d'État aux affaires européennes [1] avait tranquillement affirmé que les partisans d'une intervention étaient les « com-

1 Élisabeth Guigou, à l'époque.

plices des forces de mort déchaînées dans l'ex-Yougoslavie ». Il avait aussitôt appelé Ari pour lui dire que c'était d'accord.

Encore une fois l'Occident n'avait rien compris. Et les bonnes âmes pouvaient pointer de l'index cette « guerre d'un autre âge », sans voir qu'elle préfigurait tout au contraire le futur. Que l'Europe avait cédé devant la vision raciste du développement séparé et du redécoupage des frontières par la force, créant un fâcheux précédent, à l'aube du XXIe siècle. Il se mordit les lèvres en se demandant si les Colonnes Liberty-Bell, dont l'organisation était encore embryonnaire, n'arrivaient décidément pas trop tard...

Il demanda à Anita de lui traduire les passages les plus importants en lui faisant une rapide synthèse des articles.

Dans les pages intérieures, à la rubrique faits divers, juste après la tuerie de Waco, au Texas, elle tomba sur l'attaque de l'hôtel d'Évora. On y disait que les meurtres d'un dealer grec à Beja, et de deux hommes à Castelo Branco, étaient peut-être liés à l'affaire d'Évora. D'après ce qu'elle comprenait un appel au secours fictif avait envoyé la moitié des hommes de service dans un piège. Les autres, quatre hommes, avaient été enfermés dans les coffres des voitures. Les fils du téléphone avaient été sectionnés, ainsi qu'à la caserne de pompiers. En plus des assaillants, le gardien de nuit et un policier avaient été tués. On recherchait un gang d'une bonne dizaine d'hommes. On recherchait aussi un homme jeune avec une petite fille brune ou blonde, les témoignages divergeaient, dans une voiture noire, aux plaques françaises, ou allemandes.

Il réalisa que la BMW était repérée et qu'il serait dangereux de circuler avec elle...

Il remonta à toute vitesse vers la maison.

Il gara la voiture dans le parc, le long de la face arrière, hors de vue de la route et réfléchit intensément. Ça ne se présentait pas si bien que ça, sans véhicule. Il faudrait louer une caisse à Ayamonte.

Il se tourna vers la fliquesse.

— La BMW ne ressortira que quand on aura retrouvé Travis... Je prendrai le car jusqu'à la frontière et je louerai une voiture. Vous, tâchez de vous soigner et surveillez attentivement la maison. Bouclez tout...

Il sortit de la voiture et se rendit à l'arrière, ouvrir le coffre. Anita s'extirpa de son siège.

Il fouilla dans son sac de sport et se redressa, un fusil à pompe luisant dans les mains.

L'image d'Alice trimballant les armes qu'il lui avait fait prélever sur les cadavres, alors qu'il portait la jeune femme inconsciente dans ses bras, interféra puissamment avec le réel, à l'intérieur de son crâne.

Il fallait rester en contact avec la réalité, bon dieu... Ce n'était pas le moment de planer.

— J'en ai récupéré deux comme ça à l'hôtel, avec une boîte de cartouches pleine. J'en garde un avec moi.

Il arma la longue culasse d'acier, dans un claquement caractéristique.

— Prêt à l'emploi.

Elle observa le gros Remington d'un air résigné.

— Vous savez, je ne suis pas sûre que cela sera vraiment très... manœuvrable, avec ça...

Elle montrait du regard son attelle et le bandage plâtré qui enveloppait son l'épaule, son bras nu dépassant du pull noir à la manche découpée.

Il se demanda sur le coup quelle était cette étrange impression. Pourquoi ses yeux ne pouvaient-ils se détacher de ce morceau de corps, bandé de blanc médical et de carbone noir, avec ce polo noir mutilé, asymétrique, découvrant la peau, gainant le reste, si étrangement et imparablement sexy ?

Il s'ébroua et replongea sa main dans le sac de sport.

Il la ressortit armée d'un gros pistolet étincelant.

— Du 38 magnum. Avec un chargeur en rab. Avec ça, vous stoppez un taureau. Et vous gardez le fusil... Trouvez un système...

Autour d'eux les eucalyptus et les cèdres du parc s'agitaient sous un souffle tiède, chargé d'odeurs marines, et de sable. Un vent du désert. Venu d'Afrique, pensa-t-il. Le soleil jouait entre les frondaisons des arbres, tombant comme un chapelet de perles de lumière. Et cette fille était si belle, là, soudainement, avec cette lumière dorée, cette odeur de femme touareg amenée ici par on ne sait quel sirocco et la caresse du vent, comme une invitation sensuelle à s'abandonner...

Il s'ébroua de nouveau, tentant de trouver une suite convenable à la séquence de gestes idiots et mécaniques.

Il referma le coffre. Posa les armes sur le métal. Y laissa également les clés de la voiture. S'assura qu'il n'avait rien oublié, la regarda un bref instant et décida qu'il était temps de partir.

— Il se fait tard, il faut que j'y aille.

Il se retourna et emprunta le petit sentier en pente qui longeait le côté de la maison.

La voix d'Anita éclata derrière lui :

— Attendez...

Il se figea et se retourna à nouveau.

— Je crois que j'ai une piste, moi aussi...

Il l'observa d'un regard qu'il savait protégé par ses lunettes noires. Il aurait pu rester des heures ainsi, sûrement, à la contempler...

— À Tavira, aux entrepôts nautiques Corlao... Il y a un homme qui connaissait Travis, un nommé Pinto, Joachim... Peut-être que *la Manta*, ça lui dira quelque chose...

— Tavira ?

— Oui... C'est à cinquante kilomètres de la frontière mais je ne vous demande pas d'y aller. Je pourrai faire ça, ici, au téléphone. Ça me donnera quelque chose d'utile à faire en attendant...

— Parfait Anita, faites ça, lâcha-t-il laconiquement.

Il s'élançait déjà vers la route.

Il lui semblait que deux rayons bleus se collaient à ses omoplates.

Sur la route d'Ayamonte, dans l'autocar, il se concentra à nouveau sur les problèmes pratiques.

Il avait laissé les noms de Berthold et d'Ulrike Zukor à l'hôtel d'Évora. Il avait fait des achats à Ayamonte sous ce nom mais avait eu le réflexe de louer la maison sous l'autre fausse identité que Vitali lui avait préparée. Celle qu'il aurait dû emprunter pour son retour vers la France. Jonas Osterlink, de nationalité néerlandaise. Maintenant ce qu'il pouvait faire c'était tenter de faire croire à un déplacement de Zukor vers l'ouest, au fur et à mesure de son enquête, afin d'éloigner les flics, ou toute autre personne, de l'endroit où ils résideraient pendant ces quelques jours supplémentaires, non prévus au programme. Il se servirait de l'identité Osterlink en Espagne, pour la location de la maison puis pour le retour, pour la fuite vers le nord. Dès qu'il aurait localisé Travis il laisserait une trace de Zukor assez loin de sa cachette puis remettrait Alice à son père, Anita à une cabine de téléphone et il foncerait jusqu'à la maison, changerait de voiture puis roulerait vers les Pyrénées, d'une seule traite.

Ça, ça commençait à ressembler à une des « stratégies virales » dont Ari dévoilait les subtils mécanismes dans ses cours. Avec un tel canevas, il mettait de sérieuses chances de son côté...

L'autocar arrivait à la station d'Ayamonte. Il descendit sur la chaussée poussiéreuse et se dirigea vers la gare, où il apercevait l'enseigne d'une agence Hertz.

Il loua une grosse Nissan verte, à la semaine, sous le nom de Zukor et fonça directement vers la frontière. Il traversa le Rio Guadiana à son embouchure, l'Océan comme une masse de plasma ardent sous le soleil, à sa gauche, par la vitre qu'il avait ouverte. Le vent était étonnamment tiède, comme un avant-goût de l'été, une première bouffée de chaleur, venant des tropiques. Dès qu'il fut arrivé à Vila Real de Santo Antonio, il sut se diriger d'instinct vers le port et il gara la voiture près des quais. Il y avait déjà de nombreux bateaux dans la rade et il y avait du monde dans les troquets alentour.

Il prit une inspiration, et se fabriqua un personnage crédible pour la chose.

Il marcha lentement vers le premier établissement, affinant le rôle dans sa tête.

Au troisième bar son personnage avait pris un peu d'épaisseur, sans doute distendu par les effets de l'alcool. Ses inhibitions disparurent et il finit par se pénétrer de la consistance de ce comportement fictif.

Il n'hésita plus à se lancer dans un euro-slang approximatif, combinaison d'anglais, d'espagnol, de français et de portugais afin de multiplier les chances de se faire comprendre. Traduisant trois ou quatre fois de suite les mots importants. Je suis un journaliste spécialisé dans le domaine des bateaux, disait-il à la cantonade, je cherche un certain Stephen Travis pour l'interroger sur un navire de sa conception, *la Manta*, on m'a dit qu'il venait parfois chez vous, dans ce bar... Il offrit d'entrée une tournée générale.

Il sentit les gens se détendre autour de lui, alors que le patron servait les verres. Sa grande bière arriva, couronnée de mousse, et il entra parfaitement dans l'identité-virus.

Le patron jeta un coup d'œil panoramique dans la salle, cherchant et trouvant l'assentiment quasi général et se retourna vers lui.

— Monsieur Travis il venait pas souvent chez nous, mais il allait là-bas, tous les jours, à l'Atlantico...

— Obrigado, vraiment, very much, jeta-t-il après une large lampée de bière.

— Dites-moi, reprit le barman... Vous travaillez pour quel journal ?

— Heu, pour *Yachting International*, l'édition allemande...

— Vous êtes allemand...

— Oui... je suis de nationalité allemande, mais je suis né en Suisse...

— Dites-moi, senhor, pourquoi tant de gens y s'intéressent au bateau de senhor Travis ?

Hugo tilta, malgré les effluves d'alcool.

— Comment ça ?

— Ben... les autres journaux. Y a un autre journaliste qu'est passé y a pas une heure, il disait qu'il travaillait pour une revue hollandaise lui. Un article sur les bateaux construits « artisanalement » et qu'on lui avait parlé d'un certain Travis et d'un navire en construction, nommé *la Manta*...

Nom de dieu.

Les types du *hit-squad* Kristensen étaient déjà passés avant lui. Le dealer grec avait craché le morceau.

— Et vous lui avez dit la même chose. Le bar Atlantico ?

— Oui, je sais qu'il y allait souvent, avec ce type, ce Grec dont on parle dans les journaux... Dites-moi c'est ça l'histoire, hein ? C'est ça qui vous intéresse ? C'est quoi le fin mot de l'histoire ? La maffia ? Du trafic de drogue ?

C'était sans doute inutile de mentir. Disons que ce mensonge de plus était parfait, rectifia-t-il aussitôt. Il acheva son verre de bière.

— Oui, je mène une enquête sur ces événements. Je vous remercie pour tout. Offrez une autre tournée.

Il se leva en laissant un paquet de dollars sur le zinc.

Il sortit du bar avant que quiconque ait eu le temps de réagir.

Au bar Atlantico le même scénario se répéta. Il était maintenant tout à fait entraîné à son rôle de journaliste blasé, s'inspirant de quelques modèles du genre qu'il avait vus dans les grands hôtels de Split ou de Sarajevo. La plupart d'entre eux n'étaient pas de mauvais bougres, loin de là. Mais ils avaient assisté tant de fois aux débâcles humanitaires de l'Occident, ces derniers temps, qu'ils considéraient généralement les éléments des Colonnes Liberty-Bell comme de doux rêveurs.

Certains d'entre eux ne bougeaient pas des hôtels de Zagreb, de Split ou de Dubrovnik, d'autres avaient vraiment vécu l'enfer sous le feu de l'artillerie néo-tchetnik, à Sarajevo ou ailleurs, certains avaient pu approcher de camps de prisonniers, dans les zones serbes, pendant l'été et l'automne 1992, d'autres avaient suivi les convois de l'O.N.U. qui avaient pénétré en Bosnie orientale, en février, après un blocus de dix mois, dans des contrées où, pour survivre, des hommes s'étaient vus obligés de revenir au cannibalisme.

— Vous faites votre boulot et nous le nôtre, c'est tout, avait-il lâché un jour à une journaliste tchèque avec qui il passait la soirée, à Dubrovnik, alors qu'elle repartait pour Prague et lui pour il ne savait pas encore très bien où, précisément.

— Oui, mais c'est quoi exactement votre boulot ?

— Faire en sorte que des types comme Zladtko ne disparaissent jamais tout à fait.

Et il avait montré Zladtko Virianevic, un journaliste serbe de « Oslovojenje », un des Serbes démocrates, anti-tchetnik, « Bosniaque », qui luttaient aux côtés des Croates et des musulmans comme tant d'autres dans la capitale encerclée et partout ailleurs en Bosnie.

— Arrêtez vos conneries, avait dit la journaliste en émettant un petit rire. Je vous demande quel est votre boulot, alors répondez-moi simplement, s'il vous plaît.

Il avait un peu titubé sous les vapeurs de l'alcool et les effets de la vodka eurent raison de son vœu de silence, comme si une soupape s'était momentanément ouverte.

— Disons que nous nous considérons comme des mercenaires privés, œuvrant pour la justice et la liberté. Une forme moderne des chevaliers du Moyen Âge et des frères de la côte...

La jeune Tchèque l'avait regardé et avait murmuré, éberluée :

— Oh non, ne me dites pas que vous faites partie de ce truc-là...

— Quel truc ? avait-il demandé.

— Ne faites pas l'idiot (son délicieux accent slave allait avoir raison de ses dernières résistances, avait-il pressenti), cette organisation dont on parle à mots feutrés dans tous les couloirs d'ambassade. Les Colonnes Liberty-Bell. C'est ça n'est-ce pas ?

Il avait souri, impénétrablement.

— Nous ne sommes encore qu'une poignée mais nous allons nous étendre, nous aussi, comme un virus. Un anti-virus, en fait, contre le retour de la barbarie et du totalitarisme, vous voyez, ici, déjà, puis, sans doute, un peu partout dans le monde...

— Vous êtes complètement fous, avait-elle jeté en éclatant de rire. La rhapsodie de son rire flûté avait eu raison de tout et il avait éclaté de rire à son tour.

— Oui, avait-il admis, nous sommes de véritables cinglés. Nous pensons que la liberté et le mensonge sont des virus rivaux, nous croyons que la littérature, la biologie et l'astrophysique sont des armes de pointe dirigées contre l'anti-pensée, contre le délire totalitaire, quel qu'il soit, quelle que soit sa couleur, brune, ou rouge si vous voyez ce que je veux dire.

— Bon dieu, vous êtes encore plus atteints que je ne le pensais...

Et ils avaient éclaté de rire à nouveau.

Ce soir-là, il avait senti qu'il aurait sans doute pu

faire l'amour avec cette fille mais quelque chose d'indiciblement obscur et caché l'en avait empêché, au dernier moment.

L'avant-veille encore son unité avait libéré un village musulman occupé depuis des mois et les images du massacre qui avait précédé la retraite des nationalistes serbes tournoyaient encore dans son esprit. Le récit des viols collectifs hantait sa mémoire et le sexe, il le savait, demanderait sans doute encore quelques jours de sas avant de pouvoir s'épancher sans pensées négatives, cauchemardesques.

La fille et lui s'étaient quittés au petit matin, après qu'il eut brûlé son smoking sur la plage, comme prévu.

Hugo se rendit compte que sa rêverie l'avait momentanément extrait de la réalité du café l'Atlantique, où il venait d'offrir une tournée générale après avoir récolté la même réponse qu'au bar précédent. Qu'est-ce que les journalistes voulaient à Travis ? C'était au sujet du Grec ? On ne savait rien.

Le barman semblait rompu aux règles de la langue de Shakespeare. De nombreux touristes devaient s'arrêter ici, pendant l'été.

Hugo offrit une seconde tournée.

— Je m'intéresse au bateau en fait, reprit-il en anglais. Plus qu'à l'histoire de drogue elle-même, corrigea-t-il, dans ce sens là, cette fois-ci.

— Le bateau ?

— Oui, *la Manta*, le bateau qu'il fabriquait avec ce Grec...

— C'est exactement ce que m'a dit le type qui est venu tout à l'heure, incroyable, vous vous êtes passé le mot ou quoi ?

— Quel mec, un autre journaliste ?

— Oui, pour un journal de voile néerlandais.

— Tiens mais ce serait pas mon collègue Rijkens, par hasard, vous pourriez me le décrire ?

Tenter le coup, de toute façon.

— Oh... Un type assez grand, athlétique, un bon mètre quatre-vingts. Une quarantaine d'années, brun, yeux clairs.

Parfait.

— Il vous a dit comment il s'appelait ? C'était pas Rijkens ?

Il y avait une petite chance pour que le type se soit servi de son vrai nom.

— Non, il ne nous a pas dit son nom, juste qu'il travaillait pour un magazine nautique hollandais.

— Ah, ça correspond pas à la description de toute façon... Bon et qu'est-ce que vous lui avez dit alors à mon concurrent d'Amsterdam ?

— La même chose qu'à vous, qu'on savait rien...

Ça semblait plus difficile à négocier ici qu'au bar précédent.

— Bon je remets une troisième tournée, je présume ?

Et il avait aplati les dollars sur le comptoir.

— La seule chose qu'on sait, c'est que Travis y venait quelque fois avec le Grec, reprit alors le barman, doué comme par enchantement d'une mémoire soudaine. Ils se mettaient là-bas et y buvaient un coup, ensuite y partaient on ne sait où... Mais le Grec il habitait ici alors y z'allaient p'têt chez lui...

Ouais, ça ne menait pas très loin, ça.

Il regarda fixement le gros bonhomme moustachu. L'invitant calmement à assurer le coup. Sa main restait collée au petit paquet de billets verts.

— Ah, et à vot'collègue on lui a dit aussi que Travis y rencontrait un type de Tavira, ici, qui travaillait pour une société de construction de navires...

Oh merde pensa Hugo, le tuyau d'Anita.

Il jeta ses yeux au plus profond de ceux du barman et acheva sa sixième bière de l'après-midi.

Il alla évacuer dans les chiottes de l'arrière-cour, vraiment saoul, et paya une ultime tournée de remerciement avant de s'éjecter au-dehors et de marcher jusqu'à la voiture en prenant l'air sur les quais.

Un quart d'heure plus tard, vaguement dessaoulé, il chercha la poste, qu'il trouva par miracle, dans un brouillard cotonneux, comme si un violent coup de pompe se profilait à l'horizon.

Il appela Anita, à la maison d'Ayamonte. Selon le code convenu. Trois sonneries. Puis une deuxième salve. Elle devrait alors répondre à la quatrième, pour prévenir que tout allait bien. Sans quoi, il devait rappliquer au plus vite avec la Steyr-Aug et le riot-gun prêts à l'emploi.

Elle décrocha à la quatrième.

C'était à elle de s'annoncer, illico.

— Anita, j'écoute.

Ça, ça voulait dire une nouvelle fois que tout allait bien. Si elle employait son nom. Van Dyke, cela signifierait qu'il y avait un problème.

Il pouvait parler sans crainte.

— C'est moi, Hugo. Y a un petit problème...

— Quel genre ?

— Le squad est sur la piste de Tavira. Un type cherche ici, lui aussi. C'est drôle, parce qu'il utilise la même couverture que moi, ou presque. Bon faut prévenir votre témoin là-bas. Qu'il ne parle à personne d'autre que moi, d'accord ? Vous êtes arrivée à le joindre, au fait ?

— Oui, dès votre départ, je l'ai appelé, il ne m'a parlé d'aucune visite...

— Oui c'est normal, j'ai l'impression que le type a à peine une heure d'avance sur moi. Il consulta sa montre, fébrilement... J'ai perdu un peu de temps. Appelez vite votre témoin. Je me présenterai comme M. Zukor, d'accord ? Qu'il ne dise rien à personne d'autre, O.K. ? Je vous rappelle dans... dix minutes, au maximum.

Et il raccrocha, aussi sec. Il sortit à l'extérieur et alla se balader vers les jardins qui bordaient le fleuve et d'où l'on apercevait les maisons blanches d'Ayamonte.

Il revint cinq minutes plus tard et recomposa le numéro de la maison.

Même système.

— Anita, j'écoute.

— Hugo... Alors ?

— Un type est passé...

— Merde.

— Non... Joachim ne lui a rien dit. Il me l'a affirmé. L'homme s'est présenté comme un journaliste désireux de faire un reportage sur certains bateaux originaux du coin mais Pinto lui a dit ne rien savoir sur *la Manta* et je pense que c'est la vérité. Il a dit à l'homme qu'il connaissait très mal Travis en fait, qu'il l'avait connu il y a longtemps et qu'il l'avait juste conseillé pour quelques détails techniques lors de la conception initiale.

Hugo soupira, de soulagement.

— Description ?

— Grand, brun, yeux bleus. Musclé et sûr de lui.

— Bon et ce Pinto, là, y sait quelque chose ou y'n'sait vraiment rien ?

— Il m'a dit ne rien savoir... Qu'il en était toujours au même point que lors de ma visite. Il ne sait pas où est Travis. Il n'a aucune idée du lieu où pourrait se trouver un éventuel bateau nommé *la Manta*. Qu'il aimerait qu'on lui fiche la paix avec tout ça.

— Vous lui avez dit que je passerais ?

— Mais je vous ai dit qu'il ne savait rien et que...

Il la coupa, beaucoup trop sèchement.

— Dites-lui que je vais passer, Anita, j'ai besoin d'informations et rien ne nous prouve qu'il dit vraiment la vérité.

— O.K...

— Je peux y être dans trois quarts d'heure...

— Oui... D'accord.

— Bon, je vous rappelle après l'interview de Pinto.

— D'accord Hugo... Permettez-moi juste une chose...

— Quoi ?

— Je peux appeler le commissariat central de Faro dans l'après-midi avant votre retour ? Si jamais ils trouvent quelque chose dans une capitainerie vous pourrez vous y rendre directement.

Il réalisa que c'était un excellent moyen de gagner du temps.

— Faites-le. Mais ne restez pas en ligne trop longtemps. Dites que vous appelez d'une cabine dans un autre coin près de Setubal, toujours.

— Bon, bon, d'accord...

— Et dites à votre témoin d'être sur ses gardes, vous savez ce dont ces mecs sont capables.

— Oui, je l'avertirai.

— Bon, à ce soir.

Et il raccrocha en s'efforçant de ne pas écouter la petite voix qui le priait de rallonger leur conversation, allez, ne serait-ce que de quelques secondes.

Merde, putain, c'était pas le moment...

Il reprit le volant aussitôt et prit la route de la côte, droit vers l'ouest.

*

Vondt s'était arrêté sur la route pour jeter un dernier regard aux bâtisses des entreprises Corlao, par la fenêtre ouverte. Il se confectionnait un joint en réfléchissant. Ce Pinto, là, il lui avait caché quelque chose, il l'avait senti confusément tout au long de l'entrevue. Pas de gros mensonges, non. Mais le type était resté sur ses gardes. Il avait avoué connaître Travis mais ne plus l'avoir vu depuis cette époque, justement, où il lui rendait visite à Vila Real pour lui donner quelques conseils dans la conception du bateau. Ça faisait bien deux ans, maintenant. Et il ne savait pas où était ce bateau, non.

Il avait menti. Oui, c'était ça. Le reste était sans doute vrai, mais le type avait vu Travis depuis. C'était comme un petit signal qui pointait le défaut de la cuirasse. Pendant près de dix ans, ce signal lui avait permis de percer les couvertures et les mensonges des dealers qu'il coinçait. Si la police néerlandaise avait été un peu plus intelligente, elle aurait investi sur ses talents au lieu de le virer comme ça, juste parce qu'une petite salope de Haarlem avait craché le morceau, concernant les petits cadeaux qu'il recevait de ses indics.

Bon... Il fallait faire venir Koesler, pour qu'il surveille ce Pinto pendant qu'il continuerait les recherches. L'après-midi était bien entamé, à Faro, il avait un rencart avec un contact du grossiste qui pouvait peut-être lui filer un tuyau. Ensuite il lui faudrait aller à Sagrès, jusqu'à la

Casa Azul où Eva Kristensen avait jeté l'ancre. Il démarra en direction de Faro et appela Monchique avec la radio.

Koesler ne se fit pas prier pour quitter la maison de Monchique dans laquelle Sorvan tournait en rond comme un tigre dans une cage.

Vondt analysait la situation, point par point, par association d'idées, au rythme fluide de la route. Sorvan avait perdu cinq de ses meilleurs hommes dans l'attaque foirée. Auxquels il fallait ajouter Boris, un des deux types de Castelo Branco. Koesler, deux seulement, Lemme, à Évora et l'autre, avec Boris. La roue avait tourné.

Il fonça d'une traite jusqu'à Faro où il avait rendez-vous avec le contact du grossiste. Le grossiste leur avait déjà refilé le tuyau du Grec et ses plans s'avéraient fiables.

Le contact était australien, un jeune mec qui bossait sur les plages l'été et dealait l'hiver. Ils communiquaient en anglais, sur ce quai retiré du port.

L'homme lui parla d'un bateau qu'il avait vu une ou deux fois, pas loin de Sagrès, en mer, un bateau noir et blanc, qui s'appelait *la Manta* il s'en souvenait très bien, c'était à la fin de l'automne 1992. Durant le mois de novembre.

— Ouais, la première fois que je l'ai vu c'est sur la route, en fait, il était tracté par un genre de 4X4 Toyota, près d'une plage, au nord de Sagrès, vers Odeceixe. La deuxième fois, quinze jours plus tard environ, je l'ai vu au large d'une autre plage, un peu en dessous de Sines, j'lai reconnu à cause de son aspect et de sa couleur, noir et blanc. La première fois j'ai bien pu lire son nom *la Manta*, et j'm'en suis rappelé.

— Sines ? C'est un peu au-dessous de Setubal c'est ça, sur la côte ouest ?

— Oui, au nord de Sagrès. Voilà, c'est tout ce que je sais.

Son sourire invitait à passer à la caisse.

Vondt laissa les mille deutsche marks de récompense comme prévu et reprit illico la route pour Sagrès. Nom de dieu, tout s'agençait si nettement. Il mettrait en place un plan cohérent avec la reine mère et n'aurait plus qu'à remonter vers le nord, le long de la façade atlantique du pays, au-delà de la Serra Monchique, jusqu'à Odeceixe, et commencerait à fureter en remontant systématiquement la côte jusqu'à Sines.

Il finirait bien par le repérer ce foutu bateau.

CHAPITRE XXI

Arrivé devant les hangars de l'entreprise Corlao, Hugo contempla un instant la masse bleue de l'Océan avant de s'extirper de la voiture.

À l'accueil il demanda Joachim Pinto, pour M. Zukor.

Une jeune fille charmante lui indiqua le bureau au fond du couloir de droite.

L'homme le reçut d'un œil froid et vaguement soupçonneux et ne se cacha pas pour le détailler de la tête aux pieds. Hugo attendit patiemment que la séance de scanner se termine.

— You're dutch, too ? demanda l'homme en s'asseyant dans son fauteuil, sans le prier de s'asseoir.

Un type de quarante ans, joufflu, un peu bedonnant, d'apparence ronde et joviale mais cachant sans doute un tempérament plus affirmé.

L'homme avait parlé anglais sans aucune difficulté et directement, comme s'il avait deviné qu'Hugo maîtrisait mal la langue locale.

— Non. Allemand, répondit Hugo du tac au tac. D'origine suisse. Je travaille pour une agence de recherche privée...

L'homme le scruta en silence un long moment.

— Privé ? Détective ?

L'homme lui indiqua d'un geste de prendre place sur la chaise.

Hugo s'installa et soutint tranquillement le regard profond et noir.

— Oui c'est ça. Détective privé. Je... dois trouver M. Travis au plus vite. Et je voudrais qu'on commence par l'homme qui est passé chez vous, tout à l'heure.

— J'ai déjà tout dit à Mme Van Dyke. Je ne sais rien...

— Oui, mais l'homme qu'est-ce qu'il voulait savoir ?

— Il m'a demandé si je connaissais un certain Travis, si j'avais entendu parler d'un bateau nommé *la Manta*... J'lui ai dit que j'connaissais Travis mais que j'savais rien sur le bateau et c'est ce que je vais vous dire à vous aussi.

Ça avait le mérite d'être clair.

— Il vous a dit être journaliste d'une revue nautique ?

— Ouais...

— Vous ne l'avez pas cru ?

— Non. Je connais bien le milieu de la presse spécialisée et... je n'sais pas... L'instinct. Mme Van Dyke était passée me voir et je savais qu'y avait une embrouille, et puis ce matin j'ai lu la presse, voyez ?

Il voyait parfaitement.

— Vous connaissiez les relations de Travis et du Grec ?

— Vaguement, ça datait de l'époque où Travis vivait ici avec Mme Kristensen, j'ai déjà tout raconté à Anita Van Dyke...

Hugo digéra l'information.

— Bon. D'accord. Vous ne savez pas où est Travis et vous ne savez pas où est *la Manta*...

— C'est ça.

— O.K. Maintenant voyons les choses sous cet angle...

Il suspendit sa phrase un instant pour jauger la curiosité qui se gravait doucement dans le regard de Pinto.

— Ne vous demandez pas où est ce putain de bateau mais où il pourrait être. Qu'est-ce que vous diriez ?

L'homme plongeait son regard sombre au plus profond de lui, cherchant à le sonder pour de bon.

— Vous voulez quoi, une séance de voyance ? Que je vous trouve le bateau en agitant un pendule sur une carte ?

Hugo éclata de rire spontanément. Elle était bien balancée celle-là.

— Non. Mais vous connaissez Travis et vous êtes marin. En essayant d'être logique et en faisant appel à vos souvenirs, est-ce que vous verriez un endroit où Travis aurait pu monter un hangar, au bord d'une plage, avec un bateau dedans ?

L'homme entra dans une profonde réflexion.

— Non, consentit-il à lâcher. Franchement ça pourrait tout à fait être n'importe où, je ne sais pas moi, de Setubal à... allez, Algesiras...

— Non, non, c'est au Portugal, ici, en Algarve. Un endroit qu'il aimait vraiment bien...

— Cristus, vous êtes têtu, vous... (En portugais, cette fois.)

— Oui. Écoutez je ne veux pas vous faire peur, mais le mec de tout à l'heure c'est pas un rigolo. Il faut qu'Anita et moi nous trouvions Travis avant lui, vous voyez ?

— C'est en rapport avec l'affaire d'Évora ? Y a eu un véritable massacre, y paraît...

Hugo réprima difficilement un sourire. La vérité serait bien pire à lui avouer, en cette circonstance.

— Ouais, ce sont des sérieux. Je pense que Travis est en danger, que vous n'êtes pas loin de l'être aussi et que le mieux que nous ayons à faire c'est de le trouver avant eux.

Le silence retomba sur la pièce, rythmé par le concerto lointain des machines à écrire et d'une sonnerie de téléphone.

Pinto s'enfonça dans son fauteuil.

— Je suis d'accord, M. Zukor — il laissa passer un long soupir — mais comme je vous l'ai dit, je ne sais vraiment rien, Travis est un homme particulier, qui disparaît périodiquement comme ça, j'ai déjà tout expliqué à Mme...

— Van Dyke, je sais. Je vous demande juste de remuer vos méninges et de me sélectionner quelques endroits où Travis aimait se rendre à l'époque bénie où vous le connaissiez bien, est-ce que vous pensez pouvoir vous en sortir ?

Il fallait remettre les pendules à l'heure. Le temps pressait. On ne rigolait plus.

L'homme lui jeta un regard profond où se mêlaient des sentiments mélangés, mais rien d'agressif.

— Bon, je pense pas qu'il se rendrait à la Casa Azul, à Sagrès...

— L'ancienne maison d'Eva Kristensen ?

— Ouais... ça lui aurait rappelé des mauvais souvenirs, mais en même temps...

Hugo le pria d'un simple regard de poursuivre sans tourner autour du pot.

— Comment dire ? Travis était un passionné d'histoire navale. C'est à Sagrès que la première génération de grands explorateurs portugais s'est mise à contempler l'océan Atlantique et à entreprendre les expéditions vers le cap de Bonne-Espérance et la suite... Travis était fasciné par ça, je m'en rappelle, il allait souvent à la pointe de Sagrès où Henrique le Navigateur lança les premières caravelles vers Madère, les Açores, l'Afrique...

Hugo enregistra l'information, pointe de Sagrès.

— Mais bon comme je vous le disais tout à l'heure, ce n'est pas très loin de la Casa Azul et sans doute considère-t-il l'endroit comme hanté par la présence maléfique de sa femme...

— Il croit aux sorcières, à votre avis ?

L'homme lui jeta un regard intense.

— Vous ne connaissez pas Mme Kristensen ça se voit... De plus comme tous les marins, Travis était superstitieux, il n'aurait pas baptisé son navire à quelques encablures de la Casa Azul.

— Bon, d'accord, soupira Hugo, on raye Sagrès... Quoi d'autre ?

— Ben là, franchement, c'est là que je vois plus bien...

— Faites un effort.

L'homme lui jeta un bref coup d'œil en réprimant un sourire.

— Ben, on peut dire que vous lâchez pas facilement prise vous...

— Je vous assure être parfaitement social et civilisé mais je suis, comment dire, sous la pression des événements, vous saisissez ?

— Oui, je crois. L'homme lâcha un petit rire. Vous savez, ne vous en faites pas trop pour moi.

Il ouvrit un tiroir et ressortit sa main armée d'un pistolet automatique grisâtre, qu'il posa sur le bureau.

Hugo reconnut un Tokarev russe. Il hocha lentement la tête en signe d'assentiment.

— Ça ne sera pas du luxe... Bon, et pour cet endroit ?

Il se devait d'honorer sa réputation.

Pinto soupira.

— Je n'sais pas... Peut-être un vague truc...

— Je vous écoute.

— Avant leur départ pour Barcelone, il m'avait parlé d'un coin vers Odeceixe, je crois, qu'il aimait bien et où il allait souvent. Y a trois ans environ, avant qu'y m'demande des conseils pour son bateau je l'ai rencontré par hasard dans le coin.

— Odeceixe ?

— Oui, enfin un peu plus au nord, l'embouchure du Mira, vers le cap de Sines. On s'est croisé sur la route et on a discuté le coup.

Ça commençait à être une information digne de ce nom, ça.

— Parlez-moi en kilomètres.

— Par la 125 puis la 120 comptez deux cents bornes. Après Odeceixe il faudra bifurquer vers la mer, par une petite départementale.

Hugo se mit à réfléchir à toute vitesse.

— D'accord... Disons deux-trois heures.

Il regarda sa montre, le plus calmement possible.

Oh, putain, six heures passées, déjà...

Il enfonça son regard dans celui de Pinto et lui offrit le sourire le plus humain qu'il se connaissait.

— Dites-moi, Joachim, vous avez prévu quelque chose ce soir ?

Assis à côté de lui, l'ancien skipper brésilien se mit à éclater de rire tout seul, alors qu'ils arrivaient en vue des environs de Tavira.

— Ah ça, on peut dire que vous êtes le type le plus persuasif que je connaisse...

Hugo fit un vague sourire en passant une vitesse.

— Vous aviez quelque chose de plus essentiel à faire, sinon ?

Pinto posa sa nuque contre l'appuie-tête.

— Non, évidemment... Si Travis est dans la merde il est normal que je fasse quelque chose pour l'en tirer.

Et il tapota doucement le flingue passé à sa ceinture.

Hugo enclencha sans rien dire une cassette de Hendrix dans le lecteur.

À la sortie de la ville il aperçut une cabine téléphonique et se gara devant.

— Il faut que j'appelle Anita, lâcha-t-il en ouvrant sa portière.

Il composa le numéro et exécuta avec une impatience presque fébrile, ce qui l'étonna, la trop longue séquence de codes de sécurité.

À la quatrième sonnerie de la deuxième salve, Anita décrocha.

Son image flottait déjà dans son esprit alors que sa voix prenait possession du combiné.

— Anita, j'écoute...

Il pouvait percevoir son souffle, et la photo vaguement vivante prit plus de consistance. Ses cheveux qui tombaient en boucles fauves sur les épaules. La silhouette aux formes délicates drapées par le polo noir, ce bras nu dépassant du bandage et de la manche coupée, gainé de carbone noir, comme un exosquelette étrangement guerrier.

— Anita, j'écoute.

Seigneur. Il fallait revenir sur le plancher des

vaches. La voix d'Anita s'était faite plus inquiète, là, à l'instant.

— Hugo... hello. Tout va bien, un petit problème de pièces... Bon j'ai des news. Et vous ?

— Je viens de rappeler l'inspecteur de Faro. Il a téléphoné dans presque tous les ports de la province, pour l'instant il n'a détecté aucune *Manta* dans les registres...

— C'est normal.

— Comment ça, c'est normal ?

— Il ne faut pas chercher en Algarve. Il faut essayer plus haut, dans le Baixa Alentejo, Odeceixe, cap de Sines, vous voyez ?

— Bon dieu, mais comment vous avez appris ça ?

— C'est un peu long... Pinto s'est rappelé quelque chose et nous allons fureter par là-bas...

— *Vous* allez fureter ? Qu'est-ce vous voulez dire ?

— Ce que j'ai dit. Pinto m'accompagne...

— Vous êtes dingue.

Il soupira.

Elle avait lâché ça sur un ton de désespoir authentique.

— Je ne suis pas si dingue que ça. Pinto connaît le coin, c'est un marin, il est immergé dans la culture de ce pays et il connaît Travis. Avec ça je multiplie mes chances de trouver le père d'Alice avant les autres. Un des ces quat' je vous parlerai des cours d'Ari Mos... de *Bilbo*.

Putain il avait faillit lâcher la véritable identité d'Ari.

— Harry Moss de Bilbo ?

— Un ami à moi. Bon, vous vous souviendrez ? Que les flics cherchent sur les côtes de l'Alentejo, pas en Algarve. Moi, je vous rappellerai dans la soirée, pour vous dire où nous en sommes...

— D'accord.

Elle semblait résignée à son inaction forcée.

Il ne sut d'où provenait l'élan qui le conduisit à reprendre :

— Sinon vous n'avez rien vu de louche ? Pas de bagnoles tournant autour de la maison ? Des touristes avec de grosses jumelles ?

Il y eut un petit éclat de rire cristallin.

— Non, non, ne vous inquiétez pas Hugo. D'ailleurs il faut que je vous félicite pour votre intervention. La blessure se referme et la fracture était bénigne en fait. Dans une semaine je serai opérationnelle à cent pour cent.

— Tant mieux...

Il ne savait quoi dire d'autre. Le silence hachuré de parasites avala l'espace tout entier.

— Allô, Hugo ?

Un petit éclat de rire.

La voix tintait comme du cristal, la cabine téléphonique elle-même résonnait comme une coupe en baccarat.

Il réalisa qu'il n'était pas du tout dans son état normal et il fit un violent effort pour se concentrer sur la dure matérialité de la vie.

Il fallait reprendre la route.

— À ce soir.

Sa voix n'était plus qu'un feulement rauque, voilé d'une émotion nouvelle et particulièrement résistante.

Il raccrocha sans attendre et retourna s'asseoir au volant.

Il démarra et monta un peu le volume du lecteur de cassettes. Easy Riiiider tourbillonnait la voix de Hendrix dans des volutes de guitares en fusion.

Easy Riiiider...

Passé Faro il continua sur la 125 en direction de Vila Moura.

— Vous ne l'avez vraiment jamais entendu parler d'un terrain quelque part, d'un entrepôt, même à l'époque où vous alliez le voir à Vila Real ?

— Non, non. Jamais. Il m'disait juste qu'il conseillait quelqu'un pour la fabrication d'un voilier, y m'avait même pas dit que c'était le sien...

— Je vois...

Hugo jeta un coup d'œil au rétroviseur.

— Je ne sais pas pourquoi il a voulu garder le secret, peut-être parce que le Grec était dans le coup..., reprit Pinto, comme s'il réfléchissait tout haut.

— Ouais... Sinon revenons un peu au type du journal nautique, là. Vous avez aperçu sa voiture ?

— Ouais, répondit Pinto avec un large sourire. J'ai regardé par la fenêtre et y s'est arrêté un moment sur la route, en haut du chemin. Une Peugeot 405 crème, une MI 16. Une super-bagnole.

— Ah bon... C'était pas une Seat blanche...

— Non, une MI 16, j'suis sûr... pourquoi ?

— Ben... c'est à cause de celle qui nous suit, depuis Tavira j'crois bien... Mais j'l'ai vraiment repérée qu'à la sortie de Faro.

Pinto ne se retourna pas. Il essaya d'apercevoir l'arrière de la voiture par le rétroviseur droit.

— Une Seat blanche ?

— Ouais. Mais il est assez loin derrière, maintenant...

— Qu'est-ce vous comptez faire ?

— Pour le moment, rien, rouler...

— Et jusqu'où, Christus, jusqu'à la planque de Travis ?

Le ton de sa voix n'était pas tendre.

— Non, jusqu'à la nuit... ça ne devrait plus trop tarder maintenant.

— La nuit ? Vous avez un plan ?

— Non, pas encore, mais d'ici là on aura trouvé une occasion, croyez-moi.

— Donc on roule ?

— C'est ça, on roule.

L'opportunité se dévoila entre Albufeira et Silves, il vit une petite départementale, voire une communale qui s'enfonçait vers le nord, vers les contreforts des serras de Monchique et de Caldeirao.'Au-dessus d'eux, le ciel était rose et des nuages bleu et violet couraient au-dessus des serras. Le soleil venait de disparaître sous la ligne d'horizon en jetant un ultime éclat orange. Il prit à droite toute, sans hésiter. Puis il décéléra pour adopter une conduite vraiment peinarde.

Dans le rétroviseur la Seat quittait la nationale à son tour pour s'enfonçer dans le paysage sec et rocheux, mais peuplé de bois à la végétation luxuriante, sur les flancs des collines.

— Bon maintenant, faut trouver un chemin de campagne, ou une toute petite route...

Il la trouva une dizaine de kilomètres plus loin, à une autre intersection, une piste caillouteuse qui partait, vers l'est, vers la Serra de Caldeirao, se perdant dans la nuit qui tombait sur les flancs des collines.

— Bon, je vais vous dire ce que nous allons faire. À un moment donné, je m'arrêterai et vous ferez tout ce que nous allons répéter maintenant, O.K. ?

Pinto acquiesça, en silence.

*

Koesler n'arrivait pas à joindre Vondt, et c'est ça qui l'avait rendu nerveux, se dirait-il plus tard en repensant à tout ça. Vondt était avec Eva Kristensen, quelque part en Algarve, peut-être au large, personne ne connaissait la fréquence spéciale utilisée par Eva K. lors de ses déplacements en mer et il doutait même qu'on puisse la joindre avec ce simple poste de C.B.

De toute façon, Vondt lui avait ordonné expressément de ne jamais essayer de le joindre quand il était en rendez-vous « physique » avec Mme Kristensen, et Koesler fixait le petit appareil de radio suspendu sous le tableau de bord, avec une impatience mal contenue. C'est pour cela qu'il faillit ne pas voir les deux types prendre à droite, vers le nord.

Putain, réagit-il en allumant son clignotant. Ils vont droit vers la Serra de Monchique !

Il sentit une boule se former dans son estomac. Les deux types seraient sur la piste de la maison ?

Putain mais comment auraient-ils pu découvrir...

Vondt.

Vondt était passé voir ce mec, Pinto, dans l'après-midi, aux entrepôts Corlao puis lui avait dit de rappliquer. Koesler n'était pas arrivé depuis une demi-heure quand Pinto était ressorti, avec un type, brun, portant des lunettes noires, et une sorte de blouson militaire de cuir noir.

Koesler avait eu Vondt, qui se rendait vers Sagrès. Vondt lui avait demandé de s'accrocher aux basques des mecs et de ne les lâcher sous aucun prétexte. Il le joindrait tout de suite après son entrevue avec Mme K. Koesler lui avait demandé :

— Qui c'est à votre avis ce mec-là ?

— Je sais pas, avait craché la voix métallique de Vondt dans le haut-parleur.

— Vous pensez pas que ça pourrait être le gars en question ? Le Sicilien de Travis ? Le tireur de l'hôtel ?

— Putain, Koesler... heu Gustav, j'en sais foutrement rien, vous m'avez tous dit n'avoir vu qu'une putain d'ombre avec des cheveux couleur de métal. O.K. ? Et là, en plus tu m'parles d'un type brun, alors j'te dis, j'en sais foutrement rien. Ce que je veux c'est que tu ne perdes pas de vue un seul instant leurs feux arrière.

Et ce fils de pute avait coupé la communication.

Mais voilà c'était à cause de Vondt si les mecs se rendaient vers Monchique. Il s'était fait repérer, ce con, et d'une manière ou d'une autre ça signifiait que les types étaient sur les traces du groupe.

Vondt lui avait dit expressément ne rien faire d'autre que suivre les mecs et attendre son appel. Mais si Pinto et le tueur sicilien trouvaient la planque des gars, alors là on était cuits pour de bon, pensait-il avec fébrilité.

Il hésita longtemps puis finit par appeler la maison, où il tomba sur Dorsen.

— Ouais, Dorsen.

— C'est moi Koesler. Bon y a du nouveau...

— J't'écoute.

— Pinto, le mec que Vondt est allé voir à Tavira, il est avec le Sicilien d'Évora alors j'les suis, O.K. ?

— Ouais, O.K. Et alors ?

— Et alors, y's'dirigent droit vers la Serra de Monchique.

Un silence.

— Tu as appelé Vondt ?

— Non il est pas joignable pour le moment.

— Qu'est-ce que tu proposes ?

— Parles-en à Sorvan et tenez-vous sur vos gardes.

— Qu'est-ce ça veut dire ça ? J'te demande c'qu'on fait si les mecs rappliquent par ici...

— Tu sais aussi bien que moi que j'peux donner aucun ordre. Je ne peux en recevoir que de Vondt, mais je n'peux en donner à personne, alors t'en parles à Sorvan et lui y décide. Et toi tu me rappelles.

Il coupa sèchement la communication.

Putain les mecs n'étaient plus sur la départementale, bordel... Ah si, il apercevait leurs lumières s'enfonçant dans cette petite route défoncée et caillouteuse qui partait vers des massifs rocheux à l'est, s'éloignant de Monchique.

Il fut obligé de piler sèchement pour ne pas rater le croisement.

Il apercevait les plots rouges et les faisceaux blancs des phares, par intermittence, entre les flancs des collines. Il se maintint à bonne distance pour ne pas se faire repérer.

Sorvan lui-même le rappela :

— Alorrs, c'est quoi cette histoirre ? Le Sicilien de Trravis est à nos trrousses ?

— Ouais, je sais pas trop. Ils rôdent vers la Serra de Monchique mais là ils viennent de prendre vers l'est, vers la Serra de Carvoeiro ou j'sais p'us quoi...

— Si eux rrevenirr vers Monchique rrappelez-moi tout de suite, Koesler...

— Qu'est-ce que vous comptez faire ?

— Ça être mon affairre, rrappelez-moi c'est tout.

Sorvan n'avait même pas attendu son vague O.K. pour couper.

Il se rebrancha sur le véhicule dont les lumières se déplaçaient dans la nuit.

À un moment donné il n'y eut plus d'intermittence. Les feux disparurent. Et ne réapparurent pas.

Nerveux, trop nerveux, il accéléra le train et la voiture se mit à rebondir de partout sur la piste caillouteuse. Il tomba sur la Nissan juste à la sortie d'un virage assez brusque, dans une côte pas trop raide, mais bien camouflée.

Elle était juste là. Tous feux éteints et les deux portières fermées. Il faillit percuter l'arrière de la bagnole malgré son coup de frein.

Il ne coupa pas le moteur et mit la main sous sa veste, prestement.

Au même instant un tonnerre de déflagrations éclata dans l'espace et les vitres explosèrent.

Il sentit son corps se recroqueviller d'instinct dans l'habitacle, alors que le Plexiglas retombait en une pluie coupante, et que des flammes trouaient la nuit, devant lui.

Le silence, tout aussi brutal que le tonnerre.

Une voix éclatait, à l'extérieur, en anglais :

— La prochaine fois j'arrose toute la caisse, O.K. ?

La voix provenait du côté avant droit. Où le pare-brise n'existait tout bonnement plus et où se tenait un type sur le versant de la colline, surgissant d'un gros rocher. Le type épaulait un fusil-mitrailleur massif et trapu, avec un gros viseur télescopique au-dessus. L'arme était encore fumante.

L'homme s'approchait lentement sans décoller son œil du viseur.

Koesler se rendit compte que la première rafale

avait plombé le siège passager et la partie droite du capot, rendant le moteur inutilisable, mais le gardant miraculeusement en vie, lui. Sa main enserrait la crosse du revolver mais ne l'en sortait pas.

Une autre voix s'éleva en provenance du côté arrière gauche.

— Ne bougez surtout pas senhor.

En tournant la tête vers le rétroviseur extérieur, ce qu'il put voir n'était pas plus engageant.

Un type longeait la portière arrière, en braquant un gros fusil devant lui.

Koesler redressa lentement les mains, bien en vue au-dessus de lui.

Putain, cette fois-ci Mme Kristensen ne serait pas contente du tout.

— Qu'est-ce que vous comptez faire de lui ?

Pinto désignait de son arme l'homme aux yeux gris, debout devant le capot de la Nissan, les mains liées dans le dos par une paire de menottes récupérée sur lui. Hugo avait placé le revolver du type à sa ceinture.

— Je ne sais pas encore, je réfléchis...

Il se leva du capot de la Nissan et plongea ses yeux dans ceux de leur traqueur.

L'homme qui avait rendu visite à Pinto dans l'après-midi avait laissé un chien de garde dans les parages. C'était ça. Et ce type avait réussi à suivre Anita l'autre soir, oui c'était ça, sûrement après sa visite à Pinto et il l'avait suivie jusqu'à Évora puis le reste du gang avait rappliqué.

Peut-être les mecs étaient-ils au courant de sa localisation actuelle. Il ne fallait pas traîner.

— Joachim, balancez sa caisse dans le fossé pour nous faire le passage, on va faire demi-tour.

Puis il observa attentivement le mec aux cheveux bruns et aux yeux gris. Les cheveux étaient presque noirs mais les sourcils très clairs. Comme lui, ce type s'était teint les cheveux. L'homme fixait froidement un point obscur du paysage, Hugo considéra froidement la situation alors qu'il entendait Pinto ahaner pour pousser la voiture sur le flanc de la colline.

— You're in big, big trouble..., lâcha-t-il en enfournant la mitraillette dans son sac de sport. Il entendit le bruit de la voiture qui glissait le long de la pente, comme pour donner un contrepoint fatidique à ses paroles. Puis en le détaillant, saisi par il ne savait quelle drôle d'intuition :

— You're dutch ?

Le type lui jeta un coup d'œil étonné involontaire.

Hugo reprit, en néerlandais cette fois :

— Tu es dans la merde jusqu'au cou. Est-ce que tu t'en rends compte ?

Le type eut un rictus à la fois méchant et fataliste.

— Bon je t'explique en deux mots. T'as lu la presse. Toute ta putain d'équipe est fichue. Vous avez tué deux flics et vous avez toute la police du pays à vos trousses. Et ils sont en train de resserrer leur étau d'après ce que je sais. Si tu es un gars sérieux tu sais très exactement que vous ne pourrez rien faire quand deux ou trois cents flics vont cerner votre baraque. Deux, les flics savent où est Travis, tu piges ?... et donc ils le protègent. Enfin, pour terminer, ta patronne a une brigade spéciale de la police d'Amsterdam aux fesses et elle n'en a plus pour longtemps non plus. Alice est sous haute surveillance, bien planquée.

Une simple illusion d'optique, ce petit virus. Il suffisait de s'appuyer sur la réalité et de la grossir légèrement, garantissant authenticité et efficience. Il vit le mec blêmir. Son mensonge avait tapé juste. Les types devaient commencer à devenir paranos, isolés quelque part dans un pays inconnu, avec toute la police du coin aux fesses. Le virus allait faire son effet.

— Donc voilà, vous allez tous vous retrouver en taule, si ta bande de pistoleros ne décide pas de se jouer un petit remake de *Fort Alamo*... Moi je te propose un marché. De quoi sauver ta peau.

Il vit le type émettre un nouveau rictus mais en le regardant droit dans les yeux cette fois-ci.

— Quel genre de marché ?

— Ce à quoi tu t'attends, bien sûr. Tu passes de l'autre côté, avec nous, et j'essaye d'arranger le coup avec les flics.

— T'essayes d'arranger le coup avec les flics ? C'est un marché à la con ton truc... Qui t'es ?

Le type cherchait à gagner un peu de temps, visiblement. Ses copains n'étaient sans doute pas loin.

L'homme ne fixait pas de point bien particulier, mais l'ensemble de la Serra de Monchique, derrière Hugo, debout près du rétroviseur. Sa propre image avait été saisie par le miroir, fantôme de cuir noir, les yeux injectés de sang par le speed et la poudre et Hugo la percevait comme une sorte d'écran de télévision bizarrement vivant, interposé entre la réalité et lui.

— Je suis un privé, mentit-il effrontément, j'ai une licence et un port d'armes, ce que je peux faire d'autre c'est te tirer une rafale dans les jambes et appeler les flics de la première cabine que je trouverai, tu comprends mieux ce dont je veux parler maintenant ?

L'homme garda le silence un long moment puis hocha la tête.

— Bon, d'accord, qu'est-ce qu'on fait ?

— D'abord tu vas te foutre dans le coffre et on va déguerpir d'ici. Ensuite si t'es sage on reprend cette discussion dans un endroit plus propice.

Pinto ouvrait déjà le coffre de la Nissan, avec un large sourire.

Koesler se contorsionna pour rouler dans le réduit obscur.

Pinto referma le coffre à clé et lança le trousseau à Hugo.

— En route, jeta Hugo en se mettant au volant.

Il fonça droit vers l'est dans un crissement de pneus.

— On ne fait pas demi-tour ? demanda Pinto.

— Non, j'ai changé d'avis.

— Ah ben putain ça alors... Vous ne manquez pas de culot vous...

— Non je voulais juste avoir le choix. Statistiquement ses copains peuvent arriver par l'une ou l'autre direction. Je ne sais pas pourquoi mais je vais aller droit vers l'est puis redescendre vers la 125 et on ira se planquer sur un bord de plage isolée. Et on verra ce qu'on peux vraiment faire de lui.

— Putain ça alors..., marmonnait Pinto, souriant doucement tout en hochant la tête.

— Ne vous inquiétez pas, tout va bien se passer.

— J'espère... Ça vaudrait mieux pour vous.

— On a une chance sur deux, c'est raisonnable.

Pinto éclata de rire en hochant la tête comme s'il n'arrivait pas à se faire à cette idée.

— Ah putain ça alors, marmonnait-il entre deux quintes de rire, qui s'espacèrent et se diluèrent peu à peu dans le bruit huileux du moteur.

Il réussit à rejoindre Faro par la N2 sans faire de mauvaises rencontres, puis en ressortit par la 125, qu'il reprit vers l'ouest, repassant par le morceau de route qu'ils avaient emprunté une heure auparavant.

Un peu après Almansil il obliqua vers l'Océan.

Il ne s'arrêta qu'au bout d'un chemin qui s'arrêtait devant les dunes et la plage. Il n'était pas loin d'une petite ville côtière nommée Quarteira. Il coupa le moteur, les feux, et jeta un coup d'œil à Pinto avant de s'éjecter de la voiture. Il alla ouvrir le coffre, le Ruger bien en mains, la mitraillette en bandoulière dans le dos.

Koesler s'extirpa du coffre avec une certaine souplesse, malgré son handicap.

Il se redressa sur le sable et fixa Hugo, puis Pinto qui les rejoignait, le fusil à pompe à la main.

— Bon, laissa tomber Hugo, reprenons donc notre petite discussion... Voilà ce que je te propose. Je vais demander conseil aux flics.

— Attendez... Qu'est-ce que vous voulez dire ?

Le mot flic avait fait son effet.

— Rien de plus. Que je vais me renseigner pour savoir si je peux légalement passer un marché avec toi et ce que je peux négocier. Toi, en attendant, tu vas me dire jusqu'où tu irais si j'te proposais, par exemple, de te donner quelques heures pour filer et disparaître...

Le type se mit à réfléchir intensément puis plongea son regard dans celui d'Hugo.

— Combien d'heures ?

— Ça... c'est justement ce que je négocierais à mon tour avec les flics quand tu auras craché le morceau. Vois les choses sous cet angle : je vais te servir de médiateur pour que tu puisses sauver ta peau.

Le type digéra l'information, ses yeux ne trahissant pas la moindre trace d'émotion, froids comme des roulements à billes.

— O.K., qu'est-ce que vous voulez savoir ?

— Je vais être franc avec toi : la localisation exacte du reste de la petite troupe. J'pense que les flics ne vont pas mettre plus d'un jour ou deux pour vous mettre le grappin dessus maintenant (un petit mensonge plausible) mais je veux que ce soit une affaire réglée dans la nuit. Évidemment jusqu'à ce que les flics m'annoncent que l'opération s'est déroulée comme convenu, tu resteras en notre compagnie...

Il n'eut même pas à montrer Pinto qui offrait un sourire rayonnant au type, sa bonne bedaine dépassant de son jean, où il tapotait nonchalamment la crosse brune de son Tokarev.

— Bon et là tout de suite j'aimerais que tu nous dises comment on peut t'appeler.

L'homme replongeait son regard dans celui d'Hugo.

— Je m'appelle Gustav Siemmens. C'est tout ?

— Non, évidemment. Tu me diras aussi tout ce que tu sais sur votre bonne patronne, où elle se planque et aussi jusqu'où t'étais impliqué dans ses affaires. Ensuite seulement je te laisserai partir. Il faudra que la qualité ou le volume des informations atteigne un certain niveau, je ne te le cache pas.

L'homme soupira en plissant les yeux. Il prenait seulement pleinement conscience de la chose, de la merde dans laquelle il était.

— Il est évident que ce que je cherche c'est que ta trahison soit irrémédiable. Dès ce soir. Que tu ne puisses faire machine arrière et que tu sois dans l'obligation de te tirer au plus vite d'ici. Peut-être même d'Europe. En échange, je négocierai le délai maximal que je pourrai obtenir. En trichant même un peu avec les flics pour te filer du rab, si je suis content de toi.

— Qu'est-ce qui me prouve que vous tiendrez vos promesses ?

— Une seule chose : le fait que j'aurais pu te tirer *d'abord* une rafale dans les jambes. Avant de commencer la discussion.

L'homme émit un vague assentiment en opinant doucement du chef.

Il pesa une décision, le regard tourné vers l'intérieur. Un choix douloureux, mais exécuté sans trop de remords visiblement.

— Bon, si j'obtiens vingt-quatre heures de délai tu peux considérer le marché comme réalisable.

— J'ai besoin d'une marge de manœuvre pour négocier. Tu descendras à douze heures. Ça te laisse amplement le temps de te barrer pour les antipodes.

Le type lui jetait un regard glacé qu'Hugo soutint d'un œil parfaitement neutre.

L'homme finit par laisser tomber :

— D'accord pour douze heures.

— Bien, laissa tomber Hugo négligemment, maintenant tu te réinstalles dans le coffre.

Et il montrait la gueule noire grande ouverte, comme déjà habituée à la présence de ce passager incongru.

À Almansil il trouva une cabine et un endroit discret pour garer la Nissan. Si le dénommé Siemmens avait communiqué la description de la caisse à ses complices il faudrait d'urgence la changer, dès demain matin, à la première heure, pensa-t-il en ouvrant la porte vitrée à soufflets.

Il composa à toute vitesse la série de codes de sécurité, mais il lui semblait que des siècles passaient avant que la voix d'Anita ne résonne à nouveau à son oreille.

— Anita, j'écoute.

Tout allait bien.

— Bon, c'est toujours moi, Hugo. J'ai encore du nouveau. Silence et chuintement électrique de la ligne téléphonique.

— Quel genre ?

Hugo mit de l'ordre dans sa tête, il n'avait pas vraiment préparé son speech.

— Genre imprévisible. Bon voilà : à la sortie de Faro, avec Pinto, je me suis rendu compte qu'on était suivi... Je... comment dire. On cherchait Travis, vous voyez, et je voulais pas trop conduire ce type dans la bonne direction...

— C'est normal.

Elle en convenait aussi. Ça pourrait marcher.

— Bon, donc j'ai improvisé et... on a quitté la nationale, vers Silvès.

— O.K., Hugo..., soupira-t-elle.

Ça voulait dire d'aller droit au but, ça.

— Bon, on a trouvé une espèce de piste vers la Serra de Caldoeiro. Une route déserte, voyez. Y'faisait nuit. On a piégé le mec.

À nouveau le silence et l'électricité, sur lesquels se posait un souffle gracile.

Il se demanda s'il avait expliqué la chose avec suffisamment de concision.

— Bon dieu. Vous avez son identité ?

— Il m'a dit s'appeler Gustav Siemmens, écoutez voilà, je...

— Vous avez vérifié ?

— Quoi, vérifié ?

— Son identité. Vous avez vérifié son identité ?

Putain pensa-t-il suprêmement agacé, non, il était pas flic, lui.

— Non j'ai quelque chose de plus important à vous dire dans l'immédiat.

Un soupir.

— O.K. Quoi ?

— On peut traiter avec lui. Il nous donne la cache de ses complices. Nous refile tout ce qu'il sait sur la mère Kristensen. Ce qu'il faisait et l'organigramme complet de l'organisation, en échange de quoi vous lui octroyez une douzaine d'heures de délai pour qu'il disparaisse dans la nature.

Un long silence électrique, avec ce souffle posé, diaphane, à la limite du perceptible.

— Vous avez déjà engagé des tractations avec lui ?

La voix était sévère. Et réclamait un éclaircissement immédiat.

— Non, je lui ai dit que je devais d'abord avoir l'autorisation légale d'un officier de police judiciaire. Mais c'est vrai qu'il est déjà d'accord. Si on lui donne une douzaine d'heures il nous crache tout ce qu'il sait. Là, tout de suite. Les flics n'auront plus qu'à foncer jusqu'à leur planque et ça nous débarrassera d'une énorme épine dans le pied, pour retrouver Travis, vous saisissez ? On décapite toute la bande et on asphyxie la Eva K. sous la pression des flics. On trouve Travis tranquillement, on lui remet Alice et vous vous occupez de la scène finale avec Mme Kristensen.

Une nouvelle virgule de silence.

— Je vois... Et vous ?

Tiens... Elle manifestait un intérêt pour ce qu'il allait advenir de lui, sur l'autre branche du futur.

— Moi aussi je devrai m'évanouir dans la nature, mais je vous expliquerai ça plus tard... En attendant est-ce que vous m'autorisez officiellement à entreprendre des tractations avec Siemmens, dans le cadre dont je vous ai parlé ?

Un nouveau silence. Une plus forte pression du souffle.

— Oui. Pas plus de douze heures. Mais je veux aussi savoir où est Mme Kristensen et je veux sa véritable identité, à lui.

Hugo suspendit sa respiration. Il n'avait pas pensé à ça.

— Je n'avais pas prévu ça, Anita... Désolé. Écoutez, je vais essayer de faire passer cette pilule et je vous rappelle aussitôt. En attendant préparez les flics à un hallali. Si ça marche, dans une demi-heure vous pouvez leur communiquer l'adresse de la bande.

— D'accord, on dit un autre coup de fil dans une demi-heure. Si vous ne le faites pas dans trois quarts d'heure c'est qu'il y aura eu un problème, disons... sérieux. Dites-moi où vous êtes.

Un mélange d'attention et de professionnalisme. Il en fut particulièrement touché.

— Oui, je suis à Almansil, à l'ouest de Faro.

— Je connais. Si dans quarante-cinq minutes vous n'avez pas rappelé j'alerte les flics d'Almansil, vous me décrivez votre voiture ?

— O.K. : Nissan vert sombre. Neuve. Plaques espagnoles.

— Décrivez-moi Siemmens.

— Un grand type, solide. Cheveux bruns, yeux bleus presque gris, un visage mince, un peu émacié, aux traits réguliers, avec un grand nez droit et quelques rides. Un type de quarante-cinq ans, pas plus.

Le souffle, légèrement suspendu.

— Cheveux bruns ?

— Ouais, mais c'est de la teinture, je suis sûr

que ses cheveux sont comme ses sourcils et l'ensemble de sa pigmentation, un blond très clair, presque cendré, je peux parfaitement le décrire parce que mon père lui ressemblait, sur ce plan-là strictement, j'entends...

Un léger rire, fruité, comme une saveur palpable malgré la distance.

— Incroyable, Hugo, vous savez qui c'est ?

— Non, du tout, répondit-il sincèrement étonné par ce qualificatif.

— D'après votre description il s'agit sûrement de Koesler, Karl.

— Et alors ?

— C'était... disons le secrétaire spécial d'Eva Kristensen et Wilheim Brunner pour toutes les questions de sécurité. Il doit connaître tous les rameaux de l'organisation, oh bon dieu, Hugo, vous ne vous rendez pas compte ? Il faut absolument que nous puissions le coincer. Il a quelque chose à voir avec les *snuff-movies* lui aussi, vous comprenez ?

— Non, je ne comprends rien. Vous me dites oui, puis après vous me dites non. Et c'est quoi putain cette histoire de *snuff-movies*, au pluriel, Alice ne m'a parlé que d'une seule cassette.

Un soupir, avec son cortège de parasites saturés.

— Pluriel ?... Ah, évidemment, vous ne vous doutiez pas de la chose ?

— Que... Non... Putain... ah, bon dieu je ne sais même plus comment m'expliquer clairement. Bon, résumons-nous, Eva Kristensen a fait d'autres films que celui qu'Alice a trouvé chez elle, c'est ça ?

— Oui. Quand Alice a volé cette bande elle était entreposée dans une pièce remplie d'autres cassettes.

Ah, oui, d'accord, se mettait-il à comprendre. La mère Kristensen montrait enfin son véritable visage.

— Est-ce qu'on peut dire que c'est le genre de cannibale moderne qui aura réussi à transformer l'artisanat du *snuff-movie* en technique industrielle ?

Un bref éclat de rire froid, et réprimé, désespéré.

— Oui, je pense qu'on peut la décrire comme telle.

— Je vois..., laissa-t-il tomber, rêveur.

Cette chasse prenait tout son sens.

L'enfer s'était déplacé. Non, il proliférait, comme un virus. Comme les deux gosses britanniques de février, qui avaient supprimé de manière abominable un môme de deux ans. Lorsque cette information lui était parvenue, à Sarajevo, par Zladtko Virianevic, lorsqu'il avait appris ce meurtre d'enfant commis par d'autres enfants donc, cela avait éclairé l'univers tout entier. L'Europe succombait à ses virus, le monde occidental moderne à ses limites, montrant là son vrai visage, annonciateur d'un crépuscule redoutablement tangible, encore une fois. Le visage ambivalent du yuppie cannibale et humanitaire. Ce qu'il savait d'Eva Kristensen suffisait maintenant pour dessiner un monstrueux portrait psychologique. Femme d'affaires branchée dans les milieux de la finance internationale, de la mode, de la pub et du vidéoclip le jour, elle réalisait des films interdits la nuit. Tortures et assassinats en direct-live, sur de la bande magnétique. Avec son niveau de pouvoir elle avait pu accéder à une échelle grandiose, sur le plan de la quantité, comme sans doute aussi de la qualité des films. Il était certain qu'elle faisait de généreuses donations à de nombreuses fondations.

— Dites-moi, vous avez vu les images, vous... c'était comment, genre vidéo 8 amateur, filmée à la va comme j'te pousse ou ça vous semblait, comment dire, tourné de manière professionnelle ?...

— Je comprends... Oui, professionnel. Les images étaient, comment dire, presque belles, vous voyez, au niveau des lumières, du cadrage, c'était net, esthétique, à tel point que des experts de chez nous n'ont pas vraiment pu se déterminer à cent pour cent, pour dire s'il s'agissait de trucages ou d'actes réels... Stupéfiant, non ?

Oui, pensait-il, le siècle s'achevait par la cerise confite couronnant le tourbillon de la chantilly.

Quant à lui, il télescopait l'histoire au moment le plus imprévu, alors qu'il était allé la chercher jusqu'au cœur des Balkans, sans voir rien d'autre que la guerre, obscure, chaotique et fatalement destructrice, l'histoire sortait de l'ombre, du hasard, comme un diable de sa boîte. Ici, dans l'Europe postmoderne de la fin du XXe siècle.

Comme si tout avait été subtilement programmé pour qu'une telle rencontre survienne. Lui, identité-fantôme, clandestine, opaque, y compris à ses propres yeux et elle, Golden Girl de l'abominable.

— Bon, reprit-il en s'ébrouant. Qu'est-ce qu'on fait pour Koesler ?

Un bref silence, puis :

— Je veux la planque de Kristensen et un organigramme complet. Avec le nom des sociétés écrans ou des hommes de paille.

— O.K. On fait comme on a dit, dans trois quarts d'heure, maxi. Au revoir, Anita, et merci.

Son souffle avait été beaucoup plus grave que prévu sur les derniers mots.

Et son bras se détendit mollement pour reposer le combiné sur son socle.

Il entendit un lointain au revoir nimbé de chuintements téléphoniques puis le claquement du métal et du plastique.

Il mit une bonne minute pour tout à fait reprendre ses esprits, avant de s'élancer hors de la cabine.

Sur la plage de Quarteira, Hugo ouvrit de nouveau le coffre de la voiture pour faire sortir Koesler. Il avait eu tout le temps de préparer la suite des événements en conduisant et voulait essayer de se faire plus humain, mais sans lâcher le morceau.

— Ça va ? lâcha-t-il au quadragénaire aux yeux gris...

L'homme marmonna quelque chose d'incompréhensible en se rétablissant une nouvelle fois sur le sable, du même mouvement leste...

— Désolé pour les menottes, mais tant que nous n'aurons pas enclenché pour de bon la machine je dois veiller à ne faire aucune erreur.

— J'comprends ça.

— Bon passons aux choses sérieuses. Les flics sont d'accord pour douze heures, pas une de plus. Et ils veulent la cachette de votre patronne. C'est à prendre ou à laisser. Je ne peux rien faire d'autre.

L'homme restait debout, solidement campé sur ses jambes, bien droit, strictement autodiscipliné. Comme un militaire. Un ancien soldat. Un ex-mercenaire. Ou quelque chose dans ce goût-là.

— J'ai pas énormément le choix de toute façon.

Hugo avait de nouveau sa mitraillette en mains.

— Non, effectivement. Sans compter que les

flics connaissent ta véritable identité, Karl Koesler, et que t'as donc tout intérêt à filer droit sans faire de vagues, puis à te faire oublier ailleurs. Très sincèrement, c'est la meilleure solution.

L'homme restait impassible. Il semblait attendre patiemment la suite.

— Bon on va commencer par le gros morceau tout de suite, après ça ira tout seul.

Il mit la Steyr-Aug en bandoulière dans son dos et enclencha l'enregistrement sur le petit dictaphone. Il posa le dictaphone entre lui et Koesler, sur le coffre arrière de la Nissan.

L'homme n'émit qu'un vague haussement de sourcils, parfaitement résigné, déjà prêt à faire le grand saut. Il avait eu tout le temps d'y penser dans le coffre de la bagnole.

Il ne poussa aucun soupir, se contentant de s'éclaircir la gorge.

— La planque centrale est à Monchique. Dans la Serra, vers le pic de Foia, une grande maison, isolée dans les bois, très en retrait de la route. La maison appartient à un homme de paille d'Eva Kristensen, j'connais pas son nom.

— Bien on va prendre cinq-dix minutes pour un tableau complet. D'abord quel est ton rôle exact dans la machine Kristensen, quelles sont tes fonctions...

— Je m'occupais des problèmes de logistique et de sécurité.

— Ça veut dire quoi ça exactement ? On m'a dit que t'étais une sorte de secrétaire spécialisé pour Brunner et Kristensen.

— Ouais... j'avais une fonction officielle, chargé de la Sécurité et de la Logistique. Mais ce rôle ne couvrait que la zone d'Amsterdam, disons, des Pays-Bas...

— Bon… En quoi ça consistait exactement ?

L'homme se fit vague, tout d'un coup.

— Boh, plein de trucs, des systèmes d'alarme à l'espionnage industriel. Je devais rendre la maison d'Amsterdam inviolable et préserver le secret des diverses opérations que menait Eva K., sur le territoire néerlandais, encore une fois.

— Ça signifie quoi, ça, qu'Eva Kristensen possède un réseau international, avec des hommes de paille et des secrétaires spéciaux un peu partout dans le monde ?

— Je ne sais pas. L'information est extrêmement cloisonnée dans l'organisation d'Eva K.

— O.K., voyons un peu en détail les types de la bande, fais-moi un topo.

— Qu'est-ce que voulez savoir ?

— Tout, comment ça fonctionne, qui ils sont, tout le toutim, ensuite on remontera à la tête.

— Ben… D'abord y a le nouveau Chef des Opérations Spéciales, Sorvan, un Bulgare. Lui je savais qu'il existait mais j'l'avais jamais rencontré avant… toute cette histoire. C'est un type qu'Eva K. a embauché l'année dernière, elle l'a rencontré en Turquie.

— Vas-y, trace-moi les grandes lignes…

— Ben c'est un ancien de la sécurité bulgare, avec la chute du communisme un peu partout il a fui en Turquie où il avait des connexions avec des personnages occultes, à la fois financiers internationaux et trafiquants d'armes ou de drogue. Il est arrivé avec une équipe parfaitement constituée, d'une dizaine d'hommes, ramassée sur les ports d'Athènes et Istanbul, que t'as proprement décimée hier soir…

— Tu veux dire par là qu'il m'en veut à mort ?

Le type eut un rictus cruel qui indiquait que c'était le terme exact.

— O.K. et toi là dedans tu faisais quoi, à part nous pister ?

L'homme hésita un instant.

— Plus t'en diras, moins les flics seront tentés de raboter ton petit capital d'heures...

L'homme regardait le dictaphone où la petite bande tournait, impitoyablement.

— Moi, j'ai été affecté à un poste spécial, pour cette opération « spéciale ».

— Raconte tout.

— Je devais vous traquer et en rendre compte...

— À qui, à Eva Kristensen ?

— Non... non...

— Alors à qui, à Sorvan ?

L'homme ne répondit rien tout de suite. Il dansait presque d'un pied sur l'autre.

— Oui, c'est ça... À Sorvan...

Une dose de sincérité à peu près aussi consistante que dans un film de Rohmer.

— Joue pas au con. Tu sais très bien que t'as aucune chance si Eva K. échappe au coup de filet. Faut que tu dises tout. Que toute la toile tombe d'un coup. Sans ça, t'échapperas p'têt' aux flics, mais tu vivras constamment avec l'œil vissé pardessus l'épaule, sans répit...

L'homme soupira nettement cette fois-ci. Ses épaules se tassèrent légèrement.

— Bon pour cette opération, y a quelqu'un qui chapeautait tout le monde, ici au Portugal. Chargé d'Opération. Un type qu'Eva K. embauchait à l'occasion pour des missions spéciales, un peu partout sur le continent. Faut pas penser à l'organisation d'Eva K. comme à un truc figé, voyez ? C'est une vraie caméléon c'te femme-là, elle s'adapte tout le temps.

— Bon qui c'est ce big boss ? Et où il est ?

— À l'heure où j'vous parle il est peut-être sur la route de Monchique. Mais il a passé toute la fin de l'après-midi avec Eva K.

— Où ça ?

— Ça j'en sais foutre rien. Seul Vondt savait où elle était.

— C'est qui Vondt, le type en question ?

Un assentiment de la tête.

— Haut et clair. J'ai une bande qui tourne.

— Ouais.

— Bon, qui s'occupait de traquer Travis ?

— Vondt. Moi je devais surveiller la fliquesse d'Amsterdam, celle avec qui vous communiquez au téléphone. J'n'ai tué personne à l'hôtel, c'est Sorvan qui a tué le flic et Jampur a égorgé le gardien pass'qu'il allait la ramener. C'est Sorvan aussi qu'a sans doute blessé la fliquesse.

L'homme avait un petit pli malin au coin des lèvres.

« Celle avec qui vous communiquez... »

Il avait deviné ce que cachait le manège et le faisait savoir, par bande interposée. En même temps qu'il assurait ses arrières en dénonçant ses complices.

— Bon et où il en était Vondt, sur Travis ?

— Ben il avait eu le tuyau de Tavira à un bar de la frontière. Il est venu interroger vot'copain là (il montrait Pinto d'un bref mouvement du menton), puis y m'a dit de rappliquer pour le suivre. Entre-temps t'étais arrivé.

Il y avait comme une sorte d'hommage professionnel dans le ton de la voix. C'est vrai qu'il s'en sortait pas trop mal, pour un simple écrivain revenu des ténèbres.

— Bon maintenant raconte-moi l'attaque de l'hôtel à Évora, et l'histoire du Grec, à Bejà.

— Pour le Grec j'sais rien, sinon que Vondt a eu le tuyau par un contact qu'il avait quelque part, ici, j'sais pas où, Vondt ne donnait jamais le nom de ses contacts. J'crois qu'il en avait un en Espagne, c'est tout et quelques autres ici, au Portugal... Si c'est eux qu'ont fait ça au Grec, j'en sais foutre rien parce que moi, pendant ce temps-là, je pistais la dame jusqu'à Évora.

— Elle s'était bien arrêtée chez le Grec pourtant.

— Ouais, mais moi je savais pas ce qui s'était passé.

Hugo décela aussitôt un gros mensonge, mais n'avait pas le temps de s'arrêter à ces détails. L'homme essayait de sauver sa peau, c'était tout.

— Bon, O.K., tu sais rien sur le Grec, passons à Évora.

— Ben à Évora Vondt a rappliqué avec l'équipe de Sorvan presque au complet, plus deux gars à moi. C'est vrai qu'ils ont fait trop de bruit, surtout dans l'escalier, et Sorvan et moi on les a rappelés à l'ordre. Mais les mecs étaient surexcités par toute cette putain de coke et ça a tourné comme tu sais.

Hugo laissa passer un pâle sourire. L'homme lui avait fait une fleur en n'indiquant pas clairement qu'il était, lui, responsable de la mort de plusieurs hommes. Mais il sentait que le geste n'était pas altruiste. Le regard de Siemmens/Koesler disait clairement qu'il faudrait que ce soit payé de retour.

— Bon je te promets une chose : dès que la maison sera prise et toute la bande avec, je t'ouvrirai les menottes.

L'homme ne répondit rien et son visage se ferma. Il avait fait sa part. Il observa un bref instant le magnétophone et son regard se perdit vers les dunes et l'Océan d'où soufflait un vent rafraîchi par la nuit et les embruns.

Hugo arrêta le magnétophone et le mit dans une des larges poches pectorales du blouson. Il ouvrit le coffre, un air authentiquement désolé sur la figure.

— Dernier voyage dans ces conditions, c'est une promesse. Dès que mon coup de fil est donné, on revient ici et je te sors.

Koesler roula lestement dans le réduit obscur.

— N'vous bilez pas. Jusqu'à présent j'peux pas dire que vous n'avez pas été correct.

Hugo referma le coffre, presque gêné par le sort qu'il faisait une nouvelle fois endurer au soldat d'infortune.

Il roula doucement, sur la route mal entretenue, afin d'éviter que le voyage dans le coffre ne devienne un enfer de vibrations.

Vingt minutes plus tard il se garait devant une autre cabine et rappelait Anita une seconde fois.

L'éternel « Anita-j'écoute » auquel elle se pliait comme à une règle monastique.

— Hugo. Bon Koesler a parlé. Il m'a craché tout le truc sur une bande que j'ai là avec moi. Le repaire du *hit-squad* est dans la Serra Monchique. Dans un coin retiré, près du pic de Foia. Une grande maison sur un versant de la montagne, ils trouveront avec ça ?

— Attendez, je note... O.K. Rien de plus précis ?

Il soupira.

— Non... Mais doit pas y avoir beaucoup de mégapoles tentaculaires dans le coin... Ça devrait se trouver une grande maison vers le pic de Foia, isolée en retrait de la route, dans la montagne...

— O.K. Bon, et la planque de la Reine Mère comme vous l'appelez ?

— Ça il dit ne rien savoir...

— Ben voyons !

— Je pense qu'il dit la vérité. Il n'a aucun avenir avec Mme Kristensen et il le sait parfaitement, mais il m'a parlé d'un certain Vondt, qui chapeauterait toute leur putain d'organisation, ici, dans le but de retrouver Travis et de piéger Alice.

— Attendez, Vondt, vous avez dit ? Bon sang, ça me dit quelque chose ce nom...

— Vondt ? répéta stupidement Hugo.

— Oui. Attendez faut que je me rappelle.

— Écoutez, voyez ça de votre côté mais moi je considère qu'il a respecté les termes de notre contrat. Filez-lui ce délai et qu'on n'en parle plus. Communiquez au plus vite le tuyau que je vous ai refilé au lieu de vous obstiner...

— Je ne m'obstine pas, Karl Koesler est un témoin capital de l'affaire, pour ne pas dire plus. Vous comprendrez que ça me fasse mal au cœur de le voir s'évanouir comme ça.

— Ouais, mais sans lui on est bloqué avec une dizaine d'hommes armés opérationnels et une Eva Kristensen qui tire les ficelles quelque part. Si on retombe sur eux, ils ne nous feront aucun quartier et je pense que j'ai suffisamment abusé de ma chance comme ça, vous me saisissez ?

— Bon, bon, qu'est-ce que vous voulez ?

— Une vraie tête en bois, ma parole, le délai, je veux votre parole d'officier de police judiciaire, là, clairement dans le combiné, c'est tout.

— O.K., O.K., mais pas douze heures, c'est trop, je ne pourrais faire avaler ça à personne.

— On avait convenu douze heures, merde.

— Oui, mais on avait convenu qu'il nous livrait aussi le cadeau surprise, la planque de madame. Ça diminue de moitié la valeur des...

— Six heures c'est pas assez, putain, il nous livre tout l'escadron...

— De la piétaille. Ce qui est intéressant c'est le cerveau, ou un organe principal comme ce Vondt, là, où il est ? Il est pas à Monchique ?

— Non, mais il n'y aura plus que lui et la bonne femme. Elle sera privée de tous moyens opérationnels... écoutez à mon avis les choses ne tournent pas du tout comme elle l'avait prévu et nous avons un avantage pendant encore quelques heures, avant qu'ils ne découvrent ou n'entendent parler d'une Seat blanche vide de tout occupant, au bas d'un coteau. Cet avantage c'est Koesler et nous devons nous en servir. Comme vous dites, ce qui compte c'est le cerveau. Et un organe important. Si on coince Eva K. et ce M. Vondt on l'aura fait si on saisit toutes les opportunités qui se présentent, sans rechigner. Là, en échange de la fuite aléatoire d'un homme, on va serrer dix ou douze hommes d'un coup dont le chef opérationnel, leur capitaine, le Bulgare, Sorvan. On supprime le *hit-squad* et Mme Kristensen est privée de ses sens et de ses moyens d'action, O.K. ? Elle devra fuir le pays en y laissant sa fille et nous pourrons la remettre à son père, vous pigez ? Après à vous de gérer la poursuite de cette dame en dehors des frontières de l'Europe... Et moi je reprends mes activités initiales.

Une longue virgule de silence qu'il rompit à nouveau :

— Bon, négocions à douze heures, O.K. ?

— Huit.

— Anita, arrêtez votre cirque, douze heures. Nous n'avons pas le temps de jouer au marchand et à la cliente dure en affaires, voyez ?

— D'accord, soupira-t-elle, presque violemment, vous avez gagné. *Dix* heures, pas une seconde de plus.

Putain de nom de dieu, pensait-il en raccrochant, c'était pas le genre facile cette Hollandaise.

Il donna trois petits coups en passant sur le coffre arrière et se pencha vers la serrure de métal.

— Koesler ? Vous m'entendez ?

— Ouais, entendit-il faiblement, derrière la cloison.

— Bon ça marche, on redescend à la plage et vous sortez.

Il s'engouffra au volant en se demandant combien de temps les flics locaux mettraient pour ramasser tout le banc de requins d'un seul coup. Toutes les forces de Faro, minimum, plus une coordination avec différentes unités locales, d'ici au Baixa Alentejo. Réunir une bonne centaine d'hommes et mettre en place un plan d'opération efficace et cohérent n'est pas chose si simple. Il faudrait sûrement quelques heures à la police pour tout organiser, mais bon ça signifiait qu'avant l'aube, la maison serait cernée, voire prise d'assaut par surprise.

Fallait juste dormir dans un coin peinard en attendant que l'orage passe. Il y avait nombre de petites plages ou criques désertes, à cette heure-ci, le long de cette côte.

CHAPITRE XXII

La nuit était tombée sur la mer et Eva Kristensen contemplait la lune, pleine et presque rousse, dans la voûte étoilée. Elle dégustait un verre de pommard et, malgré les nouvelles accablantes que lui avaient apportées Vondt, n'avait cessé de lui offrir ce sourire fatal. Elle l'avait prié de rester dîner sur le yacht et tout au long du repas, servi avec obséquiosité par un maître d'hôtel français, ils n'avaient échangé que quelques paroles futiles, Vondt lui demandant où était Wilheim Brunner par exemple.

— Il est resté en Afrique, répondait-elle laconiquement, ou « Notre plan est ce qu'il y a de mieux à faire dans l'immédiat, Vondt, ne vous inquiétez pas, j'ai la situation bien en mains », son sourire implacablement vissé aux lèvres. Le vent jouait avec ses cheveux blonds et ses doigts, parfois, plongeaient dans la masse soyeuse pour redresser une mèche couleur de miel. Il ne pouvait bien voir ses yeux derrière les verres fumés bleutés et il se demandait quelle drogue pouvait bien engendrer un tel état de béatitude.

Il aurait bien voulu savoir où était Koesler maintenant, et ce que foutait ce Pinto avec le tueur de Travis.

C'était une des premières choses qu'il avait dite à Mme Kristensen, dès son arrivée à bord, cette info de Koesler. Ça et la piste de l'Australien de l'après-midi, ça permettait de compenser le désastre d'Évora.

Eva Kristensen avait tout d'abord froidement jaugé Vondt de la tête aux pieds, allongée sur son transat, sirotant un cocktail aux couleurs vives, puis un pâle sourire avait éclairé ses traits, prenant consistance au fur et à mesure que le soleil rougissait en descendant sur la mer, pendant tout l'après-midi.

— Je vous avais dit que mon ex-mari ne faisait pas les choses à moitié. Quel que soit le type qu'il a engagé c'est un professionnel, et sans doute un des meilleurs. Il faut que nous nous adaptions.

— Oui, avait simplement répondu Vondt.

— Qu'avez-vous fait des équipes chargées de surveiller les routes frontalières ?

— Je les ai toutes rapatriées à Monchique. Mais j'ai gardé les hommes d'Albufeira en réserve, ils continuent de surveiller l'ancienne maison de Travis...

— Mmh, avait murmuré Eva Kristensen... Nous ne devrions pas garder la maison de Monchique avec une dizaine d'hommes armés à l'intérieur. Ça va finir par se faire repérer et nous perdrions toutes nos forces d'un seul coup...

Vondt savait qu'il était risqué d'entreprendre une polémique avec Eva K., qu'il fallait être sûr de son fait, elle pouvait admettre un argument, s'il était imparable, mais à aucune autre condition.

— Oui, sans doute... Il faut malgré tout considérer que la maison est très isolée et que Sorvan sait se faire discret. Mais effectivement on pourrait ne garder qu'un noyau à Monchique et disperser le reste.

Le sourire d'Eva s'était accentué.

— Nous nous comprenons parfaitement, Vondt...

Il avait bien failli succomber à son charme vénéneux dès la première salve de ce sourire. Mais avait vaillamment résisté tout l'après-midi. Ce n'était pas du tout le moment. Pas avec cette putain de situation à gérer et une voie de sortie à imaginer.

Mais là, sous l'astre d'or et les étoiles, sous la montée des drogues intérieures, désir, sève volcanique, printanière et lunaire, sous l'assaut irrésistible de cet incroyable vin français, il avait fini par se demander s'il allait longtemps résister à cette force qui l'attirait vers elle, aussi sûrement qu'un aimant.

— Dès demain matin, vous séparerez le groupe en deux forces, un noyau à Monchique, le reste dans une autre maison que vous louerez ailleurs, pas loin du coin dont vous m'avez parlé, par exemple.

— Le Cap de Sinès ?

— Oui, si jamais Travis est dans le coin, nous pourrons agir encore plus vite. Mais il ne faut pas rester plus de deux jours encore au Portugal... Maximum.

Vondt leva un sourcil, presque étonné.

Le sourire s'approfondissait, vertigineux.

— Je ne dois prendre aucun risque inutile. Si dans deux jours je n'ai pas récupéré Alice, nous arrêterons l'opération, évacuerons tout le monde discrètement et nous agirons autrement, selon un plan que je vais commencer à préparer dès cette nuit.

Quelque chose semblait luire, derrière les verres violacés.

— Désormais, nous devons nous concentrer sur Travis et tendre le piège prévu cet après-midi... Ah, et résoudre aussi cet autre problème : si le tueur est engagé par mon ex-mari, pourquoi a-t-il besoin de Pinto pour retrouver sa trace ?

Vondt avait déjà analysé le problème.

— Deux solutions : une mesure de sécurité, au cas où l'homme tombait entre nos mains. Une sorte de jeu de piste qui le mène à Pinto, puis, à Travis, sur le dernier morceau de route.

— Pas mal pensé. La deuxième solution ?

— Ben... Quelque chose qui a mal marché pour eux, malgré son insolente baraka, à ce mec. Travis se planque peut-être tellement bien qu'ils ont perdu sa trace, mais moi, je pencherais plutôt pour la première hypothèse...

— Le coup du jeu de piste ?

— Oui, deux ou trois arrêts stratégiques qui permettent au mec de prendre une information à chaque fois et de se rapprocher petit à petit du but. D'Amsterdam à ici. Avec Pinto comme groom pour la dernière porte.

— Pourquoi Pinto et pas le Grec ?

— Ben... vot'mari, heu votre ex-mari il a l'air d'avoir du flair, il a dû se dire qu'avec le Grec c'était risqué, il a préféré miser sur un ancien pote, marin comme lui.

— Ouais, murmura doucement Eva Kristensen, psychologie, j'aurais dû y penser...

Puis, soudainement plus active, avec une forme d'intensité redoutable :

— Il ne faut pas que Koesler perde ces deux types. Ils vont nous mener droit à Travis. Quand vous serez revenu à terre, prenez discrètement toutes les mesures pour cerner sa maison. Ensuite vous attendrez qu'Alice y soit, comme convenu, et vous m'appellerez, de la Casa Azul. N'agissez pas tant que Pinto et ce type sont sur les lieux. Vous attendrez tranquillement qu'ils partent et alors seulement vous interviendrez. En douceur, d'accord, cette fois-ci ? Pas de fusillade, je veux un enlèvement propre et sans bavure. Lui et elle. Vivants tous les deux.

Il y avait eu une vibration particulière sur le mot « vivants », mais il ne savait à quoi l'attribuer.

— Tout le monde se rendra au point de rendez-vous et recevra son salaire, ainsi que les fausses identités. Je m'occuperai seule du reste, quand ils seront à bord. Les salaires des morts seront partagés par les survivants de l'attaque. Et j'ajouterai une prime de cinq mille marks à tous. Il faut savoir motiver son personnel... je veux que Sorvan reprenne confiance et vous aussi, et Koesler également.

— Ce qui pourrait vraiment faire plaisir à Sorvan c'est l'autre fils de pute, là, le tueur à gages de Travis...

Le sourire d'Eva s'était figé, un bref instant.

— Nous n'avons pas le temps.

Le geste sec et ferme de la main indiquait que cela ne souffrait aucune discussion.

— Écoutez, Vondt, ce type est comme vous, on le paie pour faire son boulot et il le fait, c'est tout. Ce qui compte c'est ma fille, en priorité absolue, puis Travis, vivant si possible, point final. Vous attendrez le départ de Pinto et de l'agent de Travis, je veux que ça glisse comme sur de la soie, vous comprenez ?

— C'est très clair. Je devrai calmer Sorvan.

— C'est cela.

— Bon, et qu'est-ce qu'on fait si le Sicilien reste, comme garde du corps ?

— Appelez-moi de la Casa Azul comme convenu. J'aviserai en fonction.

Le bruit de l'Océan et du vent emplit l'espace. Le visage d'Eva semblait maintenant fermé à toute intrusion extérieure, le regard braqué vers la lune. Elle conservait l'ombre d'un sourire aux lèvres mais agissait comme si Vondt n'existait tout bonnement plus.

Il comprit que l'entretien était terminé.

Les deux marins espagnols attendaient patiemment à la poupe lorsqu'il retourna au canot.

Il quitta le beau yacht blanc sans lui jeter un regard. Là-bas, dans le faible rayonnement lunaire, il discernait la côte découpée et la tache laiteuse de l'institut plongé dans l'obscurité. Les embruns fouettaient son visage.

À l'institut de la Casa Azul il n'était qu'un client un peu à part, un Hollandais nommé Johan Plissen, ami du propriétaire, à qui on réservait une vaste suite dans un des pavillons isolés de la demeure. Le canot le laisserait à l'embarcadère et il devrait ensuite emprunter le petit chemin qui menait aux marches, gravées dans le bord de la falaise.

Mais à l'extrémité de la petite digue de béton, une ombre s'agitait. Il n'était absolument pas prévu que quelqu'un lui fasse de grands signes, comme ça, à son arrivée. Il pressentit une onde de choc.

L'homme se présenta comme un assistant de M. Van Eidercke. Il parlait parfaitement anglais.

— Un certain M. Kaiser a appelé, en disant que c'était extrêmement urgent, j'ai essayé de vous le passer dans votre chambre mais vous n'étiez pas là. On m'a dit que vous étiez sur le bateau mais quand j'ai joint Mme Cristobal elle m'a dit que vous étiez en route, sur le canot... Alors j'suis venu vous attendre.

M. Kaiser, réfléchissait Vondt à toute vitesse. Bon sang, Sorvan avait appelé la Casa Azul ! Cela ne pouvait signifier qu'une catastrophe de grande amplitude.

— Votre ami m'a dit qu'il rappellerait... dans dix minutes maintenant.

L'homme escaladait les marches en observant sa montre.

— Je vous le passerai dans votre chambre...

Il disparut dans la nuit, au détour du sentier qui menait au bâtiment principal.

Vondt ouvrit sa serrure avec une angoisse tenace vissée au ventre.

Il attendit dix minutes devant le petit combiné gris.

À la onzième très exactement la sonnerie retentit.

Il empoigna le combiné et se tendit en jetant un « Allô, Johan Plissen » bref comme un coup de trique.

— Réception. Je vous passe M. Kaiser.

De grande amplitude la catastrophe, ça, oui.

C'est l'impatience de Sorvan qui les avait sauvés, pensait Dorsen, au volant de la voiture qui s'enfonçait dans les bois, tous feux éteints, après que le Bulgare eut passé son mystérieux coup de téléphone.

Après l'appel radio de Koesler, dans la soirée, Sorvan s'était mis à tourner en rond comme un fauve dans une cage. Un fauve blessé, à la cuisse bandée et s'appuyant sur une canne de métal. Mais un fauve quand même, carnassier et sauvage.

Il avait hurlé aux équipes des frontières de se réveiller et de se mettre en état d'alerte. Le Sicilien de Travis et un nommé Pinto rappliquaient par ici.

En une poignée de minutes, la maison se transforma en une forteresse inexpugnable. Sorvan plaça les hommes à tous les points stratégiques, à l'extérieur comme à l'intérieur. Il envoya les deux Français en reconnaissance dans le parc. Demanda à Rudolf de monter à l'étage et de tout scruter avec les jumelles russes à vision nocturne. La maison fut plongée dans le noir total et tous les rideaux tirés. Il n'avait rien dit à Dorsen, qui attendait patiemment au centre du salon. Dorsen avait tenté le coup. Il s'était approché de Sorvan qui mettait le nez à la fenêtre et regardait le spectacle des montagnes sous la lune, en écartant légèrement le rideau.

— Que dit Koesler exactement, où ils sont les mecs de Travis ? avait soufflé Dorsen, précautionneusement.

— Quelque parrt dans le coin. Il me dirre qu'eux rrôder entrre la Serra Monchique et l'autrre là-bas, Caldoeirro... Il me rrappeler si eux revenirr vers Monchique.

Puis il avait tourné dix bonnes minutes au rez-de-chaussée en s'allumant un énorme cigare qu'on pouvait suivre à la trace.

Dorsen s'était posté à une fenêtre, sur une chaise, et s'était patiemment préparé. Il avait armé son Beretta et engagé une balle dans le canon de la kalachnikov à crosse repliable. Puis il avait patiemment attendu, l'œil fixé sur la forêt environnante et sur la petite route, qu'il apercevait comme un petit ruban crayeux et sinueux, plus bas sur la pente.

Une demi-heure plus tard, il entendit Sorvan souffler en s'arrêtant près de lui. Des volutes de fumée planaient dans tout le salon.

— Quoi foutrre Koesler, nom de dieu ?

Dorsen s'était légèrement retourné et avait vu le colosse, le regard intense fixant la petite route, debout à ses côtés. Une petite route qui serpentait jusqu'à la vallée et où aucune lumière mobile ne venait dans leur direction.

— Y'vont p'têt plus du tout vers Monchique, maintenant, se risqua Dorsen.

Le Bulgare lui jeta un vague coup d'œil, puis lui tourna le dos.

Il fonça comme un rhinocéros en furie vers le vestibule de l'entrée. La canne martela le parquet vitrifié de l'immense pièce. Dorsen l'entendit ouvrir le petit meuble où se trouvait la C.B. et les crachotements de l'appareil qu'on allumait.

— Allô, K-2 ? ici Kaiserr, vous m'entendrre, rugissait l'énorme voix de Sorvan.

Elle rugit pendant cinq bonnes minutes, sans discontinuer. Une pause de trente secondes. Une respiration haletante et des nuages de fumée qui s'enroulaient jusqu'au salon. Puis de nouveau sa voix avait tonné dans la maison, interrogeant le poste de radio et le vide interstellaire.

Puis Dorsen avait entendu le pas lourd de Sorvan revenir dans le salon.

— Dorrsen ? Koesler ne répondrre pas. Il y a un prroblème...

Dorsen avait doucement fait face au colosse.

— Nous devoirr agirr.

Dorsen avait instinctivement compris que le Bulgare venait de l'engager d'office comme lieutenant et il avait passé le fusil d'assaut russe sur son épaule.

Sorvan semblait réfléchir intensément.

— Nous allons sorrtirr. Verrs cette sierra, là où Koesler dirre que le Sicilian allait. Nous parrtager les équipes. Toi, les deux Frrançais et moi on va sorrtirr, Antoon... !

Son hurlement retentit dans toute la maison, jusqu'à la cuisine ou se trouvait ledit Anton.

L'homme accourut au pas de course. Anton était un des rares survivants des hommes de Sorvan, avec Rudolf et les deux Français. Il avait fait équipe avec un type de Koesler, à la frontière de Vila Real de Santo Antonio, et avait ainsi échappé au massacre. Les équipes de Badajoz et d'Albufeira étaient constituées d'hommes de Koesler. Quant aux deux Portugais de Marvao, c'étaient des hommes du milieu local, qui avaient été visiblement mis sur le coup par leur mystérieux contact au Portugal.

Anton était un jeune élève officier de la police bulgare qui avait dû fuir avec le colosse en 1991.

C'est en bulgare que le colosse s'adressa à son congénère.

— Anton, toi et Rudolf vous allez rrester ici et vous coordonnerrez deux équipes, à l'intérieurr... Nous allons devoir sorrtirr pour retrrouver Koesler et le Sicilian. Nous resterrons en contact rradio. Si vous voyez des lumièrres vous nous appelez. Ne faites rrien. Laissez-les s'apprrocher et même entrrer dans la maison. Serrez-les à l'intérrieurr, comprris ? Ne tirrez pas. Si nous arrivons avant eux nous procéderons de la même manière, bien compris ?

Anton hochait à peine la tête.

— Bon, rrappelle les Frrançais au talkie.

Il se tournait déjà vers Dorsen, alors qu'Anton marchait d'un pas vif vers l'entrée en collant un rectangle noir, gainé de cuir à son oreille.

— Je n'aime pas ça, que Koesler ne pas répondrre, reprenait le Bulgare dans son néerlandais approximatif.

Dorsen ne répondit rien. Lui non plus il n'aimait pas ça. C'était Koesler qui l'avait embauché sur ce coup, en lui promettant un boulot sans trop de risques et il connaissait maintenant assez bien cet ancien broussard des unités antiguérillas de la police sud-africaine. Koesler était sans pareil pour traquer des gens sans relâche, nuit et jour, dans à peu près n'importe quelles conditions. Il savait faire ça discrètement et sans une seconde de distraction. Il avait ainsi rendu différents services pas très clairs pour des officines privées peu recommandables, et d'après ce que savait Dorsen c'était par une de ces officines qu'il avait rencontré Vondt, puis cette femme pour qui ils travaillaient tous désormais, cette Mme Cristobal, qui payait si largement. Koesler ne se serait pas laissé surprendre, pensait-il, mais cette idée n'arrivait pas vraiment à faire surface, elle sonnait faux.

Dorsen avait pris le volant, avec Sorvan à ses côtés et les deux Français à l'arrière. Ils avaient pris une des deux grosses Opel Vectra et Dorsen avait suivi consciencieusement les indications que Sorvan lui donnait, la carte grande ouverte sur les genoux, masquant ses jambes et la canne.

Ils plongèrent dans la vallée et foncèrent en direction de l'est. Trente bornes plus loin, Sorvan lui dit de prendre la petite route qui menait à la N124. Il surveillait attentivement la carte, l'index plaqué sur un coin précis du réseau, l'œil guettant le moindre panneau indicateur. À un moment donné Sorvan lui ordonna à nouveau de tourner, sur une petite piste qui s'enfonçait vers la Serra de Caldoeiro.

— Voilà, c'est quand eux prrendrre cette rroute que Koesler envoyer son derrnier message.

Dorsen ralentit et mit les feux en veilleuse.

Ses yeux se plissèrent pour discerner la voie blanchâtre qui s'enfonçait vers les versants des hautes buttes boisées, aux contours découpés, là-bas à l'horizon.

C'est dans cette montagne boisée qu'ils tombèrent sur la voiture de Koesler.

La voiture n'était pas du tout à la bonne place.

Elle se dressait sur le côté de la piste, en contrebas d'une pente caillouteuse couverte de pins et de cèdres, posée étrangement en équilibre sur le côté. La voiture était complètement défoncée et sous le rayonnement de la lune, on pouvait voir nettement la travée qu'elle avait tracée dans la broussaille et les arbustes, sur cette pente, au-dessus de laquelle la route passait après s'être enlacée autour de ce pan de montagne, un peu plus loin. Putain, on avait jeté la caisse de Koesler du haut de la pente, et elle avait achevé sa chute, ici, sur la route, juste devant eux. Il stoppa la voiture et jeta un coup d'œil en coin vers sa droite. Sorvan contemplait la sculpture de métal sans dire un mot, les mâchoires fermées, le regard plein d'un feu intense.

Il s'extirpa de la voiture, s'appuya sur sa canne et marcha de son pas claudicant vers la Seat renversée.

Dorsen sortit à son tour, puis les deux Français, chacun de son côté.

Ils entourèrent la voiture et promenèrent les faisceaux de leurs torches de part et d'autre de la route, sur la pente du haut en en contrebas, à la recherche du corps de Koesler. Mais personne ne vit rien.

— Ils l'ont p'têt'buté plus haut, sur la route, à l'extérieur de la voiture, laissa tomber Dorsen, sans dire un mot plus haut que l'autre.

Sorvan observait le capot de la Seat, accroupi devant la calandre verticale.

— C'est bien ce fumier avec la mitrraillette... Bon, jeta-t-il en se redressant.

Puis en jetant un coup d'œil vers l'obscurité où descendait la pente de gauche :

— On va foutrre la voiturre là-bas dedans... Allez.

Et les deux Français repoussèrent la voiture sur ses roues, qui s'enveloppèrent de poussière en retombant dans un fracas de métal brisé et de verre pilé.

Puis avec Dorsen ils s'arc-boutèrent sur le métal défoncé et jetèrent la carcasse dans la ravine caillouteuse, parsemée d'arbustes épineux et de pins, qui s'enfonçait vers un petit cours d'eau, sinuant entre la serra et un de ses contreforts.

— On va continuer surr la rroute... Faut trrouver Koesler...

Et ils remontèrent tous en silence dans l'Opel.

Sorvan décrocha aussitôt le micro de la C.B. et appela Monchique.

Il tomba sur Anton et il gronda, en bulgare :

— Anton ? Alors ?

— Rien, chef. Rien du tout. Pas de bagnoles, pas de visiteurs. Rien à signaler à l'horizon.

Sorvan grogna :

— Bon, putain, en quoi tu veux qu'jte le dise : j'te demande si t'as des nouvelles de Koesler alors tu me réponds si oui ou non, d'accord ? Sorvan avait meuglé ça d'un ton qui fit froid dans le dos à Dorsen.

— D'accord, chef, non, non, pas de nouvelles de Koesler.

Sorvan avait coupé sèchement puis avait observé la route. Dorsen mit pleins phares quand ils abordèrent le tronçon de route qui surplombait l'endroit ou la Seat de Koesler s'était immobilisée. Le chemin de terre était constellé de bris de métal et de Plexiglas qui scintillaient comme du mica, sous la lumière électrique. Ils ressortirent et fouillèrent les buissons alentour. Sorvan détecta la trace des pneus de la Seat et celles d'un autre véhicule. Qui avait continué droit vers l'est.

Mais le corps de Koesler restait introuvable.

Sorvan demanda à Dorsen d'éteindre les feux de la voiture puis il s'assit sur le siège passager, les deux pieds bien à plat sur la route, près d'une étoile de Plexiglas. Il dirigea sa lampe de poche sur la carte routière.

— Bon, cette rroute conduirre jusqu'à la N2, là-bas... Mais nous êtrre déjà à quatrre-vingts borrnes de Monchique...

Il observait Dorsen et les deux Français qui revenaient de leur fouille dans les fourrés en hochant négativement la tête.

— Putain, gronda le Bulgare, qu'est-ce que lui fairre du corrps de Koesler ce fumier ?

Dorsen se dandina un instant. Ce à quoi il pensait était bien pire.

Nom de dieu, pensait-il, si jamais Koesler est vivant et que ce Sicilien le fasse parler nous allons tous y passer...

Il tressaillit malgré lui en voyant que le Bulgare l'observait attentivement, la lampe toujours fixée vers la carte.

— Je penser exactement à la même chose que vous Dorrsen... (Son ton était presque rêveur.) Mais je me demander juste si Koesler êtrre du genre à trahirr facilement ou non. Qu'est-ce que vous en pensez vous, vous le connaîtrre bien, non ?

Dorsen comprit aussitôt pourquoi Sorvan l'avait emmené.

— Koesler ne parlera pas. C'est un dur.

Sorvan pesa patiemment ces paroles. Puis donna un petit coup de l'index dans la carte, l'air d'avoir pris une décision.

— On rretourrne à Monchique... Plus la peine de cherrcher Koesler. Nous avertirr Vondt tout de suite à son rretourr...

Dorsen dansa d'un pied sur l'autre une nouvelle fois :

— Sorvan ? je pense à quelque chose...

Le Bulgare l'observa froidement, ne laissant plus rien paraître de ses émotions.

— Je vous écouter, Dorrsen...

— Ben... Si le Sicilien de Travis il rôdait par ici c'était p'têt pas parce qu'y nous avait repérés, voyez ?

Sorvan ne bronchait pas.

Dorsen reprit.

— P'têt' tout simplement que c'est par ici qu'il habite ce Travis. Que Koesler il les a suivis jusqu'à leur planque, ou pas loin, mais que les mecs l'ont vu aussi et qu'avec Travis ils l'ont fait prisonnier.

Sorvan était plus impassible qu'un mur.

Un mince sourire arqua ses lèvres mais s'évanouit aussitôt.

— Vous savez à quoi moi je penser, Dorrsen ? Moi, je penser que Koesler y s'est fait baiser, couillonner par ce tueurr de Trravis. Que ce Sicilien, là, il l'a promené votrre Koesler, jusqu'ici.

Et Sorvan montra de la main les montagnes plongées dans la nuit.

— Allez, on a plus rien à foutrre ici.

Quand Dorsen avait effectué son demi-tour, Sorvan lui avait jeté un coup d'œil et avait laissé tomber :

— J'espère jouste qu'il tiendrra quelques heures votrre chef, là. Le temps que nous quitter la planque...

Dorsen avait blêmi et n'avait plus desserré les dents. Ils atteignaient les contreforts de la Serra de Monchique lorsque le poste de C.B. crachota.

— Ouais, Kaiserr, gronda le Bulgare.

C'était De Vlaminck, un homme de Koesler, qui jeta d'une voix désespérée dans le spectre métallique :

— Oh, putain, vous nous demandiez d'appeler quand on verrait des lumières... Ben j'peux vous dire que des lumières y en à plein la montagne, Sorvan.

— Putain, qu'est-ce que..., sursautait le colosse.

Au même moment le Français situé à la droite de la banquette montra un point de l'autre côté de la vallée.

— Look at it, jeta-t-il froidement en pointant son index contre la glace.

Ils arrivaient de l'autre côté de la butte. Sur le côté droit s'ouvrait une vallée sombre derrière laquelle se profilait la masse de la Serra de Monchique.

La montagne était constellée de lumières bleues, aux pulsations invariables et menaçantes.

Le ciel se veinait de rose lorsque Hugo s'était décidé à agir. Il avait observé un ultime instant le moutonnement vif-argent des vagues puis s'était extirpé de la banquette. Il s'était détendu de tout son long, debout sur le sable, avait pratiqué rapidement quelques mouvements de gymnastique et avait avalé sur-le-champ deux autres comprimés de speed. Pinto dormait sur la banquette arrière, Koesler sur le siège passager, le poignet droit menotté à la portière.

D'un seul œil. Car il s'éveilla dès qu'Hugo eut repris place.

Il s'ébroua et passa sa main libre dans les cheveux.

Puis il attendit patiemment la suite des événements.

Hugo enclencha une cassette de Public Image Lid dans le lecteur. Il lui fallait un truc robuste, dur, tranchant et hypnotique, qui le maintiendrait en activité. Puis il libéra le Sud-Africain.

Il était au summum de la méthode Burroughs-Moskiewicz. Son regard embrassait la route, le paysage et Koesler, à sa droite, et aussi l'arrière du véhicule, dans le rétroviseur.

Pinto s'éveillait à son tour et se redressait sur la banquette.

— Alors, suite du programme ? demanda-t-il, la bouche pâteuse.

Hugo lui sourit dans le rétroviseur.

— On va prendre des nouvelles...

Il pouvait voir que Koesler se tassait légèrement dans son fauteuil. Pour lui aussi, maintenant, il valait mieux que l'opération se soit déroulée sans bavures.

À la cabine d'Almansil, Hugo fit le point dans sa tête et composa le numéro de la maison d'Ayamonte. Le sempiternel code de sécurité.

La voix d'Anita. Incroyablement intense,

comme si un feu couvait sous le masque sociable et maître de soi.

— Anita, j'écoute.

— Bonjour, Anita, c'est Hugo, je viens aux nouvelles.

— L'opération est terminée. Tout s'est à peu près bien passé. Près de cent policiers ont cerné la maison. Deux hommes ont essayé de sortir et se sont fait abattre, les autres se sont rendus.

Hugo souffla, malgré lui.

— Bon... Ça veut dire que nous pouvons laisser filer Koesler et nous occuper tranquillement de Travis, maintenant.

— Non.

C'était une négation nettement affirmée.

Il sentit aussitôt que l'espèce de braise qui couvait ne manquerait pas de le brûler s'il tentait de la contrer. Voyons un peu le choc du feu et de la glace, se dit-il pour se donner du courage.

— J'aime que les choses soient claires. Vous voulez dire par là que vous comptez trahir votre promesse ?

Un silence, dont il percevait la vibration orageuse.

— Il n'y avait que six hommes dans la maison... et le dénommé Sorvan, là, leur chef, il n'y était pas... Pas plus que Vondt... Il faut que j'vous dise quelque chose à son sujet, d'ailleurs, j'ai appelé Amsterdam dans la soirée et lui aussi c'est un ancien flic...

— Écoutez-moi attentivement, Anita (sa voix était incroyablement glaciale). J'ai engagé ma parole envers Koesler et vous aussi alors n'essayez pas de noyer le poisson. Je vous le dit carrément : que cela vous plaise ou non je libérerai ce type dans l'heure...

— Dans ce cas sachez que je demanderai à ce qu'un mandat d'arrêt soit également lancé contre vous. Et que je ferai fermer toutes les frontières à un dénommé Siemmens ou Koesler. Dans l'heure, moi aussi !

On passait un cran supérieur, là.

— Écoutez, reprit-il, plus froid que jamais, qu'est-ce que vous voulez que j'en fasse ? Que je me le tape jusqu'à la planque de Travis ?

— Non. Je vais vous dire ce que vous allez faire : vous allez le livrer aux flics d'Almansil. Je les appellerai tout de suite et ils se chargeront de lui... Et vous, vous rentrerez ici. Je dois prendre la situation en charge, maintenant.

— Vous plaisantez j'espère ? C'est ça votre conception du partenariat ? J'me tape le sale boulot et vous récoltez les lauriers, en gros ?

— Ne faites pas l'idiot. Si leur chef est encore en liberté, la situation reste pratiquement inchangée. Alice continue de courir de grands risques. Madame K. est encore opérationnelle et ce Koesler constitue une menace potentielle tout autant qu'une mine de renseignements... Je vous l'ai déjà dit hier soir, il est impliqué dans cette histoire de cassettes. En tout cas il ne pouvait pas ignorer certaines choses...

— Nous n'avons toujours pas avancé, Anita, je vous répète que nous lui avons donné notre parole, pour vous cela ne signifie peut-être rien mais je considère que cela fait partie des ultimes lambeaux de dignité qu'il nous reste, voyez ?

— Et moi je vous répète qu'en échange nous devions avoir Sorvan, au minimum, et que nous ne l'avons pas. Madame K. tire toujours les ficelles...

Hugo réfléchissait à toute vitesse. Putain, plus têtu que ça il ne voyait que lui, en gros.

— O.K. Supposons que je lui extirpe un renseignement nous permettant de localiser Vondt, ou madame K., est-ce que vous réexamineriez votre position ?

Un long silence.

— Écoutez, Hugo, qu'est-ce qui vous pousse à jouer comme ça les médiateurs ? Vous êtes son avocat ou quoi ? Je suis sûre que vous seriez moins compatissant si vous connaissiez tous les dessous de l'histoire et les activités de Koesler...

— Je ne demande qu'à être mis au courant.

— Non, pas maintenant.

Il l'aurait pilée, sur-le-champ.

— Bon, reprit-il, et notre deal alors ? S'il nous livre Vondt, ou Kristensen, qu'est-ce qu'on fait ?

— Dites-lui que je lui garantis une remise de peine des juges, disons une certaine compréhension, s'il nous livre la tête. Ce que je veux c'est Eva Kristensen. Rien de moins.

Nom d'une putain de tête en bois de fliquesse d'Amsterdam !

Il faillit éclater de rire dans la cabine. Mais ce rire se serait vite évanoui, comme un simple souvenir.

Maintenant il fallait gérer cette nouvelle situation avec Koesler, et ne pas commettre d'erreurs.

— Vous ne me facilitez pas la tâche, Anita, jeta-t-il avant de raccrocher.

En quelques secondes il avait programmé la séquence suivante. Il était impératif de ne rien laisser paraître.

Il s'assit au volant et démarra dans l'instant, le visage neutre et concentré de quelqu'un qui fait attention à sa conduite.

Il prit la route de Faro puis un petit chemin qui grimpait à l'assaut des collines, vers le nord.

Il vit Koesler se crisper, presque imperceptiblement.

Il fallait assurer le coup.

— On va mettre au point ta sortie du pays. Les flics sont d'accord mais faut encore un petit effort.

Il vit le quadragénaire aux yeux gris fixer la piste, mais se détendre peu à peu.

Dans les collines il trouva un sentier forestier et le prit sans hésiter. Ils s'enfoncèrent sous un chapiteau vert et or aux senteurs ravissantes, qui entraient par les glaces grandes ouvertes. Un petit vent frais et tonique faisait bouger le sommet de la voûte végétale et créait un effet spécial naturel de grande envergure, comme si des arrosoirs de lumière se déversaient des branches.

Hugo se détendit à l'extérieur et invita les autres à en faire autant.

Pinto avait toujours le riot-gun bien en main, lorsqu'il sortit de la voiture.

Koesler les suivit à quelques mètres de là, les traits légèrement anxieux. Le visage de Pinto était fermé mais exempt d'agressivité, il se demandait lui aussi ce qui allait suivre.

Hugo se retourna face à l'homme aux yeux gris et laissa tomber :

— Y a un petit problème... Sorvan et Vondt ont échappé au coup de filet. Avec sans doute quelques hommes.

Le visage de Koesler était étonnamment concentré.

— Bon... Ce que les flics veulent maintenant c'est madame qui-tu-sais... Tu pourras te tirer mais il nous faut la tête... Je suis désolé.

Il détestait le goût de ce mensonge faussement apitoyé.

L'homme aux yeux gris ne réagit pas tout de suite. Il digéra l'information puis ne quitta pas Hugo des yeux un seul instant.

— Je vous ai déjà dit que je ne savais rien. Mme Kristensen a déménagé d'Amsterdam et m'a envoyé ici avec Vondt pour retrouver Travis. Sorvan s'occupait d'Alice, sous la supervision de Vondt. Seul Vondt savait où Mme Kristensen se trouvait.

Hugo réfléchit quelques instants.

— Il faut que tu fasses fonctionner ta mémoire. À plein rendement... sans quoi je serai dans l'obligation de te livrer aux flics.

Il extirpait doucement le Ruger de son harnais de cuir. Il arma la culasse d'un coup sec. À la ceinture de son pantalon, le dictaphone tournait lentement, en émettant une douce vibration.

L'homme eut un rictus nerveux au coin des lèvres. Puis il poussa un soupir.

— Hier... Vondt m'a vaguement parlé de la pointe de Sagrès. Il avait un rendez-vous là-bas.

— Avec Eva Kristensen ?

L'homme ne répondit rien tout de suite. Puis voyant qu'Hugo attendait patiemment la réponse, il jeta sans desserrer les lèvres :

— Vondt me l'a pas dit comme ça, c'était interdit, mais c'est sûrement ça. À quatre-vingt-dix-neuf pour cent.

Hugo se fendit d'un large sourire.

— C'est tout bonnement parfait ça... tu aurais dû me le dire plus tôt... Tu n'en sais pas plus ?

— Non, il m'a juste dit qu'il allait *vers* la pointe. C'est tout ce que je sais. L'information était très cloisonnée, je vous l'ai déjà dit.

Hugo leva sa main non armée en signe d'apaisement.

— O.K., O.K... Bon, maintenant il faut que nous ayons une petite discussion en profondeur sur les activités réelles de Mme Kristensen.

Le visage de l'homme se ferma complètement. Hugo n'y prêta pas la moindre attention.

— Tout d'abord, qu'est-ce que tu sais de cette histoire de cassette ?

L'homme fixait un point situé entre Pinto et lui, au fond de la forêt.

— Je vais me faire plus clair : préfères-tu que ce soit moi qui t'interroge ou cette « fliquesse d'Amsterdam » ?

L'homme releva vers lui ses yeux couleur de cendre.

— C'est quoi cette histoire de cassette ?

— C'est ce que je te demande.

— Je sais pas de quoi vous parlez.

— Me prends pas pour un crétin. J'suis au courant de cette histoire de *snuff-movie* alors tu m'craches le morceau. Quel était ton rôle là-dedans ?

L'homme baissa la tête.

— Je vous l'ai déjà dit, je ne m'occupais que d'Amsterdam. Et uniquement des questions de sécurité.

Hugo savait qu'il mentait et qu'il lui cachait quelque chose mais ne savait pas trop où faire pression.

Un détail du récit que lui avait fait Alice de sa vie à la maison d'Amsterdam lui revint en mémoire.

— Tu as déjà vu cette cassette ?

— Quelle cassette ?

— Celle qu'Alice a piquée chez ses parents.

— J'suis pas au courant de ça.

— Je ne te crois pas. Alice m'a dit que tu transportais souvent des lots de cassettes entre la maison d'Amsterdam et un autre endroit. Des cartons remplis de bandes vidéo... Écoute, je te laisse dix secondes pour réfléchir après quoi je te tire une balle dans le genou et tu reprendras cette discussion dans un lit d'hôpital avec les polices de tout le continent...

L'homme détailla Pinto et Hugo puis baissa légèrement la tête.

— D'accord... je vous dis tout, mais faut me laisser filer tout de suite après.

— Non, ça je ne pourrai pas. Je devrais d'abord demander à la fliquesse. Mais t'as tout intérêt à accélérer le mouvement, plus vite tu auras parlé, plus vite du partiras malgré tout.

Son talent à déployer de tels mensonges le stupéfiait.

— D'abord, ton identité, en quelques mots, ton âge, ton C.V.

— Ben... J'ai quarante-quatre ans, je suis né aux Pays-Bas mais j'ai vécu presque tout le temps en Afrique du Sud... Je... qu'est-ce que vous voulez savoir ?

— Qui tu es exactement. J'aime bien savoir avec qui je m'engage aussi loin. Qu'est-ce que tu faisais en Afrique du Sud ?

— Je... J'ai travaillé dans des sections de renseignements de l'armée puis dans la police.

Ah ouais ? Hugo imaginait parfaitement le genre de boulot que pouvait faire Koesler, à Soweto ou dans la brousse du Transvaal.

— Qu'est-ce qui t'a amené dans le privé, ici en Europe ?

— J'ai eu des problèmes...

— Quel genre de problèmes ?

L'homme se dandina faiblement.

— Des problèmes de flic.

L'homme se fermait.

— O.K., revenons à nos moutons, comment es-tu entré au service de Mme Kristensen ?

— Quand j'ai dû quitter l'Afrique je me suis réfugié en Espagne puis aux Pays-Bas et j'ai rencontré Vondt, puis Wilheim Brunner. Il m'a engagé.

Bien. Hugo se faisait un profil psychologique plus net du personnage maintenant.

— Ton job ?

— La sécurité de la maison d'Amsterdam et...

— Ça tu me l'as déjà dit. Je parle des cassettes. Ton job dans cette affaire de cassettes c'est quoi ?

— Ben... Dans mon travail de sécurité je devais veiller à ce que tout se passe bien, concernant les productions « spéciales » de Mme Kristensen.

— Ça veut dire quoi, ça ?

— Ben je devais m'assurer surtout que Markens avait bien fait son boulot.

— C'est-à-dire ?

L'homme hésita, prenant appui d'une jambe sur l'autre.

— Je répète : c'est-à-dire ?

L'homme souffla :

— Que tous les corps aient disparu...

Hugo le regarda un instant sans trop comprendre.

— Les corps ?

Un nouveau silence gêné.

— Je nierai toujours vous avoir dit ça, c'est bien clair ?

— Je veux juste savoir de quoi il s'agit, après tu feras ce que tu veux.

— Bien... Markens et quelques hommes s'occupaient de faire disparaître les corps... après le tournage des films. C'est moi qui ai embauché Markens sur ce coup, lui et deux ou trois autres se chargeaient de la sécurité du studio et ensuite ils faisaient disparaître les corps.

Hugo observait l'homme qui observait ses pieds.

Il n'arrivait pas vraiment à réagir. Il contemplait la scène comme s'il s'agissait d'un mauvais téléfilm.

— Permets-moi de te demander une précision, tu es en train de me dire qu'Eva Kristensen produisait régulièrement ce genre de films et que tu dirigeais une équipe chargée de faire disparaître les corps, c'est ça ?

L'homme eut une vague grimace triste, un peu crispée. Et il hocha la tête en silence.

Putain, se disait Hugo. Ça y était, un croisement entre le management hollywoodien et l'administration nazie des camps de la mort avait vu le jour, en cette fin de vingtième siècle. Ça ne l'étonnait même pas, remarquait-il, une sorte de chose visqueuse rampant dans son estomac.

Autant aller jusqu'au bout maintenant, comme lorsqu'il était descendu à la cave, dans ce petit village de Bosnie orientale.

— Combien de films environ ?

Un très long silence, rythmé par le bruit du vent dans les arbres et leurs souffles, comme un contrepoint humain, et tragique.

— Je ne sais pas trop, c'était quand même pas totalement mon secteur.

Pas totalement pensait Hugo, non, évidemment, vous n'étiez chacun responsable que d'un petit morceau de la machine. Une technique de dilution des responsabilités qui remontait à Eichmann, dans sa version moderne.

— Combien ?

Sa voix avait claqué sèchement.

— Je ne sais pas... Un ou deux films par mois environ...

— Nom de dieu, depuis combien de temps maintenant ?

— Oh, à ce rythme ça fait un an et demi environ...

Oh, bon sang.

— Combien de corps par film, en moyenne ?

Sa voix lui semblait sortir d'un bidon d'hélium liquide.

— Hein ?

— Combien de corps à faire disparaître pour chaque film ?

De l'hélium liquide, prêt à gicler.

— Oh ça... j'sais pas, ça dépendait c'est Markens qui s'en occupait, j'vous l'ai déjà...

— Combien ?

— Trois, quatre, cinq, j'sais pas exactement... Environ ça...

Hugo fit un rapide calcul mental. On arrivait à un petit record, tout à fait vertigineux.

— Comment ça marchait ? Comment embauchiez-vous les filles ?

— Ça, j'en sais rien. J'vous l'ai dit, c'était très cloisonné.

— Qui s'en chargeait ?

— Sorvan, d'après de ce que je sais. Et un docteur. Et des tas de types en fait, y avait toute une équipe pour ça, mais j'les connaissais pas... Ça s'passait pas aux Pays-Bas les tournages...

— Où ça ?

— Je sais pas... C'était très...

— Cloisonné, oui, je sais

Hugo engrangeait les données, comme une sorte d'ordinateur humain.

Pinto devait connaître quelques rudiments de néerlandais car son visage jovial avait changé d'apparence. Blême, les traits tirés et la bouche crispée, il observait Koesler avec l'air d'un type qui vient de voir apparaître une grosse araignée venimeuse, qu'il faut écraser dans la seconde.

Hugo aussi sentait que quelque chose se dissolvait encore un peu plus en lui.

Il stoppa l'enregistrement.

Il balança la paire de menottes au pied de l'homme aux yeux gris, d'un geste sec.

Pinto comprit aussitôt ce qui se passait et braqua fermement le fusil sur Koesler.

— Je dois faire face à un changement de situation, mettez les menottes.

L'homme les regardait l'un après l'autre, jaugeant visiblement les chances qu'il avait de s'enfuir.

Proches de zéro, dans l'instant, et avec un gang d'anciens complices et les flics de tout le Portugal à ses trousses.

Il demanda simplement :

— C'est quoi le changement de situation ?

— Mets les menottes, je dois réfléchir.

Hugo braquait fermement le Ruger droit devant lui. Il fallait être très prudent maintenant.

Pinto jouait parfaitement son rôle, tenant Koesler en joue, de l'autre côté du capot.

L'homme se baissa doucement et ramassa les bracelets brillants.

Lorsque ses mains furent immobilisées dans le dos, Hugo ouvrit le coffre.

Koesler regarda froidement le capot de métal se relever lentement et cracha par terre :

— C'est pas très fair-play ça, jeune homme.

— Non, je sais. Mais je suis forcé d'agir comme ça...

Quand l'homme se fut glissé dans l'ouverture, juste avant de refermer le coffre, Hugo le détailla un bref instant :

— J'essaie de gérer au mieux ta situation. Crois-moi ce n'est pas si facile.

Il voulait dire par là qu'il aurait pu tout aussi bien le livrer aux flics sur-le-champ, sans le moindre remords, et peut-être même avec une balle dans le genou, à l'Irlandaise.

Il trouva une cabine en bord de plage, un peu avant Faro. Il composa la séquence de numéros habituels et attendit qu'Anita décroche et se présente.

— Salut. Hugo. Bon, Koesler m'a communiqué des informations tout à fait intéressantes. Vous prenez note ?

Il n'attendit même pas la réponse de la jeune femme.

— Le type qui supervisait l'enlèvement d'Alice au Portugal, Vondt, il allait à un rendez-vous hier après-midi, à la pointe de Sagrès, qu'est-ce que vous pensez de ça ?

Il y eut un long moment de silence. Et un faible, très lointain « bon dieu ».

— D'autre part, Koesler m'a donné une vue d'ensemble des activités de notre chère madame K... Le mieux, maintenant ce serait que je vous le présente, de visu...

— Comment ça ?

— Écoutez, j'en ai marre de faire le médiateur, j'ai un aperçu de son C.V. et je n'aime pas tellement ça, voyez ?

— Vous... Vous avez appris quoi sur Koesler ?

Hugo soupira. Cette flic était incorrigible.

— Il a travaillé dans des unités spéciales de la police et de l'armée en Afrique du Sud. Le genre à traquer des militants de l'ANC dans la brousse ou dans les townships, voyez ?

— Je vois.

Le bruit du stylo sur un morceau de papier.

— Bon... Ça nous donne un point commun entre Sorvan, Vondt et Koesler, tous des anciens flics. Ça devait faire partie des méthodes de recrutement de la mère d'Alice, voyez ?

— Oui, je vois.

— O.K., maintenant parlons clair : ce type m'encombre. Je dois reprendre la route et chercher Travis dans le coin dont je vous parlais hier soir... Je vous propose donc une chose. Votre avant-bras est suffisamment valide pour faire quinze bornes. Vous prenez Alice avec vous et je vous donne rendez-vous à Vila Real, à la frontière, sur les quais. Vous me remettez Alice, je vous remets Koesler. Vous l'interrogez, vous en faites ce que bon vous semble et Pinto et moi on cherche Travis, on le trouve et on remet Alice à son père...

Un très long silence, qu'il rompit :

— Écoutez, faisons ce que j'ai dit. Si madame K. est encore opérationnelle elle va continuer à traquer Travis et Alice... Le temps presse. Nous devons boucler cette affaire dans la journée... Faites ce que je dis, sans discuter, pour une fois.

Un autre silence, puis un soupir.

— O.K., je prétends que c'est dingue et dangereux mais je vais faire ce que vous dites et je ne sais absolument pas pourquoi... où ça sur les quais ?

— Abordez les quais par l'entrée est et garez-vous aussitôt. Je serai là...

Il regarda le cadran de sa montre et fit un rapide calcul.

— Disons dans trois quarts d'heure. O.K. ?

Un morne « O.K. » lui répondit.

Il raccrochait déjà et courait se mettre au volant de la voiture.

Il fallait remettre cette petite fille à son père, maintenant, de toute urgence.

Il laissa Koesler dans le coffre et fonça d'une traite jusqu'à Vila Real. Là, il demanda à Pinto de louer une bagnole, tira du liquide avec la carte Zukor, lui fila le paquet d'escudos et lui dit de venir le rejoindre sur les quais.

Il n'attendit pas cinq minutes pour que la BMW fasse son apparition. Anita manœuvrait de sa main valide, l'autre simplement posée sur la résine brune du volant. Il ne vit Alice nulle part dans la voiture et une rage froide l'envahit. Il sortit de la Nissan et marcha d'un pas ferme sur le bord du quai. Si cette fliquesse comptait le baiser une fois de plus elle en serait pour son compte.

Anita ouvrit la portière passager alors qu'il arrivait à sa hauteur.

« Où est Alice, nom de dieu ? » avait-il eu l'intention de hurler dès qu'il serait assis. Mais sur l'arrière de la banquette il aperçut le duvet militaire recouvrant une forme allongée, d'où dépassaient quelques mèches de cheveux noirs. Une paire d'yeux azur se découvrait lentement. Il esquissa un vague sourire et un rapide clin d'œil.

Il prit place en soupirant et tenta d'offrir un visage convenable à la jeune femme. Elle le regardait sans rien dire et, le temps qu'il s'adapte, un long silence plomba l'habitacle.

— Qu'est-ce qu'on fait exactement, maintenant ? finit-elle par lâcher.

Il prit son inspiration et déroula son plan :

— Nous devons impérativement trouver Travis. Avant les autres. Je vous laisse Koesler, je prends Alice et je fonce vers Odeceixe, avec Pinto... J'espère trouver une trace solide dans la journée...

Il jetait un vague coup d'œil à l'horloge du tableau de bord en reprenant aussitôt :

— J'ai déjà perdu assez de temps comme ça. Vous avez Koesler, avec lui vous pourrez remonter une bonne partie de la filière et localiser la mère. Pendant que vous l'interrogerez, moi je foncerai remettre Alice à son père.

Anita le regardait sans le voir, plongée dans une intense réflexion. Elle exhala un murmure :

— C'est trop dangereux...

— Nous devons courir le risque, maintenant.

Cela faisait beaucoup trop longtemps qu'il était dans le coin. Le voyant était en train de passer au rouge.

— Non, répéta-t-elle doucement. C'est trop dangereux. Il reste des types de la bande en liberté. Eva K. se planque sûrement à la Casa Azul... Dire que je n'y ai rien détecté de suspect mais que ça me semble tellement évident maintenant...

Elle semblait réellement mécontente d'elle.

Hugo s'enfonça au creux du siège.

— Tout va bien, Alice ? jeta-t-il par-dessus son épaule.

Un faible murmure lui répondit, étouffé par l'épaisseur de toile.

Anita ne le quittait pas des yeux.

— Bon... Que fait-on alors ? Vous voulez vraiment battre la cambrousse avec Alice ? Vous êtes dingue...

— Vous avez une meilleure solution ?

— Oui, évidemment, confiez-moi Alice et Koesler, et je les mets tous deux illico sous la protection d'une centaine de policiers.

— J'me fiche de Koesler, mais vous savez aussi bien que moi que cent policiers armés n'empêcheront pas Mme Kristensen de reprendre sa fille, dans le plus strict respect de la légalité, ou, si ça se trouve, grâce à des complicités haut placées dans les bons ministères.

— Non, plus maintenant. Plus maintenant que nous avons Koesler, et les autres...

— Ne sous-estimez pas cette femme, Anita, ni ceux qui ont échappé au coup de filet.

— C'est très exactement ce que je dis. Alice doit rester en sécurité. Je ne pense pas que son père puisse la lui procurer. Nous devons sortir de la clandestinité et compter sur la justice désormais, si nous voulons y arriver.

La phrase résonna étrangement à ses oreilles. Un ou deux mois auparavant c'est ce que lui avait demandé un de ses amis, un jeune écrivain vivant à Paris comme lui, un Français qui participait également aux entreprises les plus secrètes du réseau Liberty-Bell. Tu ne crois pas que nous devrions reconsidérer le problème ? Faire confiance à la justice légale, officielle ? Et sortir de la clandestinité...

— Pas pour les crimes contre l'humanité, avait répondu Hugo. Nous sommes juste le bras armé du destin.

Il regarda Anita avec une intensité nouvelle.

— Je ne fais qu'une confiance limitée aux machineries administratives.

— Vous avez tort. Une bonne machinerie est souvent plus efficace qu'un régiment d'êtres humains.

— Ça dépend pour quoi faire. Certainement pas

pour improviser, imaginer, penser, créer, s'adapter.

— Bon dieu, mais qu'est-ce que vous êtes donc, une espèce d'anarchiste ?

— Une espèce en voie de disparition, ne vous inquiétez pas, mais nous allons tenter un dernier baroud d'honneur avant la fin du siècle...

Anita le regardait avec curiosité.

— Bon, trouvons un compromis, laissa tomber Hugo. Je vous propose la chose suivante : vingt-quatre heures de clandestinité encore. Jusqu'à demain midi disons. Si je n'ai pas trouvé le père d'Alice d'ici là, je laisse tomber. Pour sa sécurité je propose que vous veniez avec nous et qu'on vous laisse toutes deux dans un hôtel discret, dans le coin dont m'a parlé Pinto.

— Non, répondit-elle presque aussitôt, je dois m'occuper de l'interrogatoire de Koesler.

— Mais, putain de dieu, explosa Hugo sans crier gare, vous pourrez reprendre l'interview de Koesler dans un jour ou deux, quand nous aurons retrouvé Travis !

Sa voix avait claqué à ses propres oreilles.

— Non, je ne dois pas laisser une seconde de répit à Mme Kristensen... si elle est au Portugal je dois la coincer avant qu'elle ne file... Koesler a cité son nom, vous m'avez dit, il suffit qu'il le confirme sur procès-verbal et je la coincerai pour le restant de ses jours...

— Attendez, attendez, Koesler m'a dit que jamais il n'avouerait ça à des flics... La bande n'a aucune valeur juridique et vous le savez bien...

— C'est un moyen de pression. Après une bonne garde à vue il lâchera le morceau...

— Vous savez ce qu'il se passe aux interrogatoires en cours ?

— J'ai pu parler à l'inspecteur qui s'occupait des capitaineries, tous les hommes sont munis de faux papiers, belges, pour la plupart, ou allemands. Ils disent tous travailler pour un nommé Sorvan et l'un d'entre eux a parlé d'une Mme Cristobal...

— Vous voyez ce qui vous attend avec Koesler, écoutez, justement, ça nous donne une solution, ça.

— Comment ça ?

— Bon, Koesler va sûrement résister un peu. Laissez les flics de Faro s'en occuper, appelez vos collègues d'Amsterdam...

— C'est déjà fait ça, voyez-vous...

— Laissez-moi finir, nom d'un chien, vous les faites venir ici et nous on cherche la planque de Travis, on remet Alice à son père et...

— C'est pire que têtu que vous êtes, vous...

— Et vous, y a un adjectif pour ça, vous croyez ?

Elle l'observa un instant, stupéfaite puis éclata de rire.

— Non, en effet.

Hugo se détendit et se mit à rire lui aussi.

— Bon sang, heureusement que notre collaboration est limitée dans le temps et...

Il se coupa à son tour.

Leurs yeux se croisèrent un bref instant mais qui lui parut des heures. Une sorte de ligne haute tension reliait leurs pupilles, chargées d'émotions confuses dont il ne pouvait percer l'origine.

— Bon..., reprit-il, il faut trouver une solution.

— Ça risque de pas être facile.

— On va faire un effort, tous les deux... Je vous propose de couper la poire en deux. Pinto surveille Alice pendant que vous interrogez Koesler et que je cherche Travis. Il n'est pas encore onze heures. Dans l'après-midi je vous rappelle et on fait un nouveau point... En fonction d'un éventuel changement de situation.

— Ça ne me plaît pas...

— Bon dieu, regardez la situation en face, Anita. C'est franchement pas faisable autrement.

Anita se mura dans un long silence puis lâcha, entre ses dents :

— À quelle heure cet après-midi ?

— Disons cinq heures ? Ça vous laisse le temps d'interroger le Sud-Africain et de préparer un plan pour la suite...

— Comment on procède ?

— On laissera Koesler dans le coffre de la Nissan, à cent mètres du commissariat de Faro, et vous vous débrouillez pour la suite. Je reprendrai la BMW mais faut que vous disiez aux flics de la mettre en veilleuse, pour moi.

Il pointait du menton le skipper brésilien, débouchant sur le quai au volant d'une grosse Fiat bleue.

Un petit sourire arqua les lèvres d'Anita.

— Et qu'est-ce que avez comme arguments pour ça ? C'est vrai que vous n'avez tué qu'une dizaine d'hommes, en deux jours...

Hugo avala la boule de billard qu'il avait dans la gorge.

— Dites que j'ai été engagé par le père d'Alice pour la protéger. Que j'étais en état de légitime défense et que je suis prêt à venir m'expliquer devant la justice quand Alice sera en sécurité.

Il espérait que cette soupe de vérités, de fictions et de demi-mensonges noierait définitivement le poisson. Cela sembla marcher mais il ne sut analyser convenablement la réaction de la jeune femme. Elle lui faisait face, aussi impénétrable qu'un sphinx.

— D'accord, finit-elle par lâcher.

— Nous allons former un convoi jusqu'à Faro... suivez-moi.

Et il s'éjecta de l'habitacle, avant qu'elle ne change d'avis, comme un astronaute découvrant que l'incendie était à bord.

CHAPITRE XXIII

Hugo laissa la BMW sur le parking de l'aéroport de Faro et ils prirent la Fiat louée par Pinto pour leur expédition vers le Cap de Sinès.

Koesler était aux mains des flics, Anita saurait s'en occuper.

Il décida qu'ils resteraient groupés, trahissant la promesse faite à la flic hollandaise. C'était sa journée mensonge et trahison se dit-il, mais il avait besoin de Pinto comme interprète, il était hors de question de le laisser moisir inutilement dans une chambre d'hôtel.

Passé Odeceixe on quitte l'Algarve pour entrer en Alentejo. Il roulèrent le long de la côte sauvage qui s'étend ici face à l'Atlantique, empruntant de petites routes qui n'étaient même pas indiquées sur sa carte routière, s'arrêtant de bar en bar, à chacun des petits villages de pêcheurs rencontrés.

Ils encadraient Alice et restaient au bar, ou s'asseyaient à des places permettant de scruter la route et de s'échapper par une fenêtre ou une porte dérobée. Généralement, c'est au moment de commander ou de payer les consommations que Pinto apostrophait le maître des lieux. Ils cherchaient un bateau nommé *la Manta*, appartenant à un Anglais, nommé Travis. Les Portugais sont des gens aimables, ouverts et hospitaliers, dans la plupart des cas. Et les réponses négatives qu'ils recevaient n'avaient rien d'agressif, les gens s'excusaient presque de ne pouvoir mieux les renseigner. Pinto faisait aisément office d'interprète. Il semblait parfaitement à son aise dans ces auberges de bord de mer, ou ces petits cafés dominant les plages couvertes de barques colorées.

Mais personne ne semblait connaître Travis. Ils finissaient alors leurs verres, et payaient avant de quitter les lieux et de remonter dans la voiture. Hugo avait opté pour une conduite raisonnable. Ils ne consommèrent pas de boissons alcoolisées, pas même de bières. Comme Alice, ils se contentèrent donc de Coca, ou alors de cafés.

Ils dérivèrent ainsi une bonne partie de l'après-midi, du sud au nord, et vers seize heures, ils franchirent le Rio Mira, sur la N393, et passèrent par Vila Nova de Milfontès.

Ils n'étaient plus très loin de l'Estremadure, maintenant, et du Cap de Sinès, pensait Hugo en observant sa carte. Peut-être Travis avait-il mis deux bonnes provinces entre lui et son ancienne maison de Sagrès...

Ils ne trouvèrent rien à Vila Nova même, mais un peu plus haut ils s'arrêtèrent dans un minuscule hameau de quelques familles.

Le hameau de pêcheurs s'appuyait sur un petit coteau dominant une plage où s'étalaient quelques barques aux couleurs chatoyantes, les rouges claquant comme des capes de toréadors, les blancs frappés de soleil, les verts intenses, comme gorgés de chlorophylle tropicale.

Au milieu de la plage un petit groupe de

pêcheurs remontait à la main un long filet dérivant. Chacun son tour ils empoignaient la longue traîne et la bloquaient sur leur épaule avant de remonter la plage. Arrivé à la lisière des dunes le pêcheur enroulait la traîne autour d'un pieu planté dans le sable et un homme sortait à son tour de l'écume, courbé sous l'effort, pour accomplir sa part de travail. Les hommes se relayaient ainsi patiemment et Hugo observa quelques instants leur manège millénaire.

Il y avait un petit établissement, faisant office d'auberge, café, salle de jeux et cabine de téléphone à l'entrée du village. Il ressemblait à toutes les auberges rencontrées précédemment. Les filets de pêche et les poissons naturalisés comme décor de base. C'est en s'asseyant avec Pinto et Alice à une petite table du fond qu'il discerna quelque chose de particulier. Alice semblait dans un état étrange, comme si tous ses sens parvenaient à un degré limite de perception. Tendue, dans une sorte d'hypnose. Il se rendit compte que ses yeux parcouraient la pièce, comme si elle y découvrait un mystérieux secret caché ici depuis des siècles. Hugo suivit son regard. Les murs de la grande salle de restaurant étaient parsemés de toiles. Une bonne demi-douzaine, et de formats différents. L'une d'entre elles était assez proche, sur le pan de mur séparant deux fenêtres près desquelles ils sirotaient leur Coca.

Ça ressemblait un peu à du Turner, se disait Hugo en contemplant les effets de lumière et les clairs-obscurs qui tendaient un décor crépusculaire autour des navires, dont certains paraissaient être la proie des flammes. La seule différence vraiment notable provenait d'une approche plus brutale et chaotique, avec des reliefs apparents visiblement tourmentés, dans la matière même de la peinture et par le fait que les navires à voiles faisaient place à des bâtiments de guerre modernes. Ciel et océan presque indiscernables, dans un noir de charbon, des éclats blancs et orange et quelques taches grises, vertes et bleues, comme un instantané tiré d'une séquence de bataille navale nocturne. Le Jutland sûrement, sur cette toile à la bichromie d'une image d'archives, avec ces silhouettes d'antiques cuirassés géants, les *dreadnoughts*, affrontant leurs homologues allemands de la Kriegsmarine. Et sans doute ici, une représentation symbolique de la bataille de l'Atlantique, avec la menace lointaine et pernicieuse d'une sorte de banc de requins métalliques, dont on n'apercevait que l'aileron-périscope, entre les vagues.

À l'autre bout de la salle, près de la porte d'entrée, il apercevait un des petits formats. Ça ressemblait à une image verdâtre de viseur à vision nocturne, on y discernait le panache de flammes et de lumière d'un missile de croisière tiré d'un croiseur ultra-moderne, comme la queue d'un météore fusant bizarrement vers le ciel, au lieu d'en tomber.

Il sentit tout son corps tressaillir, comme si on venait de lui injecter une dose mortelle de vérité.

Que lui avait dit Anita, putain, un ancien de la Royal Navy ?

Il fusa hors de sa chaise, comme saoul, malgré son abstinence. Il vit Pinto relever les yeux vers lui, étonné, et Alice tourner la tête, surprise par la brusquerie de son geste. Devant lui, un petit format distillait une lumière ocre et écarlate. Une plage rouge, sur fond de ciel au crépuscule. Planté dans le sable, aux limites d'une mer de sang, se dressait un poteau d'acier surplombé de deux mégaphones rougeoyants. Une sorte de sirène d'alarme solitaire, abandonnée et étrangement menaçante. *The Red Siren,* lut-il sur un carton de bristol noir. Il en ressentit une émotion confuse dont il ne sut expliquer l'origine. Il y avait une signature au bas du tableau, dans le coin de droite. Trois lettres : SKP. En anglais ça donnait « escape », échappée. Il tourna autour de la salle, et s'arrêta, stupéfait devant le grand format qui ornait le mur du fond, sous un espadon empaillé. Le titre en était *The Great Escape-1990*. La grande échappée. Un bateau noir et blanc fusait au ras des flots, comme un de ces schooners anglais qui partaient à l'assaut du cap Horn ou de l'océan Indien, au siècle dernier. Effilé et visiblement rapide, comme un requin, le voilier se discernait à peine de la masse de l'océan, fendant les flots vers une aube pâlotte qui rayonnait doucement à l'horizon.

La grande échappée.

Il fit volte-face vers le bar où le patron lisait le journal en dévorant des cacahuètes salées et fit un signe à Pinto. Ils se retrouvèrent côte à côte, accoudés sur le zinc, de part et d'autre du tenancier ventripotent qui relevait vers eux un regard aimablement attentionné.

— Si, senhors ?

Hugo vit Pinto armer un franc sourire et lâcher tranquillement :

— Nous cherchons un vieil ami, on nous a dit qu'il vivait dans le coin en ce moment. C'est un Anglais. Un nommé Travis. Il possède un bateau, un voilier qui s'appelle *la Manta*...

Le silence n'était rompu que par le bourdonnement d'une machine à jeux, là-bas à l'extrémité du bar.

— Ça ne me dit rien, senhors, Travis, vous dites ?

Pinto ne cessait d'offrir son sourire le plus aimable.

— Demandez-lui de qui sont les toiles, lâcha Hugo en anglais à Pinto, qui lui jeta un bref coup d'œil en coin.

— Qui a peint ces toiles ? demanda Pinto au tenancier, en montrant vaguement la pièce d'un geste de la main.

L'homme hésita une fraction de seconde, à peine.

— Ce n'est pas votre ami, l'homme s'appelle O'Connell et il est irlandais...

— Donnez-nous deux autres Coca, s'il vous plaît.

Pinto profita de l'éloignement provisoire de l'homme pour se tourner vers Hugo.

— Je savais que Travis peignait mais je n'avais jamais vu qu'une ou deux toiles, au début, et ça ne ressemblait pas vraiment à ça... Comment vous avez compris ?

— Escape, SKP, ça vous dit quelque chose ?

Pinto s'absorba un bref instant dans ses réflexions.

— Non. Rien.

— Alors je ne sais pas. Intuition, feeling. C'était un ancien de la Navy et certains tableaux...

L'homme revenait avec deux nouveaux verres et deux petites bouteilles à l'étiquette rouge et blanc.

Hugo décapsula sa bouteille en s'adressant en anglais à Pinto, comme si de rien n'était :

— Demandez-lui pour ce peintre. Dites-lui que je suis collectionneur et que ces toiles m'intéressent au plus haut point. Ajoutez que Travis peint aussi et que c'est pour cela, en fait, que nous le cherchons. Vous, vous le connaissez un peu et moi je désire acheter ses toiles...

Il fallait balancer sur-le-champ un virus plausible, camouflant la bonne information, le fait qu'ils cherchaient Travis.

L'homme essuyait vaguement quelques verres, sur le bord de l'évier.

Pinto s'éclaircit la voix et se risqua :

— Bien, nous vous devons la vérité, senhor... L'homme que j'accompagne est un riche collectionneur et il s'intéresse à l'œuvre de Travis, il désire acheter certaines de ses toiles et en discuter avec lui. Il a cru que les œuvres d'ici étaient de lui. Mais du coup il vient de me dire que celles-ci l'intéressaient également et qu'il aimerait rencontrer l'homme qui les a peintes, vous croyez que ce serait possible ?

Hugo sortait la dernière liasse de dollars et l'aplatissait sans trop d'ostentation à côté de son verre. Il fallait rester décent et ne pas risquer d'offenser l'homme.

Le tenancier planta son regard dans celui de Pinto puis dans celui d'Hugo. Il les sondait froidement. Puis il s'approcha lentement d'eux.

— Ça fait plusieurs mois que M. O'Connell n'est pas passé. La dernière fois c'était pour me laisser la petite toile, là, à côté de la porte, en janvier.

— Il ne vous a laissé aucun contact, une adresse, un numéro de téléphone, une boîte postale ? surenchérit Pinto.

L'homme s'approcha des verres et des bouteilles vides et ramassa la liasse de dollars, sans rien dire.

Hugo vit ses yeux faire rapidement le compte. Cinquante dollars. Pour cinq Coca, et un petit renseignement. Le cours de l'escudo multipliait cela en une jolie petite somme, ici, sur cette partie côtière de l'Alentejo.

— Je... Je ne sais pas où il est, senhor, mais... je crois que je connais quelqu'un qui pourra nous renseigner.

L'homme n'était pas si à l'aise que ça avec les billets verts. C'était comme s'ils lui chauffaient les doigts. Il les tripatouillait du bout des ongles, et finit par les enfourner dans la caisse, après leur avoir lancé un regard gêné.

Hugo voulut dissiper sa honte, après tout l'époque voulait ça. C'était normal. Qu'étaient ces cinquante dollars par rapport aux millions qui transitaient en pots-de-vin divers par des sociétés d'études bidon ? Et c'est d'un geste royal, qu'il espérait en concordance avec son statut fictif de riche collectionneur d'art, qu'il lança, dans son portugais approximatif :

— Gardez la monnaie, senhor...

L'homme referma sa caisse avec un soulagement qui détendit aussitôt ses traits et toute sa structure.

— Merci infiniment, senhors, je vous suis extrêmement reconnaissant. Je vais essayer de joindre la personne dont je vous ai parlé... Mais je ne sais pas s'il est chez lui à cette heure-ci.

Et il se dirigea vers l'extrémité du bar, où se trouvait un appareil à jetons.

Il y avait quelqu'un à l'autre bout du fil. L'homme parla à voix basse, mais Hugo vit Pinto tendre l'oreille. L'homme parlait en portugais, Pinto saisirait peut-être certaines informations.

L'homme raccrocha rapidement et revint leur faire face.

— Mon ami m'a dit que ce n'était pas facile de joindre M. O'Connell en ce moment, mais qu'il allait essayer. Il me rappellera d'ici deux ou trois heures...

Hugo fit comprendre à Pinto qu'il était inutile de rester ici plus longtemps et après les remerciements d'usage, promettant d'être de retour dans deux ou trois heures, ils attrapèrent Alice au passage et sortirent au grand air.

— Tu as déjà vu des toiles comme celles-là, Alice ?

La môme ne répondit rien, elle semblait perdue dans des limbes de souvenirs.

Hugo regarda sa montre. Il était un peu plus de cinq heures. L'air était tiède, mais avec déjà un souffle de fraîcheur, en provenance de l'Océan. Les pêcheurs achevaient de remonter leur grand filet dérivant et s'apprêtaient à s'occuper d'un second, situé à une centaine de mètres à leur gauche.

Il décida de leur accorder un quart d'heure de détente. Après ils continueraient de chercher *la Manta*, discrètement, histoire de ne pas perdre le temps qu'ils avaient à tirer.

Ils laissèrent la voiture mais Hugo emporta le sac de sport avec lui.

Ils s'adossèrent tous trois à une dune et observèrent en silence le ballet des pêcheurs sur le sable, autour de leurs pieux de bois, comme une très ancienne cérémonie, vouant un culte aux trésors enfouis sous la mer.

Puis ils remontèrent jusqu'à l'auberge, prirent place dans la Fiat et entamèrent leur trajectoire fatale vers le nord.

Ça faisait quand même un sacré bout de temps qu'on n'avait pas connu pareille activité frénétique ici, au commissariat central de Faro. Koesler avait été totalement isolé des autres, et des équipes entières se relayaient pour interroger les types.

Koesler demanda illico un avocat mais dut se contenter de la présence d'Anita et de deux inspecteurs du commissariat qui l'assaillirent de questions. Malgré la petite bande magnétique où Hugo avait enregistré ses secrets, Koesler résista assez solidement, au début.

Les premiers à lâcher furent les deux Portugais capturés dans la maison de la serra. Ils possédaient peu d'informations mais suffisamment pour impliquer les autres dans l'attaque de l'hôtel et le meurtre du dealer grec. Vers midi, un « Belge » nommé De Vlaminck fut identifié par la police néerlandaise à qui Anita avait faxé les portraits et les fausses identités. L'homme s'appelait en réalité Vaarmenck et était recherché pour divers délits. Il fréquentait Johan Markens.

La muraille commençait à céder de toutes parts.

À treize heures, Peter Spaak arriva d'Amsterdam avec des informations intéressantes de son côté et Anita put commencer à appuyer sur les bons boutons, quand elle reprit l'interrogatoire de Koesler.

— Bon, je vais faire un petit récapitulatif de ta situation et ensuite je te poserai une question et une seule et ce sera : es-tu prêt à coopérer afin de faire tomber Mme Kristensen, ou à finir de toute façon en prison en te demandant à chaque instant d'où pourrait venir le coup ?

Elle le laissa méditer ça quelques secondes puis reprit :

— Tu es le seul des hommes capturés à connaître le nom de Mme Kristensen comme le démontre cette bande, tous les autres disent seulement avoir entendu parler d'une certaine

Mme Cristobal. Cela signifie que tu fais partie d'une strate supérieure de l'organisation et que tes responsabilités pèseront lourdement dans la balance. Je ne reviens même pas sur les tentatives d'enlèvement, meurtres, dont celui d'un policier dans l'exercice de ses fonctions, ici au Portugal... Même avec un bon avocat auquel tu auras droit dès son arrivée, tu vas plonger pour tellement de temps que tu vas véritablement compter les années. Donc je te propose un contrat clair : la compréhension des juges, aussi bien ceux du tribunal que ceux chargés de l'application des peines. Pour cela et pour ta propre sécurité il faut que Mme Kristensen tombe...

Elle plongea ses yeux le plus froidement qu'elle put dans les yeux du tueur sud-africain.

— Je sais qu'elle se trouve sûrement pas très loin de la Casa Azul. Je veux savoir où.

L'homme réfléchissait à toute vitesse, visiblement.

— Je... Je l'ai déjà dit à votre collègue. Je ne sais rien sur cette Casa Azul. Je savais que Vondt se dirigeait vers la pointe de Sagrès, c'est tout... Il était le seul à connaître le « point de contact », ici.

— Bon, ça n'arrange pas ton cas. Deuxième question : Peter Spaak, ici présent, s'est occupé de la partie juridico-financière de notre affaire et nous aimerions connaître ta réaction à l'évocation de noms comme Golden Gate Investments, Holy Graal International Productions ou Gorgon Ltd.

L'homme resta de marbre.

— Je ne connais aucun de ces noms. Je ne m'occupais que de la sécurité de la maison et...

— Et des opérations spéciales, nous savons. Je reviendrai là-dessus dans quelques instants, en attendant nous voulons que tu nous dévoiles l'organigramme complet de l'organisation de cette chère Mme Kristensen...

Les informations que Peter Spaak avait ramenées d'Amsterdam lui permirent d'obtenir un mandat de perquisition pour la Casa Azul dès le début de l'après-midi. En revenant dans la petite pièce isolée avec les mandats, Anita fit face à Koesler :

— Je ne sais pas encore ce que nous allons trouver à la Casa Azul, mais tu as intérêt à avoir passé des aveux complets avant notre retour...

Jamais sa voix ne lui avait paru aussi dure.

Ce que Peter Spaak avait déniché tenait presque du miracle. La Casa Azul appartenait à M. Van Eidercke, citoyen néerlandais, ainsi qu'à deux compagnies, l'une portugaise, domiciliée à Lisbonne, et l'autre espagnole, domiciliée à Barcelone. Derrière la compagnie de Barcelone se profilait l'ombre de la Golden Gate Investments, la compagnie financière de Mme Kristensen, établie en Suisse et à New York.

La Casa Azul fut mise sous surveillance par des forces locales alors qu'un convoi de plusieurs voitures de police se lançait sur la N125. Dans la seconde voiture de tête, Anita tentait de réfréner son impatience en lisant et relisant le dossier que lui avait ramené Peter d'Amsterdam.

La Golden Gate possédait en sous-main un autre centre de thalassothérapie à la Barbade, dirigé par un autre Néerlandais, M. Leeuwarden. Bizarrement, le bateau arraisonné à Saint-Vincent avait été vu par un témoin, la veille, pas très loin du centre de thalassothérapie.

Une sorte de schéma se dessinait dans son esprit. Des centres de thalassothérapie, disséminés dans le monde, par lesquels transitaient des cassettes... Ensuite sur place, les bandes étaient acheminées par le milieu local, avec les drogues, ou les armes...

Oui, oui, pensait-elle, furieusement excitée. La Casa Azul était la réplique européenne de ce centre de la Barbade...

Mais le dossier de Spaak levait le voile sur d'autres parties de l'architecture occulte de la « Kristensen Incorporated ».

La Holy Graal Company, société établie aux Pays-Bas et à Londres, possédait une filiale en Allemagne. Cette filiale contrôlait, avec l'appui de la Golden Gate, une petite société spécialisée dans les trucages photo-optiques pour le cinéma, la Gorgon Ltd. Cette société avait fait l'acquisition d'un vieux complexe minotier désaffecté dans l'ex-RDA afin d'en faire des studios de trucage. Mais la police allemande n'y avait rien trouvé de suspect, dans la journée d'hier. Cela dit, la Gorgon et la Holy Graal possédaient d'autres établissements, dans toute l'Europe.

On épluchait les dossiers désormais de manière conjointe en Allemagne et aux Pays-Bas, ainsi qu'en France et en Belgique, mais il faudrait encore des semaines de boulot pour tout faire remonter à la surface, lui avait dit Peter en prenant place sur le siège passager. Elle était persuadée du contraire en voyant l'immense maison se profiler à l'horizon, en contrebas de la falaise, aux limites des hautes dunes, bordée par son parc d'eucalyptus et de cèdres.

On allait certainement remonter un gros morceau ici.

La maison était cernée par une bonne dizaine de voitures lorsqu'ils franchirent les grilles de l'institut de thalassothérapie.

La jeune femme de l'accueil leva des yeux écarquillés en voyant apparaître Anita suivie d'une cohorte de flics. Anita et le commissaire, qui s'était déplacé pour l'événement, lui firent comprendre qu'il était temps de s'agiter, de rameuter personnel et résidents, et que la police allait procéder à une fouille en règle de tout l'établissement. Lorsque la jeune fille revint deux minutes plus tard, encore affolée, elle était accompagnée d'un homme jeune, au costume strict mais de bonne coupe, sûr de lui et visiblement intelligent.

Il se présenta comme Jan de Vries, assistant personnel de M. Van Eidercke, pour l'instant en voyage et demanda de quoi il s'agissait, dans un portugais impeccable.

Anita décida de l'affronter sur son terrain.

— Je suis Anita Van Dyke, de la police criminelle d'Amsterdam, j'ai ici un mandat de perquisition et les forces de police nécessaires pour fouiller et interroger l'ensemble des personnes présentes en ce lieu.

Elle avait mis tout ce qu'elle pouvait de suavité lusitanienne dans ses chuintantes.

— Je désire en particulier interroger l'ensemble des résidents et du personnel administratif, votre vice-directeur est là ?...

— Heu... Oui, oui, dans son bureau, voulez-vous que j'aille le chercher ?

— Nos hommes vont vous accompagner, en attendant je veux jeter un coup d'œil à la liste de vos hôtes.

— Aucun problème.

— Ensuite vous réunirez l'ensemble du personnel et demanderez aux résidents de se rendre dans le hall. Et ensuite vous me ferez faire le tour complet du propriétaire. Des équipes spécialisées jetteront un coup d'œil dans vos livres de comptes...

Elle montrait Peter et deux inspecteurs de la police portugaise.

— Enfin, reprit-elle, pendant que nous ferons notre visite vous me raconterez tout ce que vous savez sur M. Van Eidercke, ses voyages en Amérique du Sud et sur une certaine Mme Kristensen, ou Cristobal.

L'homme fut encadré de quatre flics quand il remonta dans les étages.

Pendant que les résidents présents étaient pris en charge par le commissaire et une demi-douzaine d'inspecteurs, le vice-directeur et le personnel administratif étaient confiés à Peter Spaak et un autre groupe d'inspecteurs.

Elle demanda à De Vries où étaient deux résidents absents, un certain Plissen, néerlandais, et un autre, Wagner, de Munich.

Elle le vit hésiter un instant.

— Je... je ne sais pas où sont ces deux personnes, je crois que M. Wagner devait se rendre à Lisbonne aujourd'hui et demain... M. Plissen, je ne sais pas.

Elle décela aussitôt que l'homme lui cachait quelque chose, mais qu'il hésitait aussi à le faire.

— Vous avez intérêt à ne rien nous cacher, si vous faites la moindre entrave à la justice je vous jure que vous allez connaître une véritable descente aux enfers.

Elle lui avait sorti ça en néerlandais, langue qu'elle trouvait mieux adaptée à l'image qu'elle voulait faire naître dans l'esprit du jeune homme. Du Jérôme Bosch vivant en quelque sorte.

Il perdait de sa prestance et de sa maîtrise de soi, c'était visible.

— Je... Ce M. Plissen était en rapport avec cette madame Cristobal dont vous avez parlé.

Il avait soufflé ça d'un seul jet, libérateur, dans sa langue maternelle.

— Comment le savez-vous ?

— J'ai reçu un coup de fil de M. Van Eidercke qui m'a dit de m'occuper particulièrement de ce M. Plissen. J'avais un numéro de téléphone où joindre une certaine Mme Cristobal...

— Pourquoi ?

— M. Plissen me l'a laissé, si jamais il recevait un coup de fil urgent pendant sa visite. C'est ce qui s'est passé, un homme a appelé M. Plissen en disant que c'était urgent et j'ai essayé de le joindre sur le bateau...

— Sur le bateau ?

L'homme baissa légèrement la tête, comprenant qu'il avait tâché là une information capitale.

— Je... oui, sur le bateau.

— Quel bateau ?

— Celui de Mme Cristobal, il mouillait au large d'ici... Mais ce matin il n'était plus là...

— Quel nom ce bateau ?

— Je ne sais pas.

— Vous avez gardé le numéro de téléphone ?

— Je... oui, je le connais de mémoire.

Anita inscrivit le numéro sur une feuille de son calepin et le communiqua à un inspecteur de Faro afin qu'il apprenne qui était le propriétaire officiel de la ligne et si on pouvait remonter jusqu'au nom du bateau.

— Que cachent les activités officielles de ce petit morceau de paradis, dites-moi M. De Vries ?

Elle soupçonnait l'homme de n'être qu'à moitié

au courant des ténébreuses affaires de cette Mme Cristobal et de M. Van Eidercke, mais elle voulait tout lui faire lâcher d'un coup, afin de gagner du temps.

— Je... très franchement je n'en sais rien... Je... Je m'rendais compte qu'y avait des petites choses bizarres, mais je vous jure que je ne sais rien...

— Quel genre de choses bizarres ?

— Ben... des mouvements de bateaux justement. Comme cette Mme Cristobal, M. Van Eidercke possédait un poste radio amateur... souvent il s'enfermait dans son bureau, la nuit, pour transmettre des messages... Parfois des bateaux venaient mouiller pas loin et M. Van Eidercke leur rendait visite... mais je n'étais pas au courant, dans la plupart des cas. Il me demandait de m'occuper de la gestion courante de l'établissement et lui voyageait beaucoup...

— Comme en ce moment. En Amérique du Sud, c'est ça ? Où exactement ?

— Je... Je ne sais pas exactement...

— Crachez-moi le morceau, De Vries...

— Je vous assure, il doit faire un long périple, jusqu'au Brésil, mais je ne connais pas tous les détails...

— La Barbade ? Est-ce qu'il doit passer par la Barbade ?

Un petit instant de réflexion.

— Il me semble bien, le Venezuela aussi...

— Pour affaires ?

— Oui, mais je ne suis pas tenu au courant de tout, je vous l'ai déjà...

— O.K., O.K., maintenant vous allez répondre directement et spontanément à cette question : avez-vous déjà vu des cassettes vidéo transiter par la Casa Azul ?

— Des cassettes vidéo ?

— Oui, cassettes vidéo, videotapes, vous voulez que je vous le dise en quelle langue ?

— Heu... excusez-moi, oui, nous avons des cassettes ici, dans une vidéothèque. Des films pour distraire les résidents et des programmes audiovisuels également, remise en forme, phytothérapie marine, des choses comme ça.

— Montrez-nous.

De Vries les emmena directement à une vaste vidéothèque située au sous-sol. Une grande pièce, sans doute une ancienne buanderie, à demi enterrée, et qui donnait sur les caves.

Elle demanda à de Vries où se trouvait un magnétoscope et un des flics en tenue monta dans le bureau du sous-directeur pour en descendre un.

Il y avait pas loin de deux cents cassettes, ici. De nombreux films, dans à peu près toutes les langues et une trentaine de ces cassettes de programmes spécialisés. Thalassothérapie, diététique, biologie marine, relaxation et astrologie « new age ». Anita tressaillit en découvrant que la plupart de ces bandes avaient été produites par la Holy Graal Company, mais aucune ne révéla quoi que ce soit de choquant. Pas d'images d'assassinats et de tortures, pas même de pornographie enfantine, rien que des films didactiques ou promotionnels, vantant telle nouvelle technique, tel nouveau produit ou centre de soin, ou de la pub vantant l'ouverture prochaine d'un centre de luxe au Brésil, ou aux Seychelles.

— Il y a d'autres cassettes ailleurs ?

— Heu, non, je ne crois pas... À part celles empruntées par les résidents...

— Y a-t-il d'autres magnétoscopes ici ?

— Heu... eh bien, c'est-à-dire... oui, il y en a un

autre dans mon bureau ainsi que dans une pièce au rez-de-chaussée et, évidemment, chaque chambre en est dotée.

Il sous-entendait par là qu'on était dans un établissement de haut standing.

— Bien, je voudrais pouvoir en disposer d'une demi-douzaine, des policiers en tenue vont entreprendre de visionner toutes vos bandes...

— Bon sang, mais qu'est-ce que vous cherchez donc ?

Il y avait une dose substantielle de sincérité dans ce cri étonné.

— Je ne peux vous le communiquer mais j'ai besoin de ces magnétoscopes. Et d'autant d'écrans.

On descendit cinq autres appareils des étages et on réussit à les brancher dans la buanderie, avec des blocs multiprises, trouvés à la cave.

Six policiers en tenue commencèrent à visionner les bandes, en accéléré, afin de détecter des séquences suspectes.

Puis elle demanda à De Vries de la guider pour une visite en règle.

Elle ne trouva rien dans le bâtiment principal et demanda à De Vries de lui montrer les autres bâtiments. Il s'agissait de deux pavillons indépendants, formant chacun une « suite » de catégorie supérieure et d'un appentis, élevé perpendiculairement à l'extrémité ouest de la maison. Un des pavillons était loué par ce M. Plissen et elle demanda à De Vries de lui ouvrir la porte. Avec les deux flics portugais elle passa la suite Jaune au peigne fin, mais ne trouva rien qui permettait d'identifier clairement Johan Plissen. Sinon qu'elle était certaine qu'il s'agissait de ce Lucas Vondt, l'ex-stup d'Amsterdam devenu détective privé dans les années quatre-vingt et qui dirigeait le *hit-squad*, ici au Portugal.

L'homme n'avait strictement rien laissé derrière lui mais Anita demanda qu'on relève les empreintes dans tout le pavillon.

Lorsqu'elle ressortit à l'extérieur elle vit que des nuages s'amoncelaient au sud-ouest, gagnant progressivement sur le ciel. La vision de ces cumulonimbus se formant sur la mer l'emplit d'une sorte d'anxiété mélancolique. Les choses ne tournaient pas tout à fait comme prévu. Rien ne semblait remonter avec le filet. La fouille de la Casa Azul n'amènerait sans doute rien, sinon mettre Eva Kristensen en alerte et lui permettre de disparaître.

De guerre lasse elle demanda à De Vries de leur ouvrir les portes de l'appentis.

L'appentis servait de débarras. Il était encombré d'un assemblage d'objets hétéroclites, tel un vieux grenier. Mais un grenier de luxe, débordant d'antiques baignoires de bronze, de fonte ou de faïence, aux canalisations chromées, style Art déco, de vieux rideaux de popeline roulés avec des tapis d'Orient couverts de poussière, d'antiques lits aux armatures de fer forgé, d'instruments de cuisine, de batteries complètes de casseroles en cuivre, de fers à repasser à vapeur datant des années vingt, de vieux meubles de télévision, dont certains contenaient encore d'antiques postes Thomson français des années soixante...

De Vries laissa Anita se couvrir de poussière en déambulant au milieu des objets entassés.

— M. Van Eidercke dit qu'il y a des objets très rares dans ce capharnaüm et il entreprend d'en restaurer les plus beaux...

Anita disparaissait progressivement vers le fond, franchissant un amoncellement de tapis et de caisses diverses.

Les deux flics portugais encadraient De Vries, impassibles, à l'entrée de la double porte grande ouverte.

Au bout d'un moment elle réapparut, les cheveux pleins de toiles d'araignées, le blouson et le pantalon couverts d'une poussière grise.

— Dites-moi, lança-t-elle vivement, il y a une espèce de trappe dans le fond, fermée par un cadenas neuf, vous pourriez me donner la clé ?

De Vries figea ses traits en un masque d'incompréhension. Il vérifia soigneusement son trousseau de clés et releva la tête, d'un air penaud.

— Écoutez inspecteur, je ne comprends pas. Je ne possède pas la clé de cette... trappe. Je crois que personne d'ailleurs, il me semble que c'est une porte condamnée dont plus personne ne se sert.

— Pourquoi y a-t-il un cadenas neuf, alors ?

Il répondit par une mimique désespérée qu'il ne savait vraiment pas.

— Bon. Ça n'aucune importance... Suivez-moi.

Elle réussit à ouvrir le cadenas avec un de ses passes spéciaux et un des flics portugais tira l'anneau de fer vers lui. Elle remarqua qu'il n'y avait pas énormément de poussière sur l'épais carré de chêne.

La trappe découvrit un petit escalier de bois, rudimentaire, très raide, s'enfonçant dans un puits carré de deux mètres de profondeur environ, jusqu'à une porte de bois épaisse, solidement fermée par un autre cadenas. Elle alluma sa torche et un disque de lumière fit scintiller le métal. Elle promena le faisceau. Le puits était fait de pierres de taille, datant sans doute des origines de la maison.

— Vous n'avez pas de clé pour ouvrir cette porte non plus, je présume ?

L'homme hocha négativement la tête, en silence.

Elle se glissa dans le trou, descendit les marches et se retrouva face à la porte.

Elle réussit à ouvrir le cadenas après quelques minutes de patiente recherche dans les dizaines de clés qui ornaient son trousseau de cambrioleur.

La porte se poussait et elle émit le couinement caractéristique de la rouille en tournant sur ses gonds.

La pièce était vide, à l'exception de quelques cartons empilés çà et là. Elle entra dans la petite salle plongée dans l'obscurité, au plafond bas. Elle entendit le bruit que faisait un des flics en descendant les marches derrière elle.

Il n'y avait aucun interrupteur dans la pièce. Rien qu'une cave voûtée munie d'un minuscule soupirail, donnant de l'autre côté de l'appentis. Les cartons étaient soigneusement fermés par de larges bandeaux de Scotch brun. Elle s'approcha précautionneusement d'une des caisses marron. De la pointe du canif elle déchira un des bandeaux et ouvrit légèrement l'espace entre deux pans de carton.

Sa torche éclaira le plastique noir et scintillant d'un boîtier de cassette vidéo.

Elle tressaillit et ouvrit plus largement le carton.

Il y avait plusieurs dizaines de cassettes. Des cassettes analogues aux programmes audiovisuels de l'institut. Cela ressemblait à une collection spéciale, de prestige, avec une petite sirène rouge dans un disque doré, sur la tranche des cassettes.

New Life Pictures, écrit en délicates elzévir.

Elle sortit un gant de soie de sa poche et le mit à

sa main droite. Elle extirpa une des boîtes du lot et l'observa à la lumière de sa torche.

The Power of Transformation.

Le jeune flic s'accroupissait à côté d'elle.

— Qu'est-ce que c'est ?

— Je ne sais pas, justement, souffla-t-elle.

Elle se releva et observa la petite dizaine de cartons entassés aux quatre coins de la pièce.

— Il faut visionner ça tout de suite.

Dix minutes plus tard, les cartons s'entreposaient dans l'ancienne buanderie. De Vries fixait la scène, comme halluciné, les six magnétoscopes en ligne, diffusant des images de jacuzzis et d'océans à un rythme effréné, s'arrêtèrent. Anita prit six des nouvelles bandes et les fit placer dans la gueule noire des appareils.

Elle attendit patiemment que les images apparaissent.

Elle avait trouvé cinq titres différents, et l'un d'entre eux était diffusé en double à chaque extrémité du mur d'écrans. *The Power of Transformation*, donc, encadra *Chaud et rouge comme la vie*, *Sister Full Moon*, *La fête des ténèbres* et *Le culte de la tronçonneuse*.

Six longues séries d'atrocités filmées défilèrent, comme d'odieux vidéoclips, tournés au cœur de l'enfer.

Il fallut baisser le son des télévisions, tellement les hurlements et les plaintes s'avérèrent insoutenables. Certaines soufflées dans des langues étrangères que personne ne sembla reconnaître. Peut-être slaves, pensait Anita, pétrifiée devant l'abomination cathodique. Des jeunes filles, parfois très jeunes, vraiment. Quatorze, quinze ans...

L'étendue des supplices que peut recevoir un corps humain est sans limites. Sur chacun des films elle assista à plusieurs exécutions précédées de longues séances de tortures et de mutilations. Les images étaient nettes, avec un piqué dense, profond et régulier. Filmées de manière professionnelle sans aucun doute. De beaux effets de lumière, des fumigènes. Et de la musique. Du classique, ou du jazz des années 30 et 40. En contrepoint aux suppliques et aux hurlements animaux.

Anita comprit quelque chose, pétrifiée, devant le spectacle intolérable.

Dans *La fête des ténèbres*, par exemple, les tortionnaires étaient au nombre d'une bonne douzaine, tous masqués, hommes et femmes, et ils buvaient le sang de leurs victimes, suspendues par les pieds, dans de splendides coupes de cristal, comme les deux couples de *Chaud et rouge comme la vie*.

Dans *Le culte de la tronçonneuse*, quatre adolescentes venant de pays divers, Europe de l'Est, Asie du Sud-Est et Moyen-Orient étaient violées et dépecées vivantes par deux hommes et une femme, aux visages cachés par des cagoules de cuir.

Dans *Sister Full Moon*, un groupe, composé exclusivement de femmes voilées de rouge, mutilaient longuement deux jeunes adolescents aux traits orientaux, peut-être hindous, ou pakistanais, ainsi que deux femmes noires et une petite adolescente maigrichonne, aux cheveux roux.

Ce qu'elle lisait sur les visages autour d'elle, à part l'effarement et le dégoût, c'était comme une lueur de pitié et de compassion pour les victimes.

Certains regards, noirs et intenses, fixaient De Vries, qui lui contemplait ses pieds...

C'était donc ça. Non seulement Eva K. et son nouvel amant s'offraient des tournages interdits mais ils faisaient profiter de leur expérience à d'autres. Au prix d'un substantiel ticket d'entrée, très certainement. Un club privé, très sélect, où l'on pouvait s'offrir un week-end de sauvagerie pure, filmé avec un équipement luxueux et non plus un vulgaire camescope. Les bandes devaient ensuite pouvoir être vendues très cher, à d'autres adhérents du réseau, bientôt membres de l'élite, à leur tour...

Dans le monde entier. Avec une organisation très cloisonnée et des sociétés écrans.

Dans le monde entier, depuis des mois, des années, des hommes et des femmes s'adonnaient sans doute régulièrement à des actes abominables et collectionnaient ainsi les souvenirs de leurs abjections dans quelques recoins de leurs bibliothèques privées. D'autres s'en délectaient secrètement, en attendant de pouvoir y goûter pour de bon... Oui, Eva Kristensen avait inventé une drogue bien plus dure que les diverses poudres blanches commercialisées par la Mafia.

Une drogue rouge et chaude comme la vie. Le sang. La violence. La Terreur.

Le Pouvoir pur.

La plus implacable des drogues.

Ils franchirent assez vite la frontière de l'Estremadure et à Tanganheira, Hugo trouva une cabine de téléphone d'où il appela le commissariat central de Faro. Il se fit passer pour l'« inspecteur Hugo », d'Amsterdam, selon le code convenu et tâcha de se faire comprendre en anglais. Le policier de service réussit à lui apprendre qu'Anita n'était pas présente au commissariat et qu'elle demandait qu'il la joigne à un numéro qu'il lui donna.

Hugo regarda l'heure sur sa montre. Plus très loin de six heures, maintenant.

Il appela le numéro et tomba d'abord sur une voix de jeune femme, une voix blanche, stressée. « Casa Azul, bom dia », à qui il demanda l'inspecteur Anita Van Dyke, puis sur une voix bourrue qui l'interpella en portugais, en lui demandant visiblement quelle était la raison de l'appel.

Il tenta le coup, dans un anglais simpliste, en décomposant bien chaque syllabe.

— Je suis l'inspecteur Hugo, d'Amsterdam, il faut que je la joigne.

L'homme hacha péniblement quelques mots d'anglais à touristes :

— L'inspecteur Van Dyke est repartie pour Faro, vous pourrez la joindre là-bas... dans une petite heure maintenant.

Merde, pensa-t-il, il avait trop traîné.

Il prit son inspiration et demanda, en détachant bien chaque syllabe :

— Serait-il possible de la joindre dans sa voiture et de lui demander de me retrouver quelque part ?

Un long silence, hachuré de parasites. L'homme décortiquait visiblement l'information.

— Si... Où voulez-vous qu'elle vous rejoigne ?

— Dites-lui d'aller jusqu'à Vila Nova de Milfontès, puis de prendre la petite route côtière et de s'arrêter au premier petit village de pêcheur. Il y a un bar à l'entrée du village. Je l'y attendrai.

Un nouveau silence, encore plus long.

— Vila Nova de Milfontès... Petite route... premier village, d'accord, senhor.

— De la part de l'inspecteur Hugo, d'accord ? Dites-lui de s'y rendre dès réception du message, O.K. ?

— O.K., inspecteur...

— Je vous remercie infiniment. Obrigado...

Et il raccrocha en espérant qu'Anita recevrait bien son message.

Ils avaient encore un peu de temps à tirer et Hugo décida de continuer vers le nord. Il prirent la N120 en direction de Sines. La route traversa les coteaux qui bordent les plages à cet endroit et obliqua vers l'est, à l'embouchure du promontoire qui s'avance dans l'Océan.

Une inspiration subite le fit réagir.

— Dis-moi, demanda-t-il à Alice, qui avait retrouvé sa position sur la banquette arrière, est-ce que le nom O'Connell te dit quelque chose ?

Il entr'aperçut le visage d'Alice qui entrait dans une intense réflexion.

— Oui... C'est le nom de ma grand-mère, je crois... Mais je ne l'ai jamais connue...

— Ta grand-mère paternelle, la mère de ton père ?

— Oui, souffla-t-elle.

Hugo et Pinto croisèrent un bref instant leurs regards, d'un air entendu.

— Bon, dis-moi maintenant... Tu as déjà vu quelque chose qui ressemblait aux toiles de l'auberge, des peintures de ton père, c'est ça ?

Elle opina lentement du chef.

Il s'arrêta un peu avant le cap qui se dessinait sur l'horizon. À un moment donné, il quitta la nationale et emprunta une petite piste sablonneuse qui longeait la mer.

Il y avait une plage en arc de cercle ici, creusant une lande sableuse et de petites falaises à l'autre extrémité. Quelques pins de diverses souches poussaient çà et là. Des massifs broussailleux et désordonnés bordaient la piste.

Hugo observa le ciel qui s'orangeait autour de la boule de feu surplombant l'horizon.

Ainsi O'Connell était Travis. Avec un peu de chance ils réussiraient à entrer en contact avec lui dès ce soir.

Sa course-poursuite s'achevait. Elle l'avait emmené étrangement dans une escapade folle du nord au sud de l'Europe, sans qu'il ne sache vraiment pourquoi. Comme un signe incompréhensible venu du futur. Pourquoi avait-il fallu que cela arrive à un type comme lui, qui tentait maladroitement de surfer sur le chaos et l'histoire ? Un écrivain encore inabouti qui avait un jour décidé que sa condition humaine ne permettait pas qu'on lui ôte tout espoir, en laissant se propager le virus de la purification ethnique, sur un continent qui avait failli déjà être définitivement détruit à cause d'elle...

Cela n'éclairait-il pas justement les choses sous un jour nouveau ? Lorsqu'il s'était arrêté chez Vitali, avant de remonter jusqu'à Amsterdam, ils avaient eu une longue discussion tous les deux. Vitali lui avait raconté que des gangs de jeunes faisaient leur apparition en Allemagne, un peu partout, dans les grandes villes. Ces jeunes représentaient un espoir, tout autant qu'un début de riposte

— Dès qu'ils voient des nazis dans leurs quartiers ces types leur font comprendre qu'il faut qu'ils dégagent, très vite et très loin... Ils se nomment les Panik Panthers.

Pas mal, avait pensé Hugo. La génération nucléaire prend le relais.

— Tu as des contacts avec eux ?

— Oui. Ces jeunes sont parfaits. Ils sont totalement réfractaires aux idées totalitaires, quelles qu'elles soient. Ils font de la musique, certains sont des as de l'ordinateur...

Hugo avait éclaté de rire.

— Je vois que tu ne perds pas de temps...

— Tu sais aussi bien que moi qu'il nous est compté.

— Exact... Bon... Tu penses pouvoir réellement les incorporer à l'intérieur d'un de nos « black programs » ?

— Avec Ari, nous pensons pouvoir former un premier noyau assez rapidement.

— Sur quoi ? quel programme ?

— Sans doute sur « CyberFront », dans un premier temps.

CyberFront c'était leur opération d'intrusion et de destruction des réseaux télématiques néonazis ou néobolcheviks qui fleurissaient un peu partout dans le monde, aux États-Unis, en Amérique latine, en Russie, ou en Europe. Elle concernerait également des bases de données appartenant à des fondations, journaux ou groupuscules totalitaires, en Europe de l'Ouest principalement. Piratage des fichiers, implantations de virus de dernière génération et tout le toutim. Ça faisait des mois qu'ils bossaient dessus. Hugo avait compris qu'on mettait le turbo. Il avait demandé une ou deux semaines de vacances.

Où est-ce qu'on en était vraiment *là-bas*, s'était alors enquis Vitali. La situation n'était pas brillante avait répondu Hugo. Au pire, nous aurons une guerre balkanique généralisée qui enflammera toute la région et déstabilisera jusqu'à l'ex-édifice soviétique, Ukraine, Russie... Avec toutes les chances de conflit nucléaire que tu connais. Au « mieux », le « plan de paix » de nos Chamberlain de service sera accepté par les Serbes et une

Afrique du Sud néotchetnik verra le jour sur les côtes de l'Adriatique... Nous allons devoir frapper très fort avant l'été.

Leur objectif était simple. Faire cesser l'embargo qui empêchait les nouvelles démocraties de se battre, développer les Colonnes Liberty-Bell, augmenter la cadence des opérations clandestines, comme la livraison d'armes et de munitions aux combattants bosniaques.

Vitali avait alors sorti, gravement :

— Ce putain de virus se développe. Nos correspondants à Moscou font état de contacts rapprochés entre les communistes et les néonationalistes...

Hugo n'avait rien répondu. Il avait vu de près le nouvel hybride totalitaire, comme ils l'appelaient. Des supplétifs russes et ukrainiens se retrouvaient parfois au sein des milices néotchetniks. Ceux qu'ils avaient pu faire prisonniers étaient soit d'anciens KGBistes, ou des partisans de l'aile dure du Parti Communiste, soit des cosaques à moitié illettrés, contaminés par un nationalisme extrême, teinté d'intégrisme orthodoxe. La fin du siècle promettait.

Et maintenant, pensait-il devant le soleil qui descendait doucement et imparablement sur l'horizon, les choses en étaient-elles arrivées au point que puisse se développer une sorte de réplique « capitaliste » du virus totalitaire ? Une forme de nazisme privé ? Comme toute cette putain d'entreprise Kristensen en apportait la preuve éclatante ?

Oh, merde, pensa Hugo. Les Colonnes Liberty-Bell allaient-elles devoir bientôt engager le combat contre une nouvelle race d'assassins en série ? Nazis dorés, vampires sans autre idéologie que la cruauté et la dégradation de l'autre, prédateurs aux visages liftés et aux corps bronzés, s'accomplissant dans la mise en scène de la mort et de la terreur ?

Était-ce cela le sens de cette histoire chaotique ?

Le ciel explosait dans une pyrotechnie éblouissante et sauvage, comme le début mystérieux d'une réponse.

Alice le tira de sa rêverie, en surgissant à ses côtés.

— Vous pensez à quoi, Hugo ?

Hugo ne pensait à rien, avait-il envie de lui répondre. Il se nourrissait simplement de ces quelques instants volés à la nature, au décor du ciel et de l'océan, à la plage de sable et de rocs vers laquelle Pinto descendait, les mains dans les poches. Toute cette sérénité lumineuse des éléments, des arbres, des pierres et des oiseaux de mer qui planaient en jacassant au-dessus des flots.

La fillette semblait inquiète tout autant qu'intriguée. Son monologue intérieur avait certainement duré plusieurs minutes.

Hugo lui fit un sourire qu'il voulut amical et chaleureux.

Elle resta à ses côtés, au sommet de la dune, et entra à son tour dans la contemplation du décor.

Là où la petite falaise fermait l'autre extrémité de la plage, il y avait une sorte de rampe de béton qui descendait dans la mer. La rampe menait à un bâtiment préfabriqué, en aluminium, qui semblait allié à un cuivre étincelant, sous la lumière orange Un hangar à bateau. Ce qui les avait attirés en pre mier lieu dans le coin, c'était ce hangar, justement, qu'Alice avait aperçu du haut de la route. Il y avait peu de chances statistiques pour qu'ils tombent sur celui de Travis, mais d'un autre côté, ils n'avaient pas rencontré beaucoup de tels bâtiments isolés depuis Odeceixe. Celui-ci semblait tout exprès situé dans une partie déserte et difficilement abordable de la côte. On pouvait sacrifier dix minutes pour s'en assurer.

Malgré son austère fonctionnalité, le hangar était beau, métallique, lumineux, simple et net sous le projecteur infernal qui bombardait latéralement l'univers, donnant aux ombres une longueur démesurée et à toutes les matières une teinte chaude, gonflée d'infrarouge.

Hugo sentit une vague d'harmonie l'envahir. Ce simple petit bout d'univers était si beau, si réel et si vivant à quelques heures d'avion de l'enfer. C'était comme s'il avait toujours été là pour l'attendre et lui apporter la paix et le soulagement. Ne faisait-il pas partie, lui aussi, de cette plénitude foisonnante ? N'était-il pas un simple humain de la fin du XXe siècle, jetant des bouteilles dans la mer du futur ? Des bouteilles contenant un simple message « hey les gars, j'étais ici en l'an de grâce 1993, putain avons-nous réussi » ? Il eut envie de laisser un signe de son passage et il grava une grosse pierre de la pointe de son canif.

FOX. Son pseudo de guerre du réseau. Le O s'enroulait comme un serpent, représentant le virus de la connaissance et du verbe. Le X évoquait deux sabres croisés, ou deux flèches, ou deux os de tête de mort, selon l'inspiration du moment.

Alice observa son manège avec attention et lorsqu'il eut fini son œuvre il lui tendit le couteau. Sans un mot elle s'en empara et grava son nom, Alice, de l'autre côté de la roche. Alice K. 1993.

On devrait pouvoir retrouver leurs traces dans quelques siècles...

Il se redressa, cala le lourd sac de sport sur son

épaule et descendit vers l'Océan, à son tour. Ils traversèrent la plage, en marchant au ras de l'écume. Il remarqua qu'Alice avançait devant eux au bord des vagues, sans même essayer d'éviter l'attaque répétée des flots. Elle se retourna une ou deux fois dans leur direction, le visage tiré, les yeux pleins d'un éclat vif mais sans véritable gaieté. Il ne l'avait pas souvent vue rire, se dit-il en repensant aux quelques jours qui venaient de s'écouler.

Cela n'avait été qu'un long tunnel d'autoroutes, de violence et d'angoisse. Pourchassée par le plus terrible ennemi qu'on puisse imaginer, sa propre mère, sociopathe haut de gamme. Sans doute sentait-elle intuitivement qu'on était proche du but, de la délivrance, de son père, se disait-il en évitant à son tour une vague plus puissante que les autres. Oui. Alice possédait ce don rare et mystérieux, qu'il avait déjà noté à plusieurs reprises, cette intuition étonnante qui se mêlait avec son intelligence de jeune surdouée dans une alchimie explosive.

Alice courut devant eux, loin devant, jusqu'aux roches de la falaise et la rampe de béton.

À ses côtés Pinto marchait, l'air détendu. Il faisait beau. Le ciel était d'une pureté totale. Au pied de la falaise tombant dans la mer, l'eau était d'un vert profond et dense. Un petit vent frais se levait, luttant avec la chaleur qui se dégageait de la terre.

C'est en arrivant au pied des rochers et de la rampe qu'il se rendit compte que l'attitude d'Alice avait franchi un cap. Radicalement.

Elle se tenait devant la porte du hangar, qui faisait face à l'Océan. Il pouvait la voir de profil, les yeux levés vers quelque chose qu'il ne voyait pas, littéralement pétrifiée. Son regard trahissait une stupeur indicible.

Il sentit ses jambes accélérer le mouvement, sans qu'il n'y puisse rien. Il prit appui sur une pierre et grimpa l'amas de roches qui s'entassait le long de la rampe. Pinto le suivit prestement.

Lorsqu'il se redressa au sommet, Alice ne bougeait toujours pas. Elle contemplait une haute porte de métal qui barrait l'entrée du hangar. Un genre de porte automatique, se rabattant vers le haut.

Il y avait deux choses sur la porte. Une sorte de digicode à touche, avec un interphone. Et une petite plaque de plastique transparent. Derrière la plaque il y avait une inscription et un dessin. Il n'était même pas besoin de lire ce qui était écrit.

Le dessin représentait une raie manta, comme une sorte d'avion animal noir et blanc.

Quelque chose ne collait pas, se dit presque aussitôt Hugo. Alice n'était pas censée connaître ce détail de la vie de son père. Il s'approcha d'elle et posa une main sur son épaule.

— Dis-moi, ça te dit quelque chose cette raie manta ?

Elle leva vers lui des yeux pleins d'une intensité foudroyante.

— C'est à mon père... Ici.

Il planta son regard dans celui de la fillette.

— Qu'est-ce que tu veux dire ? Comment le sais-tu ?

Putain, il était bien certain que ni lui, ni Pinto ni Anita ni personne n'y avait jamais fait allusion devant elle.

Alice montra la plaque du doigt.

— La raie manta. C'est un signe de mon père, j'en suis sûre...

Une sorte de révélation subite ébranla Hugo.

— Attends... ne me dis pas que ton père et toi communiquiez secrètement ?

Il vit qu'il avait tapé juste. Le regard d'Alice se troublait.

— Qu'est-ce que tu sais de cette manta, Alice ?

Il la vit hésiter, réfléchir, hésiter une nouvelle fois, mettre de l'ordre dans ses idées.

— Non, ça mon père ne m'en a jamais parlé, mais c'est bizarre... Depuis qu'on est entré dans cette auberge j'ai... j'ai senti que mon père n'était pas loin et là c'est encore plus bizarre...

— Quoi, qu'est-ce qui est bizarre ?

— Ben cet endroit, vu d'ici il ressemble à...

Elle se coupa.

— Vas-y Alice, je t'en prie, j'ai besoin de savoir.

Pour un peu il aurait hurlé.

— C'est un autre rêve. Plusieurs fois ces temps derniers j'ai fait un rêve avec une maison en métal au bord de la mer. Mais une vraie maison, vous voyez ? Dans cette maison mon père m'attendait... et...

Hugo se retint de soupirer et de montrer son impatience, comme un renvoi qui montait aux lèvres sans qu'on y puisse rien.

— Dans la maison il y avait un marineland, vous savez... et dans le marineland il y avait des dauphins, des orques, des requins, et aussi des raies mantas. Beaucoup de raies mantas. À la fin du rêve mon père lui-même devenait une sorte de raie manta...

Oh, putain.

Il se retourna vers Pinto qui contemplait la plaque lui aussi. Puis de nouveau vers Alice, puis vers le logo.

En deux ou trois enjambées il fut à l'interphone. Son index écrasa le gros bouton d'appel.

Il sonna plusieurs fois de suite. À un moment donné une voix lui répondit. Le seul problème c'est qu'elle venait de derrière lui, cette voix, et qu'elle disait :

— Ne faites aucun geste, messieurs. Et tout se passera bien...

Tout indiquait qu'une arme était pointée dans leur dos.

Lorsqu'elle reçut le message d'Hugo, Anita se trouvait dans une voiture de patrouille, avec Olivado et deux agents en tenue. Elle demanda au conducteur de faire des appels de phares à la voiture de devant, où se trouvaient Peter Spaak et le commissaire de Faro. Elle réussit à convaincre le gros flic, dans un mélange de charme et d'intensité presque désespérée, de lui laisser une voiture banalisée, afin qu'elle puisse retrouver son autre collègue d'Amsterdam, vers le cap de Sinès. Pour des témoins très importants.

À ces mots Peter leva une paire d'yeux interrogateurs vers elle, mais ne fit aucun commentaire devant son air tout à fait grave et sérieux. Ils échangèrent un regard complice. Elle lui demanda de rentrer à Faro avec les autres afin de continuer à s'occuper de l'interrogatoire de Koesler. Elle se trouvait entre Lagoa et Alcantarijha, à cinquante bornes de Faro. Elle fit demi-tour sur la route dans la vieille Datsun grise et entreprit de dévorer les quelque cent cinquante kilomètres qui la séparaient de Vila Nova de Milfontès.

Elle mit deux bonnes heures avant de se garer devant cette petite auberge, située un peu en retrait, à l'entrée du petit bourg. À l'horizon le ciel était rouge et violet, le soleil venait d'être englouti dans l'Océan.

Il n'y avait aucune voiture. Pas de Fiat bleue à l'horizon.

Elle entra dans l'établissement avec un petit pincement au cœur. Hugo n'avait jusqu'ici jamais eu de retard. Un homme se tenait derrière le bar et lui offrit un sourire aimable en lui souhaitant la bienvenue. Elle s'assit sur un tabouret et demanda un café.

Lorsque l'homme revint avec l'expresso fumant elle se lança, dans la langue locale.

— Excusez-moi, je suis étrangère et je cherche des amis, qui m'ont donné rendez-vous ici... Deux hommes, l'un étranger, l'autre portugais, avec une petite fille...

L'expression de l'homme se figea. Il la regarda sans répondre.

— Écoutez, soupira-t-elle en exhibant sa carte officielle, je suis officier de police, je viens des Pays-Bas et je travaille ici en collaboration avec la police portugaise...

Elle inventa un mensonge plausible.

— Ces deux hommes sont des inspecteurs, un de la police néerlandaise, l'autre du commissariat de Faro... Ils m'ont donné rendez-vous chez vous.

Elle observa sa montre.

— C'est extrêmement important. Pourriez-vous me dire où ils sont ?

Elle vit l'homme tanguer légèrement, comme s'il vacillait sous une révélation soudaine.

— Excusez-moi, madame, mais ces hommes se sont fait passer pour des acheteurs d'art.

Il embrassa la pièce des yeux et d'un geste de la main.

— Ils cherchaient quelqu'un, un peintre, et m'ont dit être également intéressés par ces toiles...

Anita se retourna et jeta un lent coup d'œil panoramique sur les tableaux disséminés sur les murs. Elle fit face à l'homme et porta ses lèvres à la tasse brûlante.

— De qui sont ces toiles ?

— D'un Irlandais... Qui passe parfois. Il m'a vendu un ou deux tableaux et m'en a confié en dépôt-vente en quelque sorte... Je... Je connais quelqu'un qui peut le joindre et j'attends sa réponse d'une minute à l'autre... Vos amis policiers devraient être là d'un instant à l'autre, eux aussi.

Anita se détendit légèrement et avala une autre gorgée de café. Mais l'homme reprit.

— Écoutez, il y a autre chose...

Anita releva les yeux vers lui, le priant silencieusement de poursuivre.

— Il y a une heure environ, deux autres hommes, des étrangers, sont passés. Et eux aussi ils cherchaient cet homme...

— Travis ? Vous voulez parler de Travis ?

— Oui, Travis, c'est ça.

— Que vous ont-ils demandé ?

Elle venait de se tendre, comme la corde d'une arbalète.

— La même chose que vos amis. Travis, un bateau, qui s'appelle *la Manta*, mais tout ça ne me dit rien et c'est que je leur ai dit...

Sa tasse restait suspendue à ses lèvres.

— Ils vous ont demandé pour les toiles ?

— Non... eux ils sont repartis presque tout de suite, ils n'ont même pas fait attention aux tableaux. Ils avaient l'air fatigués et, comment dire... nerveux, tendus... mais en même temps maîtres d'eux, vous voyez ?

Elle voyait parfaitement.

— Qu'est-ce qu'ils vous ont demandé d'autre ?

— Heu... ben justement... ils m'ont demandé si d'autres personnes seraient pas passées dans l'après-midi, comme eux, à la recherche de ce Travis...

— Qu'est-ce que vous leur avez dit ?

— Ben... sur le moment j'ai hésité, mais j'ai réfléchi et ils me plaisaient pas trop alors je leur ai dit que non, j'avais vu personne, c'est là qu'ils ont payé et qu'ils sont repartis.

— Ce peintre irlandais comment il s'appelle ?

— O'Connell. Il signe S K P.

S K P. Comme un diminutif de Skip. Nom d'un chien pensait-elle, tétanisée, cet O'Connell était tout bonnement le père d'Alice.

— Savez-vous où ils sont allés ?

— Vos amis, ils sont partis vers le nord j'crois bien. Et les deux types y sont remontés dans une grosse voiture noire dans la même direction, il y a une heure environ comme j'vous disais... Mais j'leur ai rien dit...

C'était vague, ça, le nord.

— Mes amis ne vous ont pas rappelé depuis ?

— Non, madame, non. Ils ne devraient plus trop tarder maintenant...

Anita acheva lentement sa tasse de café, pleine d'une angoisse qui se faisait plus virulente à chaque seconde. Les deux hommes devaient appartenir aux survivants du coup de filet. Vondt, Sorvan et leur poignée d'hommes. S'ils rôdaient par ici cela signifiait qu'ils étaient eux aussi sur la piste de *la Manta*. Cela signifiait aussi qu'Hugo, Pinto et Alice étaient en danger. Un danger sans doute mortel.

Elle allait demander une description détaillée dans le but de la communiquer d'urgence aux flics de tout le Portugal lorsque le téléphone sonna, à l'autre bout du bar.

— Ça doit être mon ami... Ou peut-être les vôtres...

L'homme trottina jusqu'à l'appareil et décrocha.

— Jorge, j'écoute...

Il y eut une brève conversation, à voix basse. Elle n'entendit qu'un vague et lointain « je vous la passe » et l'homme trottina dans sa direction en montrant le combiné posé sur le zinc.

— C'est pour vous madame... heu Van Dyke... Un M. Hugo...

Anita prit le téléphone et reconnut la voix du jeune homme. Il l'appelait d'un coin perdu, sur une plage au sud de Sinès. Dans un hangar à bateau.

Il avait trouvé Travis.

Ou plutôt, comme il le corrigea avec un petit rire, c'était lui qui les avait trouvés.

CHAPITRE XXIV

L'homme était grand, avait la peau burinée par le soleil, l'eau et le ciel, les traits émaciés et les yeux, d'un bleu intense et profond, creusés d'une très ancienne fatigue. Ses cheveux blonds étaient coupés court, dans une brosse à l'aspect militaire. Il leur faisait face, maintenant, une main posée sur l'épaule d'Alice qui se blottissait contre lui. Son gros 45 automatique était passé à la ceinture et il regardait Pinto et Hugo avec un mélange de curiosité, de reconnaissance et d'une lueur insondable. Un très vague sourire ornait le coin de ses lèvres, comme la trace indélébile, permanente, d'une forme d'humour très secret.

Une heure auparavant, quand la voix avait éclaté derrière eux, Hugo n'avait pas bougé, comme elle le leur avait indiqué. Pinto s'était figé, comme transformé en statue de sel, mais Alice s'était retournée, et elle avait lâché un petit cri.

— Daddy ?

Hugo avait instantanément compris de quoi il s'agissait.

Un bruit de pas sur la roche s'était approché d'eux et Pinto s'était retourné à son tour...

— Putain, s'était-il exclamé, Stephen, qu'est-ce que tu fous...

La voix avait claqué, sèchement.

— Alice, mets-toi de côté, s'il te plaît.

Hugo avait entendu le petit bruit du percuteur qu'on relève. Il avait vu Alice disparaître derrière lui en courant et en criant « daddy » à nouveau.

Il avait entr'aperçu un mélange de larmes et de joie dans le regard de la fillette, à cette ultime seconde. Puis il avait continué calmement de contempler le métal de la porte, les mains bien en vue. Ce n'était pas le moment de faire une connerie. Il compta sur Alice et Pinto pour résoudre le problème.

— Stephen, reprenait Pinto, à la fois soulagé et inquiet, Christus, ça fait des jours qu'on te cherche...

Seul le ressac de l'Océan répondait à Pinto.

Il entendit une petite voix, brisée par l'émotion, égrener quelques mots en anglais, couverts par le bruit des vagues.

— ... Ce sont des amis, dad, je te le promets... pas fait de mal, ils m'aident à te retrouver...

Il perçut un vague borborygme, comme un juron étouffé.

Hugo tourna très précautionneusement sur lui-même, dans un geste lent et très fluide, les deux mains à hauteur des oreilles.

Il vit Pinto d'abord, les bras ballants, une sorte de sourire anxieux aux lèvres, les rochers entassés le long de la rampe, l'Océan, puis l'homme, tenant Alice d'un bras et pointant un gros pistolet sur lui.

Le soleil lui faisait presque face et il ne voyait que deux silhouettes, noyées dans une lumière de cuivre en fusion. Mais le gros objet pointé sur lui ne laissait aucun doute.

La grande silhouette qui tenait Alice s'avança encore un peu et sa voix s'éleva à nouveau :

— Qui c'est, ce type ?

La voix s'était adressée à Pinto.

— Stephen, putain, c'est un ami. Il se nomme Hugo... heu... Berthold Zukor et putain il a convoyé ta fille d'Amsterdam jusqu'ici.

L'homme n'était plus qu'à quelques mètres et Hugo put commencer à discerner ses traits.

Le regard de l'homme se faisait plus humain, visiblement. La main qui tenait l'arme flottait plus mollement, indiquant le doute et l'hésitation.

Alice se blottit plus profondément contre l'épaule de son père.

— Dad, c'est vrai... Hugo m'a conduite depuis Amsterdam... Il... Il m'a protégée tout ce temps et il m'a sauvée des hommes de maman...

Hugo fit un léger sourire à Alice qui le lui rendit, derrière une buée de larmes contradictoires. Merci, Alice, pensait-il, en faisant en sorte que le message soit perceptible par son simple regard. Une sorte d'amitié inaltérable s'était formée entre elle et lui, il pouvait le ressentir comme une marée montante à l'intérieur de son être tout entier.

L'homme observa Hugo avec curiosité.

Il s'apprêta à lui demander quelque chose, puis se retint, regarda Pinto, puis le garage, puis Hugo à nouveau et poussa un soupir.

Il rabattit le percuteur, glissa le pistolet à sa ceinture et tendit franchement la main vers Hugo.

— Veuillez m'excuser... Stephen Travis, comme vous l'avez deviné je suis le père de la petite Alice.

Hugo baissa une main et tendit l'autre.

— Berthold Zukor... mais on m'appelle Hugo. Malgré les apparences je suis extrêmement soulagé de vous rencontrer.

L'homme lui rendit son sourire, avec un bref éclat de rire.

— Je suis désolé de l'accueil que je vous ai réservé... mais je suis un peu à cran en ce moment...

Hugo ne répondit rien.

Puis regardant Pinto qui s'avançait vers eux, l'homme tendit les bras vers lui.

— Nom de dieu, Joachim, ça fait quand même plaisir de te voir.

Et une longue accolade les réunit.

— Bon, faut pas rester comme ça, à découvert...

Travis se sépara de Pinto et tapota un code sur le clavier digital.

Un petit claquement suivi d'un bruit de moteur se fit entendre. La porte commença à se relever, les obligeant à se repousser. Elle bascula vers le haut, pour se ranger contre le plafond, lentement, dans un strip-tease mécanique.

Hugo ne pouvait détacher ses yeux de l'ouverture immense qui se dévoilait.

Dans la pénombre du hangar, un splendide voilier noir et blanc, parfaitement gréé et prêt au départ pointait son beaupré vers le soleil.

— C'est donc ça *la Manta*, demanda Hugo en anglais, en marchant lentement le long de la coque. Un beau seize mètres, au moins. Fin et racé.

— Oui, répondit Travis, il nous a fallu près de trois ans pour achever sa construction.

— Ici ? demanda Hugo en montrant le haut hangar d'aluminium.

— Non, non, répondit Travis en riant. Ici nous ne l'avons amené qu'en novembre dernier, pour les finitions et les réglages... Il était en construction dans un atelier naval à Lisbonne.

Travis les conduisait à un petit bureau vitré, situé au sommet d'un escalier qui formait ensuite une coursive à trois mètres du sol, le long du hangar.

Ils prirent place dans le petit bureau, Travis se postant devant un vasistas qui donnait sur la plage. Sa fille vint se coller à ses côtés. Hugo s'assit sur un vieux fauteuil et Pinto sur une chaise qu'il retourna pour prendre appui sur le dossier.

Travis se retourna vers Hugo et Pinto.

— J'ai l'impression que vous avez une longue histoire à me raconter.

Il ouvrit un tiroir et sortit une grosse pipe d'écume qu'il bourra de tabac. Ses yeux ne quittaient pas Hugo, qui se fendit d'un sourire.

— Je suis sûr que vous aussi... Vous vivez sous une fausse identité ? O'Connell, le nom de votre mère ?

L'homme alluma sa pipe en ne le quittant pas des yeux. Il recracha méthodiquement quelques bouffées de fumée bleue.

— Oui. Je n'ai toujours pas compris comment vous m'avez repéré, d'ailleurs.

— À l'auberge, là-bas, il y a certaines de vos toiles.

— Oui, mais comment avez-vous su que c'était moi ? Que Travis et O'Connell ne faisaient qu'un ?

Hugo tenta de trouver une réponse claire. Ce n'était pas facile.

— Je ne sais pas trop. Pinto m'avait dit vous avoir rencontré un jour vers Odeceixe et vous lui aviez parlé d'un coin vers le cap de Sines à une lointaine époque. On a cherché. Et quand je suis entré dans ce bar j'ai vu les toiles. Anita m'avait dit que vous aviez été dans la Royal Navy et j'ai fait la relation...

Quelques lourdes volutes bleues.

— Qui est Anita ?

— Anita Van Dyke... Une flic d'Amsterdam... Elle enquête sur votre femme...

— C'est elle qu'Alice est allée voir à Amsterdam ?

Il tournait la tête vers sa fille, qui hocha affirmativement la tête.

Quelques bouffées bleues.

— Je ne sais pas trop encore ce qui s'est passé mais je dois vous remercier pour tout ce que vous avez fait il me semble.

Hugo levait la main.

— Je n'ai fait que ce que je voulais faire, je vous assure... Maintenant que votre fille est entre vos mains, je dois juste prévenir Anita et m'éclipser. Désormais la balle est dans votre camp.

Quelques bouffées bleues.

L'homme ouvrit un autre tiroir et Hugo vit sa main réapparaître armée d'une bouteille de bourbon.

Il y avait un antique petit frigo dans un coin de la pièce. Il en ramena de la glace et une bouteille d'eau minérale, puis sortit des verres d'un placard de bois. Il servit trois verres de bourbon, et tendit un verre d'eau à sa fille.

Ils portèrent un toast silencieux et Hugo se détendit complètement.

L'homme continuait de fumer sa pipe et il ouvrit le vasistas pour aérer la pièce. Puis il se retourna vers Hugo et lui demanda de lui raconter toute l'histoire, vue de son côté.

Hugo commença donc par cette nuit où il avait trouvé Alice sous la banquette de sa voiture. Il fit un récit clair et concis de la longue traque depuis Amsterdam puis vint le moment d'aborder les choses importantes, ce qu'il savait de l'entreprise Kristensen.

— Ce que j'ai compris au fur et à mesure c'est que votre ex-femme a monté une industrie fort lucrative en produisant et commercialisant le type de cassettes que votre fille a trouvées chez elle... Le hasard a voulu qu'Anita Van Dyke qui enquêtait de son côté s'est retrouvée dans le même hôtel que moi, à Évora, et qu'elle était suivie par un type de la bande...

Des volutes de fumée, comme toute réponse. Travis semblait plongé dans de profondes réflexions. Il se tenait tout droit devant le vasistas ouvert, observant l'extérieur. Son visage était teinté de la couleur cuivre d'un Indien navajo, ou hopi, dans la lumière basse du couchant.

— J'espère que vous n'avez pas pris de risques inconsidérés en venant ici avec ma fille.

— Nous avons réussi à neutraliser une bonne partie du gang la nuit dernière... et le temps m'était compté. Je devais vous retrouver vite, car ces hommes étaient à vos trousses... Là je pense qu'ils doivent plutôt se demander comment faire pour quitter le pays au plus vite.

C'est ce qu'il espérait de toutes ses forces, tout du moins.

— Maintenant si vous le voulez bien, avant mon départ, j'aimerais vous entendre, M. Travis. Que vous me racontiez cette histoire de votre côté.

Il en aurait besoin pour ce foutu roman sur la fin du siècle.

— Qu'est-ce que voulez savoir ?

— Juste la semaine qui vient de s'écouler, parallèlement à notre fuite ou ce qui s'est passé depuis votre disparition il y a trois-quatre mois, mais je ne vous cacherai pas que toute votre vie semble recouverte d'un épais mystère, monsieur Travis.

Il avait essayé de dire ça sur un ton décent qui ne froisse pas l'homme.

— Ce que vous vous demandez c'est comment un homme comme moi a pu épouser une femme comme Eva Kristensen, c'est ça ?

Hugo tenta de ne pas paraître trop gêné. C'est vrai, avait-il envie de répondre, cela faisait partie du mystère, indubitablement.

Pinto s'agita sur sa chaise.

— Je ne le sais pas moi-même, voyez-vous.

Le ton de sa voix témoignait d'un lourd fardeau, et très ancien.

Travis contemplait l'Océan, la tête tournée vers le vasistas. Une mer d'un bleu profond, presque violet, frappait interminablement la plage, dont le sable se teintait de rouge, comme le ciel à l'horizon. Le soleil n'était plus qu'un disque rouge sang, net et concret, à la limite des flots.

— Quand j'ai rencontré Eva Kristensen, je venais de quitter la Royal Navy, je me suis retrouvé à Barcelone, j'ai fréquenté des bars de marins. J'ai toujours fait de la voile, depuis mon plus jeune âge. J'ai rencontré quelques Espagnols qui vivaient dans le sud ou aux Baléares et j'ai décidé de m'établir comme skipper pour les touristes, en Andalousie. Un mois ou deux avant mon départ, j'ai rencontré Eva Kristensen par une connexion lointaine, l'ami d'un ami qui m'avait invité à une réception qu'elle donnait, sur son yacht...

Hugo acheva son verre de bourbon alors que l'homme rallumait sa pipe, le visage tourné vers l'Océan.

— Inutile de vous dire que ça a été un coup de

foudre imparable et violent. Et réciproque, je l'ai vu tout de suite.

Hugo ne bronchait pas. Travis, malgré ses traits tirés et son sourire désabusé, avait dû être un jeune homme très séduisant douze ou treize ans auparavant.

De lourdes volutes s'échappèrent par l'ouverture, d'où soufflait un petit vent frais.

— Eva Kristensen était une jeune femme splendide. Nous... Nous avons eu une relation... Puis je suis allé m'installer en Andalousie... J'y suis resté quelques mois puis je suis venu m'installer en Algarve... j'avais rencontré des amis portugais avec qui je m'entendais mieux qu'avec les Espagnols... Joachim, le Grec aussi, déjà... Eva m'a rejoint et a acheté la Casa Azul.

Hugo détecta un voile dans la voix, à l'évocation du dealer assassiné.

L'homme poussa un long soupir.

— Vous savez, quand j'ai appris sa mort hier par les journaux, je savais déjà qu'Alice était en fuite et, bon sang, on peut le dire, sa fugue était en train de bouleverser tous mes plans...

— Tous vos plans ? se laissa aller Hugo.

Travis ne répondit rien. Seul le bruit de succion régulier qu'il faisait avec sa pipe brisait le ressac étouffé des vagues, qui leur parvenait par la grosse fenêtre basculante.

— Oui, finit-il par lâcher. C'est une très longue histoire... Il acheva son verre d'une longue rasade et l'emplit à nouveau, offrant la bouteille à Pinto qui se resservit. Hugo déclina l'offre poliment. Il allait bientôt devoir se taper deux mille bornes d'une seule traite. Il ne répondait rien, cherchant à ce que le silence et le bourbon délient progressivement la langue de l'Anglais.

— C'est très compliqué tout ça... Mais quand Eva m'a privé de mes droits paternels, c'était à cause de la drogue...

Hugo vit Alice relever brutalement la tête pour regarder fixement son père. Elle aussi allait sans doute apprendre un certain nombre de choses. La main burinée de Travis vint caresser doucement ses cheveux.

— Oui, je me dopais énormément à l'époque. Il y avait eu le divorce et puis je savais déjà qui était Eva, vous voyez...

Hugo ne voulut pas l'interrompre sur ce point précis. On verrait ça plus tard. Il fallait laisser se dévider la spirale des souvenirs.

— Je ne savais pas où aller, alors je suis revenu en Algarve. J'ai zoné. J'étais au fond du trou... Puis Pinto m'a repêché.

De la main, il fit faire une rotation à son fauteuil et leva son verre en direction de son ami.

Puis il se laissa tomber sur le siège.

Pinto imita son geste en lui offrant un sourire complice.

— J'ai réussi à plus ou moins m'en sortir et j'ai recommencé à peindre, à la même époque je revoyais le Grec... Je continuais à fumer ou à sniffer de temps en temps et on était potes... Un jour le Grec m'a reparlé de la proposition que m'avait faite un gros dealer, à la première époque, quand je vivais avec Eva à la Casa Azul...

Hugo leva un sourcil, dans l'attente presque impatiente de la suite.

Alice vint se poster aux côtés de son père. D'un geste protecteur le bras de Travis s'enroulait autour de sa taille.

— Ouais... ça a commencé presque tout de suite après la naissance d'Alice, enfin... progressivement. Mais vu qu'avec Eva on fréquentait ces boîtes à la mode j'ai rencontré ces mecs, et puis le Grec en connaissait quelques-uns... Bon, un jour y en a un qui m'a proposé de convoyer de la came, voyez ?

Hugo lui fit comprendre que oui.

— J'ai dit non... J'avais la responsabilité d'Alice, je ne voulais pas faire de conneries. J'ai refusé et le type ne m'en a plus jamais reparlé. Mais à la deuxième époque, quand je suis revenu, le Grec m'a dit que c'était plus pareil. Eva m'avait pris Alice, je n'avais plus aucune responsabilité, justement. Il m'a dit que si je voulais il pouvait me brancher sur une ou deux opérations de convoyage, histoire de me remettre à flot. J'ai accepté.

Hugo ne broncha pas.

— Je suis un bon marin. Et je connais la Méditerranée et l'Atlantique sud par cœur. Je connais aussi parfaitement l'organisation des forces britanniques à Gibraltar, ou de la marine française, ou espagnole, voyez ?

Il avait sorti ça avec un soupçon de fierté.

— Je me faisais payer très cher. J'ai fait pas loin d'une dizaine de voyages en deux ans... Plus une ou deux autres opérations...

Hugo tendit machinalement l'oreille.

— Excusez-moi, quel genre d'opérations ?

Une longue volute de fumée qui s'enroula jusqu'à la fenêtre.

Travis regarda Alice. Une gêne terrible se lisait dans ses yeux. Mais sa fille lui répondait de son seul sourire que tout cela n'avait pas d'importance, qu'elle se fichait qu'il fût contrebandier ou astronaute, criminel ou ministre, qu'il était là, qu'il était son père, et que seul cela comptait.

Hugo en ressentit une émotion subtile, et mélancolique.

L'homme fit de nouveau face à Hugo et à Pinto.

— J'ai aussi convoyé des armes.

Hugo se retint pour ne pas se tendre sur sa chaise.

— Deux fois... L'année dernière.

Hugo ne pouvait quitter Travis des yeux. L'homme perçut l'intensité de son regard. Il recracha une nouvelle bouffée.

— Sicile... et Croatie.

Putain... Hugo en était soufflé mais tentait de rester calme, de ne rien laisser paraître. Bon sang, aurait-il voulu s'écrier, vous ne connaîtriez pas un certain Ostropovic, à Zagreb, l'homme qui s'occupe d'une des principales filières clandestines ? Mais il était hors de question qu'il dévoile la moindre information sur le Réseau. Il garda donc le silence et contempla l'homme avec un sourire qu'il s'efforçait de retenir. Peut-être s'étaient-ils croisés à quelques jours près, sur ce morceau de plage croate où les « chalutiers » du Réseau avaient abordé ? Les républiques en guerre s'approvisionnaient par de multiples filières, dont certainement la Mafia ou une de ses branches cousines. Travis avait été embauché par hasard comme skipper pour un convoyage clandestin, bravant l'embargo de l'UEO, lui aussi. Putain, se disait Hugo l'homme serait une recrue de choix pour le Réseau. Et une vague d'excitation menaça de l'envahir. Bon dieu, un ancien de la Navy, rodé à la contrebande et à la stratégie navale...

L'homme ne le quittait pas des yeux. Hugo tenta de se maintenir calmement en état d'écoute. Il s'offrit un deuxième verre de bourbon.

— Bon, tout cet argent, plus ce que gagnait le

Grec, un jour on a décidé qu'il nous servirait à faire un bateau... On a conçu *la Manta*, j'ai demandé quelques conseils à Pinto, en lui montant je ne sais quel bobard... excuse-moi, vieux...

Il releva son verre d'un air vraiment peiné.

— Mais pourquoi tout ce mystère, à la fin ? s'écria Pinto. Pourquoi t'as fabriqué ce putain de bateau en secret ?

L'homme recracha une nouvelle bouffée et réfléchit quelques instants.

— Notre but au Grec et à moi était... comment dire... En fait au départ on voulait juste se payer un voilier, puis on a eu l'idée d'en concevoir un, un peu spécial...

— Qu'est-ce qu'elle a de spécial, ta *Manta* ? demanda Pinto en montrant du pouce le haut des mats qu'on apercevait de l'autre côté de la rambarde.

Travis eut un sourire malicieux et étrangement obscur.

— Elle a plein de choses spéciales. On y a mis tout notre pognon, pratiquement.

Et ça, pensait Hugo, ça voulait dire un paquet de pognon.

— Bon... Au début ce qu'on pensait faire c'était faire du tourisme de luxe, un peu sportif, dans les eaux tropicales. On a affiné notre projet. On s'est dit que l'idée serait de faire un bateau polyvalent mais d'abord excellent sur mer, c'est la priorité, mais donc aussi capable de faire de la navigation fluviale dans toutes conditions. Avec une dérive amovible et des flotteurs rétractables pour remonter les fleuves... L'Amazone... Le Nil, le Mississippi... Ensuite avec le Grec on a mis au point notre projet de motorisation hydroélectrique, un projet qui m'avait été inspiré par les travaux d'un obscur ingénieur russe des années vingt et trente qui a fini en Sibérie... Mais ça aussi je vous le montrerai tout à l'heure. Ensuite, en fait, on gagnait tellement de fric avec le trafic qu'on s'est dit que ce genre de bateau s'avérerait parfait pour les transports clandestins. Que si le tourisme de luxe ne marchait pas, on pourrait toujours se rabattre sur notre spécialité et c'est pour ça qu'on n'en a parlé à personne.

L'homme eut un petit rire.

— Bon, puis au fil des mois, alors que le bateau se faisait lentement aux chantiers navals, j'ai réalisé qu'il s'avérerait parfait pour autre chose en fait, ce qui a renforcé le secret et les méthodes de sécurité qu'on employait, le Grec et moi...

Le ton de sa voix indiquait qu'il réalisait qu'aucun système de sécurité n'était parfait. Ses yeux se voilèrent de tristesse à nouveau, à l'évocation du dealer assassiné.

Il avala une longue rasade de bourbon et poussa un râle en reposant son verre. Il scruta Hugo, puis Pinto, puis sa fille, puis Hugo à nouveau.

Hugo avala une gorgée d'alcool. Il attendait la suite avec un calme qui n'était qu'apparent.

L'homme tira sur sa pipe et prit une décision.

— L'année dernière, alors que *la Manta* s'achevait, j'ai commencé à planifier... comment dire...

Il plongea son regard dans celui d'Hugo.

— J'ai commencé à planifier son enlèvement, disons sa « récupération ».

Il caressait à nouveau la tête d'Alice.

— Vous comprenez, il était hors de question qu'elle puisse rester avec sa mère et que celle-ci finisse par la pourrir...

Évidemment, pensait Hugo, dans ce type de conditions il n'aurait sans doute pas agi autrement.

— J'ai donc commencé à prévoir et organiser la chose... je savais qu'avec Eva Kristensen il fallait être prudent. J'ai décidé de disparaître quelques mois avant la réalisation effective du projet et de me fabriquer une nouvelle identité. Avec le Grec on a acheté ce bout de terrain et on a fait monter le hangar. C'était assez loin de l'Algarve pour qu'Eva ne le détecte pas tout de suite au cas où elle apprendrait quelque chose sur le bateau... On a testé *la Manta* deux ou trois fois, puis j'ai vendu ma maison à Albufeira et je me suis tiré...

— Où ça, ici dans le coin ? Sous le nom de O'Connell ?

— Non. Je me suis tiré en France, dans le Sud-Ouest. Puis je suis revenu en Espagne, dans les Asturies. J'ai pris mon matériel de peinture et j'ai peint sur les plages, en vivant dans mon van. Je vendais mes toiles mais sans trop me soucier du prix. J'avais un compte en banque bien fourni. Mon plan c'était de revenir vers avril-mai. Entre-temps, l'année dernière, je me suis confectionné cette fausse identité « O'Connell » en passant de temps en temps dans le coin et en vendant mes toiles à deux-trois types, dont Jorge, le type de l'auberge. En mai, le Grec et moi on aurait pris le bateau et on serait montés jusqu'à Amsterdam. Là j'aurais récupéré Alice. Ensuite nous aurions filé vers le Brésil.

Hugo réfléchissait à toute vitesse, comme une Cocotte-minute en surchauffe.

— Attendez, mais comment auriez-vous contacté Alice ?

Travis ne répondit pas et mit lentement son verre de bourbon aux lèvres.

— Comment faisiez-vous pour communiquer avec Alice ? insista Hugo.

Ça c'était un putain de mystère.

— Hmm... Je savais, bien sûr, qu'Eva lisait son courrier, mais je ne pouvais rien faire contre ça. Pendant la première année, je me suis contenté d'envoyer quelques cartes, où je donnais des numéros de boîtes postales pour me joindre. Alice me répondait, parfois par de grandes lettres. Ses messages étaient contrôlés par Eva, j'en suis sûr, ça se sentait à chaque phrase... ensuite le procès pour répudiation des droits paternels a commencé... Bon, un jour, Alice devait avoir 10-11 ans, j'ai dû monter jusqu'en Belgique, pour traiter une affaire et j'ai décidé de pousser jusqu'à Amsterdam, afin de revoir Alice. J'ai passé des jours entiers à l'observer... Puis j'ai dû redescendre. Deux mois plus tard j'étais de retour. Je suis resté deux bonnes semaines. À rôder autour de la maison, ou à la suivre sur son trajet de l'école, ou quand elle sortait au cinéma. J'ai fini par remarquer qu'une vieille femme se rendait régulièrement chez les Kristensen. En observant sa chambre avec des jumelles je me suis rendu compte qu'il s'agissait de sa prof de violon... J'ai suivi la vieille dame et un jour, alors qu'elle se promenait dans le Beatrix Park je l'ai abordée... Je lui ai juste demandé de faire parvenir quelques lettres à Alice, je lui ai raconté la vérité... Disons la partie nécessaire et suffisante de la vérité... En fait j'ai été surpris que la vieille accepte. Et elle a effectivement joué le jeu, a transmis des lettres, où je donnais ma véritable adresse et où j'essayais d'expliquer à Alice ce qui s'était passé.

— Pensez-vous qu'Eva Kristensen ait pu être au courant de ce manège ?

— Et qu'elle ait continué de faire semblant de ne rien savoir ? Comme si de rien n'était ? Tout en espionnant le courrier secret... Bon dieu, oui, j'y ai pensé souvent et j'ai d'ailleurs tremblé pour Mme Yaacov. Je savais déjà qui était Eva Kristensen, vous comprenez ? C'est d'ailleurs pour ça que j'ai décidé d'arrêter cette correspondance parallèle. Il y a six mois, environ. Je savais qu'avec Eva il ne fallait pas jouer avec le feu... Quand je suis parti de la maison d'Albufeira, je n'ai pas recontacté Mme Yaacov parce que je ne savais pas trop où j'allais atterrir. Il était inutile de prendre des risques pour communiquer une adresse sans doute provisoire... Je n'ai jamais mentionné mon projet dans mes lettres à Alice, c'était beaucoup trop dangereux... Je lui aurais juste envoyé un signal et un point de rendez-vous, verbalement, par Mme Yaacov. Mais Alice a trouvé cette fichue cassette et a fugué avant que j'aie pu la joindre... J'ai appris l'histoire par hasard en tombant sur un journal allemand, je crois... Puis j'ai appris le meurtre du Grec, et l'affaire d'Évora, tout ça, je me suis rapatrié en catastrophe ici, dans la journée d'hier. Je ne savais vraiment pas quoi faire. Puis c't'après-midi un de mes contacts du coin m'a dit que vous étiez passé chez Jorge et que vous me cherchiez. Moi je croyais que vous aviez enlevé ma fille et quand je vous ai vu avec Pinto ça a été terrible parce que j'ai cru qu'il m'avait trahi...

Une longue rasade de bourbon ponctua le discours.

Hugo intégrait les données, comme un ordinateur humain.

Quelle histoire de dingue...

— Bon, ça fait plusieurs fois que vous dites que vous connaissez Eva Kristensen, que vous saviez qui elle était, ça signifie quoi, ça ?

Là, Travis se renfrogna.

Sans doute abordait-on ce qui n'était pas encore admissible pour le cerveau d'une jeune adolescente. Surtout si on parlait de sa propre mère. Hugo s'en voulut de s'être laissé emporter par l'émotion et la curiosité. Mais il n'y pouvait rien. Il fallait qu'il sache.

— Vous savez, monsieur Travis, votre fille a vu cette cassette et à mon avis elle est déjà tout à fait au courant de ce dont sa mère est capable.

Elle avait vu le *hit-squad* à l'œuvre, plusieurs fois, et de près, sous-entendait-il.

D'épaisses volutes bleues tourbillonnaient vers la fenêtre.

— J'peux pas dire qu'y a vraiment eu un commencement, voyez ? C'était progressif et sans doute était-elle déjà comme ça quand je l'ai connue... Mais, bon, y a quand même eu une amplification quand Alice est née... Je n'sais pas pourquoi. On dit qu'il y a parfois une période dépressive après l'accouchement... Nos relations se sont détériorées et je me suis rendu compte d'un certain nombre de trucs...

Hugo se retint de demander quoi.

Un autre nuage de fumée s'élevait dans l'air.

— Le Grec m'a appris qu'elle fréquentait tous ces dealers et autres mafieux dans ces boîtes à la mode. Moi, je ne voulais plus y aller, mais donc j'ai su qu'elle s'y rendait parfois sans moi. Je me suis dit qu'elle sortait peut-être avec un des mecs... J'ai commencé à boire... Un soir, je me rappelle, je lui ai parlé de cette proposition que m'avait faite un des truands, pour piloter leur bateau... Je lui ai dit que j'avais refusé et elle m'a dit que j'avais eu tort... Que ç'aurait pu être *excitant*. On s'est violemment engueulé.

Un nouveau nuage.

— Un autre jour, c'était peu avant notre départ à Barcelone, ça n'allait vraiment plus, j'avais commencé à prendre de la poudre et le Grec est venu me voir à la Casa Azul... Eva était en voyage je n'sais plus où... Le Grec m'a parlé d'un truc, d'une rumeur qui courait dans le milieu. Enfin un truc que lui avait dit un dealer dans une boîte...

Un autre nuage.

— On disait qu'y avait une femme qui payait pour assister à des exécutions. Deux ou trois fois, d'après ce qu'il savait. La description qu'on avait de la femme correspondait trait pour trait à Eva. Le soir même l'engueulade a viré à la bagarre, vaisselle et miroirs brisés, tout le bazar... j'ai l'impression qu'à partir de ce jour-là Eva a franchi un cap... elle est devenue plus prudente et n'a jamais réitéré cette expérience pendant notre séjour à Barcelone... Mais j'sentais bien qu'elle continuait à faire des trucs pas clairs... On se voyait presque plus, elle était constamment en voyage d'affaires. Faut dire que sa fortune a littéralement explosé durant les années quatre-vingt... Après y a eu le divorce et la suite...

Un ultime nuage vint conclure son récit, tandis qu'il embrassait du regard le hangar.

Hugo enregistrait les informations. Se créant un film mental rassemblant la vie de cet homme. Il ne savait trop quoi dire.

Pinto lui sauva la mise.

— Bon, et quand est-ce qu'on voit ce prodige d'architecture navale, hein ?

Travis se laissa aller à un sourire et Hugo aussi, en se détendant de tout son long.

— Venez, dit l'homme en se levant, je vais vous montrer...

Hugo allait les suivre vers la coursive qui dominait le bateau lorsqu'il s'arrêta net.

— Excusez-moi, monsieur Travis, mais il faut que je donne mon coup de téléphone.

Angoissé il regarda sa montre. Putain, ils avaient rendez-vous avec Anita à l'auberge et il était déjà huit heures.

Travis le scruta longuement avant de répondre.

— La flic d'Amsterdam, c'est ça ? Vous savez, je ne tiens pas trop à la voir.

Hugo insista.

— Écoutez, Anita Van Dyke fait tout son possible pour arrêter votre femme. Elle nous a beaucoup aidés et a pris des risques, je veux dire, des risques en tant que flic, vous voyez, pour sa carrière et tout ça. Nous ne pouvons pas la laisser tomber comme une vieille chaussette. À cette heure-ci elle doit se morfondre à notre rendez-vous en se demandant ce qui se passe… Je dois la prévenir.

Travis cilla devant la fermeté un peu autoritaire d'Hugo mais finit par lui lâcher un faible sourire, en haussant un sourcil, d'une manière étrangement aristocratique.

— Elle viendra seule ?

— Je vous en fais la promesse.

— Alors appelez-la. Et rejoignez-nous en bas. Travis prit sa fille par une épaule et poussa amicalement Pinto sur le pas de la porte.

Hugo se rua sur le gros annuaire local puis composa férocement le numéro de téléphone.

Lorsqu'elle reprit la route, Anita n'arriva pas à déloger l'angoisse qui la tenaillait au ventre. Elle suivit les indications d'Hugo et retrouva la N390, traversa Cercal, puis Tanganheira, sur la N120, et fonça droit vers le cap de Sines.

La nuit tomba rapidement sur le paysage. La route était déserte. Ses phares ne croisaient qu'un véhicule de temps à autre, et elle ne doubla qu'un gros camion quelques kilomètres avant de prendre le chemin que lui avait indiqué Hugo. Une petite piste caillouteuse qui descendait vers les plages, au départ même de la petite péninsule.

Au détour d'un virage, dans un décor de roches et d'arbres clairsemés, elle vit le hangar dont lui avait parlé Hugo. La piste de cailloux devenait sableuse aux abords du haut bâtiment de métal. Ses phares éclairèrent l'arrière du hangar puis la rampe de béton et se fixèrent enfin sur la plage avant de disparaître.

Elle claqua sa portière et fit quelques pas sur l'esplanade qui bordait le hangar. Le bâtiment était plongé dans la plus totale obscurité. Elle aperçut un vasistas ouvert au milieu de la paroi de métal mais aucune lumière n'en parvenait. Visiblement l'entrée se trouvait du côté de cette rampe qui descendait vers les flots, avec les rochers entassés. Elle allait faire le tour du bâtiment lorsqu'une silhouette s'encadra, dans l'obscurité.

Elle eut un petit sursaut mais reconnut Hugo presque instantanément.

— C'est moi, Anita... je vous attendais dehors car nous ne voulions pas laisser la porte ouverte ni allumer la lumière.

Un petit sourire apprenait à Anita que cette idée venait de lui.

Il composa un code sur un interphone et Anita vit la haute porte basculer légèrement en se hissant doucement vers le haut, dans un bruit de moteur électrique.

— Voici *la Manta*..., laissa-t-il tomber en présentant de la main le voilier qui apparaissait dans l'obscurité du hangar, comme un étrange bateau fantôme.

Elle discerna une lumière à l'intérieur du bateau, une lueur pâle provenant d'une cabine.

— Ils sont à l'intérieur, dit Hugo.

Elle l'observa avec un sourire tandis que la porte se dérobait vers le ciel. Il tourna légèrement la tête vers elle et ses lèvres se fendirent, à son tour, d'un arc à la fois malicieux et grave.

— Cette histoire s'achève... Pour moi en tout cas...

Anita ne répondit rien mais dut s'avouer qu'une sorte de pincement au cœur était en train de faire son apparition. Elle exhala un petit soupir, qu'elle espéra inaudible, lorsque Hugo la précéda dans le hangar.

Elle avait l'impression que les étoiles étaient beaucoup plus brillantes, et plus nettes, là, tout à coup.

— Venez... Il est temps que vous rencontriez Travis... C'est un homme tout à fait étonnant vous allez voir.

Son petit sourire ne l'avait pas quitté et Anita se demanda pourquoi.

Hugo s'approcha d'un panneau analogue à celui de l'extérieur et appuya sur un bouton. La haute porte de métal stoppa son mouvement dans un claquement sonore. Hugo appuya sur un autre bouton et la porte bascula lentement dans l'autre sens, se refermant sur eux, comme la pierre secrète d'un tombeau oublié.

Hugo la conduisit à l'arrière du voilier. Près d'une des cales de métal qui maintenaient l'embarcation droite et stable sur le sol, une échelle menait sur le pont et Hugo l'escalada promptement.

Lorsque Anita accéda à son tour en haut de l'échelle, il était là et lui tendait la main. Elle fut surprise de constater qu'elle ne refusait pas son geste. Lorsque leurs mains se touchèrent et qu'il l'accompagna pour prendre pied sur le pont, une sorte de chaude vibration électrique la parcourut de part en part mais elle en refusa l'idée. Elle se dégagea vivement et suivit le jeune homme dans les entrailles du bateau.

Sous une sorte de bulle de Plexiglas fumé, une petite écoutille dévoila une échelle de métal qui plongeait vers une coursive. De la lumière provenait du fond de la coursive. Elle se retrouva devant une petite porte. Le corridor était bas de plafond et tous deux se tenaient courbés pour parvenir jusque-là.

Hugo ouvrit la porte et une flaque jaune se déversa dans le couloir.

Dans la pièce, Pinto, Alice et un homme qu'elle ne connaissait pas lui faisaient face.

Une petite lampe à butane brillait dans un coin.

Hugo s'effaça pour la laisser entrer puis la devança pour se placer au centre de la pièce, à mi-distance d'elle et de l'inconnu.

— Anita Van Dyke... Stephen Travis.

L'homme se levait déjà de sa chaise et s'avançait en lui tendant la main. Un franc sourire armait ses lèvres.

Elle contempla le père d'Alice, en lui rendant sa poignée de main. Le visage buriné par l'eau de mer et le soleil, mais aussi les cernes et les pommettes saillantes. Elle se souvint de ce que Pinto lui avait raconté sur la toxicomanie de Travis.

Elle se rendit compte que les traits d'Hugo aussi

semblaient creusés. Cela faisait longtemps qu'il n'avait pas passé une vraie nuit.

— Désirez-vous boire quelque chose, mademoiselle ? L'homme montrait sa table rétractable encombrée de quelques bouteilles de soda vides et d'une bouteille de whisky.

— Non, je vous remercie...

— Voulez-vous visiter le bateau, alors ?

Anita se balança sur ses pieds, mal à l'aise.

— Non, je vous remercie, monsieur Travis, mais en fait...

Elle hésitait à rompre ainsi l'harmonie qui semblait régner ici. Alice, comme transfigurée, debout aux côtés de son père, l'air visiblement radieux, Pinto, un franc sourire aux lèvres, achevant un verre de whisky-soda, certainement. Hugo, le visage détendu malgré la fatigue et le poids de son sac de sport qu'il remettait en place difficilement sur son épaule. Le jeune homme ne la quittait pas des yeux, une lueur amusée dans le regard. Comme s'il savait ce qu'elle avait à dire.

Elle prit une inspiration et se lança.

— Écoutez, vous imaginez bien que votre témoignage, ainsi que celui d'Alice, va nous être nécessaire si nous voulons confondre Eva Kristensen... Je... Je dois vous conduire au commissariat de Faro.

Un silence de plomb s'abattit sur la petite cabine.

Elle vit Hugo caler son fardeau sur son épaule en poussant un vague soupir avant de le relâcher lourdement par terre.

— Bon... Je vais chercher la Fiat.

Il s'extirpa de la cabine et Anita fit face au père d'Alice qui la fixait froidement du regard.

Elle finit par lâcher, devant le désespoir qui se peignait sur les traits d'Alice :

— Écoutez... je vais faire un tour. Réfléchissez... Je... je vous laisse prendre votre décision en toute conscience.

Elle ignorait complètement l'origine de l'élan qui la poussait à faire cela.

Elle était déjà dans la coursive et remontait la petite échelle.

La vibration de la porte qui s'ouvrait couvrait le ressac de l'Océan.

Il s'élançait à l'extérieur lorsqu'il entendit une voix éclater derrière lui :

— Hugo... Attendez !

Il se retourna pour voir Anita longer le bateau à sa rencontre. Il lui offrit un petit sourire et reprit son chemin.

— Attendez... Bon dieu...

Anita parvenait à ses côtés.

Elle l'attrapa par le bras.

— Où elle est, votre voiture ?

Hugo montra la plage qui s'étendait vers le sud.

— On l'a laissée de l'autre côté... Il faudra que je récupère la piste qui mène au hangar un peu plus haut, d'après ce que m'a dit Travis...

Il marcha vers les rochers entassés pour descendre sur le sable.

— Vous... Vous ne fermez pas la porte ?

Hugo lui fit face. Elle se tenait à deux mètres de lui. Ses cheveux fauves tombaient sur son blouson. Au-dessus d'eux la voûte étoilée déployait une toile aux dimensions de l'Univers. Son regard était d'une couleur lunaire dans la pénombre. Le hangar dressait une haute tache laiteuse derrière elle. Elle était incomparablement belle. Il ne pouvait détacher ses yeux de son visage ovale aux traits doux et délicats, de son teint d'ivoire sous le rayonnement des étoiles, de ses lèvres pâles. Aucun son ne voulait sortir distinctement de sa gorge.

— On... On devrait fermer cette porte, vous savez...

La tension de sa voix extirpa Hugo de sa rêverie.

— Oui... Oui, bien sûr, vous avez raison.

Il marcha jusqu'au hangar et appuya sur le bouton qui déclenchait la fermeture.

— Vous savez, reprit-elle, je n'ai pas voulu le dire tout à l'heure, je ne voulais pas inquiéter Alice et son père... Mais, deux hommes sont passés peu après vous à l'auberge de Jorge.

Hugo se réveilla tout à fait.

— Deux hommes ?

— Oui. D'après la description, il s'agit sûrement de Vondt et d'un autre homme que je n'ai pas pu identifier...

— Oh merde, siffla-t-il entre ses dents.

Il frôla de la main l'endroit où le Ruger bombait son blouson, afin de sentir sa présence rassurante.

— Je... J'ai appelé mes collègues de Faro sur la route. Ils ont demandé aux patrouilles locales de redoubler de vigilance... Je... je peux vous accompagner ?

Hugo la regarda un instant, interloqué et partagé par mille sentiments contradictoires.

— Je... j'ai dit à Travis que je leur laissais un peu de temps pour en parler et réfléchir... ils en ont sûrement besoin...

Ça, pour sûr, pensait-il, Travis allait avoir besoin de réfléchir.

— Vous permettez que je vous accompagne ? Moi aussi j'ai besoin de prendre l'air.

Hugo sentit son cœur légèrement accélérer. Oh,

merde, il sentait même ses mains devenir moites, là, à l'instant.

— Oui, bien sûr, lâcha-t-il d'un ton qu'il voulait badin et détendu.

Anita se synchronisa à ses côtés.

Ouais, pensa-t-il en marchant à pas vif au ras de l'écume, dont la mousse laissée sur la plage semblait luire d'une fluorescence radioactive. Les types étaient de sacrés durs à cuire, et visiblement Mme Kristensen ne voulait pas lâcher le morceau...

— Qu'est-ce que vous comptez faire d'eux à Faro ?

— Je vais confronter Alice et Koesler. Et demander à Travis de me dire tout ce qu'il sait sur Eva K.

— Vous avez une idée de l'endroit où elle planque ?

Seul le rythme des vagues lui répondait, et il se dit que c'était la meilleure réponse, en définitive.

Eva Kristensen était là, quelque part, dans la nuit qui recouvrait l'Océan comme le plus parfait des camouflages.

Lorsqu'il ouvrit la portière, l'image de la mère d'Alice s'était durablement incrustée dans son esprit, bien qu'elle ne fût qu'une ombre, sans visage, une ombre qui se confondait avec la nuit.

Il essaya de la chasser de son écran intérieur en se raccordant à la silhouette qui se profilait derrière la glace passager. Il se pencha sur le côté pour actionner l'ouverture.

Anita prit place à ses côtés alors qu'il enfonçait la clé dans le Neiman. Il mit le moteur en route. Sans allumer les feux. Il passa son bras autour de l'appuie-tête pour se retourner vers la lunette. Il lui faudrait faire une marche arrière sur plus de deux cents mètres, sur cet étroit chemin de sable. Ensuite, d'après les indications de Travis, il lui faudrait remonter vers la piste qui menait au hangar.

Il allait passer la marche arrière lorsque leurs mains se touchèrent, par accident. Il venait de fourrer deux doigts dans une prise électrique. Leurs mains se séparèrent vivement, comme animées de violentes forces répulsives.

Leurs yeux se croisèrent mais se quittèrent tout aussi rapidement.

Bon sang, se disait-il, mais quelle était donc cette sorte de vibration qui les faisait ainsi frémir à l'unisson ?

Sa main lui semblait moulée dans le levier de vitesse. Son ventre était rempli d'une braise ardente. Ses pieds ne pouvaient plus bouger. Sa nuque non plus. Sa colonne vertébrale devenait plus rigide qu'une barre d'acier trempé. Ses yeux ne pouvaient, ne voulaient quitter le décor immuable et en constante transformation de la mer et du sable, des arbres oscillant dans le vent et des nuages qui couraient sur la coupole noire comme des chevaux masquant les étoiles.

Il pouvait entendre le rythme des vagues et le souffle ténu et régulier d'Anita à ses côtés.

Il fallait qu'il bouge, qu'il réagisse, impérativement, et tout de suite.

Ce fut Anita qui bougea. Sa main vint recouvrir la sienne sur le levier de vitesse.

Hugo sentit son cœur accélérer nettement le mouvement, plus sûrement qu'avec la meilleure amphétamine du monde.

Il avala durement la boule de billard qu'il avait coincée dans la gorge

— Je ne suis pas certain que cela soit raisonnable, dans la situation actuelle.

Il se demandait même comment il pouvait arriver à parler, nom de dieu.

— Qu'est-ce qui ne serait pas raisonnable ?

Oh, putain, la voix était si proche, si étonnamment sensuelle. Il tourna doucement la tête sur le côté. Elle était déjà tout près. Beaucoup trop près.

Il comprit que c'était trop tard. Que rien ne pourrait plus arrêter la séquence qui se profilait à l'horizon des toutes prochaines secondes. Il eut un ultime réflexe de résistance.

— Écoutez... vous êtes flic et je suis... Ça... ça ne va pas être possible, vous comprenez ?

C'était incroyable la dose de désespoir authentique qui s'était révélée dans ces quelques mots. Il en fut lui-même abasourdi.

— Non... Je ne sais pas qui vous êtes, lui répondit-elle.

— Justement.

Jamais les yeux de la jeune femme n'avaient atteint cette intensité. Il sentit ses derniers composants de sécurité fondre, comme du silicium sous la flamme.

La main de la jeune femme effleurait à peine la sienne. C'était bien plus grave encore que si elle l'avait fermement empoignée.

— Vous ne savez pas ce que vous faites, reprit-il dans un souffle.

— Non, c'est vrai... Mais ça n'a aucune importance et c'est ce qui m'étonne...

Sa voix s'était matérialisée en un souffle chaud qui était venu percuter son visage comme un vent du désert. Un parfum de menthe. Une nuée d'émotions l'envahit. Un ultime composant claqua.

Lorsque leurs lèvres se touchèrent, son cœur

franchit définitivement la limite de vitesse autorisée.

Des siècles plus tard, lorsqu'il reprit pleinement conscience, le visage ovale et les cheveux de cuivre emplissaient tout l'univers. Il prit le visage en coupe dans ses mains, et fondit à nouveau dans un monde humide, soyeux et incroyablement vivant.

Plus tard encore, il vit ce sourire redoutablement désarmant prendre possession de son visage.

— Vous comptez brûler de l'essence toute la nuit ?

Il ne réagit même pas. Elle se pencha pour tourner la clé de contact et ses cheveux vinrent lui chatouiller le visage, dangereusement.

Le silence pilonna l'habitacle. Dans le même mouvement elle tournait le bouton du radio-cassette et un très vieux fado égrena sa complainte mélancolique.

Il essaya de reprendre pied. Il fallait qu'il revienne au réel, nom de dieu. Il était absolument impossible d'envisager une telle relation. Le visage sévère d'Ari Moskiewicz tournoya dans son esprit, comme l'image d'une sorte d'autorité paternelle, qui ne survécut même pas deux ou trois secondes.

Elle fondait déjà sur lui, plaquant ses lèvres contre les siennes.

Il s'abandonna définitivement, dans un nuage chaud et délicieusement envoûtant.

Cela ne dura qu'une poignée d'instants.

Un tonnerre d'explosions déchira ce doux univers.

Le pare-brise encadrait la plage et le hangar à l'autre bout. Ils sursautèrent et lui firent face tendus comme des câbles haute-tension. La porte du hangar était visiblement ouverte et partout des hommes couraient. Des flammes orange crépitaient dans la nuit. Il y avait une grosse voiture sur la piste qui menait à la route, tous feux éteints.

— Seigneur, souffla Anita en ouvrant sa portière, le 38 Magnum déjà bien en main.

Il se précipita à sa poursuite en lui hurlant de l'attendre.

Elle bondissait au bas de la dune, et il s'y jeta aussi.

Ils fonçaient déjà tous deux sur le sable mouillé.

C'était le chaos là-bas...

Ils coururent côte à côte au ras de l'écume. Une seule pensée martelait son esprit. Putain, tu as laissé la Steyr-Aug et le fusil à pompe dans le sac de sport, tu as commis une foutue erreur, mec. Le 9 mm tournoyait autour de son poing, comme un faucon d'acier.

Dans sa course effrénée vers l'autre extrémité de la plage, il commença à se faire une idée plus nette de ce qui se passait. Quelqu'un s'abritait derrière le hangar et tirait sur un groupe d'hommes qui se cachaient derrière la Datsun d'Anita. Il reconnut la silhouette de Travis qui évitait les balles et... « Oh, non ! » hurla une voix à l'intérieur de lui-même. Deux hommes couraient plus haut sur la piste, vers cette voiture, protégés par les trois types qui vidaient des chargeurs entiers en direction du hangar. Un des deux hommes portait un petit fardeau hurlant et gesticulant sur son épaule.

Ils avaient Alice.

Il sentit un immeuble entier s'affaisser au cœur de lui-même. Il faillit ne pas apercevoir les hommes se tourner vers eux, détectant leur course folle sur le sable. Il vit des flammes orange et des impacts exploser dans le sable, ou soulever des pics liquides dans les flots, autour d'eux. Des insectes foudroyants bourdonnaient à ses oreilles.

Il n'y prit même pas garde. Il se mit à vider son chargeur en pleine course, en hurlant. L'arme tressautait dans ses mains, comme un appendice vivant, et frénétique. Il vit un des hommes s'effondrer en arrière et réalisa qu'Anita aussi tirait vers le groupe d'hommes qui tentait de rejoindre les autres, vers la voiture. Il entr'aperçut également Travis qui ouvrait à nouveau le feu. Le troisième homme, touché, s'affaissa étrangement sur les fesses.

Mais là-haut le type qui portait Alice arrivait déjà à la portière de leur véhicule, qui achevait un demi-tour.

C'était trop tard, nom de dieu. Il vit un homme sortir de l'obscurité et dévaler le chemin pour lancer quelque chose vers la voiture d'Anita, garée sur le bord du hangar.

Une énorme corolle de flammes gonfla, dans un tonnerre assourdissant, illuminant le décor. La voiture explosa, littéralement, en se soulevant et en éjectant toutes ses portières. L'explosion déchiqueta le corps du type qui s'était effondré contre une roue... Une grenade, ces fils de pute disposaient de grenades. L'homme remontait en courant vers la voiture. Il tira vers lui, mais au bout de deux ou trois balles, son pistolet émit le bruit désespérant du chargeur vide. Il dut ralentir pour éjecter le magasin dans la flotte et en enclencher un autre, à toute vitesse. Anita courait désormais devant lui. Tirant elle aussi, vers un autre type qui bascula en avant. Il entendit deux hurlements conjoints. Un hurlement mécanique, celui du moteur de la voiture qui démarrait à toute puissance sur le chemin, remontant vers la route dans un nuage de gaz et de terre, allumant brutalement ses phares. Et un cri. Un cri humain qui provenait du bâtiment.

Le cri de Travis. Un cri parfaitement désespéré, qui fit résonner le nom d'Alice dans la réverbération géante du hangar.

Il rattrapa Anita sur les rochers entassés qui bordaient la rampe. Il vit Travis, debout près du hangar, vieilli de cent ans, le regard vidé de toute expression. Les bras ballants, son 45 pendant mollement le long de la jambe. Sur le terre-plein qui bordait le hangar, la Datsun d'Anita était en flammes, évacuant une grosse fumée noire, puant le plastique brûlé. Un corps ensanglanté et mutilé avait roulé sur les rochers, avec une pluie de Plexiglas et de métal noirci. Une fantasmagorie rouge et orange dansait sur la surface d'aluminium du hangar ainsi que sur le sable, le béton et la surface de la mer. À quelques mètres de là, assis au milieu du chemin, près des débris calcinés du coffre, Hugo vit un homme bizarrement assis, les deux jambes écartées, les mains à plat sur le sol, la tête baissée.

Un peu plus haut une autre silhouette était allongée, face contre terre, plus immobile qu'une pierre.

Il se dirigea tout de suite vers l'homme assis. Il y avait un pistolet à ses pieds, qu'il fit dinguer de sa botte, loin sur le côté. L'homme relevait doucement la tête. Son visage était livide et recouvert d'un film gras de sueur qui brillait dans la lumière dansante des flammes. Une grosse tache rouge s'étoilait sur son ventre. Le type respirait difficilement, par à-coups irréguliers.

Hugo plongea son regard dans le sien. Vu l'apparence de la blessure, c'était grave.

Il pointa lentement son arme vers le front de l'homme, qui loucha vers le canon.

Il aperçut Anita qui le rejoignait, suivie de Travis, avançant comme un automate.

— Ils ont tué Pinto... Et les fils du téléphone sont coupés.

La voix d'Anita était d'une gravité extrême.

Travis contemplait l'homme, mais il ne semblait même pas le voir. Son esprit fuyait dans la nuit, à la poursuite de cette voiture, et de sa fille.

Hugo se racla la gorge et prit son inspiration. Ce qu'il allait devoir faire lui tenaillait horriblement l'estomac, par anticipation.

— De quelle nationalité es-tu ? demanda-t-il en anglais à l'homme, immobile comme un pantin aux fils sectionnés.

L'homme toussa puis émit, dans un souffle :

— I'm french...

— Bien, reprit Hugo dans sa langue maternelle. Écoute, vous avez eu la bonne idée de couper le téléphone et de bousiller la voiture... On ne va même pas pouvoir appeler un médecin...

Il laissa sa phrase en suspens. Il fallait que le type intègre l'information. Avec toutes ses conséquences. Ce ne serait pas si facile...

Il puisa au fond de lui les ressources nécessaires pour continuer. Il détestait au plus haut point ce qu'il allait faire.

— Tu as remarqué comme moi que tes petits copains n'ont pas pris la peine de t'attendre... je vais passer un marché avec toi.

L'homme baissa la tête vers sa blessure et releva la tête. Un rictus distendait sa bouche. La douleur commençait sans doute à devenir insupportable.

Hugo ferma les yeux un instant. Prit une profonde inspiration. Il fallait juste ne pas penser et assurer le coup, nom de dieu.

— Ça va être redoutablement simple... En fait on peut prévenir les flics. On a une radio dans le bateau... Pour ça j'ai juste besoin que tu nous dises où se sont barrés les autres, dans la bagnole.

Le vent amena un nuage de fumée autour d'eux.

— Dans l'autre cas on te laissera pourrir sur ce bout de plage. D'après mon expérience, si t'es un peu robuste, tu peux en avoir pour toute la nuit.

Ça voulait dire une éternité, ça...

L'homme poussa un long soupir qui se termina dans une quinte de toux, chargée de sang.

— Je... J'sais pas exactement... Seul le chef savait...

— Rien qu'une indication, peut-être ?

L'homme fut pris d'une nouvelle quinte de toux. Des postillons rougeâtres giclèrent sur sa chemise et le sable.

— Je... Oui, vers le sud... Sur une plage, j'crois bien.

Hugo se tourna vers Anita.

— On a beach, lui traduisit-il bizarrement en anglais. South.

Il vit Anita tressaillir.

— Une plage ? lui répondit-elle en néerlandais, bon sang, ça veut dire un bateau, ça...

Hugo lui transmit un faible sourire.

— C'est mon avis aussi.

Il fit de nouveau face à l'homme.

— Vous deviez transborder Alice sur un bateau, c'est ça ?

L'homme s'étrangla. Du sang perla à ses lèvres.

— Vous deviez transborder Alice sur un bateau ?

Ne pas faillir. Juste continuer.

— J'sais pas j'vous dis... Une plage c'est tout ce que j'sais... vers le sud.

Une violente quinte de toux le fit se plier de douleur.

Hugo regarda l'homme en essayant d'anéantir l'élan de compassion qui le menaçait de l'intérieur. C'était con, vraiment, mais il fallait faire le choix. Entre ce type et Alice.

Il attrapa Anita par le bras et se tourna vers Travis.

Celui-ci semblait à peine sortir de son état d'hébétude. Ses yeux étaient pleins d'une détermination glacée lorsque Hugo plongea son regard dans le sien.

— Bien, tout ce qu'il vous reste à faire, monsieur Travis, c'est nous apprendre sur le tas à manier votre petit chef-d'œuvre.

Il s'efforça de ne jeter aucun regard en arrière lorsqu'ils foncèrent vers l'entrée du hangar.

CHAPITRE XXV

Ce qui importe, ce n'est même pas d'être le plus fort, mais le survivant.

BERTOLT BRECHT,
Dans la jungle des villes.

La nuit était d'un noir d'encre et les embruns fouettaient leurs visages. L'eau de mer balayait le pont, les trempant jusqu'aux os. Des nuages sans cesse plus nombreux couraient sur le ciel, occultant les étoiles. Un vent froid soufflait maintenant, venant du sud-ouest et là-bas, à l'horizon, il y avait comme un mur sombre, dense et menaçant. Des éclairs blanc-bleu traversaient parfois cette nuée encore lointaine, mais dont la présence se rapprochait implacablement.

Les vagues étaient devenues de puissantes ondulations liquides, écumantes de rage.

La Manta tranchait les flots, pilotée par Travis qui courait d'un bout à l'autre de l'embarcation, en leur hurlant des ordres qu'ils ne comprenaient pas toujours du premier coup. Il demandait à Hugo de s'actionner sur un winch, puis sur un autre et Anita, dont la blessure ne permettait pas d'efforts trop prononcés, le remplaçait par moments à la barre. Le reste du temps elle communiquait par radio avec les gardes-côtes et la police de Faro.

— Il y a un orage terrible sur Faro et Sagrès, leur cria-t-elle en remontant sur le pont. Une grosse tempête. Les hélicos ne pourront pas sortir et les navires vont être à la peine. Même l'aéroport est fermé...

Hugo la regarda en essayant d'intégrer l'information. Travis venait de lui hurler de drisser quelque chose qu'il n'avait pas compris et il se tenait à la rambarde sans trop savoir quoi faire.

— Reprenez la barre. Maintenez le cap plein sud, hurla l'Anglais à Hugo avant de se précipiter sur une voile.

Il fallut plusieurs minutes à Travis pour amener les voiles puis faire basculer le grand mât en avant. Si l'on voulait avoir une chance de rattraper Alice, il faudrait faire donner toute leur puissance aux turbines, avait crié l'Anglais dès la mise à l'eau.

La Manta fonçait maintenant, frappant les vagues dans un battement implacable. Sur leur gauche, au loin, les petites falaises et les dunes dessinaient une barre grise.

Soudainement la pluie se mit à tomber, à grosses gouttes, quoiqu'il ne puisse vraiment la discerner des embruns et des éclaboussures qui attaquaient le bateau.

Au-dessus de lui, le ciel n'était plus qu'une coupole noire, qu'il aurait pu toucher en levant la main.

Un éclair raya l'horizon.

Travis replongeait déjà derrière la barre.

Hugo ne vit pas le canot tout de suite. C'est Anita, remontée sur le pont, s'accrochant elle aussi au bastingage, qui tendit le doigt vers la nuée sombre.

— Regardez ! lui cria-t-elle au-dessus du vacarme.

Il plissa les yeux et les abrita du mieux qu'il put derrière sa main. L'Océan semblait recouvert d'un gaz gris-bleu, là-bas, vers le sud-ouest et, entre deux vagues, il crut bien apercevoir quelque chose qui fonçait vers le large. Une tache blanche et fantomatique qui voulait disparaître dans l'orage. À force de patience et de concentration, il réussit à discerner un hors-bord, avançant dans une gerbe d'écume, contre le vent et les vagues.

Il allait hurler quelque chose à Travis lorsqu'il vit celui-ci tourner la barre vers tribord, à toute vitesse.

Le bateau gîta dangereusement et Travis lui tendit une énorme paire de jumelles ultra-modernes en hurlant :

— Ne les perdez pas de vue, c'est sûrement eux...

Il s'agissait de lunettes à vision nocturne de la Royal Navy et le spectacle de l'Océan et de l'orage scintilla en vert devant ses yeux. Il pointa assez vite le hors-bord et réussit à le suivre entre les vagues.

Il aperçut plusieurs silhouettes blotties au fond du petit bateau. Les cheveux de l'une d'entre elles flottaient au vent. Une silhouette menue, au milieu d'un groupe d'hommes visiblement armés.

— Ce sont bien eux, hurla-t-il. Foncez... Foncez !

Il tendit les jumelles à Anita.

Il attrapa son sac de sport, aux pieds de Travis, et l'image du fusil à pompe en amena une autre, dans son esprit. Celle du corps de Pinto, à l'entrée du hangar, baignant dans son sang, lorsqu'ils l'avaient découvert. Le fusil gisait à côté de lui. Travis avait alors juste dit : « Il a même pas eu le temps de s'en servir... »

Hugo extirpa la mitraillette et vérifia que les deux chargeurs pleins, attachés tête-bêche au Chatterton, tenaient solidement. Il arma l'engin et le plaça en position de tir. Il réussit à stabiliser son viseur sur le hors-bord mais, évidemment, il était hors de question d'effectuer le moindre tir à cette distance.

— Rattrapez ce bateau, Travis, putain..., siffla-t-il entre ses dents.

C'est à ce moment qu'un autre navire surgit de l'obscurité.

À quelques centaines de mètres du hors-bord il vit une haute structure se dessiner au-dessus des flots. Un beau yacht moderne qui surgissait de l'orage, de profil, la proue dirigée vers le sud. En pointant le navire avec le viseur il discerna quelques silhouettes à la poupe. Il vit également un long câble noir qui plongeait dans les vagues. Ils avaient jeté l'ancre.

Il tourna la tête vers Anita. Malgré la situation il ne put s'empêcher de se dire qu'elle était incroyablement belle, les cheveux en oriflamme, le visage constellé de gouttes d'eau, son gilet de sauvetage comme une cuirasse guerrière.

Elle tournait la tête vers lui.

— C'est sûrement le bateau d'Eva Kristensen, lui hurla-t-elle aux oreilles. L'orage l'a obligée à se rapprocher des côtes pour récupérer ses hommes et Alice.

À la manière dont elle disait cela, elle indiquait que la mère d'Alice avait sûrement commis là une grosse erreur.

Il ignorait encore comment mais il était clair qu'il fallait s'en saisir, de cette erreur.

Un détail lui revint subitement en mémoire. Lors de leur visite du voilier, Travis lui avait raconté qu'ils avaient pallié la fragilité habituelle de la proue, surtout à cause de la vitesse exceptionnelle du navire. Ils avaient en quelque sorte blindé l'avant de *la Manta*, sacrifiant un peu de légèreté à une résistance supérieure.

— Foncez, hurla-t-il à nouveau, foncez !

Un plan était en train de germer dans sa tête. Un foutu plan de kamikaze, ça oui.

Travis tourna la tête vers lui, l'air intrigué.

— Foncez, répéta Hugo, un ton en dessous.

— C'est quoi vot'plan ? cria Travis.

— Rattraper ce foutu hors-bord...

— C'est pas sûr qu'on ait le temps...

Hugo ne répondit rien. Le hors-bord s'approchait en effet du beau yacht blanc qui se découpait plus nettement à chaque seconde malgré les trombes d'eau qui balayaient l'univers maintenant. Jamais, ça non, jamais, Hugo ne s'était à ce point senti trempé. Il avait l'impression d'avoir passé des siècles au fond de l'Océan.

Anita l'attrapa par le bras.

— Qu'est-ce que vous comptez faire, Hugo ? Alice est dans le hors-bord...

Il le savait, bon dieu, avait-il envie de hurler, mais il se retint. Il était en effet en train de calculer les chances de réussite de son plan de dingue. À peine supérieures au zéro absolu. Il vit le hors-bord s'approcher encore du yacht mais *la Manta* gagnait sur lui, c'était clair. Le voilier de Travis était une véritable corvette des mers.

Il replaça le viseur de la Steyr-Aug devant son œil et pointa les silhouettes sur le pont du yacht.

Un éclair raya de nouveau le ciel, beaucoup plus près, suivi presque aussitôt d'un énorme roulement de tonnerre. L'orage les engloutissait, peu à peu. Et le yacht pointait son nez vers le sud, là où les éléments se déchaînaient pour de bon. Le yacht semblait attendre le hors-bord, aux prises avec des vagues qui se creusaient un peu plus à chaque seconde. Le vent soufflait en une longue rafale continue, d'une violence croissante. Le grand bateau était voilé derrière un rideau de pluie et d'embruns. À chaque éclair, sa coque d'un blanc immaculé brillait comme sous un coup de projecteur.

Il vit le hors-bord atteindre le yacht, par le flanc gauche... bâbord, rectifia-t-il. Il se maintenait à l'arrière du gros bateau, fragile esquif, ballotté au sommet des vagues. Dans la luminescence verdâtre du viseur il vit un homme jeter une longue corde vers l'arrière du yacht, où un autre homme s'en saisit. Le hors-bord avait du mal à se maintenir près du yacht, mais à l'occasion d'un espace de répit entre deux vagues il vit le même homme pousser une petite silhouette devant lui, jusqu'à l'échelle de bord. Il l'aida à s'y agripper et à entreprendre la difficile ascension.

Oh, putain, faillit-il hurler, foncez, Travis, foncez. Mais sa mâchoire ne voulait même plus s'ouvrir. Il vit l'homme et la petite silhouette être pris en charge sur le pont alors que le canot était rejeté à quelques mètres de l'échelle par les vagues.

C'est à ce moment qu'il vit une des silhouettes du pont tendre le doigt vers la mer, dans leur direction. Putain, pensa-t-il, ça y est, on s'est fait repérer...

Il s'attendait à tout sauf à ce qui suivit, une petite poignée de secondes plus tard.

Des éclairs trouèrent la nuit mais pas dans le ciel. Non, les éclairs jaillissaient du pont, seigneur, il comprit, abasourdi, que les types arrosaient le hors-bord. Et... nom de dieu, il vit un type jeter quelque chose dans le canot. Un simple mouvement du bras et un objet qui...

L'explosion souleva le canot hors des flots, en l'éventrant littéralement. Sur le pont les flammes continuaient de trouer la nuit. Mais dans leur direction cette fois-ci.

Au même instant une des silhouettes s'activa sur un treuil pour remonter l'ancre.

Incroyable, pensait-il, tétanisé. Eva Kristensen avait sacrifié ses hommes pour prendre la fuite plus vite. Elle n'avait pas hésiter à les faire massacrer, sans doute pour qu'ils ne parlent pas...

La Manta était désormais à cent mètres du yacht, fonçant sur lui par le flanc.

Les flammes zébrèrent la surface de son viseur. Des balles fusaient au-dessus d'eux, comme des embruns parfaitement mortels. Il se tourna vers Anita.

— Tenez-moi par la taille ! lui hurla-t-il en essayant de stabiliser son collimateur sur les hommes.

— Quoi ? cria-t-elle, visiblement stupéfaite.

— Tenez-moi par la taille, putain, faut que je puisse viser...

Il sentit Anita passer derrière lui et l'attraper solidement par les hanches. Cela réduisit légèrement le tangage et il appuya sur la détente.

L'arme tressauta contre son épaule et il vit les silhouettes se protéger derrière le bastingage. L'homme qui tentait de remonter l'ancre s'écroula en arrière. La chaîne se déroula dans les flots.

— Qu'est-ce qu'on fait ? hurla Travis.

Hugo continua d'arroser le pont du yacht. Puis, sans même tourner la tête, il cria :

— Qu'est-ce que vous voulez qu'on fasse, nom de dieu, éperonnez ce putain de bateau !

*

Cela faisait maintenant près d'une heure qu'Alice avait perdu tout espoir. Ni Hugo, ni Anita, ni son père ne pourraient jamais plus la retrouver. Sa mère était en train de gagner la partie.

Sa mère. Qui maintenant lui faisait face. Qui plongeait son regard d'acier jusqu'aux tréfonds de son âme. Sa mère, un petit rictus de squale rieur aux lèvres, qui la contemplait en silence, dans le salon principal du yacht, plongé dans la pénombre.

De l'extérieur lui parvint le bruit d'une fusillade mais elle n'y prit même pas garde.

Oui, maintenant, seigneur, elle faisait face à la chose qu'était devenue sa mère, qui ne disait toujours rien, se contentant de la détailler des pieds à la tête.

La fusillade se tut et sa mère se leva.

Tétanisée, Alice la vit se lever de son luxueux fauteuil et tourner autour de la grande table du salon, venant lentement à sa rencontre. Un ongle rouge comme du sang glissa le long du bois précieux, dans une caresse crissante. Sa démarche souple et ondoyante semblait pleine d'une puissance redoutable. Son sourire même avait l'apparence d'une grimace carnassière. Sa beauté était celle d'une arme de destruction massive, Alice le comprenait désormais avec une sorte de précision tout à fait hors du commun, comme si elle pouvait lire dans les pensées de celle qui l'avait engendrée.

— Maman..., balbutia-t-elle sans vraiment le vouloir.

— Ma très chère fille..., susurra sa mère.

On aurait dit le sifflement d'un serpent venimeux.

Alice sentit un tremblement l'envahir de la tête aux pieds, irrépressible.

Sa mère s'arrêta à moins de deux mètres d'elle. Son regard luisait d'un bleu étincelant malgré la demi-obscurité. Alice savait qu'elle tenait ses propres yeux de sa mère. Celle-ci ne lui avait-elle pas maintes fois répété à quel point elles se ressemblaient toutes deux, combien le patrimoine génétique maternel avait modelé son propre visage ? Cette similitude presque parfaite ne faisait qu'accentuer la terreur glacée qui l'étreignait. Comme si c'était une image d'elle-même qui se tenait devant elle. Une sorte de clone adulte, venu de son propre futur. Elle faillit bredouiller quelque chose mais le sourire de sa mère s'accentua.

— Je crois que j'ai laissé de très nombreuses lacunes dans ton éducation, ma petite chérie... Tout ça n'est pas vraiment de ta faute. Mais je vais pallier ça dans le tout proche avenir, rassure-toi.

Alice ne comprit pas vraiment de quoi sa mère voulait parler, mais elle perçut un sous-entendu voilé, qui ne lui disait rien de bon.

Elle se rendit compte qu'elle reculait, peu à peu, alors que sa mère avançait, gardant une distance constante entre elles.

Sa mère allait de nouveau dire quelque chose, quand la fusillade reprit sur le pont, ce qui, cette fois, lui fit redresser un sourcil. Un plissement d'inquiétude se lisait sur son front. Alice entendit un bruit de pas précipités dans l'escalier, puis dans la coursive et la porte s'ouvrit brusquement.

L'homme qui l'avait aidée à grimper à bord fit son apparition sur le seuil du salon, dégoulinant de flotte, les cheveux trempés, en plaques humides contre les joues. Il tenait un pistolet à la main.

— Qu'est-ce qui se passe, Lucas ? jeta sa mère de sa voix autoritaire.

— Y a un problème, madame Eva...

— Quel problème ?

— Vot'mari et le Sicilien ils s'accrochent on dirait, ils ont pris leur foutu bateau, ils sont là à moins de cent mètres sur le côté et ils foncent vers nous...

— Bon dieu, mais coulez-les, nom de dieu, comme les autres...

— Ils maintiennent le pont sous un feu serré et on n'est plus que trois maintenant... J'crois même qu'un de vos Espagnols est touché à la jambe...

— Les fumiers... Reste là, Alice.

Sa mère la poussa sur le côté et se dirigea vers un râtelier d'armes, situé derrière la porte. Elle l'ouvrit et empoigna un gros fusil, muni d'un chargeur sous la culasse.

Elle ouvrit un tiroir et en extirpa une poignée de balles qu'elle fourra dans une poche de son manteau de cuir avant de se ruer à l'extérieur.

Alice la vit courir dans la coursive puis monter l'escalier. La porte était restée grande ouverte.

Le vacarme de la fusillade couvrait le bruit des éléments déchaînés et elle voulut aller jeter un coup d'œil au hublot, pour voir le bateau de son père. Mais un corps dégringola brutalement l'escalier, avec une plainte étouffée et des éclats de verre. Il y eut un bruit mou lorsque le corps stoppa sa course au bas des marches. Alice vit que l'homme était recouvert de sang et qu'un gros fusil-mitrailleur avait accompagné sa chute, barrant sa poitrine. Un autre objet avait roulé sur le sol de la coursive. Un objet qui avait glissé d'une de ses poches et tournoyait comme une petite toupie à côté de sa tête. Une petite toupie noire, et quadrillée, munie d'une goupille de métal.

Elle savait parfaitement de quoi il s'agissait et elle n'hésita que quelques secondes avant de s'élancer dans le corridor.

C'est à ce moment-là qu'un choc terrible ébranla tout le bateau, dans un tonnerre de métal froissé.

Elle s'affala de tout son long à quelques centimètres de la grenade.

Travis l'avait d'abord regardé fixement, n'en croyant pas ses oreilles, puis Hugo avait vu le vieil instinct de pirate britannique prendre le dessus.

Travis lui hurla :

— Prenez les sangles, à mes pieds, et attachez-vous... faut pas que vous soyez éjectés au moment du choc !

Puis il avait fait face au yacht, vers lequel ils fonçaient, droit sur bâbord. Hugo saisit les sangles et ils se retrouvèrent attachés en quelques secondes. Puis il replaça l'arme à l'épaule. Sur le bateau les deux hommes reprenaient le tir eux aussi, mais avec une précision très moyenne. Le premier chargeur fut rapidement vidé. Il balayait le pont avec acharnement et il put également arroser la cabine de pilotage où il put voir les impacts que laissaient ses rafales. Le type qui tenait la barre s'effondra, tête en avant. Un type s'enfuyait, le dos courbé, vers le pont avant. La grande vitre latérale n'existait tout bonnement plus. Il discerna quelques hurlements derrière le mur sonore de l'Océan et de l'orage. Il effectua le mouvement cent fois, mille fois répété. Éjection, retournement. Ré-enclenchement. Le yacht s'imposait maintenant dans tout le viseur, de profil. Il s'approchait à toute vitesse. Il arrosa de nouveau le pont et vit une silhouette disparaître, avant qu'elle ait eu le temps d'épauler. Il tira sans discontinuer, balayant de nouveau la cabine. Le yacht fit une embardée qui le rapprocha encore d'eux. Un homme se tenait juste au-dessus de l'échelle de bord, une espèce de fusil d'assaut en main et sa rafale déchira la nuit. La poitrine de l'homme saturait tout l'espace du viseur lorsque Hugo appuya sur la détente. L'homme s'écroula à la renverse. Le *Red Siren* n'était plus qu'à quelques mètres. Ça y était, nom de dieu, ils allaient le percuter...

Il n'aurait jamais cru qu'un tel choc fût concevable.

Travis avait su parfaitement manœuvrer, doublant le yacht par bâbord avant de foncer droit sur la poupe, là où se trouvait le moteur. La collision fut spectaculaire. Ils furent tous trois éjectés de leur place, malgré leur préparation à l'inévitable et à leurs sangles. Anita tomba et roula sur son mauvais bras, en poussant un cri de souffrance aiguë. Travis ne lâcha que d'une main la barre, se retenant par miracle. Hugo bascula vers l'avant, perdant l'équilibre et manquant de lâcher son arme dans la chute. Il s'agrippa à elle comme à une bouée.

Un trou énorme avait déchiré la coque du *Red Siren*, dont il voyait le monogramme, une sirène écarlate et les deux mots en lettres gothiques. La percussion avait également fait éclater l'avant de *la Manta*, tordant l'acier-titane et le polycarbonate en une sculpture surréaliste.

Vite, maintenant, très vite.

— Take the gun and the bullets in the bag... Quickly !

Il se relevait déjà à toute vitesse, dérapant à moitié sur le pont trempé d'eau de mer. Il replaça aussitôt son œil derrière le viseur.

Les vagues puissantes s'engouffraient par l'ouverture béante.

Le moteur du yacht s'éteignait en toussotant pitoyablement, ses turbines stoppèrent. Seule la symphonie impressionnante des éléments se faisait entendre. Aucun son humain ne semblait provenir du gros cruiser, maintenant entravé au voilier, comme deux être marins cherchant une impossible symbiose. Déjà *la Manta* s'arrachait du yacht, sous l'attaque des vagues. Néanmoins, et il fut surpris de constater qu'il pouvait s'en rendre compte, néanmoins la pluie tombait avec moins d'ardeur maintenant, et l'orage s'éloignait de la mer pour pénétrer à l'intérieur des terres, là-bas vers l'Alentejo...

Il se pencha vers Anita.

— Comment ça va ?

— Ça ira, émit-elle d'une voix blanche en se relevant.

Travis avait empoigné le Remington calibre 12 et armait la pompe. Hugo discerna une détermination farouche sur ses traits. Nul doute qu'il serait prêt à tuer.

Bien, pensa-t-il, allons donc affronter le monstre dans son antre puisque c'est de cela qu'il s'agit.

— Et maintenant qu'est-ce qu'on fait ? demanda Anita en essayant de ne pas trop couvrir le vent.

— Il faut monter... Mais j'ai peur qu'ils nous attendent avec l'échelle de bord en ligne de mire...

Travis avait compris, lui aussi.

— Qu'est-ce qu'on fait alors ?

C'est vrai que son plan avait dû être improvisé en quelques secondes. Il n'avait pas eu le temps de prévoir cette alternative. Il fallait donc continuer. Continuer à improviser.

— Si on passait par l'intérieur ? Par l'orifice qu'on a fait... Avant que le yacht n'ait coulé...

Deux secondes de réflexion, hachées par les rafales chargées de pluie.

— Non, dit Travis, trop dangereux, il faut réussir à s'amarrer, comme le canot, et pour ça y a qu'un moyen...

— Et lequel ? demanda Hugo.

— Faire confiance à *la Manta* et aux durs enseignements de la Navy.

Travis était de nouveau à la barre et il enclencha une grosse manette à sa droite. Hugo entendit un vague bourdonnement dans son dos, et ressentit une légère vibration sous ses pieds.

Travis réussit à stabiliser le voilier contre le flanc du yacht qui dérivait. Hugo attrapa un barreau de l'échelle et se hissa, la Steyr-Aug en bandoulière. Il détestait cette impression d'être suspendu à quelques mètres au-dessus des flots déchaînés, par cette nuit d'encre. Heureusement que ses quatre mois de « tourisme » dans les Balkans lui avaient redonné une assez brillante forme physique, se disait-il pour se donner du courage, s'efforçant de ne surtout pas regarder vers le bas.

Il savait à peu près quoi faire arrivé en haut. Déjà attendre l'Anglais, sur un côté de l'échelle, la tête rasant la rambarde. Ensuite, lui avait dit Travis, on arrosera le pont. Vous avec votre jouet, d'une seule main, et moi avec ça. Il avait engagé une balle dans le canon de son 45. Ensuite on roule par-dessus bord chacun d'un côté et votre amie, elle nous suit pour nous couvrir.

C'était cohérent au moins, s'était dit Hugo avant d'acquiescer et de se propulser sur l'échelle. Travis vint se glisser à ses côtés, avec un filin muni d'un système métallique à son extrémité... Hugo se maintenait difficilement à l'échelle et l'idée de devoir épauler d'une seule main la Steyr-Aug ne l'enchantait pas du tout. Il empoigna l'automatique dans son harnais, sous son gilet de sauvetage, et montra l'engin à Travis.

— J'préfère me servir de ça, dans un premier temps, si vous n'y voyez pas d'inconvénient.

Travis lui fit un clin d'œil affirmatif.

— O.K... À trois, on y va...

— O.K., émit faiblement Hugo...

Non mais qu'est-ce qu'il foutait ici, au milieu de cette mer déchaînée, à la poursuite d'une putain de sirène rouge ? eut-il le temps de se dire avant que les lèvres de Travis n'émettent un « Three, let's go ! » fatidique, dans un ralenti tout à fait étrange, mais qui le propulsa dans un film-éclair.

Ils se hissèrent simultanément et Hugo vit son bras se détendre au ras du pont, sous la rambarde. Au bout de son poing l'univers se dévoila, sombre et menaçant. Un corps allongé en travers, à deux mètres. L'arrière de la cabine avec une porte entrouverte. L'habitacle de la salle de commandes, troué par ses rafales, les deux coursives latérales désertes. Son doigt appuyait déjà sur la détente. Plombant la cabine. Il se rua par-dessus le bastingage avec une bonne seconde de retard sur Travis. Bon sang, pensait-il en roulant sur le pont, pas mal l'enseignement de la Navy, en effet.

Travis enroulait à toute vitesse son filin à la bite d'amarrage lorsqu'on tira depuis l'avant du bateau. Des deux côtés. Hugo vida son chargeur en direction des flammes. Il entendit des voix et des plaintes en espagnol. Travis ouvrit le feu à son tour et ils se ruèrent vers la porte de la cabine d'un même élan, mus par une force invisible qui les synchronisait.

Travis retira le fusil à pompe de son épaule et Hugo l'imita, rangeant le Ruger avant d'empoigner le pistolet-mitrailleur.

O.K., pas mal, on est vivants, pensait Hugo en s'aplatissant contre le chambranle de la porte. Il vit Anita prendre difficilement position sur le pont, et il comprit que tout devait s'enchaîner à toute vitesse, maintenant. La protéger. Il se mit en position de tir, épaulant en direction de l'autre bout du navire. Il vit la proue se découper dans la luminescence verdâtre.

Nom d'un chien, au même instant une silhouette se découpait brutalement et faisait feu. Il entendit nettement les insectes mortels buzzer au-dessus de sa tête. Des lueurs vives rayèrent l'écran vert. Il arrosa avec rage et entendit un hurlement, suivi par le bruit d'une chute. Son percuteur cliqueta, à vide. Il reprit l'automatique et plaça la mitraillette contre son dos. À sa droite, Travis et Anita répondaient à un autre tireur, qui cessa le feu au bout d'un moment, lui aussi.

Le riot-gun de Travis était fumant.

La pluie avait presque cessé. Les éléments se calmaient imperceptiblement, comme une longue séquence de musique répétitive, aux changements impalpables, mais dont on prenait conscience par à-coups.

Il se demanda aussi combien ils étaient encore à les attendre dans l'obscurité ? Où était cette putain d'Eva Kristensen... Et où était Alice, nom de dieu ?

Ils retenaient leur respiration, plaqués de part et d'autre de la porte, les oreilles aux aguets.

Il y avait une sorte de vibration dans l'air.

Ils finirent par se regarder tous trois, stupéfaits.

Ils entendaient des voix leur parvenir. De nulle part, de très loin, délitées par le vent, freinées par les parois du bateau. Oui, comprenaient-ils, on parlait à l'intérieur du navire, là, derrière cette porte.

Hugo regarda Travis et mit la main sur la poignée, qu'il tira vers lui, d'un centimètre, en silence. Il n'y avait pas de doute, on parlait dans les entrailles du bateau. Et il allait donc falloir descendre.

C'est à ce moment-là que le navire prit brusquement du gîte, vers l'avant et bâbord, et qu'ils faillirent rouler tous trois sur le pont. Ils se rattrapaient par miracle les uns aux autres, lorsqu'ils entendirent un hurlement à l'intérieur, là, toujours derrière cette porte.

« Aliiiice ! » hurla-t-on avant qu'une violente explosion ne déchire les entrailles du navire.

*

— Donne-moi cette grenade, Alice, avait dit sa mère. Je ne te le demanderai pas deux fois.

Alice avait contemplé, fascinée et terrorisée, le canon du fusil qui se collait à son front, alors que deux yeux étincelants luisaient dans la pénombre, avec une intensité diabolique.

Alice tenait la grenade dans ses deux mains, tendues en avant. Elle n'avait pas eu le temps de la dégoupiller, sa mère était déjà sur elle.

Dans le salon il y avait dix centimètres d'eau et ses pieds étaient gelés. Étrangement cette information n'arrivait pas tout à fait à prendre corps en elle. Comme si son corps, justement, n'était qu'une vague structure vivante, mais lointaine.

— Maman, émit-elle doucement, pose ce fusil, je t'en prie.

— Donne-moi cette grenade, petite sotte, avait jeté sa mère, plus durement...

Là-haut, sur le pont, ça pétaradait comme dans une rue en fête et l'attention d'Alice fut momentanément attirée par la fusillade. Elle ne vit qu'un mouvement incroyablement vif. D'une main sa mère continuait de tenir le fusil, solidement bloqué sous l'aisselle. De l'autre elle venait de lui arracher la grenade, sans qu'elle ait eu le temps de réagir.

Le petit fruit de métal noir se retrouva enserré entre les griffes rouges de sa mère.

— Ma petite chérie, susurra sa mère en reposant son fusil sur la table et en brandissant l'objet devant elle... Je vois que tu as quelques dispositions néanmoins... Rien ne me fait plus plaisir...

Les traits de sa mère semblaient transfigurés, comme proches d'une extase mystique. Elle maintenait la grenade au-dessus de son visage, comme une offrande à un dieu particulièrement dangereux.

— Je n'arrive même pas à t'en vouloir, Alice, c'est étrange... C'est vrai que tout n'est pas de ta faute... Je ne me suis pas assez occupée de toi... J'ai laissé toute cette éducation humaniste et égalitariste pervertir ton esprit...

Alice ne voyait sa mère que comme une silhouette déformée par le rideau de larmes qui recouvrait ses yeux.

— Maman... Je t'en supplie, qu'est-ce que tu fais ?

Sa mère lui jeta un regard fou.

— J'admire la clé de notre libération, ma petite chérie.

Elle dégoupilla la grenade, d'un geste terriblement sûr. Ses doigts blanchissaient sous la pression qu'ils exerçaient.

— Maman...

— J'ai commis une grossière erreur en ne prenant pas en charge ton éducation moi-même. Je t'aurais enseigné les véritables mystères de la vie. Je t'aurais fait découvrir l'extase de la fusion transpsychique... le rituel du sang, le Saint-Graal... Tu ne dois pas t'en faire, Alice, avait alors murmuré sa mère. Rien ne peut nous arriver... notre généalogie est spéciale, nous... je t'expliquerai plus tard, quand nous serons loin d'ici, je t'expliquerai pourquoi nous appartenons à une race supérieure, faite pour dominer l'humanité dans un futur proche.

— Maman..., émit-elle doucement, je t'en prie. Il faut te rendre... Ils... Ils ne te feront pas de mal... Ils...

— Qu'est-ce que tu racontes, petite sotte ?

Le ton de sa voix s'était brutalement durci. Ses yeux étincelaient, d'une colère maladive, et paranoïaque. Elle brandit l'engin meurtrier au-dessus de sa tête.

Alice se rendit compte à cet instant que la fusillade s'était tue. Seuls les craquements du bateau et la vibration infernale de l'Océan emplissaient l'atmosphère

Le navire gémissait sous l'assaut des vagues qui frappaient inlassablement sa coque.

— Qu'est-ce que tu crois ? jeta sa mère, avec un rictus méprisant. Tu sais ce qu'ils feront ? Ils me déclareront folle... Ils m'enverront dans un asile... Moi. Alors que je n'ai fait qu'expérimenter de nouvelles formes de domination absolue, afin de régénérer mon âme par des mécanismes primitifs complexes que je me suis efforcée d'actualiser, d'adapter à notre époque, un jour, tu verras, Alice, mon génie sera reconnu à sa juste valeur...

— Maman... je t'en supplie... qu'est-ce que tu vas faire maintenant ?

Sa mère émit un bref éclat de rire.

— Ce que je vais faire ? Tout ça c'est à cause de cette stupide éducation basée sur la science et le matérialisme... La décadence, l'incompréhension et le refus des grandes lois naturelles... Seuls les plus forts survivent. La prédation est un jeu. Qui ouvre sur l'Immortalité... J'écrirai un livre un jour là-dessus... tu sais.

Et sa mère se mit à exécuter une danse bizarre avec la grenade.

— Ce qu'il faut comprendre, d'abord, c'est que tuer est un art... Et que seule une élite peut y parvenir, évidemment. Le monde est une réserve de chasse pour l'aristocratie du XXIe siècle. Ceux qui seront chargés d'exterminer toute cette masse grouillante qui se dénomme pompeusement humanité...

— Maman, maman, réussit-elle à articuler derrière son rideau de larmes... Pourquoi Mlle Chatarjampa, *pourquoi* ?

Sa voix s'était teintée d'une sorte de tension rageuse sur le dernier mot.

Sa mère eut un geste d'énervement.

— Ah ! Qu'est-ce que cette petite pouffiasse du tiers-monde vient faire là-dedans ?... c'est Wilheim évidemment, les hommes sont très faibles, tu t'en rendras compte très vite, il est facile de les mener par le bout du nez, ou d'un autre endroit, mais ils ne sont pas fiables... En plus elle l'a bien payé cette petite salope, j'ai bien vu comment elle te farcissait la tête de conceptions matérialistes. Comment oser faire abstraction du caractère sacré de l'homme et du cosmos ? Nous avons besoin de religions je te l'assure, mon ange. De religions nouvelles, qui retrouvent la pureté sauvage des anciens rites. Tout en préparant l'avenir... j'ai des projets grandioses à ce sujet, Alice, des projets où tu tiens une grande part, je te le jure...

— Maman...

Quelque chose s'effondrait en Alice. C'était comme si sa mère disparaissait en tant que telle, définitivement. L'ultime noyau d'amour se volatilisa, comme une roche pulvérisée par la dynamite, dans un éblouissement de douleur mentale. Tu n'es plus ma mère, pensait-elle, la glotte bloquée, comme asphyxiée par un gaz intérieur... Tu es la Chose. Tu es devenue...

C'est à ce moment qu'une vague plus puissante s'engouffra violemment dans le navire. La porte s'ouvrit brutalement, déversant un tapis d'eau noirâtre et l'univers bascula.

Quelque chose se débloqua brutalement dans les profondeurs de son cerveau. Elle perçut toute la séquence dans une globalité que seuls les rêves possèdent.

Sa mère qui s'effondrait en arrière, lâchant la grenade qui accompagnait sa chute comme un satellite fatal. Elle, qui tombait en avant mais se retenait par miracle à la poignée de la porte. L'univers bascula encore plus alors qu'elle glissait dans l'eau huileuse. Sa mère s'abattait dans un plouf sonore en poussant une sorte de plainte étrange. Alice vit la grenade s'écraser dans l'eau entre les jambes gainées de soie.

Elle se propulsait avec une énergie désespérée dans la coursive.

Derrière elle un hurlement commença à s'étirer dans l'espace alors que par contrecoup le yacht se remettait d'aplomb. Elle s'affala dans l'eau au pied des marches alors que l'explosion soufflait le salon. Elle eut le temps de voir que le corps qui avait roulé au bas des marches avait glissé sur le côté de la coursive. Elle sentit un vent chaud chargé de débris et de fumée, ainsi que des brûlures un peu partout sur le corps, avant qu'elle ne s'évanouisse à moitié, la tête contre la première marche de l'escalier.

Elle se rendit à peine compte qu'on ouvrait brutalement la porte au-dessus d'elle. Un courant d'air froid et humide envahit néanmoins l'atmosphère et dans l'obscurité elle discerna la volée de marches qui menait droit à trois silhouettes sous un ciel nocturne et tourmenté.

*

— Ainsi Eva K. échappe à la justice...

Anita regardait le yacht qui s'enfonçait dans la mer alors que Travis manœuvrait pour faire demi-tour.

La Manta était blessée mais pouvait encore naviguer, à vitesse réduite.

— La sirène rouge disparaît dans les flots. Moi, ça me semble logique, avait marmonné Hugo.

Dix minutes auparavant, au bas de l'escalier, Travis s'était précipité sur Alice, tandis qu'Anita et Hugo avaient pénétré avec précaution dans le salon dévasté. Ils entendirent Alice hacher quelques phrases péniblement : « Elle a lâché la grenade, papa, je n'ai rien pu faire... »

Hugo avait vu les restes ensanglantés d'un corps horriblement mutilé, les deux jambes arrachées, abdomen et thorax carbonisés et éventrés à un autre bout de la pièce, la tête à moitié détachée du cou, à demi recouverts d'une eau sale et encombrée d'objets flottants. Une masse de cheveux blonds brûlés camouflait une charpie qu'il ne voulut pas regarder de trop près.

Un trou énorme redressait le métal déchiqueté comme une fleur noircie, sur le sol, dans un bouillonnement d'eau de mer.

Anita s'était raidie devant le spectacle et Hugo l'avait regardée.

— Inutile de sortir vos mandats, Anita, avait-il laissé tomber. Puis dans un souffle :

— Inutile aussi qu'ils voient ça. Ce putain de bateau coule, tirons-nous au plus vite...

Il l'avait attrapée par son bras valide et forcée à quitter son état de fascination morbide pour le cadavre.

Maintenant, à moins de cent mètres d'eux, le *Red Siren* se couchait sur un côté, au ras des flots. Quand ils avaient quitté le navire en perdition, il avait vu un cadavre glisser contre le bastingage sur le pont avant, et un autre plus loin, qui poussa une plainte étouffée. Il se répéta qu'il n'avait rien entendu, en descendant l'échelle et en atterrissant pas trop mal sur le pont du voilier.

Dans deux ou trois petites minutes, le *Red Siren* se dresserait à la verticale et disparaîtrait lentement dans les flots.

Travis manœuvrait la barre, le visage fermé, tendu vers la lointaine ligne grise de la côte. Au-dessus d'eux les nuages se délitaient et les étoiles faisaient timidement leur apparition. Alice se blottissait contre son père, le visage livide, les cheveux trempés d'une eau noirâtre.

Anita et Hugo se tenaient à l'arrière de *la Manta*, observant le spectacle du yacht qui s'abîmait au cœur de l'Océan. Leurs corps se touchaient sans qu'ils s'en rendent vraiment compte, cherchant un peu de chaleur, dans le vent froid qui découpait leurs membres trempés.

Lorsqu'ils abordèrent sur la petite plage du hangar, l'image du navire s'occultant dans la nuit marine persistait durablement dans son esprit. Travis réussit à échouer le voilier sur le sable, sans trop de casse supplémentaire, près de la rampe. Anita put joindre ses collègues avec le poste de radio et les grésillements métalliques résonnèrent longuement sur la plage, Anita essayant de situer au mieux le lieu du naufrage.

Travis emmena sa fille à l'intérieur du hangar et Hugo vit l'Anglais recouvrir d'une bâche le corps de Pinto, au passage.

Hugo attendit la jeune flic au bord de l'écume.

— Vous leur avez dit que nous étions ici ?

— Comment ? s'exclama-t-elle, stupéfaite.

— Vos collègues, vous leur avez dit que nous étions revenus ici ?

— Oui... oui, mais je leur ai dit aussi que tout allait bien... Que nous nous rendrions à Sagrès au petit matin... J'leur ai dit qu'Eva Kristensen avait sombré avec son bateau et j'ai pu joindre mon collègue d'Amsterdam. Brunner est en fuite, en Afrique visiblement. Eva Kristensen est morte mais maintenant nous devons défaire toute la pelote, ses complicités, les membres de son espèce de secte, partout...

— Écoutez... Il saisissait son bras, sans même s'en rendre compte, l'esprit en compote, partagé entre mille désirs et nécessités contradictoires, épuisé par la pression des événements. Je... Travis m'a dit que son 4x4 était planqué quelque part dans les collines... Moi je vais prendre la Fiat et récupérer ma voiture à Faro...

La main d'Anita s'enroulait autour de son bras. Ses yeux dardaient sur lui deux rayons d'un éclat phénoménal, dont il fallait absolument faire abstraction.

— Je... je vous l'ai dit tout à l'heure, c'est pas possible... je dois absolument m'éclipser, vous comprenez, il est hors de question que je témoigne et que j'apparaisse dans les procès-verbaux de l'enquête...

Anita ne le quittait pas du regard.

— Ça... Ça va être difficile... Il faudra expliquer le massacre d'Évora...

Elle s'approchait de lui en maintenant la pression de son bras valide.

— Vous... Vous pouvez dire que Berthold Zukor est mort dans l'attaque du yacht. Mon corps a disparu dans les flots... Demandez à Travis et à Alice de tenir cette version, je sais qu'ils le feront.

Ils n'étaient plus qu'à quelques centimètres l'un de l'autre. Malgré le vent, il pouvait sentir l'onde de chaleur qui se dégageait de la rencontre de leurs deux corps, si intensément vivants.

— Je n'ai pas du tout l'impression que votre corps a disparu dans les flots...

— Bon sang, vous êtes une drôle de fille, Anita.

— Écoutez, Hugo, ou Berthold Zukor, ou qui que vous soyez, sachez qu'on ne se soustrait pas si facilement au bras de la justice.

Un sourire sensuel et fascinant prenait possession de son visage.

Il essaya de s'échapper, mais Anita se tenait à lui

solidement et sa volonté, il devait le reconnaître, était considérablement diminuée.

— Ne faites pas l'imbécile, martela-t-il. Je vous demande déjà de mentir et donc de vous parjurer, n'aggravez pas votre cas...

— C'est si important que ça ?

— Quoi ?

— Je n'sais pas justement, votre foutue mission ou j'sais pas trop quoi.

Il y avait une palette impressionnante d'émotions dans le regard de la jeune femme. Désir et colère, frustration et curiosité. Il en ressentit comme un tourbillon de sensations à son tour.

— Je... ça... ça n'a rien à voir avec ça...

Il mentait sans aucune conviction, anéanti par la beauté et le désir.

— Écoutez, soupira-t-elle en lâchant son bras..., je... je suis épuisée. Je veux juste dormir quelques heures et partir à l'aube... Vous pourrez réfléchir à tout ça demain matin, à tête reposée...

Sa main s'enroulait comme une langue de soie mouillée autour de sa paume et il comprit qu'il était inutile de résister. Ses lèvres étaient salées, d'un goût merveilleux, qui devint le centre de l'Univers.

Ils dormirent dans la Fiat, enlacés l'un à l'autre, épuisés, d'un sommeil lourd mais étonnamment bienheureux.

Lorsque l'aube se leva il s'éveilla pour voir une ambulance remonter la piste, à l'autre bout de la plage, emmenant le cadavre de Pinto et les corps des tueurs. Anita se tenait sur la rampe, le visage tourné vers l'Océan.

Lorsqu'il remonta vers la côte basque, quelques heures plus tard, Hugo Cornelius Toorop, alias Jonas Osterlinck, ne pouvait effacer l'image qui emplissait son esprit, comme un écran de cinémascope. Le visage d'Anita lorsqu'ils s'étaient séparés à Faro, sur le parking de l'aéroport. Une autre image interférait souvent avec ce prodigieux gros plan, l'image d'Alice et de Travis, à quelques kilomètres de la Casa Azul, là où leurs routes s'étaient séparées.

Il avait essayé de ne pas trop prolonger les adieux.

Lorsqu'il s'était agenouillé devant Alice, il avait agrafé l'emblème des Liberty-Bell à la boutonnière de son blouson.

— Un petit souvenir... Ton père t'expliquera plus en détail, mais tu devras dire que je suis mort sur le bateau, abattu par ta mère. Il l'avait embrassée et Alice l'avait tenu par le cou, enfouissant sa tête contre son épaule.

Il avait fermement serré la main de Travis, alors qu'Anita l'attendait avec tact à la voiture.

— Que comptez-vous faire après ?

Il voulait dire : après les interrogatoires et la longue marche de la justice.

— Je ne sais pas encore, lui répondit Travis. Peut-être Barcelone, ou alors l'Irlande, voire retourner aux Pays-Bas... Il faudra que j'en parle avec Alice...

— Dommage, susurra Hugo, malgré lui.

— Qu'est-ce que voulez dire ?

Hugo tenta de ne pas paraître trop sibyllin, sans rien dévoiler de vraiment important.

— Eh bien, je connais des gens qui seraient foutrement intéressés par votre expérience, Travis.

— Vous pensez à quoi exactement ?

— À votre expérience dans le domaine du pilotage et de la navigation, à votre connaissance des techniques navales les plus modernes... À votre sens de la clandestinité.

— J'ai la responsabilité d'Alice, maintenant... Je vais me consacrer à la peinture et à la plaisance.

— Oui, murmura Hugo, c'est pour ça que je ne voulais pas vraiment vous en parler.

Puis le Land Cruiser de l'Anglais avait continué vers Sagrès, vers la Casa Azul où il devrait demander l'inspecteur Peter Spaak, de la police d'Amsterdam.

Anita et lui avaient repris la route dans la Fiat, sans dire un seul mot.

À Faro ils s'étaient longuement regardés, devant le capot de la BMW, avant de s'enlacer. Il avait vainement tenté de garder ses distances.

Elle avait senti le truc et avait plongé ses yeux au plus profond de lui.

— Je... je me fiche de vos putains d'occupations occultes, Hugo... je trouve simplement stupide que nous nous quittions comme ça, comme si rien n'était arrivé... Laissez-moi quelque chose, une adresse, un numéro de téléphone.

Elle se pendait à son cou et Hugo fit un effort surhumain pour la repousser.

Ses pieds lui semblaient solidifiés dans le béton.

— Je... c'est impossible... je dois quitter le Portugal au plus vite, Anita, je n'y suis pour rien... Je repasserai sans doute à Amsterdam, vous savez...

Il tenta de faire passer du regard à quel point c'était vrai. Mais il vit un voile de tristesse troubler celui de la jeune femme. Bon sang, hurlait une voix dans sa tête, mais qu'est-ce que tu fous, nom de dieu, embrasse-la et emmène-la à trois mille kilomètres d'ici. Mais une autre voix tout aussi belliqueuse lui criait, en écho :

« Putain dégage, déguerpis d'ici avant qu'il ne soit trop tard, sois un peu réaliste. »

Il ne sut d'où lui vint l'instinct qui le fit agir. Il l'embrassa longuement et maintint son visage à moins d'un centimètre du sien. Un regard brouillé le fixait.

Puis il s'était engouffré dans l'habitacle et avait démarré dans la seconde.

Il ne put détacher ses yeux du rétroviseur alors qu'elle disparaissait lentement, toute seule sur le parking.

Alors qu'il franchissait la frontière, l'image était toujours là.

Il savait qu'il mettrait des siècles pour l'oublier.

FIN

DU MÊME AUTEUR

Aux Éditions Gallimard

Dans la collection Série Noire

LA SIRÈNE ROUGE, *n° 2326.*

LES RACINES DU MAL, *n° 2379.*

Composition Nord Compo.
Impression Société Nouvelle Firmin-Didot
à Mesnil-sur-l'Estrée, le 8 août 2000.
Dépôt légal : août 2000.
1er dépôt légal dans la collection : octobre 1999.
Numéro d'imprimeur : 52242.

ISBN 2-07-040636-9/Imprimé en France.

97958